繁花 下

金宇澄

浦元里花＝訳

Blossoms

早川書房

繁花

〔下〕

繁花
by
Jin Yucheng（金宇澄）

Originally published in 2013 as 繁花 by
Shanghai Literature & Arts Publishing House in China.

Translated by
Rika Uramoto
First published 2022 in Japan by
Hayakawa Publishing, Inc.
This book is published in Japan by
direct arrangement with
Archipel Press.

装幀／鳴田小夜子（KOGUMA OFFICE）
挿絵／金宇澄

目次

拾柒《なな》章

壹《いち》

小毛《シャオマオ》の母親は人に会う度に言っていた。

「何もかも領袖さまのおかげやわ。そうやなかったら小毛なんか、『封神演義《ほうしんえんぎ》』に出てくる三《み》つ目《め》の楊戩《ようせん》さまみたいな神通力を使《つこ》ぅても時計工場の仕事なんかもらえるわけないんやから。上等すぎるわ」

「小毛はこれから〝バタフライミシン〟とか〝鳳凰《フォーンホワーン》自転車〟の女工さんを嫁さんにしたら、自分がもらえる時計切符だけやのうて、ミシンとか自転車の配給切符も一年に一回もらえるんやな」と父親。

床屋の王《ワーン》も話に加わる。

「すごいやないけぇ。小毛もほんまに偉《えろ》ぅなったもんや。嫁さん二人ももらうんけ」

小毛も黙ってはいない。「おっさん、何言うとんねん」

「ミシンも自転車もくれるんやろ。嫁はんとお妾はんで楽しいこっちゃのう」

父親が王を睨みつけた。「ふん、女の事ばっかり考えて頭おかしぃなったんか。毎日朝から晩まで女の頭やら顔撫でてんのにまだ足りんのか」

王が思わず口をつぐんだ。

日曜の朝。下へおり、両親と王が床屋で話すのを暫く聞いていた小毛は、買い物帰りの母親からかごを受け取り、引き換えに仕事用の手提げを二人に渡した。両親が出勤するのを見送った小毛は買い物かごを提げて上へあがる。

異常に蒸し暑い梅雨空だ。銀鳳《インフォーン》が戸を開けっ放しにして、水を飲み団扇《うちわ》を使っている。

小毛が三階に上がると銀鳳も付いて来た。「枝豆、一緒に剝いたげるわ」

二人は向かい合って腰掛けた。

「海徳《ハイドォ》にいさん、アフリカのどの辺に行ってるん」

「アフリカにいることしか知らんわ」

「子供は？」

「ちょっとの間やけど、おばあちゃんとこに預けてあるんや。うちの部屋は暑すぎるしなぁ。かっこ悪い話やけど、ござ敷いてもまだ暑いし、夜は裸でいるしかないわ」

小毛は返す言葉に困っている。

「覗いたらアカンしな！」

「そんな事するわけないやろ」

銀鳳が囁いた。

「豆剝いたら、うちの部屋に来てな」

「何の用や」

「用事なかったらアカンの？」

小毛は返事に困ってしまった。

「ほんまに腹たつわ。海徳なぁ、日本の扇風機を持って帰るってずうっと言うてるんやけど、いっつも手ぶらや」

小毛は黙っているしかない。

二人で枝豆の皮を剝く。銀鳳が真っ白の指で綺麗な緑色の枝豆をほうろうのお碗に入れる。手が触れたとき銀鳳に手を摑まれた。

「怪我したんか？　痛い？」

「木槌で叩いてしもうたんや」

銀鳳は小毛の指にふうっと息を吹きかけた。

「機械油が皮膚にしみ込んでるな。海徳もようあるわ」

小毛は手を引こうとしたが、銀鳳にしっかり摑まれている。

「隣のおっさんも仕事に出てるし」

そこに、ドンドンと音をたてて階段を駆け上がって来たのは大妹妹《ダァメイメイ》と蘭蘭《ランラン》だ。

小毛は入り口まですっとんで行ったが、二人とももう部屋に入って来ている。

「何してんねん」と小毛が聞いた。

「蘭蘭、手ぇ出して」

大妹妹に言われた蘭蘭が、後ろ手に持っていた新聞紙を差し出した。中には古いレコードが挟んである。

「銀鳳ねえちゃんにプレーヤー借りようと思うたんやけど」と大妹妹。

「日本の中古やけどそれでもエエの？」

「うん。滬劇《こ》（上海の地方劇）の『碧落黄泉《へきらくこうせん》』（一九三五年の杭州が舞台）や」と蘭蘭。

「いやぁ！　王盤声《ワーンパンショーン》（男優、一九二三―二〇一六）やんか」と銀鳳。

「しーっ！　バレたら交番行きや。ややこしい事になるし」と大妹妹。

銀鳳はためらった。「やっぱり小毛の部屋に持って来て聴こう。そしたら一階の床屋さんにもバレんですむし」

そう言うと銀鳳は二階からプレーヤーを運んで来た。日本製で百十ボルト、変圧器も付いている。

小毛が南北の出窓を閉めると、部屋は益々暑くなった。

大妹妹と蘭蘭のような流行の先端をいく若い娘も、銀鳳のような若奥さんも、七十年代上海の路地に生きる普通の女なら、王盤声の声を聞けば必ずと言っていいくらい、虜《とりこ》になったものだ。

三人で机を囲んでいる。七十八回転のSP盤。まず一番有名な「志超《ジイチャオ》手紙を読む」のくだりを聴く。ボリュームを下げてはいるが、何度聞いても惚れ惚れする、よく通る王盤声の声が恋人からの手紙を唱《うた》い上げた。

「〝志超、結婚おめでとう。私のことは忘れてね。希望に燃えて大学に入って、いつも同じ教室で勉強したわね。いろんな事を教えてくださいました。私のこと、一番わかってくださってるのはあなたです。でももう大丈夫。志超さん、どうぞお幸せに〟」

新しい路地にある洋風の家ならサッシ窓にワックスがかかった床。昔から〝力があるものは倒れても影響が残る〟というとおり、西洋の影響が色濃く残るもの。そんな所にはやはり西洋音楽がよく似合う。

昔ながらの古い路地には小さめの赤い鳥かごがよく似合う。しの笛や胡弓の音色が、夕暮れから夜

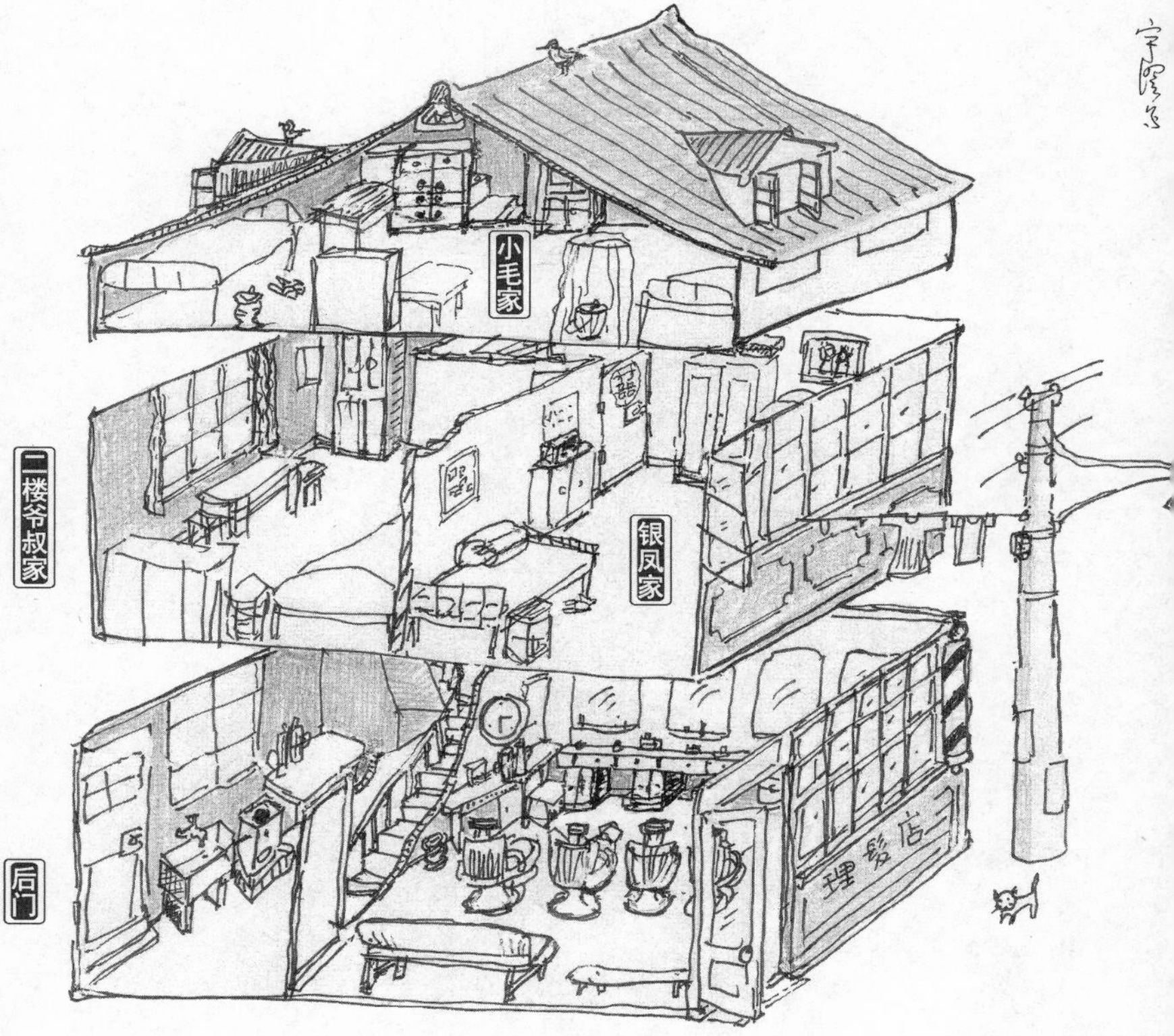

小毛の実家は典型的な昔の路地の家。庭も水洗便所もない。昔の俳優、周旋《しゅうせん》や趙丹《ちょうたん》が談笑し、鳥かごが掛けられていた、映画のセットのようなもの。1990年に登場した粉砕式トイレは、一番下に付けられた粉砕器で処理し下水に流すもの。このような路地の住人が主に購入していた。

中までしみじみと聞こえてくるのがいい。それに伝統芝居もいい。芝居なら、この街の地方劇が筆頭だ。冬であれ夏であれ、じとじとした梅雨の頃であれ、滬劇の歌が漂うように伸びやかに広がっていくのがいい。

ホラ、今もそうだ。「ねぇ」とか「好き」という声が余韻を残して、小毛の家の屋根から壁づたいに幾重にも重なり広がっていく。「あぁぁ」「うぅぅ」と伸ばされた音が街を東へ東へ、黄浦江沿いの楊樹浦路までくねくね曲がりながら流れていく。

普段、小毛は滬劇を観ることこそなかったが、嫌いでもなかった。

女たちが今、屋根裏部屋に閉じこもってレコードを聴いている。その姿を目の当たりにした小毛は、滬劇の醍醐味がわかるのは上海の女だけだという事がよくわかった。滬劇の真髄を表す節回し、物寂しさ、甘えるような優しさ、渋味ある声、そういうものを味わう音楽的素質がこの街の女には生まれつき備わっているのだ。滬劇はこの街で生きる人々の心や暮らしぶりを受け継ぎ、伝え続けているのだから。

ただ、あまりにも暑かった。ボリュームがしぼられ、部屋の戸も窓も閉め切られている。そんな中でレコードは回り続け、男と女の「あぁぁ」と伸ばす声やその余韻が蒸し暑さをかき回す。とにかく暑い。ずっと団扇を使ってはいるが、大妹妹と蘭蘭は玉のような汗をかき、スカートをめくり上げて扇ぎ、上着のボタンをはずしてひっきりなしに汗を拭いている。銀鳳が着ている薄手の白いタンクトップももう汗びっしょり。鼻をつく汗の臭いと湿り気が部屋に充満し、レコードの溝に絡みつき潜り込み吸い込まれていき、聞こえてくる音まで粘り気あるものになっていった。

おとなしく聴いていた三人はこの男の声を聴いているうちに、次第に興奮し始めた。もうじっとしてはいられない。机を囲みレコードを真ん中にして、快感を分かち合い、思いのままに想像を巡らせ、その翼を広げている。熱い汗が両頬から顎を伝い白木のテーブルにポタポタ落ち、首から胸へと流れていく。

しかしレコードには現実を忘れさせる力があるようだ。涼しくて心地よい世界へ誘《いざな》ってくれる一服の清涼剤なのだろう。王盤声の声には温《ぬく》もりと清々しさが溢れているらしい。

まわるレコードを目で追っていた小毛は一九七一年の、あの日のことを思い出していた。音楽の違いこそあれ、よく似ているのだ。

後の大統領チャウシェスク来訪。上海では八月二十三日のルーマニア革命記念日に映画『ドナウ河のさざ波』（一九五九年）が繰り返し上映されていた。

小毛、滬生《フウション》、銀鳳、大妹妹はその映画を観に行った。今、目の前に見えているのは屋根裏部屋の中。しかしそれは映画で観た船の夜そっくりだ。

蒸し暑く、風のない航海。アンナは照りつける強い日ざしに耐えられない。――レコードが回る。――寂しそうなアンナ。焦り、両手で髪の毛をかき分け、汗を拭き、躊躇《ためら》う、年頃の女性らしさ。感動的な姿だった。――今、目の前に見えているのは回るレコード。流れているのはゆったりしたテンポの歌。――船長のミハイは体格のいいヒゲもじゃだ。背中まで汗だくになっている。しかし本当は敗北していたのだ。男がいくら強引な態度に出ようが、どんなに立派なヒゲを生やしていようが、女の前では所詮無力なもの。最後に船長はぐっしょり濡れたアンナを抱きしめるが、泣きたくても涙さえ出ない。

あのとき銀鳳は言っていた。

「船長にどんなに抱きしめられてもどうにもならへんわ。アンナはもう心変わりしたんやから」

滬生も言っていた。『日の出』の陳白露は最期に言うたやろ。〝もうすぐ夜明けや、私、眠い〟

って」

——アンナは何も言わなかった——。

レコードが回る。小毛は海徳のことを思わずにはいられない。アフリカ行きの船もあの映画と同じように蒸し暑いのだろうか。海徳もミハイと同じような横縞の水兵シャツを着ているのか、いや、上半身裸なのか、波も風もない灼熱の海に耐えられないのではないか。

銀鳳も今こうして、熱気でぼうっとしつつ屋根裏部屋に閉じこもり、こんな〝堕落した〟レコードを聴き、見も知らぬ昔の上海男の歌で全身汗びっしょりになっている。背中は肌の色が透けて見えていたが、ブラジャーのひもの部分だけは白い。髪をひっつめ、両腕はむき出し、その腕からも汗がしたたり落ち、それでもまだ肩をゆすっている。海徳は絶対に想像もしないだろう。

すらりとした大妹妹が下腹を机にぴったりくっつけている。蘭蘭が扇ぐと三人の髪が揺れる。

レコードが裏返された時、小毛は顔に火照りを感じた。胸がどきどきする。暑くて我慢できない。思いきって北側の窓を開けた。

「何すんの。びっくりするやん」

つかつかとやって来た大妹妹に引っぱられたが、小毛も譲らない。

「もう聴いたらアカン。おしまいや」

「もうちょっとで終わるし。急いでんねん。借り物《もん》やしすぐに返さなアカンし」と蘭蘭。

しかし小毛は留め具をはずし南の窓も開けた。

三人とも興ざめだ。

「ほんまにもうっ」と銀鳳。

「働くしか能ないんやから」と、レコード針を持ち上げた蘭蘭。

「暑すぎるやろ」と小毛。

「風は涼しいわ」と銀鳳。

「王盤声の歌なんか、死んだヤツが歌《うと》うてるみたいや。うぅとかあぁとか、最悪や」

みんな口をつぐんだが、大妹妹がすぐにとりなした。

「そういう事にしとくしかないみたいやな。もうやめよか」

蘭蘭が「ちょっと待ってな」と言い、壁際のカーテンを引くとその陰にある馬桶《マァトーン》で小用を足した。

当時はそうするものだった。

「小毛はケチすぎるわ。プレーヤーなんかどれだけ電気食うていうんよ」と言いつつ、大妹妹は無造作に食器棚を開けようとした。

小毛が遮る。「何すんねん」

「けちやな。塩太刀魚の揚げ煮くらいなんぼのもんやの。それも一切れやん」と大妹妹。

小毛は食器棚の扉を閉めた。「早《はよ》う下りぃ！　下へ行け」

蘭蘭がカーテンの向こうから出てきた。レコードを持って小毛をじっと見ている。「ふんっ」

二人はドンドン駆け下りた。小毛は黙っている。

「なんちゅう娘や。階段に穴あくやん」と銀鳳。

小毛は黙ったままだ。

銀鳳がプレーヤーを片付けた。

「小毛、お湯、買《こ》うてきて」

小毛はふと予感がした。

「早ぅして」

二階まで一緒に下りた。

奥にあるオヤジの部屋は戸が閉まっていた。

ポット二つと購入ふだを二枚渡され、階段を下り裏口から出た。路地の入り口でお湯を買い銀鳳の部屋に戻ると、ベッドの前の盥《たらい》にはもう水が入れてあった。

銀鳳が戸を閉めたので小毛は出ようとした。しかし銀鳳にぐいっと引き戻された。

銀鳳が小声で言う。「何怖がってんの。せっかく静かになったんやから、入って。窓際、風が入って涼しいわ。湯冷ましでも飲んで」

カチャッ。カギがかけられた。

怯える小毛。

窓辺に座っていると、銀鳳が後ろで服を脱ぐ音が聞こえてくる。

空が暗くなってきた。今にも雨が降りだしそうだ。湿った、ムンムンした熱気が吹き込んで来た。

背後からも熱気が襲ってくる。

水を飲んだ。湯のみを顔にかぶせるようにして飲みきったそのとき、土砂降りの雨が降ってきた。

湯を盥に入れる音。

「小毛、どうもないって。自分の家にいるようなもんやんか。座ってて。うちが行水したらチンジャオロースが載った冷やし麵二つ買うてきて。一緒に食べよう」

「オレ、用事がある」

「どうもないって。隣のオヤジ、出かけてるわ。せっかく来てくれたんやから、お喋りに付き合《お》うて」と銀鳳が元気付けるように言った。

音をたてて降る雨はますます激しくなってきた。

目の前ではムンムンした雨が降り、背後では湯と水を混ぜる音がする。銀鳳が盥に入る音。

「あー、ほんまに暑いわ」

肩から背中、腰へサラサラと流れる水の音が聞こえてくる。

「小毛！」

小毛は返事ができない。

お湯が体を伝って流れている。タオルを持ち上げ体の位置を変える音がする。

「ちょっと手ぇ貸して」

「何するんや」

「石鹸《せっけん》箱取ってくれへんか」

オレはどうしたらエエんや――。

「こっち向いて。エエやんか」

どうしたら――。

「石鹸、とりにくいし。どうもないって。うちはいろんな事経験してきたんやから」

どうしたらエエんや――。

銀鳳はふうっとため息をつく。チャポ……チャポ……。本当は石鹸箱などすぐ手の届くところにあるのに。箱を開け、石鹸で体を撫でる。

「小毛、どうもないから。いつかこういう日がくるんやから。こっち向いてうちを見て」

小毛はずっと外を見ていた。窓のすぐそばに貼り付くように見えているのは隣の壁。窓がなく下は路地だ。床屋の王が水を流し咳きこむのが路地から聞こえてきた。

バケツをひっくり返したようなどしゃぶりの雨になった。小毛は汗びっしょりになっている。

目の前の壁が白くぼんやりと雨に烟《けむ》っている。

異常に暑い雨だった。

狭い部屋。しかも戸が閉めきってある。小毛は石鹼水と女の熱気に包まれていた。熱い雨の中に立ちのぼる、ムンムンとした空気にすっぽり包みこまれたような気がした。

はじめは銀鳳が盥にじっと静かに座っているのが感じられた。しかし暫くすると、とぐろを巻いた人食い大蛇が息も絶え絶えになってそこにいるように思えてきた。

銀鳳が突然声をひそめた。「こっち見て。何やの。男やったら勇気出して」

小毛は湯のみを置くとゆっくり振り向いた。せり出すような、雪山のような真っ白い胸。突然光がはじけ、ピンクの空気と生温《なまぬる》い風がむくむくと湧き起こり、辺りを撫でながら襲いかかってきた。息が詰まる。目の前でワイヤが切れそうな気がした。——親方の樊《ファン》が天井クレーンの運転手に叫んでいる。「ゆっくりゆっくり……」

慌ててはいけない。

小毛の呼吸が荒くなる。両目を閉じると、ひどい緊張感に襲われた。

立ち上がった銀鳳にぐっと引き寄せられた。部屋が狭すぎる。盥の横はベッドだ。ござが敷かれ、竹の枕が置いてある。

銀鳳は雫をたらしたままベッドに座ると、震える声で言った。「どうもないって。ウチはいろいろ経験してきたんやから。どうもないわ。どうもないから」

銀鳳のその言葉は置時計が刻む秒針の音のように感じられた。カチ、カチ、カチ、カチ。永遠に繰り返され、次第に小さくか細い音になり、小毛の中にすうっと滲《し》み込んでいく。

ベッドに倒れ込み、ぼんやりした意識の中で銀鳳の足元へ向かった。しっとりと柔らかく、ふわふわした、弾力のある〝綿花〟の中へと滑り込んだ。あがくことさえできない。

「小毛、ゆっくりよ。野生の馬みたいにならんといて。ムチャせんと、暴れんと。逃げたらアカン。どうもないって。どうもないんやから」

カチ、カチ、カチ、カチ。秒針の音が繰り返される。

どうもない。どうもない。

銀鳳に抱きしめられた。

——突然、ワイヤが切れそうになった。樊の声がする。「ゆっくりな。ゆっくり」ガタッ！　工作機械が傾いた。スイス製だ。丁寧に扱わなければならない。外国語の書かれた箱に入ったままクレーンにぶら下がり傾いている。嵩《かさ》はたいしたこともないが、重みがある。コンクリートの床に落ちたら一大事だ。ワイヤが一本ずつ切れていく。気をつけないと！　気をつけて。気をつけて。ドーン！　機械の台座が床に落ちた。ガタガタと板が裂け、辺りに響き渡る。そして、静かになった。全てが完全に解放された。

我に返った小毛。どこもかしこも突然静かになった。さわやかな空気が漂い、雨音も静かになっている。銀鳳は幾分小さくなり、体の下のござだけがぐっしょり濡れている。

「動いたらアカン。ウチがやったげるし。人生で初めてなんやもん。休まなアカン。やったげるから。ずうっと思うてたんやけど、好き」

小毛は返す言葉が見つからない。

銀鳳が全身を輝かせ、盥に浸かっていたタオルを持ち上げた。

「小毛」

振り返りはしたが、目は銀鳳から背けたままだった。

降りしきる雨。小毛が起き上がったときにはもう冷やし麵が用意されていた。

二人で食べ、小毛が屋根裏部屋へ上がるために戸を開けようとしたとき、隣から咳払いが聞こえてきた。

二人とも飛び上がった。隣のオヤジが帰っていたのだ。オヤジは入り口に傘を引っ掛け戸を開けると、ラジオをつけて窓をあけた。ガタンと音をたてて長椅子を入り口まで引っぱって来た。ゴホンと咳払いして腰掛けると、団扇でパタパタ扇ぎ始める。

銀鳳は人が変わったように、身を竦《すく》めると小毛の耳元で囁いた。「ほんまにもう！ 出られへんようになったわ」

「帰りたいんやけど」と小毛も声をひそめる。

「シーッ！ 今、戸を開けたら、絶対アイツに疑われるわ。なんでこんな暑いのに戸を閉めきってたんやって」と銀鳳が小毛をひっぱる。

小毛は口をつぐんだ。

「辛抱して待ってようか。もうちょっと休んで行って」

二人はベッドに戻った。

隣のラジオがうるさかった。

頭をくっつけ合った。

銀鳳がそうっと団扇を使う。「心配せんでエエし」

小毛は黙っているしかなかった。

「ほんまはうちも怖いんやけど」と耳打ちした。小毛は黙っていたが、銀鳳もぶるぶる震えているのがわかった。

「よかったやろ」

小毛はどう返せばいいのかわからない。

銀鳳は腰をひねると、小さくため息をついた。

「船員の家族やて言うたら他の人は羨ましがるけど、ほんまは一番つらいんや」

「海徳さんが言うてたわ。銀鳳ねえさんは鼻が高いんやって。上海では何もかも配給切符がなかったらアカンけど、外国やったらなんでもただやって」

「もうやめて。れっきとした船員やのに、外国へ行ったらコソ泥みたいなマネしてるんやから。自転車も何もかも盗んで船に積んで来るんよ。日本の港に着いたら、見た物全部盗んでくるんやから。何も畑の菜っ葉も。ゴミの山ひっくり返して古い電気製品とか日本のエロ写真の本とか古着とか、古い靴まで掘り出してくるんよ」

小毛は黙って聞いている。

「日本人は中国の船見たら、海賊が来たって言うんやて」

「そんな事ないやろ」

「自転車盗んだらフィリピンとか南の国へ売るらしいわ。日本の古い電気製品はインドネシアに持って行ったらエエ値段になるんやて」

「信じられへん」

「海徳の同僚やけど、部屋に何でもあるらしいわ。古い扇風機に古いドライヤーやろ、それに炊飯器にオーブン。呆れるわ。部屋中に置いてあるんやけど、それが全部盗んだり拾うたりした物なんや。電圧も百十ボルトから二百二十ボルトに変えなアカンから、変圧器まで部屋にあるし。お笑いや」

「全部が全部、盗んだとか買うてへんわけでもないやろ」

銀鳳は黙っていたが、やがて俯いて言った。

「海徳も一つだけ買うたんや。人には見せられへんけど」

「日本刀か」

銀鳳はじっと小毛を見ている。

「日本の厚底サンダルか」

銀鳳が首を振る。

「わからんなぁ」

「見たい？　誰にも言うたらアカンしな」

「うん」

銀鳳は枕の下からプラスチックの〝おもちゃ〟を引っ張り出した。「何やと思う？」

小毛はぽかんとしている。

銀鳳が紐を引くとその〝おもちゃ〟はブルブル震えた。

「何やと思う」

「アハハ」

「日本まで行ってお金出して買うたのがこれなんよ。いやらしいやろ。自分が航海に出てるときはこれを自分やと思うとけって言うんよ。相手にせえへんかったわ。そんな気色《きしょく》悪い物、いややって言うてやった。どれだけ辛《つら》い思いしてるか、ずっと男にひどい目に遭わされて、からかわれてるのに」

「誰がそんな事するんや」

銀鳳は声を落とした。「そんな事、もうエエわ。ああもう、私なんか生ける屍《しかばね》や。『紅色娘子軍』と同じや」

「どういうことや」

「『軍隊に入りたい』って女が言うたら、『なんでや』って呉瓊花《ウチオーンホア》に聞かれて、その女、カーテンあけるやろ。そしたらベッドに木で作った男の人形があったんや。あの場面、もう忘れられへんわ。もし毎晩私が木とかプラスチックの男とやってたら、どんな感じがする？」

「床屋の王さんが言うてたわ。『娘子軍』には二人だけ男がいて、その二人が毎日、何十人もの女が踊るフレンチカンカン見てるんや。あれは皇帝か宰相にでもなったようなもんやって」

「女は苦労するわ」

「……」

　震える銀鳳が小毛にぴったり寄り添った。

「隣のアイツ、しょっちゅう言いよってくるんよ。いやらしい事ばっかり言うて。昔、後家さんで絶対に再婚せんかった人がいて、皇帝が牌楼《はいろう》（記念碑としての装飾門）を建てて褒めたらしいんよ。その人、十六歳で旦那が死んでからずっと一人身で、八十四まで生きたらしいわ。男には全然目もくれんと、皇帝から牌楼をもらう事しか頭になかったんやて」

「牌楼かぁ」

「そのおばあさんが死んだとき、枕の下から出てきた物、何やったと思う」

「わからん」

「適当に言うてみて」

「どうせろくでもない物やろ」

「適当に言うてみて」

小毛は目の前の〝おもちゃ〟を指差した。

「何言うてんの。そんな時代に電池あるか」

「建国《ジェングオ》っていう友達に聞いたんやけど、そいつが〝落蘇《らくそ》〟買いに市場へ行ったんやて。ナスのことや。〝紫条《しじょう》〟とも言うけどな。その時どこかの女の人がナスばっかりつまんでみてるのに気ぃ付いたんや。八百屋では大根のこと〝白条《はくじょう》〟ていうけど、その人、〝白条〟には手出さんのや。ナスだけや。てかてか光ってすべすべして、硬すぎも軟らかすぎもせんナスだけ選んでるんや。おかしいやろ。必死で選んで必死でつまんでるんや。つまむのやめたら、また次のや。しっかりした長いのを選んでまたつまむんや。……八百屋はたくさん人がいて、みんなが手伸ばしてるから誰も気にせえへんかった。その女、次々ナスを触ってみて、最後に一番エエのを買《こ》うて行きよったんやけどな。おかしな話やろって建国も言うんや。醤油煮にしても炒め煮にしても和え物にしても一本では足りひんのにって」

「アホな事言うてるわ。斜めに切ってミンチ挟んで衣つけて揚げたらちょうど一品できるわ」

小毛はさっきのばあさんの枕の下から出てきたという物を言ってはハズレ……を繰り返す。

「建国はこんな事も言うてたなぁ。織物工場を造る手伝いしに、旦那が外国へ行ってる女がいてな。二、三年は帰らんのやて。自分とこの畑にきゅうりがあって、嫁さん、そのきゅうりを枕の下に置いてたんや」

「違う違う」

「隣の子供がベッドにもぐり込んだら、きゅうりが出てきたから、かじってみた」

「もうエエって。それ以上言うたらアカン」

「そしたらけったいな味がしたんや」

「やめなさい。そんないやらしい話、どうせろくでもない男の作り話やわ」

「それからとんでもない事が起こったんや。きゅうりがかじってあったやろ」

「もういや。半分に折れて病院に担ぎ込まれたんやろ。ちょっと聞いただけでウソやってわかるわ。建国ってろくでもない子やわ。違うって。あれはナスでもキュウリでもヘチマでもゴーヤでもヒョウタンでもないんやから。どっちにしても枕の下にあったんはそういう形と違うんよ。当ててみて」

「わからん」

「ほんまはつないだ銅銭やったんよ。もう磨り減って字も読めへんし鏡みたいに光ってたけど」

小毛は黙って聞くことにした。

「隣のアイツが言うてたわ。何千何万もの夜、体じゅうムズムズしてきて、ベッドでずっと寝返りうって寝つけへん女の気持ち、わかるやろって。そのおばあさん、牌楼造って褒めてもらうために、夜、男の人に会いたいと思うたら暗闇でその銅銭をつかんで撫でてたんやて。一、二、三、四、五……って夜明けまで数えてたんやって。女ていうのはほんまにつらいめにばっかり遭うもんなんやわ」

小毛にとってそれは人生で一番心に残る触れ合いだった。

数日後、そのことを親方の樊に話した。

仕事場では換気扇がブンブン鳴っている。樊は太い指でタオルをつかみ、小毛の話を聞きながら汗を拭く。その姿は涙をぬぐっているようにも見えた。

「なんや悲しぃなってくるなぁ。銀鳳さんは確かに見た目はエエ女なんやろう。でもおまえはひどい目に遭うぞ。覚えとけよ。男っていうのは一生歩き続けるようなもんや。昼でも夜でも前を見てなアカン。振り向いたらアカンのや。そんなことしてたら、銀鳳さんみたいな人ならまだしも、もっとんでもないヤツにも出くわすことになる」

小毛は黙って聞くことにした。

「今回は、振り返ってもどうっていう事ないかもしれん。そやけどほんまは、若いツバメになったようなもんや」

小毛は黙っている。

「昔、狭い道歩いててなぁ。夜の路地に入ったらぽんびきが来たんや。ばあさんと若い男が後ろから声かけてきて、そしたら夜鷹が現れるんや」

「銀鳳は夜鷹と違います」

「夜鷹は女や。銀鳳も女やろ」

返す言葉がない小毛だった。

「見た目はエエとこの女みたいやったけど、よう見たらおくみに絹のハンカチ挟んで、それもケバイ色や。上着のボタン一つはずしてる。髪の毛はふんわりさせて整髪用の水をテカテカになるまで塗ってる。かごを提げてるから買い物に行くみたいやった。……わしが通り過ぎたらそいつ、声かけてきたんや。ちょっとあんた、そこに落ちてるお金、あんたのとちゃうかって。わしは振り向きもせんかった。これがあいつらのやる手口や。ちゃんと部屋がある女のことをこの街では〝半開門《はんかいもん》〟って言うてるけど、要はヤミでやってる売春婦や」

「昔の事はもう言わんといてください」

「教えてやってるんや。苦労した事はちゃんと覚えとくんやぞ。わしの師匠は〝女占い師〟にいかれてて、壁はピンクの張り紙だらけやった。

参りましたらその場で〝占い〟を

余分な請求いたしません

自分から出向いて占いするって言うとるけど、要は体をどうぞっていう事や。でもそんな言い方したら聞こえが悪いやろ。

お代はたったの三元ぽっきり
ご満足頂けますこと請け合いで
今度はいつかとお聞きなら
いつでも参上いたします

それで女に電話したら、色っぽい女が来てひたすら色仕掛けや。……新聞に書いてあったけど、そういう女にひっかかった男は、節操なくすわ、一家離散するわ、財産なくすわ、命も脅かされるわ、ってことになる。……確かに人の善し悪しは仕事では決められんもんや。そんな商売してる女にもええヤツはたくさんおる。昔、民国（一九一二―一九四九）の元老、于右任《ユイヨウレン》（一八七九―一九六四）が夜鷹の部屋に隠れたんや。手ぶらでな。強い風当たりを避けるためや。三ヶ月経った頃には銅銭一枚も出せんようになってしもうた。それでもその女はちゃんと面倒みてやって、恨み言の一言も言わんかった。義理人情に厚かったんやな。エエとこの女にできるもんやない」

「その元老も評判がよかったんでしょう」

「その女、体売って食うてたんや。字は読めんから何もわかるわけがない。あるのは義理人情だけや。わかるか？　こういうのがエエ女の人情や。世の中が平和になって、その元老がまた上海に来て、新聞に尋ね人まで出してその女を捜したんやけど見つかるわけない。えらい悲しんでたらしいわ」樊はタオルを引っ張り出し汗と涙を拭いた。

さまざまな思いが小毛の胸をよぎっていた。

二日後、小毛は葉家《ようか》宅《たく》の師匠を訪ねた。

「あんなデブの樊なんかに何がわかる！　若いツバメがどういうもんかわかってんのか。女っちゅうのは年がどうこうやない。男にようしてくれたらそれでエエんや。人間らしい生き方するのに、なんで振り向いたらアカンのや。振り向くことには味わいがあるし、そうしてるうちに度量も大きぃなる。昔のヤツの言うでたらめなんか、信じられるもんか。どうやったら人間らしい生き方ができるか、ほんまにいろんな事言うとるやろ。〝勇ましくひたすら前へ突き進め〟って言うかとおもうたらその反対に〝どんなヤツでもとことん反省したらやり直せる〟とくる。〝人と屛風はすぐには立たず〟かとおもうたら〝初志貫徹〟とかな。わけわからん。そんな事言われて、わしら一体何を信じたらエエねん。まだあるぞ。〝立派な男やったら死んでも妥協するな〟に〝臨機応変、程よぅ妥協せい〟。昼間から夢みたいな事ばっかり言うてよる。あんなもん、うそ八百や」

師匠の話にじっと聞き入る小毛。

「そのお隣の銀鳳さんとやら、ねえさんっていうんか若奥さんていうんか知らんけど、確かに義理がたい人やな」

「気色悪いわ」と金妹《ジンメイ》。

「上海人ならこう言うやろ。女をからかうことを〝うまい汁吸う〟って。北の方のヤツやったら〝桃をこする〟ってな。どっちもおんなじ意味やしまだ許せる。そやけど、昔からの言い伝えは、〝ああせえ〃って言うたかとおもぅたら、〃こうせえ〃って言いよる。ゴムを両端からひっぱってるようなもんで、舌にバネがついとる。あっちフラフラこっちフラフラして基準がない。ご飯は二膳食べてもええけど、正反対の戒めは言うたらアカン。そんなもん、清《しん》の時代の弁護士野郎が字ぃ書くようなもんや。アイツらが〃群衆〃の〃群〃の〃羊〃を右に書いたり左に書いたり好きなようにしたら、みんな困るわな。我慢できんやろ。〃自分の近くでは悪い事はやらん〃って言うたかとおもうたら、〃近場の者からうまい汁が吸える〃とか言うのが諺《ことわざ》や。二枚舌や。そんな話聞けるわけないわな。どうしたらエエかっていうたら、どっちの言う事も気にせんようにするしかない。それでもそんなくだらんことを適当にごまかして組み合わせてるのが太極拳や。そういう意味では世界一や。わしの拳はそんなんとは違う」

「真面目にやりもせんと、責任のがれして、まぜかえしてばっかりなんが太極拳やって言わはるんですか」

「そうや。わかったらそれでエエ」

　小毛は口をつぐんだ。

「おまえは女が行水するのも見たんや。とことん甘い汁吸うて、やる事やったんや。もう男なんや。褒めたるぞ」

　そこへ金妹が口を挟んだ。「そんな事教えて、悪い事撒き散らしてるだけやん」

　小毛は黙って聞いている。

　男と女が床板を一枚隔てて暮らしているのだから、二人の距離は近いはずだ。しかし小毛が銀鳳の部屋に忍び込むのは決して容易なことではなかった。部屋数はそこそこあるし、人の出入りも多いので、いつもチャンスを待たねばならない。

おまけに二人の勤務時間もころころ変わるから、時間をうまく合わせないといけない。

さらに、小毛の兄や姉が階段を上がり下りするし、両親も早番や午後からの勤務になる。二階のオヤジは布団綿屋の店員でしょっちゅう帰ってくる。これがまた、戸を開けっぱなしにして入り口に座るのが慣わしで、銀鳳はそれを一番嫌がっていた。その女房のほうは食堂で三交替勤務……。などなど、一階の床屋はいいとして、とにかく建物を出入りする者全員の動きが頭に入っていなければならない。

今までそんな事は気にも留めなかったが、そういう関係になってからの二人は時間をやりくりし、計画的かつ注意深く観察し、〝今だ！〟という隙を見つけるようになった。それも正確かつ厳格に、緊張し、すばしっこく。

パスツールも言っているではないか。〝チャンスは計画的に準備してきた人のもの〟。だから人の目がいくらあろうと、それがどんなに多種多様であろうと、チャンスは必ずあるのだ。例えば、三時から三時二十五分または四時十五分まで、或いは朝八時半から十一時五分までというふうに。

このような古い建物はやはり人の往来や戸の開け閉めが頻繁だ。だから隠し事ができてしまうと、人の出入りが多いのは最大の障害になった。しかし逆に建物自体は一番寛容でもある。二人の関係がどんなにエスカレートしても建物は今までどおり押し黙ったまま。そのせいで膨らんだりひびが入ったり倒れたりする事はない。

あるとき銀鳳に抱きしめられながら言われた。

「小毛、うち覚悟したわ。あっちのお義母《かあ》さんに子供の世話してもらうわ。二週間したら、うちの実家に連れて行って、それから一ヶ月したらまた向こうのお義母さん。そしたら小毛も気が楽やろ」

小毛は口をつぐんだ。

「重荷になったらアカンし」

何も言えない小毛。

「小毛が大妹妹のこと好きなんくらいわかってるわ」

「ありえへん」

「若いんやから、そんなん普通やわ」

小毛は返す言葉が見つからない。

「小毛もいつかは彼女ができて結婚するやろうけど、毎月一回でも会いに来てくれたらなぁ。いや、二、三回かな」

小毛はどう答えればいいのかわからない。

部屋はもう暗い。小毛が午後勤を終えて銀鳳の部屋にもぐりこんでから一時間になる。一時間、仕事が延びたようなものだ。母親は小毛が帰るまでいつも起きて待ってくれている。その時と同じだ。

銀鳳から解放されると、そうっと戸を開け、息をころして、裸足のまま、ぬき足さし足、手探りで階下まで下りる。

階下にある細長い床屋はもう静まりかえっている。街灯が窓からさし込み、回転椅子が四つ黄色く光り、床には切り紙細工のような暗い影が落ちている。

小毛は入り口まで行くと靴を履き、もう一度戸を開けると、バタンと音をたてて閉める。そしてまた一歩ずつ、今度は音をたてて階段を上がる。

二階の戸は半開きのままだ。銀鳳は戸にもたれ服の前を合わせて、小毛が上がってくるのを静かに見ていた。小さな灯りがぼんやり点っている。

銀鳳のくるぶし、膝、太もも、ウエスト、ふっくらした肩、それらが下から上へと順に小毛の視界に入ってきた。

二階を過ぎると銀鳳の胸の辺りが影になり、ほんのりとした香りが漂って来た。

三階へ伸びる階段の方に目をやる。

銀鳳の部屋の戸がゆっくり閉まる気配を感じた。カチャッと鍵がかかる音が小毛の足音と重なる。


二人のそんな関係は、それで終わったのではなく始まったばかり。顔を合わせるのさえままならぬ事もあれば、条件が厳しすぎるあまり時間に追われ極度に緊張する事もあった。それに、興奮と倦怠感に襲われるタイミングが食い違うこともよくあった。

小毛としては、午後からの仕事あがりに帰宅するのが夜ごと遅くなるのは憚《はばか》られた。銀鳳にも同じように様々な苦労がある。隣の気配を感じるのはしょっちゅうだし、土壇場で予定が変わることもあった。ふいに子供が連れ戻され、やれ注射だ、やれ薬だ、と振り回されたり、子供が泣きわめいて一睡もできなかったりするのだ。

こういう予期せぬ事が起こった時は、理解し合えていないと次第に冷えきった関係になるものだ。別れが待っているのは目に見えている。

初めは二人とも沸き立つ思いだけだからいい。しかし時の流れとともにすれ違いも起こるだろう。そういう時は激しい思いだけではいけない。黙っていても相手に伝わるように普段から理解し合っておく、それが長続きの秘訣だ。

普通では考えられない事もやってのけた。銀鳳からの合図は夜中の十二時に点けられる灯りだった。灯りが点くと、上の階にある小毛の部屋には床板の隙間から光が幾筋も漏れてくる。

銀鳳は仰向けではなく顔をはすかいに向けているが、わかっていた。自分には小毛の姿は見えないが、小毛には自分の姿が見えているに違いないことを。深夜、あたりは真っ暗だ。床に貼り付いて下を見ている小毛には二階の寝床がいっそう明るく感じられた。銀鳳は掛け布団をはぎ、静かに目を閉じている。全身露《あら》わだが恥じらいの色は見せていない。

沈んだ気持ちで深夜に帰宅したときの小毛は、力なく床屋に入り、椅子に腰掛けるとレバーを回し、ゆっくりと椅子を倒す。

そんなとき、天井から灯りがさしてきて銀鳳のスリッパの音が聞こえる時もあれば、真っ暗で物音のしない時もある。いずれにしても床屋に入ると二階の床板の隙間から見られているような気がしたものだ。銀鳳の視線という光にくまなく照らし出され、もう逃げられない。

窓外の街灯の光が店にさしこみ、鏡がまだらに光る。昼間の光景は、全て鏡の下にある抽斗《ひきだし》と棚にしまい込まれている。理髪用の道具、顧客の顔、話し声、床屋の王のアハハという作り笑い、蘇北《そほく》芝居の声、汚れた水垢の臭い、石鹼水や天花粉の匂い、みんながよくつけるヘアトニックの甘い香り、ヘアアイロンを髪にあてる匂い……全てが闇にしまい込まれ、異常なまでに静かだった。

椅子のレバーを引いて、背もたれを倒し金属の踏み板を上げた。体が水平になる。

椅子全体のきしむ音がした。鏡が次第に高い位置に見えてきた。そこに映っているのは、向かいの壁に貼られた色あせた価格表。世界地図がトレードマークになっている焦げ茶色の電気時計も映っていた。秒針がプルンプルンと震えながら時を刻んでいる。

昼間いた客の息づかいはすっかりなくなり、銀鳳の気配だけが二階からふわふわ舞い降りてくる。どんな隙間も逃さず、びっしりと辺りに立ち込める細かな霧のように、音もなく一面を覆い尽くす雪片のように。それは何よりも清々しくさわやかな気配だった。

銀鳳の体から熱気が溢れ出し、二階の床板の隙間から降りてきて辺りを覆いつくす。隣のオヤジが目をさましたようだ。痰つぼを引き寄せる音がする。外で誰かが咳をしている。銀鳳の熱気が小毛に迫ってくる。熱い。顔をうずめたくなるふわふわした胸、包み込まれたくなる優しい息づかい。

小毛は頭を上げた。見えるのは店の鏡、椅子の背もたれ、そして通路だけ。階段の上り口にぼんやりした白い影が音もなく現れ、白い雲のようにふわふわと飛んで行くのが鏡に映っているような気がする。いや、本当に銀鳳がボタンをはずして近づいてくる。温もりを感じる。暖かい風に撫でられ汗ばんでくる。髪の毛がゆっくりほぐれ、次第にかぶさってきて、しまいには小毛の顔を覆い尽くす。

椅子のレザークロスは古くなって傷み、みんなが座るのでその重みに耐えきれなくなった金属の部品もきしんだ音を立てている。

もう一度頭を上げ、そしてまた横になったとき、愛しい人の影は霞がひくように音もなく消えていた。椅子だけは何十年も変わらぬ従順な姿のままだ。色だけは昼間のくすんだ黄色から夜の灰色に変わっていたが。

窓ガラスをガタガタいわせ、コロコロ笑いながら誰かが来た。大妹妹と蘭蘭だ。

小毛が戸を開けてやる。

二人はまた大笑いし、窓辺の長椅子に腰掛けた。

天井の隙間からもれていた光が消えた。さっきまで感じていた熱気が消え、心にももう波風は立たない。

物憂げに目を閉じていると、また大妹妹と蘭蘭の声が聞こえてきた。二人はぺちゃくちゃ話している。南京西路や淮海路から戻ったばかりで、男にあとをつけられていたようだ。どんなにくだらなかったか、どんなにいやな思いをしたか、どんなに緊張したか、どんなに可笑《おか》しかったか――。

貳《に》

一九七〇年代の上海。十代半ばから二十代半ばの男女がやる遊びは〝尾行〟だった。女の子二人が手をつないで歩いている、そんな時によく始まる。たいして人目をひくわけでもない格好をしているが、〝プロ〟にはすぐにそれとわかるのだ。

大妹妹と蘭蘭が雌の蝶のように道路まで飛んで行くと、必ずといっていいくらい雄の蝶が引き寄せられて来たものだ。若い二人組の男がつけ回す。バス停にしたら幾つか、いや十幾つかの距離でも付いて来た。道々、雌雄の蝶は二十歩ほどの距離を保ち、途中、ひと言も話さない。しかしお互い相手が気になり、また相手が今何をしているのかがよくわかっている。

終始一貫して蘭蘭は俯いている。後ろの男がいいヤツなのか悪いヤツなのか、最終的に付き合うのか、それは大妹妹が判断する。

背中にも目のある大妹妹は決して振り向かないし、蘭蘭と自然な感じで談笑しているように見える。しかしその気持ちは間違いなく固まってきている。〝プロ〟特有の不思議な力だ。

普通は南下して北京西路の交差点にある教会、懐恩堂まで来た時、好感が持てそうなら、追いつけるようにゆっくり歩いてやる。すると男は飛びついてきて話しかけてくる。こうして〝お付き合い〟が始まるのだった。

速足になったら、それは拒否するという合図だ。

その夜、大妹妹は速足になっていた。どんどんスピードを上げていく。しかし後ろの男二人は全くおかまいなし。南陽路から陝西路の市場、そして泰康食品店まで付いて来ると、左へ曲がり南京西路から江寧路へ。さらに左へ曲がった時、大妹妹がもっとスピードを上げた。〝追っ手〟はそれを上回る速さだ。絶対に諦めない。距離が次第にせばまり、美琪《メイチャ》シアターの入り口でとうとう追いつかれてしまった。

普通、はじめの声かけは「ねぇ」とか「やあ」だ。そんな声がかかると、大妹妹は決心し俯いたままの蘭蘭の手をキュッとつねる。それは流し目をして微笑んでもいいという合図だ。

しかし今回は違った。声をかけられた瞬間、大妹妹は蘭蘭をギュッと引っぱり駆け出した。

後ろから聞こえてきたのは「ねぇ」のひと言だけ。

しかし蘭蘭も大妹妹の意図を察し、二人同時に振り向いた。「どっか行けー。あっち行けー」そう言うや、南陽路の方へものすごい勢いで駆け出した。

後ろの男二人は驚きのあまり立ち止まって大声で罵倒するしかない。「このあばずれぇ。売春婦ぅ」

前を行く二羽の蝶には、自分たちを罵るその声が次第に細く遠くなっていくような気がしていた。励まされているようにさえ思えていたかもしれない。

賑やかな追いかけっこはそこまでとなった。

二人は二十四番トロリーに乗り路地に戻ったが、いつまでも笑い転げている。

「何にもおかしぃないわ。どういう事や」と小毛。

大妹妹と蘭蘭がくちぐちに言う。

「楽しいんやもん」

「すっごい緊張したわ」

「あの二人、どっちも好みやなかった」と大妹妹。

「変なやつらやなぁ。何にもおかしいことないわ」

「笑《わろ》うてんのが楽しいんよ。わからへんかなぁ。逃げまくってもなかなかうまいこといかへんけど、それがおもしろいんよ」

「気ぃつけなアカンぞ。おまわりの取り締まりがきつうなって、可愛い〝蝶々〟らもそこら中に散り散りバラバラになって慌てて逃げまくってるわ」

「ありえへん」と蘭蘭。


服装というものについて、大妹妹はあまり気にしていないように見えたが、実はかなりこだわりがあった。普段はよく、合物で濃い青のブラウスにふんわりした黒い上着（綿入れが汚れないよう、上に羽織るもの）を合わせていた。色合いやデザインは地味だが、玄人《くろうと》ならひと昔前の値打ち物の生地だとひと目でわかる。光沢はないが綺麗な錦織、織り込み模様のポプリン、厚手の黒い絹の上着を着ることもあった。裁断するときもタックの分を考慮するなどのこだわりがある。腰がそのひだに包まれ、細かい部分が丁寧に仕上げられたおかげで、全体の美しさが際立つのだ。

夏はカーキ色のズボンを穿く。細身だが体にフィットしすぎてはいない。見かけは地味だが上品だった。灰色のズボンならアメリカのブランド〝パリス〟だ。裾がゆったりしていて、アイロンも軽くかけてある。他にもいろいろなズボンを持っており、材質や幅が全て程よいものだった。すらっとしているので歩く姿もサマになり、またどのズボンを穿くかで雰囲気もずいぶん違っていた。

秋冬はフランネルのズボン。父親の古いコートを仕立て直して作ったらしい。生地を裏表に使ったり、パッチワーク風にしたり、上下を逆さまにしたり。完璧な仕立てだから、ますます美しくしなやかに見える。

大妹妹にはこだわりがあった。合わせる色は少なめに、デザインはシンプルに、重ね着の枚数は少なめに、後ろは体に程よくフィットしていないといけない。個性派だ。巷でよく穿いているような、目先の流行にとらわれただけの黒いスパッツは穿こうとしない。普通の店で売っている大衆向きのものも鼻であしらいバカにしていた。

春夏秋冬一年を通して、大妹妹が路地を出ると、見る目のある人なら、たとえばそれが夜であっても天女に出くわしたのかと目を見張ったくらいだ。

父親が腕のある仕立屋として知られていたので、小さい頃からその業界と関わりがあり、道具名や布地の種類もよく知っていたし、仕立屋のこともよく話題にしていた。

ミシンのことは「龍頭《りゅうとう》」、はさみは「雪鉗《せっかん》」、試着は「套圏《とうけん》」と言うし、「女紅手《にょこうしゅ》」と言えば婦人服専門に作る人、「男紅手《なんこうしゅ》」は紳士服しか作らない人を指していた。

「人民中国になる前、上海の仕立屋は少なめに見ても二千軒ちょっとあって、職人さんは四、五万人いたんやて。そやから家族も入れたら仕立関係でご飯食べてる人は二十万人もいたんやて」

「ありえへん」と小毛。

「昔は毎年旧暦の六月六日になったら街じゅうの仕立屋さんが豫園《よえん》へ服の虫干しに行ってたんよ。お父ちゃんが言うてたわ」と大妹妹。

「今の国営の服工場かて人いっぱいいるやん」と蘭蘭。

「手作りなんよ。わかる？　ぴったりのサイズにできるんやから。それにその頃の上海の女の人は薄手の絹織物とかサテンとかピカピカ光ったシルク、それも舶来のしか着たがらへんかったんやて。お父ちゃん、ちりめんは〝桃玉《とうぎょく》〟、絹織物は〝竪点《じゅてん》〟とか〝四開《しかい》〟って言うんよ。綿織物もよう使うし、シワができてもすぐに元に戻るんよ」

「裁縫鋏は〝叉開《さかい》〟、竹の物差しは〝横子《おうし》〟って言うてるの聞いたことあるわ」と小毛が言うのを大妹妹は嬉しそうに笑顔で聞いていた。

「大妹妹は何でもよう知ってるんよ。青っていうてもいろんな言い方があるんや。大妹妹、言うてみて」と蘭蘭。

「青はそんなたくさん種類ないけど。魚肚《ぎょと》、天明《てんめい》、月藍《げつらん》、毛藍《もうらん》、洪青《こうせい》、夜藍《やらん》、潮青《ちょうせい》、水色、河藍《からん》……」

七十年代初期の上海。女性のファッションはわずかながらも細かいところで変化していた。誰かが声をあげ、それに影響される事もあったが、いつも表面だけで終わっていた。冷静に観察すると、この街はそういう所なのだ。

かつて南京路でも昼となく夜となく北方の歌が流れていたことがある。ヤンコ踊り（田植えの時に農民が踊ったのが起源とされる大衆舞踊）をし、赤い布を振り、腰にくくりつけた太鼓を打ち鳴らし、白いターバンを巻く、そんな姿がよく見られたものだ。ソ連のレーニン服も流行っていたし、映画『ネオン下の歩哨』（一九六四年）の女特務、曲曼麗が着ていたオーバーオールやワンピースもほんのいっとき売れ筋にはなっていた。しかしどれもこれも最終的には根を下ろすことができなかった。

ここは江南、それも上海だ。ファッションも昔から全て自分たちで考え、その気候風土や性質に合ったものを選んできたのである。

数年前には軍服やスポーツウェアを着ていると鼻が高いという、政治的配慮を取り込む風潮ができていた。それは十九世紀半ばの開港によってこの街が大都市になってから最も趣味の悪い服装だったので、本当はみんないやで仕方なかった。しかしそれも次第に形が変わり原形を残さなくなり、静かに次のものへと発展していったのである。

一九四九年、人民中国になり北京に首都が置かれたとき、大妹妹の父親は北京に配属された。上海のかなりの企業が北京に移った時のことで、出版社の商務印書館《しょうむいんしょかん》、有名ホテル、中国服や西洋服の店、床屋、そんな何もかもが移って行ったのだ。

「オレやったら行きとうない。かまへんやろ」と小毛。

「そんなことしてエエと思うてるの。アカンやろ。何もかもが引っ越すんやから。アイスクリーム工場かて引っ越したんよ。甫《フウ》さんとこの奥さんの妹さん、あんなエエとこのお嬢さんでもみんな一緒くたに汽車に詰め込まれて北へ行かされたんよ。あの人、滬江《ここう》大学（キリスト教系）の卒業生やったのに。淮海路にあった高級マンションって、どの部屋も舶来のヒーターが付けてあったんやけど、そんな物まで北京に持って行って使うたんよ。それにしてもひどいやろ。お父ちゃんが言うてたけど、下水管も壁の奥も壊さなアカンし、とんでもない事やろ」と大妹妹がいきまいた。

「さっぱりわからんわ」

「国の大事な事なんか、わかったとしても何ができる？　お父ちゃんもなんでそんな事するか、わからへんかったんやから。あのとき市内の西の立派な洋館なんか、水洗便所がどれだけつぶされたと思う？　なんでそんな事したんやと思う？　それはな、新しい家主とか指導者が使い慣れてへんかったからなんよ。うんこさんがしにくかったんや。小さい頃からしゃがんで便器またいでやるのに慣れてるからな。それで、洋式のを壊して、またいでやるのに作り直したんやて。ひどいやろ。あんなもん臭《くそ》うてかなわんわ。お父ちゃん、それ聞いてもったいない事したって言うてたわ。古い路地に住んでる人は水洗便所にしたいってずうっと思うてんのにな。舶来の高級な真っ白のとか象牙色の便器にしたいやん。それを木槌で叩き割ったんよ。とことんやって、言うてたらしいわ。ブルジョアの生活習慣はとにかくプロレタリアートの邪魔やから叩き潰せって」と大妹妹の話は続く。

小毛は黙って聞いている。

「お父ちゃんが出て行く前にお母ちゃんに言うてたんやけど、これからは〝対交〟がやりにくうなるかもしれんって」

「何やて?」と小毛が笑う。

「ほんまにいやらしいわ」と蘭蘭も笑う。

「アホやなぁ。仕立屋の業界用語！　〝対交〟って長ズボン作ることや」

蘭蘭が笑う。

「言うてごらん。何を想像してたん」と大妹妹は蘭蘭の腿をつねった。

「おい、ケンカすんなよ」

「痛っ。冗談やんか。ひどいわぁ」と蘭蘭。

「〝対交〟は長ズボン、〝光身〟は長い中国服。そしたら〝対合〟は何でしょう」

小毛はかぶりを振る。

「短い中国服でしたぁ。〝護心〟はベスト」

小毛は大妹妹の豊富な知識に感心している。

「そしたら〝遮風〟と〝圧風〟は?　わからへんやろ。中国風の、裏に毛皮が付いてる長い服と付いてないの。長ズボンが作りにくうなるってお父ちゃんが言うてたのは、どうせちゃんとしたズボンは上海に帰らな売れへんし、エエ物は作られへんっていう事やったらしいわ」

「まさか北の方の人は毎日、綿入れか毛皮付きか、射的服かを着て馬に乗ってたんやないやろな」と小毛。

「何やて？　そんなん初めて聞いたわ」と大妹妹。

「昔の長い服は前開きになってて、射的服って言うてたんや」と小毛が続けた。

「北の方は馬に乗る人少ないやろ。でもすごく寒い時期になったら、みんな上に短い綿入れ着て、その上にまだ綿入れのコート着なアカン。下は分厚いキルティングのズボンで、綿もようけ入れなアカンし、サイズも大きめや。綿入れズボンは〝脱襠《だっとう》〟て言うんよ」と大妹妹が言う。

「何やて？」と小毛。

「重ねばきで上に穿くズボンのこと。それに、夏は一枚で穿くことも考えなアカン。そやからズボン作るんやったら、幅広に裁断しなアカン。小麦粉の袋くらいにダブダブにな。そしたら冬でも夏でもどっちにも使えるやろ。わかる？」と大妹妹。

　小毛は黙って聞いている。

「もしお父ちゃんにくっついて北に引っ越してたら、きっと首吊ってたわ」と大妹妹。

　返す言葉に困る小毛だった。

　ところが思いがけず、二年後、大妹妹に配属通知が来てしまった。上海革命電気工場の職業訓練所からの通知だった。そこは安徽省の代行をしている所で、戸籍だけを先に上海から安徽省へ移し、本人は上海に残ったまま二年間研修、期限がきたら安徽省の貴池軍需工場へ向かうというもの。

　当時、上海では他地域での軍需工場建設を多数請け負っていた。場所は安徽省の山岳地帯になることが多い。別称五三〇七工場では五七口径高射砲の主要な部分を、五三二七工場では高射砲の照準器を作っていた。大妹妹が配属される上海の工場は五三三七工場を建設し、高射砲の電気伝導システムを請け負うことになっていた。

大妹妹は夜どおし泣いていた。

「蝶々になってあっちこっち飛び回って、どこへ行っても笑いころげてやりたい放題。なんで大妹妹があんな事したがってたかがハッキリわかったわ。この一、二年は気楽に過ごせるもん。安徽に行かされて、ボロの綿入れズボン穿いて山の中で働かされるくらいやったら、てっぺんから飛び降りてやるって言うてるんやもん」と蘭蘭が小毛に言った。「山で仕事するんやから、お股が割れた赤ちゃん用の穴あきズボン穿いてても気にせんでエエくらいやし、どうせ山にはイノシシとか野生の鹿しかおらんから、人には絶対見られへんって慰めるしかないわ」

大妹妹はまだ泣いている。

「男も陝西省とか四《し》川《せん》省にある〝三線《さんせん》〟の軍需工場によう け行かされてるなぁ」と小毛。

「女が行かされるの、あたりまえやろ。向こうは男の人が多すぎるし、その人らと結婚させるためやもん。工場長が上に電話かけたんやわ。『上海市長さんに取り次ぎお願いします。市役所ですね。市長さんでいらっしゃいますか。こちら安徽です。安徽の工場です。はい、はい。あのですね、早めにお願いできませんでしょうか。早めに女の子を見繕ってお送りいただけませんでしょうか。そうです。女の子です。多めに、よろしいでしょうか。はい、お忘れになりませんように。こちら、急いでおりますもので』って。市長さんは電話切ったら、紫檀のそろばんはじくんや。『足す一は五入れて四ひいて』大妹妹はそのそろばん玉の一つになってるんや。パチパチッて玉はじいて、『足す五は五とって一繰り上がる。足す九は一とって一繰り上がる』大妹妹はパチパチいう音と一緒に安徽へはじき出されるんや」と蘭蘭。

聞いていた大妹妹はまた泣きだした。

「泣いて何になるんよ。諦めたらエエやん。どっちにしても大妹妹は安徽に行ったら絶対工場の〝花〟になるわ。工場長の事務所のベランダとか給水塔に登ってバスケのボールでも投げたら、下にいるやつら、絶対に頭ぶつけて血流すくらいの奪い合いになるわ。昔、結婚相手を選ぶ時にそんな事やってたらしいやん」

「そんなやり方、古臭いわ」と大妹妹。

「どっちにしても工場には文芸宣伝隊が絶対あるはずやし歌《うと》ぅたり踊ったりできるやん」

「軍隊用のズボンしか穿けへんし、軍隊用のリュックしか担げへん。竹のカスタネット鳴らしてやる古臭い語りものしかできひん。我慢できひんわ」

「毎年お正月には親とかに会いに帰ってくるんやろ。こっち帰って来た時に、なんぼでもオシャレしたらエエやん」と蘭蘭がなだめても大妹妹は何も言わない。

当時は中学や高校を卒業してどこかに配属されると、戸籍だけでなく生活に必要な物の配給切符までが配属先に移されていた。つまり配属先が決まるという事は生きるか死ぬかの判決が下されたようなもの。緊急指令だ。うなだれ、サインするしかない。個人では抵抗のしようがなかった。大妹妹は運命と思い諦めるしかなかった。

それがまさか、翌年、蘭蘭も同じように安徽省東部にある寧国《ねいこく》地区へ配属されようとは。手榴弾工場へ見習いに行くというものだった。

しかし、蘭蘭の母親はやり手だった。何度も小毛の母親のもとに足を運び、頼みこんだのである。母親の弟というのが地域の小さな病院で働いていたので、そのコネを使い〝視神経萎縮症〟という証明を書いてもらった。おかげで蘭蘭は上海に留まることができたのである。

ある朝、小毛の母親は箪笥《たんす》に向かい、長い間、祈りを捧げていた。

「お母ちゃん、あんまりごちゃごちゃ言わんほうがエエぞ。蘭蘭こっちに呼んで領袖さまにお礼を言わさなアカンな」と小毛。

母親はため息をついた。

「蘭蘭が上海に残ったら、大妹妹はまた泣くやろなぁ」

小毛はどう返せばいいかわからなかった。

「蘭蘭のために小細工なんかして、悪い事したと思うわ。つらいわ。今頃、誰か知らんけど、どこかの路地の娘さんがきっと泣いてるわ。蘭蘭の代わりに安徽へ爆弾作りに行くんやから。手榴弾作るんやから」

「確かにそうやな」

「やっかいな事や。ほんまにあっちを立てたらこっちが立たずや。どっちにしても穏やかな気持ちではいられへん。しかめっ面して、いつでも辛い気持ちで生きていかなアカン。ほんまに領袖さまに申し訳ないわ。何もかもお見通しなんやから」

「そうやな」

「人間は生まれた時から罪作りなもんや。そやけど、これからはなんとかして人助けするわ。これからはつらい思いしてる人とか可哀想な人を助けてあげるんや。そうしたらきっと領袖さまも助けてくださる」

小毛は黙ってしまう。

「小毛、こっちおいで。領袖さまにほんまの気持ちを申し上げるんや。おいで」

小毛は向き直っただけで動こうとはしなかった。

十八章

一

その夜、汪と別れた阿宝《アァバオ》は李李《リィリィ》と茶房へ行った。茶でも飲んで話をすれば自分の気持ちも鎮まるだろう——。

「蘇安《スゥアン》さんが来たとたん、李李、不機嫌になったなぁ」と阿宝。

「おかしい？　私がそんな人間だと思う？　私が徐《シュイ》さんなんか好きになると思う？」

「……」

周りでは灯りが優しい光を放っている。

着信音が鳴った。林《リン》夫人からだ。

「阿宝さん、明日帰ります」

「あぁ」

「お会いしてお話ししたいんですけど」

「あぁ、そうですねぇ」と阿宝は言葉を濁した。

林夫人がどこかのホテルで、化粧を落とし髪を梳《と》きベッドにもたれてテレビを観ている、しかしそわそわしている、そんな姿が眼に浮かぶようだ。

部屋は真っ暗。それは台湾の新竹《しんちく》でも日本の東京でもいい。いや、ウイグルの伊寧《いねい》でも寧夏《ねいか》の銀川《ぎんせん》でもいい。柔らかいベッドに夜の気配が漂う。電話のおかげで、全く異なる状況にいてもこうして話ができる。とはいえ、どちらも自分のことで手一杯。表情が見えないため相手の気持ちを取り違えることもあるだろう。おそらく林夫人は枕元の灯りを消して目を閉じ、こっちが一人でいるものと思いこんでいるだろう。

話は食事をしていた時の事、突然現れた蘇安の事になったりもした。

「汪さんのおかげで阿宝さんにも会えましたし」

「そうでしたねぇ」

今ここで汪の事を下手に持ち出すと、林夫人がそれを噂して歩くことが阿宝にはわかっていた。阿宝は冷静になり黙っていた。受話器から相手に届くのは店に流れる音楽だけ。茶房でよく流れる伝統曲だ。今、林夫人は目を見開いているのだろうか。灯りを点け、もう話を切り上げようとしているのだろうか。

そんな事を思いながら電話を握る姿勢を正した。

「今回お会いできて、ほんとに楽しかったです。これからもどうぞよろしくお願いします。またちょくちょくこっちにいらしてください」

傍で李李がお茶を一口飲む。

「お元気で」と阿宝。

媚を含んだ声で答える林夫人。「阿宝さん、ほんまにありがとう」

「気ぃつけて」

電話をきった阿宝はわかっていた。男女のことは巡り合わせがものをいう。少しでも行き違いがあれば、それは縁がなかったという事だ。

——疲れ切った林夫人。うっすら広がる雲に朧月《おぼろづき》がぼんやり明かりを放っているのがホテルの部屋から見えている。楽しい事はいくらもないのに、嫌な事だけはその何倍もある。ゆっくりベッドから起き上がりカーテンを開ける。高層建築が立ち並ぶこの街は暗闇に沈み、建物の輪郭がかき消され、夜のしじまに包まれている。

そんなシーンを阿宝は見たような気がした。もう林夫人は夢の世界に入るしかないだろうな。

「恋人が外国にでも行くわけ?」と李李。

「いやいや、さっき食事に来てた林夫人や」

「ああ、台湾人のね。私は台湾人とはお付き合いないから」

「台湾の女の人は本土の女の人よりよっぽど慎重や。こないだ企業誘致の会議に出たとき、社員が台湾から来た女のお客さんに会《お》うてな。お綺麗ですねぇて言うたら、そのお客さん、その社員には下心があるんやないか、自分はからかわれてるんやないかって思うたらしいわ」

「っていうことは、林夫人が自由奔放な人だったら、阿宝も誘惑していいってこと?」

「アハハ、〝至真園〟で食事したとき、台湾人の男二人なんか、李李に会うたとたん、大喜びして気持ちよう飲んでたけどな。そっちこそ、なんでその気にならへんのかな」

李李は軽く咳払いした。「まだ結婚もしてないのに、ママって呼ばれるようになって何年にもなるのよ」

阿宝は黙って聞く。

「人に結婚しろって言うだけで、阿宝はどうして結婚しないの」

「李李に目をつけてるヤツはいるけど、僕に目をつけてるヤツなんかおらんから」

「女のほうからそんな事していいわけないじゃない」

納得したのか、阿宝は黙っている。

店に流れる古典音楽が細かく音を刻んでいる。一曲終わるとまた次の曲。茶がそろそろなくなりかけていた。

「今までは誰かと結婚できるなんて思いもしなかったけど、真面目に聞くわ。私も結婚できるかな」

「うん」

「さっき阿宝が女の人と電話で話してるのを聞いてたら、妬《や》けてきたわ」

「あの人は〝奥さん〟や」

「しらばっくれて。〝奥さん〟ってどういうこと？　日本の映画観たことある？　若い男の子が口開《ひら》いたら〝奥さん、奥さん〟って言うのと一緒よ。ストレートでいやらしいわ。わかる？」

阿宝は苦笑している。

「みんなが寝静まる頃に電話かけてくるってどういうこと？　目まいがするわ。寒気も」

「風邪かな。病院行こうか。夜でも開いてるし」

「何言ってるの。女は寒いのが嫌なのよ。そういう時は男が自分の服脱いで、ふわっとかけるものでしょ。どんなバカでもそんな事思いつかないわ」

阿宝が口をつぐんだ。

「がっかりよ。もうほんとにひどい人。全然大事にしてくれないのね。参ったわ」

阿宝はどう返せばいいのかわからない。

李李が手を差し出した。「こっち来て」

阿宝は李李に近づいた。

李李が声をひそめる。「一緒に来て。私の部屋に来て」

阿宝は時計を見た。

「時計なんか見て何してるの」

阿宝は黙っているしかなかった。

「男の人が私の部屋に入るの、阿宝が初めて」

阿宝が支払いを済ませ、揃って店を出た。

車を呼んで南昌路で降り、道路沿いの古い洋館に入った。入り口は一つで小さな中庭がある。門を開け中庭に入ると、暗闇を野良猫が一匹駆け抜けて行った。

二

李李が部屋のドアを開けた。中は真っ暗。

ドアにもたれ、背後に阿宝の気配を感じると振り向いて抱きつき唇を合わせてきた。フレンチキス。震えてはいるがぎこちなさはなかった。

抱きしめた時、阿宝は李李に熱いものを感じた。

部屋は底なしの暗闇。入り口で長い間抱き合っていた。そのままそろそろと中に入り、李李がドアを閉める。

「スイッチは？　灯りつけよう」と阿宝。

十八章

「つけないで。入って」と李李。

二人は暗闇を手探りで歩いた。

「座って」

何かに足が当たった。床に置かれたマットレスだ。

腰を掛けシャツのボタンをはずす。李李が目の前で上着を脱いでいるのがわかった。ぼんやり見える李李の体は燃えていた。その燃えるような膝とふくらはぎに手があたる。

暗闇の中、李李が寄り添い胸を押し付けてくる。窒息しそうだ。

ゆっくりマットレスに倒れこむ。

部屋は真っ暗。天井も底なしの真っ暗。

春の気配だった。春景色に溢れた映画の世界、暗闇にふいに沸き起こった明るい世界だった。

青葉を誇る山々。柔らかい枝垂《しだ》れ柳の枝。青空に浮かぶ白い雲。辺り一面を照らす明るい日差し。

そんな春景色が脳裏に浮かび、それを李李の姿と重ねた。

しかし現実の暗闇では、肌で触れた感覚、その感覚から思い巡らせる事しかできない。阿宝はやはりその目で確かめたくなり、何度も枕元を手探りした。ようやくスイッチの紐を見つけたが李李に奪われる。

春景色の映像が終わった。何もかもが平静を取り戻している。

李李は起き上がり洗面所に入った。「もう電気つけてもいいわ」

阿宝がスイッチを探り当てる。

小さな灯りが点った。二十平米あまりの部屋の真ん中にベッドがあり、左側は壁。洗面所のガラス戸の前以外は壁一面にハンガーラックがあった。服がびっしり掛かっていてカバーで覆われている。

右側の壁には食料品店の古いカウンターが二つ置いてある。家主が残しておいた物らしい。三段のガラス棚がついていて、中には大小さまざまな物がびっしりと並んでいる。

起き上がってウォールライトを点けたとたん、阿宝は肝をつぶした。

カウンターにもガラス棚にもぼろぼろになった古い西洋人形が並べてあるではないか。近づいてみた。頭が混乱してくる。

棚にある人形は材質も顔も形もさまざまで、古びて燻《くす》んだ色をしている。男の人形、女の人形、それも大小さまざまだ。ビニールボディに木綿の服。パチッパチッと目を開けたり閉じたりするもの、巻き毛にはげ頭、ホットパンツやビキニの可愛い外人娘、バービー人形、肌脱ぎになった遊女、操り人形、恐ろしい形相のもの、人魚、カウボーイ、天使、赤ん坊のキリスト、結合双生児、子供のサーカス。色褪せたスカートやズボンを身につけているのもあれば、素っ裸のもある。手足がちぎれたもの、片目や頭がひしゃげたもの、上半身しかないもの等、原形をとどめていないのもある。ホラー映画『オペラ座　血の喝采』の主役のベティのようなもの、人頭獣身、奇形児、そんなものがびっしりと並んでいる。

李李がバスローブを羽織ってやって来た。手にしたオーデコロンを棚二つ分のコレクションに向け、奥まで何度も吹きつけた。

「こんな物こんなたくさん集めて、ほんまにわけわからんな」と阿宝。

李李は手のちぎれた上半身裸の女の人形を出してくると、脚を開き阿宝に見せた。下半身は本物そっくりにしあげてあり、金髪まで付いていていた。

「これ、マカオで買った骨董品。百年ものの手作りよ」

「服、一枚くらいは着せとかなアカンやろ」

「はじめに着てた服はもうボロボロになっちゃった。ゴキブリの付けたシミもあるし、昔借りてた部屋にはネズミもいたし。あの頃はこんな物を宝物みたいにしていくらでも買っちゃって、段ボール箱いくつも用意して入れてたんだけど、そんな奴らにもぐり込まれておしまい。スカートとか服に巣作って、いっぱい嚙み切ってあったわ。ネズミが子供生んだときに見つけたの。だから裸にしとくしかないってこともあるのよ。まぁほんとの姿みたいなもんよね。質素な感じもするし。年も色々だし、ちゃんと分けたら、可愛いのとか、落ち着いた感じのとか、事故に遭ったみたいに気持ち悪いのとか」

阿宝は李李の話をじっと聞いていた。

李李は裸の人形を手にとった。

「ホラー映画に出てくるでしょ。棺桶から起き上がってくるの。あれみたいでしょ」

「あーもうごちそうさまや。我慢できひんな」

「だからオーデコロンでも吹き付けて、ゴキブリとかネズミを寄せ付けないようにするしかないのよ」

「夜、こんな物と一緒にいたら、次から次に悪い夢見るやろ」

「別に怖いことないわ」

李李は壁の隅を指差した。そんな所に厨子《ずし》があり観音菩薩《ぼさつ》が祭ってあるではないか。李李はそこへ行くと円座に跪《ひざまず》き手を合わせた。バスローブにふんわり包まれた体に真っ白な太も。爪も手入れが行きとどいている。真剣な面持ちで線香を立てた。部屋にコロンと線香の混ざり合った独特な匂いが漂う。

「観音様がここにいてくださるお陰で毎晩安心してられるわ」

阿宝はおし黙ったままだ。

椅子は一脚しかない。李李がワインを開け二人でマットレスに戻った。灯りをしぼり、立てた枕にもたれかかった。

「部屋に入ってすぐに電気つけたら怖かったやろな」と阿宝。

李李は笑うだけ。

「こんなボロ集めてどういうつもりや」

「好きなんだし、いいじゃない」

「夜中に悪い事が起こらんように気ぃつけろよ。チェコの映画であったやろ。部屋にあった人形が夜中に謀反を起こすの」

「そうなの？」

「それで妖怪が悪い事せんようにって観音様にお願いしてたんか」

李李が阿宝をポンと叩いた。「バカな事言わないで。このお人形さん見てるからずっといい夢見てられたのよ。人の顔ばっかり見てたらどうなってたかわかんないわ。たぶん悪い夢見てただろうな」

ワインを飲んでいたが、疲れてきた二人はグラスを置いた。李李は灯りを消してバスローブを脱ぎ、阿宝のそばに潜り込んだ。

また暗闇に包まれる。

「眠たい？」

「いや」

「喋ってもいい？　身の上話いや？」

「まさか」

李李は気持ちを鎮めた。「私はずっとイヤな事ばっかり。昔、省のモデル養成所を飛び出した時もイヤな事があったからだし、その後で深圳《しんせん》とか広州へ知り合いと一緒に行ったけど、またいやな事があって、それで仏様に願かけに龍岩寺とか広州の六榕寺《りくようじ》へ行ったのよ。いつだったかそんな所で目の見えない易者さんに出会ってね。その人、私の気配を感じて言ったの。弟のことで悲しんでたらダメだ、人それぞれ運命があるんだって」

——弟の事を言い当てられて驚く李李に易者は続けた。

「当たってるでしょう。今まで会ったことがなくても相手の気持ちまでわかるんですぞ。とにかくおかけなさい」

李李は腰をかけた。

「間違いないでしょう。すごいもんでしょう。この仕事でおまんまを頂いてますんで、言う事に間違いはございません。〝引き止めの術《すべ》〟を身につけていないといけませんのでな」

「引き止めの術って？」

「私の話をちょっと聞いたらみんなびっくりして、ご自身から進んで、それも落ち着いて運勢判断を聞こうとお思いになりますもんでな。そういう風にもっていくのが易者たる者の能力なんですぞ。いきなり、『そこの旦那さん、福相だからきっと大もうけされるでしょう』とか、『そこの奥さんこちらへどうぞ。占ってあげましょう』とか言うような安物の易者は、こんな仕事辞めて家に帰ってご飯作って寝とくしかございませんな。こんなご時世じゃから、みなさん警戒心がお強くてな。つまらんたわごとなんか、足止めて聞く人はおられませんもので」

「あんたさんのご両親はお達者ですな。弟さんは何年か前にお亡くなりでしょう。ですがそれは運命だったからですな。お姉さんとしては悲しまなくてもよろしいのですぞ」

李李の父親はシニアエンジニア。信心深い人で、インテリアの配置も廟のようにしていたくらいだ。信仰という意味では李李より弟の方が上手《うわて》だった。小さい頃から親と線香を上げ、仏を拝む時も頭を床にうちつけ本腰を入れていた。それが十七歳のとき急に出家すると言い出したのである。決心は堅かった。父親はかんかんに怒って猛反対し、怒鳴るわ叩くわの大騒ぎ。翌日、弟は自殺してしまったのだ。

親は泣きながら線香を上げ拝んでいたが、李李はひたすら親を憎むだけ。挙句、広州へとび出したのである。

「弟さんはそうなる運命だったのでございます」

易者にそう言われた李李は、そういうものかもしれないと思えてきた。嬉しくもあった。

易者は李李と少し距離をあけて座っていた。目が見えていないのに李李が痩せていることまで言い当てた。

「女のお方はちょっと肉がついてふっくらしておられた方がよろしい。そうしたら膨らみのある運が巡って参ります。痩せておられましたら、薄命になりますのでな。あぁそうそう。あんたさん、すぐ傍で災難が待っとります。どんな事もよく考えるように。これだけはしっかり覚えておくように。そして、一番仲のいい人とは距離をおくように。船に乗るのもなりません」

「ありがとうございます。ほんとうにありがとうございました」

「それから?」

「もう眠たいわ」

いつの間にか阿宝に抱きしめられていた李李は、阿宝の胸に顔をうずめて抱きついた。

「私のこと、いやになる？」

「そんなことない」

——当時、経済的に不安定だった李李は普段、地味な暮らしをしていた。トップクラスのモデルとして高級服のファッションショーに出て、ある程度の収入はあったのだが……。

仕事の中身はナイトクラブでT字形ステージを歩くショーだ。香港のクラブにも行った。ステージの真ん中まで行くと、客のグラスに自分のつま先が当たりそうになるくらいの位置だ。周りをびっしり人が囲んでいる。しかも風が吹き込むほどの薄着で、昨今ではハイレグショーツも珍しくはないが、前も後ろも細いT字のようなショーツを穿かされるところだった。しかし李李は断固拒否した。

客の中にはよくない性癖を持つ者がどれほどいたことか。キラキラ光る灯の中で、太ももに顔を貼り付けるようにして覗き込む輩《やから》もいれば、双眼鏡で見ている者もいた。おまけにマネージャーには毎日こっぴどく怒鳴られる。

「さっきお客さまが爆笑してらしたのは、誰かさんが綺麗に剃ってなかったからだ。不潔に見えるだろう。みんなそういう面ではもっと真面目に丁寧にやれ！」

李李だけは相手にせず、勝手に言わせておけばいいとあしらっておき、次第に出勤しなくなっていった。いかに貧しくなってもそんな下着は身につけない、それが李李だった。

職場にミィミィという娘がおり、李李はずっと仲良くしていた。しかし例の易者に出会ってからは、ミィミィが悪い道に足を踏み込んでいるような気がしてならなかった。前も後ろも紐のような細いショーツを李李にも穿かそうとするのだ。李李は警戒した。

そこへまた新しい娘がやって来た。李李と似たような考え方をしており、芙蓉《フゥローン》という名前だった。普段はめったに喋ることもなく、李李にも愛想よく振る舞うことはなかった。ただ、マネージャーを嫌っているのは李李と同じだった。

その芙蓉が来た翌日、評判になっているステージのショーに全員で行った。それはT字ステージではなく鏡張りの舞台を歩かされるというもの。両サイドに客の椅子が二列並んでいた。

その日の衣装はフレアスカートに秋冬物のコート。まだマシではないか。物もよい。ところがだ。化粧室でストッキングを穿くときになり、やって来たマネージャーの言葉に驚いた。

「今日はみんなショーツを脱いでおくようにな」あっけにとられる娘たちを尻目に言葉は続く。「びっくりしなくていい。大した事じゃない。ちゃんとスカートを穿いてるけど中はスッポンポン、それが流行なんだ。普通なんだ」

「たぶん日本のやり方を真似してるんよ。日本の法律では裸をじかに見せるのは禁止してるらしいけど、鏡に映すんやったら、じかに見せるとは言えへんでしょう。それで法律の目がかいくぐれるんよ」と芙蓉に耳打ちされた。

李李は黙っていたが、脱ぎもしない。芙蓉もそのつもりだった。

「ステージが終わったら話をつけようじゃないか。芙蓉、おまえはどうなんだ。脱がないつもりか。金がいらないのか」とマネージャーに凄まれた芙蓉は驚きのあまり、他の者とともに尻を出したままスカートを穿き、ステージに出た。

李李は舞台そでに貼り付いて見ていた。決まりどおり芙蓉は他の娘らとともにゆっくり鏡の上を歩き、立ち止まるとクルッと向きを変えた。それから全員が脚を開き中腰になった。

これが人間の生活だろうか？　スカートを穿きコートも着ている。なんとか体裁は取り繕っている

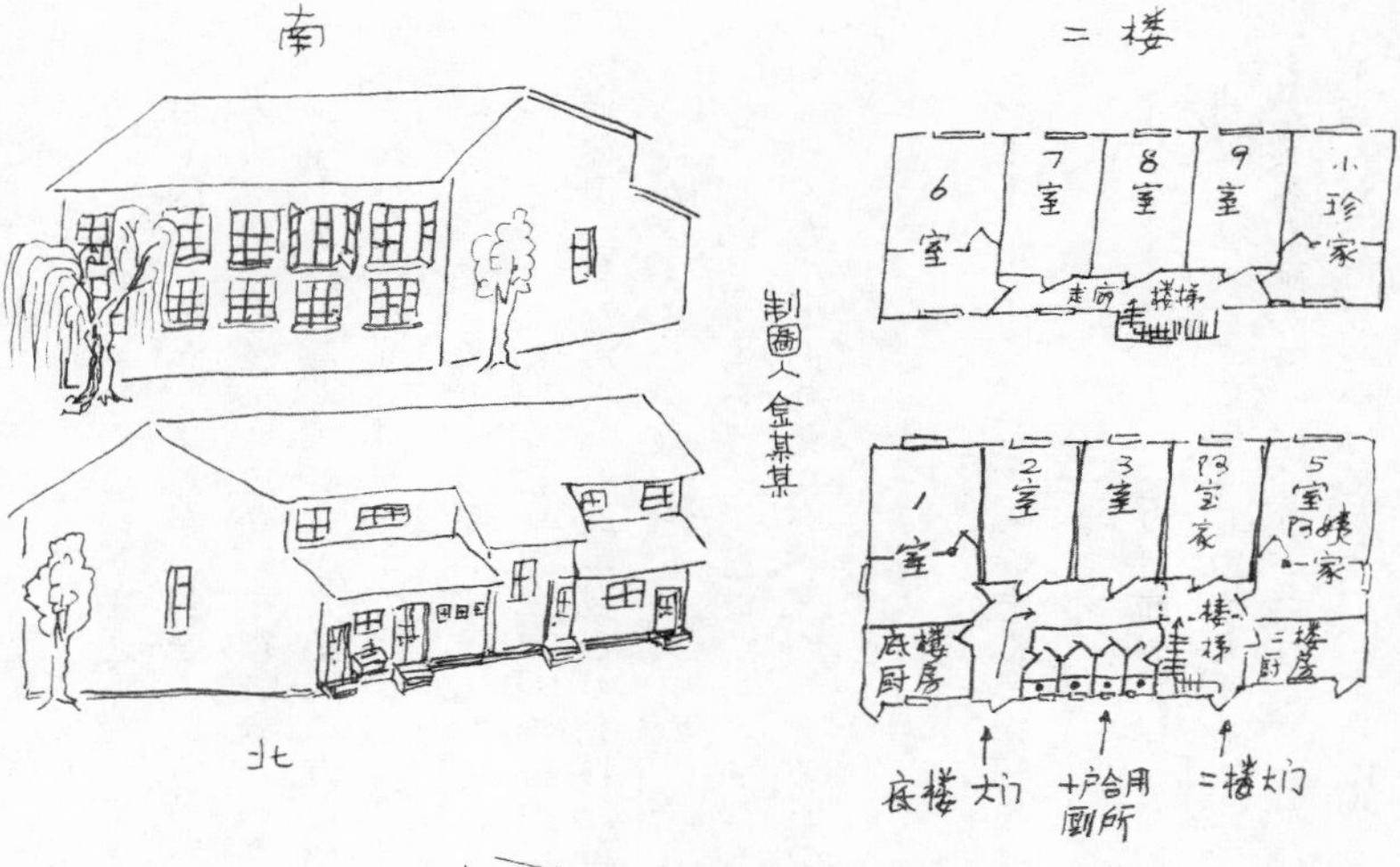

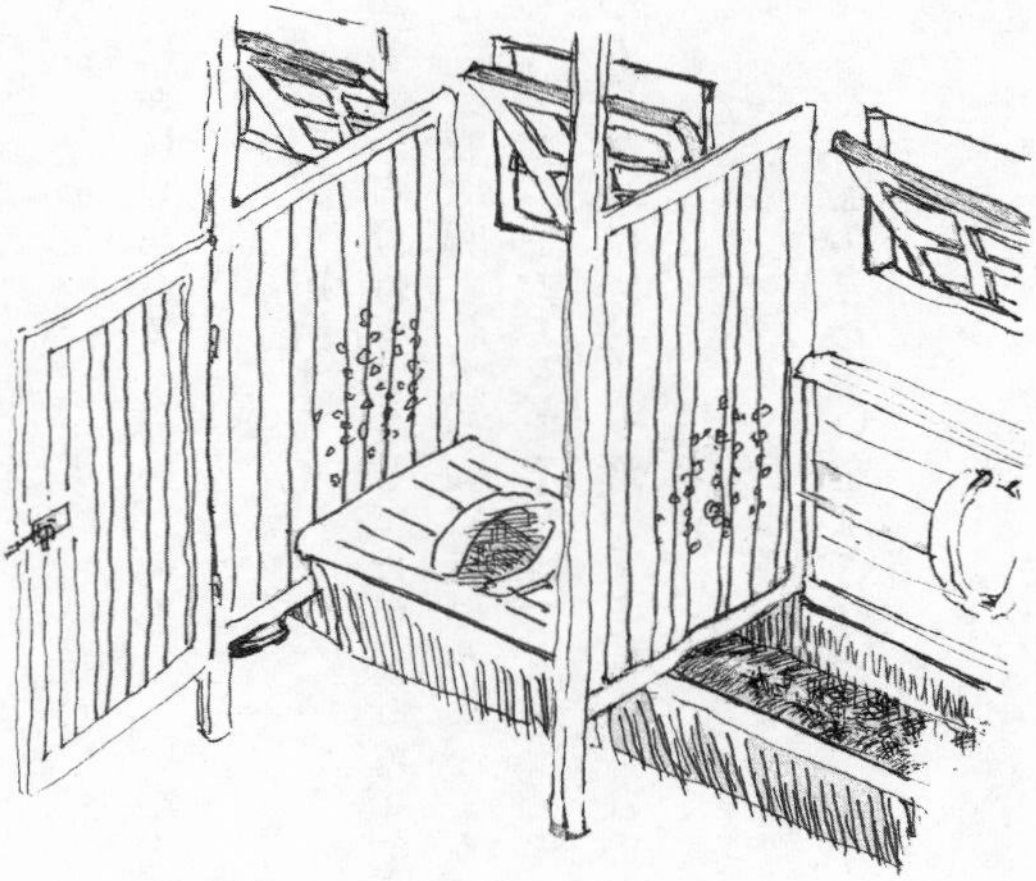

1950年代に建てられた労働者の住宅街。上海では実際の戸数により〝二万戸〟と呼ばれていた。ソ連のコルホーズに倣ったもので、ソ連の専門家が設計に関わっている。「トイレの蓋は重くて臭い。ソ連のごろつきがこんな物を考えついて」と阿宝の叔母が言ったのもうなずける。今はほぼなくなっている。

とは言えるが……。

その日の客は半分くらいがまともなスーツ姿だし、品もよさそうだった。双眼鏡もない。しかしどの目も床にしっかり焦点を合わせている。鏡を見ているのだ。男の頭はどこまでこんな事ばかりを考えるようにできているのか。納得できない李李だった。

ショーが終わると、芙蓉一人が隅の方で小さくなっていた。

「これぐらいの事で何カッコつけてんの。男にお尻見られるくらい、何ともないやん」

ミィミィの慰めに、芙蓉は答えない。

マネージャーは李李にチラチラ目をやりつつ、芙蓉を罵倒する。

「何往復かしたからって肉が減りでもしたかっ！　自分は稼ぎもしてないくせに、他人を身代わりにする誰かさんみたいなことじゃダメだ。そういう奴に騙されてるのに気づかないようじゃダメだ。はっきり言わせてもらうぞ。どいつもこいつもアソコが金でできてるわけでも銀でできてるわけでもない。そんな事はありえない。どいつもこいつもアソコは同じ！　珍しくも何ともない。大した事ないんだ」

「マネージャーって、えらいあくどい奴やな」と阿宝が思わず口をはさむ。

——マネージャーの怒りは続いた。

「北の方のやつの言葉を借りたら、みんなただ〝カムフラージュ〟してるだけなんだ。今の世の中、どの業界も確かにその通り。だけど、そんな事でおもしろいか。いろんな手口があるうえ、いかにも本当みたいに見せかけてたって、本当は空っぽで意味も中身も何もないんだ」

十八章

「そいつ、おもろい事も言うやないか」と阿宝。

「あの時、私は黙ってたしカムフラージュもしてなかった。私は単純なだけ。やりたくないとか、よくない事だと思ったら、やらないだけ。だけど、とうとう事件が起こってしまったの」

——その日の夜、李李と芙蓉、それに仲間二人が部屋でタバコを吸っていた。

「くさくさしてきたから休みとって気晴らしに行くつもりなんだけど」と李李。

「行く行く！」

「うちも！」

一人は海南、もう一人は香港へ行きたいと言った。芙蓉は立て続けにタバコを吸っているだけ。

「芙蓉ちゃんはどこがいいの？」

「うーん、みんなが決めたらうちも行くわ。どこでもエエわ」

「ちゃんと言わなきゃ」

「そうやそうや」

「香港もエエけど、海南やったら安いし、マカオやったら知り合いがいるけど」

マカオと聞いたとたん、そんな所があるのを思い出し、全員大喜び。盛り上がった。そこへマネージャーが入って来た。

「何騒いでるんだ。誰かおめでたなのか。それなら早めに言った方がいいぞ」

みんな押し黙ってしまう。

その夜のうちにマカオ行きが決まり、芙蓉が知り合いに手続きをしてもらった。マネージャーには深圳にある『世界の窓』というテーマパークに行くということにし、一日だけ休みを貰った。

二日後が土曜日。夜のショーに間に合えばいい。それなら、まる二日遊べる。翌日四人で船に乗り、海に出た。

と、その時、李李は不意に思い出した。船に乗ったらアカン——。

「李李さん、何か忘れ物でもしたん?」と芙蓉。

李李は考え込んでいる。

易者は、一番仲のいい人とは距離を置くように、とも言っていた。芙蓉は親友だろうか。いや、違う。大丈夫!

マカオに着いた四人は至福の時を過ごした。芙蓉は何でもよく知っている。ホテルの部屋へも案内してくれた。

ボーイが料理や軽食を載せたカートを押して来た時には歓声をあげた。

「みんな先に食べといて。うちは車の手配しに行ってくるから」と芙蓉。

三人で先に食事をした。しかし、芙蓉を見たのはそれが最後になったのである。

三人で一時間ほど待っていると、ハウスメードらしき年かさの女が二人入ってきた。

「一階のロビーでお待ちください」

ようやく気づいた李李たち。そこはナイトクラブのあるホテルだったのだ。不安になった三人は支配人に会いに行った。

「もう三人ともサインしてて、自分からここのホステスとして来たわけだから、今から決まりを話そう」

騒ぎだす李李たちを尻目に支配人らしき男は続ける。

「ここの収入は本土よりかなりいいんだぞ。ホステスの仕事して、寝て、チップは二八で会社が二割。三人ともいい体つきしてる上にプロだから、他にもプログラムを入れよう。毎晩ポールダンスを二回。みんなどういう事かわかるだろ。習い始めたらすぐにできるようになるからな。最後にストリップダンスを踊って体の三個所を見せてもらう。これもわかるはずだ。シドニーの歓楽街の決まりを見習ってるから、客は見てるだけ、手は出さん。ここはお客さんが多いから収益も多い。どうだ！　満足だろ。それから先に断っとくけど、実習が半年あってそれが終わったら給料が出る」

そいつの話が終わらぬうちに、あとの二人は泣きだして大騒ぎ。しかし李李は冷静に言った。

「これは何かの間違いです」

「つべこべ言うな。めんどうなヤツラだな。大騒ぎして迷惑かけるヤツは今までもたくさんいたけど。とりあえずハウスメードについて行って休んでりゃいい」

三人ともまだ文句を言おうとしたのだが、やって来たハウスメードに一人ずつ隣の部屋へ連れて行かれた。部屋にはポールが二本立ててあり、テレビ、マットレス、シンク、トイレ、シャワー、それに石鹸もタオルもティッシュも何もかも揃っていた。

テレビでは一日じゅう、ここ数年分のストリップダンスとポールダンスのビデオが流れていた。壁もドアも窓も防音だ。

大騒ぎをしたが何の反応もない。食事の時間になるとドアの下にある窓のような所からご飯が三人分押し込まれてきた。三つとも違う種類で味はよかった。

四日経った。他の二人もはじめのうちは泣き喚くばかりだったが、三日目くらいからは涙を拭きポールダンスの練習を始めた。テレビを観てクネクネした格好を何度もマネする。どこの国でもやっているシャンソンの「バラ色の桜と白いリンゴの花」という曲で何度も何度も練習した。

「基本ができてるから真似するのも簡単だろ」と、支配人はうまく丸め込もうとする。

五日目になると、二人とももう服を脱いだり体をくねらせたり、といった事ができるようになっていた。ウッフーンと色っぽい声も出せるようになっていた。しかし李李は黙って食事をし髪の毛を梳きマットレスに座っていた。やはり聞こえてくるのは同じ歌だ。

隅に大きな段ボール箱があり、中には種類も大きさも異なる西洋人形が入っていた。きっと以前いた娘らが置いて行った宝物なのだろう。こんな所まで持ってきて枕元に置いていたのだろう。大切にカバンに入れてここまで持って来たのだ。泣きながら出して、毎日眺めたり撫でたり、しまいには可愛さ余ってつねったりしていたのだ。そんな事をしているうちに、ボロボロになってしまったのだ。

李李は一つずつ出した。手や脚がちぎれたもの、涙の痕や歯形、血の跡をじっと見つめる。

五日目に二人とも仕事に出るようになったが、李李にしがみついて泣いていた。李李自身は涙など一滴も流さない。相変わらず音楽はかかったまま。「バラ色の桜と白いリンゴの花」――。

「芙蓉を見つけたら八つ裂きにしてやるから」

支配人は何も言わない。

「客の相手なんかするもんですか。お気の毒さま!」意志の強い李李は支配人相手にぶつけた。

「観音さまに申し訳がたたない事をするつもりはない。でも自分も仕事だからどうしようもない。前世の報いだ。悪いけど決まりなんだ。もうみんないい人ぶるんじゃない。オレの力でもどうにもならないんだ」支配人から返ってきた答えはそれだけだった。

その後、例のハウスメードに押さえつけられて注射を打たれ、目が覚めた時には段ボール箱の横に寝転んでいた。下腹に痛みが走る。痛む所を見ていると涙が溢れ出した。

そこまで言うと李李はぶるぶる震え嗚咽《おえつ》した。

部屋は真っ暗。映画を観ているようだった。窓の外に見えるスズカケノキはそよともなびかない。

「もうやめよう。済んだ事やろ」

「夜中に目が覚めたらいつも思ったわ。やっぱり一人ぼっちなんだって。裸で寝転んでて傍にお人形さんの入った段ボール箱があって。今のこの部屋みたいにね。そういうのに慣れたから、それからはずっとこういうマットレスとお人形さんとは離れないことにしたのよ」

「腹が痛かったんはサソリかムカデでもいたんかな」

李李は笑った。

「私はこのまま気を失って死んでしまいたいって思ったわ」

「なんで?」

「下腹に英語で刺青されてたのよ。〝FUCK ME〟って。これ以上言わなくてもわかるでしょ。真っ赤なバラの花と葉っぱ二枚と蝶々の絵が刺青してあった」

阿宝は抱いていた手を緩めると、腰の方へ手を滑らせた。

苦笑する李李がその手を払う。「やめて」

阿宝は手を引いた。

——服を着ていてももう憎しみしか湧いてこない。それから二日間、モデル仲間の二人が李李を説得しようとした。そうするよう、支配人に言われたらしい。しかし三人で顔を突き合わせていてももう話す事などあるわけがなかった。

二人とも泣いたらダメだしな……そんな思いを黙って微笑む事で表す李李だった。

その四日後、李李は支配人に呼ばれた。大物が来て自分に会いたがっていると言う。

部屋に入ってみると、色の白いインテリ風の男がいた。イケメンのハーフ、周《ジョウ》というその人物は上品なうえ、礼儀正しかった。

「君たち、外で待っててくれ」

部下を出て行かせた男は李李に頭を下げた。

「今回の事を知った時はもう手遅れでした。部下がバカな事をやってしまいました。ほんとうに申し訳ない事をいたしました。もう二度とこんな不愉快な事が起こらないようにいたします。どうかお許しくださいますように」

男の話を聞いているうちに李李は気持ちが緩み、気を失いそうになっていた。まさかこういう事になろうとは。

「お嬢さんの様子がわかって、それもご本人にお会いできてよかった。もっと早くにお会いすべきでした。いかがでしょう。エステの娘《こ》にマッサージさせて、それから〝南洋SPA〟のプログラムを全部やっていただいて、参鶏湯《サムゲタン》でも召し上がってゆっくりお休みください。お召し物は全てご用意させていただきます。夜八時半に車でお迎えに参りましょう。夜景を見ながらポルトガル料理をお召し上がりいただきまして、それで正式な歓迎会ということにしていただけませんでしょうか」

「……」

「私の顔をたてていただけませんでしょうか。お体の調子がよくなりましたら、本社の事務室で働いていただきたいのですが、いかがでしょう。お召し物、靴、化粧品、書類カバン、ハンドバッグ、寮の鍵、何もかもご用意いたします。お給料は経理の責任者から説明させましょう。こういう事でいかがでしょう。お受けいただけませんでしょうか」

こらえきれなくなり涙を流す李李。仏様のご加護だ。あの易者が助けてくれたのだ。つらい事ばかりだったのにチャンスをくださったのだ。

「はい。それで十分です」

そこを離れる時、段ボール箱に入った人形を全部持って行きたいと申し出ると、周は二つ返事で承知してくれた。

それからは本当に想像できない事ばかりが続いた。李李は突然本当の女になったような気持ちになった。洒落た服、ブランドものの化粧品、最高級のバッグ、そんな物を身につけたことはある。しかしそれは全てファッションショーに出るときの小道具。夜しか咲かない月下美人のような物だった。それがやっと本当に自分の物になったのだ。

夜、寮になっているというホテルに着いた。部屋は小さくとも海が見え、心地よいベッドもある。苦労をともにしてきた人形もいる。言い表せない感動を味わっていた。

マカオは李李にとって辛い事もいい事もあった所。ホテルのロビーに電話をすると、スタッフがすぐに来てくれた。ベッドを外に出しマットレスを床に置いてもらい、テーブルに置いてあった真紅のバラはスタッフに渡した。二度とバラの花を自分の目には入れないでもらいたい、この部屋には誰もバラをプレゼントしないように言っておいてもらいたい、そう懇願する李李だった。

漆黒の部屋。李李の話にきりがついた時、辺りにはほんのかすかな光が見えたようだった。

「マカオで起こった奇跡みたいな事、想像できひんな」と阿宝。

「何もかもどんどん変わっていったわ」

——周と仕事をしている時だけ、李李は自分を曝《さら》け出すことができた。人間、悪い事をすると自分自身にも跳ね返ってくるもの。周はバラの花を正視することができないようだ。

「聖書に出てくる神様がバラの花、自分はその葉になってお守りするだけさ」

李李は笑顔で答えるしかない。その後、周はレーザーで刺青を取ってくれる香港の医者に何度も連絡をしてくれたが李李はその都度断っていた。

一年あまり経ち、一緒に行った二人に会ってみた。一人は帰りたがっていたが、あとの一人はもう慣れたからそのままでいいらしい。そこで、一人は本土へ帰れるようにしてやった。別れ際に聞かれた。

「もし芙蓉に会うたらどう答えたらエエやろ」

「会うはずないわよ」

「もし出会うたら二、三発どついたるわ」

「どつこうが怒鳴ろうがどうでもいいけど、もし私のことを聞かれたら李ねえさんは行方不明になったとか、精神病になったとか、そういうふうに答えといて」

「なんで?」

「私が今どれくらいいい暮らししてるか芙蓉が知ったら、夜も寝られないくらい腹立てるでしょ。どんな人に出会っても私のことは金輪際言ったらダメだから。絶対にダメよ。人間、人のことは大目に見てあげなきゃダメなのよ。恨んだりしちゃダメなのよ」

「うん」

別れ際にその娘を見送りながら、この娘が二度と芙蓉に会うことはないのを、李李は知っていた。十日ほど前の朝、李李は聞かされていたのだ。芙蓉は完全に消えた。コンクリート詰め、それも奥深い所に埋めてあり、二度と笑うこともないし、タバコを吸うこともない。ウソをつくこともない。

それは李李の人生で最大の、罪作りな事だった。しかしやましくはない。あんなヤツは完全に消えてもらわなければならない。自分がそんな事に関わったのを周は知らないものだと、李李は思い込んでいた。そして三年後、周は家族とカナダへ移ることになった。

「李李、後は君次第だぞ。本土に帰ってしっかりやれよ」

そう言った周は銀行口座まで作ってくれていた。

「どこへ行くにしても頑張ってイイ男を見つけて結婚するんだぞ。芙蓉のことは完全犯罪にしてあるから心配するな。楽な気持ちで安心していたらいい。美容整形の先生の連絡先も、本土に帰るためのいろんな証明書の事も、香港に着いたら力を貸してくれる人がいる。本土に帰って一からやり直すんだ。刺青のバラさえ消えたら、苦しみから逃れられるからな」

李李は頭の下がる思いがした。何もかも裏で周が操っていたのだ。約束しよう。百でも二百でも言われたとおりにやろう。

周と別れて香港へ行き、二週間ほど滞在した。その間に例のバラもきれいに消すことができた。二週間ほどでかさぶたもなくなり、ビタミンCの薬を飲んで、色素が戻るのをできるだけ抑え、それで何もかもが元通りになったのだ。


阿宝が手探りしたが、李李はそれを遮った。

「それで仏様用意して開眼供養してもらって、お人形さん連れて本土に戻って上海に来たの」

部屋は次第に明るくなってきた。スズカケノキと建物の間に、夜明けのほのかな光が差し込んでいる。

「仏様の御加護か」

「阿宝に御加護を。私、李李にも御加護がありますように」

「電気つけてもエエかな」

「ダメ。阿宝は見ちゃダメ」

「話はもう終わったんや。もう平和になったんや」

「わかってはいるのよ。でも平和になっても仏さまにはあのバラが見えてるのよ。あのバラは一生私についてまわるわ」

「仏なんか何もしてくれへん。毎日天国の花壇にあるハスの花見てるだけやって言うやないか」

　李李は阿宝の言葉に耳をかたむける。

「天国の池にはお日さんが綺麗に差し込んでるけど、すごい深さなんやぞ。地獄まで届いてて、すごく冷たいし暗い。ハスのひげ根はまっすぐ、それも地獄まで伸びてて、人がぶら下がって命がけでよじ上ろうとしてる。みんな天国までよじ上ってハスの花を見ようとしてるんや。我がちに大騒ぎして。やっとのことで這い上がって上の方にちょっと光が見えても、人がようけいるし誰も絶対に譲らへんし、益々根っこに重みがかかって、しまいにちぎれてしまう。みんな真っ暗な泥の中へ真っ逆さま。大声で泣き叫ぶ。地獄は今までずっとこんな調子やったんや。……天国で花に囲まれてる仏には全然見えてへんからニコニコ笑うてるだけなんや。天国は空気も綺麗でミツバチもトンボも飛んでて、赤いのも白いのも色々あるハスの中で、一つ花が咲きかけてる。それぐらい知ってるやろけど」

「ひどいわ。まさか私が必死の思いで抱きついてるのは阿宝じゃなくてレンコンだって言うの。ひどいわ」

　阿宝は李李を抱きしめた。李李の中から張り詰めたものが消えていくようだった。空が白み部屋の中の物がその輪郭を現し始めていた。

「私、結婚するのがこわい。きっと心の中にまだバラがあるからだわ。阿宝はどうして結婚の事考えないの？ なんで結婚しないの？　子供の頃に何かあったって聞いてるけど」

阿宝は答えられない。

「私、阿宝とは一晩だけの夫婦だったとしても満足よ」

阿宝は李李を抱きしめ、かたく目を閉じた。

拾玖章《じゅうきゅう》

壹《いち》

日曜日、阿宝の住む曹楊新村《そうようしんそん》に伯父がやってきた。曲がり角から住宅地に入るとまっすぐ延びた一本道。

小珍《シアオジェン》は二階十号室の住人。北の窓から覗いていて、伯父が来るのに気づき、トントンと階段を駆け下りて報告した。

「阿宝、伯父さんが来たわ。もうそこまで来てる」

阿宝が時計を見ると十一時半。テーブルにはもう料理が並んでいる。母親は団扇を手にして黙っていた。

父親が食器を並べ、叔母は食器棚の中をひっくり返しあれこれ選び始めた。広口瓶があった。干しえびと海苔が入っている。

「大きい義兄《にい》さんが来はったらおかずが足りひんわ。小珍、エエ子やし、お父さんに卵二つ借りて来てくれへんか。今月の終わりに返すし」

小珍が駆け上がった。

阿宝と叔母が部屋の外に出てみると、伯父はもう建物の入り口まで来ていた。猛暑だ。頭に濡れタオルを載せ、シャツは汗でぐっしょり濡れている。

叔母はかばんを受け取ると、顔を拭きに台所へ行くように言った。しかし入り口の所が涼しかったので、伯父はとりあえずそこに腰掛ける。

叔母が料理を始めた。

伯父は阿宝に笑顔を見せる。「ほんまに暑いなぁ」

阿宝は何も言わない。

「こう暑かったら、もうどうしようもないなぁ」

卵を二つ手にしたまま、小珍がうなずいている。

「昔はもっとひどかったけどな」

阿宝は黙っているだけだ。

「必死でかっこつけるから生き地獄やったんや。ズボンは短パンやけど、どんな暑い日でも背広着てウールの長靴下なんか穿いたイギリスかぶれがいたもんや。中国風やったら、軽装で出かける時でも上に羽織る長い服は絶対に持って行く。でも暑ぅて着てられんから、きっちりたたんで腕にひっかけてたもんや」

「なんでそんな事すんの」

「かっこつけるためや。長い服着るのは、ちょっとした身分やっていうことを見せる事になるからな。金持ちの奥さんがクリスマスで香港へ行くのに、ミンクとかチンチラのコート持って行くようなもんや。金持ちみたいには見えるけど、ほんまは老けて見えるだけや。それでも女の人はそういう格好が好きやろ。でも香港は暑いから着られたもんやない。外に出たらやっぱり毛皮のコートを腕にひっかけてよる。そうやなかったら奥様らしい姿にならんからなぁ」

叔母が小珍から卵を受け取った。

「大きい義兄さん、バスで来はったん？　歩いて来はったん？」

伯父は力なく言った。「歩いて来た」

「茶碗蒸しでも作ろうかと思うんやけど、それでも足りひんかったらもっと何か……」

「適当でエエわ」

「大きい義兄さん、お願いやし、今度からご飯食べに来はるときは先に電話してきてくださいね。そしたら先に用意しとけますし」

伯父は申し訳なさそうにしている。

阿宝は話を変えた。「シアヌークがまた北京に来たってラジオで言うてたなぁ」

伯父は辺りを見回し声をひそめた。

「ニュースで言うてたなぁ。あのお方は世界で一番の幸せ者や。まぁ言うたら滅んだ国の君主やけど、中国まで逃げてきて、食うわ使うわ。福耳して象牙の箸持って、あれ食べたら次はこれ、何食べるのも食料切符いらんし、ハイクラスの洋食店までご指名や。よう食べるのはサーロインステーキにラムステーキ、マカオ風チキンカレーとかオニオングラタンスープとかエスカルゴの蒸し焼きもある。中国料理になったらもっと種類が多いし上品や。例えば〝金の延べ棒の金粉まぶし〟な」

「どんなん？」

阿宝が聞くと伯父は生唾を呑む。

「〝豚スジ炒め煮の卵とじ〟や。豆腐みたいに柔らこう煮込んである。〝蓴菜《じゅんさい》のとろみスープ〟も絶品や。天の神様の大好物でな。蓴菜がほんまにツルツルしてて新鮮や。〃金銀蹄《きんぎんてぃ》〃っていうのは〃厚切り金華ハムと骨付き豚もも肉の煮込み〃や。〃おこわのハスの葉包み蒸し〃もある。入れるバラ肉は最高級で、配給切符なんかで買えるもんやない。ばら肉を一口サイズに切って調味料に漬けとくやろ。それから、エエ匂いするまで炒ったもち米粉をきれいにまぶして、ハスの葉でまいて蒸すんや。〃ローストダック〃もあるぞ。アヒルの腹にうまいもんがたんまり詰めてある。そんなご馳走が揃うてるんや。あぁもう、あのシアヌークっていう男は、食いたい物がなんでもあるし、やりたい放題や。食いたいだけ食えるしな。嫁さんは綺麗で賢い。昼間は好きなだけ食うて、夜は酒飲んでシモンズのベッドで気持ちよう寝て。男としては、そこまでできたら銃殺されても本望やろな」

二階から小強《シァオチアーン》が声をかけた。「姉ちゃん、メシ」

小珍は伯父ににっこり微笑み、駆け上がった。

「あの小珍ちゃん、阿宝にほんまにようしてくれるなぁ」

「汗もひいたやろ。入ろう」

二人で部屋に入った。伯父が阿宝の両親に微笑むと、母親は立ち上がって挨拶し食事が始まった。

伯父は料理をとりご飯をかき込み、相変わらずわき目もふらずものすごい勢いで食べている。

叔母が茶碗蒸しを持って来た。海苔も入っていて美味そうだ。

「〃肉はのうても腹一杯〃って寧波《ねいは》の人がよう言いますやろ。うちも今日はおかずが少ないけど、明の画家の唐伯虎《とうはくこ》が白ご飯ばっかり食べてたのよりはマシですやろ」

伯父はたて続けにご飯を二膳たいらげると箸を置いた。「あのなぁ、唐伯虎のその話は蘇州の弾き語りで嘘八百言うてるだけや。どれだけ貧乏か競争する、今みたいな政治運動はなかったし、唐伯虎がどれだけ貧乏やったとしても白ご飯しか食わんような事はなかったはずや」

「ふた言めには政治運動なんやから」と阿宝の母親。

「唐伯虎はなんで白ご飯しか食わへんかったん」と阿宝が聞いた。

「兄さん、のどに詰めんようにな。あんまり喋らんと食えよ」と阿宝の父親が見下げたように睨んでいる。

伯父はまたお碗半分ほどご飯を食べて背筋を伸ばす。

「昔の苦労を思い出して今の幸せをかみしめようっていう、お上の言葉に協力して今までやってきた。でもみんなよう聞けよ。さぁさぁこの辺で蘇州の弾き語りでもやらせてもらおか。こういうことや。……みなさんがた、今日はあの風流な才子、唐伯虎のことでもお話しいたしましょう。あのお方は災難に見舞われたとき、貧乏すぎてもう白ご飯しかございませんでした。死にかけでございます。でも白ご飯だけではどうしても食べられませんもんで、召使の子ぉ呼んで傍に立たせてゆっくり料理名を言わせました。その子は背筋を伸ばして申しました。『お待たせしましたぁ。はぁい、田鰻《たうなぎ》のあんかけでござぁい』唐伯虎が箸を伸ばす。机の上には何もないけど、摑むマネして白ご飯をかきこみます。『若鶏のとろみ炒めでござぁい』またかきこむ。『豚肉の醤油煮ぃ』それでまたかきこむ。『塩漬け豚と豚バラの土鍋煮一人前ぇ』ときたらまたですな。唐伯虎はれんげに持ち替えて空中ですくうマネして、今度はご飯をすくうてかきこみます。次は『豚ももの揚げ蒸しでござぁい』ときたら『あぁ旨い。トロッとしたタレが絶妙や』ってな具合でございます。唐伯虎は箸を突き出してつまむと皮だけ取ってくるっと巻く。それが通《つう》の頂き方、まずモモ肉の皮を食べるんでございます。ほんまはつぶれたご飯粒だけパクリ」

叔母の顔がおもわずほころんだ。

伯父がご飯をかきこむ。「ごちゃごちゃ言うてきたけど、この唐伯虎っていうお人はまだ飢え死にするほどやなかった。すべすべした肌の若旦那やし、どうしても世間体を気にして見栄をはってた。わしみたいになってしもうたら、二、三口かきこむだけで、もう一膳くらい胃袋に入ってしもうてる。おかずの名前なんか言うてられるかい。アホらしい」

　二十分も経たないうちにテーブルのお碗はどれもこれも底が見えていた。食事が終わる。

「こっちが作るのはどんどんペースが落ちていくけど、食べるのはなんぼでも速《はよ》うなるわ」という叔母の言葉に母親が笑顔を返した。

「昔は決まりがあってな、この街の飯屋の給仕はおかずの名前を大声で言うたもんや。メシのこともや。一膳目は『白ごはぁん』、二膳目は『おかわりぃ』、三膳目は『居候さぁん』ってな。でも腹が減って焦った顔見たら、給仕はもの言う間もなかったかもしれんけど」と父親。

　伯父も笑っている。

「わしも兄貴もミッション系の学校で勉強してたやろ。その頃、わしの前にいるこの人、今と一緒でメシ食うの一番や。一瞬のうちに何もかも空っぽや」

「寮にいたんやから、しょうがないやろ。四角いテーブルで八人が食べるんやぞ。オレみたいな食い意地はった者がいたら、他のやつらも同じようになるもんや。なんぼでも食うのが速うなってきて、むせ返ってたなぁ」

「なんで」

「あのな、阿宝。おかずもご飯も少ないから、絶対取り合いになるんや。そやから学校ではメシ騒動がよう起こってたなぁ。後になって決まりができた。どんな決まりか当ててみ」と叔母に話をふる。

「そんなん簡単やわ。ご飯もおかずも増やしたんやろ」

「自己管理するようにしたん違うか」と阿宝。

「違うんや。テーブルごとにリーダー決めて、他の七人はおかず取るのもご飯よそうのも全部そいつの様子見るんや。そいつが何か食べるとする。例えばササゲをとるやろ。そしたらみんなマネする。そいつがご飯をよそうたら、ご飯をよそいにお櫃《ひつ》の所へ行ってもエエんや。おかげでメシ食うのも上品になったもんや」と父親。

「オレは一年留年したから、こいつと一緒にメシ食うてて、何もかも弟に指図されてた」

「メシ食う時だけは弟のわしが目上や。中国人ていうのはメシ食うとき礼儀正しぃして、決まりを守らなアカン。食う前も基本的な事を忘れたらアカン。まず先輩に挨拶して、それから先輩が箸を持ったら自分らも箸を持ってエエ。口にご飯が入ってるときは喋ったらアカンし、迷い箸も、好きな物ばっかり選《よ》り出すのもアカン。自分の前のおかずを飛び越えて向こうにあるのをとるのもアカンし、豚みたいにピチャピチャ音をたてて食うのもアカン。そうなったらもう人間やない。人に指図されるだけの動物みたいなもんや。ワシがササゲをとってるのに伯父さんがマコモタケに手ぇ出したりしたら、リーダーのワシは箸をおもいっきりビシッと叩く。そしたら伯父さんはおかずを落とす。伯父さんは食うのやめなアカン決まりや。みんながササゲを食うてご飯も一口食うたら、箸つけてもエエんや」

「義兄さんら、大変な事やってたんやなぁ」

母親はニコニコして聞いている。

「つらい事は十分味おうたわ」と伯父はバツの悪そうな顔をした。

「わしがリーダーになってからは、みんなゆっくり食うようになったし、食い方も礼儀正しくなってきた。でも伯父さんだけは、なんぼ食うても腹いっぱいにはならん。食うても食うてもまだ足りん。さっきの食い方見てたら、昔みたいに箸叩いてやりとうなったわ。ほんまに見苦しい」

それでも伯父は笑っている。「わしが食い意地はってるのはこいつに箸を叩かれてたせいや。学監の先生に引っぱって行かれて言われたことあるわ。おまえは食いしん坊なんやない、品がないだけやって」

叔母はお碗を置き感慨に浸っている。「お金持ちの家に生まれたのに、そこまでお腹すかせてたとはなぁ」

「ワシは餓死したヤツの生まれ変わりやから、どうしようもないわ」

「昔、実家の村の大きなお屋敷に劉《リウ》さんっていうおじいさんがいたんよ。劉白虱《しらみのリウ》って呼んでたわ」と叔母。

「どういう意味や」と伯父。

「劉じいさんのおうちは部屋がいっぱいあって、奥へ奥へ六つか七つ中庭が繋がってたわ。廟とか香堂もあったし、広い畑も竹やぶも池もあったわ」

「そら資産家やな」

「ただ、劉じいさんって、食べる物にようお金かけへんかったから、いつもお腹すかせてたんよ。腰に鍵をいっぱいぶら下げてて、何もかも鍵かけとかな辛抱できひんかったんやて。家じゅうの年寄りも子供も青白い顔して痩せてて、みんな餓死した人の生まれ変わりみたいやったらしいわ」

「チッ。ワシはそういう輩とは違うんや。六〇年前後に三年続いた飢饉の時でもワシはそれまでどおり、かしわもアヒルもまるごと食うてたし、フカひれも食うてたんやからな。農民から搾り取ったり、家族にひもじい思いさせたりするほどのアホやない」

「劉白虱は綿入れ一枚しか持ってへんかったんよ。着替えへんし洗濯もせえへんかったから、虱がびっしり這《ほ》うててルンペンのおじいさんみたいやったんやて」

「私も何回か会《お》うたことあるわ。罰当《ばちあ》たりやったなぁ」と母親。

「あの村は海の物も山の物もいっぱいある所や。街に乞食もいたけどちゃんと布団かぶって寝てたし、死んだ魚とかエビは食べへん。そやけど劉白虱の家だけは腐りかけのスープ飲んで、売れ残りとか死んだ鯉ばっかり食べてたわ。それも大喜びで。死んだ川エビでもみんな大喜びで楽しそうに食べてたんやて。ほんまにおいしそうにな」と叔母。

「それでは若い者がかわいそうやな。わしやったら『春風と百万紙幣』ていう映画のヘンリー・アダムズみたいにボロなんか脱ぎ捨てて、とりあえず南京路の〝王興昌《おうこうしょう》〟と〝バロモン〟でスーツとかポプリンのシャツをようけめにあつらえて〝来喜《ライシィ》飯店〟へ洋食食べに行くわ。ハイカラな洋食食うて話はそれからや」と伯父が口を挟んだ。

「よう言うやろ。〝死んだカニでも乞食には美味いご馳走や〟って。劉白虱の家の米倉には虫がわいてるし餅はカビだらけや。それに決まった量しかご飯も食べられへん。街でお焼きを売ってても劉白虱は見るだけでよかったし、揚げパンも見てるだけでよかった。蘇州銘菓の蒸しケーキもや。お金出してまで買おうとはせえへんかった。年寄りの使用人が二人おったんやけど、二人とも生まれる前から苦労が始まってたくらいの家やし、食べ物で苦労すんのは慣れてたんやろな。どんな目に遭《お》うてもヘラヘラ笑うてた。しまいに一人亡《の》うなったけど代わりの人は見つけられへんかったんやて」と叔母。

「そんなヤツはもう妖怪や。わけわからん、ありえへん事や」と伯父。

「ものすごぅ寒い冬にお天道様が顔出したら、劉白虱は乞食と並んで教会の壁際で小そぅなってしゃがんでたんや。黙ったままな。そしたら乞食でも軽蔑して嫌そうな目で見て、しまいにみんな逃げて行ってしもうたぐらいや」と母親。

「何で」と阿宝。

「そんな所でお天道様にあたるのはタダやろ。そやし人がようけいたんや。劉じいさんの体には乞食の何倍も虱がいて、それがお天道様に照らされてピョンピョン跳びまわって、劉じいさんはそれを一匹ずつ摑まえてた。摑まえては乞食めがけてポイポイ投げるんや。そやからいっぱいいた乞食も劉じいさんのことをほんまに恨んでたんよ」と叔母。

「人民中国になってからどうなったんや」と伯父。

「土地改革があったあくる日に、お役人が中庭に入って来て掘ってみたら、まぁ銀貨が出てきてなぁ、大判小判がザックザク。それも黒ずんでくっついてたんよ。麻袋にごっそり入ってたお札はカビが生えてアリの巣やし。全部没収されてしもうて、劉白虱はもう息も絶え絶えや。お役人が息子二人を呼びつけて、劉白虱を戸板に乗せて清算闘争大会に連れて行かせたんよ。教会の前で日向ぼっこしてたチンピラとか乞食が新社会では一番偉い人になってるやろ。最後にはそいつらがどこかから持って来た分厚い戸板で体を押さえつけて、十人近い人が上に乗って跳んだりはねたり大騒ぎしたんや。小一時間もしたら、か細い声出して、ペタンコの干し筍か干しクラゲみたいになってしもうてな。お腹からはつぶれた米粒も出てこんと、そのまま死んでしもうたんやて」と叔母。

「ほんまにいやなヤツやな。金に目がくらみやがって。早いとこマシな人間に生まれかわった方がエエわ」と伯父。

「戸板二枚で挟むって、そんな事どう考えてもありえへんわ。劉じいさんって猫背やなかったからできたんかな」と阿宝。

伯父が阿宝を見て力なく言った。「余計な口挟むんやない。青二才に何がわかる」

貳《に》

このところ滬生は出張が減っていたので、夜になるとよく小毛を訪ねるようになった。当時の付き合いは相手の家を直接訪ねて行くのが普通だ。

滬生が大自鳴鐘の路地に入り、上に向かって呼びかける。返事をしながら小毛がコップを二つ持って下りてきて床屋の戸を開ける。

滬生が店に入るとコップは鏡の前に並べられている。散髪用の椅子に腰掛けたり店を歩き回ったりして、よく世間話をした。

夜の店は小毛の客間のようなものだった。

滬生が店に入るや、阿宝がやってきたこともある。三人で顔を合わせるのは珍しい事だ。

阿宝が小珍を連れて来ることもあり、そのときはいつもより賑やかになった。ただ、若干気まずい空気も流れるので、そういう時は暫く四人で話すと、小毛が滬生を外へ引っぱり出していた。

「外歩くのもエエやろ。向こうのお湯売り場に椅子もあるし」

「うん」

「滬生にも〝ごひいきさん〟ができたらここに連れて来たらエエわ」

「何やて？　〝ごひいきさん〟って？」

「彼女やないか。そんな娘《こ》ができたら連れて来いや。床屋は映画館よりよっぽどエエぞ。何するにしても便利やし」

滬生は答えない。

「安心せい。床屋の表の鍵はオレしか持ってへん。ここの人らは夜になったら裏口から出ることになってるから、心配いらんわ」

滬生は黙ったままだった。

夜の床屋は静かだった。上の階からごくたまにスリッパの音がするだけ。暫くするといっそう静かで暗くなる。そんなある夜のこと。訪れた滬生に小毛が訊いてみた。

「おい滬生、姝華《シュウホア》から手紙は来るんか」

「基本的には音沙汰なしや。一回帰って来て一週間ほどいたらしいけど、またすぐ吉林《きつりん》に帰ったみたいや。ほんまに人が変わったらしい」

「親方の樊さんが言うてたけど、女はすぐ順応するらしいな」

滬生が口をつぐんだ。

「姝華は本もたくさん読むし変わり者やしなぁ。帰って来てるんやったら、何ていうてもみんなに知らせなアカンのにな。みんなで話できるのに」

「向こうへ行って一年ちょっとで、そこの朝鮮族の男と結婚したらしい」

小毛は言葉が返せなかった。

街灯に照らされ二十四番トロリーが行く。

そこへ若い娘が二人、夜風とともに入って来た。何かそわそわしているようだ。

「何してんねん」と小毛。

二人はぺちゃくちゃ喋りふざけては笑い転げていたが、ふいに黙り込んだ。

「滬生、大妹妹と蘭蘭や」

大妹妹は口をつぐんだ。店に見知らぬ者がいるのに気づいたせいだろう。大妹妹は警戒心が強かった。

「こいつ、オレのツレ、滬生や」

大妹妹は信じられないといった様子だったが、滬生の前まで近づくと胸を撫で下ろした。

「なぁんや。誰かと思うたわ。びっくりしたぁ」

「久しぶりやな」と立ち上がる滬生。

暗くて全てがぼんやりとしか見えない。目の前の娘、とりわけ蘭蘭は滬生の記憶にある二人と比べるとやけに背が高い。街灯に照らされシルエットが浮かんだ。二十歳になる。口元の輪郭、肩の線、全てがまばゆい。

「二人とも何があったんや」と小毛。

大妹妹は二つ目の椅子に腰掛けると、後ろにもたれた。

「あぁもう、嫌な事ばっかり」

「お昼からでかけて今頃やっと帰れたんよ。ほんまについてへん」と蘭蘭。

「晩メシは」と小毛。

「そんなもん食べる気するわけないやん。全然食べられへん」と大妹妹。

「あぁお腹すいた」と蘭蘭。

「どっちにしてもメシは食わなアカンやろ。なぁ、みんなで〝四如春《スールーチュン》〟へでも食いに行かへんか」と滬生。

「こいつらにご馳走しても無駄やぞ」

大妹妹は小毛をポンと押した。「小毛、嫌な言い方するなぁ。こっちは滬生にいちゃんのことずっと覚えてたのに」

四人で床屋を出た。路地を抜け〝四如春〟に入った。

ワンタン二杯、豚のから揚げ二つ、和え麵二つを滬生が注文した。いつもより豪勢だ。

店内の客は少なかった。大妹妹はから揚げに辛味ソースをかけただけで、箸をつけようとしない。蘭蘭はがっつくように食べ、小毛と滬生は麵を食べている。

ほどよく食べた頃、大妹妹が呟いた。「ついてへんわ」

「うちも」と蘭蘭。

小毛が箸を置く。

「昼ごはん食べて二人で出かけたんよ。大光明《ダーグアーンミーン》の入り口に着いた時、〝私服〟に尾行されてんのがわかって、結局、蘭蘭と一緒に人民広場の交番に連れて行かれて、今やっと帰してもらえたんやから」と大妹妹。

「理由もなしに捕まることなんかありえへんやろ」と滬生。

蘭蘭が話し始める。「捕まる前なんやけど、うちと大妹妹が歩いてたら、後ろからスケベ男が二人ずっと後をつけて来てな。余姚路《ユイヤオルウ》からバス停十個分くらいずっとついて来て、うちと大妹妹のことを見張ってんの。ほんまにぴったりくっついて、振り切ることなんか全然できひん。うちも大妹妹も目立つ格好なんかしてへんかったのに、後ろから来てたその二人組がチャラい格好してたから、その後から来てた私服に目ぇつけられてしもうたんよ。そいつらもくっついて来て、結局、全部で六人。一番前はうちと大妹妹、その次にいやらしい男二人、その後に私服が二人、うちら四人から目離さんようについて来てたっていうわけ。……うちがもうちょっと早めに気ぃ付いてたらよかったんやけどな。映画館の大光明がある南京路と黄河路の交差点で後ろの男が声かけてきたんよ。誰が悪かったんかって言うたら、やっぱり大妹妹やわ。きっと色気出して目がくらんでたんや。ほんまにわけわからへん。後ろから来てたあんなやつらのどこがエエんよ」

「エエ加減な事言わんといて。うちかて何とも思てへんかったんやから」と大妹妹。

「大妹妹がいつもの合図出さへんかったから、どういうつもりかわからへんかったんやもん。ずっと黙ってたんやけど、黄河路の交差点に着いたら後から、『ねぇ、彼女ぉ』って声かけられたんよ。それもいきなり。そしたら大妹妹が動かんようになってしもうて」と蘭蘭。

大妹妹は笑っている。「エエ加減な事言うたらアカンって」

「うちが立ち止まったら、大妹妹が後ろ振り向いてアホみたいに笑うてんの。わけわからへんやん。負けたわ」

「うそばっかり。うちが振り向いたりそんな笑い方したりするわけないやろ」

「大妹妹、朝顔の花みたいにニコニコしてたわ」

「ほんまにうそばっかり。知らん男にそんな事するほどヒマ人違うわ」

「クチナシの花みたいに笑うてた。白い蘭の花かな。はっきり見たもん」

「これ以上エエ加減な事言うたら……」大妹妹が蘭蘭の口を押さえた。

蘭蘭はその手を払う。「ほんまなんやから。大妹妹は後ろの男見て、にこにこして言うてたやんか。〝うちらに声かけたみたいやけど、何やの？　何の用？〟って」

カッとなった大妹妹が蘭蘭を叩こうと手を伸ばした。

「何してんねん。言わせたれよ」

小毛にそう言われた大妹妹は手をひいた。

「女と男が前と後ろを並んで歩いてて、ちょっと声かけたっていうだけで証拠になってしもうたんや。一番後ろにいた私服が飛んできて、二人ずつ捕まえてその場で四人ともお縄。『行け。中で話聞こう。大光明の事務所へ行け』って言われてな。あぁもうメンツも何もかも完全になくなってしもうた。丸つぶれや。どこか行ってしもうたわ。国際ホテルも大光明も、その隣の工芸品売り場も、もともと人がたくさんいる所やん。で、その人らが周りを囲んで見物してんの。穴があったら入りたかったわ」と蘭蘭。

「それから？」と小毛。

「大光明の事務所の二階へ後始末しに行くつもりやったけど、みんなが見てるし、それもすっごい人だかりやし。それで六人とも南京路を渡って、そのまま人民広場の交番に閉じ込められたんよ」

小毛も滬生も黙って聞いている。二十四番トロリーがパンタグラフから火花を散らして走って行く。

「前から言うてたやろ。毎日毎日ふらふら出歩いて、蝶々みたいに飛び回ってたら、絶対に何か起こるって。人の言う事信じひんからや。わかったやろ。ふん。交番みたいな所に連れて行かれて」と小毛。

「それから？」と滬生。

「大妹妹に聞いたらエエわ」

「大妹妹、言えや」と小毛。

「交番に連れて行かれて、男と女がまず別々の部屋に入れられて、名前聞かれたけど、あんなヤツらの名前なんかわかるわけないやん。そしたら蘭蘭がまたうそ言うたんよ。うちのこともただの友達やから何も知らんって。ほんで泣いてんの。意気地なしやわ」

「アホちゃうか。あんな所に行ったら、何もかも適当に言うとくもんや。うそでもエエんや。絶対に真面目に答えたらアカン。うそ八百言うて、おまわりなんか煙《けむ》にまいたらエエねん」

「何言うてんの。うちは今まで間違《まちご》うた事なんかしてへんわ。後ろから声かけてくるのが聞こえたから、知ってる人やと思うたんや。小学校のときの友達とか。知らん人やったとしてもちょっとぐらい話するのが何でアカンの。うちがどんな法律違反したって言うん？」

小毛も滬生も黙ったままなので、大妹妹は一人気が抜けたようになってしまった。

「滬生にいちゃん、聞いてもエエかな」と蘭蘭が微笑んだ。

「何や」

「うちと大妹妹とどっちがきれい？」

「おい」と小毛。

「そうやなぁ。……大妹妹はスタイルがエエな。蘭蘭はなぁ」

「ちょっと！　それって、うちはスタイルがようないっていう事なん？」と蘭蘭がくってかかった。

「うちはまん丸の大きい顔で、一重まぶたやって言うん違うやろな！」と今度は大妹妹。

「あはは。床屋の王さんが言うてたわ。女は顔と髪の毛が一番大事なんやって。滬生にいちゃん、うち、どうやろ？」と蘭蘭。

小毛が口を挟んだ。「おい、交番に連れて行かれて調書まで取られたの、全部忘れたんか。エエ頭してんなぁ」

大妹妹が蘭蘭をつついた。「言うたらエエやん」

「もう言うたわ。何回言うても同じ事やわ」

「どういう事や」と小毛。

「うちも大妹妹も普通に歩いてただけやのに、後ろから変なやつが声かけてきただけや。そら、うちは記憶力が悪い。確かにエエ頭してる。そやけど同級生の男の子かと思うたんやから。大妹妹の同級生とかボーイフレンド全部足したら、ほんまに何クラス分もいるわけやし、一人一人覚えてるわけないやろ。……そやのにおまわりさん、うちらの話聞いて机叩いて怒るんよ」

――「こらっ、ここがどこかわかってんのか」

「上海の南京路です」と驚く蘭蘭。

「南京路とはどういう所やと思うとる！　国じゅうから不良どもを集めても南京路ほどはおらん。男も女も不良がわんさかおる。自惚《うぬぼ》れるな。どんなエエ顔しててもどんなエエ服着ててもそういうヤツは掃いて捨てるぐらいおるんやからな」

「はい、チンピラは映画の『ネオン下の歩哨』にもたくさんいました。不良のヤツらは先の尖った靴履いてアメリカの写真集売ってました。特務の雌狐の曲曼麗はブラジャーで胸締め付けて体の線がハッキリ出てました。おまわりさん、聞いてください。うちもここにいる大妹妹も親は労働者です。おわかりいただけますでしょうか。三代続いたプロレタリアートです。うちなんか『ネオン下の歩哨』に出てきた南京路の花売りみたいな、哀れな阿香《アーシアーン》みたいなもんです。ずっとこの辺のチンピラにやられっぱなしです。おわかりいただけますでしょうか」と蘭蘭は笑顔で答えた。

　警官はニヤッと笑うとペンを放り出し、今度はしかめっ面をした。

「同情してもらおうと思うんやない。無駄口たたくんやない。阿香か何か知らんけど、今日はもう一回言うとく。男の方が声かけたんやからそっちを処罰する。それから女の方もニコニコしてみせたり相手になって返事したりしたら風紀を乱す事になる。罰として反省文を書いてもらう」

「もし大妹妹が後ろ振り向いたり先に声かけたりしてたら、どうなってたやろな」と滬生。

　ぷっと吹き出した蘭蘭を大妹妹が睨みつけた。「まだ懲りひんの。頭おかしいん違うか」

「自分から若い男の子に声かけたりすんのは色気づいた年増《としま》女だけやわ。若い子たぶらかしたり、ちょっかいかけたり、無駄話したりして、うちらよりもっとひどいわ」と蘭蘭。

「若い子にちょっかいかけるとか無駄話とか、どういう意味や」と暫く黙っていた小毛が口を開いた。

「年上の女が年下の男とエエ関係になる事や。そんな事してたら絶対ひどい目にあうわ」と蘭蘭。

小毛は黙っているだけだ。

「そういうたら、こないだ出張に行ったとき、道路の掲示板にも貼ってあったんやけど、四人銃殺刑になったんや。一人は小学校の女の先生でな」と滬生。

「なんでやの」と蘭蘭。

「若い子相手にいらん事したんや。ちょっかいかけたんや。赤い大きい字で書いてあったわ。〝吸精《きゅうせい》犯《はん》〟ってな」

「何やて？」と大妹妹。

「〝吸精犯〟や。その日、オレは上海に帰ることになってて、同僚に残念がられてな。何年か前はしょっちゅう銃殺刑があったけど、今は秋にまとめてやるから、あんなもん見るチャンスは滅多にないらしい。昔からの決まりで〝秋決《しゅうけつ》〟っていうて、春と夏は何もかもが成長するときやから天に背くような事したらアカン。花がしぼんで木が枯れてからやったら人をあやめてもエエっていう事や。そやからめったにチャンスがないし、しかも女の銃殺なんかめったにお目にかかれへんし、見てから帰ったらどうやって言われてな。それでそうする事にしたんや。……あくる日、犯人はまずトラックに乗せられて引き回されたんや。すごい人だかりで、押し合いへし合いしてもみくちゃや。今度のは女の先生がいるから、ようけ人が来て大騒ぎしてるんやろなぁって同僚が言うてたわ。オレ、何も言えへんかった。犯人四人が別々に乗せられたトラックがゆっくり走ってた」と滬生。

「女の先生は？」と蘭蘭。

「三台目のトラックや。色白で綺麗な肌してたわ。同僚も言うてたけど、エエ年した女が若い男の子の精力吸い取ってたら、そら白うて柔らかい肌になるわな。道にいた男はみんなびっくりしてぼうっとなって、誰も何も言わんかった。ばあさんとかオバはんらはずっとそいつを見ながら付いて歩いて、地団太踏んで喚き散らしてた。でもトラックは背が高いし警備のやつらもいたから、ピョンピョン跳びながら怒鳴るしかない。みんな汚い川岸まで付いて行って、そこでトラックから引き離されたんや。昼前になったら、後ろ手に縛られた犯人は向こうの方に並んで膝をつかされて、胸にはプレートが掛けてあった。背中には昔からようやるような長い札が差し込んであったわ」と滬生。

「何？　それ」と蘭蘭。

「昔から決まってるんや。首切りするとき、髪の毛をめくり上げて首にさしたその札を抜いて、そしたらバサッ！」と小毛。

「キャァ！　怖ぁ」と大妹妹。

「今の決まりでは昔より板が一枚増えて前にもぶら下げてある。前も後ろも赤い大きい字で〝吸精犯〟って書いてあって、その字に大きいバツ印がつけてあった。遠目に見ても女の先生が綺麗な真っ白い顔してるのがわかったわ。それに前にも後ろにも赤い字が書いてあるから、もうとっくに斬られてどっちも血が噴き出してるみたいやった」と滬生。

「怖いわ。もう言わんといて」と大妹妹。

「昔からの決まりやけど、死刑囚の名前に徳とか寿とか文っていう字がついてたら、名前を変えなアカン。その字は使うたらアカンのや。それから昼前、陽の気が一番盛んになって、陰の気が抑えられる頃、死刑場に行く。女は魚の浮き袋煮込んで作った膠《にかわ》を薄めて塗って髪の毛くっ付けて、菱の赤い花挿しとくんや」と小毛。

「なんで」と大妹妹。

「髪の毛がバラバラにならへんし、首がちゃんと見えるからや。花は目印のためにつけるようなもんや。頭が転がってもちゃんと目印が残るやろ」

「怖いわ。震えてくる。それから？」と蘭蘭。

「それからはなぁ。銃殺されるってどういう事やと思う？　それはな、パーンって音がしたら家族が鉄砲玉のお金払うっていうことや。五六式七・六二ミリ口径銃の普通の弾一発で一角五分《ぶ》（百分の十五元）や。それから死刑が執行される前に犯人に口を開けさせるんや。そうしたら弾が口から後頭部へ貫通する。昔みたいに十二時には死んでなアカン」

　大妹妹は黙り込んだ。

「そんなん見たら気ぃ狂うわ」と蘭蘭。

　小毛がポンと机を叩いて言う。「オレもや。それにしても、長いこと喋ってたけど、大光明へ連れて行かれた事、はっきりせんなぁ。それで最後はどうなったんや」

「まだわからへんの？　アホ違うか。うちが泣き喚いてたら、しまいにおまわりさんも頭くらくらしてきたんやろな。うちの名前と住所を書いて、それから蘭蘭とうちに反省文を書けって言うんよ。二人で紙とボールペン渡されて狭い部屋に閉じこめられたんよ。蘭蘭は普段やったら〝サクランボ〟上手にやるのに……」と大妹妹。

「何やて」と滬生。

「おちょぼ口の事やん。そんな事も知らんの」と大妹妹が続ける。

　小毛がふんと鼻を鳴らした。

「蘭蘭なんか、字ぃ書けって言われてもぼんやりしてるだけで、全然書けてへん。うちは一行書いただけで腹がたってきて、ほんまに濡れ衣やっていう気がしてきた。それからおまわりさんが入ってきて、バカにしたみたいに笑うてんの。やっぱり賢そうに見えてアホなんやなって。もう遅うなったから、とりあえず家に帰って、書けたら明日の朝持って来いって言われた。ふうーっ。それで小毛にいちゃんの所に来たんよ」と大妹妹。

「どういう事や」と小毛。

「こんなもん、代わりに書いてくれる人なんかいるわけないやん。全然書けへん。昔の古い本やったらにいちゃんが一番たくさん読んでるから、代わりに書いてぇさぁ」

「……」

「滬生にいちゃんが蘭蘭の代わりに書いてくれるかどうかは、蘭蘭次第やな」

聞いていた蘭蘭が腰をひねり甘えた声を出す。「滬生にいちゃん、書いてくれたら何でも言う事きくし」

「そういう事やったら、先にメシ代出してもらおうか。話はそれからやな」と小毛。

大妹妹は跳び上がった。

「そんなんおかしいやん。ケチやなぁ。男が女にお金の事言うてエエの。アホ」

「もうやめよう。小毛、書いたれよ。オレも下書き一枚書いて、清書するだけでエエように蘭蘭に持って帰らせるわ。早いとこけりつけたほうがエエやろ」と滬生。

大妹妹はにこにこしている。蘭蘭は感激の眼差しを滬生に向けた。

夜が更けるとともに西康路も静かになっていく。滬生はレジでボールペンを借りてくると、タバコ〝飛馬《ひば》〟の包装紙を破り、白木のテーブルで〝心からの反省〟を書いた。

「なぁ滬生、大妹妹と蘭蘭は、みんながよう言う〝遊び人のサンちゃん〟やないかな」と小毛が言ったことがある。

「そんな事ないやろう」

「二階のオヤジが言うとったわ」

「上海戸籍がなくなったから、大妹妹は生きる道がなくなって悲しい思いしてるんや。確かにケラケラ笑うてあっちこっち走り回ってるけど、〝遊び人のサンちゃん〟ってそんな軽々しぃ言うたらアカンぞ。オレもよう意味がわからんけど」

「あのオヤジが分析した事あるんや。三年続いた飢饉のとき、市場の近くにやりたい放題の娘がいたんやて。体を売り物にして、言い値は現金三元に三斤《きん》（一斤は五〇〇グラム）分の食料切符や。あの頃、普通の労働者の給料は平均が三十元そこそこで、配給される食料切符は三十斤分やったから、現金も切符もちょうど一ヶ月分の一割や。出す方からしたら安ぅないわな。そんないきさつがあったから、そういう女を〝サンちゃん〟って呼ぶようになったらしいわ」

「初めて聞いたわ」

「文革が始まったばっかりの頃やけど、街に新しい〝サンちゃん〟が出てきよったやろ。親がちゃんとしつけをしてへん女学生や。男とそこらをうろついてカーキ色の軍服ズボン穿いて〝忠字舞〟（毛沢東に忠誠心を示すための踊り）踊って革命とか言うてるけど口だけで、ついでにむちゃくちゃやってたやろ」と小毛。

「……」

「大妹妹と蘭蘭はそれから後に出てきた、よう似たプチ〝サンちゃん〟や。怠け者で食い意地がはっててておしゃれはしたがる。毎日街をうろついて、男に後をつけさせて喜んで、そいつらとぺちゃくちゃ喋って、アホみたいに笑うてたら楽しいんや」

「……」

「昔のチンピラわかるやろ。Jの字みたいに前へ跳ね上げたもみ上げ生やして、ピチピチの黒ズボン穿いてるヤツ。街なかのダンスホールとかスケートリンクは決まりでとっくに閉まってるから、道路でぶらぶら遊んでるしかないやろ。……鳩を飼《こ》うてるやつならわかるやろけど、雄の鳩は卵の見張りをしなアカン。雌が向こうの方を歩いてて雄は後ろで卵の見張り番や。雌が歩こうが飛ぼうが、雄は見張り役や。雌の様子をじいっと見て、雌がもうエエって言うまで見張りするんや。これもあのオヤジが言うてたんやけど、そういうのを〝遊び人のサンちゃんを見張る〟って言うんや。……〝遊び人のサンちゃん〟が前を歩いてスケベ男は後ろで見張りして、それから声かける、まぁそういうもんや」

滬生は黙って小毛の話を聞いていた。

「わかったやろ」

参

ある日出勤するとき、五号室の女が瞼を腫らしているのに阿宝は気付いた。顔色もよくない。機械修理工の黄毛に、工場本部から楊樹浦の工場に戻るよう指令が出たせいだった。

黄毛の家は楊浦区の高郎橋にあるので通勤には便利になる。しかし、ここ曹楊へはどんなに急いでも時間がかかり過ぎる。工場が休みなら話は別だが。

やはり黄毛はその後一度来たきりで、もう同僚の顔ではなくなり、顔を合わせても客のようだった。五号室の女と二言三言、言葉をかわし、二人でプレス機の裏へまわって様子を見ただけですぐに出てきた。

新しく異動してきた修理工が黄毛のポストにつき、プレス機の後ろはもう模様替えされ、椅子とポットが置いてある。そのせいか、黄毛はその後来なくなってしまった。

女は職場と家の往復をするだけで、普段は仕事以外に家を出ることがなかった。

休みのある日のこと、女があたふたと外から帰ってくるのを阿宝は見かけた。がっかりした顔をし、ひと言も喋らず黙々と家事をしていたかとおもうと、子供を叩き長い間叱りつけている。それからは普段出勤する時も笑顔が見られなくなってしまった。

そのまま初秋になった。女は次第に平静を取り戻し、阿宝に会うと以前のようににこやかになっていた。

「阿宝、小珍と仲エエんやろ」

「そうかな」

「またとぼけて。夜に何遍か小珍と出かけてたん、おばちゃん全部知ってるんやから」

阿宝は口をつぐんだ。

その頃、小珍は専門学校に通っており卒業をひかえていた。阿宝は曹家渡《そうかと》にある四十四番のバス停で小珍が帰ってくるのを待ち、近くの店へ鶏やアヒルのスープ目当てに二人でよく行っていた。

「五号室のおばちゃん、ずっとうちと話したがってるんやけど」と小珍。

「そうなんか」

「家の用事、ようけあって大変やろって言うの。それとお父ちゃんの事も聞かれたわ」

「あの人、世話焼きやしな」

「お母ちゃんが亡くなって五年になるけど、お父ちゃん、奥さんさがす気があるんやろか。ほんまにわからへんわ。それがこないだ、おばちゃんに勧められてな。もし新しいお母ちゃんが来てくれたら、

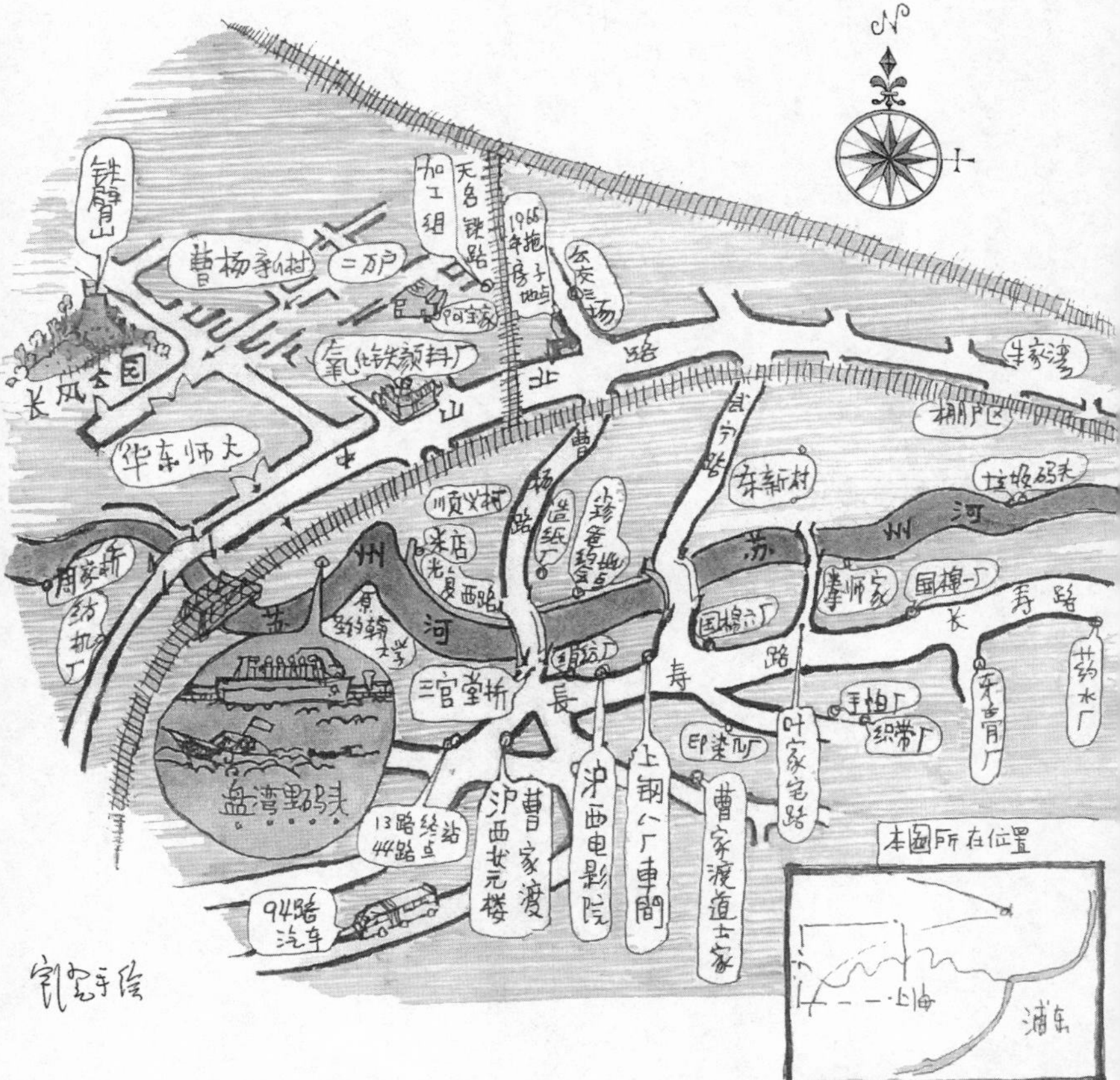

記憶を頼りに描いた1970年代の市内西部。今、これらの工場は殆どが取り壊されている。

家の事助けてもらえるやろって。おばちゃんの知り合いに国綿第六工場の女工さんがいて、きれいで優しいんやって」

「それ、エエやん」

「そんなんイヤやわ」

「……」


小珍の父親は長身瘦軀《そうく》。三官堂《さんかんどう》橋にある製紙工場で働いている。普段、阿宝はもちろんのこと、近所の者に会っても話はせず、誰とも一切かかわろうとしない男だった。

文革騒ぎはもうかなり収まり、阿宝の父親もドアのそばに掛けていた〝罪状書〟を掛けていない。家の周りの掃き掃除もしなくてよい。ただ、反革命分子呼ばわりだけは変わらなかったが。阿宝と小珍が付き合っている事を知っている小珍の父親は、それでも何も言いはしなかった。

男に冷たくされると女は気になるもの。近所の女たちは阿宝の叔母も含めて、小珍の父親が変わり者だと言っていた。

「小珍のお父ちゃんって、亡くなった奥さんの事が忘れられへんらしいわ」と五号室の女。

阿宝は口をつぐんだ。

「阿宝、ちょっと手伝《てつど》うてもらえへんかな。おばちゃん、小珍に毛糸のチョッキを編んであげようと思うてるんや。おばちゃんの代わりに言うといてもらえへんかな」

「何を?」

「家の事はおばちゃんが、お母ちゃん代わりをしたげるって」

「え? それはちょっと……」

「それやったら、小珍のおばちゃんになったげるっていうんやったらエエやろ」

阿宝はうなずいた。

「ちゃんとした工場かてみんなちょっとでもひまがあったら更衣室に隠れて編み物してるんやから、うちらこんな小さい工場の人間やったら当たり前やろ。部屋にいるのはみんな女や。棒針の音しか聞こえてきいひん。太い毛糸やったら早い人なんか二時間で毛糸二玉分編んでるわ」

阿宝は黙っている。

それからというもの、女は仕事がひまになると黙々と編み物をし続けた。アクリル混紡のカシミヤ毛糸三本どりでザクザク編む。

一週間あまりして女はハトロン紙の包みを取り出すと阿宝の手に押し込んだ。「女の子と付き合うんやったら、色々プレゼントするの忘れたらアカンよ」

阿宝が包みを開けると、ベージュの細毛糸で編んだVネックのベストだった。胸に縄編みが二本入っていて仕上げも丁寧だ。

「エエなぁ、これ」と阿宝。

「渡しといて。気に入ってくれるわ」

「なんでオレが渡さなアカンの」

「この辺、うるさい人が多いし」

阿宝は黙って受け取った。

ある朝のこと。出勤するため部屋を出た阿宝と女は、小珍が二階から下りてくるのを見かけた。黒い布靴、白い靴下、こげ茶色の長ズボン、白いブラウス、ベージュのベストを身につけている。さわやかで真面目そうな女学生らしい姿だった。

阿宝と女は立ち止まり見とれてしまった。

女のそばを通るとき小珍が頭を下げた。「おばさん、ありがとう」

「エエんよ」

二人はゆっくり去って行く小珍の後ろ姿を見ていた。

「小珍、ますます綺麗になってきたわ」と五号室の女。

「ベストのサイズ、なんでわかったん」

「うちのこの目が物指しや」

阿宝は感心している。

丁寧に心が編みこまれたベストのおかげで、女と小珍の関係は一歩進んだ。

その後、女は仲人役として、阿宝を介して工員の写真二枚を小珍に渡しておいた。

一枚は三十九歳の丸顔、大隆《だいりゅう》機械工場の旋盤工。子供が一人いる。子供がいるのは問題ではないが泣き黒子《ぼくろ》が三つもあるのがよくない、と小珍は思った。

もう一枚は四十一歳、中山橋にある紡績機工場の組立工。離婚して一人身、穏やかな表情をしている。

小珍は写真を受け取り、父親に言っておくと約束した。

数日後。

「お父ちゃんうんともすんとも言わへんから、こっちから何回もせっついてみたんやけど、やめとくしかないわ」

阿宝は写真を受け取った。「わかった」

「阿宝もけったいな事するなぁ。仲人のまねなんかして」

「五号室のおばちゃんの差し金や」

「うちのお母ちゃん、あんな写真の人らよりよっぽど綺麗やったわ」

「あのおばちゃん、小珍のお母ちゃんに会うたことあるはずやのにな」

「写真のこと言うてるんやん。お母ちゃんが二十四歳の時の写真が一枚だけ大事に額に入れてあんの。近所のうちのは一つの額に十枚以上も小さい写真が一緒くたに入れてあるけど、そんなんと全然違うんやから」

　阿宝は口をつぐんだ。

　その頃、近所の者は小珍の家へめったに行かなかったが、一号室のばあさんだけは写真を見たことがあると言う。母親が二十四歳の時のもので洋服を着ていたらしい。

「そんな事ありえへん。あのばあさん、目がちゃんと見えてへんのや」と五号室の女は言っていた。

「うちのおばちゃんが言うてたけど、小珍のお母ちゃんは映画スターの黎莉莉《リィリィリィ》（一九一五—二〇〇五）みたいやったって」と阿宝。

「映画スターの阮玲玉《ルアンリーンユィ》（一九一〇—一九三五）みたいやって言う人もいるらしいけど、そんなん、あのばあさんがでたらめを言うてるだけや。小珍のお母ちゃんがどれだけ綺麗でも、所詮はハンカチ工場の職人やろ。映画スターと職人では月とスッポンや」

「どっちにしてもオレは信じてるぞ。小珍のお母ちゃんは綺麗やったんや」

　ある日、夕食を終えた阿宝と五号室の女は二階の小珍の部屋に行った。父親と小強が遅番だから、部屋には小珍しかいない。

　十号室は南北に細長い部屋で、二つに仕切ってある。向こう側に小珍と小強の二段ベッド、こちら側には大きなベッドと家具が少し。

女は手前の部屋で、ベッド脇の壁に掛かった額を見た。

写真の女性は杭州《こうしゅう》ちりめんの旗袍《チーパオ》姿。髪は短く、端整な面持ち。表情にも味わいがある。眉間にほんの少ししわを寄せているが、それが却《かえ》って魅力を引き立てており、目元には微笑みが浮かんでいた。伝説に出てくる美人ほどではないが、確かに綺麗な人だと阿宝は思った。

「お母ちゃん、綺麗やろ?」

「うん」

「綺麗や。目が綺麗や」と女も相槌を打つ。

小珍は満足そうにしていた。

「お父ちゃんの写真は?」と女。

「お父ちゃんは綺麗やないし」

女は布団を撫でてため息をついた。「まだそんな寒いことないのに、もうこんな分厚い布団でカーテンも掛けんと、やっぱり男はしょうがないなぁ」

そんな事を言っていると、下から叔母の声が聞こえてきた。「阿宝、寝る用意しぃやぁ」

阿宝は部屋を出た。

その夜、阿宝は一つ賢くなった。女同士で家のことを話し始めると話が尽きないらしい。全く興味をなくした阿宝は、もう二階へは行かないことにした。

その夜、女は部屋の整理をしてやった。掛け布団を縫い直し、カーテンを掛け、手際よく十時過ぎまで立ち働いて、ようやく下りてきた。その間、小珍は簞笥《たんす》や箱をひっくり返してはあれこれ取り出して宝物を見せていた。

女はその時、古毛糸を選り出しておいた。小珍の父親が持っているる毛糸のパンツのほころびを直してやるつもりらしい。

一ヶ月後のある夜。三官堂製紙工場から出て来た小珍の父親は、入り口で待ち構えていた阿宝、小珍、五号室の女とともに光復西路を歩き、蘇州河のほとりである女性を紹介された。

そういう事に阿宝は関わりたくなかったのだが、どうしても付いてきてもらいたいと小珍に頼まれたのだ。本当は小珍も行きたくなかったのだが、結婚歴のある女が小珍の父親と二人だけで会う、しかもそれが夜となると、万が一誰かに見られたら具合が悪いだろうと五号室の女に言われ、小珍もしぶしぶ引き受けたのだ。

「なんでその人に製紙工場の入り口で待ってもらわんかったんや」と阿宝が小珍に聞いた。

「もったいぶってるんよ。工場の入り口やったら具合悪いみたい。それで蘇州河の北側で待つことになったんよ。その人とお父ちゃんが二人だけでそんな真っ暗な所に立ってたら、ようないやろ」

「オレは行かん」

「阿宝がなんぼイヤでも絶対に付いて来てくれなアカン。絶対やし」

「あのおばさん、ほんまにお節介やな」

「お節介の何がアカンの。あのおばさん、親戚のおばちゃんらよりよっぽどようしてくれるってお父ちゃんに言うたら、お父ちゃん黙ってた。うれしいんかどうかはわからへんけど」

そんなわけで、阿宝も仕方なく引き受けたのだ。

その夜、五号室の女は念入りに化粧をした。濃紺とカーキ色のリバーシブルの合服に化繊のズボン。職場の幹部のようないでたちだった。

三人が工場の入り口に着いたとき、街灯がほの暗い光を放っていた。そこへ小珍の父親が作業服のまま出てきて五号室に会釈した。門衛が叫ぶ声がする。

「おーい、足長ぁー」

父親は相手にせず、そのまま四人で南に向かう。

「〝足長〟って誰のこと?」と五号室。

父親は答えもしない。

「ほんまに足長いなぁ。ズボン編んだら、毛糸二十玉あっても足りひんやろな」と五号室。

南へ少し行くと光復西路、蘇州河のほとりに出る。向こうは曹家渡だ。瓦屋根がびっしり並び、あちこちにほの暗い灯りが見える。両岸に大小さまざまな船がびっしり停泊し、目の前にあるのは殆どがワラを積んだ船。船に堆《うずたか》く積まれたワラが暗闇に白く浮かび上がっていた。犬が二匹、ワラ山に突っ立っている。ワラの匂い、紙パルプのすえた臭い、何かが腐ったような蘇州河の臭いが、風に乗って漂ってきてはまた遠のいていく。水田の泥の匂いも漂ってきた。光復西路は道幅が狭く、両側にはしっとり濡れたような黒い瓦屋根の民家が立ち並んでいる。屋根の向こうに見えるのは製紙工場。そこには夥《おびただ》しい数のワラが積み上げられていた。大きさや形から例えて言うなら、昔軍事用に使っていた防御陣地《トーチカ》のような、四角いワラの塊だ。誰の姿も見えないし、誰の声も聞こえない。もし太陽の輝く昼間なら、ワラのトーチカ一つ一つが光って見えるのだが、今はすべてが灰色と浅黒い色に変わっていた。

小珍と五号室の女はペチャクチャ喋っている。

阿宝は堤防にもたれていた。そのすぐ傍には電柱のように直立した小珍の父親がいる。十分ほど経ったとき、父親が口を開いた。

「いつまで待たすねん」

阿宝は驚いた。太く響く、吸い寄せられそうになる声だった。長い間近所に住んでいるから、顔は知っている。でも声を聞くのは初めてのような気がする。こんな声だったのか。

「ちょっとちょっと、焦らんといて。もう来るし。ちょっと見てくるわ」と五号室は声をひそめた。堤防沿いに歩く五号室の女は、後ろ姿とはいえ、腰つきや足取りから女性としての魅力が充分窺えた。

まもなく五号室は、小さい路地からみんなのいる所へその女性を連れてきた。

阿宝と小珍はとにかく驚いた。

現れたのはヘアアイロンでくるくるにカールさせたばかりの髪をした、丸顔の女。小柄で顔立ちはましなほうだが、場所がよくないせいだろう。暗い上に、はしけ船でかげになり、蘇州河のように黒ずんだ顔に見えた。

「こちらの男性、足が長いわねぇ。ほんまに長いわ」

そう言った女の声は澄んだ歯切れのよい声だった。暗闇でハンカチを取り出すと、からからと笑ってそれを振った。

「ご紹介しますね。こちらは妹みたいに仲良くしてる人、すぐそこの順義村《じゅんぎそん》にあるお米屋さんの店員さん。こちらはそこの製紙工場の職工さん。とりあえずお二人でお喋りでもどうでしょうか」

父親は身じろぎもしない。

「阿宝、小珍、ちょっとついて来てもらえへんかなぁ。曹楊路で用足ししたいし」

三人がその場を離れようとした時、小珍の父親の声が響いた。「ほな失礼します」

「何してんの。二時間も休みとってきたのに、何を急いでんの」と五号室の女。

「もう行かなアカンし」無愛想にそう言っただけで踵《きびす》を返して立ち去ろうとした父親の姿に、四人ともただ啞然とするばかり。

父親はすぐに引き返して来て、五号室に言った。「ありがとうな」そしてすたすた歩き、その姿は小さくなっていった。

丸顔が立ち止まった。「何考えてるんやろ。ひどいわ。ほんまにひどいわ」

五号室も失望した。「なんであんな事するんやろ」

「この話、やめとくわ。製紙工場の人やってわかってたら、絶対来いひんかったのに。パルプのこんなひどい臭い、子供の頃から嗅いでるけど、まだ嗅ぎ足りひんとでも言うん？　夜もベッドに入ったらパルプ男に抱かれて暮らせって言うん？　辛抱できひんわ」と丸顔。

五号室は小声で謝ると、堤防沿いから向こうの路地まで丸顔を送って行った。

夜の蘇州河の真っ黒な流れ、はてしなく広がる星空、押し黙ったままの灯り、そしてみんなの顔と声、そんな全てが阿宝の心に深く刻み込まれた。

小珍は阿宝から離れず、ずっと笑顔を絶やさなかった。

五号室が肩の荷を下ろしたかのように言う。

「仲人なんか、そう簡単にできるものやないわ。靴に穴があくまで歩いて、くたくたになるまで話して、それでもエエ縁組はなかなかできひんもんや」

三人は蘇州河を離れた。来る時は緊張した面持ちだった五号室も帰りは落ち着きを取り戻し、紹興芝居を口ずさむほどになっている。

こんな事があったおかげで、小珍と五号室の女の距離はいっそう縮まり、それからの数週間、父親と弟の小強が午後勤で帰りが夜中になるときは、しょっちゅう女が小珍の部屋に上がりこむようになっていた。

そういう関係は、ある夜の八時過ぎ、二階で突然大騒ぎが起こって大きな音がドンドン鳴り響く、その時まで続いた。

隣近所の者全員が飛び出し、廊下も階段も入り口も野次馬だらけになっている。

女が小珍の部屋から大慌てで逃げ出してきた。髪振り乱し、上着のボタンは掛け違い、靴のかかとを踏み、ドンドンドンと階段を駆け下りると、自分の部屋にもぐり込んだ。

二階の十号室ではドアがバタンバタンと開いたり閉じたりしている。

突然、小珍の父親が喚いた。部屋の中にいたので、詳しいことまではハッキリしなかったが、その鋭い声が〝二万戸〟一帯の屋根を刃物が刺すように突き抜けたのは事実だ。暫くしてあたりは静まり返ったが、小珍のしくしく泣く声はいつまでも聞こえていた。

阿宝は二階へ様子を見に行きたかったが、叔母に止められた。

「上がったらアカン。早ぅ中に入んなさい」

あくる日の朝早く、阿宝一家が朝食を食べていた時のこと。叔母が入ってきた。

「二号室の奥さんが言うてたんやけど、ゆうべはほんまにえらい騒ぎやったんやてな」

阿宝の母親が答えた。「なんで？」

「五号室の奥さん、最近十号室に入り浸りやったやろ。ゆうべもはじめのうちは小珍と喋ってて、小珍はラジオ聴いたりしてたみたい。夜に桂花酒《けいかしゅ》なんか飲んだし酔うたみたいやって言うて、小珍のお父ちゃんのベッドの縁に座ってたんやけど、だんだんもたれて、しまいに横になってしもうたらしいわ。掛け布団まで掛けて。ありえへんやろ。それから大変な事になってん。間の悪いことに、紙工場のボイラーが修理しなアカンことになって、遅番の人らも早めに仕事終わったんやて。お父ちゃん、部屋に帰ってきて、五号室が自分の枕を使うて掛け布団まで掛けて寝てるの、見てしもうたんや。傍の壁に掛けてたはずの嫁さんの大きい写真は裏向きになってるし。腹立って、掛け布団剝いだら、とんでもない！　布団の中のあの女、何も着んとすっぽんぽんなんや。そんな品のない女いると思う？　小珍はもうへたり込んでしもうて。小珍のお父ちゃん、椅子を床に叩きつけて、椅子の脚が折れてしもうたぐらいや。すぐにあの女を追い出して小珍を殴りつけたんやて」

そんな事を聞かされた阿宝の両親は驚き、阿宝は箸を置いてしまった。

ちょうどその時、部屋のドアがバタンと大きな音とともに開けられた。そこには小珍の父親が仁王立ちになっている。驚いた阿宝一家は縮み上がった。

「小珍ちゃんのお父さん、何ですか」と叔母。

父親は呼吸を整えると大声を出した。「今日から阿宝はうちの小珍と付き合うなっ！　言う事を聞かんかったら、家の中めちゃくちゃにされても悪う思うなよ。何もかも叩きつぶしたる。やるって言うた事は絶対やるからな」そう捨て台詞を残すと俯いて出て行った。

隣が五号室。例の女の部屋だ。

叔母はすぐさまドアを閉めた。ドーンという大きな音が聞こえてきたかとおもうと、天井からほこりが落ちてきた。五号室のドアは蹴とばされて穴があいている。女が泣き喚いている。小珍の父親が何を言っているのかは聞きとれなかった。

その頃、女の夫、昌発《チャーンファア》さんは病気のため半身不随になっており、まともな会話はできなくなっていた。妻が叫びまくっているのを聞いているだけ。ドアがまた大きな音をたて、そしてしんと静まり返った。

みんな声も出せない。

阿宝の父親が箸を片方だけつまんで阿宝の頭を指した。「わしの事、まだやり足りんみたいやな。

まだまだ面倒臭い事が起こりそうや。メシ食うたらとりあえず主席さまの語録を三百回書き写して、それからケリつけてやる。あぁもう、頭痛い」

阿宝は何も言えなくなっていた。

二十章

一

食事処〝夜の東京〟は閑古鳥が鳴いている。普段でもテーブル二つか三つくらいしか客はいないし、雨の日などは商売あがったりだ。

葛《ゴオ》先生だけは毎日やってくる。小さい丸テーブルで背筋をのばして新聞を読み、コーヒーや中国茶を楽しんでいる。七三に分けた髪に金縁メガネ。冬はシルクの中国風綿入れにウールのズボン。夏は涼しげな薄手の長袖シャツにダブル裾仕上げのサスペンダー付きズボン。笑顔を絶やさない人だ。タバコを吸いテレビを観ることもある。食事は簡単なもので、紹興酒一杯に牛たんカレーか丼物だけだ。友人が飲みに来てもめったに話には加わらず、一人で食事をしている。だが、気が向くと、誰もが聞き飽きた同じ事ばかりを繰り返していた。

例えば、女で一番逞《たくま》しくて有名なのは誰か。それはユダヤ人不動産王ハードンの中国人妻リーザだと言う。上海市内の南市《なんし》出身、もとは外人相手の妓女でしかなかったが、最後には巨万の富を持つことになる。庭園付き邸宅の愛儷園《あいれいえん》だけを見てみても若いつばめ二人を囲っていたし、その居候に至っては全員が最高級の文豪。ホテルを開業したようなもので、清王朝が倒れてからは、宮中勤めをしていた宦官《かんがん》数名を引き取ったりもしている。宦官たちは宮中にいた頃と同じいで立ちで、女主人に会うと頭を地面につけて挨拶をせねばならない。それはまるで西太后《せいたいこう》に会った時のようだった――などなど。

みんな相槌も打たない。

「それから『沙家浜《さかほう》』（抗日戦争が背景になった芝居）に出てくる、阿慶《アアチーン》の奥さん、地下党員でこの人も逞しい人やったなぁ。箏《こと》を酒の席に添えたりしてた。刺繡したカーテンのかかった部屋で赤い蠟燭灯してな。もとは飯屋をやっとって、旦那の阿慶はそこの給仕やった。民国時代のはじめ頃には董竹君《とうちくくん》もいるな。あの人のやっとった飯屋の〝錦江〟も大きいなったもんじゃ。もっと古い前漢の時代には卓文君《たくぶんくん》っていう人もいたな。小さい居酒屋みたいな店で働いてた人でほんまに綺麗なんや」と葛先生。

みんな聞いているだけだ。

「細うてスッキリした眉毛やった。パッと咲いたハスの花みたいに明るい顔で肌も綺麗でな。十七歳で後家になってからは、やりたい放題。色恋沙汰も起こしてるけどな。結局、女の人は飲食業に関わったら、しなやかで独特な味わいが出てほんまに綺麗になれるんやな。そやから有名になるのも簡単や」

滬生は〝夜の東京〟に行くと、普段は簡単な食事をする程度だった。アルバイト嬢が料理とスープを持って来て滬生や玲子と一緒に食べる。菱紅《リーンホーン》が来ると四人で、華亭路の小琴《シアオチン》が来ると、料理一品とビール二本を増やすだけで賑やかな食事が始まった。小琴が来て暫くすると陶陶《タオタオ》も必ずやって来る。中二階の奥さんが店に来るときはいつも新鮮な食材を携えていた。ケール、ごぼう、ルッコラ、茎わかめ、味噌、それにエスカルゴ、菱の実などだ。軽く挨拶をするとキッチンに入り料理をしてくれるので、みんなでそれを味わったりもする。

しかし麗麗《リィリィ》からの予約がある時だけは玲子も真剣に準備をする。麗麗は仕事の付き合いでよくテーブル一つ分ほどの客を招待しており、客は銀行のトップもいれば、イスラエル人やベルギー人もいる。ワインやグラスが店にキープしてあるくらいだった。

滬生が〝夜の東京〟に来るのは、家庭料理が味わえるからだった。

何度か通ううちアルバイト嬢に言われたことがある。「女将《おかみ》さんは出かけてるから、待ってんでもエエんですよ。先に頂きましょう」

滬生は席につくと葛先生に軽く会釈し、アルバイト嬢とともに食事をする。そんなに親しくはないが、家族のようだった。こんなにも大きい街でここまで気の置けない光景を見かけることはないだろう。


ある日、玲子に言われた。

「滬生、菱紅って結構いけると思うやろ」

滬生は笑顔で聞いている。

「きれいで賢いし、それにお小遣いも結構貯めてるし」

「なんでそんな事言うんよ」そう言いながらも、菱紅はにこにこしている。

「二十七、八なんやから、もう子供と違うやろ」

「まだ二十四やし」

「日本のお坊さんともとっくに別れたんやし、今でもまだまだ若いわ。滬生、決心したら？　白萍《バイピーン》と別れたら菱紅なんかどう？」

笑顔の菱紅が両手で持ったグラスを滬生のグラスにカチンとあてた。少しずつではあるが殆ど飲みきり、頬をほんのり赤らめている。

「白萍が帰ってくるの待ってなアカン。話はそれからや」と滬生。

玲子がテーブルをコツコツ叩く。

「滬生は弁護士さんやろ。そんなもん欠席裁判でエエわ。わかるやろ」

滬生が口をつぐんだ。

玲子が時計を見た。「今夜はお二人でどうぞ」

「ええ？」と菱紅。

「また始まった」と滬生。

玲子が屋根裏部屋を指して言う。

「あそこでちょっとお試ししてみて、よかったら決めたらエエやん。家を買うにしても滬生はお金に困ってるわけやないし」

「アホみたい」と菱紅。

「お口に合わへんかったら、お付き合いはやめといた方がエエわ。先ず大事なんはそっちやし。優良労働者のカップルになって、心が通い合うて主義主張が一緒やったとしてもそんなもん意味ないわ」

滬生が吹き出した。

「滬生は何待ってんの。菱紅と結婚したら温かいスープもご飯もあるし、こんな所にしょっちゅう来んでもようなるのに」と玲子。

「何言うてんの。私かて楽しみたいわ。私にご飯作らせようとしてもそんなんムリやし」

「白萍から連絡ある？」

「バンクーバーに行ったらしい」

「男でもできたんかな」

「たぶんな」

「ひょっとしたらお相手は一人やないかもしれんし、誰かの子供ができてるかもしれん」と菱紅。

「そうやな」

「頭おかしいん違うか」と玲子。

滬生が口をつぐむ。

「あのときなんで結婚なんかしたん」

「何回も言うたやろ」

「もう一回言うて」と菱紅。

「あの頃はどっちの家も狭《せも》うて家族がひしめいてたし、付き合いも長《なご》うなってたからや」

「白萍さんってエエ人なんやろな」と菱紅。

「そうやな」

「それにおしゃれやし」

「地味な方かな」

「どれくらい男の人と付き合うたことあるんやろ」

「たぶん二回やろ」

「女が二回って言うんやったら、かける二か三やろな」と玲子。

「白萍さんの彼氏ってみんな急に外国に行ったらしいやん」と菱紅。

滬生がまた黙る。

「初めての夜は？　詳しぃ言うてもらおうかな」と玲子。

「それは言いにくいな」

「覚えてるやろ。滬生が私の離婚手続きをやってくれたとき、会うたとたん、難しい顔して聞いてきたやん。初めての夜はどうやったって」と玲子が笑いながら言う。

菱紅が笑う。

「玲子ねえさん、一晩じゅう甘い声出して、旦那さんのほうもそれをとことん受け入れてたんやろ」

「オレがそんなしょうもない事聞くはずないやろ。ありえへん」

「そしたら今から私が離婚訴訟の弁護士になったげるわ。夜に何したかは聞かへんけど、これだけは聞いとくわ。初めての夜に白萍は何言うたん？」

「そんな事ばっかり話しておもしろいか」

「私、聞きたいわ」と菱紅。

「うぅん、そうやなぁ。……オレは恋愛経験が少ないから、単純すぎて真面目すぎるって言うてたわ」

「うふっ。ほんまは白萍と付き合いながら梅瑞《メイルイ》ともエエ事して、おいしいうえに甘い事して、二股かけてしょっちゅうつまみ食いしてたんやから」と玲子。

「えぇ？　ほんま？」

「菱紅ちゃん、それが男なんよ。うわべだけ真面目なんよ」

「女も同じようなもんやろ」

玲子は黙っていたが、突然吹き出した。

「軽はずみやわ」と菱紅。

「オレのオヤジとおふくろが政治的にやられた時わかったんやけど、何もかも意味ないんや。そやから、白萍が結婚したがってたから結婚したんやし、外国に行きたがってるんやったらこっちも好きにさせてもらおうって思うたんや」

「それで結局白萍は何て言うたん？」

「あはは。またそこに話が戻るんやな。なんで結婚しようと思うたんやって聞かれたんや」

二

滬生は、今でもその夜の事を覚えている。——枕元にえんじ色のスタンドが灯っていた。白萍は、白くて上品、名家のお嬢さんのような、宝石のような手をしていた。

上着を半分はだけ、髪を束ねた白萍が突然言った。

「滬生、私、真剣なんよ」

「オレも真面目や。誠心誠意や」

白萍は黙ったまま最後のボタンをゆっくりとはずし、真っ白いベッドに腰かけてきた。滬生は少し場所を空けてやる。

「お義父《とう》さんとお義母《かあ》さんの問題、いつになったら終わるんやろ」

「普通の政治問題やったらとっくに名誉回復されてるけど、そうでなかったら解決せえへん。そやけど、それも一つの解決方法なんや」

「どういうこと？」

「親父は古参幹部で、こないだ釈放されたとこでな。よそへ移って、名前変えて新しい戸籍も作ってる。人生の終わりになって、何もかも変わってしもうたんや」

「私の男友達も外国に行った人は似たようなもんやわ。よそへ行って名前変えて、何もかも変わってしもうてる」

「親父みたいな幹部はほんまはわかってたんや。昔、人にこういうやり方をしてたから、今度は自分の番が来ただけで不思議でもなんでもない。決まりっていうのはそういうもんや。処罰する前に、握手して励ましの言葉とか夢のある事言うんや。『毎日真面目に過ごして、冷静に反省して、事実に基づいて正しい行動をして、恨み言は言わんと、自暴自棄にならんと、積極的に前向きに。それから体をいたわるように』って」

「その男友達の事、言うてるみたいやわ。一緒や。外国に行って新しい環境でいろんな現実に初めて出会うて、やっぱり事実に基づいて正しい行動をして、自暴自棄にならんと、真面目に一日一日を過ごしてた」

「思いやりのある、意味深長な言葉かけられて、結局それからは鉄の扉に鍵かけられて自由がなくなってしもうて、いろんな人との関係も切れてしもうて、十年ほど音沙汰なしや。それがある日、もう出てもええって急に言われて、それで出てきたんや。まぁそんなもんかな」

「友達も外国に行ったら、国の門が閉められたようなもんやった。急に行方不明になって自由を奪われて。この世の浮き沈みやわ。あんな遠い所で。それが一年ほどして急に帰ってきて姿見せたとしても別に不思議やないんよね」

「幹部を処罰するやり方は習慣みたいになってたから、みんなも見慣れてたし、どういう風に扱《あつこ》うたらエエかっていうのにも慣れてた。みんなわかってるんや。そういう人は運が悪かったんやってな。どれだけ叫ぼうが跳びはねて泣こうが、やっぱりお先真っ暗やって、やられた方もわかってるんやな。

そやから、慣れた環境から離れて、知らん部屋と知らん人相手にわけのわからん暮らしをさせられても、絶対に叫んだり大声出して泣いたりはしいひん。気持ちのバランスとって受け入れなアカンのや」

「それって友達が外国に行ってからの事とホンマによう似てるわ。急に知らん世界に飛び込んで、どれだけ泣きたいとか喚きたいと思うてもその生活を受け入れなアカン。ただ、滬生の条件はそんな友達よりまだひどいってうちの親は思うてる。私は同じようなもんやと思うけど」

滬生が口をつぐんだ。

白萍が滬生に寄り添った。

「私、絶対譲らへんかった。それで結婚したんよ」

「ハハハ」

「満足？」

滬生は答えられない。

「滬生のお父さんとお母さん、政治的にやられてるっていう事は滬生にも問題があるっていう事になるやん。そしたら私かて一緒やわ。私にもどうしようもない問題があるんやし」

滬生は黙って聞いている。

「私、もうその人と経験してるんよ。もう初めてと違う。それって重大問題やろ。滬生にもきっと考えがあるやろうし」

「オレはどうでもエエ」

「もし私の四番目の男やとしたら感じ悪いやろ」

滬生は黙ってスタンドを消した。カーテンにスズカケノキの影が映っている。

白萍が手をかけてきた。

「みかけは仕事もちゃんとやってるけど、ほんまは外国に行きたい」

滬生は答えにつまる。

「チャンスさえあったら、たぶん帰ってきいひんわ」

「わかってる」

白萍はそれっきり口を閉ざしてしまう。

二人の結婚がどういうものなのか、はじめは阿宝しか知らなかった。

結婚して一年あまりたった一九八九年初頭、白萍は国家からドイツへ派遣され半年間の研修を受けることになっていた。当初はよく手紙も来ていた。秋には白萍が送ってきたメモを持ち、華亭路まで行っていたくらいだ。ジーンズ、スカート、ブラジャー、ショーツを買ってくれと言うのだ。あれこれ説明しないといけない買い物なので手間がかかった。

洋服の露店を出していた小琴は当時十八歳だったが、経験豊富で行き届いた心配りをしてくれた。

「滬さん」

突然小琴に呼ばれた滬生は咄嗟のことで驚いた。白萍からの手紙を小琴の目の前に置いたままにしていたのだ。苦笑するしかなかった。

その露店では日本のデザイン物しか売っていない。世間話をしているうちに、日本と仕事上の関係がある事、玲子と仲がいい事まで小琴が話した。そういう繋がりがあるなら、自分が結婚したこともきっと日本にいる玲子に伝わるだろう。

案の定、一ヶ月後に玲子から電話があった。

「滬生、今はね、外国にいる人はみんな何か口実見つけて、こっちには帰ってこんとこうと思うてるわ」

「そらそうやな」

「奥さんにはしょっちゅう連絡しなアカンよ」

「うん」

玲子の予言どおりとなった。

それまでに滬生は白萍から写真を八枚受け取っている。カラーだった。そのうちの一枚は裏にこんなことが書いてあった。〝遥か彼方から――〟

写真を見た阿宝は感心した。「女は外国に行ったら綺麗になるもんやなぁ。昔からよう言うよな。環境が変わったら、ホンマに人が変わったみたいにメチャクチャ綺麗になるって。ホンマにそのとおりや」

さわやかな雰囲気、美しい曲線美。写真を見ていた滬生が裏に書かれたその言葉を口にした途端、阿宝は口をつぐんだ。

「アイツの職場からは、ちょっとでも早めに帰ってくるようにとか、相談してくれたらなんとかするって手紙が来てたわ。そやけど、あっちに残れるようにしてくれって申請したらしい。カナダへ行くつもりやとも言うてたわ」

「白萍の傍にはたぶん男がいるな」

「ええ?」

「この写真も絶対その男が撮ってる」

何も答えない滬生に、阿宝は話し続ける。

「女の写真を撮るんやったら、カメラを持つのが男か女かで、アングルも雰囲気も変わってくるもんや」

「誰にでも過去があるやろ。それにみんな何か考えがあるけど、その中身が違うっていうだけやろ。そんな事はオレもわかってる」

「最近電話かかってきたか」

「そんなしょっちゅうやないけどな。オレはあんまり喋ってへん」

「盗み聞きされるのがいやなんか」

「仲のエエ夫婦やったら人に聞かれるのが一番いやなもんやろ」と滬生が笑う。

「他所《よそ》から来たお得意さんが言うてたけどな。国際電話のオペレーターって夜勤のときは編み物してるらしいわ。暇なもんやから殆ど長距離電話聞いて暇つぶししてよる。ラジオ聴くみたいに」

「オレも昔、郵便専用列車に乗ったとき、勝手に手紙の封を切って読んでるヤツ、この目で見たわ。今、思うたら、書いてある事はどうでもよかったんやろな。夫婦が離れ離れになっててお互いを思い合うことに色気感じてたんやろな。何もできひんわけやろ。もう最高の極致で『会いたい！』のひと言や。電話やったら『目が見たい』『耳が見たい』『髪の毛が見たい』『足の爪先まで見たい』とくる。二人だけの世界やと思うて、何でもかんでも言うてしまうんやろ」

「ちょっと話が違うけどオペレーターもやな。若いヤツやったら、そんな夜中の会話を聞くっていう事は、ほんまは自分の首を絞める事になるんや。長いこと刺激されるからな。セーターの袖口を編んでる時やったら、編み針持ってる手がふるえてむちゃくちゃに編んでしもうて、夜明けには全部ほどかなアカンようなことになる。……経験積んだ中年オペレーターやったら、いちゃついてる電話しか聞かん。喋ってる男と女がどんな関係かがわからへんうちは話がややこしい。そやから、コオロギの触角があっちこっち向くみたいに男と女の両方にアンテナ張るんや。頭働かせて賢いやり方をしてよ、るわ。何かあるとか、これは匂うと感じても編み物で失敗する事はない。……プロ級の年配やったら、そういう事にはもう淡白になってて、夜勤の時はちょっと聞いただけですぐわかる簡単な事しか興味示さんようになってる。夫婦喧嘩とか、家の中のいろんな事をアレコレ言うてるのとか、責め合う声とか、緊張感があって賑やかなのがエエんや。そらもう、いろんな花が咲いてるようなもんや。道化芝居を観てるようなもんかもしれんな」

いつだったか夜明けに白萍から電話があったのを覚えている。

「滬生、最近忙しかった?」

「まぁまぁや」

「今何してる?」

「本読んでる。そろそろ寝るつもりや」

「一人?」

「そうや」

白萍は黙っている。受話器から雑音が聞こえてくる。

「最近、私の事思い出した?」

「うん」

「どんな事思い出した?」

「ただ思い出しただけや」

「そやからどんな事なん?」

白萍が畳み掛ける。

「そばにいてもらいたい?」

「そらそうや」

白萍は数秒だけ間をおいて言った。「部屋に誰かいるみたいな気がするんやけど」

「何やて？」

「聞いてたらわかるわ」

「誰がいるって言うねん」

「もう声も聞こえへんようになったけど、感じでわかるんよ」

「わけわからん」

「何がわからんのよ」

「オレしかおらんって言うてるやろ」

「そばに誰がいるん？」

「オレ一人や」

「見えへんけど聞こえるわ。ベッドに二人いるやろ」

「笑わせるわ」

「一人増えてる感じがする」

「聞き間違いや」

「何年か前に滬生が引っ越しした時からそんな気がするようになったんよ」

滬生は我慢できずに言った。

「何回言わせるんや。ちょっとゆとりができたから、今、もっとエエ部屋を借りてるんや」

「うちのお父ちゃんとお母ちゃん、ずっと疑《うたご》うてるわ。滬生、なんで引っ越ししなアカンかったんやろって」

「気分を変えたかったんや」

「聞こえるわ。女の人が喘いでるの」

「ありえへん」

「感じ悪いわ。暫く電話すんのやめとくし」

滬生は答えようとしたが、受話器からガチャンという音が聞こえた。ツーッツーッツーッツーッ。

三

陶陶は占い師の鍾《ジョーン》の言葉を黙って聞いている。

「髪の毛が硬い人は度胸があるけど慈悲心はありません。何するのも公平ではありません。そやから高級官僚になれて、いろんな場面でその場を鎮めることができるわけです。公平にしてたら、自分のポストまで危のうなってしまいますからな。心を鬼にしてやらんかったら、肝心なときに決断もできません。何でも大きい事やるんなら、慈悲心を捨てること。公平であってはいけません。それでやっと手に入れることができるんです。これが役人としての必要条件。……髪の毛の柔らかい人はですな、温厚で、公平なものの見方をいたします。ただ、人に公平にしてたら大きい事はできません。何をしても迷うてしもうて、他の人の利益を邪魔することにもなりかねません。それでもそういう人にもエエところがありまして、やましい事がないから落ち着いた気持ちでいられますし、人のことには口出ししません。……要するに、髪の毛が硬いか柔らかいかは、エエとか悪いとかではないのですな。持ちつ持たれつ、みんなで分業してるようなもんです。犯人の取り調べするのに気の弱い人やったら白状させることもできません。何するにしてもそう簡単には成功しませんし、てきぱきと処理することもできません。八方美人はむりですな。……女も一緒。色白で髪が柔らかかったら、普通は気立てがエエもんですな」

高級官僚だの何だのという鍾の話に、陶陶は全く興味が湧かなかった。しかしあとの方の話を聞いていると、小琴のもち肌を思い出した。色白で気立てがいい。

この前も食事をしていて、モラルがどうこうとみんなが話していたとき、小琴はさっと話題を変え、田舎で正月を過ごした時のことを話し始めた。ごく普通に話しているのだが、悲しい話だったせいか、聞いているうちにみんな黙ってしまい、陶陶も心で涙していたくらいだった。

その日から陶陶はしょっちゅう華亭路の店へ小琴に会いに行くようになっていた。露店の奥に二人で座る。陶陶がよく喋り、小琴は聞き上手だった。陶陶が矢継ぎ早に話をしても小琴は辛抱強く聞いている。いつもにこにこしているだけで多くは語らない。

陶陶が帰るとき、小琴はTシャツか長ズボン入りの手提げ袋を出して来る。予《あらかじ》め用意していたようだ。陶陶に着てもらいたい一心だった。

新しいシャツが芳妹《ファーンメイ》に見つかってしまったことがある。

「昨日買《こ》うたんや」

「サイズもピッタリやん。かっこエエし」

「穿いてみて」

ズボンが入っていたときのこと。

普通そういうズボンは裾の折り返しがそのままになっているのに、それはちゃんと縫ってアイロンまでかけてあった。

「その店、こだわりがあるんやなぁ。オーダーメイドみたいやん」

「他の人に合わせたサイズなんやけど、着てみたらちょうどやったし買うたんや」

「……」

本当にそのとき陶陶は小琴のことが言いたかった。どれほどよく気がつき優しいか——。しかし、言ってはいけない、と呑み込んだ。

その後、陶陶は小琴に言った。

「今度またあんな手提げをくれたら、芳妹に疑われるやろな」

小琴は笑顔を見せていたが、手提げ袋はそれまでとなった。

その後は小琴が〝夜の東京〟へ友達に会いに行くとき、陶陶も必ず行くようになった。

陶陶が入って来たのを見ると、玲子は冷淡な態度をとるが、玲子と小琴は本当の姉妹のように仲がいい。玲子がいると陶陶は気を遣いながら食べるだけ。そんなことが続くうち、玲子もそれに慣れてきた。

ある日、芳妹に子連れで無錫《むしゃく》の親戚の家に行き夜は帰らないと言われた時の事。陶陶は黄河路へ食事に行こうと、小琴に電話した。

しかし小琴は言葉を濁す。「よそで食べたらお金がもったいないわ。やっぱり玲子ねえさんとこで食べましょう」

「店には知り合いがたくさんいるやろ」

「賑やかでエエわ」

「一日じゅう露店出して、まだ賑やかにしたいんか。いやにならへんか」

「仲のエエおねえさんのやってる店があるのに、なんで場所を変えなアカンの」

「今は二人だけで食べたい気分なんや」

二十章

小琴は躊躇《ためら》っている。

「わかったわかった。玲子さんの店に行こう」

「うーん、そしたらちょっと遅めにして、夜八時でどう？　それでいい？」

「なんでや」

「ちょっと忙しいから」

「せっかくの時間をそんな無駄にするんか」

「八時にして。ちょっとおかず買いに行くし」

「え？　買い物上手なんはあの中二階の奥さんだけなんと違うんか」

「そうやなぁ。あんまり言いとうなかったんやけど、八時過ぎたら玲子ねえさんの店はバイトの子一人になるんよ」

「なんでや」

「料理長が七時半に休憩するから。ねえさんは一日じゅう忙しぃしてて、夜は葛先生の様子見に行かなアカンし」

「それは知ってる。葛先生、ここんとこ病気なんやろ。毎日毎日あの古い洋館に閉じこもってテレビ観てるんやろ」

「そうなんよ」

「あはは。なぁんや。店は空っぽなんや。なんでそんな奥歯に物が挟まったような言い方するんや。早《はよ》う言うたらエエのに、オレが聞いてやっと小出しにするんか」

小琴の笑顔が目の前に浮かび、陶陶は胸が熱くなってきた。

その夜は小雨模様だった。

道行く人は少ない。陶陶は八時十五分前、〝夜の東京〟に着いた。入り口には休憩中という札がかけてある。灯りがしぼられ、中ではアルバイト嬢がぼんやりテレビを観ている。テーブル席にはひと気がなく、キッチンは火が落とされている。

小琴の言うとおりだった。

「入ってもエエかな。とりあえず入らせてもろうて隣へ丼でも食いに行くわ」

「お茶飲んでテレビ観てるだけですし」

陶陶は新聞をパラパラめくり腕時計を見た。長針が真上を指している。ドアの音がしたが、そのまま新聞を読んでいた。

バイト嬢が立ち上がった。「小琴ねえさん、こんばんは」

「この辺を通りかかったら雨がひどぅなってきて、どうしようもないし」

手提げ袋のすれ合う音と傘立てに傘を入れる音が聞こえて来る。頭を上げると、雨に烟るような小琴の眼差しがあった。

「陶陶さん、ちょうどよかったわ。雨ですよ」

「ぼくも来たところです」

「ご飯は?」とバイト嬢。

「部屋で食べようと思うてお惣菜買うてきたんやけど」

「ここでどうぞ。お隣に行ってお丼でも買うてきます。陶陶さんも食べはりますから」

ちょっと考えて小琴は言う。「いっそのこと、みんなで食べへん?」

「もういただきました」とバイト嬢。

「ファストフードの〝振鼎鶏〟っていうお店あるやろ。あそこのチキンとパイナップルパイ買うてきたから先に食べといて。私、野菜炒めでも作ってくるわ。麺もゆがくし」

「陶陶さん、それでよろしいか」とバイト嬢。

「エエよ」

小琴は上手にものを言ううえ、気が利いている。おまけに芝居のように全くそつがなく、テレサ・テンの歌のようにソフトな言い方だ……そんなことを思いつつ、陶陶は立ち上がった。

三人で座る。大皿に盛られたボイルドチキン、小皿には生姜のせん切りと調味料。それに酒と箸が三膳。二人は再三バイト嬢にも勧めたが、お腹がすいていないからと、チキンを少し摘まんだだけでパイを手に、テレビを観に行ってしまった。

陶陶と小琴は見つめ合い、語り合い、食事をした。

陶陶が声をひそめた。「うまいこと言うたな。チキンは買いすぎやけど」

「多いかな」

「女一人でこんなようけ買うて。あの娘《こ》くらいしか騙せへんやろ」

「声が大きいわ」

「聞こえてへん」

小琴は俯いた。陶陶が小琴の手をつねると、小琴は笑顔のまま手をひいた。

「悪いけど、もう一本お酒開けてくれへんかな」と陶陶。

バイト嬢が酒を持って来た。「おねえさん、顔赤いわ」

「おかず作ってくる」と小琴。

バイト嬢は小琴に続いてキッチンに入ったが、すぐ出てきてテレビを観始めた。

陶陶はグラス半分飲むとキッチンへ行った。小琴が流しで菜っ葉を洗っている。

むこう向きの小琴に寄り添った。「もう作らんでエエって。もういらんから」

小琴は身をかわそうとしたが、陶陶がどんどんもたれていく。小琴の持っていた菜っぱが少しずつシンクに落ちていく。華奢《きやしや》な小琴は陶陶のほうへ向きなおると、そのままもたれかかり声をひそめた。

「こんなん、やっぱりイヤやわ」

「……」

「あっちで待ってて」

そう言いつつ、火照った体で寄り添ってくる。

結局その夜、料理する音は聞こえず、小琴の青菜炒めはテーブルに並ばなかった。暫くして小琴と陶陶が手ぶらでキッチンから出てきた。

バイト嬢はテレビに釘付けになっている。身じろぎもせず、何も感じていないようだ。二人はテーブルに戻り、大真面目な顔で暫く座っていた。

陶陶は飲み代をグラスの下に置いて立ち上がった。陶陶の方をずっと見つめていた小琴もゆっくり立ち上がる。バイト嬢と少し話をした二人はそのまま店を出た。

店を出た時も、まだ雨はしとしと降っていた。

店を三軒ほど通り過ぎた時、陶陶は傘を広げ小琴を引き寄せた。どちらも黙って道路を見つめている。ゆっくり西へと向かい、道路をいくつか渡り曲がりくねった道を歩き、延慶路の路地に入った。

小琴の借りている部屋に着く。新しい造りの路地にあるが、実は一階の壁沿いに増築した小部屋に過ぎない。ドアを開けて中に入ると、省エネライトが点いていた。積み上げられた商品が床半分を占め、もう半分には椅子、テレビ、ベッドが置いてある。

小琴は部屋に入ると思いのままにし、陶陶にしがみついて涙をこぼした。

陶陶が無造作にドアを閉め、灯りを消す。

「電気消すのイヤやわ。消さんといて」

雨脚が弱まったようだ。屋根に打ち付けていた雨音が小さくなっている。

ベッドはバランスが悪く、狭いうえに軟らかすぎたため、ギシギシいう金属の摩擦音がますます激しくなった。

「お隣さんに聞こえるわ」

二人は動きを止める。

陶陶は音をたてないよう気をつけて、床に散らばった服をまとめ、ベッドを折りたたんだ。積み上げられた商品の中からつぶされた段ボール箱を抜き取ると床に広げ、マットレスをその上に敷き、枕を置いた。

狭い部屋ではライトがますます明るく感じられた。ライトに照らされた真っ白い小琴の全身がひときわ目をひく。

これでよし。陶陶が電気を消そうとすると、小琴が耳元で囁いた。

「電気つけたままで慣れてるから」

腕を滑らせてきて陶陶にぴったり寄り添う。

夜どおし小琴は声は出さなかったが、よく涙をこぼしていた。小琴の息づかいが静かになった時、夢うつつの陶陶がふうっとため息をついた。

明け方五時、陶陶はそうっと起き上がり服を着た。

「行くわ」

ぼんやり目を開けた小琴は黙って陶陶の頰を撫でただけだった。

路地を出たとき、もう空はすっかり明るくなっていた。近くの露店で豆乳を飲む。道路の方を見てはいるが、夢見心地の陶陶。あの部屋にいた女の姿がまぶたに焼き付いている。

「陶陶、それって甜麵醬《テンメンジャン》みたいやけど、ひょっとしたら唐辛子味噌に変わるかもしれんな」そう言ったのは、この出来事を聞かされていた滬生だ。

陶陶は声をひそめる。

「シーッ。女ならさんざん見てきた。それでも何も言わんと泣いてるだけのこんな女に出会うたんは初めてや」

滬生が口をつぐむ。

「今の世の中、恨み言言わん女なんかどこにいる？　それがいたんや。オレが華亭路の店に行ったら、小琴はすぐに誰かに店を頼んで延慶路まで付いて来て、その間ずっとけらけら笑いながら喋ってたんやけど、部屋に入ったとたん、オレにしなだれかかってきて泣きだしたんや。黙って甘えるっていうのかなぁ。いろいろ喋ってたけどな。体に気ぃつけてとか、芳妹に優しぃするようにとか、女二人に男一人、三人で平和に暮らしたいとか。そんな事言うてるうちに泣き出しよったんや」

滬生は黙っている。陶陶は話し続ける。

「なんで男はテレサ・テンみたいな女しか好きにならんのかわかるか」

「なんでや」

「テレサ・テンの曲はどれもこれも一つの事しか歌わん。要は上手な〝甘え〟や。恨み言なんか、ひとつもない。他の女が歌《うと》うたら、人の顔色ばっかり見てるくせに、優しさのかけらもないきつい言葉しかない。死ぬの生きるのって真正面からぶつかってくるだけで腹の中は愚痴ばっかりや。陰険で恨み言ばっかりで、絡みついてきて、おまけに全然満足してへん。そのうえまだ、そういうふうにベタベタ甘えたり色目使うたりしてたら男の気ぃひけるって思うてよる。そんなん、男が我慢できると思うか。絶対むりやろ」

「でもみんな好みが違うからな。お前はもう真っ赤っかに燃え上がってるから、まともな感覚やとは言えへんな。いつまでもこんな事してたら、ろくな事ないぞ。そういう関係、あんまりようないと思うな」

「恨み言は全然言わんと、何か言うたら気持ちのエエ言葉だけ、そんなエエ女どこにおる？　今の時代、澠生が言うみたいに女はいつまでたっても満足しようへん。バカ騒ぎばっかりして、しまいに神様でも爆発するわ」

「オレが言うたんやないぞ。ロシアのおとぎ話や」

「そうやそうや！　夫婦が川で妖精に出合うて、今まで欲しがってた盥《たらい》をもろうても、男は満足するのに女は満足せえへん。今度は家が欲しいって言うて妖精に家の書き付けをもろうても、男は満足するけど女は満足せえへん。店の女将になりたいって思うてた女がその通りにしてもろうて、旦那を店員にしてもろうても女は満足しようへん。なんぼでも条件出してきよる。しまいに女帝になりたいって言うて神様も爆発する……そういう話やったな。プーシキンとかいうやつの『金のさかな』やったかな」

「お前、ようその話するけど、どういう意味や。もうまともな考え方できひんようになってるな。いかれてる」

「こないだもいかれた事してしもうた。それもこれも小琴がほんまにエエ女やからや。アハハ」と陶が笑う。

「神様が怒るだけやったらまだマシやな。まぁお前は逃げて帰って、芳妹とやり直して静かに暮らすのが関の山や。浮気なんか麻疹《はしか》みたいなもんで、いつか終わる。もし神様が普通とは違う女をほんまに送ってきてしもうたらもっと面倒な事になるぞ。その時、男は楽しいと思うてても最後はひどい目に遭うんやから」

陶陶は黙って滬生の話を聞いている。

「普通と違う女のせいで男はメロメロになってしもうて、しまいに大失敗する。ほんまにエエ女に出会うたとしても、ちょっと気ぃ緩めたら何もかも変わって何もかもなくしてしまうぞ」

階下では講談や弾き語りが楽しまれ、二階の様子はよくわからない。大抵そういうものだろう。

貳拾壹章《にじゅういち》

壹《いち》

水曜日、阿宝は祖父の顔を見に行った。場所は閘北《ジャーベイ》の鴻興路《ホーンシーンルゥ》。古い街並みにある一階の部屋で、玄関がすぐ道路に面している。

祖父は団扇《うちわ》を揺らしていた。

テーブルには綺麗に切られた冬瓜が並んでいる。

「いつ来ても冬瓜食べてるなぁ」と阿宝。

「醤油煮やったら嚙めるからな」

阿宝はネットの手提げ袋からおかずを取り出した。アルミの弁当箱にはスープ餃子が二人前入っている。宝山路にある北駅で買ったものだ。

「あんた、いつも大盤振る舞いしてくれるけど、節約しなアカンよ」と孃孃《おば》が言う。

黙って部屋の隅に目をやった時、阿宝は脚の欠けた小さいテーブルがあるのに気付いた。思南路から持って来たもので、欠けた脚の下に煉瓦を敷いて安定させてある。テーブルにはきちんと畳まれた秋冬ものの服と布団綿も置いてある。どちらもビニールで覆われていた。

「加工班で毎月どれぐらい稼いでるんや」と祖父が訊いた。

「十五元かな」

横から嬢嬢が口を挟んだ。

「男物の革靴、なんぼ安いのでも八元ぐらいするやろ。阿宝、そんな給料でこれから先どうするんや」

阿宝は何も言えなかった。

食器棚や小さいテーブルは嬢嬢が虬江路《きゅうこうろ》で買ってきた中古品。テーブルは壁にくっつけてあり、夜は少し横にずらせて、そこに簡易ベッドを組み立てて置く。ベッドは昼片付けて夜だけ出すことにしている。夏、そのベッドで寝るのは暑くてたまらない。嬢嬢はよく外で寝椅子にもたれて夜を過ごしていた。

ここ数年で祖父は前歯が三本抜けてしまった。竹のベッドは前の住人が残していったもの。祖父よりもっと年季が入っており、少しでも動くとギシギシ音がした。

どの家でも外に炊事場を作り、かまどをしつらえている。

火がおこされ炊事の用意が始まった。

「わしはいろんな工場で働いてきたけど、見習いで確か十六元やった。三年で見習いが終わって、それからは二十七元八角やったなぁ」

阿宝はおとなしく聞いている。

「私が昔受け持ってた子、滬生っていうんやけど、親が二人とも軍の幹部やったらしいわ。あの子自身は仕入れの仕事してて一ヶ月の給料が……」と嬢嬢が祖父に言う。

「革命家の家やからな」と阿宝が言う。

「少のう見ても三十六元はあるわ」

「オレみたいな暮らしでも農村に行かされた者よりはエエわ」

「来月、阿宝に革靴買《こ》うたげるわ。若い子はそういうのを履くんやろ」

「あんまり出かけへんし、エエわ」

「阿宝、一緒に食べるか。もう食べてきたんか」

「冷やし麺食うてきた」

「孃孃ちゃんの作る料理がまずいっていうことやな。こらっ！」と孃孃が笑いながら言う。

孃孃の軽口に阿宝の心が少しほぐれてきた。

孃孃が外の炊事場へ行った時、祖父に聞かれた。

「お父ちゃんとお母ちゃんは元気か」

「うん、まあな」

祖父は孃孃の方を確かめると阿宝に近寄った。

「孃孃ちゃん、機嫌ようないんや。毎晩泣いとる。阿宝、慰めたってくれんかなぁ」

阿宝はうなずいた。

竹のベッドがギシギシ、団扇がパタパタ。食事が始まると阿宝は外の小さな腰掛けに座った。道端はどこも涼をとる人でいっぱいだ。大人も子供もいる。木のサンダルがカランコロンと音をたてている。孃孃のことを思うと阿宝は気が滅入《めい》った。

造反組織にトランクを捜索されてもう数年になるが、孃孃は今でもつらい思いをしている。夫の黄和礼《ホアーンホォリィ》はエンジニアで、笑顔のいい上品な男だった。だが、今はもう白髪だらけで腰も曲がっているらしい。

かつて『革命家庭』（一九六一年）という映画があった。

――子連れの女性革命家が上海へ党組織を訪ねた時のこと。煉瓦造りの建物に入り、ようやくの思いで探し当てると、旗袍を着た女が上に向かって呼びかける。「黄さぁん、お客さぁん」この街の言葉で発音すると、叔父の名前〝和礼〟は、もともと同僚に付けていた敬称〝格里《ゴオリィ》（〜さん）〟と音が似ており、語呂がよいうえ相手への敬意も表す。

事が起こる前、何もやましい事のない黄和礼は、祖父が以前住んでいた思南路のお屋敷にも胸を張って出入りしていた。ある日突然、映画の真似をして「黄さぁん、お客さぁん」と大笑いする妻に言われたことがある。そんな時、黄和礼は誰のことかとぽかんとしたりしていた。

それは二人の幸せな時期だった。

しかしトランク事件が起こり、二人はそれぞれ職場の取り調べ室に閉じ込められてしまう。

家捜しの際、紅衛兵たちに見つかったトランクには国民党の軍服が入っていた。その軍服に身を包んだ柳徳文《リオウドオウエン》なる人物は、いったい黄和礼とどんな関係があったというのだろう。しかもその軍服には国民代表大会の選挙民証が入っていたという。そこで更なるアラ探しをしようと、公文書館へ調べに行き、孃孃のかつての同僚、薛《シュエ》先生の耳に入れた者がいた。ちょうどその頃、孃孃は正規教員になり、区の機関へ異動していた。その人事に不満を抱いた薛先生は、いつか人のことが自由に暴ける時代になれば、自分のような者でも人を摘発することができる――そう信じていた。それが災いしたのである。

摘発事件の一つには、地元新聞にまつわるエピソードもある。ある紙面に印刷された〝毛主席〟という文字の裏に〝反革命分子〟という文字が印刷されていた。それを摘発した者がいて、編集者は反革命分子にされてしまった——そんな時代だった。

例の薛先生はロシア文学を勉強したことがあり、そのことも拍車をかけた。「ルスランとリュドミーラ」というプーシキンの詩を知っており、名前の音が似ているので、事の発端になった柳徳文はリュドミーラ姫の末裔で、ソ連共産党員だと考えたのである。当時は中ソ関係が悪化しておりソ連共産党を敵視していたので、柳徳文のことを反動分子、そしてスパイだと判断した。

他にもよく似た名前のリュドミーラというソ連人女性がいた。狙撃手として金メダルを取ったことがあり、一九五三年には海軍少将になっている。ルーズベルト大統領存命中に訪米したことがあり、大統領が初めて接見したソ連人女性。となると柳徳文はソ連軍が後ろ盾になっているはずで、今回摘発されたのにはかなりのいわくがあるはずだ——そんな事を考えていた。

こうして黄和礼の事は益々尾ひれが付いていき、嬢嬢は、離婚して一線を劃《かく》し自己批判するよう職場から言い渡された。「もし黄和礼のような悪人と結託するようなことがあれば、一人は新疆《しんきょう》へ、もう一人は雲南《うんなん》へ従軍するよう処罰する。それは自滅の道だ」とも言われた。

こうして二人は泣く泣く離婚したのだ。

黄和礼は監禁されていた半年間、職場からそこでの働きぶりを監視されていた。しかし数年後には社会情勢も少しましになり、二人は連絡する手立てを講じてひそかに会うようになっていた。周囲からの圧力も次第に弱まってきたのでよく連れだって出かけるようになり、度胸がつき何度も会うようになってきた。それでも普通は公園の、ひと気がない片隅にこっそり隠れてではあったが。

そういう時は黄和礼が予め妻のいる鴻興路の居住地へ呼び出し電話をかけておく。折り返しの電話はせず、メモをもらうだけだ。

〝明朝十時、カニを届ける〟、それは〝閘北公園で会おう〟。〝カニ〟は〝大閘蟹《ダージャーシェ》〟というから一文字を使って閘北公園だ。〝鳩を届ける〟は〝鳩〟が象徴する〝平和〟から〝虹口《ホーンコウ》の和平《ホォピーン》公園で会おう〟。

〝粉ミルクを送る〟は、ミルクを飲むのが子供だから海倫路児童公園。

阿宝は嬢嬢にクイズを出されたことがある。

「〝明日の朝外祖父《おじいちゃん》を送る〟、さぁどこでしょう」

「そんなん決まってるやん。外祖父《おじいちゃん》は〝外〟の字がつくから〝外灘《バンド》〟の黄浦《こうほ》公園や」

嬢嬢は苦笑し、ため息をついた。

「なんでいつも公園まで行かなアカンの」と阿宝が訊いた。

「いつも同じ所やったら目につくやろ。それに電話番のおばあちゃんかて怪しいと思うやん。毎週粉ミルクくれる男がいたら、私に子供がいるみたいでおかしいやろ」

「毎週カニに鳩におじいちゃん送ってくるのも普通やないわ」

「あーあ。ほんまにそうなんよ。もともと電話代を節約してこっちからかけ直さんでもエエようにしてただけなんやけど、いろんな問題が出てきたらアカンし、もうこっちからかけ直すことにしたわ」

阿宝は黙ってしまう。

「あぁもう、夫婦が会うのに不倫みたいや。結婚できひんみたいや。ほんまに恨めしいわ」

「おじさんに鴻興路まで来てもろぅたらどうなん」

「離婚したんやから、そんなん具合悪いわ」

「一回ぐらい二人でゆっくり喋ってもどうもないやろ」

「こんな事言うたら阿宝は恥ずかしがるやろけど」

嬢嬢は少し間をおいてから続けた。

「阿宝もだいぶ大きぃなったけど、それでもまだ男と女の事はわからへんやろな」

「いや、わかってる」

「ほな言うてごらん」

阿宝が五号室の女と機械修理工の事を話すと、嬢嬢は顔を真っ赤にした。

「もういややわぁ。ほんまにいやらしい。そんなん見たらアカンやんか。すぐに目ぇふさがなアカンわ」

「手遅れや」

「そんなん不義密通やん！　もともと私とおじちゃんは家同士釣り合《お》うた夫婦やったんやから」

阿宝には返す言葉がなかった。

「阿宝はもう大人やからちょっとぐらい話してもエエかな。ええ年した男と女が、会《お》うて話して、ハイさようならって、そんな事ありえへん。会うて公園へ行ってもたれ合うだけ、そんなんではもの足りひんやろ」

嬢嬢の話は続く。

「向こうの宿舎なんか行けるわけないし、公園に行ったら行ったで、二人とも恨めしい気持ちでいっぱいになるし。私なぁ、ほんまに恨めしい気持ちになってどうしようもなくなって、黄和礼に嚙みついたことあるんよ。腕に歯型ができてたわ。旅館に行くことなんか考えられへん。旅館は職場の紹介状がいるし、男と女が一部屋に泊まるんやったら結婚証明書見せなアカンし、無理やろ」

阿宝は嬢嬢の話を黙って聞くだけ。

「おじいちゃんが直接あの人に言うてくれたこともあるんやけどな。すぐに鴻興路の家に来いって。おじいちゃんは遠慮して、公興路にある長距離バスの待合所へ息抜きがてら行ってくれたんや。おじちゃんはすぐに来たんやけど、それがとんでもない事になってしもぅて。うちの入り口の通路に近所の人がいっぱい座ってるんや。私が離婚した事も居民委員会に記録が残ってるやろ。おじいちゃんが出て行ってすぐの家に男が入って来たわけやろ。みんなあの人が入ってくるの見てたし、戸なんか閉めるの具合悪いやん。どこの家の戸も開けっぱなしやもんな。二人とも向かい合うたまま作り笑いして、そのままぼんやりしてたわ。ほんまにいやになる。でも暫くしたらうまいこと夕立になって、みんな家に入って戸も窓も閉めたし、私らも閉めたんよ」

「それからどうなったん」

嬢嬢はどう話すか、迷っているようだった。

「うまいこといったんやな」

嬢嬢は顔を隠した。「ほんまに恥ずかしいわ。もう言えへん」

二人とも黙り込んでしまった。

「おじちゃんは恥ずかしぃなって、もう二度と鴻興路の家にはよう来んようになってしもうたわ」

「近所のやつらが気ぃ付いて居民委員会にでもちくったんやろか」

二人とも黙り込んでしまった。

嬢嬢が沈黙を破る。

「何年も行き来してへんかったやろ。かっこ悪いんやけど、昔はあの人も全然あんなせっかちやなかったのに。竹のベッドの真ん中へんに梁みたいな木があるやろ。しまいにそれが折れてしもうて、上の竹も音たててバリバリに折れてしもうてな。確かにびっくりしたけど、そんなん大した事やないんよ。それよりもベッドの真ん中に洗面器ぐらいの大きさの穴があいてしもうたんよ。おじいちゃんに見つかったら、どれだけ恥ずかしいか。えらい事になってしもうた。どうやっても直せへんし。二人で大汗かいてたら、三時間ほどしておじいちゃんが帰ってきてな。バラバラになった竹でベッドが隠してあるの見つかったんよ。おじいちゃんがかき分けたら大穴があいてて。ほんまに恥ずかしかったわ。死んでしまいたかった」

嬢嬢は手で顔を覆った。穴があったら入りたいとはこういう事か。

貳《に》

銀鳳と小毛には二人だけの合図があった。戸の前につっかけが揃えて置いてあったら〝会いたい〟。それが布靴だったら〝どうしても会いたい〟という事だ。

しかし周囲に制約されたり、何かの手違いが起こることもあれば、小毛が興味をなくし動きを見せない時もある。そんな時銀鳳はどうしようもなくなり、小毛が階段を上がり下りする音を聞きつけるや、我慢できず突然戸を開け堂々と呼ぶ。

「小毛っ！」

二階のオヤジの部屋は戸が開けっぱなしだが、人のいる気配はない。

せっかくのチャンスなのに小毛はそんな気になれず、自分の事にかまけて階段を上がり下りする。

そうなると銀鳳は戸を閉めるしかなかった。

とうとう戸口につっかけが片方だけ現れる。〝緊急指令〟だ。小毛はわざと見て見ぬ振りをし、自分の部屋で本を読んだり、キュウリの醬油漬けに汁かけ飯を食べたりする。しかしやはり目の前には銀鳳の姿が次第に浮かび上がってきて空気が変わる。片方だけのつっかけが功を奏したのだろう。

普通の安物のつっかけにこのような意味が込められていることなど、住人たちにわかるわけがない。

小毛だけが知っている。エエやり方やな……。

今だ！　チャンスだ！　という時になると、穴から飛び出した魂はリモコンで操られた模型のようになり、足が勝手に階下へ向かう。

隣のオヤジの部屋は戸が開いていることもあれば閉まっていることもある。閉まっている時は、これ幸いとばかり銀鳳の部屋に潜り込むと、つっかけを取り込み、チェックのシーツに座る。銀鳳は両手で胸を隠し小毛の横にもぐり込む。

「銀鳳、そんな慌てなくてかなわんなぁ」

「恨めしいわ。恨みしかないわ。隣のアイツが言うてたけど、女が男に会いたい時は刺繍がある靴脱いで放り投げて、来るか来いひんか占うんやって。もうじりじりしてるんよ。下向きになったら会えへん、上向きやったら来る。でも結局、片っぽうが下向きでもう片っぽうが上向きになるんや」

「銀鳳、部屋の前にサンダル片っぽうだけ置いて、ほんまにいやになるわ」

銀鳳は黙っている。

「ゆうべ友達が来てたけど、なんで覗き見なんかするんや」

「そんな事してへんし」と銀鳳が笑う。

「何が見えてた？」

銀鳳は答えない。

「女が覗き見するって、ありえへんやろ」

「何も見えるわけないやん。下の階が劇場の〝天蟾《てんせん》舞台〟とか〝共舞台〟で、看板役者が越劇《えつ》を毎日やってたとしても興味ないわ」

「もうこんな話やめとこう」

「ほんまほんま！」

「どっちにしてもオレには銀鳳が見てたんがハッキリわかるんや」

「何が見えるって言うんよ。下の床屋さんは電気消えてて暗い影が動いてるだけで、大した音もたてんと男と女の笑う声がしてるだけや。はっきりとは見えへんし、聞こえてもきいひんわ」

「覗き見するのはどういう事かっていうたら、結局そういう刺激を求めてるだけやろ」

銀鳳は柔らかい物腰になった。

「確かにそうやわ。もう見てるだけでむずむずしてくるもん」

小毛はどう返せばいいかわからない。

小毛はわかっていた。寂しくてたまらぬ銀鳳にとって、夜は長くただ暗いだけ。仕方なく、仲のいい男女が会話する階下の世界をそっと見ているのだ。ぼんやりした人影がほんの少し動いただけで、銀鳳は一人寝の寝床がますます冷たく感じられ、心は燃え上がるのだった。

店の様子ははっきりとは見えないし聞こえもしない。だからこそ銀鳳は余計に気になって仕方がない。大妹妹、蘭蘭、阿宝、小珍、滬生といった面々の、顔、表情、性格、関係、そんな事を銀鳳によく聞かれる。

「あいつらはたいしたことない。滬生なんか、前は真面目やったけど今はろくな事身につけてへん。大妹妹と蘭蘭はあっちへヒラヒラこっちへヒラヒラする綺麗な蝶々みたいなもんや」

「滬生さんは前から蘭蘭さんに気があるんやと思うわ。それから阿宝さん、時々彼女の小珍さん連れて来るけど、その時小毛はいつも遠慮するやろ。あの二人、ドア閉めて抱き合うてるんよ」

「そんな事言うもんやない」

「しょっちゅう長椅子の傍で抱き合うてるわ」

「よう知ってるんやな。でも品ないぞ。海徳さんがもうすぐ帰ってくるんやから、どっしり構えてなアカンやないか」

銀鳳が黙ってしまう。

「男と女は何ヶ月かたったら冷めてくるもんや。それで普通なんや」

「あぁ、それって小毛の気持ちなんや。冷めてしまうんや」

小毛は言葉に詰まる。

「そんなんイヤや。約束できひん」

小毛が黙っていると、銀鳳は声をひそめて言った。

「つらかった事、昔、ひどい目に遭うた事、誰に言うたらエエの」

小毛が愛情をこめて銀鳳の手をつねった。「オレに言え」

銀鳳はおびえている。「それはアカンわ」

小毛は何も言わない。

「小毛、ひどいわ」

小毛は黙ったままだ。

「もうわかってるんよ。海徳が帰ってきてからの夜の生活がどんなもんか。あの人の前では黙ってるけど、もうイヤなんよ。今よりもっと小毛に会いたいって思うようになるわ。うちが好きな人は絶対に変わらへん」

そのまま抱き合い、いつしか眠りについていた。

六日後、海徳が帰ってきた。小毛が遅出の仕事から戻ったとき、銀鳳の部屋からは全く光が漏れていなかった。入り口には海徳の革靴と外国語の書かれた段ボール箱が折りたたんで置いてある。

自分の部屋の戸を開け、灯りを点けた。テーブルには外国のビスケットが置いてある。

母親がカーテンの向こう側で言った。「お帰り」

「うん」

「早めに寝なさいよ。明日の晩、大事な事相談したいから」

「うん」

その晩、親子に会話はなかった。

翌朝、小毛が目を覚ました時にはもう九時になっていた。階下でお湯を受け取り、床屋の王さんとひと言ふた言言葉を交わすと上へ戻った。

二階では戸を開けたまま、銀鳳と海徳が朝食をとっている。テーブルには揚げパン、塩漬け豆腐、干し大根と枝豆の炒め物が並んでいる。

「小毛、入れや。一緒に食おう」と海徳。

「海徳にいさん、お帰り」

「まぁ入れや」

入ってみると、銀鳳が不機嫌な顔をして黙っていた。

海徳が立ち上がり戸棚の前へ行くと、淡い黄色の金属ケースのレバーを下げた。しばらくするとキツネ色に焼けたパンが二枚、ポンッと飛び出してきた。

一枚取ってバターを塗ると、小毛に勧めてくれた。もう一枚もバターを塗って銀鳳の皿に置いたが、銀鳳は手をつけようともしない。

「これ何ていう機械なん」

「トースターや。中古を買うたんや」

「買うたん？　拾うたん？」と銀鳳。

海徳はそれには答えずこう言った。「外人はこれがメシなんや。そやから背も高いし、がっしりしてるんやぞ」

「他にどんな珍しい物あるん」

「今回は古い写真集がちょっとあるだけや。鳳飛飛《フォーンフェイフェイ》（台湾の歌手。一九五三―二〇一二）とかテレサ・テンが載ってるけど、本土の者は誰も知らんやろな」

小毛はパンを食べながら写真集をめくった。

銀鳳は黙り込んでいる。

海徳は汁かけ飯を食べている。

「今回は帰りに、事故が起こりそうやったんや」

小毛は目を上げ海徳の方を見たが、目は海徳の胸元で止まった。

「三二七海域まで行った頃、船長は肉眼で監視してたんや。右の方に牽引されてくる船が見えた。針路は東南。もうちょっと進んでから、白いライト三つと赤いサイドライト一つぶら下げてこっちのことを向こうに知らせたんや。その時の距離はだいたい四海里、キロで言うたら八キロ弱やけど、それくらい離れてた。船長が望遠鏡で見たら、相手の船はずっと針路も速さもそのままで、二海里まで近づいた時もそのままや。ぶつかりそうで、危険になってきたから、汽笛を短めに三回鳴らしたんやけど、向こうはそのままこっちに向かって来よる。いかんやろ。しかも霧のひどい夜で、それでも船はどんどんどんどん近づいて来よる。船長がおもいっきり左に舵とって、最後はこっちの右側の舳《へ》先《さき》まであと五十メートルていう所を通って行きよった。積み荷の大きい機械が甲板にあるんやけど、ワイヤが切れてみんな冷や汗もんや。あの時波が来てたら船の重石にしてる鉄のバラストがザーッと動いて、甲板の荷物はひっくり返る、船は傾く、オレは一巻の終わりやったな。この街にも帰って来られへんとこやった」

「そんな事言うて何の意味があるんよ」と銀鳳が冷たく言う。

苦笑する海徳は黙々と汁かけ飯を食べた。

「ほんまに危ないなぁ」そう言いつつ銀鳳が不機嫌な顔をしているのに、小毛はようやく気が付いた。

「そろそろ帰るわ」

「もうちょっとエエやないか」

「まぁこれぐらいで。ほな、また」

午後になり、小毛は裏口で銀鳳にばったり出くわした。小毛は笑顔だったが、銀鳳は声をひそめる。

「状況が変わったわ。これからはうちに連絡してきたらアカンから。絶対な」

小毛は茫然とした。銀鳳はそう言っただけで、小毛の方を見もせず、洗面器を持ち二階へ駆け上がると戸を閉めてしまった。

不意を突かれた小毛は唖然として言葉も出ない。

暫くして早番から戻った母親が切り出した。

「小毛、晩ご飯食べたらお母ちゃんと澳門路《アオメン》まで行くんよ」

「何すんの」

「歩きながら言うわ」

食事を終えると親子二人は出かけた。西康路を北へ、そして澳門路を歩く。

「もう子供やないんやからな。お母ちゃん、何日も考えたんやけどな。今日こんな所に来たんは、あんたにエエ人を紹介しようと思うたからや」

小毛は立ち止まった。「そんなもんいらん。やめとく」

「行くんや。お母ちゃんが行くて言うたら行くんや。男は大人になったら嫁さんもらわなアカン。責任持たなアカン。領袖さまも仰ってる。女は男の骨になってるってな。どういう事かっていうたら、男と女が仲ようしたら、仕事もうまいこといくし、元気も出るっていうことや」

小毛は立ち止まったまま動かない。

「親にたてつくんか。逆らう気ぃか。早ぅしなさい。春香《チュンシアーン》ちゃんと約束したんやから。七時半や。早う」

「何やて？　どこの春香やて？」

小毛はかぶりを振った。頭の中が真っ白になっていたが、なんとか気持ちを抑えて母親について行った。江寧路を渡り、レンガ造りの家が立ち並ぶ古い路地に入った。入り口にある炊事場に入ると、もう手前の部屋の戸が開いていて、春香が入り口に立っていた。

母親が呼びかける。「春香ちゃん」

小毛はどきっとして、戸口にいる春香を上から下までまじまじと見る。温厚そうな瓜実顔《うりざねがお》につやつやした髪。

小毛はぼんやりとその輪郭を思い出した。小学生の頃、春香はよく小毛の家に来ていた。母親同士が教会仲間だったのだ。

「小毛、入っといで」

母親の言葉に春香も続ける。「小毛、うちのことわかる？」

小毛は顔をほころばせた。三人で居間に入る。

部屋は二つに仕切られていた。

こちら側には大きな棚と四角いテーブル、ミシン、洗面用の台、〝鳳凰〟製の自転車がある。二十六インチ、チェーンカバー付きの婦人物だ。壁には春香の両親の写真が掛かっている。戸棚の上には十字架、その下には造花が飾ってあった。

奥は上下に仕切られ、上がロフト風で下が小部屋だ。ガラスの小窓がついていてダブルベッドがある。

「春香ちゃん、綺麗やろ」と母親が言う。

小毛はどう答えればいいかわからない。

母親は辺りを見回した。「エエ部屋やし、何もかも揃ぅてるしな。小毛どう思う」

「何をアホな事言うてんねん」

「そうやわ。おばさん、はっきり言いすぎやわ。恥ずかしいやん」

小毛は黙ったままだ。

「小毛、今でも拳法やってんの?」と春香が訊く。

「長いことやってへん。春香ちゃん、どこで聞いたんや」

春香は小毛をじっと見ている。

「何年もこの目で見てたんよ。環境衛生の仕事で蘇州河のはしけ船に乗ってた事があってなぁ。洋鈿橋とか食糧局の倉庫を通って葉家宅を過ぎたら、岸に空き地があるやろ。そこで小毛が拳法の練習してるの、何回も見たんやから。同じ船で仕事してる偉いさんにも言うてたんよ。私の弟みたいな人やって」

「蘇州河にどれだけゴミ処理用の埠頭とか肥《こえ》運び用の埠頭があるか、春香ちゃんは何もかも知ってるんやから」と母親。

小毛はまた黙ってしまう。

路地の向こうは蘇州河。夜行船が汽笛を響かせている。川向こうは潭子湾、路地の横はビール工場、少し西へ行くと中新第九紡績工場の高い建物がある。その窓の面格子に掛けられた白い端切れと綿の繊維が風に舞い、白鳩のように見えていた。

春香の部屋の廊下には蘇州河や綿の匂い、ホップの苦味ある匂いが漂ってきている。

一時間ほど経ち、母親は小毛とともにいとまを告げた。春香が路地の入り口を出た所まで送ってくれた。

「小毛、また来てや」

小毛はどう答えればいいかわからない。

母親が小毛を引っぱる。「返事しなさい」

小毛は笑顔で頷いた。

二人でもと来た道を引き返した。母親はずっとにこにこしている。

「これでよしっと」

「お母ちゃん、こんな事絶対むりや」

「もう決めたんやから。まぁ、無邪気な頃からの幼馴染みみたいなもんやし」

小毛は返事もしない。

「今、春香ちゃんは一人もんや。あの子のおかあちゃんが亡くなる前に約束したんや。ちゃんと春香ちゃんの面倒みるって。春香ちゃんが満足してくれたらそれでエエわ」

「やめてくれ。オレは絶対にウンとは言えん」

「男のほうが恥ずかしいんやったら、親が決めたらエエわ。今までも困った事があったら領袖さまにお願いしてきたし。それもこれも神様の思し召しや。結婚したら小毛も嫁さんのありがたみがわかるわ」

「どうなるか、まだ海の物とも山の物ともわからん」

「お母ちゃんが決めた人に絶対間違いないわ。壁にちゃんと十字架が掛けてあったやろ。小毛がイヤやったら春香ちゃんに相談して他のに替えたらエエわ。お母ちゃんも前はイエスさま信じてたけど、この頃は領袖さま信じてるし。それと同じや」

小毛は口をつぐんだ。

「昨日も二人で領袖さまとイエス様にお祈りしたんや」

「何て？　何やて？　昨日も会《お》うてたんか」

「昨日もちょうどこれぐらいの時間や。お母ちゃんが切り出したら、あっさりウンって言うてくれたわ。小毛のこと、ずっと見てくれてたんやないか」

小毛は頭がまわらない。大変な事になってしまったようだ。

「うちは家も狭いし、お兄ちゃんやらお姉ちゃんも次々お相手できて結婚するやろうし、そしたらどこに住むんや。春香ちゃんの家は昔は中新工場の寮やったんや。もうすぐガスも引いてもらえるし、何もかも揃ぅてるわ。国際ホテルと変わらへん。ほんまに羨ましいわ」

「そんな住みたかったら、お母ちゃんが住んだらエエやないか。オレ、興味ない」

「むこうのほうがあんたより二つ三つ年上やけど、そのほうが物事ようわかっててエエんや。年上の嫁さんはカネのわらじ履いてでも探せって言うやろ。これから先、面倒見てもらえるんやし、何も文句ないやろ」

小毛は母親が話すのに任せておいた。

「春香ちゃんに小毛のこと言うたら大喜びしてくれたし。ご縁やなぁ」

「おかしぃないか？　春香ちゃんの何もかもがエエんやったら、なんで今まであの人結婚せえへんかったんや」

母親が立ち止まった。野菜を積んだ荷車が右へ左へふらつきながら通り過ぎていく。

「一回結婚したけど、二ヶ月でおしまいやったんや」

「あぁ、結婚したことあるんか」

母親は急に怒りだした。「お母ちゃんがずっと辛抱して喋ってるのに、言うこと聞かへんつもりか」

母親の剣幕に小毛は驚いている。

母親がふいに泣き出した。「考えてみたら、うちはほんまに運が悪い女や。あぁもう。一生奴隷みたいに働いて、面白い事なんか何もない。あぁもう」

「お母ちゃん、声大きいわ。静かにして」

その夜、小毛はなぜか悲しくてたまらなかった。

銀鳳の態度が変わったのもきっとこの事を知ったからに違いない。選択を迫られ、頭の中はもつれた糸のようになってしまった。

それからの二日間、銀鳳は小毛に会っても、冷たくよそよそしかった。しかし海徳はずっと優しかった。よく家に呼んでくれたし何も変わらない。

三日後、春香が果物籠と色とりどりに飾られたケーキを持ってやって来た。両親は大喜び。あれこれ世間話をし二時間ほどすると、春香が帰り仕度をし始めたので下まで送るよう父親に言われた。折悪しく、二階の住人が揃いも揃って様子を見に来たので、小毛はいたたまれなくなった。

二階のオヤジと海徳はニヤニヤしてじっと春香の胸元を見ている。銀鳳は春香を見たとたん、冷たい目つきになった。たったの三日間で、世の中とはこんなにも変わってしまうものなのか。

四日目、仕事に出ると、樊親方に言われた。

「小毛も結婚するんやな。エエ事や」

いきなりそんな事を言われた小毛は飛び上がった。

「嫁さんのほうが年上なんやな。浦東《プゥドーン》の人間も言うとるぞ。年上の嫁さんはエエもんやって。最高やな」

「イヤやって言うたら首つるとか、オフクロに大騒ぎされました」

「小毛、嫁さんもらうのは花瓶みたいな飾り物を買うのとは違うんやぞ。とにかく毎日暮らしていけたらそれでエエんや。目ぇそんな三角にせんでエエ。結婚して初めて親孝行できるって、昔から言うやろ。そうやないか？」

樊はかばんから取り出した写真を見ている。

「春香さんってエエ娘《こ》やないか。丸顔で色白で、エエ嫁さんになって双子でも産んでくれるぞ」

小毛の驚きは倍に膨れ上がった。樊のゴツゴツした太い指が手にしているのは、まぎれもなく春香の写真ではないか。樊の手は小刻みに震えている。

人民写真館で撮り、手仕事で色をつけた写真。葉書より少し小さめで、ギザギザの縁取りがついている。そこに写った春香は切りそろえた前髪にパーマをあて、ボートネックのセーターに絹のスカーフを巻いていた。頬を赤らめて微笑み、こっちを見ている。

「お前のオフクロさんがわざわざ持って来てくれたんや。わしに見てもらいたいってな。エエ娘やなとだけ言うといたぞ。わしは賛成や。お披露目に呼んでくれよ」

樊に手渡された写真を見ていると、様々な思いが胸をよぎった。

仕事を終えた小毛は葉家宅へ拳の師匠に会いに行く。妻は仕事に出ており、金妹が料理をし酒に付き合ってくれた。今まで師匠は樊親方にひどく反感を持っており、何を言っても反対の事ばかり言っていたくせに、今回だけは異口同音に賛成する。小毛に結婚してもらいたいという一心なのだ。

小毛はほろ酔い気分で大自鳴鐘の家まで歩いて帰った。もう九時を過ぎている。表の戸を開けるのがおっくうで裏へ回った。開けっ放しの裏の戸から、談笑する声が聞こえてくる。さっと身をかわし、こっそり中の様子を窺った。

二人が座り、その傍で女が一人鏡にもたれている。耳をそばだてた。阿宝と滬生、それに銀鳳の声ではないか。三人で楽しそうに話している。

「小毛の彼女、ほんまに綺麗なんよ。家もあるし」と銀鳳。

「えらいみずくさいなぁ。オレも阿宝も何にも知らんかった。隠さんでもエエのに」

「銀鳳さん、結婚して何年?」と阿宝。

銀鳳は甘えたような声を出した。「もうエエ年やわ」

「銀鳳さん、笑顔が綺麗やなぁ」と滬生。

「滬生さんがもう立派な大人なん、わかってるわ。前、一緒に映画観たなぁ」

「それやったら覚えてるわ。『ドナウ河のさざ波』や。船長とアンナが出てくるやつやろ」

「そうそう」と銀鳳が穏やかに言う。

「オレは夜しかここに来んけど、銀鳳さんはなんでオレのことがわかったんや」と阿宝。

「内緒」

「銀鳳さん、笑い声もエエわ」と滬生。

銀鳳は笑顔になりワクワクしてきた。

「小毛のやつ、嫁さんに会《お》うて歩けんようになってしもうたんかな」と阿宝。

「たぶん外泊やろ。それぐらいの事してもエエしな」と滬生。

「滬生さんってほんまにおもしろい事言うなぁ」と銀鳳。

小毛は戸の框《かまち》に隠れていたが、血が騒ぎだしゆっくり床屋に入った。

小毛に気づいた三人は慌てて向き直った。

銀鳳は淡い青のシャツを着てタオルを手にしている。射し込む街灯に照らされ、ふっくらとした姿が象牙色に輝いていた。しかし小毛は何の欲も出さず、またつらいとも思わず、春香の写真を取り出した。

「えらい楽しそうやな。確かにオレは結婚する。これからはみんなもう偽善者ぶるんやないぞ。もうオレに連絡してきたらアカンぞ」

「小毛、どういうつもりや」と滬生。

「今までは兄弟の約束みたいな事してたけど、オレはオレや。これからはもう連絡してこんといてくれ」

「小毛、飲みすぎやろ」と阿宝。

「生きてようが死のうが、これからはオレのことなんかかまわんといてくれ」

阿宝と滬生が立ち上がった。「小毛っ」

銀鳳は身じろぎもせず凍てついたかのようになっている。そして、ふいにうずくまるとすすり泣き始めた。

「すまん。みんなこれぐらいにしてくれ。オレは決めたんや。もう考え変わらへん」

小毛は冷静になった。もう怖いものなし、何があっても一人でやっていけるんだと、一歩一歩階段を踏みしめ、戸を閉めると深い眠りについた。

参

それからというもの、大自鳴鐘の床屋は、昼間は普通に営業しているが、夜はがらんどうに戻ってしまった。

滬生や阿宝との付き合いをやめ、結婚して莫干山路《モーガンシャンルゥ》に引っ越した小毛はもう帰って来ない。おかげで母親はずっと不機嫌だ。二階の銀鳳は疲れた顔をしているが、幾分ふっくらしたようでもあった。大妹妹はもう安徽省の山で働き始めている。蘭蘭だけは滬生と連絡を取り合い、よく会っていた。ある夜、二人で西康路にある花壇にやってきた。

「床屋さん、最近ネズミが増えてきたわ。夜になったら入り口に野良猫が二匹座りこんでるんよ」

「寂しすぎるなぁ。最近、小毛に会《お》うたか」

「一回会うたけど知らん顔されたわ。けったいな感じやった」

滬生は黙ってしまう。

蘭蘭が滬生に寄りかかり手をつねった。

「みんな不機嫌やなぁ。阿宝も。小珍と別れたせいらしいけど、滬生はなんでそんな不機嫌なん」

しかし蘭蘭は見抜いていた。この半年で滬生の家の状況が悪化したのだ。ことの発端は一九七一年の飛行機事故（林彪事件）だが、数年経ってからその事件が両親に波及し、二人とも隔離審査を受け、拉《ラァ》徳《ドォ》アパートを出ることになったのだ。

滬民《フウミン》と滬生は武定路の古い家に引っ越すことが決まった。狭い部屋が二つあるだけでトイレなどは共同。前のイギリス風アパートとは雲泥の差だ。

滬生は作り笑顔をしていたが、本当はかなり気力をなくしていた。

「小娘のくせに、余計なお世話や」

「楽しぃやっていこう。お喋りしてようさ」

蘭蘭が滬生にいっそう寄り添った。

花壇では至るところで男女が無言のまま抱き合っている。周りの夾竹桃《きょうちくとう》が暗い影を落とし真っ白い花を咲かせていた。

「滬生、いつかレコードでも聴きに行かへんか。気晴らしになるし」

「そうやな」


それから三日後、蘭蘭と滬生は蘭蘭のかつての同級生、今はトロリーの車掌をしている雪芝《シュエジィ》に会いに行こうと約束をしていた。阿宝も誘い、三人で玉仏寺近くの路地を訪れた。新しい造りの家が並んでいる。

「雪芝の家って自分の家専用の入り口から入るようになってるんよ。それに二階までマホガニーの家具が全部揃うてるし。二階の小さい部屋にちゃんとレコードプレーヤーもあるんやから」

「おかしいなぁ。いまどきそんなエエ家があるんか」と阿宝。

「雪芝のお父さんって昔は小さい鉄工所の経営してたから資本家の部類に入るんよ」

「聞かせてもらわなアカンな。今までみんなで革命やってきたけど目溢《めこぼ》ししてたんかな」

「滬生、お前まだ口癖が直らへんのやな。それにまだ革命とか言うてる」と阿宝。

滬生が口をつぐむ。

「大妹妹が一番ついてへんわ。綿入れズボンなんか穿いて山の中で働かされて。雪芝もついてへんけど、それはお兄ちゃんとお姉ちゃんが五人とも農村に行かされた事ぐらいや。まぁ、あの子は条件がエエほうや。普段はエエとこのお嬢さんや。お習字のお稽古したり、碁の手筋を勉強したり、切手集めしたりしてるやろ。そやけどトロリーの仕事についたとたん車掌らしい勇ましいもの言いになって、車掌席の収納箱叩いたり、赤い小旗振ったりして、お客さんに合図するようになるんやから」

阿宝は蘭蘭のその言葉を黙って聞いていた。

路地に入り、裏口の戸を開けると、目の前に雪芝が現れた。細身で両肩にお下げを垂らし、ギンガムチェックのブラウス姿。しっとりした上品さが漂っている。

七十年代になると工場、市場、国営の米屋、酒屋、飲食店、トロリーなどの職場では容姿端麗な若い女性がよく見られたもので、小毛の妻、春香の勤める環境衛生管理所も例外ではなかった。今、目の前にいる雪芝もその一人。

阿宝はその美しさに目を見張り、いつのまにか夜のトロリーを思い浮かべていた。

——胸に帆布製の切符入れをぶらさげた雪芝がほの暗い灯りの下に座り、車体はガタガタ音をたてて揺れている。予め調べておいた雪芝の乗る便に、午後勤を終えた若い男が先を争って乗り込む。それも毎晩のように。雪芝の姿がひと目見たい一心だ。雪芝がはめている毛糸の指なし手袋、小花柄のアームカバー、毛糸のマフラー、中国風綿入れ、そんな物が見たいからだ。一枚一枚お札を整理し小銭を数えて古新聞で丁寧に包む。それから金具をはずして切符を一枚ずつほぐし切符挟みに挟みこむ。それを収納箱に入れて蓋を閉め、窓から小旗を出してバスの車体を叩く。「提籃橋ー提籃橋ー提籃橋でぇす。提籃橋でぇす」そんな姿が見たいからだ。

「阿宝さん」

蘭蘭が雪芝に呼ばれた阿宝をつついた。目の前にいる雪芝は穏やかな物言いをし、微笑んだ瞳も澄みきって美しい。

「あぁ」

「阿宝さん、集めた切手いつ見せてくれる？」

「とっくに手ぇ引いたんやけど。最近出た新しい切手はどんなんがあるんかなぁ」

「第四次五ヵ年計画達成記念（一九七六年）の。通し番号八で一シート十六枚やわ」と懸命に答える雪芝の姿に、阿宝は顔をほころばせた。

「でも私は古い切手しか集めてへんの。お兄ちゃんと、お姉ちゃん二人が安徽省の農村の生産隊へ行ってるやろ。それにまだお姉ちゃんが二人黒龍江省の農場に行ってるし、お兄ちゃんらの同級生も手紙くれるから、その切手が全部私の物になるんよ」

　阿宝は黙っていたが、初対面の雪芝がこんなにも立て続けに話すとは信じられなかった。机には碁盤、硯《すずり》、筆、墨が置いてある。

「豊子愷さん（上巻五頁）が編集した『九成宮』っていうお手本持ってるんやけどな。ボクは習字やらへんから、雪芝さん欲しかったらあげるわ。唐の書家で、欧陽詢っていう人が記念碑に書いた文でな。湧き出てくる水のこと褒めてて、ほんまは『九成宮醴泉《れいせん》の銘』っていうんや」

「民国期の古い版やったら欲しいわ」

「もし雪芝さんが文革の始まった一九六六年にスローガンとか横断幕書いてたら、扁額《へんがく》の字の稽古になってなんぼでも上手になったやろうな。書くチャンスいっぱいあったし」と滬生が割り込んだ。

「それはどうかわからんぞ。あの頃一番流行ってたんは魏碑体《ぎひたい》（北魏時代、碑文に書かれていた字体）に手を加えた字や。道路もそこらじゅうそんな字ぃばっかりで気持ち悪かった」

「阿宝さん、おもしろい事言うやん。字ていうのは確かに欲を捨てた高貴なもんでなかったらアカンわ。昔の石碑みたいな雰囲気とか、古いもんのよさがないと。薄っぺらいのはアカンと思う。あの字体はなぁ、ただカクカク角張ってて硬いだけや。エネルギーだけは十分伝わってくるけど、字の構造が違うもん」と雪芝。

「一画一画力がこもってて、逞しいやん。なんでアカンのや」と滬生。

「十分苦労してきたのに、まだあんな激しい気持ちにならなアカンか」阿宝がつぶやいた。

滬生は黙っている。

「一九六六年にまだオムツも取れてへん赤ちゃんの雪芝が筆で字ぃ書くの？」と蘭蘭。

「ほんまにもう、アホ」

雪芝が蘭蘭をポンと叩き、その場は笑いに包まれた。

蘭蘭が滬生と二人でレコードを聴きに二階へ上がった。阿宝と雪芝は囲碁をしている。静かな部屋。

阿宝は雪芝が切符を売っているところを思うと胸がしめつけられた。

帰り道、滬生に言われた。「阿宝、二回も続けて負けたん、わざとやろ」

「オレは下手の横好きや。頭使《こ》ぅてへん。雪芝さんが黒石を指に挟んで、パチンって碁盤に押し付けるの見てるだけで気分よかった。品がある」

滬生は聞くだけにまわった。

「碁打ってたら相手の気持ちがわかるんや。劫《こう》も死活も寄せも雪芝さんは全然気にしてへん。全然勝とうと思ぅてへん」

滬生は黙って聞いている。

二人は食堂に入り、スープ餃子を食べた。

「話変わるけど、滬生、もうあんまり気にせん方がええん違うか」

滬生は黙っている。

「小毛が爆発した日やけど、お前機嫌よかったやないか。銀鳳さんと喋ったり笑うたりしてたやないか」

「苦しまぎれや。わかるか。酒もけっこう飲んでたし」

「そうなんか」

「みんなものわかりエエからわかってくれるやろ。あの夜はみんな普通やなかった。小毛も銀鳳さんもオレも」

阿宝は黙ってあの夜の事を思い出していた。


――滬生の家に異変があったと知り、夕闇迫る中を武定路にある滬生の家へ駆けつけた阿宝は、戸を開けてみて自分の目を疑った。二部屋ともほこりだらけで、寝床が二つあるだけだ。意気消沈した滬生が力なく言った。「オレは大丈夫やけど、兄貴がアカン」

兄の滬民は布団にくるまったまま微動だにしない。

阿宝は滬民を起こしてやると財布を出した。

「兄ちゃん、悪いけど、酒とつまみ買いに行ってもらえへんやろか。みんなで食べよう」

滬民はなんとか体を起こして顔をこすると、買い物をしに下りていった。

阿宝は廊下に出るとボロボロの箒《ほうき》を見つけてきて簡単にその辺を掃いた。

「掃除なんかどうでもエエのに」

「もう引っ越して来たんやからな。あのときオレも曹楊新村に引っ越したけど、近所のヤッら野次馬根性丸出しで見物しに来よったわ。それに比べたらここは静かなもんや」

滬生が口をつぐんだ。

「おじいちゃんが言うてたん、思い出すわ。役人の家を家捜しやるのは当たり前のことやけど、自分らみたいな商売人にまで手出しするとはな、って。大昔からそんな事あったためしがないって」

「なんでや」

「まぁこういう事かなぁ。太平天国の乱のときもあいつら謀反を起こして、今みたいに家捜ししたり人殺ししたりしてたやろ。役人やろうが民間人やろうがおかまいなしにな。革命なんかそんなもんや」と阿宝。

「そういう見方、むちゃくちゃやないか。人間はやっぱり階級で分けなアカンやろ。オレの家であんな事が起こる前の日に親父も言うてたけど、革命っていうのは個人のためにやるもんやのうて、階級とか国のためにやるもんや。結局親父は引っ込みがつかんようになって、自分自身が身動きとれんようになったけど」

「それぐらいはわかってる。今までずっとそんなもんやった。偉い役人に何か起こったら、陰で審査して不透明なまま処理する。でもそのせいで下の者まで失脚することになるんや。唐宋元明それから清も、どの時代もずっとそうやった」

「もうやめとこう。現実を受け入れなアカン。オレはもうどうでもエエ」

暫くして滬民がおかずと上等な紹興酒二本を手にして帰ってきた。三人で黙々と食べ、夜七時半になり滬生は阿宝を下まで送っていった。ずっと話をしてはいたが、とりとめのない事ばかり。

そのまま二人で西康路を大自鳴鐘の路地まで歩いた。床屋が閉まっていたので下から小毛を呼んでみた。誰も答えない。裏へまわると、淡い青のシャツを着た銀鳳が流し台でタオルをしぼっていた。

「その声は滬生さんと阿宝さんやろ」と笑う。

「小毛は？」

「まだ仕事から帰ってきてへんわ。待っててもしょうがないわ」

「かまへん。中で待ってるわ」と滬生。

「やっぱり帰ったほうがエエわ」と上の階を見上げた銀鳳が小声で言った。

「僕、お会いしたことありましたか」と阿宝。

「どっちにしても阿宝さんのこと、よう知ってるんやから」と銀鳳が微笑んだ。

滬生も笑顔になっている。その人妻の顔も酒のせいでぼんやりとしか見えなかったが、次第にゆったりした気持ちになってきた。

そのまま二人は床屋に入り、銀鳳も鏡にもたれ三人でのんびり話をし始めた。

その十分後、小毛が急に飛び込んできて爆発したのだ。思いも寄らぬ事だった。銀鳳は泣き出し茫然自失。二階へ引き上げた。

残された二人もぼんやり座っていた。

とうとう滬生が切り出した。「やっぱり帰ろうか」

阿宝は滬生にひっぱられるようにして床屋を出た。

「もう終わったんやな。もう潮時なんかなぁ」と阿宝。

滬生は何も言えなかった。

「最後にもう一回見とこう。ここの思い出もこれまでやな」

滬生は静かな路地を見つめた。仄暗い街灯に照らされ、野良猫が駆け抜けていく。

「昔、本気であいつと義兄弟の契りを結んどいたらよかったんかなぁ」と滬生。

「人間は変わっていくもんや。状況が変わったら何もかも変わってしまう」

滬生は黙っている。阿宝は続ける。

「小毛がおしまいにするって言うてるんやから、オレもそうするわ」

滬生は黙ったままだ。

二十二章

一

　ガーデンホテルに足を踏み入れた康は茫然とした。数ヶ月会わないうちに、梅瑞がかくも変貌し、贅沢な装いをするようになっていようとは――。千鳥格子の高級スーツに大粒ダイヤの指輪。堂々として全身がきらめき、表情も髪型も以前とは全く異なっていた。

　二人は席につくととりあえず形ばかりの挨拶をした。

「梅瑞さん、最近汪さんから連絡がありましたか」

「私、もう長いこと出勤してませんので。何かあったんですか」

「いや、ちょっとお聞きしてみただけです」

「遠まわしに聞いてこられますねぇ。何があったんですか」と、梅瑞は訝しげだ。

「長い間連絡してませんので急に思い出しただけです」

「あら、きっと何かあるんでしょう」

「アハハ、口実が欲しかったんです。あなたに連絡したかっただけですよ。そういう事ならよろしいでしょう」

「康さん、私のことずっと見ておられますね。なんでですか」と、梅瑞が微笑んだ。

「お顔もお洋服も、特にお顔の輪郭が前とは全然違いますね」

「エエ加減な事仰ったらあきませんよ。私が整形なんかするわけありませんでしょう」

「とんでもなく偉い人にお会いしたみたいです」

梅瑞はあたりを見回し声をひそめた。

「話し始めたら何時間もかかりますけど、かなりのバックがある偉いさんにこないだ出会《でお》うたのは確かです。正直に申し上げてよろしいでしょうか」

「どうぞ」

「うちの母親とあの若旦那、上海でなんとかやってきましたけど、ほんまはかなり無理しててもう途方に暮れてたんです。それが急に変わったんです。その偉いさんがちょっとお口添えしてくださったみたいで、電話一本で状況が変わったんです。契約書にサインしてお金もどんどん入ってきて」

康が相槌を打つ間もなく、梅瑞は話を続ける。

「二人ともあっちこっち飛び回ってます。西北《せいほく》に上海、香港に日本って。ほんまに大きい仕事でしょ。大きいプロジェクトですし、大きい事やってたらどうしても身内が手伝わなアカンようになるんです。それで前の仕事は辞めるしかありませんでした」

「奇跡が起こったらそれからは何もかもうまいこといって、確実に広がっていくもんです。もし道でお会いしたら梅瑞さんやってわからんところでした。声なんかようかけませんよ」

梅瑞は恥ずかしそうに俯いた。

「私もこんな格好はイヤなんです。でも何もかもあの若旦那のためです。西北あたりは上海と様子が違うみたいで、政治の世界もお商売の世界も身分のある人は着るものにこだわるらしいんです」

「上海人が一番おしゃれでしょう」

「今は違います。小さい街ほどブランドとかにこだわりますしお金遣いも荒いんですよ。ブランドの事もよう知ってますし。こないだも西北地域の県（省の下にある行政単位）の偉いさんが言うてました。さすが上海のお役人は違うって。ご自身の幹部役人を連れてこっちへ視察に来られたとき、いろいろ勉強してるうちに恥ずかしい気持ちになったらしいんです。こっちの役人が乗ってる車は普通の〝パサート〟でズボンはしわくちゃ。それでも仕事の経験はかなりのもの。それが自分の部下はというと、毎日、食べることとか着ることにうつつ抜かして、ブランドとか車を競い合《お》うてばっかりいるって」

「所変われば品変わるとでも言うしかないでしょうね」

「副県長に抜擢されて広東省に行ってる同級生がいます。一、二年行くだけなんですけどね。でも花瓶と同じ飾りみたいなもんで、誰もまともに相手してくれません。あの辺はみんな商売に忙しいんです。事務室では方言の広東語を喋ってて、よそ者には全然聞き取れません。でも西北地域は違います。そこにも副県長として派遣されてる女性がいて、こないだ聞かされました。副県長になってどんないい事があるかって。もう、いい事ずくめで、それも思いもしない事ばっかりらしいんです。朝から晩までずっと秘書がそばにいてくれて、『県長さん、朝ごはんのご用意ができました』『県長さん、お車の手配ができました』『県長さん、今夜は会食が三つございます。お時間とお乗り物はもう手配してございますのでご安心ください』って。それに、呼ぶときは〝副〟を取って県長さんて呼ぶのが慣《なら》わしやから、気分いいでしょう」梅瑞は副県長の話を続けた。

――副県長は親の顔を見に省都へ戻りたいと思い、こっそり電話をし、翌日の汽車で帰ろうとして

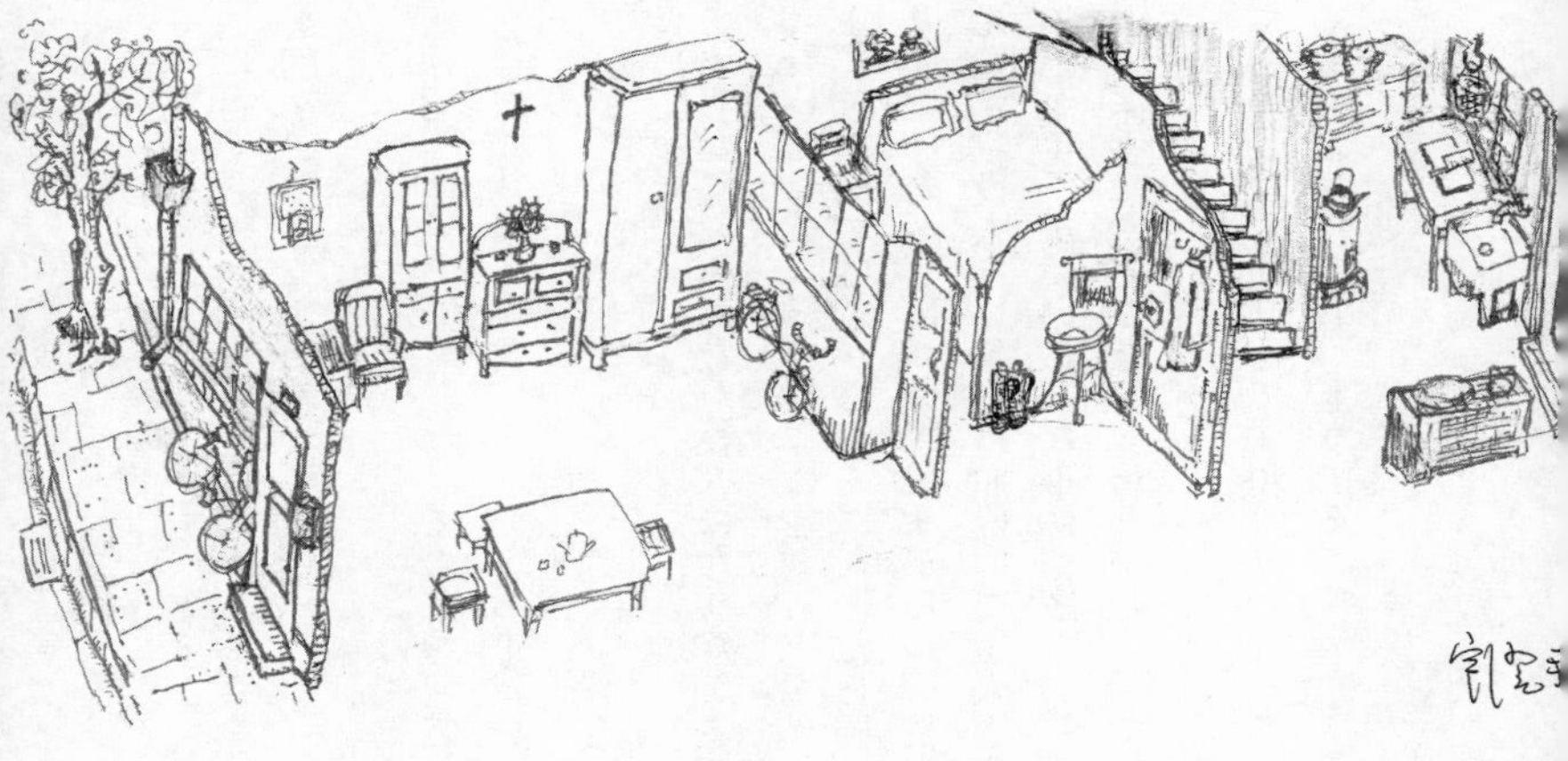

1970年代半ば、春香の家。このような家や家具があるのは、上海の路地としては豊かな方である。

いた。ところが夜になり秘書から連絡があった。

「県長さん、明日親御さんに会いに行かれるお車の手配ができております。ＢＭＷのジープです。午後二時十五分に参ります。他にも色々ご用意できております」

「どういうこと？」

「羊を一匹しめまして、生きた鶏六羽、地元の卵、取れたての粟《あわ》を何袋か、なめしたての黒ヤギの革四枚、農家自家製のお酒、山の幸、有機栽培の野菜、そういうお土産を部下に用意させましたので、ご安心くださいますように」


「その友達、ヒソヒソ声で言うてました。『みんなが役人になりたがるのもむりはないわ。役人になるのはこんなに楽しいものなんよね。これが、気持ちいいっていう事なんやわ』って」

「別に珍しい事でもありませんよ。この国では昔から役人になったら同じです。どれだけ貧乏な山村へ行かされても、やっぱり実入りのいいポストについてますからね。役人になるのはエエ思いするっていう事なんですよ。そんなもんです。役人というのはお偉いご主人さまで、一般庶民は永遠に家来としてこき使われるだけです。年上か年下かでいろんな事に秩序もありますし。宏慶《ホーンチーン》くんと西北地域に行ったことがあるんですけど、派手にやることを教わりました。でもおかげで宏慶くんは貞操をなくすところでしたけど」

「ウフフ、アホですね。貞操って男の人にも使うんですね」

「梅瑞さん、今回は上海にどれくらいおられるおつもりで？」

「貞操をなくすってどういう事？」

「冗談言うただけですよ」

「お聞きしたいですわ。仰ってくださいよ」

「もう何年も前の事です。今はこちらが色々お聞きしたいんですけど」

「いいえ、仰ってください。どういう事ですか」と梅瑞が微笑んだ。

こうなったら話すべきだろう。

「いつやったかの夜、投資開発関係の社長さんらと県の招待所に泊まったんですけどね。県のトップは三階に泊まってて女の従業員らも三階。二階は誰もいません。上海から行った四人は一階に泊まりました。夜にダンスパーティがあったんですけど、女の従業員が部屋に来て、『ダンスしに行こう、どうしても踊ろう』って引っぱるんです。従業員って言うても名目だけで、実際は〝その手のサービス〟をするホステスみたいなもんです。でも残念でしたねぇ」

「なんでですか」

「言葉が通じひんのです。私が標準語のつもりで話しても向こうはわかってくれません。向こうは北の方のものすごい方言を喋るから今度はこっちがわかりません。それに……」

「それにしても大胆な女ですね」

「みんな真面目で素朴な、農村の年増女ですわ。いかにも田舎者っていう雰囲気で、手なんかやすりみたいにザラザラ。真っ赤っかのほっぺたして、あっちこっちほころびが繕うてあるストッキング穿いてるんですわ。ダンスパーティが終わったら県のトップに言われました。『上海から来たお客さんは四人ともシングルに泊まっていただかないと』って。私は絶対にイヤやって言いました。ヤツは笑いながらその女どもに言うてるんです。『何か問題が起こったり聞きたい事ができたりしたら、その辺でぺちゃくちゃお喋りしたり騒いだりしててはいけません。みんなでお客様のお部屋にお伺いするときは、お行儀よく上品にしないといけません。一人一人、礼儀正しくノックしてお部屋に入ってお話ししないといけません。上海の社長さんたちには詳しくお話をしないといけません。一人でお話ししたほうが効果があります。わかりましたか』ってね。みんなはハァイって返事してました」

梅瑞は笑いがこみ上げた。

「康さん、その人らが田舎者やからお気に召さなかったんでしょうか」

「考えたらわかるでしょう」

「結局どうなったんですか」

「私は何もかも拒否しました。宏慶くんと同じ部屋に泊まる、四人やからツインで二部屋にしてもらわな困るって言いました。でも夜中になって、宏慶くんに恨み言を言われました。一人一部屋がなんでアカンのかってね。まぁエエやないかということにしてたら、暫くして女性が一人入って来て、喋ってるうちに急に髪の毛振りみだして泣き喚き始めてね。宏慶くんは黙って契約書を広げてサインする用意してました。……あくる日、その省の新聞記者が教えてくれたんですけど、そのトップっていう人物はその辺でも有名な色魔らしいんです。企業誘致の会議を開くっていう口実作って、三階を貸切にして周りのどの部屋も〝従業員〟の女性を泊まらせとくんです。後宮にようけいた妃《きさき》と同じようなもんです。アホな女どもは、ほんまはどれだけ頑張ってもちゃんとした仕事なんかもらえません。あんな所で時間を無駄にしてるだけです。早めにそれがわかってたら、田舎の男と気持ちよう結婚して、可愛い子供でも産《こ》んで、野菜作って、鶏やら豚やら牛でも飼うてたら、どれだけエエ暮らしができたことでしょうね」

二人ともコーヒーを飲み一息ついた。

「それから?」と梅瑞が微笑んだ。

「上海に帰りました」

のあたりまえでしょう」

「男がそこまで迫られたんですよ。そんな女にあの手この手で〝サービス〟を迫られて。緊張するのもあたりまえでしょう」

「靴下も繕いだらけって、ほんまに惨めですねぇ。男の人ってやっぱりほんまにあきませんねぇ。もし高級クラブやったら、上等な香水のいい匂いさせた今風の綺麗な娘がいますのに。髪の毛はツートンに染めてくるっと巻き上げて、絹のワンピースに短めのフレアスカートの重ね着。ロエベのハンドバッグとか綺麗な絹のセカンドバッグ持ってますわ。それに白真珠とか黒真珠を嵌め込んだダイヤのネックレスつけてます。あっさりした化粧のもいますし、こてこてに塗りたくったメタリックメイクの厚化粧もいる。そんな女が突進してきてあの手この手で迫るんですよ。破れ靴下履いた招待所の女やのうて、千元以上する靴下履いて体じゅう香水の匂いプンプンさせた女がですよ。康さん、どうですか」

「頭働かせる男やったら、やっぱり疑《うたご》うて警戒するでしょう。女が自分からすすんで部屋に来るんですよ。絶対に何かあるはずです。よっぽどの場合でない限りね」

「よっぽどの場合ってどういう事ですか」

「カラオケなんかに行った時だけ、男は何も考えんでいられるんです。何にも縛られんと、やりたい放題できるんですよ。そんな場面をたくさん見てきました。……常連がカラオケに行ったら十人近いホステスとそれにママがこっちにとんで来ます。ソファに倒されて、向こうは媚売ってニコニコして、香水の匂いをプンプンさせて。客が助けてくれぇとか神様ぁって叫んで手足バタバタさせてもおかまいなし。ケラケラ笑うて、ネクタイもベルトもはずしにかかるんですよ。なんでかって言いますとね。チップが欲しいからとは違います。お馴染みさんに会えたら、甘ったれた声出していろんな事をするだけなんです。自分は気楽な人間で溌剌としてるっていうふうに見せかけて。ただのゲームです。まぁ仕事中にやるラジオ体操みたいなもんです。ストレス解消とか賑やかしみたいなもんです」

梅瑞がムッとした顔をした。

康が口をつぐむ。

「康さん、お変わりになりましたね。前は物静かでおっとりされてましたのに」

「あの時私がお断りしたから気ぃ悪うして、それでそんな、堕落した悪い所へ気晴らしに行かれたんでしょうか。それとも本性が現れたんでしょうか」

「とんでもない。ああいう世界はお互い納得してます。そういう事を見たってお話ししてるだけです。おわかりいただけますかね」

「私がお会いする偉いさんは最上流の人ばっかりです。ほんまに上品です。それでもせいぜい……」

そして急に口を閉ざした。

「せいぜい……何ですか」

梅瑞は答えない。

「会《お》うたらまずフランス製の上等な絹の靴下を二ダースくらいくれるとか？」

「え？」

「冗談ですよ。昔、上海の有力者で不動産会社持ってたサッスーンなんか、女を誘惑しては顔見る度にすごい量の絹の靴下をプレゼントしてたんですよ」

梅瑞が漸く笑顔になった。

「すごい！　女のほうもきっと大喜びしたでしょう」

「これも冗談ですよ。今のトップがプレゼントするとしたらサッスーンよりもっとすごいでしょうな」

梅瑞は黙って康の話を聞いた。

「でもプレゼントしとうなるような綺麗どころもたくさんいますからね。ぼくは北の方へ行って、社長とかトップの大物に会《お》うたことがあるんですけどね。向こうはまず泳ぎに連れて行ってくれるんです。中に入ってみたら、なんとまぁ綺麗な春景色」

「杭州にある、美人揃いの西湖《せいこ》の真似してるんでしょう」

「室内プールの周りにはパイプ椅子があって、ビキニ姿の綺麗どころが控えてます。脚を交差させて立ってる娘も座ってる娘もいます。その目で見られたらもうゾクゾクしっぱなし。どの娘も自分の縄張りみたいなものがありましてね。プールの横に小さいカラオケルームがあって、どの部屋にもカーテンが掛けてあるんですけど、その娘らはプールのそばで、カーテンを半分閉めてずっと偉いさんに声かけてます。……初めて会う張《ジャーン》さんもお馴染みの魏《ウェイ》さんも社長の張さんもトップの李《リィ》さんも手《て》ぇひかれて部屋に入って、そしたらカーテンがひかれて、デュエットなんかを歌うんですよ」

「そんなん、めったに見ませんわ」

「男の世界です。普通の女の人が知ってるはずありませんよ」

梅瑞は口をつぐんだ。

「今、お役人の世界では即興で書の腕を披露するのが流行ってましてね。その日も年配のトップがご機嫌になって詩を作ったんです。

北国の江南　美人多し

温水に遊泳す　好個の冬

呉娃　芙蓉　双双に酔い
朝朝暮暮　春波を浴びる

ここは北国だが温暖な江南のように美女が多くいる
温水プールで水泳に興じるとは、なんと良い冬であることか
呉の国の美人はまるで芙蓉のように美しく二人とも酒に酔い
あの楚の懐王と巫山の神女のように、
毎朝毎晩結ばれて、春の波を浴びるのだ

ってね」

梅瑞は冷たく笑った。「ようわかりましたわ」

「いや、自分ではわかったつもりでも全然わかってへんことが女の人にはようあるもんです」

「え？」

「綺麗な女性がいたら、周りの男はいつもご機嫌取りしてます。でもそれはほんまの姿と違います。男のほんまの姿が見えてるのは、顔も何もかもイマイチな女です。その次がホステスとかママさんです。そういう女の前やったら、男は好きなだけ本性が出せるんです」

「頭がくらくらしてきました。そしたらお聞きします。例えば、やっきになって女のイメージ作りをする男がいたとします。これ、どういう事なんでしょうか」

「わかりませんなぁ」

「はじめは女もそういう事に慣れてませんでした。夜な夜な男の人と一緒に、食事会にでかけるんで

す。出かける前に男のほうが説明してました。その日の食事会がどういうもんか、どの人が一番大事でどの人は相手にせんでもエエか、何もかも分析するんです」

「ようやる手ですね」

「デスクの所で一問一答します。ポイントのABCを覚えて、それから出かける前に先ず小さいパンを食べて、砂糖水飲むんですよ。ごく普通の砂糖水が酔い覚ましに一番エエんです。氷砂糖入りのとか、蓋付きの湯飲みで飲む八宝茶なんかは効き目がありません。昔から飲んでる〝千杯不《せんぱいふ》酔《すい》〟みたいな酔い覚ましの薬もあきません」

「すごいもんですね」

「服にもすごいこだわりがあります。こげ茶色のスーツ着るときは、ものものしい雰囲気を出して、できるだけ笑顔を見せへんようにして、お高くとまった目つきをする。くすんだオレンジとかモスグリーンで、胸が見えるくらいの上着とスカート、これはもし相手が気楽な感じやったら自分もリラックスしていい、だんだん甘ったれた声出してやりたい放題する。淡いサーモンピンクの、胸も露わなイブニングドレスの時はヒールの細いハイヒール履くって。とにかく表情も香水のブランドも匂いも、アイシャドーもファンデーションも口紅も、ネックレスもハンドバッグも、それに歩き方も何もかも決めとくんです」

「……」

「普通トップの偉いさんは公明正大でものものしい感じがする。それに笑顔を見せるのがあんまり上手やない。そんな人のそばには座ってもエエけど、はじめは度を越した軽はずみな事したらダメ。でもお酒がまわってきたら向こうも手を滑らせてくる。そういう時は騒ぎ過ぎたらダメ。かというて、反応が鈍すぎてもダメ。敏感には反応するけど微妙な態度をとる。相手が腰に手をまわして顔をひっつけてきたら西洋のマナーと思って何もかも許す。ただし、しっかりした目つきをしてないとダメ、ちょっと力を抜いた目はいい。自分の気持ちとか自分の事をはっきり言う。帰った後、夜中にその人から電話があったときは好きなようにいいムードでリラックスしてお相手しとく。相手とは距離があって、しかも夜のことやし電話だけなんやから……とまぁこんな具合です」

「役者が一枚上というわけですね。物知りでそんな事を教えてくれる男もいるんですね。それやったらもうちょっと趣向を凝らして営業許可証の申請でもして、〝社交界の花研修クラス〟なんかを開いたらいいですね」

「でもそんなやり方は日に日に変わってきます。はじめのうちは緊張してますけど、だんだん好きなようにやってエエっていう事がわかってきて、あれこれ口実作って断ったりもするようになります。だんだん甘えた声出したり笑顔を作ったりするのも上手になります。それから急に感動的な日が来るんです。その男がほんまに自分のことを気にかけてくれてるのがわかるんです。今まで誰にもやってもろうてない事をしてくれてる、ほんまに思いやりがあるんやって。言うてみたら、今は接待が大事な仕事やけど、もともと考えてた目標に向かって〝仕事〟もはかどってるわけですから、すごい達成感です」

「生身の人間ですからね。女のほうはもう欲が出てるんですね」

「男のほうも女に言います。『今は仕事が大事、もし相手も自分も〝その気〟になってても、周りの事を考えて具合悪かったらまた今度にするんや』って」

「確かに具合悪い事もありますよね。壁に耳あり障子に目あり」

「康さん、おわかりになったみたいですわね。その女の名前、仰ってみてください」

「言いにくいですねぇ。でもそういう関係やったら、きっと面白いお話があるでしょうし、筋書きも込み入ってるでしょう」

梅瑞はコーヒーをひとくちすすると、口を閉ざした。

「火のない所に煙は立ちませんからね」

梅瑞は黙って聞いた。

「そんな最高の〝国家級レベルの教授先生〟はどなたでしょうか」

「友人です」

「そしたらその女性は？」

「同級生で合弁会社の営業部長です」

「会社はどこに？　西北地域ですか」

梅瑞はあたりを見回し、コツコツと踵を軽く響かせた。「康さん、また探偵ごっこが始まりましたね。前からそうですけど、私は人の事を例に出すのが好きなんです。はっきり言わんでもよろしいでしょう」

沈黙が流れた。康がコーヒーを一口飲む。

「昔ね、女の人専用の更生施設に行ったことがあるんです。友人が警官で、そいつと私と女性看守の三人で廊下を歩いてました。両側が監房で、どの部屋の前でも立ち止まって中を見てみました。六人いて長椅子に座って背筋を伸ばして丁寧に手仕事してるんですけど、それが、立ち上がって一斉に声をあげるんですよ。『こんにちはっ！』って。次の部屋の入り口で止まってもやっぱり六人が立ち上がって『こんにちはっ』。看守が友人に言うてました。『ほんまにいやになる。昨日も十一人の女が護送されてきたけど、何をしてやがったんか。みんな頭虱《アタマジラミ》がわいてる。びっくりや。下の組織の衛生状態はほんまにひどい』ってね。それで、そいつらはなんで入れられたんか、看守に聞いてみました。そしたら手を振って言うんです。『そういう話はやめときましょう。世の中こういうもんです。男は罪犯すにしても賢うやるけど、女はどいつもこいつもアホな事ばっかり。最高のアホや』って」

梅瑞がカップを置き、暫く考えてから言った。「どういう事かわかりませんわ」

また沈黙が流れたが、康がそれを破った。

「せっかくお会いできたのに、他人のどうでもエエ事ばっかりお話ししてましたね。それもあっち行きこっち行き、話も飛んで。これではおもしろいわけありませんよね」

梅瑞は黙っている。

「梅瑞さん、ほんまに変わりましたね。前は汪さんと事務仕事して、お喋りしたりおやつ食べたりされてたのが、今は大変なお役につかれて、将来の事もあれこれお考えで」

梅瑞はコーヒーをすすりため息をついた。

「ただね。困ってるのは母との仲がどんどん険悪になってることです。前はちょっと摩擦があったぐらいでしたけど、今は喧嘩です。私と母と若旦那の三人、うまいこといかへんのです。いやになってます」

康は黙って聞いた。

「母が悪うて若旦那はエエ人やと思えたり、その反対やと思えたりします。お恥ずかしいですけど」

「いや、わかります」

「感情と仕事が、もつれた糸みたいにグチャグチャに絡まって捻《ねじ》れてるんです。もう悲しぃてしようがありません」

康は返す言葉が見つからない。

「会社の方はもちろんうまいこといってます。でも私の気持ちは、ガラスケースに入ってるケーキみたいなもんで、見えてるのに食べられません。もどかしいんです」

「親子としての気持ちですか。男女関係に絡んでですか」

梅瑞は俯いた。

「あんまりはっきりとは言いとうないんですけど」

「……」

「いつもふさいだ気分です。昼間は仕事で忙しい思いしてますからエエんです。でも夜は、お聞き苦しいでしょうけど、男の人の事を思い出すのは当たり前。結局何もかも手が届かへんのです。チャンスを待たなアカンのです。二十四時間、地下工作してるようなもんです。今頃わかりました。地下工作ていうものがどれだけ大変か。前に映画で観たんですけど、地下党員は旗袍着て組織の言いなりになって、三階建ての建物で電報打ってる男と偽装結婚したかとおもうたら、次の日は真珠のネックレスつけて銀行の頭取の奥さん。日曜は外灘《バンド》の公園へ行って新聞読んでるふりして、でもほんまは連絡係として誰かと会うためで、知らん人みたいな振りして、情報をキャッチしたら周りの様子を探るんです。綺麗な人でしたわ。今の私はそれと同じです。秘密工作して、あの人らと同じように命の危険にさらされて。地下党員とほんまに同じです。一つだけ違いますけど。国民党の司令部とか日本の憲兵に捕まって拷問されたり鼻から唐辛子水入れられたりはしませんから」

「それはわかりませんよ。今はSMっていうもんがあります。女の人の中には自分からそんな刑罰受けようとするのもいます。革のベルトで打たれたりね。ぶら下げられるのが一番お好みらしいですよ」

「私が必死で悩みを話してるのに、康さん、また始まりましたね。なんぼでも話が広がって冗談ばっかり」

康が口をつぐむ。

「昨日、考えてみたんですけど、もうほんまにやめてしまいたいんです。全然おもしろいことありません。こっちに戻って離婚するつもりです」

「もう離婚したって、こないだ仰ってませんでしたか」

梅瑞が顔をほころばせた。

「私がこっちに戻ったら、母とも仲直りできそうな気がするんです。康さんとか阿宝、それに滬生みたいな友達もいますし。上海女は上海の男の人が一番うまいことといくんです」

「若旦那さんも上海の人でしょう。三人で仕事したらうまいことといくでしょう」

「康さん、またあれこれお聞きになる。もうあの人の事は言いとうないんです。確かに若旦那は上海の人です。でもずっと前に香港へ行ってますから」

「人はみんな同じようなもんです。みんな同じですよ」

「私は決まりを守ってもらいたいんです。信用を第一にしてもらいたいんです。世間の事がわかってる男の人やったら、女の相手するときもまず誠心誠意やってくれますし、じらすような事はしません」

「いやいや、今の世の中、誠心誠意やってくれる女の人も減りました」

梅瑞が吹き出した。康は続ける。

「スーツ着たごろつきがどんどん増えてます。それも昔いた〝ハスの若旦那〟みたいな手合いがね」

「〝ハスの若旦那〟？　康さん、それどういう事ですか」

「懐具合もようないくせにフラフラ出歩きたがって、夏は綺麗に着飾って何着も服持ってるけど、寒い時期になったら目も当てられへんようなひどい格好してる〝ええ衆《し》のぼんぼん〟です」

梅瑞は笑顔で聞いている。

「昔の人がよう言うてましたね。〝火事はこわいことないけど、ひっくりかえってこけへんかが心配や〟って」と康が笑う。

「どういう意味ですか」

「家はどうせ借り物やから燃えても構わん。でも自分の一張羅、自分がこけて汚れたり破れたりしたら、何を着たらエエんやっていうことです」

「母が言うてたのと同じですわ。絹の服はあるけど明日の晩の米がないって」

「アハハ、長い間いろんな事をお話してますけど、梅瑞さんは何が仰りたいんでしょうか」と康。

「私もわからんようになってきました。でももうちょっと話がとんでもよろしいでしょう」と梅瑞もにこやかだ。

「確かに若旦那さんはもともとブルジョアですよね。資本主義社会の香港に何年も住んでおられるから、いろんな事をご存じで、お仕事もうまいことといっておられます。楽しくやっておられるはずですよね」

「またあの人の事ですか。もうやめときます」

「梅瑞さんと若旦那さんはどんな行き違いがあるんですか」

「言いとうないんです」

「要は気持ちが塞いで、男は悪い……でしょうか。で、結局何が仰りたいんでしょうか」

「私、ずっと目眩《めまい》を起こしそうでした」

「結局こういう事ですかね。お仕事はうまいこといってるのに、お母さんと険悪な仲なんが歯がゆい。好きな人がいるのに、いろんなわけがあって待ってるしかない」

梅瑞は頷いた。「まぁそうです」

「今、思いついたんですけど」

「仰ってください」

「さっきお話しした看守が言うてました。男は何かやろうとしたらどんどん賢いやり方を思いつくけど、女はなんぼでもアホになっていくって」

そのとき梅瑞は目を見開いた。身に着けているのはエルメスの物ばかり。そんなスーツ、シルクのスカーフ、ブローチがふいにブルッと震えた。そして言った。

「ここ何年か、銀行の重役さんがたくさん外国へ逃げ出してるらしいんです。それで最近になって、上から指示があったみたいです。これから重役には女をたくさん使うようにって。女は責任感があっておとなしいからって。それって女は度胸がないしアホやけど落ち着きがあるっていう事ですよね」

聞かされていた康はソファにドンともたれた。泣くに泣けない、笑うに笑えない――。

二

阿宝と滬生が市内のフランス風高級住宅に入ると、徐が出迎えてくれた。徐の会社の上海支社になっており、静かで落ち着いた所だ。

三人は応接室に入った。

「滬さんに感謝しないといけませんね」と徐。

「いえいえ。まずご報告いたします。丁《ディーン》さんの所蔵品は写真集一冊では載せきれないくらいあります。出版社が請け負う販売数は少ないものです。上製本上下二冊でそれぞれ八百元。正直に申しますと、出版社としても美味しい商売ですし、こっちもリベートが取れます。それもこれも徐さんがお口添えくださったおかげです」

「ご冗談でしょう。私と丁さんは滬生さんのおかげでやってこられたんですから、こちらこそお礼を申し上げませんと」と徐はご機嫌だ。

「西北地域の件では、カメラマンももう決めてあります。倉庫二つに何百個も置いてあるんですけど、それを一つずつ写真にして、何十個もある常熟のお宅の分もちゃんと撮り直します」と阿宝。

「急《せ》いては事を仕損じると申しますから。丁さんも恐縮しています。来月、おふた方には西北へ飛んで頂きたいと思っております。実際にご覧いただきたいもので」と徐。

「時間が調整しにくいんですけど」と阿宝。

「西北には友人がたくさんおります。でも今は夜のお誘いなども断っております」

阿宝が特に何も言わないので、徐は話を続ける。

「お誘いと申しましても女探しとは違います。お宝探しです。普通、手順はですね、セミプロの墓掘りが、半分くらい掘ってみたところで連絡してきます。丁さんが一席設けてるんですが、その席で値段とか大きさを決めて、仲介人が間で調整します。掛け値無し。小さい墓でも普通は二万元から四万元。それを仲介人が受け取ります。それからみんなで夜のうちに田舎へ行くんです」

——田舎の小さい村に着いた。村の者が鋤《すき》やスコップを用意してくれている。夜道をてくてく歩き続け、目的地に辿り着くと掘り始めた。一時間も掘れば結果がわかる。金銀財宝が見つかるか、ただの骨か。出てくる物は全て客の物になる。宝くじで言うなら、一等でもハズレでも自己責任というわけだ。

それは徐が行った最後の夜のこと。棺桶がかなり浅い所にあり、すぐに掘りあてた。何代もの間、何度も墓泥棒に掘り返され、骨しか残ってない。懐中電灯で照らすと、泥の中に金の指輪がポツンとあった。唐王朝の姫が着けていたような物で、ペルシャ風の模様がある。輸入もの、しかも骨董品の高級ネックレスと同じ値うちがありそうなものだった。全員仕事をきりあげ、徐と丁は街に戻った。

もう空が明るい。徐の部屋に着いた。

「徐さん、もしエエ物掘り当ててたら、たぶん一大事になってたでしょうね」

「丁さん、なんでそう思うんや」

「今回は寒気がしました。来てたヤツらは曰《いわ》くありそうなヤツばっかり。あのままやり続けてたら、二人ともひょっとしたら生き埋めにされて一巻の終わりやったかもしれません」

「アハハ。そんな事ありえへんやろ」

「電灯で照らしたら、みんな殺人犯みたいに凶暴な顔してましたよ」

確かにそうだった。あのような業界の決まりでは、墓を掘ると次は人を埋めて線香をあげる事になっていたのだ。

一仕事終えて気づいた。唐王朝の姫は野ざらしのまま。仲介人のヤツらはそんな事など気にも留めず、一同を連れてさっさと引き返している。

丁には刺激が強すぎたようだ。その場で指輪を徐の手の中に押し込むと、ドアを閉めて行ってしまった。指輪は徐の部屋のナイトテーブルに置かれたままになった。

翌日の夜、真っ暗な部屋で光が一筋見えた。テーブルの上から五分おきに光を放つ。驚いて指輪を見ているうちにまぶたに浮かんだのは唐の姫。その指の骨だった。驚きのあまり、電気をつけたまま夜通しテレビを観て気を鎮めた。

三日目の夜、マッサージ嬢を部屋に呼びオイルマッサージしてもらった。コースの半分程が終わった頃ふと見ると、マッサージ嬢がするどい目つきで指輪を見ているではないか。太ももを出したままで。指輪を掴むや、そのまま指にはめた。驚く徐を尻目に言う。

「ねぇ、これ、アタシの仲間の？　どこか他所の娘《こ》の？　どこかの悪い女の？」

「触ったらアカン！　そんなもん着けてこっちに来んといてくれ」

「どうして？」

真っ白い指が黄金に輝く指輪に映えていた。

「気に入ったんやったらそのままはめて行ってもエエぞ」

「もう一回マッサージするわ。夜通しお傍にいる！」とマッサージ嬢は大口を開け嬉々としている。

「こっちに来んといてくれ。頼む。寝たいんや。もうマッサージはエエから」

金を払いつつ何度も礼を言う徐だった。「ありがとうな。ありがとうさん」

徐の話を聞きながら三人でゆっくり茶を飲んだ。

「写真はふた組撮って、ひと組は青銅器関係の第一人者に目を通してもらいました。それから馬さんにも見てもらって書名を書いてもらってます」と滬生。

「お手間とります。写真集が印刷できましたら、世界中の博物館に送るつもりです。マスコミ、あちこちの偉いさん、得意先もね。知り合いも親戚友人も一人一組。それから私設の博物館を作って、常熟の家も博物館にします」と徐。

「でも外国の記録ですけど、私設の博物館は親子三代もたへんそうです。骨董品の収蔵は正直なところ、一人が保存できるのは数十年、それだけのお役目しか果たせへんのです」と滬生。

徐は黙って話を聞いている。

「箪笥のこやしみたいなもんですから、普通は〝3S〟に出くわしたら捨てることになります」と滬生。

「三つの何ですか。スリーサイズですか」

「〝借金〟、夫婦の〝さよなら〟、それと〝死亡〟です。そうなったらお宝は人手に渡ります。張さんが四十年保存して、李さんがそれから二代の間引き受けて、次は王さんの手に移って、王さんはそんな骨董品と一緒に棺桶に入って二百八十三年間埋められたまま。人間は腐りますけど、骨董品は掘り出されて、今度は趙《ジャオ》さんの手に渡ります。三十年ほど経ったら代替わりして、またそいつが誰かに譲ります。譲り受けるのは李さんです。李さんも気に入って棺桶に持って入って百三十一年閉じこめられます。それから……」

阿宝が時計を見た。「きりがありませんね」

「骨董品は足もないのにあっちこっち走り回るんですね。仙人より長生きですねぇ。まぁほんまは、人間は死ぬけど骨董品は生きてるっていう事ですかね」と滬生がまた言う。

徐は黙っている。

「グローバルに考えたら、寄贈でもするのが一番平和ですね」と阿宝。

「そういう風にも言えますけど、五十年代に寄贈した人は国から紙切れ一枚受け取っただけでしたからね。〝愛国心を賞す〟とかいうやつです。そんなもんで大喜びしてましたね」

「どっちにしても文革時代の家捜しよりはましでしょう。引っ越しして家の中はからっぽ。それで明細みたいなもん一枚もろうただけでしたから」と阿宝。

「文革の頃の事を言い出したら、こいつは恨み言ばっかりです」と滬生が口を挟む。

「今は、有名人の家族がわざわざ博物館に出向くこともあるみたいです。補助金出してくれ、仕事くれ、家をくれってね」と言ったのは徐。

「先祖伝来の宝物を返してもらいたいって、それも最低の物でいいって頼んだばあさんがいたそうです。小皿一枚か湯のみ一つでエエから、お宝を返してくれって。もしほんまにそういう物が手に入ったら、まずそのばあさんの家と車を買《こ》うて、それからはお側付きの女中もお手伝いの男も女も連れてみんなで大型客船、それも海が見える特等船室に陣取って、半年ほど世界旅行しても使いきれへんくらいの金になるでしょうけど」と滬生。

「今はもう国の財産になってますからね。取り返すのは無理でしょう」と徐。

「外国の博物館には個人からの寄贈が一年に何百億もあるそうですよ。この辺でしたら普通は掲示板で表彰されて終わりでしょう。名前彫って、家族の家にエアコンつけてやって、寄贈者への賞賛の言葉を書いてくれるぐらいです」と阿宝。

「すごいですね。私なんかが持ってるのはせいぜいあれくらいの物ですから、子も孫もそんな事は無理ですね」と徐。

「熟練した人は何も手放さん、手放すのはアホやって言うそうです」と滬生。

「私もずっと手放さんとやってきました。ずっとこの手に握りしめたままね。でもそれを役人が聞きつけて改めて評価し始めたみたいで、毎年、年始の挨拶に来たり、えらい気ぃ遣《つこ》うてくれてます」

滬生が腕時計を見た。「徐さん、約束がありますので、とりあえず今日はこれで失礼します」

「ゆっくりしてもらいたかったんですけどね」

「滬生、また今度な」

滬生がいとまを告げた。

徐は阿宝を伴い奥の小部屋へゆっくり入った。書斎のような造りになっている。

「手がこんでますね」と阿宝はお茶を濁しておいた。

「私は狭い所が好きなんです。北の方の偉いお役人とか大きい会社の社長は広い執務室がお好みらしいですね。傍に大きいダブルベッド置いて、刺繍入りの枕を二つ並べて、すごいのになると部屋はダイヤルロックのカギかけてバストイレ付きです」

「アハハ。ダブルベッドを執務室にまで持ち込むって、理解できませんね。刺繍入りの枕なんか見たらびっくりしますわ」

「この辺では仕事しながらの昼食が、長い時でもたったの一時間です。でも北の方ではそれが二、三時間になります。どれだけ派手にやるかが違うんですね。先月も石炭成金の社長と話をしたんですけど、家の構えが全然違います。民国時代の大地主の劉文彩《リオウウェンツァイ》が住んでた屋敷よりもっと広いんですよ。電気の通った鉄条網を周りにめぐらせて、警備員が鉄砲を構えてます。お会いしたいって私と友人が名刺を渡したら、警備員は門を閉めて入ってしまいました。社長は名刺を見たら、まず先祖を祭ってある仏間みたいな所へ行っておみくじを引きます。エエくじやったら客を中に入れるけど、大凶なんか引こうもんならお断り。一週間したらまた来いっていうことになります」と徐。

阿宝は腕時計を見た。「個人経営の炭鉱は国の炭鉱と切り離せませんから、何かに頼りとうて、つい占いなんかやってしまうんでしょうね」

「私鉄もポイントを切り替えたら国営鉄道につながりますからね。商売を手広うやるんなら、はじめは慎重にしなあきませんよね」

突然、阿宝が吹き出した。「今日参りましてから、徐さんのお話を伺っていますけどね。まぁそのままお伺いしましょうか」

「何ですって」

「そのまま真っ暗になるまでお話しになって、おもしろいんでしょうか」

「……」

「何回もお電話さしあげましたけど、徐さん、肝心な事は黙っておられますね」

「私に何があるって仰るんでしょうか」

「蘇安さんがこないだの店で、きつい調子で言うてましたね。もうその事は広まってます。みんな知ってるんです。汪さん、徐さんのお子さんがおできになったらしいですね。でも徐さんは他人事みたいに痛みもなく静観しておられます」

「申し上げる事はございません」

「徐さんはあの夜、蘇安さんを引っぱって部屋を出ていかれました。従業員が言うてましたよ。お二人は車に乗ったらすぐに行ってしまわれたって。あれからはもう二度と姿をお見せになりませんし、〝至真園〟へも食事においでになりませんね」

「そんないい加減な事を仰って何が面白いんでしょうか。仕事で忙しいだけですよ。蘇安はあのとき腹をたててましたけど、ちょっとおかしかっただけです。汪さんが妊娠されたっていう診断書のファックスをたまたま受け取ってしもうて、それであんな騒ぎになったんです。あぁ、もう私は二進《にっち》も三進《さっ》《ち》もいきません。関わらんようにするしかありません」

「山賊のようですね。酒飲んで子供ができて……」

徐はため息をついた。「李李さんもきっと思ってるでしょうね。うまいことやって、汪さんに酒を飲ませたって。でもこれだけは絶対に嘘ではありません。誓います。確かにあのとき二人で二階の部屋に入りました。阿宝さんならおわかりでしょうけど、男は深酒したら、その手の事は絶対にできんもんです。あの日、私はベッドにひっくり返ってしまいましたけど、汪さんのほうこそやり手でした」

「……」

「私はぼんやり考えてました。この女、すごいなぁって。いつの間にかお湯が用意してありました。行水しようって、引っぱって行かれて、それからレコード聴いて、お茶飲んで、それはもう至れり尽くせりでした」

「はぁ」

「女が酔《よ》っ払《ぱろ》うてるのは、十中八九がそんな振りしてるだけです。汪さんは冷静で行き届いた人です。湯船から出て、二人であれこれ話しました。そしたら急に甘えた声を出してきたんです。ひどいもんです。まずいなぁと思いました。蜘蛛の妖怪がいる〝盤糸洞《ばんしどう》〟ってご存じでしょうか。蜘蛛の糸でぐるぐる巻きにされて放してもらえへん、あれです」

「……」

「つがいの、蚕の蛾みたいなもんです。オスとメス。何があっても放してもらえません。見た目にはじっとしてるように見えますけど、手足縛られたようなもんです。最後には武器も取り上げられて、降参しておしまいです。汪さんが上海に戻ってからは毎日電話してきて甘えた声を出してたんです。まずい事になったのがわかりました。仕事も忙しかったからちょっと引いたんですよ。そしたら、私がなしのつぶてなんであの女疑い始めたんです」

——汪が電話の向こうで言う。「あの李李が間で邪魔してるんやない？　昔、どれぐらい李李のことを助けてあげたことか。化けの皮を剝いだら恐ろしいヤツなんやから。成功した男ども、香港や台湾のヤツらを誘惑してやろうって思うてるんやわ。相手がのぼせ上がって、自分のすぐ傍まで来たらふいに相手にもせんようになるんよ。〝男を傍まで引き寄せたら梯子をはずしてしまう〟、そんなヤツやわ。ひどいやり方やわ。李李は普通の精神状態やないわ。頭おかしいわ。他にもまだまだあるんよ。スパに行っても李李は裸になってしもうたことがないんやから。おなかに白いタオル巻いてるのは絶対に帝王切開の痕があるからやわ。子供を産んだことがあって、妊娠線とか縫うた痕を見られるのがいやなんに決まってる。それがバレたら困るから、結婚するのがイヤなんですなんて言うてるんよ」

「アハハ。興味本位のゴシップみたいなもんには全然興味がありませんので」と徐。

電話の向こうで泣きだし必死になって気を引こうとしていた汪が、暫くして思わぬ事を言った。

「毎月のお便りが来んようになったわ。できたみたい」

徐は信じなかった。しかしその後すぐに、妊娠しているという診断書のファックスが送られて来たのだ。事が大きくなってきたのを悟った徐は、会って話をすることにした。

「もしもし、徐さん、どうしてもホテルの部屋をとって会うてもらわなあきませんわ」

「いや、カフェにしましょう」

カフェで会った徐は言い切った。

「他の事は言わんでもエエ。なんぼ払うたらエエんか言うてくれ」

「話なんかせんでもエエわ。子供はどうしても産みます」

何をほざくのか——怒り心頭に発した徐は相手にしなかった。それからは電話がひっきりなしにかかってきていたが、ある日を境にパタッと途絶えた。

蘇安がファックスを見て警告したようだ。しかしいくら警告しても汪は折れる気配がない。蘇安はずっと睨みをきかせていたのだが、今度は汪のほうがやり方を変えて何も言って来なくなり、徐からの電話にも出なくなってしまった。そこでとうとう蘇安が店へ乗り込むような事になったのだ。

「アハハ。うまくいかないと思って、それで蘇安さんが乗り出すように仕向けられたんですね」

そう言った阿宝に対し、徐は無言でいる。

「私もはじめは蘇安さんがヤキモチやいてるんやと思うてました。でもほんとは徐さんが仕組まれたお芝居やったんですね」

「ご想像にお任せします」

「あの時、汪さんが奥さん連中三人と食事してましたよね。絶好のチャンスやと思うて、蘇安さんに連絡して奥の手で不意打ちされたんですね。蘇安さんがその場にいた者にどう思われようがおかまいなし。汪さんを押さえられんかったら、もうやけくそや、どうでもええ、憂さ晴らしの一つでもやったらええ、そう思われたんですね」

「なんとでも仰って下さい。私はどうでもエエんです。私も蘇安もどうでもエエと思うてます。蘇安とはいっときちょっとありましたし、結婚を迫られるようなことになるんやないかと、心配もしました。でも今では距離を置くようにしています。それに蘇安は察しがいいし、物わかりもいい女です。ずっとできる限りの事をしてくれてます。常熟ではあの女を連れて二階に上がって寝室に入ったりしましたけど。ハハハ、ついついいらん事言うてしまいましたね。もうやめましょう」

「もう話はこれくらいにして、酒でも飲んでからまたどうですか」

「常熟のあの寝室には秘密の入り口があるんです。私とあの女が寝室に入ったわけですから、蘇安も安心していられるはずがありません。その入り口から入ってみたら、もう目もあてられんような事になってたもんですから、飛んできたんです。あの女の髪の毛を引っぱって二人でもみくちゃ。あの女は何も着てなかったもんで、どうしようもなくなってました。蘇安は頭が切れるので、下のお客さんの事を計算に入れて、声は全然出しませんでしたし、あの女の顔も殴りませんでした。私はバカ力出して蘇安を押し出してその入り口に鍵をかけました。あの女はもう体じゅうにあざがいっぱいできて紫色になってました。泣いて甘ったれた声出すんですよ。私が蘇安を頑として突っぱねたのを見て得意そうにしてました。今、思い返してみたら、あのとき蘇安が飛び込んで来たのは、ほんまにタイミングが悪かったんです」

「なんでですか」

「ほんまにおわかりやないんですか。それともわからん振りをされてるだけですか」

「こんなお偉い人を目の前にして、何がわかるって仰るんでしょう」

「昔からよう言いますよね。〝主人が召使の女の子と夜を過ごそうと思うんやったら、まず嫁さんと一回やっとく。それから広間へみんなを呼び寄せて選ぶ。そうしたら欲望だけでない、間違いのない目で見られるからほんまの姿が見えてくるし、選びそこなうこともない。どの娘が優しいて賢いかが一目瞭然〟って。そうせんかったら見る目がなくなって、とんでもないアホな失敗をやらかしてしまうんです。……それと一緒で一回目は欲望だけでアカンのです。見境もない。あのときもし蘇安が三十分でも飛び込んで来るのが遅かったら、一回目が終わったところで、ひと風呂浴びる用意でもしてたと思います。全身脱力して嫌気がさしながらね。そんな時に蘇安が飛び込んで来てたら、たぶん二人にやりたいだけ殴り合いさせてたでしょう。ほっとくんです。絶対に仲裁なんかしませんでした。あの女が負けてたでしょう。最後の最後まで、人相が変わるまで取っ組み合いして、しまいにお客さんがみんな二階にとんできて、何もかもが暴露されてムチャクチャになってたでしょうね。今ごろになって大騒ぎするんやのうて、とっくにみんなにバレてたでしょうし。そうしたらあの時みたいに二回目をやってしまう余裕もなかったし、お腹の子がっていう面倒なことも起こらへんかったでしょうね。まぁ人間、エエ人間か悪い人間かって言うたら、私が一番悪い、最低の人間になってしまいました」

「どうしようもない。最低ですね」

徐は自然な笑顔を見せている。恥じているようにも見えなかった。

しかし阿宝はため息をついていた。

「蘇安さんこそ、徐さんに長いこと使われてきた道具なんですね。悲しい事です」

貳拾参章《にじゅうさん》

壹《いち》

「雪芝、オレ、お前が当番で乗ってるトロリーに乗るわ」と阿宝が言う。

「エエよ」

「ほんまやぞ」

「停留所二つか三つ分だけ？　何周かする？」

「曹家渡から提籃橋までやけど、二周するわ」

「わかった」

「切符買わなアカンかな」

「何の切符？」

「買わんでもエエんか」

「当たり前やん」

「前か後ろ、どっちに座ったらエエかな」

「私の横」

「〝車掌さん〟に切符調べられたらどうしよ」

「阿宝次第やな」

「何て言うたらエエねん」

雪芝が笑いだす。

「どう言おうかなぁ」

雪芝は笑い続ける。

「そうやっ！」

「言うてみて」

「あのな……」

雪芝が阿宝をじっと見つめた。

「雪芝さんの彼氏ですって言うんや」

「プッ！　賢いやり方やけどアカンわ」

二人の楽しそうな笑い声が響いている。

「うーん、ほんまに切符買わんでもエエんか」

雪芝は笑いが止まらない。

「オレのは小さい職場やけど、雪芝のとこは国営や。普通はこんなカップルありえへんやろ」

「そんな事ないわ」

阿宝はそれもそうだと思った。

当時はそれぞれの職場の性質がカップルにとって本当に重要なことだった。小規模公営企業と国営企業ではそれが大きな溝になるのだ。

曹楊加工班はれっきとした職場で、門衛所もできたし電話も引かれた。阿宝自身もちゃんとした機械修理工だ。しかし所詮は小さな町工場だった。

それでも雪芝はいつものように電話をかけてきてくれる。五号室の女に言われたことがあった。

「阿宝、また電話やな」

受話器の向こうから雪芝の声が聞こえてきた。

「阿宝、来週そっちへ行くわ」

「いや、今週の方がエエわ。うちの叔母ちゃん、田舎に帰ってるから」

「わかった」

約束の日、雪芝が曹楊新村まで会いにきた。

まだ昼の一時だがどんよりして寒く、雪が舞っている。周りも部屋の中もひっそりと静まりかえっていた。

阿宝が飲み物を用意し、二人で切手のコレクションや書道の手本『九成宮』を見た。その手本には豊子愷が民国期の小学生のために書いた説明が載っているのでわかりやすくて面白い。

暫くして雪芝が窓の向こうの臘梅《ろうばい》に気付いた。

「あれ、近所の誰かが植えたんや」と阿宝。

「もう咲いてるなぁ。幹も枝も水墨画みたいな風格があるわ」

「枝一本とって来るわ」

「ここから見てるだけでエエわ」

「……」

「ほんまに静かやなぁ」

「雪降ってんなぁ」

「花も元気そうに咲いてるわ。こんな寒い中で咲く花にはやっぱり初雪が似合うなぁ。その雪がやんでからの三日月が見えてるのもエエなぁ」

二人で花を眺めていると、窓ガラスが息でくもってきた。雪芝が窓を少し開けて頭を出す。ひんやりした雪の気配に梅の香りがほんのり漂ってくる。

「生まれつき決まってるんやねぇ。桃栗三年柿八年、梅の実なるのに十二年。梅が一番時間かかるんやて」

「これは臘梅っていうんやぞ。ナンキン梅とか、他の呼び方もある」

「梅には違いないやん」

「〝寒花只作《ただな》す　去年《きょねん》の香り……（寒い季節に咲くこの花だけは去年と同じように今年もいい香りを放っている。北宋・陳師道「次韻李節推九日南山」）〟っていうの、オレ覚えてる」

「こんな感じのもあったやん。『梅の花が咲いたら花の香りがいつまでもどこまでも漂ってくる。たくさんの木を探して花がどうなってるか見て歩いたら、枝にびっしり付いた花とかちょっとだけ咲いてるのがあって、どれもこれもほんまにきれい』（明・袁宏道『瓶史』「好事」）って」

「うん」

「……」

「碁石あるけど」と阿宝。

「やめとこう」と雪芝が手を振る。

「なんで？」

「阿宝は真面目にやらへんから」と雪芝が微笑む。

「こんな対句もあるなぁ。〝棋《き》に倦《う》み　杯は頻《しき》りにして昼は永し　粉香　花艶の清明（囲碁に飽きて杯を重ねると昼は長い、白い花が艶めかしく美しいこの清明節は。南宋・趙聞礼「風入松」）〟」

「アハハ」

雪芝がすっと手を伸ばして窓ガラスをポンとつつき、文字を書いた。

俗世間からかけ離れた美しさ、持って生まれた賢さのある、まるで真っ白な梅の花のような雪芝。とりとめもない会話だが、それは何ものにも縛られない至福の時だった。

一時間半後、雪芝が帰り支度をした。二人で入り口まで行った時、小珍に出会ってしまう。気まずい空気が漂ったがそのままやり過ごし、黙って停留所まで送っていった。

今度は五号室の女だ。傘をさし正面からやって来た。舞い落ちるぼたん雪が積もり、傘が重そうだ。女は目を雪芝に向けたまま阿宝に声をかけた。

「寒いやろ。傘いらんか」

阿宝は笑っておいたが、翌日出勤したとき改めて聞かれた。

「あの娘《こ》、職場どこ？」

「トロリーの車掌や」

「ははぁん。バスに乗ってそうこうしてるうちに、えらいエエ所で働いてる娘とエエ関係になったっていうことやな。これはご馳走してもらわなアカンな」

阿宝は口をつぐんだ。

「小珍が雪芝に会うたらしいやん。エエうちの娘さんなん、間違いないって言うてたわ」

「ええ？　おばちゃん、あんな事があったのに、よう小珍と付き合いするなぁ」

「当たり前やろ。どこかの誰かさんみたいに、急に態度変えて冷とうなって、切るっていうたらすぐに切るような事はせえへんわ。人間みんな優しい気持ちがないとアカンしな」

阿宝は黙っている。

人目が憚られたので、その後阿宝は雪芝を家へ呼ぶのではなく、二人で映画を観に行ったり公園を散歩したりするようになった。遅番の雪芝に付き合ってトロリーに乗ることもある。雪芝が後ろのドアの所にいるときは話ができたが、前のドアだと運転手が近くにいるので暇を持て余すことになった。阿宝のほうから安遠路まで会いに行ったことがある。二人で囲碁をしていた時のこと。中盤までいかないうちに五十がらみの男が入ってきた。阿宝を見るや二階に上がり、暫くするとまた出て行ってしまった。

囲碁が終盤になったとき、雪芝がつぶやいた。「さっきの、お父ちゃん」

阿宝は驚いた。あのとき見知らぬ男の目はキラッと光った。黒石が碁盤中央の星、天元《てんげん》に置かれて形勢が不利になるのと同じような気がした。阿宝は慌てた。

雪芝が碁盤をトントンと叩いている。

「また気ぃ散らしてる。阿宝、しょっちゅうやなぁ。集中して」


その日、阿宝が雪芝の家を出たのは午後四時二十分。江寧路まで来た時、後ろから誰かに呼ばれたので振り返ると、銀鳳が寂しそうに佇んでいる。古い写真から抜け出したような、何かを警戒しているような表情。目にも輝きがない。

「銀鳳さん」

銀鳳は微笑んでいるが、胸に何かがつかえているようだ。

「最近どうですか？　そうや！　小毛は元気？」

「小毛が結婚してから、長いこと会《お》うてへんわ」

「ほんまに変なヤツやなぁ。言い出したら聞かへんし、怒ったらそれっきりや」

銀鳳が何か言いたそうにしている。

阿宝はそう言うとそのまま行こうとした。しかし銀鳳が動かない。よく見ると泣きはらした目をしている。

「銀鳳さん」

「小毛も前は阿宝さんとか滬生さんの事をよう噂してたのに。でも小毛を責めたらアカンわ。何もかもうちが悪かったんやから」

　小毛は耳を疑った。

「小毛とは確かにそういう関係やったけど」

「何やて？」

銀鳳は声をひそめた。「かっこ悪い話やけど、関係あったんや」

阿宝は絶句した。

「あぁあ。結婚した年増女なんやから、何かあったとしたら責任はこっちにあるわ」

阿宝は慌てた。

「もう済んだことや。もうやめよう。言わんとこう」

「誰かに言わへんかったら、死にとうなるわ。黄浦江に飛び込んでしまいたい。ほんまに滅入ってしまう」

「銀鳳さん、ゆっくり言うて。慌てんと」

銀鳳はなんとか持ちこたえているようだ。

二人は壁際へよけた。

「瀬戸際に立たされたらどうしたらエエんやろ。人間は心根がエエかどうかで決まるやろ。木は根っこがしっかりしてるかどうかで決まるみたいに。これ以上小毛を傷つけることはできひん」

「うん」

「前、小毛がうちの部屋にようもぐり込んで来てたけど、それぐらいの事どうもないってずっと思うてた。でも全然そうやなかったんよ。意外やったわ。隣に恥知らずがいて、ずうっと盗み聞きして覗き見してたんや」

阿宝は声をあげそうになっていた。

「二階のあの男、史上最低のドスケベや。ゴミみたいな恥知らずや」

阿宝は言葉をなくしていた。

「小毛が何時に来て何時に帰って、うちと小毛が何喋ってたか、何してたか、何回やってたか、いつも全部メモしてたんよ。小さいノートに」

「そんなヤツおるんか」

「ほんまにいやらしい。穢《けが》らわしいわ。陰でうちのシフトを計算して、うちと小毛が仕事休みやったら自分も休みとってんの。仕事に行くふりだけして、戸を閉めきって部屋に閉じこもって、盗み聞きするわ、覗き見するわ。後でわかったんやけど、ベッドの横の壁に紙が何枚も重ねて貼り付けてあったんよ。薄い紙で穴が開けてあって、隣がハッキリ見えるんよ」

「ひどいなぁ」

「アイツがなんでうちに目ぇつけたんかって思うやろ。うちらの初めての時もアイツいたんよ。何もかもわかってたんや。でもほんまはうちがお嫁に来たときの初めての晩もあいつ絶対覗き見してたんやわ。海徳が初めて海に出たときからアイツ言い寄ってきてたもん。夏になったらゴザ拭いて綺麗にするやろ。そんな時は薄着やし、腰かがめるから体が見えるかもしれんわ。行水したり、服を着替えたりもするし、子供産んでからはお乳がよう出て胸も大きぃなってくるやろ。そんなんが全部アイツを刺激してたんやわ」

阿宝は手を振った。

「銀鳳さん、済んだ事なんやし、もうやめよう。部屋をなんとか探してもろうて引っ越しすんのが一番や」

「阿宝さん、もうちょっと辛抱して聞いてくれへんか。それからとんでもない事が起こったんや」

阿宝は銀鳳の話に耳を傾けた。

「あの日、小毛が爆発したやろ。その何日か前に海徳が帰ってきたんやけど、うちは仕事に出てた。アイツ、そのノートを持ってきて海徳に見せたんよ。小毛と私、全部で何回やったか、一週間に何回か、一回に何遍やったか、何もかも残ってたんや。海徳は証拠を突きつけられたんや。陰険で悪辣やろ。……男っていうもんは出世して周りから褒められたい一心やんか。女を寝取られるのが一番つらいもんやろ。海徳はおとなしい人やからマシやったけど、何も言わんとアイツを帰らせて、それから小毛のお母さんを自分の部屋に呼んでかけ合うたんや。小毛が誰か見つけて結婚して、すぐにここを出て行く、そしたらそれでおしまいにする。それがアカンのやったら、自分はうちと離婚して、小毛があとを引き受けてうちを三階の小毛の部屋に住ませるようにって。ほんまにそうしようとしてたんよ。あの人、居民委員会に行って何もかもさらけ出したわ。丁寧には喋ってたけど、この二つのどっちを選ぶかは小毛のお母さん次第やって」

聞いているだけで、阿宝は冷や汗が出てきた。

「小毛のお母さんが慌てるのは当たり前やろ。夜な夜な出て行っては小毛のお相手探してた。すぐにでも結婚させようとしてたんや。それでなんとか春香さんっていう人が見つかってな。前世からのご縁なんやろな。小毛、助かったんや」

「ほんまにびっくりするなぁ」

銀鳳は阿宝に打ち明けて落ち着いたようだった。

暫く思案していた阿宝が銀鳳を見つめて言った。

「二階のオヤジ、恨みでもなかったら普通はそんなひどい事せえへんはずやのに」

銀鳳はあっけにとられた。

「やめとこう。もう済んだ事や。それ以上言わんでもエエわ」

「阿宝さんがさっき言うた事、ほんまにショックやわ。確かにうちが悪いんや」

阿宝は言ったことを後悔した。

銀鳳は恥ずかしそうにしている。

「年上のうちがおとなしぃしてんと、こそこそ隠れてアホな事したからや」

阿宝は黙って聞くしかない。

「ここへお嫁に来た時から、隣のアイツには何やかんや言い寄られて、あの手この手でちょっかい出されてきたんよ。ずっと知らん顔して相手にしてへんかったけど運命なんやな。旦那が海に出たら後家みたいなもんや。身の回りは危ない事がいっぱいや。アイツ、毎日言い寄ってきてなんぼでも近寄ってくるし、もうちょっとでズボンのベルトはずされるとこやったんよ。びっくりしたわ。……もしも我慢できひんようになって一回でもウンって言うてしもうてたら、アイツ二回でも三回でも来てたやろな。部屋が近いから、戸開けたとたんに来るんや。毎日いやらしい事ばっかり言うて、部屋に入りたがるんよ。それで思い切って言うたんや。これ以上こんな事言うんやったら、奥さんに言いつけるからなって。そしたら、あいつニヤニヤしておとなしぃなったみたいやった。それで終わったんや、何もかも静かになったんやって思うてたら……。今思うたら、アイツ、あの日からうちに恨み持つようになったんやわ。表面はおとなしぃしてニコニコしてたもん。でも内心何考えてるかはわかるわけないやろ。それから暫くしてうちが小毛と付き合うようになってからの、人に知られとうないような事、何もかもハッキリわかってたんや。証拠をしっかり握ってたんや。それがあんな風に爆発するまで続いてたんや。ああもう、うち、悪い夢見てたんや。ほんまに次から次へ怖い夢見て、びっくりして飛び起きたら体じゅうに冷や汗かいてたことが何回もあるんよ」

　阿宝は銀鳳の話に聞き入っていた。

「あれは海徳が帰ってきたあくる日やったわ。仕事から帰ってきた途端、決着つけようって海徳に言われたんよ。昔の労働者はストライキを一週間もやったら給料が増えたもんや。今は文革で、スローガン叫んだりするけど大した実入りはない。一銭の得にもならん。屁《へ》のツッパリにもならん。甲板には女なんか一人もおらん。家には嫁はんがおるけど知らんまにお相手ができてる。何ていう世の中やって。うちは黙って聞いてるだけやったけど。昔から言うやろ。証拠がなかったらアゲられへんって。アイツのノートは写真でもないし録音機でもないわけやから、認めへんこともできたし、白状せんでもよかった。それでも前の事を思い出したらな。ホラ、アイツにからかわれた事があったやろ。あの時の事を思い出したら、不安になってきたんや。こんな報復手段ってほんまにえげつないやり方や。挟み撃ちされて、針の筵《むしろ》に座らされたようなもんや。……ムカムカして煮え繰り返ってどうしようもない気持ちやったわ。寿命の縮まる思いやった。怖い顔してたやろな。もしアイツが言い寄ってきた事を言うてもアイツは絶対認めへんやろし。海徳もきっと思うやろ。絶対にうちが蒔いた種や、うちのズボンのベルトがゆるすぎたんやって。でも一番大事なんは小毛にはどうしようもないっていう事やった。うちはもう争うつもりはなかったし、何もかものむことにしたわ。……次の日、小毛に言うたんや。もう連絡するのやめよう、こんな関係おしまいにしようって。そう言いながら、何日か前の事思い出してた。二人ぴったりくっついて、死ぬの生きるのって大騒ぎしてた。うち、あのとき何遍も祈ったんよ。ずっと小毛と一緒にいられますようにって。ずっとこのままでいられますようにって。……それが急に態度変えたもんやから、小毛はびっくりしてた。それでも言い訳なんかできひんし、小毛のお母さんも小毛に結婚するようにって言うだけであとは黙ってるし。海徳は小毛と顔合わせても今までどおりニコニコしてたから、小毛はどれだけ嫌な思いしてたやろ」

銀鳳はそこまで話すと涙をこぼした。

「でもうちが何もかも言うてたら、ひょっとしたら小毛、命に関わることをやりかねへんかったわ。あの人、武術できるし力もあるし。アイツの部屋なんか、叩きつぶして燃やしてたかもしれん。これからも路地じゅうの人が床屋に来るわけやろ。うちも小毛も合わす顔ないし、うちが何もかも黙ってのみ込んでしまうしかなかったんや」

阿宝は返す言葉が見つからない。

「あの日の晩、阿宝さんと滬生さんに会うて、見た目は普通に喋ってたけど、顔で笑《わろ》うて心では泣いてたんや。でもどこで泣けると思う？　それにしてもまさか小毛が聞きつけて飛び込んできて、あそこまで怒るとは思いもせえへんかった。どれだけ恨んでたか、どれだけつらい思いしてたか、うちは何もかもわかってたんや。でも言えると思うか。小毛が言わへんのやから、うちかて何も言えへんやろ」

阿宝は黙っていた。

銀鳳は声を抑え、何か言う度に涙をこぼしている。

阿宝はため息をついた。「あのオヤジの部屋、昔戦争中にあった三光《さんこう》作戦みたいにやってしまわなアカン。叩きつぶして焼きはろうて」

「今、うちは小毛が落ち着いてくれて世の中が平和になるのを待つしかないわ。あの路地の事も忘れてくれたらエエんや。うちは死んでしもうて、もうこの世にはおらんのやって思うて、忘れてくれたらそれが一番なんや」

阿宝はかぶりを振るだけ。

「アイツはきっと他にもうちと海徳の事、何か握ってるわ。ほんまに品のないいやらしいヤツや。ついてへんわ。こんなとんでもない所にお嫁に来てしもうて、あんないやらしいドスケベに出会《でお》うてしもうて」

阿宝は慰めの言葉が見つからない。

「うち、生きてても何も意味ないわ。海徳ともやっていけへん。死んでしまいたい。もうそれしか考えられへん」

「……」

貳《に》

引っ越ししてから、兄の滬民は意気消沈して寝込んでしまった。仕方なく、滬生は出張する時だけ兄の面倒を見てくれるよう阿宝に頼んでいた。

その頃、蘭蘭が町内の診療所を手伝っており、そこの〝裸足の医者（医療の基本的研修を受けた農民）〟まがいの人物によく往診してもらっていた。そのおかげで滬民は次第に元気になり、よく他所の土地にいる〝戦友〟に手紙を書いたり長距離電話をかけたりしていた。全国共通の食料切符をためて、他郷で暮らすつもりだったのである。

どうせ計画倒れになるだろうと思っていた滬生は、ある日仕事から帰って来て、滬民が本当に出て行ってしまったことに気付く。北駅へ駆けつけ二時間ほど探してみたが影も形もない。

その頃、上海から新疆や黒龍江行きの列車は〝強盗列車〟という通称で呼ばれていた。待合室は市北部にある公興路にあった。一人の見送りに一家総出。おまけにとんでもない量の荷物だ。網棚が重みで壊れた車輛も多く、それならいっそのこと、と網棚を取り外してしまったので、荷物は益々多くなり益々置き場に困るという悪循環が繰り返されていた。列車に乗るのは大立ち回り。殴られて頭から血を流す者もいた。

滬生は駅に着くと駅舎の中も外も探し回った。しかしどこもかしこも黒山の人だかり。泣き喚く者もいる。汗まみれになってぼんやり辺りを見回していると、誰かに引っぱられた。

見ると、髪の毛を振り乱した女が合成皮革のボストンを提げて突っ立っているではないか。綿入れのコートはよれよれだ。ひどく痩せて虚ろな目をしている。

滬生は目を凝らすと、叫んだ。「姝華っ！」

女はぼんやりしたまま答えた。「うちを呼んでるん？　ここ、どこ？」

「オレや。滬生や。ここ、上海や」

姝華は口を大きく開けた。「滬生、無錫まで来たん？」

「ここ、上海の公興路や」

「無錫の駅に閉じ込められてたけど、やっと出してもろうたんや」そう言う妹華の体は異臭を放っていた。

「お腹すいた」

「一緒に行こう」と滬生は妹華を引っ張って行く。

「じきにまた行くけど」

滬生はべとべとした髪の毛をかき上げ妹華の目を見た。「どこ行くんや。上海か？　吉林か？」

妹華は目を見開き少し考えていた。「蘇州に行くんや。滄浪亭《そうろうてい》、エエやろ？　〝波光り練の如し燭尽き月沈む（波の光は練り絹のよう　蝋燭も燃え尽き月も沈んでしまった『浮生六記　巻一』）〟。清の沈復《しんふく》が書いた、そんな世界」

「病気なんやな。早よ行こう」

二人はフラフラしながら飯屋までやって来た。滬生は食欲がなかったが、麵二杯と焼き餃子二人前を注文した。妹華は俯いたまま脇目もふらず食べ続ける。

「食べたら南昌路の家に帰ろう」

「吉林に行きたい」

「吉林からとび出してきて、また吉林に行くんか」

妹華はただ黙々と食べるだけ。

「ほんまにどうしようもないな。何があったんや」

「ただ乗りしたって言われて無錫で閉じ込められて、それから帰ってもエエって言われた」

「何日捕まってたんや」

「ずっと身体検査されて、むちゃくちゃ触られて、でも何も出てきぃひんから、歯磨きチューブにお金押し込んでるやろって言うヤツもいたけど、ほんまは下着に押し込んでたんや」

「なんで蘇州に行くんや」

妹華は笑顔で諳《そら》んじた。「〝滄浪亭の畔《ほとり》　もとより溺れし鬼あり（滄浪亭の畔には溺死者の幽霊が出るという。『浮生六記　巻一』）〟」

「何の事や」

「南昌路、わかる？」

「うん。おじちゃんとおばちゃんの顔見に、今から南昌アパートへ帰るんやぞ」

「昔はヴァロン通りって言うてた」

「うん」と滬生は肩を落とす。

妹華が微笑んだ。「復興公園に〝ヴァロン記念碑〟があるの、昔見たやろ。〝飛行士ヴァロン君を記念す　原籍フランスの首都パリ　一九一一年上海上空にて不幸にも事故に遭遇〟って書いてあったわ」

「もうやめとけ。それ以上言うたらアカン」

「石碑に詩が彫ってあったわ。〝輝け　この地に墜ちし人よ　逆巻く怒濤《どとう》に飛び込みし人よ　燃え盛る灯火のごとき人よ　全ての逝きし人よ〟って」

「もう言うなって」

妹華は箸を置き黙ってしまった。

滬生はわけがわからなくなり、精根尽き果てた。店を出ると、またよろよろと宝山路を渡り、トロリーに乗った。下りるやいなや逃げ出した妹華をボストン片手に追いかける。歩いては止まりあれこれ言い聞かせ、つまずいてはまた突進する。妹華の家にたどり着いた時にはもう夜中になっていた。

妹華の母親は戸を開けるなり泣きくずれ、滬生にしきりに礼を言った。

三日後、滬生と阿宝は南昌アパートに行って初めて知った。姝華は三人目の子供を産んでから突然異常をきたし、吉林を逃げ出したのである。

朝鮮族の夫の方は何度か電報を寄こしていたが、姝華自身はまだ上海に姿を見せていなかった。今、姝華は少し快方に向かっており、部屋に入ると訊いてきた。「蓓蒂《ベティ》は？」

姝華のキラキラした目に以前のような希望の光が出てきたのを阿宝は感じた。宝石のように輝く目をしている。

「いらん事考えるのやめとけよ。ちゃんと病気治そう」

「覚えてるわ。蓓蒂が魚見て」

母親が口を挟んだ。

「これこれ、もう喋ったらアカンわ。目ぇふさいで」

「ゆっくり休めよ」と阿宝。

「魚が日暉港で飛び込んで黄浦江に……」

「もうやめよう」と言ったのは滬生だ。

「あの池は狭いし浅《あそ》うて水も全然流れてへんかったのに蓓蒂はいいひんようになってしもうた」

「姝華」と滬生。

「もう喋ったらアカン」と母親も遮った。

姝華は目を閉じ暫く静かにしていた。

「朱湘《しゅしょう》（一九〇四－一九三三）の詩があるわ。〝我を葬らば蓮池の底　耳元で水蛭《ひる》が声を引き（「我を葬らば」）〟……」

みんなが黙っていると、姝華は東北言葉で話し始めた。舌が転がるようだ。朝鮮語を交えて何でもかんでも「……です」「……ます」をくっつけたりもした。

南昌路を走るバスのクラクションが聞こえてくる。

「ちゃんと治すんやぞ。とりあえずオレも滬生も帰るしな」と阿宝。

姝華は目を閉じたまま訊いてきた。「小毛は元気なん？」

滬生が少し間をおいて言った。「あいつ結婚したんや」

姝華はため息をつく。「小毛、武術なんかやっても無駄やったなぁ」

「そうやなぁ。あいつは滅多に自分から人を殴るようなことはせんからな」と阿宝。

「小珍と盤湾里《ばんわんりぃ》に行きたい」

「長風公園に行きたいんやな。エエよ。またあの丘に登ろな」と阿宝が答える。

「もうちょっと日ぃ経ったら行こうか」

滬生の言葉に姝華は笑顔で頷いている。

滬生と阿宝は南昌アパートを後にした。

阿宝がしみじみと呟く。

「結婚したら女は変わるもんやなぁ」

「いや、男もそうや。小毛の事、思い出してみろや。結婚する前からオレらと縁切るとか言うてたやないか。変わるの、もっと早いわ」

阿宝が口をつぐむ。

「大妹妹も結婚したしなぁ」と滬生。

「オレも思いだしてたとこや」

「『蘭蘭に言うといてくれ』って手紙に書いてあったなぁ。安徽省に着いたとこやのに、もう男に付き纏《まと》われてて、蚊にかまれたみたいに毎日痒うてたまらんって。暫くして、偉いさんに言われてエンジニアの卵と結婚したんやったな。そうやなかったら、蚊取り線香いっぱい持って行っても仕事にならんかったやろ」

「でも今は非常時やから、それなりにやっていくしかないよな」と阿宝。

「抗日戦争とか内戦の頃やったら、都会の女の子は、革命のためとか言うて共産党が支配してる解放区の延安《えんあん》へ行ったもんや。やっぱり非常時やったからな。普通やったら、若いみそらで幹部と結婚してておしまいや。でも幹部は待遇がエエからな。あの頃〝三五〇団〟って言うのがあったやろ。女の党員歴が〝三年〟、男は〝五十歳〟前後の一級幹部。それをもじってるんや」

「聞いたことないわ」

「うちの親父が言うてた」

「それはそうと、親父さんはどうや？」

答えない滬生を、阿宝は慰める。

「くよくよすんなよ」

「大きい事件やから厳しいみたいや。音沙汰ないわ」

阿宝が話し始める。「林彪《りんぴょう》の飛行機、ウンデルハンに落ちたやろ。あれって大地震みたいなもんやし、お前の親父さんとか周りに波及すんのもしょうがないよな。……うちの親父が昔やられた時も似たようなもんやったらしいわ。地下工作のトップがひっくり返ってかなりの者がやられて、お決まりどおりみんな会議に出て来いって言われた。会議室に着いたら、向こうからえらい丁寧に握手してきよって、つまりそれは隔離審査行きっていうことや。窓にカーテンがひいてある車に乗せられて、何時間かぐるぐる回って、どこかに着いたんや。広いお屋敷に一人ずつ閉じ込められて、毎日自分がどんな罪を犯したかを書かされた。……一年ちょっとの間、親父はその屋敷がどこにあるのかわからんかった。それがな、『パンどうやぁ、パーンー』って窓から聞こえてきたことがあったんや。五十年代は路地の中までパンを売りに来る行商の人がいたやろ。親父、ゾクッとしたらしいわ。地下工作をする者は頭エエからな。そういう行商人はしわがれ声してるやろ。親父は聞き覚えがあってな。その声は前の家があった皐蘭路でしょっちゅう聞いてたんやて。それで、その屋敷は上海にあるのは間違いない、きっと市内や、皐蘭路から遠ぅないはずや、行商人の売って歩く範囲に間違いないって思うたんや。その声聞いてて、この世で一番楽しぃて自由で夢のある仕事は、ほんまは行商人やったんやって思うたらしいわ。革命に関わってたら、自由な発想ができるし楽しいし、希望がいっぱいあって力もついて、これから先の事も見通しがつくし、何より夢があるって、それまではずっと思うてたんやけど、ほんまはそうやなかった。……二年も取り調べが続いて、数えきれへんくらいの物を書かされたらしい。釈放されてわかったんやけど、その屋敷は淮海路と常熟路が合わさった所のすぐ近くの路地にあったんやて。皐蘭路から停留所二つや」

滬生は黙って聞いていた。

長風公園へ姝華と一緒に行く計画を立てた滬生は、以前行ったのと同じメンバーでまた遊びに行こうと阿宝に電話した。

「阿宝、どうや?」

「エエことはエエけど、小珍と小強姉弟《きょうだい》は行かへんやろな。オレと小珍はもう終わってるし」

「みんなで行くのに」

「例えばやけど、オレが今トイレに行くとして、小珍がもし隣に入ってきて仕切りの下にオレの足が見えたら、あいつ、すぐに出て行くわ」

「女ってわけわからんなぁ」

「オレも説明してみたんや。今度は姝華が気晴らしするのに付いて行くだけやし、それも半日だけやって。それでもやめとくって小珍に言われたんや。オレはもってまわって言うてるだけで、きっと自分と気晴らしに出かける口実作ってるだけやとか、浮気もんっていうのはオレみたいなやつのこと言うんやって言われた。『ええ衆《し》の雪芝を抱きしめながら、自分みたいな下町の人間を誘惑するつもりやろ。公園に着いたら人がいっぱいいるのにかこつけて、モチノキみたいな大きい木の傍通る時、みんなに見えんように肩くっつけてきたり、ちょっかい出したりするつもりやろ。二股かけるんやろ』ってな」と阿宝。

「みんなで丘に登るんやぞ。ペアになって船漕ぐとかいうわけでもないのに、何をお高《たこ》うとまってるんや。オレが間に入って言うたろか」

「いや、やめとこう。もう冷めてるんや。まさか、もう一回燃え上がれってか？　かまどの火やあるまいし」

「おもろないなぁ」

「大自鳴鐘の路地のあの床屋で悪い影響受けたんやって、小珍にはずっと言われてたんや」

「もうやめよう。自分かてあの頃は床屋に入ってきたら、いつもやんわりした態度でニコニコして、すっごい甘えた声出してたくせにな」と滬生。

「オレと雪芝が〝状元楼《じょうげんろう》〟で堂々とみんなにご馳走するんやったら話は別やって言うんや。曹家渡で一番エエあの店でご馳走するっていうことは、婚約のお披露目やろ。それやったら諦めもつくっていうことやろな。他の事はお断りやって言うてたわ」

「アホな女や。行かへんのやったらもうエエわ。でも小毛はどうしよう。オレが言おうか。それとも

「……」

「やめとこう」と阿宝。

「長い付き合いなんやし、会《お》うといたほうがエエやろ」

「あの時、公園に行った中に小毛もいたかなぁ。それにあいつはもう結婚して静かに暮らしてるんやから、これ以上友達が寄ってたかって連れ出したりしたらアカンわ」

滬生はため息をついた。「お前、オレとか妹華に何か文句あるんか」

「小毛の場合は他とは違うからな。また今度にしよう」

「阿宝……」

受話器から雑音が聞こえてきた。工場のパンチプレスの音が響き、電話は切れた。


その夜、滬生が武定路の家に帰り戸を開けると、明々と灯りが点り部屋はきれいに整理されていた。窓の方を向いていた兄の滬民がこちらを向く。軍服を身にまといオランダ風の革靴を履き、元気そうだった。

「温州《おんしゅう》の仲間が小さい工場を始めたんや。革靴だけを作ってる。そこに泊まってきたんや」

「そんな事があるんやな。もう資本主義をやってもエエようになったんやなぁ」

滬民は笑っている。

「温州のヤツらはお金を大事にするけど、北の方のヤツは政治のことばっかり考えてる。オレら上海の者はどっちもうまいことやろうと思うてる」

「兄貴、情けない根性になってしもうたなぁ」

「どうせオレの家は反革命やからエエんや」

滬生が口をつぐんだ。

滬民は高級タバコ〝凰鳳〟に火を点けた。

「心配せんでもエエ。その工場、公営企業っていう名目でやってるから、あっちこっち売りに行けるんや」

「確かに上海の者は温州の物が好きやからな。でもそういう靴は中にボール紙当ててるだけやから、雨が降ったり階段上がったりしたらすぐ破れるぞ」

「今回はちょっと持って帰ってきただけやけど、また行くつもりや」

そんなやりとりをしていると、阿宝が入って来た。滬民が帰ってきているのを見て心から喜んだ。

滬生は阿宝を奥の部屋に引っぱって行った。

「あぁあ、兄貴のやつ、幹部の家の出身やのに、闇の靴売りになってしもうて」

「さんざん苦労してきたからな。今頃になって出身がどうこう言うてもなぁ」

二人で窓の外を見た。

「おい阿宝、長風公園、何人で行くことになりそうや」

「三人や。大げさにせんほうがエエやろ」

「うーん。雪芝にも声かけたらエエやないか。賑やかになるし」と滬生。

「それやったら蘭蘭も呼ぼうか」

「いや、やめとこう。蘭蘭が顔出したら具合悪いことになる」

「男二人と女三人になって、エエやないか」

滬生は窓の外を見て声をひそめる。

「オレ、昔は姝華と手ぇつないで歩いたこともあるし、ちょっとはそういう気持ちになったこともあるんや。もし今度、蘭蘭も長風公園に行ったら、姝華の手前、やっぱりようないやろ」

「ふん、あのとき長風公園でお前がこそこそやってたことはもうお見通しや。手つないだって言うけど、それだけやないやろ」と阿宝。

「昔の事を持ち出すのはやめとこう」

「それから？」

「それで終わりや」

「ありえへん」

滬生は暫く黙っていたが、笑顔になった。

「当時、吉林の生産隊へ行くようにっていう通知が来て、それを姝華が受け取るのに付いて行ったんや。支給された綿入れのコートと毛皮の帽子を一緒に受け取って、南昌アパートに帰るのも付いて行ってやったんや。……姝華のやつ、コート着て鏡に映してみたり、上着を着てみたりズボンを穿いてみたりして、それからごちゃごちゃしてる間に一回だけそういう事になってな。姝華が座りなおして言うたんや。これでおしまいや、自分はもう行く、みんなもうおしまいなんや、人の事やのうて自分自身の事をちゃんと考えなアカンってな。そんな事言われると思うてへんし、オレがそれでエエって言うわけないやろ。そやけど姝華のやつ、まだ言うてよった。吉林に着いても手紙なんか一回書いたらエエほうで、ほんまにおしまいなんやとか、いつか自分が結婚して子供ができて、オレに出会うたらその子にお父ちゃんって呼ばせてもエエやろって」

「なぁんや、姝華の一人目の子供ってお前の子やったんか」

「アホな事言うなよ。オレが初めての男やったって言いたいだけの事や。たぶんそういう事や。でもまさかあいつが三人も子供産むとはなぁ」

「上海の女の子が北の方の農村に行かされて、結婚して五年で六人子供産んだこともあるらしいぞ。年がら年中忙しいことや」と阿宝。

「ほんまかなぁ」

「上海から男も女も農村へ働きに行かされてたやろ。みんな向こうで見たらしいわ。モンゴル風のパオの前に六人ぐらいの子供とその親が長いモンゴル服着て並んでるんやて。上海から行って向こうで結婚して、黙ってパオに貼り付いてたその娘なんか、機械みたいなもんやって言うてるヤツもおったわ。そやけどひょっとしたら、そんな機械になった娘はほんまに幸せで満足してたん違うかな。姝華も苦労してたように見えるけど、たぶんすごい幸せですごい満足してたんや。そやから逃げ出しとうなったっていうのはホンマかどうかわからんぞ」

「考えてみたらそうかもしれん。農村に行かされたヤツらは普通やったら男も女もまだ何も自分の物にできてへんし、何ひとつ成功してへんしな。今でもそうや」

阿宝は窓の外を見た。

暫く話をしていると滬民が入って来た。

「温州の仲間がご馳走してくれるぞ。みんなで南京西路の〝緑楊邨〟でうまいもんでも食おうや」

「よしっ」

三人が階段を下りる音が響いた。

数日後、姝華の母親から滬生に電話があった。

「姝華、もう吉林に戻ったんよ。吉林の婿さん、ウナ電（至急電報）受け取ったら一番早《はよ》う着く汽車に乗ってくれたんや。モスクワと北京を走ってる国際特急に乗って吉林から天津《てんしん》まで来て、すぐに京滬《けいこ》線の特急に乗り換えて、二日で上海に着いたんや」と母親。

「えらいスピードですねぇ」と驚く滬生。

「深い夫婦愛のおかげや」

滬生は何も言えない。

「ほんまに滬生には感謝してるわ。土産にもろうた朝鮮人参とタラがあるから、また取りに来てや」

「いやいや、そんなん、エエんですよ」

「受け取ってもらわな困るわ。姝華が機嫌ようやっててくれてたら、それでエエんや。親としてはもうそれで本望や」

参

小毛が初めて莫干山路へ春香に会いに行ったその半月後、二人は結婚した。

初めての夜。何も望まず押し黙ったまま、いかにもしぶしぶ結婚したのだといわんばかりの小毛は、女の経験がない男の姿だった。春香は小毛より少し年上で再婚。夫婦のいとなみもわかっていたし、何事もよくわきまえていた。

二人で酒を飲み、一杯気分で身を寄せ合った。リラックスした春香は枕元の灯りを消す。

「マリアさま、ありがとうございます。小毛、聞いてもエエかな。もう〝あんた〟って呼んでもエエやろか」

小毛は返す言葉に迷っていた。

「そう呼ぶしな」

「いや、小毛って呼んでくれたらエエわ」

「こうやって二人きりで喋るとき、うちのこと何て呼んでくれる？」

「ねえさん、いや春香かな」

「あんた……香香《シァーンシァーン》……おまえ……何でもエエけど、お布団に入ったら何て呼んでくれる？」

小毛がまた迷う。

「〝おまえ〟が一番エエかな」

小毛が黙ったままなので、春香は話を変えた。

「ちょっとお話しようか。聞きたいやろ」

小毛は春香から手を離し黙っている。

「昔、男がいました。姓は戇《うす》、名前が大《のろ》、戇大さんです。お嫁さんもろうて、新婚の夜に灯す蠟燭の準備とか、何もかも自分が仕切っていました。赤いお箸で頭のベールを挟んでめくってあげたけど、やっぱり花嫁さんはじっとしています」

春香は小毛をつついた。「さて、お披露目のその夜、婿さんは何をしようとしたでしょうか」

小毛はどう返せばいいのかわからない。

「答えて」

「わからん」

春香が小毛にぴったり身を寄せる。

「ばか正直な人やなぁ。まぁ小毛のそんなとこが好きなんやけど」

小毛は話の続きを待っている。

「その晩、戇大は身動き一つしませんでした。朝までぐっすり寝てたので、花嫁は恨みがましい気持ちでいっぱい。あくる朝、お粥を食べて花嫁はお皿洗いをしていました。大ちゃん、ゆうべはよかったかとお母さんに聞かれたので、うん、と答えました。何したんやとまた聞かれたので、夜に何するって言うんや、朝まで寝てたんやって言いました。お母さんはまた言います。鈍い子やなぁ、新郎は新婦さんの上に寝るもんや、わかったかって。戇大はわかったたって答えました」

「もう言わんでもエエ。そんな事ありえへん」

春香は小毛にへばりついた。「夫婦はしょっちゅうこういう事を話しなアカンの。聞いたことあるんやったら、他の話にしようか」

「どうせいやらしい話やろ」

「今度は気持ちのエエ話やから。その日、お母さんが畑へ草引きに出てたとき、戇大は大工仕事をしてました。二段ベッドを作ってたんです。何をしてるんやってお嫁さんに聞かれたから、結婚したら男は上に寝なアカンってお母さんに言われた事を話しました。お嫁さんは何も言えんようになってしまいました。あくる日、またお粥を食べて、お嫁さんはお皿洗いをしてました。お母さんはまた息子を引っぱって、夜はうまいことといったかって聞きました。よう寝たって戇大は答えます。鶏が鳴いてんの聞こえたかって聞かれたので、聞こえへんかったって答えると、夜は何をしてたのかまた聞かれます」

「同じような話ばっかりや。もうエエわ」と小毛が遮る。

春香がぎゅっと身を寄せてきた。「朝まで寝てたって戇大は答えます。お母さんは二段ベッドを見て、鈍い婿さんやなぁって言いました」

春香はそこまで話すと、小毛の耳元にぴったりくっついて何か言った。小毛はくすぐったくて身を引いた。

「それからね。……お母さんはまた畑へ草引きに行きました。三日目、戇大がお粥を食べてお嫁さんがお皿洗いをしてる時、またお母さんが戇大に聞きます。大ちゃん、夜はうまいことといったかって。そしたらまた、よう寝たって答えました。何をしたか聞かれてもよかったとだけ答えます」

そこまで言うと、春香は聞いた。「それからどうなったと思う?」

「わかるわけないやろ」

「当ててみて」

「もうおしまいにしたほうがよさそうやな」

「夜のうちに、お母さんは何を言いつけたんでしょうか」

「さっき耳がこそばかったから、はっきり聞こえへんかった」

「カマトトぶって。朝になって、お母さんは、やったかって聞きました。戇大は三回やったって答えます。それからベッドの下からしびんを取り出して、馬桶《マァトーン》にあけました。お母ちゃんが〝三回入れなさい〟って言うたから、ほら一回、二回、三回……。あんなぁ戇大……。何や?……」

そのとき小毛はわだかまりがなくなっていくのを感じていた。

「お母さんは、夜、何を言うたんでしょう」

「もうエエわ」

「何を言うたんでしょうか。そうやなかったら息子がそんな事をするわけないでしょう」

「そんないやらしい事、まぁずっと喋っててもエエけど何がおもろいねん」

「話し上手な人やったら十五回でも話するわ。お母さんは十五回草引きして、お嫁さんも十五回お皿洗いして」

「オレは戇大になりたいだけや。オレが戇大なんや」

「アホな事言うて。私なぁ、前、小毛が拳法やってるのを見る度に我慢できひんようになってたんや。

ほんまやし」

小毛が春香を引っぱる。「もうエエって」

「あの頃、ずっと思うてた。小毛は元気な人や、力があるって」

そこまで言うと、春香の声はか細くなっていき、小毛に身を任せた。慣れた世界だった。燃え上がり、息をつき、寄り添って眠りについた。

あくる日、お粥を食べた春香は食器を洗うと、小毛を引っぱり軽やかに言った。

「小毛とうちって、先に結婚してあとで好きになった感じやなぁ。ほんまによかったわぁ」

「前の時は先に好きになったんか？　結婚が先やったんか？」

「そうやなぁ。あの時は体裁構《かも》うてお披露目したけど、ほんまはバタバタしてて、それで失敗してしもうたんや」

「春香が慌てたんか？」

春香が顔を赤らめる。

「お母ちゃんや。あっちこっち渡り歩いてる漢方の先生が言うてたエエ加減な話を真に受けたんや」

――「結婚というのは厄払いの意味もありますんで、お嬢さんが結婚しなはったら、あんたさんの喘息も治りますからな」

その頃、春香は母親が元気でいることだけを願っていた。しかしイエスしか信じていなかったし、母親にも言われていた。

「確かに厄払いなんか迷信や。それでもお前ももう子供やないし、お前の嫁入り姿を見たら安心してあの世に行ける。イエスさまも仰ってるやろ。〝ともし火をともして升の下に置く者はいない。燭台の上に置く。そうすれば、家の中のものすべてを照らすのである（新約聖書「マタイによる福音書」五章十五節）〟。ヨブのすぐそばには息子も娘もいいひんし、牛も羊も飼うてへんから、貧乏のどん底に落ちても何も疑わんと信じてられるんかもしれん。でもやっぱりこんな事も仰ってる。〝その人は流れのほとりに植えられた木。ときが巡り来《く》れば実を結び　葉もしおれることがない（旧約聖書「詩篇」一章三節）〟って……イエスさまの教えやけど、お母ちゃんの最後の頼みでもあるんや」

　考えたあぐねた末のことだった。もう頭が回らなくなり、イエスは結局エルサレムのオリーブ山で昇天したのか、ガリラヤ山だったのかもわからなくなり、頭の中は真っ白。

　翌日、〝その男〟に会うと知らされ、漢方医に工場へ連れて行かれた。布地プリントの第十五工場だ。食堂に着くと、昼食を買いに来た職人が二人おり、その一人が立ち上がった。顔は人並み。春香をじっと見ている。どちらもが会釈し、それで見合いが成立という事になった。少し雑談をし、全員で昼食をとった。

　帰る道すがら、漢方医は言い続けた。

「夫婦愛ちゅうもんは結婚してから何とでもなるもんや。相性さえよかったら、仲良うやっていけるもんや」

　帰宅後も母親に説得された。

「人が結婚しいひん理由はいろいろあって、生まれつき結婚に向いてへん人もいるし、あとから何かの加減でそうなる人もいる。ご縁があるかないかっていう事もある。お前はなんで結婚しいひんのや」

　春香は答えない。

「やっぱり結婚した方がエエんやないか」

春香は頑として何も言わなかった。

漢方医もまた同じ事を繰り返した。

「政治運動の真っ最中やからな。古いもんを捨てて新しいもんを見つけたほうがエエんや。恋愛なんかもう古いやり方や。労働者階級の夫婦がお国の主人公や。共産主義の家庭を作って、昼間は作業場で革命して、夜は寝床で新聞読んだりしてちゃんと暮らしてたら、心が通い合《お》うた仲エエ夫婦になれるんや。エエ事やないか。エエ日選んで領袖さまに結婚のご挨拶して、結婚の儀式ができたらどれだけエエか知れんぞ」

それでも春香は、はいそうですかという気持ちにはなれなかった。恋愛結婚がしたかった。しかしまた母親に説得された。

「政治運動が起こってからは、もう教会もなくなって工場になってしもうた。臨機応変にやらなアカンわ。心の中に神さまがおられたらそれでエエんや。神さまは情け深いもんやからな」

春香は口を閉ざしたままだ。

「〝結婚はすべての人に尊ばれるべき（新約聖書「ヘブライ人への手紙」十三章四節）〟ってパウロさまも仰ってる。それこそ神さまの思し召しなんや」

春香は俯いたまま黙っていた。

漢方医がまたしゃしゃり出る。

「お母さんは立会人ということでよろしいかな。花婿さんはクリスチャンやないし。どうせ今は教会に入れへん。それに結婚指輪もあらへんから、買いとうても買えへんしな」

「そうやそうや、あぁ神様、どうぞご加護を」

夜、母親は祈りを捧げている。その間、春香は蘇州河の辺りを歩き回った。

翌朝、母親の薬を買ってきた春香は、部屋に入るや目を見はった。

ベッドにも椅子にもさまざまな物が並べてあったのだ。美容クリームの雪花膏《せっかこう》、口紅、新しい櫛、綿入れ、綿入れの上に羽織る上着、藍色のラシャのズボン、革のショートブーツ、木綿のシャツとパンツ、レースのつけ襟、手製の毛糸のパンツ、生成りのブラジャー、ナイロンの柄つき靴下、何もかも新たに買い揃えてある。

春香は神に報告した。「結婚します」

神は何も仰っていない。何もかも自分で決めればいいようだ――春香はそう思っていた。

母親も押し黙っている。

部屋じゅう新しい服と漢方薬の匂いがしていた。

昼食が済み、向こうの家へ行く時間になったが、母親は元気がない。何も言わず服を持ち、春香が着るのを見ている。涙を流して鼻もグスグスいわせていた。

何もかも仕度ができた。神がそうさせたのだろう。神の思し召しなのだ。

男の家は昌化路の路地にあった。屋根にする帆布が張られていて、料理人が呼んであり、五卓分の食器と料理器具も借りてあるとのこと。

男の職場から若い衆が荷台付き三輪車で迎えに来てくれた。それも二台連ねている。荷台には楠の衣装箱二つ、普通なら四つの掛け布団が六つも載っていた。しかもその布団は葛《つづら》（表面に横向きの凸模様があり、光沢はあまりないがしっかりした生地）や緞子《どんす》で仕上げてある。枕は全部で四組あり、水辺で遊ぶ鴛鴦《おしどり》や龍と鳳凰など、柄もさまざまでフリルも付いている。赤い糸で〝革命を遂行し生産を促そう〟と刺繍したものもある。

魔法を見ているのかと錯覚した春香だった。普通はこのように男の家で何もかも揃えて路地まで運び、近所の者に見せびらかすのだ。

上から下まで新しい服を着ていたせいで、春香は俯いたまま歩きにくそうにしていた。

「よしよし」と慰める母親。「お迎えが来たから行こう」

「旦那さんは？」

「そうやなぁ。おかしいなぁ」

若い職人が飛んで来た。

「旦那さんは結婚式でみんなに配るアメ買うのに並んでますんで」

「なんでこっちへ迎えに来いひんのや。そんなんアカンやろ」と息苦しそうな母親が恨めしく言った。

「まあそういう事は向こうの家に行ってからにしましょう。もうすぐ料理を始めますし」

仕方なく母親と二人で荷台に乗った。母親を掛け布団でくるみ、吸入用の酸素を傍に置いた。しかし吹きすさぶ風を受ける母親は息をするのも辛そうだ。仕方なく酸素の管を鼻に当ててやり、神経を使う春香だった。

昌化路の家に着いた。テントの外には大きいかまどが二つ用意され、もう火がおこしてある。中にはまな板、食器、さまざまな料理が並んでいた。

春香たちの部屋は入り口を入ってすぐの所。全てが準備万端整っていた。父親と母親の寝室は、ベッドを端へ寄せてテーブルが二つ置いてあり、小さいテーブルは近所の家に借りて用意されていた。

新郎は席についている。春香が母親を支えて座らせてやった。満面に笑みをたたえた夫は、客が来るたびに立ち上がって挨拶している。礼儀正しい人だった。

そうこうするうちに宴《うたげ》はおひらきとなった。母親が三輪車に乗るのを見送りに行った春香が部屋に戻ると、夫はベッドの縁に静かに座っている。春香が入ってきたのを見た夫は服を脱がせてやった。

しかし、お話にならない夜だった。

そして翌朝、春香は夫が足を引きずっているのに気づいた。一歩歩くのに片足を三回つま先づいているのだ。

半月後――。母親が亡くなる。春香は斎場を出るや、莫干山路に逃げ帰り、二度と昌化路のあの家には戻らないことにした。

小毛は何も言わない。

「べつに体が不自由な人やからイヤやっていうわけやないんよ。騙されたんがたまらんかっただけ。あの人、外国の鉄道の補修工事してて怪我したんやし、名誉な事なんや。ドンと構えてたらエエのに」

春香は俯いて黙ってしまった。

「どうしたんや。言うたらエエやないか」

「外国暮らしが長かったんや。山を切り開いて道路作ったりしてて、でもやっぱり退屈なもんやから仕事仲間がいろんな話をしてくれたらしいわ。あの人、記憶力がエエからいろいろ覚えてて、一年三百六十五日、毎日三つ四つ話してくれた。でも聞いてたら昼間は頭がくらくら、夜は目がまわったわ。それであっちはっていうたら、もうびっくり」

涙声の春香は、差し出されたハンカチを手に、いつしか小毛にしがみつき俯いていた。

「オレと同じ師匠の所で拳法の稽古してた金妹っていう姉貴分がいるんやけど、その姉貴の旦那もびっくりするような事したみたいや。信じられへんくらいの馬鹿力があるうえに、毎晩冷たい水かぶるんやて。体がカッカして火照ってくるから、冷やさなアカンかったらしいわ。それでも夜、ベッドに入ったらまた火照ってくるから、毎晩、穏やかやなかったて言うてたわ。仕事で怪我して亡《の》うなったけどな。そうやなかったら姉貴も離婚してたやろな。夜は喧嘩ごしで、ほんまにすごかったらしいわ。我慢できひんかったらしい」

春香はやるせない笑みを浮かべた。

「うちやったら、そういう人とは離婚しいひんかったやろな」

「何やて？」

「あの男は口先だけや。口では造反派みたいな事も言うけど、何かやる気配なんか全然なかったわ。何か他にいやらしいやり方ないか考えるぐらいしかなかった」

「どういう事や」

「簡単に言うたらな、あそこがけったいな感じやったんや。三つの子供の方がましや。トイレに行くのも馬桶に座らなアカン。もし立っておしっこしたら、ズボンまで濡らしてしまうんや」

のけぞった小毛は危うく椅子から転げ落ちるところだった。

時間が飛ぶように過ぎていく。

ある朝のこと。

「小毛、起きて」

小毛はもぞもぞしている。

「起きてって」

目を開けた。

「見て。何が変わったと思う？」

手を伸ばす。

「うちのお腹なんか触って何してんの」と春香が微笑《ほほえ》む。

「できたんか」

「それはイエスさまにお伺いしなアカンわ。うちは髪の毛一本の色かて変えられへんし、何も自分で決められへん。イエスさまが仰ってるわ（新約聖書「マタイによる福音書」五章三十六節）」

「何が変わったんや」

「言うてみただけ。どっちにしても起きて」

春香は枕元の紐をひっぱった。向こうの部屋の灯りが寝室の小窓を照らす。

小毛は服を着てベッドで身を起こし、壁に領袖の大きな肖像画が貼ってあるのに気付いた。

「工場で追悼会があって、オレも一枚もろうたわ」

「旦那さまに気に入ってもらいたいから、十字架は片付けたんよ」と春香がささやいた。

「なんでや」

「旦那さまのお気にいりやったら、うちもそうするし」

「また大自鳴鐘の家に行ったんやろ」

「うん」

「おふくろに何いらん事言われたんや」

「お義母さんの言わはるとおりやわ。どっちにしても人の道をはずしたらアカンやろ。イエスさまはどの山にお登りになったか、どんな薪をお取りになったか。まぁそんな事もいろいろ考えてきたけど、領袖さまの写真を貼るほうがエエやん。小毛もそうしてきたんやし」

「どうでもエエのに」

「遠慮しすぎやわ。生活習慣ていうのは大した事やないように見えるけど、ほんまは大きい影響があるんよ。夫婦が気持ちようやっていこうって思うたら、お互い相手のことを尊重しなアカンやろ。そしたらぶつかる事もないわ」

「神様でも仏様でもオレは何でも信じられるし、気にせえへんわ」

春香が笑顔になった。「小毛がイエスさまを信じてくれるっていう事は、イエスさまがガリラヤの山でいろんな人をお助けになったんと同じくらいありがたい事や。一番うれしいわ」

小毛も顔をほころばせた。

「おふくろが言うてたわ。五三年三月にスターリンが死んだ時、世の中ひっくり返ってみんな泣いてたらしいな。今また同じ事が起こってるな。あのときはみんな一角出して黒い布を買わされたし、工場のボイラー室も道路を走ってる車もみんな警笛鳴らさなアカンかったらしいけど、今回はどうや。領袖さまが亡くなったけど、様子が違うよな。黒い布はタダやし、この分ではこの政治運動もこのへんで終わりかもしれん。政権が変わって、この街も穏やかになるんやないかな。どっちにしても前とはちょっと違うわ」

「今まではほんまにつらいだけやったわ。教会仲間の女の人やけど、どうしても十字架を掛けるって譲らへんかったんよ。そしたら周りの人らがすぐに動き始めて、自分の手で石炭コンロに放り込んで燃やせって言うたらしいわ」

「ひどいなぁ」

「今はどうやろ。でも一つの部屋にどっちもあったら具合悪いやろ。うち、もうわかったんや。イエスさまは自分の心の中におられたらそれでエエんや。教会仲間で、体の筋肉が萎縮して動けへんようになって、目ぇも見えへんようになった人がいるんよ。でも心の中でお願いしてたらイエスさまがずっと光を当ててくださるから、何でも見えるんやて。心の中で十字を切ったらエエんやから」

「ほんまかいな」

「今もそうなんよ。天井に十字架があるし、部屋も道路も橋の欄干も、戸とか窓枠も、よう見たらどこもかしこも十字架が見えてくるわ」

小毛は春香の話に聞き入っていた。

春香がもたれかかってくる。

「私のこと好きやろ。キスして」

「うん」小毛はそっと口づけした。

「好き」と春香がささやく。

二人はベッドを離れた。

春香がコンロに火をつけ米を炊き、小毛は寝床を片付け、食事が始まる。

「床屋は商売うまいことといってたか」

「うん、まぁまぁ」

「誰に会うた?」

「二階のおじさん」

「他は?」

春香が箸を置く。「二階の海徳さんと銀鳳さん夫婦は部屋の割り当てが決まって公平路に引っ越ししたんやて。波止場から近いし便利やって言うてた」

「引っ越したんか」

「もう一ヶ月になるらしいわ」

小毛は黙々と食べている。

「若夫婦が引っ越してきてたわ。旦那さんのほうは鉄道警察、奥さんは招娣《ジャオディイ》っていう名前で、紡績工場で働いてて、赤ちゃんが生まれたとこや」

食べるだけの小毛に春香はまた言う。

「招娣さん、ほんまに大きいおっぱいしてて、お乳もよう出てるみたいやった。お義母さんが笑うてたわ。ほんまによう張ってる、旦那さんに飲むの手伝うてもろうたらどうやって」

小毛はひたすらご飯をかき込んでいた。

「二階のおじさん、うちに会うても招娣さんに会うても、ずっとニヤニヤしてんの。子供できたかって聞かれた」

「あの二階のオヤジ、床屋のおじちゃんのことは嫌《きろ》うてたけど、オレのことはよう可愛がってくれてたわ」と小毛が笑顔で言う。

「『小毛はなんで帰ってきいひんのや。元気にしてるんか』って聞かれたわ。あんたが職場の優良労働者として表彰されたって言うたら、すごいなぁって褒めてくれた。でも招娣さんが横から口挟んできてな。『そんなもん大したことない。自分の旦那は鉄道の組織で優良労働者として二年続けて表彰されたけど、ずっと長距離列車に乗ったきりやし、自分は何もおもしろうない』って。その時、うち、黙ってはいたけどわかってたんよ。女が一人で家にいるのは確かにつらいやろなぁ。招娣さん、小毛は拳法がすごい上手らしいなって噂してた」

「そんな女とはあんまりいらん事喋るんやないぞ」

「うん。ニコニコしといた。帰りがけに、あのおじさん、あんたによろしくって」

「えらいご丁寧な事やな」

「うん。小毛さえよかったら、今日仕事が終わってから一緒にあっちへ行こうか。お義母さんの顔見に」

「いや、やめとこう」

「小毛、大自鳴鐘へお義母さんの顔見に行ったほうがエエわ。結婚してからずっと行くのいやがってるけど、うちがそうさせてるみたいにご近所さん思うやんか。そんなん、ようないわ」

小毛は返事もしない。

時の流れは速いもの。小毛が結婚して二年半、春香は四ヶ月あまりの身重だ。あのときは慌ただしく結婚したうえ小毛が穏やかな気持ちではなかったため、友人や同僚を招いてのお披露目はしなかった。しかしそれではみんなに申し訳ないので一席設けて償いたいと、母親はかねてから思っていた。それがようやく叶ったのだ。

今回の昼食会には時計工場の親方の樊、葉家宅に住む拳の師匠、金妹、建国、隆興《ローンシーン》らが招待されている。丸テーブルも近所の家から借りてあり準備万端整っていた。

金妹は毛糸の子供服を一揃い持って来た。

建国はカバンから麦芽飲料の粉末を二缶取り出した。

樊が持って来た物にみんなの目が集まった。〝中央商場〟でハンドルを四つ漁ってきた樊は、職場の工場で手内職をしていたのだ。それが全て、今はバラバラになっている。いったい何だろう。誰にもわからなかった。しかしものの十分ほどで乳母車のできあがり。歓声が上がった。

春香は胎教にいいからと、会話の輪に入っている。

母親が料理をし、小毛はその下働き。さらに金妹がそれを手伝った。

全員が席に着くと、母親が音頭をとった。

「樊さまのお陰さまで、この度のご縁ができましてございます。まことにありがとうございます」

母親と樊が酒を酌み交わす。二人を尻目に拳の師匠は仏頂面をしていた。あの時、迷いに迷って決断できず、葉家宅の自分の家までやって来た小毛を、自分と金妹が必死で説得したからこそ結婚に踏み切ったのだ――そう信じている。

「うちも勧めたんですよ。こんなエエ縁談はそうそう簡単にはありませんしね。あの時の事、思い出しますわ。小毛の顔見たら全然その気ないのがわかりました」と金妹が割り込んだ。

樊は笑っているが、母親はバツの悪い顔をしている。

春香が立ち上がる。「お師匠さま方、お越しの皆さま。皆さまのおかげでございます。本当にありがたい事と感謝しております。それではここで、お師匠さま方と金妹ねえさんにこの気持ちをお伝え致しまして、私《わたくし》もお相伴させていただきとう存じます」と立ち上がった春香は、笑顔で、恭しくグラスに半分ほど飲んだ。

樊と拳の師匠は酒のおかげで緊張がほぐれてきたようだ。酒量が増えてくると〝兄弟〟と呼び合っている。しかし〝独立して一家を構えるにあたっての道理〟となると意見が異なるようで、それぞれに思いを説いていた。

宴もたけなわ。建国が耳よりな知らせをもたらした。江蘇省《こうそ》では人民公社による工場ができ、忙しいかもしれないが、上海の親方たちに手伝ってもらいたいと言ってきている、二日ほどで臨時収入が四十元、それは今の半月分の給料にあたるというもので、この街の工場では一大ニュースだった。

そうこうするうちにおひらきとなり、全員が引き揚げた。客を送った小毛が母親の皿洗いを手伝い、全てが片付いて母親が帰った時には、時計が午後四時を知らせていた。

部屋には小毛だけが残っている。

奥の部屋で休んでいた春香が、ふと目覚めるともう夜だった。

漆黒の中にいる小毛。春香が身を起こす。

「あんた、どこにいんの」

小毛は答えない。

春香が電気をつける。小毛は春香の方を見はしたが、一人ぼんやりと考え事をしているようだった。

「あんた何考えてんの」

黙ったままの小毛に春香がまた声をかける。

「おもしろうない事でもあったんか」

「いや、楽しかった。酒飲んだから、ちょっと静かにしてたかったんや」

「わかった」

小毛はまた口を閉ざしてしまう。

「何考えてんの」

小毛は答えない。

「友達の事考えてるんやろ」

やはり小毛は黙っている。

「滬生とか阿宝に会いたいんやろ」

「何つまらん事言うてるんや」

「今日はあんたのお師匠さんとか、修行仲間しか来てもろうてへんもんな。うち、ずっと考えてたんや。小毛の友達は？　あんたの一番の仲良しは？　って」

「みんなほんまに忙しそうやから誰も呼ばへんかったんや」

「男の人は親友が必要やろ。みんな一緒に来てもろうたらほんまによかったのに」

小毛はどう返せばいいのかわからない。

五ヶ月の月日が過ぎた。人生で最も大切な時に春香がまた同じように言うとは——。

臨月になっていた春香が突然ひどい出血をした。胎位が正常でないせいだという。病院で救急処置を受けたが、産道がうまく開かなかったため手術をすることになった。しかし、すでに手遅れ。母親の命を優先し子供はその次にということになった。が、もはやどちらの命も救えなくなっていたのである。

春香は今際《いまわ》の際《きわ》で、蒼白な顔をして小毛に微笑んだ。

「小毛、今うちが一番知りたいのは……イエスさまの事。オリーブ山で昇天されたんか……ガリラヤ山なんか……」

小毛はずたずたに引き裂かれた心で煩悶した。

「なぁ、小毛、泣かんといて……。天国が……近《ちこ》うなったんや。……天国で……イエスさまにご挨拶するんや。うれしいわ」

悲しみに耐える小毛。

「うちのこと、心配したらアカンしな」

小毛の目から涙がこぼれ落ちた。

「ただなぁ……うちが逝ってしもうたら……あんた一人ぼっちやろ……寂しすぎるやろ……うちには教会仲間がいる……あんたも仲のエエ友達……失わんようにしなアカンし」

小毛の目からまた涙がこぼれた。

「約束してや……友達の事……忘れたらアカンしな」

押し黙った小毛は悲しみのあまり気を失いそうになっていた。春香の手を握りしめ引き寄せた。涙が手にポタポタ落ちている。冷たい涙だった。

蒼白になっていく春香の顔を見つめた。快活そのものだった春香が、静かに、白い紙切れのようになっていく。

蘇州河から吹き寄せる風に乗り、ふわふわ飛ぶように神のもとへと召されて行く春香。マリアさま。アーメン。

二十四章

一

陶陶はよく延安路に通っていた。夕暮れだろうが夜だろうが、チャンスがあれば小琴に会いに行く。意中の人がいると、傍目《はため》にはいかにも忙しそうに見えるもの。接待や付き合いの宴席にいる時は、他の用があるので駆けつけねばならないという素振りをし、六時か七時まで付き合うと、なんとか言い訳をしてその場を去る。それからは車を呼ぶと、延安路までまっしぐら。ドアを開けると小琴が胸に飛び込んでくる。

仕事仲間の誕生日パーティの時もそうだった。グラス三杯飲むと、点滴を受けに行くという口実を作り、大急ぎで飛び出したくらいだ。

ところがそんな時に限って事が起こるもの。廊下でプライドの高そうな女に出くわしてしまった。千鳥格子のスーツ、大きなウェーブのかかった髪。ほろ酔い加減らしい。ついつい見とれていると、相手がふいに立ち止まった。

「ハァイ、まだ覚えてくださってますかしら」

潘静《パンジーン》ではないか！

「ご無沙汰いたしております。お変わりございませんか」

その言葉に応えるように、相手は微笑む。酒が入っているのは間違いない。近寄ると、懐かしいあの香りが漂ってきた。

「ええ。そちらは今どんなお仕事をなさってますの」

「いや、つまらん事です」

「こないだ、どうしていらっしゃるかしらってふと思ったんですけど、ほんとにお会いしましたわね」

陶陶は腕時計を見た。

「急用ができましたもので、またご連絡いたします」

陶陶は潘静の傍を離れると、ひたすら歩いた。潘静は地団駄を踏んでいる。

「陶陶さ――ん！　陶陶――っ！」

レストランの前に停まっていたタクシーに、ドアを開けるなり飛び乗った。

「延安路！」

ドアを閉め目を閉じる。十分ほどすると潘静から着信があった。

「陶陶さん、まさか私に食べられるとでも仰るの。あんまりでしょ」

「いや、ほんまに用があるんです」

「ほんと？」

「ご無沙汰しておりますので、もっとお話ししたいのはやまやまですけど」

「そんなふうに仰るんなら、明日にでもお会いしましょう。場所はどこがいいかしら」

「明日は時間がないもので」

「じゃあ、いつ？　あさって？」

「あさって？　あさってはですねぇ」

「夜でもいいわ。私の家でもいいし」

「そうですねぇ。かなり飲んでおられるようですね」

潘静が口をつぐむ。

「時間ができましたらお電話さしあげますから」

すると潘静が急に息巻いた。

「また失敗しちゃったみたいね。こんなにいい女なのに、断られちゃうなんて。ねぇ、あなた私のことどう思っていらっしゃるの。ほんとの事を仰って」

「ハッキリ申し上げましたでしょう」

「わかりませんわ。憎い人ね。本当に憎いわ」

電話が切れた。

陶陶はシートにもたれ、立て続けにため息をついた。

その夜、黙って小琴を抱きしめた。小琴は何も言わずよく尽くしてくれる。

帰り際、路地を出た所まで小琴が送ってくれた。

「お酒、控えたほうがエエわ。思うてる事、何でも言うてくれたらエエから」

小琴の優しさに陶陶は何も言えなくなっていた。

家に戻りドアを開けるや、芳妹がこっちを向いて座っているのが目に入った。自分をまっすぐに見ている。かなりの剣幕だ。

「おかえりっ！」

ただならぬものを感じ、面倒な事になりそうだと悟った陶陶はだんまりを決め込んだ。

「顔色がようないわ。何回やってきたん」

「何やて」

「自分のやってる事わかってるつもりか知らんけど、社会の窓、閉めたほうがエエわ」

陶陶はズボンを見た。

「そんな所、開けてたら風邪ひくって言うし」

「そんなつまらん事言うて、どういう意味や」

「うちはいつも大目に見てあげてるわ。あのなぁ、メス犬がしっぽ振らへんかったらオス犬かて上に乗らへんもんや。でもオスに浮気心があったら、家ではやる気なかっても外ではやる気満々。それを相手の女に誘惑されたからやって人のせいにして。そんな事あってエエと思うてんのっ！」

「もう遅いんや。みんな寝てるやろ。声、落とせや」

「人が聞いてようが聞いてまいが、どうでもエエわ。聞きたかったら勝手に聞いといたらエエし。もうメンツなんかどうでもエエわ。うちはもうメンツも何もないわ。今日はちゃんと言うてもらうから。夜になったらどこ行ってんの。誰とやってんの」

「おい、また頭おかしぃなったんか。何も言えへん」

「わかった。言わへんつもりやな。こっちから言うたる。うちに見えてへんと思うたら大間違いや。ずっと疑うてたし、わかってたんや。もう一回言うとくわ。うちに名前言わせんの？　自分で言うん？」

ひやひやしながら強気で言った。

「言えや。名前、言うてみぃや」

「よう言うてくれたな。なんぼでも好きに言うてたらエエわ。今日、ベルト緩めて、甘ったれた声出して、汗かいてた女の名前聞いてるだけや」

「知るかっ」

「まともな名前もない売春婦みたいなもんやったら、まだ辛抱できるわ。言いなさい。言うたらどうなん」

「誰のことや」

芳妹は冷たく笑った。「それやったらうちが言うわ」

「どうぞ」

「他に誰がいる？　あいつに間違いないわ」

「誰や」

「雌狐や。よそ者や」

陶陶は驚いた。「はぁ？　誰や。誰のことや」

「潘静以外にいいひんやろ」

その名前を聞いてほっとした。ああ、イエスさま……。

「だんまりなん？　この際、はっきりさせてもらうわ。これからどうするつもりなんっ！」

「ほんまに腹がたってきたぞ。お笑いや。あの女と何があったって言うねん。廊下でちょっと喋っただけや。一回電話があったけど、酒でも飲んでたんやろ。意味わからん」

「遠まわしに、しかもまともそうな事ばっかり言うて。講釈師みたいや」

「オレは何も喋ってへん。それからどうしてん」

「そうや。それからはな。部屋とったんや」

「何やて」

「慌てんでもエエわ。部屋の請求書、潘静に今すぐ持って来させたらエエわ。こうなるのははじめからわかってたんや」

陶陶は驚きのあまり目を剝いてしまった。

「潘静がさっき電話してきて、全部白状したんやからな。何回やったか、心の中でもやったし、ほんまにもやった、何回も何回も、あっち向きにこっち向き、最高のテクニックで、口も使うて。そうなんやろ。ネバネバした、気持ち悪い声どれぐらい出したかとか、恥知らずな事、何もかも全部白状したわ」

陶陶は飛び上がった。「あのあばずれが！　オレがそんな事したって言うてたんか。ある事ない事一緒くたにしやがって。それも気色悪い事ばっかり。ほんまの講釈師はあのよそ者の女や。俺は髪の毛一本も触ってへん。そんな事がまかり通るんやったら、こんな世の中、道理もへったくれもない」

今度は芳妹が飛び上がり、腰掛けを投げつけた。

「何ほざいてんの。自分は浮気しといて、まだ道理や何やって言うつもりなんっ！」

「おい、ちょっとは頭使え」

芳妹が突然泣き出した。「成都路のエロビデオ屋で隠れてエエ事してたくせに。目的が果たせたから、家はほったらかしでやりたい放題なんやな。私生児でも産ませるつもりなんやろ」

陶陶は大声を出した。「寝ぼけた事、言うなっ」

芳妹が益々激しく泣き出す。そこに突然着信音が鳴った。二人は顔を見合わせた。陶陶が電話に出る。潘静の声だ。深夜放送の悩み相談のような、しどろもどろな話し方。

「ごめんなさい。陶陶さん！　さっきはむしゃくしゃしてたから。ご気分どう？　どうしようもない事とか悲しい事、どんなにあってもくよくよしないでね。歌でもうたって慰めてあげるわ。

　あの時は　ごめんなさい
　懐かしい　あの笑顔
　悲しみも　苦しみも
　忘れてこのまま　笑顔でいてね
　幸せに　なってね……」

「お幸せに」（一九九四年のテレビドラマ『都市平安夜』のテーマソング「祝你平安」）。静かな曲だ。

静かな気持ちになってきた。潘静のおかげだ。ほんのいっときではあるが、確かに落ち着いてきた。体がしびれている。浮世の辛酸が静かに胸に溢れてきた。

横から芳妹が受話器を取り上げ大声で叫ぶ。

「このドスケベ、恥知らず。今度電話してきたら通報してやる」

芳妹が受話器を投げ出し、陶陶はソファにドカッと座り込んだ。

「もうはっきりしたんや。どうしてくれるつもりっ！」

陶陶はかぶりを振った。

「ほんまにひどい濡れ衣や」

「あの時、潘静に言うてやったんや。十回とか二十回ぐらいやったら、まだお話になるってな。でもどうも十回や二十回どころやなさそうやな。うちの負けや」

「いつかハッキリする」

「何がハッキリすんねん！　またやったらエエわ！　どうせ何でもありの世の中や。そのうち子供ができて、ウチら嫁はせいぜい『あぁあ、そうなんですか』でおしまい。そういうの、さんざん見てきたわ。もう今夜のうちに決着つけてやるっ」

「何の決着や。もう何も言うな」

「言わへんつもりやな。えらい度胸やな。それやったら出て行って。もう出て行って」

「どこへ行けって言うんや」

芳妹は冷たい目で笑っている。「誰に聞いてんねん。またホテルのエエお部屋でもとったらエエやろ」

「もう一遍言うてみぃ」

「こっちは怖いもんナシや。度胸あるんやったら、しゃんとしたらどうやねん。この臆病者がっ。思いきってやったらどうやねん。上海男やろっ」

芳妹は洋服ダンスから取り出した陶陶の服をスーツケースに詰め込むとドアを開けた。ドーン！

スーツケースが廊下に投げ出される。

陶陶は立ち上がると部屋の中をぐるぐる廻った。

「よし、わかった。義理も人情もないっていうんやな」

芳妹は目を剝いている。「度胸あるんやろ。ほんなら出て行って。それで何もかもおしまいや」

陶陶は立ち上がると外に出た。後ろから、バーンという音とほぼ同時にカギをかける音が聞こえてきた。

カチャッ。

スーツケースを引きずり路地を出た。道端に座り込みぼんやりしていると、タクシーが目の前に停まった。

陶陶は黙って立ち上がった。ドアを開けスーツケースを放り込む。「延安路」

「ご主人、七掛けでどうです？　飛行機に遅れたら面倒でしょう」

黙っている陶陶を残し、タクシーは少し行ったが、Uターンしてきた。

「虹橋《ホーンチアオ》ですか？」

人は運命に弄ばれるもの。その夜、陶陶はほうほうの体で延安路へ逃げて来たのだが、部屋に入って目にしたのは意外なものだった。

ヒーターのおかげで部屋はちょうどいい具合に暖まっている。テーブルにはグリル鍋、羊の肉、豚の腎臓《マメ》、ワンタン、白菜、春雨、湯葉、グラスが二つ、箸が二膳、調味料が二皿。

五分袖の絹レースのネグリジェからふっくらした胸をのぞかせた小琴。いつもの愛くるしさを絶やさない。

「小琴、何してるんや。誰待ってるんや」

「うふふ」

「田舎の姉さんでも来るんか」

「それは来月」

「そしたらこれは……」

「友達待ってんの」

「友達て？」

「戸籍調べするん？」

「男か？　女か？」

「男の人」

　小琴が近づいて来る。

「……」

「アホやなぁ。陶陶を待ってたんやん」

　陶陶は顔をひきつらせて笑い、持って来たスーツケースに腰掛けた。

「ああびっくりした。予知能力があるな」

「来ると思うてたんやもん」

「え？」

「わかってたんや」

「そうなんか」

「陶陶に何か起こる予感がしたんやもん」

　陶陶は口をつぐんだ。

「さっき、ここを出て行ったときの顔、鏡で見せたかったわ。ほんまに怖い顔してた」

　黙ったままの陶陶に小琴は話し続けた。

「あのとき思うたんや。家に帰って、陶陶からは喧嘩売らんでも奥さんはそうはいかへんやろって。これは何か起こるやろなって」

　陶陶は聞くだけだ。

「それで寝んと用意してたんや。店の商品に全部レースのとかシースルーのがあるわ。こんな格好、やっぱりようないし着替えるわ」

「綺麗やぞ」

「あの時思うたんよ。陶陶が戻ってきたらアイスでも食べてもらおうって。女は肝心な時に腎うならなアカンやろ。味わいがなかったらアカンやろ。女が着飾るのはなんでやと思う？　男の人に見てもろうて綺麗やって言うてもらうためなんやから。とりあえずちょっと食べて気晴らししましょ」

「小琴はいつもあんまり喋るほうやないけど、喋りだしたらキリないなぁ」

「うち、焦ってるんよ」

陶陶は立ち上がるとスーツケースを蹴飛ばした。

「もうやめよう。オレ、追い出されたんや。出稼ぎみたいなもんや」

「アホな事ばっかり言うてる。奥さん、頭に血がのぼっただけやんか。明日になったらご機嫌も直ってるって」

陶陶はかぶりを振った。小琴は続ける。

「所帯持ってやっていくのは大変なことやわ。今日はとりあえず腹ごしらえでもして、明日起きたら奥さんに謝ったらエエやん」

「そんなお安いことがあってたまるか。あいつの気性はオレが一番ようわかってる」

「えらい怒ってるんやなぁ。そうや！　とりあえず玲子ねえさんに話して、間に入ってくれる人紹介してもろうたらエエやん。そしたら丸う収まるわ」

「意味わからん」

「なんで？」

「こうなってしもうたら、もうオレを助けてくれてるつもりでも足を引っぱる事になるんや」

「とりあえず座って。食べながら話しましょ」

二人で腰掛けた。目の前には、グラスに皿、ほの暗い灯り、鍋から立ちのぼる湯気。ほんの少し手を伸ばせば最高のものが自分のものになる。なんて素晴らしい夜なんだ。

小琴が両手でグラスを持ち上げた。「つらい時は飲みなおしましょ。ほら、お料理も食べて」

ぼんやりしてきた陶陶は、テレサ・テンの「いつの日君かえる」のセリフの部分をつぶやいていた。

「〃さあ、これを飲んだら召し上がれ〃……か」

「悲しみ溢れあなたを思うこの涙」小琴が続きを歌った。

気持ちよくグラスをあけた。

「なんで足引っぱらへんか、言うてもエエやろか」

「うん」

「玲子さん、前から言うてたんよ。陶陶は普通の男の人とは違うって」

「こんな大きい街で生きてるけど、オレなんかせいぜい虫けらや。ゴキブリや」

「大きさなんか比べても面白うないわ。蝶々はもうちょっと大きいし、魚はそれより大きいし、猫はもっと大きいし、鷹はそれよりまだ大きいけど、そんな事言うんやったら飛行機が一番大きいわ。それでもそれがどうしたっていうん？　一番小さい蚊になって飛び回って何が悪いん？」

「例えばの話をしただけや」

「玲子さんにはよう言われてるんよ。陶陶には気ぃつけなアカン、陶陶に会うても絶対に気にしたらアカンって。どれだけの女が陶陶に泣かされてきたかって」

「濡れ衣や」

「でも普通の男では女かて満足しいひんわ。女は蠟燭《ろうそく》みたいなもんや。火ぃつけるから明るうなるんよ。でも陶陶に会うたらドロドロにとけた蠟燭になってしまう。でも陶陶は気にもせんと、とけた蠟燭見たとたん、サッサと逃げ出してしまうんやろ」

「ひどいなぁ。痛い所、突いてくるな」

「うち、とけた蠟燭がどんなんか覚えてるわ。びっくりするくらい気持ち悪いわ」

「えらいひどい言い方やな。胸もウエストも尻も太ももも全部ドロドロにとけてる姿見たら、誰かて飛び上がるわ」

「うちがもし他の人と付き合うてるんやったら、玲子さんかて気にしぃひんし何も言わへんやろ。でも今は違う。下手したらこじれるだけやろ。そやから陶陶に加勢したり足引っぱったりはしいひんの。傍で見とくだけにすんの」

「それでエエんや」

「陶陶、前にうち見ても何にも感じてへんかったやろ。どう思うたかとか、何も言わへんかったやろ」

「甘い言葉かけられたら鵜呑みにするんか」

小琴は口をつぐんだ。

「小琴が男に出会うたとして、そいつ、小琴の顔見たら自分の嫁さんの事で文句タラタラ言い始めるやろな。でもそういうのは気ぃつけなアカン」

「なんで?」

「男と女が結婚したんはいろいろ考えてのことや。そやのに今頃になって嫁さんなんか何の値打ちもないとか言うたりするんやったら、そいつは絶対薄情なヤツや。どうせ手のひら返してコロッと態度変えるようなヤツや。そやのに、女はそんな男の前で融けた蠟燭みたいになってしまうんや」

「ちゃんと覚えとくわ。そやけど、陶陶は前に玲子ねえさんとなんで終わってしもうたん?」

「えらいアンテナ張ってるんやなぁ。言うもんか」

小琴は甘えた声を出し、陶陶の膝にちょこんと座る。

「聞きたいわ」

「他人の悪口言うことになる。そんなんアカンやろ」

「エエやん」

陶陶が小琴のネグリジェの裾を持ち上げた。

「あの頃、玲子さんには旦那がいた。オレがカニを届けに行った時、着てるか着てへんかっていう服着てたんや。オレは若すぎた。女を知らん男がドア開けて部屋に入ったとたん、そんな人妻が目に飛び込んできたんや。我慢できると思うか。無理に決まってるやろ」

小琴が笑う。「女知らん男かぁ。さすがやなぁ」

「もうやめようか」

小琴が腰をくねらせる。「それから?」

「いつやったか、玲子さんがこけたんや。ハイヒールのサンダル履いててうっかりしてたらしい。それでオレに助け求めてきて、それで支えてやってたら、今度は腹が痛いって言うんや。体よじらせて、ものすごい甘ったれた声出してたわ」

「ほんまにいやらしいわ。陶陶が今考えた作り話やろ。玲子ねえさん、いやな事があったんやって聞いてるけど。痩せすぎてて生真面目やし」

「痩せてる人ほどスゴイんやぞ。わかるか。上海のごろつきには符丁がある。〝金の鉄砲でも痩せぎす女にゃかないません〟って。鉄砲は〝アレ〟や。女が痩せすぎてたらあそこの骨が邪魔する。わかるやろ」

「いやらしいわ。どっちにしてもねえさんはちゃんとした格好してたはずやわ。ハイネックのセーターにズボン。そやのに陶陶にズボン下ろされて」

「そういう風に言うから、もうやめるって言うたんや。暑い日やったのは間違いないんやから。それを冬のことにしてしもうて。でっち上げもええとこや」

「アハハ。そんな事聞かされたら、やっぱり気になるわ」

「そやからこんな服着てるんやな」

「うちもちゃんとした服着るとしたら、パリッとした襟の旗袍着てベストも着て、その中ももう全身ガチガチにガードしとくわ。ファスナーもベルトもボタンもきっちりしめて、絶対に開かへんようにしとくわ。下は分厚いタイツ穿いて、分厚いジーンズ穿いて。それで、陶陶に剝がす力がどれだけあるか、お手並み拝見」

「異常やなぁ」

小琴が抱きつく。

「ほんまはうちに予知能力があったわけやないんよ。さっき玲子ねえさんから電話かかってきて、陶陶が家出した事聞いただけ。奥さんが大泣きして、陶陶を取り返してって言うてたらしいわ。陶陶を自分に紹介したのはねえさんやし、責任とってもらわなアカンって言うてたんやて。陶陶はどこかの女とできてて、たぶん子供も生まれるやろうって。ねえさん慌てて、いろいろ考えてみて、相手はうちやと思うて、それでうちにこっそり電話してきたんよ。電気消してカギ閉めて、陶陶が来てもとりあえずどこでもエエから出て行かせて、駅で出稼ぎの人らと地べたにでも寝かせといたらエエ、朝になったら家に帰って反省文でも書くように言うといたらエエって。そやけど、うちかて言われるままにする気ないし、起きて料理作ってたんよ。そしたらまた電話があって、もう電気つけてもエエ、お相手は、社長クラスで性欲も気ぃも強い潘静っていうヤツやったって言われたんよ。そんな話聞いてたら妬けてきたわ。シャワーして何回も着替えたりしてたんやけど、やりきれへん気持ちになってきた。それにしても、陶陶スゴイやん。毎週うちと何遍も、家に帰ったら帰ったで奥さんの相手、そのうえ今度は潘静さんの所にもスイスイ泳いで行って、二股どころか三つ股かけて。そんな事考えてるうちに泣けてきた。うちに満足できひんからやもん。でもほんまに陶陶の体が心配やわ。特急列車みたいに、上海から安徽、安徽から河北、それから上海に戻って来て、また安徽、河北って、三個所を行ったり来たり。いつかハンドルまで燃え出して粉々に砕けてしまうわ」

陶陶は黙って聞いている。

「潘静さんってどんなエエ事するんやろ。うちのどこがアカンか教えて」

陶陶は長いため息をついた。窓の外で急に野良猫が二匹鳴き始めた。喧嘩が始まったようだ。不気味な声でいつまでも鳴いている。

二

電話越しに玲子が聞いた。

「滬生、最近陶陶に会うてる？」

「めったに連絡ないけど」

「小琴と陶陶、駆け落ちしたんよ」

「ええっ？」

「それはともかく、今度の水曜の晩、ご飯食べに来て。范《ファン》さんのおごりやし。ホラ、あの蘇州の副社長さん。会《お》うてから話しましょか」

「わかった」

水曜の夜、滬生と阿宝がレストラン〝夜の東京〟に入ると、テーブルはすでに準備ができていた。葛先生は相変わらず新聞を読んでいる。

「陶陶の事、何かわかった？」と玲子。

滬生はかぶりを振る。「電話も全然出よらへん」

「陶陶は潘静っていう女とできてるんやないかって奥さんの芳妹さんが疑うて、成都路の孟《モーン》さんの所に行って潘静の住所を聞いてきたんよ。それから潘静の会社に行って大騒ぎ。でも空振りやったわ。二人は何にも関係なかった。……暫くして匿名の電話があって、陶陶と小琴はもう一緒に暮らしてるって言われたんやて。ほんまにひどいやろ。芳妹、慌てて私の店に来てねぇ。私、小琴は妹みたいに可愛がってるから責任あるし、華亭路までついて行ったんよ。そしたら小琴はもう店なんか人に任せてとんずら。延安路の部屋に飛んで行ったけど、そこももぬけの殻。しまいに占い師の鍾先生の所まで引っぱって行かれたわ」


——路地に入ると鍾が犬と散歩をしているのに出くわした。

「ちょっと、先生！　うちの人どこへ行ったんやろ」

「本人に電話して聞いたらよろしいやないか」

「電話に出ぇへん」

「アイツは救いようがない。骨折り損のくたびれもうけですな。二股かけてても、ほんまやったらなんとか元の鞘に収まって助かるとこやのに、蝶々になって飛び回ってるうちに蜜もとれんようになってしまうんかぁ。まずい事になりましたなぁ」

「ほんまにどこへ行ったんやろ」

「わかりませんなぁ。あの男の運命は天の神様でもわかりませんなぁ」

「あのくたばりぞこないが生きてようが死んでようが、そんな事はどうでもエエわ。どこで野垂れ死にしたんか聞きたいだけや」

「私にもわかりませんなぁ。探偵事務所でもないし、私にそんな事がわかるくらいやったら、警察はおまんまの食い上げですなぁ」

「いっつも風水の羅針盤みたいな、しょうもないもんぶら下げて、一日中そんなもん睨みつけて、あっちこっちフラフラ出歩いて。人を騙して脅してばっかりなんやろ」

「こらこら、口を慎みなさい」

「この老いぼれがっ」

「なんちゅうひどい物言いしなさるんや。礼儀正しい綺麗な言葉遣いしなさい。人のことをそんなボロクソに言うもんやありませんぞ」

突然飼い犬が芳妹に飛びついた。「ワンワンワン！」

芳妹は犬を蹴飛ばそうとしたが、錘に押さえつけられ、地べたにしゃがみこんで大泣き。

「神さま仏さま、町内会のお偉いさんもお聞きください。うちの人はこの老いぼれにいらん事吹き込まれて、ろくでもない事を覚えてしまいました」

犬も一緒になってワンワンワンワンワンッ！　路地じゅう野次馬だらけ。錘も負けてはいない。

「ご近所のみなさん方、この女の人相をよおぅご覧ください。恐ろしいですなぁ。ペンチみたいな法令線！　こういう人は人を殺しても平気の平左《へいざ》、償いもしませんからな。旦那もとことんやられてたんでしょうなぁ。男やったら絶対に逃げ出しますわい。どこに逃げたんでしょうな。さぁてさてさて、鬼子母神《きしぼじん》さまだけがご存じで。そうそう！　街の西北ですな。如何なもんじゃ。緑楊橋。入り口にゴミ箱が二つあります。そっちの方角ですな。まぁできるもんなら探してみなさい。そこのあんたさん」


玲子が阿宝と滬生を相手に話していると、范が兪《ユイ》を伴って現れた。

「今ではこちらが我が社のトップです。兪会長って呼んでるんですよ」と范。

「あらま！　そんな言い方、いやですわ。〝愉快長〟みたい。お笑い界のトップやあるまいし」と兪。

「アハハ、滑ってる！」と、みんなが笑う。

「ねぇ、陶陶さんって駆け落ちしたらしいですね」と兪が聞いてきたが、滬生は答えなかった。

そこへ菱紅が男を一人連れて入って来た。

「こちら、日本のかたです。すぐそこのガーデンホテルにお泊まりです」

日本人は深々と頭を下げて挨拶する。

今度は中二階の女が芹を提げて入って来た。

葛先生が新聞を置き、話に加わる。

「芹はツルッとしてて柔らこうて、よろしいねぇ」

玲子が中二階を見る。「ほんまやわ。すべすべしてて柔らかい餅肌で、ひねった途端ポタポタ水が出てくるから、化粧水もいらんわ」

中二階はかがんでキッチンに入って行く。

最後に麗麗と中年男が入って来ると、運転手がワインとワイングラスをそれぞれ一ケースずつ運んで来た。

「こちら、仕事でお付き合いさせていただいてます、投資会社の韓《ハン》社長さん」

テーブルを囲んで十人が席につき、和やかに食事が始まった。オードブルを前にして、全員でグラスを挙げる。

范は新しく起こす会社の計画を話した。麗麗と韓は細かい事まで頭に叩き込み、もう蘇州へ行く約束をしている。

玲子が菱紅をチラッと見た。「身内でご飯食べてるのに、なんで日本人を連れて来るんよ。二十八にもなって」

「なんでアカンの」

背筋を伸ばして座っているその日本人に菱紅がもたれかかった。

「中国語、ひと言もわからへんのやろ」と玲子。

「ご当地料理食べるぐらいエエやん」

「こんどは一年囲うてもらうん？　二年？」

「えぇ？　ちょっとの間に菱紅も彼氏ができたんやね」と中二階。

そこへ阿宝が口を挟んだ。「この街出身の作家の張愛玲（一九二〇―一九九五）が言うてますね。女の人は囲うてもらうんやったら早いほうがエエって」

「アハハ。宝さんの冗談、好きやわ」と菱紅。

「葛先生には甥っ子さんがおられるんですけど、条件いいですよ。外国から戻られたところで」と今度は中二階。

「どんなお仕事？」と菱紅が訊いた。

「会計士です。全国でトップ五百に入る大会社です」と葛。

「そういう人やったら、こっちまでおいしい思いできるわ。面白そうやし電話してみようかな」と菱紅。

「自分が連れてきた人の前で何言うてんの」と中二階が口を挟んだ。

「今度は〝あっちの生活〟なしに囲うてもらうんやから大丈夫やろ」と玲子。

「どういうこと?」と俞。

麗麗が微笑んでいる。

「私が誰かに抱きしめられて、キスまでされても日本人はなんとも思わへんもん」と菱紅。

「ありえへんなぁ」と滬生。

「やってみる? 日本人は絶対ヤキモチなんか妬かへんのやから」

みんながその日本人を見た。

「やってみて」と麗麗。

菱紅が立ち上がる。

「みんなあんまり品のない事言わん方がエエわ。初めてお目にかかる韓さんもおられることですし」と俞。

「大丈夫です。私はわかってます。何もかもね」

「韓さんは物分かりがいいから」と菱紅。

「こういう雰囲気もいいもんですね。みんなが集まってるときは和やかな感じもケンカ腰になるのも、上品な話もそうやない話も、いろいろなかったらあきませんね」と范。

「囲うって聞いたとたんに、あっちの事考えるんやから。それで喋ってるうちに、私のことを安っぽい女やと思い始めてるんでしょう。普通の結婚と、囲われるのって何が違うんやろ」と菱紅。

「そうやなぁ」と阿宝。

「法律的に違うわ」と俞。

「そうやわ。私が一番法律の事考えてるし、それに品があるし。そやから男女関係はないんよ。肉体関係も性欲も。そやけど誰かにもたれかかるくらいはいいでしょう」そう言いつつ菱紅はその日本人にしなだれかかった。

玲子が笑う。「何してんの。二十八にもなって。もうちょっと落ち着かなアカンわ」

全員がグラスを合わせたところで、麗麗が言った。「菱紅さんは口開いたら普通と違う事言うわねぇ」

「私が言うのは普通の人が言わへん事、するのは普通の人がやらへん事。それだけの事です。何百年も何千年もずっとあったような、同じような事喋ってても何もおもしろいことありませんでしょう」

葛先生はうっすらと笑みを浮かべた。「スリルのある事がこの上海にはどれぐらいあると思われますかな」

「お喋りばっかりやのうて、お料理もどうぞ」と中二階。

「言うてもよろしいかな」と葛。

「どうぞどうぞ」と玲子。

「昔のことです。どこかの外人のじいさんが亡くなったんですわ。傍にいたばあさんは同じ布団で一緒に寝てたんですと。死んだ者と生きてる者ですぞ。それで何年も過ごしてたらしいんです。こないだこの街にもそういう事があったらしいですな。ばあさんが亡くなっても旦那は周りの者には何も言わんかった。火葬場にも連絡せんと、毎晩、死んだ者と寝てたんです。そのままずっと半年あまりね。けったいな臭いがするのに近所の者が気付いて、それでわかって言いふらしたんです。六時半のテレビのニュースでやってたんですけどね。そのじいさん、カメラに向かって言うてました。ばあさんが亡《の》うなって、うろたえてしもうて毎晩悪い夢にうなされてたんやけど、ばあさんの体に触ってたら落ち着いてきたらしいんです」

「立派な精神病ですね」と畲。

「びっくりやわ」と麗麗。

「いやぁ、悲しい事です」と葛先生。

「ご飯食べてるんやし、そんな気持ち悪い話はやめときましょう」と中二階。

「男と女のこういう愛情なんか、今どきなかなかお目にかかれるもんやないでしょうねぇ」と葛。

「いややわ。うちのお隣さんも年寄り夫婦やけど、もしも亡くなったほうにもう一人が添い寝してたらどうしよ」と中二階。

菱紅は冷静に微笑んでいる。

「ほんまにそうやわ。見た目は旦那さんのこと気にしてるみたいな女もいるけど、ほんまはそんな愛情あるやろか」と玲子。

中二階は黙っている。

「親父が言うてたけど、年とったらつらい事があっても辛抱する心の準備しとかなアカンのですねぇ。いろんな苦労する覚悟しとかなアカンって」と阿宝。

「そうとも限らへんの違う？　前にガーデンホテルへ行った時やけど――」と口を挟んだのは菱紅だった。

――ガーデンホテルで菱紅は八十過ぎのじいさんと出会った。見るからに幸せそうな人だった。髪の毛は真っ白だが、背筋をシャキッと伸ばしている。

菱紅を見たじいさんがおもむろに近づいてきた。後ろに控えた〝かばん持ち〟は脇にクッションを挟んでいる。

「お嬢さん、日本語できますか」

「はい」

「今ちょっとお喋りできますか」

「はい」

ロビーのソファに座ると、付き人の日本人がクッションをさっと背中に当ててやった。

「私は年をとりましたんで、もう楽しい事しか考えないようにしております」

「はい」

「よろしかったら向こうの花壇を散歩するのに付き合っていただけませんでしょうか」

「はい」

立ち上がると、じいさんが腕を差し出してきた。腕を組もうということか。

この人が自分のおじいちゃんやったらなぁ。それにしてもかっこいいわぁ――。

付き人はクッションをさっと引くと、カバンを持つように小脇にかかえ傍に立つ。ロビーを出た二人は花壇の周りを歩いた。クネクネ曲がった小道。二人とも黙ったままだ。聞こえてくるのは鳥のさえずりとサラサラいう葉ずれだけ。
二、三周回ると三時過ぎになっていた。ハイヒールを履いていた菱紅が疲れてきたのでロビーに戻った。
「天気もいいし、お嬢さんにもよくしてもらったし、幸せです」

微笑む菱紅にじいさんは会釈した。「お手間とらせましたね」

菱紅もお辞儀をした。「いえいえ」

「明日の午後二時、もしよかったらまた散歩に付き合っていただけませんでしょうか」

「承知いたしました」

「お電話はお持ちでしょうか。私、数字にめっぽう強いんですよ。電話番号なんかは一度お聞きしたらすぐに覚えてしまいます」

電話番号を教え、その日は別れた。翌日、昼食を終えると電話が鳴り、二時に散歩する約束を交わした。次の日もその次の日も――。


「全部で何日なん?」と玲子が遮った。

「四日目の二時に散歩して、いつもどおり二時四十五分でおしまい。四回お付き合いしたわ。自分はもうすぐ日本に帰るけど、何かお望みがあったら遠慮せんと言うてもらいたいって言うてくれたんや。けど、私、何も言わへんかった。わけわからへんもん。それで結局、何て言うたと思う? 滬さん、当ててみて」

「簡単や。『いつか日本に行きます』やろ」

菱紅は黙って阿宝に目をやった。

「『中国と日本のみんながいつまでも仲良うできますように。さいなら』やろ」と阿宝。

菱紅は次に韓を見たが麗麗が割り込んだ。

「私やったら、『夜、船で黄浦江遊覧でもしましょう』かな」

韓が少し考えて言った。「『店を開きたいんです。ブランド物扱うの』かな」

店中が笑いに包まれた。

日本人にはそれまでずっと玲子が通訳をしていたのだが、そのときみんなは件《くだん》の日本人を見た。

「今、日本人の昔の詩を仰いました。〝世の中にたえて桜のなかりせば　春の心はのどけからまし〟桜の季節になったら、今日は綺麗に咲いてるけど、明日は散ってへんやろか、明後日はどうやろって気になってしょうがない……まぁ大体の意味はそんな感じ」と玲子が言うと、みんな何も言えなくなった。

「さっきの答えは簡単なことです。『もう決めました。昼も夜もお仕えします』」と葛。

みんなが中二階の女を見た。

「何やろ。范さん、仰ってください。どうぞ」

「全部で四回も行ったんですから、遠慮せんと時間で計算して手当をもろうたらエエんです。それから蘇州の滄浪亭に誘うて、最後に散歩して気晴らししてきたらエエんです」

阿宝と滬生が大笑いする。

「そんな言い方ないわ。それにしても家族でも親戚でもないのに変なお爺さんと散歩したりして、よっぽど暇やったんでしょ」と兪。

「確かに」と玲子が相槌を打つ。

黙りこんだ菱紅は頬を赤くして涙ぐんでいたが、少し経つと笑顔を見せた。

「みんなまぜ返すような事ばっかり言うて。簡単な事言うただけ。『私はガーデンホテルが大好き。この目でこのホテルができるの見てきたし、高うて綺麗。でも一番上の階がどうなってんのか、全然わからへん』って。そしたらにこにこして、連れて行ってくれたんよ。エレベーターに乗って三十四階のスイートルームに着いたら、カバン持ちの人がドア開けてくれて、私らが入ったら外からそうっと閉めて、部屋の中は二人っきり。もう言葉にできひんくらい感動したわ。思いもしいひんやん。あのガーデンホテルの一番上の部屋に行けたんよ。下に見えてるのが上海の街。向こうの方もまわりも全部上海の街。あぁほんまに来たんやなぁって、夢みたいやった」それっきり口をつぐんでしまう。

「それで？」と中二階。

「それで帰ったんよ。三ヶ月経ったらまた上海に来るから電話待ってるようにって言われて、ずっと待ってるんやけど、結局今になってしもうたわ。上海と東京を何遍も行ったり来たりして、その間に日本のお坊さんと結婚して離婚して、それでまた戻ってきたけど、それでも電話はかかってきてひんわ」

「そのかた、きっと亡くなったんでしょうな」と葛。

「たぶんね。そうやなかったら絶対電話くれるはずやし」と菱紅。

みんなが黙り込んだ。

菱紅が沈黙を破った。「でも私はやっぱり待つわ。もう待つのにも慣れたし、ひたすら電話を待つ女、それが私！」

「でもちょっと怪しいんと違いますか。部屋は二人っきり、それで景色見てただけやって、そんなん理屈に合わへんのと違います？」と兪。

「私は信じるわ」と麗麗。

「もしその人が手を出してきたとしても上品やったやろねぇ」と中二階。

菱紅がやるせない笑みを浮かべた。「どうせそうですよ。みんな思うてるんでしょ。私のこと、その手の女みたいに」

進賢路を大型バスが地響きとともに走って行く。

滬生が沈黙を破った。

「聞いてもエエかなぁ。それって夢なんやろか。映画のワンシーンなんやろか」

「結局こういう事でしょう。広い花壇で年寄りと若い娘があっち行ったりこっち行ったり。まぁ、それだけの事ですね」と韓。

「こんな映画がありましたね。綺麗な女性二人がどこかのおじいさんとダンスの約束してたんです。そしたら若い男の子がじいさんの部屋に押し込んできてイブニングウェアの奪い合いを始めた。じいさんもなんとか奪い合いにもぐり込んだんやけど、もうラックは空っぽ。隅の方に紙袋があったから見てみたら、郵便配達員の制服が入ってた。しょうがないから、じいさん、しわくちゃのその制服を着てダンスホールに入った。ホールの客がその姿を見た途端、灯りがついて音楽がとまった」と阿宝。

「それから？」と菱紅。

「忘れたなぁ」

「夢みたいな話やのに。阿宝さん、言うたら具合悪いんでしょ」

「噂やけど、阿宝は子供の頃仲よかった女の子の事しか頭にないらしいやん」と玲子。

阿宝は答えない。

「〝じいさん〟で思い出しました。何年か前、日本人の昔なじみとサイパン島に行った時に、女の子をリクエストしたことがあるんですよ」と葛先生が話をそらした。

——そこにいたのは中国系女性が殆どで、年の頃は四十過ぎ。暗がりで見たところ、傍に来たその四十過ぎの女は泣き顔をしていた。気分のいいものではない。お互い日本語で話をした。

「どうしたんだ」

「両親が重い病気でお金が足りないの。困ってるのヨ」

葛は返事をしない。

「アタシが悩んでる顔、見たいでしょ。泣いてる顔の方がいいデスカ」

「どんなサービスしてるんだ」

「隣の部屋では何でもヤルヨ。お客さんも普通じゃナイヨ。女の子に頬っぺた殴らせたり、髪の毛引っぱらせたり。足の指をくわえさせることもアルヨ。お客さまが満足してくれるなら何でもヤルヨ」

傍で日本人が笑っている。

「例えばネ。死んだふりして、傍で誰かに泣いてもらいたいって言うお爺ちゃんがいるネ。そんなお客は十分ぐらい床に座りこんで泣きまねしたら満足してくれるネ」

「なんだと！　このアマが」と葛は我慢できなくなった。

飛び上がる女。

「誰の差し金だ。何を悪い夢見てるんだ。親も精神病か」

涙で顔をくしゃくしゃにした女が言う。

「ゴメンナサイネ。アタシどうかしてたネ」

「正直に言いなさい」日本人の友人が口を挟んだ。「いったいなんでそんな事してるのかね」

女が返事に困っている。

葛は女の頬をおもいきりつねった。「言えっ」

「いやになってただけヨ。パパとママの病気はほんとだけどネ。何遍でも殴ってチョウダイ。お尻でも足でも叩いてもらったら、気が済むヨ」と泣き崩れる女。

葛は黙って女の頬をつねったまま放さない。

「焦って頭ぼうっとしてたから、むちゃくちゃ言ってたのョ。許してネ。ほんと失礼な事しましたネ」

「おーい、ママ——っ！」

女の頰をつねっていた手を緩め、慌てて入って来たでっぷり女に聞いた。

「ここはこんなひどい事やって客の相手して、それでも責任感ていうもんがあるんか」

情けない顔をしたママは蚊の鳴くような声で言った。

「誠心誠意サービスして、お客さまに心から満足してもらえるように責任持ってやらせていただいております。それが当店のモットーでございます」

「客に満足してもらいたいんなら、なんで従業員の親の事を仕事に持ち込ませるんだ。人が死んで泣きはらしたような顔させて、そんな事でいいのか」

こいつも同じ目に遭わせてやろうかと思っていると、相手もそれと察し、葛に近付くと自分から頰を出した。意外だった。しかしボッテリとした肉の厚化粧を見ているうちにその気も萎《な》えてしまった。するとママは今度は土下座だ。

「年とってきたら若い者の泣き顔見るのが一番イヤなんだ。お通夜みたいな顔しやがって。私が今にもお陀仏、追悼会や火葬場行きが目の前に迫っているようじゃないか」

ママは尻を跳ね上げて頭を床にくっつけ、何遍も謝った。

「このくたばりぞこないの女を今すぐ追い出せ。上海に送り返すんだ。二度とコイツの顔なんか見たくない」

「はいっ。そのように」尻を跳ね上げ頭を床につけたままそう言うと、ママはやおら立ち上がって深々とお辞儀し、口を突き出して女に合図をした。

女も頭を下げ、大慌てでちょこちょこついて行く。しかしすぐに友人が叫んだ。

「待て！」

二人がピタッと立ち止まる。

友人はごそごそと小切手を取り出して言った。

「こっちに来い」

泣きっ面の女が振り向いた。

「このアマ、親の治療費どれぐらい足りないんだ」

女は俯いて黙っている。

「さっさと言え！　このくたばりぞこないめ」と葛。

二人の声に驚いた女は泣きっ面をしたまま、また黙って土下座するだけ。尻を上げ頭を床に打ちつけている。友人はため息をつき眼鏡をかけると、電気スタンドの所へ行って六十万円の小切手を投げつけた。

「さっさと出て行けっ」

小切手を手にした女は、ママと一緒に深々と頭を下げて葛たちの方を向いたまま後ずさりし、ゆっくり出て行った。


葛の意外な話にみんな言葉を失っていた。

「昔、こんな風にまとめた人がいましたな。歓ばざるの候、つまり面白うないことですな。それが十個くらいある。〝灯りが暗い、ごちゃごちゃ言われる、本末転倒、家とかお国のことを議論する、宴会の途中で抜け出す、音楽がようない、歌姫がずる賢かったり、ぶさいくやったりする〟。それに酔っ払うて、大騒ぎしたり寝てしまうのもです（袁宏道『瓶史』）」と葛。

「え？」と韓。

「あの時のホステスみたいなヤツです。みんなが気持ちよう酒飲んでる時に水を差して、決まりをバカにして道理もへったくれもない、礼儀作法もわきまえてへん、無礼者で騒々しいだけ」

「その日本人のお金はトイレットペーパーみたいなもんですね。エエ加減にちぎられるだけで」と范。

「それにしてもその女、ほんまに上手いこと稼いでますねぇ」と玲子。

「裏話がありそうですね。演技も最高で」と滬生。

「葛先生もお楽しみやったんですね」と阿宝。

「さすが宝さん、鋭いわ」と菱紅。

「ナイトクラブって葬式会場みたいねぇ」

そう言った中二階に玲子が睨みをきかせた。

「おじいさんやもん、そういう四十過ぎの女が大好きなんよ。日本では〝熟女〟って言うみたい」

　中二階が口をつぐんだ。

「そういう年になった中国人の女はツラの皮がほんまに厚いんよ。日本人のお客さんに撫でられながら、その人の電話借りて国際電話かけてるわ」と玲子が続ける。

「〝そういう中国人の女〟ってどういう意味？　誰かがそうやからって、みんな一緒にしたらアカンわ」と中二階。

「どうせ傍にいる日本人は中国語がわからへんやろって、そんな女は思うてるんよ。そやからソファに寝そべって、ゴソゴソ腰くねらせて息殺して、電話に向《こ》かって言うんよ。『なぁ、そっちの天気はどうなん？　小明《シアオミーン》は賢うしてる？　食べたいって言う物、ちゃんと買うてやってや。わかった？

お正月には帰るから。アタシがどれだけ苦労してるかわかってる？　帰ったら調べなアカンな。小明がおりこうさんやなかったり、部屋に女の長い髪の毛があったりしたら遠慮しいひんから。許さへんし。聞こえてる？』ってね」と玲子。

「確かに、正月になったら全日空から下りて来る女って、色とりどりの服着て、大きい荷物に小さいカバン持って、大声で人に指図してるわ。お茶の道具が、ムードがどうこうって、うるさいうるさい。でも見掛け倒しなんやから。人がわからへんと思うて」と兪。

「それは珍しい例でしょう。みんながみんな、そういうわけやないですよ」と韓。

中二階がかん高い声を出す。「上海のまともな女、お求めでしたらいくらでもおりますよぉ」

玲子は黙っている。

葛がグラスを挙げた。「奥さん、怒らんでもいいんですよ。昔、中華公司《ちゅうかこうし》の映画女優で周文殊《しゅうぶんしゅ》（一九二〇年代の女優）っていう人がいましてね。温呑水《ぬるまゆ》ってみんなは呼んでましたけど、あの人、全然怒らへんかったみたいですよ。絶対に腹をたてへんのです。どれだけたくさんの人に好かれてたことか。女の人はそういうのをお手本にせんとねぇ。謙虚で慎み深い、世の中の事を考えて、誰に対しても春風みたいに温かい。さぁ飲みましょう」

中二階がグラスを持ち上げた。

「さぁ玲子さん、あんたさんも。偉いですねぇ。お店をやっていくのは大変なことです。無理せんといてくださいよ」と葛。

玲子は口を閉ざしたままだ。

「そんなイヤそうな顔せんと」とまた葛。

中二階が冷めた目で薄笑いしている。「ふん、イヤな思いしてるのはこっちですわ。この人はええ衆《し》のお嬢さん。うちこそ女中みたいにこき使われて、怒られてばっかり」

「ちょっとちょっと、ものの言い方に気ぃつけてよ」と玲子。

「今頃になってやっとわかったわ。〝夜の東京〟をやってるのは、やっぱり大事な葛先生がいつも来はるからなんやわ。葛先生が全部お金出したはる。こんなでたらめ、この街で他にあるやろか」と中二階。

「エエ加減にしなさい」と葛。

「お友達の前なんやから、言葉を慎んだほうがエエわ」と玲子。

「まぁそのへんにして飲みましょう」と滬生。

「そうそう」と菱紅。

「日本人の妾のくせにまた口挟む！」と中二階が挑発する。

「ちょっと、皺くちゃの年増女が。そのいやらしい言い方、なんとかならへんの？　叩かれとうなかったら気ぃつけなさいよ」と菱紅も負けてない。

中二階が立ち上がった。「こっちは怖いもんなしや。たかが東京帰りの商売女、上海のあばずれが。叩きたかったらどうぞ。こっちこそ、ええ衆《し》の出なんやから。怖いもんなしや」

立ち上がろうとした菱紅が例の日本人に肩を押さえられた。

「私と葛先生は幼馴染みとまでは言えへんけど、前々からのご近所同士や」と中二階。

「わかったわ。喧嘩売る気なんやね。葛先生に聞いてみたら？　あのときなんでお金出して店を出させてくれはったんか……なんでわざわざ自分からお金持って来て好きなだけ使わせてくれはるんか……どうなんよ」と玲子。

「この尻軽女、ヤキモチ妬いてるわ。あんたの出番やないわ」と菱紅。

「こんな店、大した実入りもないくせに。お金はどこに使うたんよ。誰かてわかってるんやから」と中二階。

「そこまで言うつもり？　あんたにそんな事言う資格あるん？　何様のつもり？　葛先生の全財産そっくり独り占めするつもり？　そんな資格あるん？」と玲子。

「葛先生のお屋敷は洋館でしょう。私もあんな家が欲しいわぁ。ほんまに。でもそんなん、到底無理なんよねぇ」と菱紅。

「もう騒ぐんやない。それ以上言うたらあきません」と葛。

「何も問題あることなんかしてませんし」と中二階。

玲子が何か言おうとしたが、葛がテーブルを叩いた。「やめなさいっ」

みんな驚いた。

「こんなたくさんの友達の前で、しかも初めてお目にかかる韓さんとか日本から来られたお客さんもおられます。国家は体面が大事です。私もメンツが大事です。これ以上話してたら、私も自分で自分の横っ面叩くようなことになりかねません。このへんにしましょう」と葛。

「いやいや、どうっていうことありませんよ。まぁほどほどにしましょうか」と韓。

范がグラスを挙げ、穏やかにとりなした。

「葛先生、そしてみなさん、私が玲子さんや菱紅さん、それに中二階のおねえさんに代わってご挨拶がわりに一杯頂きましょう」

「それでは葛先生の代わりに僕が一口頂いてもよろしいでしょうか」と滬生。

「一口では少なすぎますわ」と麗麗。

「いや、今は葛先生の代わりですから、お酒は少なめで」

「グラス一杯ぐらい飲めや」と阿宝。

「私は中二階の奥様の代わりをさせていただいてもよろしいでしょうか」と麗麗。

葛は笑っているが、中二階はおし黙ったまま。

「ほら、笑《わろ》て笑て」と葛。

中二階は表情も変えない。

「笑て」

　こうなったら中二階も意地だ。

「あんたさんの甘い笑顔はお美しい。お綺麗ですよ」

黙ったままの中二階をなんとかしようと、葛が言葉を変えてみた。

「今日のこの芹、柔らかいですね。計り売りですな。一斤《きん》おいくらでしたかな」

「……三元五角です」

「おぉ、それは損されましたね。大沽路《だいころ》でしたらたったの三元四角です」

中二階もなんとか笑顔になった。「エエ加減な事ばっかり。私も行ったことありますけど、あそこはセロリしか売ってへんかったわ」

　この一言で空気が少しほぐれた。

作り笑いをした玲子が朗らかな声で話題をそらした。

「麗麗さん、ダイヤのお商売されてますけど、手広くやってらっしゃるんでしょうね」

「底なしにね」と韓が代わりに答えた。

「麗麗さんって、いつもにこにこしてもの静かよね。そういう方はダイヤみたいなキラキラ光る物は一粒もおつけにならないのよね」と玲子。

「腕もあるし、財政面も上手に回しておられます。麗麗さんのお宅のホームパーティに呼ばれたことがあるんですけどね。小さい物でしたら小皿とかグラスみたいな物から、五十センチほどもある大きいスープボウルまで全部イギリスのウェッジウッドのセットなんですよ」と韓。

麗麗は大したことはないという顔をしている。「いえいえ。そんな物、下手に使うたらみんなにびっくりされるだけですわ。この世の中、何もかもうそばっかり。見掛け倒しです。おわかりいただけますでしょうか。何もかもうそ。私が一番好きなんは、この街のほんまの姿です」

「例を出したほうがよさそうですね」と韓。

「言うたらあきません」と麗麗。

「マカオにいる遊び友達がこっちへ博打のケリを付けに来たことがありましてね」と韓。

麗麗が黙っていられなくなった。「韓さん、もうっ！」

「アハハ。結果はですね。そいつら面倒な事やって捕まってしもうたんです。私が顔出して解決したんですけどね。相手はえらい感激して、しまいに六カラットのダイヤの指輪を出してきました。博打の借金のかたには決まりがあるんですけど、その相場の三十万元に当たります。受け取ってくれって言われました。今回上海に持って来て、麗麗さんにサイズの調整をしてもらうつもりでした。でも麗麗さんはパッと見ただけで、そんな事せんでもエエって仰るんです」

「またその事を……。もう言うたらあきませんって」と麗麗が話を遮る。

「それで？」と菱紅。

「麗麗さんが値踏みしてくださって、百二十万で買い取られたんです」

みんな次の言葉を待っている。

「私がお金持ちなんやありません。お商売です。おわかりいただけますでしょうか」

誰もが黙って聞いている。

麗麗が気恥ずかしそうに言う。

「私らのこの業界は煉瓦運びみたいなもんです。小さい元手で大きい利益を手に入れるんです。逆かもしれませんけど。値段を言うたらいつもびっくりされますけど、昨日来たファックスにも書いてありました。石座も腕も——つまり、指輪全体がひとつのダイヤでできてるんです。ゼロが数えられへんという訳でもありませんけど。一億元でしょうか？　それとも十億？　小さいケースに一つだけ入ってるんですよ。相場、どれくらいか当ててみてください」

「どれぐらいですか」と韓。

「四万ドルです」と麗麗。

みんな開いた口がふさがらなかった。

〝夜の東京〟——外は冬の雨。霰《あられ》になったようだ。

「冷えてきましたね。野菜入り麺でもどうですか。いや、やっぱり野菜おじやにしましょうか。温まるから」と玲子。

「別に寒うないけど」と菱紅。

「何をやせ我慢してんの。ガーデンホテルみたいな所やったら寒うないやろけど。全館エアコンで二十四度の快適な温度になってるやろしね。目と鼻の先やし、また行ってみる？」

貳拾伍章《にじゅうご》

壹《いち》

スピーカーから五号室の女の声が聞こえてきた。

「阿宝さぁん、今すぐ帰ってくださぁい。お客さんでぇす。すぐに帰ってくださぁい」

とんで帰ってドアを開けると、部屋には同じような柄シャツ姿の男女がいた。香水のいい匂いがしている。

普段は、紺、黒、灰色の服を見慣れているので、派手な色の服を見ると、服に気を取られ、相手の顔までは目に入らなかった。目がちかちかする。

「あのぅ……」

柄シャツ男が抱きついてきた。

「阿宝、オレ、兄貴や。香港から来たとこや。昨日は皐蘭路の昔のうちへ行ってみたわ。やっと会えたなぁ」

胸に熱いものがこみ上げる。

兄は手を放すと後ろを向いて紹介した。「嫁さんや」

叔母が横から口を挟む。

「阿宝、お義姉《ねえ》さんに挨拶しなさい」

うなずく阿宝に兄嫁が近づき握手してきた。

「阿宝くん、こんにちは」

叔母が涙を拭っている。

「兄ちゃんも義姉さんもとりあえず座ってください」

大挙して押し寄せた近所の面々が窓の向こうから覗き込み、そこらじゅうを見回している。

「さっき電話したから、お父さんもお母さんもじきに帰ってくるわ。みんなとりあえず座って。あぁもう、うれしいわぁ。何年会《お》うてへんやろ。見違えたわ。まぁ座って。ポーチドエッグでも作ってくるわ。それより温《あった》かい砂糖水のほうがエエかな」と叔母。

阿宝が叔母を引き寄せ、耳打ちした。

「そうやな。とりあえずおかずでも買いに行ってくるわ。晩ご飯はまた考えたらエエし。やっぱり肉親が一番やなぁ。ほんまに兄ちゃんには申し訳ないことしてきたわ」

そう言うと叔母は出て行った。兄は黙って窓の外にいる人たちを見ている。

「気にせんと喋ってエエぞ。もう大丈夫や」と阿宝。

「手紙いっぱい書いたけど、全然返事くれへんかったな。阿宝はまだ切手集めてんのか」と兄。

「とっくにやめた」

「本土の切手、外人は気に入ってるけどな。外国の切手はここでは見られへんやろな」

兄嫁がカバンを提《さ》げて来た。

阿宝が窓に近づくと、外にいた二号室の女、一号室のばあさん、子供二人、それに幼子を抱いた二階の山東女がこぞって後ずさりした。

「何がおもろいねんっ」と阿宝がカーテンを引く。

兄嫁が切手帳三冊、ジーンズ、丸襟シャツを二枚取り出した。

「これ、アメリカのジーンズや。本物やぞ。こっちでも穿けるやろ。阿宝、穿いてみろや」と兄。

昔ながらの上海言葉に香港の言葉を一緒くたにして兄嫁が話す。

「ホラ、シャツ二枚。そうや！ 阿宝くん、奥さんいるんやろ。こっちではお嫁さんって言うんかな」

「彼女やったらいるけど」

「その人が太ってても痩せてても、どんな体型でも、これ伸縮するから。ほんまにかっこエエんよ」

阿宝は黙っている。

兄が切手帳をめくる。セットになった蝶々の切手だ。コスタリカのブルーモルフォ蝶のシート二枚。

それを見たとたん、蓓蒂への思いが沸々とわき上がった。

「殆どが普通の切手や。消印押した普通の切手が二冊ある」と兄。

「もう集めてへん」

「外国の切手は普通のでも印刷の具合がええやろ」

阿宝がページをめくると、全て〝中華民國台湾郵票《きって》〟と書いてある。おもわず目を見張った。

兄はカーテンの向こうを気にしている。「とりあえず切手帳も服もどこかに隠しとけよ。親父が見たらびっくりするやろし」

阿宝は何も言えない。

「本土の年配の人は肝っ玉が小さいらしいしな」

阿宝は抽斗を開けると服を広げて底に入れ、切手帳は古いカバンに入れておいた。

兄がゆっくりカーテンを開け、声をひそめた。

「阿宝、香港に行きたいことないか」

「え？」

「本土では香港に来るのがブームになってるんやてね。私がなんとかするから。こないだ妹の手続きやったんやけど、状況はだいぶようなってるわ」と兄嫁。

急な話に阿宝は戸惑っている。

「とりあえず親族訪問のビザとって、あとの事はそれからまた考えたらエエわ。香港に来たら仕事するチャンスもいっぱいあるしな。オレの会社で手伝うてくれたらエエし。夜は勉強したらエエわ。広東語でも英語でもな。貿易やらせたらやっぱり上海人がピカイチや」

阿宝は返事ができない。

まもなく叔母が買い物から帰ってきた。

父親が駆けつけた。兄と兄嫁が立ち上がる。

「お父さん、久しぶりです」

「ダディ、初めまして」

黙って座った父親はタバコを吸い始めた。

「お父さん、お身体どうですか」と兄。

父親は返事もしない。

兄嫁がチョコレート一箱と舶来タバコ二カートン、それに香港の三耳《さんじ》氏《し》跌打《てつだ》紅胆汁《こうたんじゅう》（打身やリウマチに効く塗り薬）、蜆殻《けんかく》胃散（蜆の殻を使った咳止め・胃腸薬）、シンガポールの南洋金老虎《きんろうこ》猛虎《もうこ》十八蛇千里追風油《じゅうはちじゃせんりついふうゆ》（筋肉痛などに効く塗り薬）などの漢方薬を取り出した。

兄は香港上海滙豊《わいほう》銀行の分厚い封筒を渡そうとしている。

「何のつもりや」

「お父さん、ほんの気持ちです。親孝行しようと思うて。年とったら体に気をつけてくださいよ」

「薬は何のためや」

「向こうで言うてます。本土の人らはよう力仕事するって。川底の泥を担いだり、防空壕《ぼうくうごう》掘ったり、煉瓦作ったりして大変やのに、ろくな物食べとらんって。それで……」

「全部持って帰ってくれ」

「え？」

「お義兄さん、何言うてんの」

「二言目には本土本土って、本土の何が悪い。西の方は山が多いけどこっち側はそんな事ない。土地が肥えてて広いから、いろんな物がいっぱいとれる。食べるのも着るのも困ってへん。みんな楽しぃ暮らしてる。お前の言う事はどうも怪しい」

「どういう事ですか」

「忘れたらアカンぞ。わしは地下工作やってた事があるんや。警戒心っていうもんがある」

「それはぼくも知ってます」

父親が鼻であしらう。

「詳しい事も知らんと、わかるわけないやろ。確かにわしは胃が悪いしリウマチもあって肩に古傷もある」

「親父……」と阿宝が口を挟んだ。

「それでも、今どんな情勢か、外国がどんな風になってるか、全部わかっとる」と父親。

「ぼく、自分で小さい貿易会社をやってます。アフリカと取引してるんです」と兄。

「ダディ、そんな事知りませんでした。香港でも仕事見つけるのは並大抵やありませんし、手広うやっていこうと思うてもなかなかうまいこといきません。諜報部員みたいな事は考えられません」

「そうやろ」

「ダディ、今の香港の人間は苦労してます。仕事もなかなか見つかりません。それで現実しか考えへんのです。人が冷蔵庫持ってるのに、なんで自分にはないんやろとか。それでみんな頑張るんです」

「そうそう」と兄が言うと、兄嫁が続ける。

「一本何十万もするワインが飲める人もいるけど、ただの板張りの部屋にしか住めない人もいます。宝くじに当たったとしても雀の涙、残念賞ぐらいです。香港ではお布施とかお賽銭《さいせん》なんかの出費もかさみます。普段は観音さまには三万、皇母さま（神話に出てくる女神）にも三万、如来さまにも三万です。もう食べる物さえあったら十分なんです。昔は何でもやりましたけどね。コーラの配達したり、フィギュアの仕上げしたり。他にもいろいろあります。ビーズ細工、造花作り、縫製工場では縫い目の仕上げ……」

「ぼくが香港で養子に行った先のおじさん、竇《ドウ》おじさんって呼んでたんですけど、ぼくが中学校のとき亡くなりました。それからは仕事を探そうと思うたら、不動産を持ってる保証人が必要なもんで、いろんな人のお世話になってきました。本土やったら、ぼくみたいなんがプロレタリアートって言われるんでしょうね」と兄。

「やっていくのが大変やし諜報部員みたいな事するんか」と父親。

「え？」

「これ以上話しても意味ない」とまた父親が言う。

兄は黙ってしまう。

「あのとき仕事の加減でしょうがなかったから、おまえを養子にしてもらうように頼んだのは確かや。香港で暮らしてたら考え方も生き方もこっちの者とは違うてきてもしょうがない。今更何も言えるわけやない。ただ、それが歴史なんや。今はもうそれはそれとして考えなアカン。エエか」

兄はまだ何も言おうとしない。

父親は封筒をポンポン叩いた。「どれだけ入ってるんや」

「香港のお金で五千ドルです」と兄嫁が答えた。

父親は兄嫁のバッグを開けると、封筒もタバコも薬も何もかも入れてしまった。

怒りのあまり、叔母は持っていた食器をテーブルに落とし、その拍子に食器が床に落ちて粉々に砕け散った。ガシャン！　バリバリッ！

「お義兄さん、また病気が出たんやわ。お姉ちゃん、まだ帰ってきてへんし、子供の顔も見てへんのに。ほんまに血も涙もないんやから。頭おかしいわ」

父親は黙っている。

「お兄ちゃん、奥さんとその辺歩いてきたら？」と叔母。

父親は兄嫁のカバンのファスナーをゆっくりと閉じた。

「帰ったらアカンよ。もうこうなったらやけくそや。私はどうなってもかまへん」と叔母。

父親がカバンを兄嫁に手渡した。「すまんな。でもやっぱり帰ってくれ。お金は気持ちだけ貰うとく。ホレ！　どれもこれも貰うのはやめとく。親孝行やとか活動資金って言うんやったら、まぁそれでもエエ。広東人やったら〝特別手当〟とか言うんやろけど。でもわしはそんなもん貰うたら、ケツの穴がムズムズする。許してくれ」

兄は黙っていた。

「阿宝、バス停までお客さん送ってこい」

叔母が泣きだし床にへたり込んだ。

「人の心なくなってしもうたんか。そこまで薄情な事言うの。あぁ、神様仏様――」

「叔母さん、割れたお碗が散らかってるから立って。ぼくは大丈夫やし」と兄。

阿宝は黙っていたが心の中で涙していた。

「阿宝、聞こえんのかっ」

阿宝は黙っている。

近寄ってきた父親にデコピンを食らった。「逆らうんか。早《はよ》うお客さんを送ってこい。聞こえんのかっ」

貰った香港シャツを鏡に映してみた。斬新な柄だった。一枚は白地にピンクの柄。もう一枚は灰色地に淡い青。雪芝は一枚ずつ体に当てては鏡に映し、ためつすがめつ見ている。

「白いほう着ようかな。やっぱり灰色がエエかな」

「……」

「阿宝、何考えてんの」

「格子縞のほうが落ちついてる」

「今日は晩ごはん食べるんやろ。蘭蘭と滬生はよう知ってるし、五号室のおばさんと小珍は一回会うたことあるけど、小珍の彼氏は知らん人やし」

「あんまり流行追っかけてるのはようないやろ。地味なほうがエエわ」

「それでもこれ着たいわぁ」

黙っている阿宝に雪芝がまた言う。

「トロリーのお客さんがこんなん着てるの見たことあるけど、全然目立ってへんかったわ」

「ケバいし目立ちすぎるわ」

「阿宝は色の事がわからへんのやわ。やっぱり着たいなぁ」

阿宝はためらいつつ言う。「それやったら青のんにしたらエエわ」

雪芝が着替えやすいよう、部屋を出ようとした阿宝は雪芝に引き戻された。

「エエやん。知らん人でもないんやから」

阿宝は黙ったままだ。

雪芝は向こう向きになり、胸のボタンをはずした。

俯いてゆっくりブラウスのボタンをはずす雪芝が鏡に映っている。一つはずすのにえらく長い時間をかけている。阿宝は脇へよけた。着ていた白いシャツがゆっくり椅子の背もたれに滑り落ちる。吸い寄せられそうになり体が火照るのを感じた。シャツがゆっくり雪芝の体を覆う。鏡に脇やあばら骨があらわに映る。体がゆっくり包まれていく。両手で下へ引っぱると、シャツがピンと体に貼りつき、滑らかな生地にできた皺、膨らみ、引き締まった部分、どこをとっても自然な線を出していた。

「どうやろ?」

阿宝はどう答えればいいのかわからない。

雪芝が鏡を見て言う。

「阿宝もジーンズ穿いたらエエのに。お客さんに穿いてる人がいたから、見とれてしもうたわ」

「あれは仕事着にしようと思うてるんや。仕事に出る時に穿くわ」

「そんなんもったいないわ」

いいこと思いついたといわんばかりに、雪芝が続ける。

「ズボンここに置いといて、一緒に出かける時ここに寄って穿き替えたらエエやん」

阿宝は目をしばたたいた。「しょっちゅう着替えてたら周りに何か言われるもとや」

雪芝は吹き出し、阿宝にもたれて叩く真似をする。暫く寄り添ったままでいた。

雪芝がテーブルの前へ行き丁寧にメモを書く。〝晩ご飯は外で食べます〟。

のんびり歩いていたが、路地を出るやもう雪芝がみんなの視線を浴びているのに阿宝は気付いた。

そのまま暫く歩き、四つ先までトロリーに乗った。曹家渡の終点に着くと、はす向かいに〝滬西《こせい》飯店〟がある。以前は〝滬西状元楼〟と呼んでいた店だ。二階に上がると五号室の女、小珍とその彼氏がもう来ていた。上がってきた従業員に阿宝が聞いた。

「名物料理、どんなんがあるかな」

「ゆで豚に牛肉の煮込み、それからゆで鶏に炒め物がございます」

阿宝がいくつか注文すると、古風な木の盆で料理が運ばれてきた。盆には状元楼特製オードブル、酒粕漬け、獅子頭《ししがしら》（こぶし大の肉団子）、上海料理が載っている。上海料理は青魚《あおうお》の腹身、鶏もつ、青魚の尾、青魚の腸を使った炒め物や醤油煮が四品。

料理が揃ったところへ滬生もやってきた。

「蘭蘭は？」と阿宝が聞く。

「あぁ阿宝、あいつ風邪ひいたからやめとくって」

滬生が不機嫌なのは目に見えていた。

みんなで紹介し合った。

小珍は彼氏がそばにいるので、少し緊張した面持ち。五号室の女同様、雪芝の頭から足先までをじろじろと見ている。

雪芝が笑った。「私、何かおかしい？」

「羨ましいわ。若いっていうのはエエなぁ。楽しいやろなぁ」と五号室。

「おばさんもお若いです」と雪芝が返す。

「雪芝さん、その服きっと舶来物やね」と小珍。

「香港のおじさんが送ってくれたんよ」

テーブルの下で阿宝が雪芝の脚をつねった。

許してくれといわんばかりの雪芝。「痛いなぁ。もう」

「阿宝、何したん？」と小珍が割り込む。

「どうしても着てきて、みんなに見てもらいたいって言うんや。さっきもトロリーの終点で配車係の人に言われたところや。雪芝、香港で結婚するんかと思うたって」と阿宝。

「そんな感じする」と小珍。

「あぁあの同僚か。いらん事言うてくれるわ」

「流行りの格好してるし、職場は国営やし、職場の保険も残業手当もあるんやろ。定期もただやし、食堂もあるし、今でさえそんな暮らしやのに、まだブルジョアの香港へ行くってか。キリないやん。意味あるん？　もったいないわ」と五号室。

雪芝が吹きだした。

「阿宝はこの娘《こ》に声かけんの、えらい長い時間かけたんやろ。秘訣があるんやろな」と五号室。小珍が言い聞かせるように言う。「もっと雪芝にようしたげなアカンしな。わかった？」

阿宝は笑ってごまかした。

みんな真剣に食べている。気の置けない者同士での和やかな夕餉《ゆうげ》だった。

周りのテーブルでも、みなやはり真剣に食べている。当時は少人数で行く時は、丸テーブルで他の客と相席するのに慣れていた。上がって来た五十がらみの男が若夫婦と相席した。

店員が来た。「ご注文は？」

「緑豆焼酎、一本」

「おつまみはどういたしましょう」

男は黙ったまま、人民服の左右にあるポケットから瓶を二本取り出すと厳粛な面持ちでテーブルに並べた。一本には大豆の醤油漬け、もう一本には干し大根が入っている。

ボーイはそれを見ると下に向かって叫んだ。「緑豆焼酎おひとつぅ――」

男は瓶の蓋をひねり、箸入れから箸を抜いた。

酒が来た。

向かいにいる夫婦は料理を三皿注文している。豚マメの炒め物、川魚の醤油煮、酢豚だ。男はその料理を見ると、瓶入りの大豆の醤油漬けを一粒つまみ、酒を一口舐めた。そして周りをぐるっと見渡し、次は阿宝たちのテーブルに並んだ料理に目をやった。

阿宝は俯き、男の方を見ないようにしていた。

男は酒を一口飲むと、他のテーブルの料理を見て干し大根を一切れつまんだ。

雪芝が小声で言う。「阿宝、私……」

「何や」

「大豆食べたいわ」

「何やて？」

「あれが欲しい」

阿宝は男を見て言った。「あのう、すいませんけど……」

「阿宝、何すんの」と雪芝が慌てる。

男がこっちを向いた。

雪芝があわてて俯いた。「阿宝、何してんの」

阿宝が男に言う。「すいません。人違いでした。すいません」

男は酒を舐め、阿宝のそばにある、せん切り肉と餅（韓国のトックに似たもの）の炒め物を見る。そして自分のすぐ目の前にある豚マメの炒め物にねらいを定めた。

雪芝が小声で言う。「ああびっくりした。いややわ。ちょっと言うてみただけやのに」

今夜はみんなオレンジジュース一本ずつしか飲んでいない。料理はすっかり平らげていた。箸を置き、世間話に花を咲かせていると、ずっと黙っていた滬生が突然切り出した。

「そろそろですね。僕、お先に失礼します」

「お開きにしましょうか」と五号室がそれを受けた。

みんなが立ち上がると、五号室がまた言った。「悪いなぁ。阿宝、ご馳走さま」

「いやいや、これくらい当然ですよ」

みんなで階段を下りると、滬生はあたふたと立ち去った。

「雪芝さん、ほな、さいなら。また来てや」と五号室。

「はい」

小珍が振り向いた。「雪芝さん、また曹楊村に来てね。さいなら」

雪芝が微笑んだ。

阿宝と雪芝はみんなを見送ると、肩を並べて歩いた。

曹家渡は人も車もひっきりなしに通り、賑やかだ。向かいの店では一晩じゅう焼き餃子やスープを売っており、灯りが煌々と輝いている。始発の停留所で発車のベルが鳴り、四十四番トロリーが走り去る。

「滬生と蘭蘭、たぶん面白うない事があったんやろな」と雪芝。

「うん、なんか滅入ってるみたいやったなぁ」

そのまま道なりに歩き滬西シネマの方へ曲がった。ほんの少し言葉を交わしたその時、後ろから声をかけられた。

「おい、ちょっと待て」

立ち止まって振り向いた阿宝は思わず立ちすくんだ。自転車を押して来る目の前の男、それが誰なのか、阿宝には一瞬でわかった。自分に向かって来る男には会ったことがある。それもよく知っている。

雪芝も驚いている。「お父さん――」

阿宝は黙って様子を窺った。

「エエ所で会《お》うたな。あっち見たりこっち見たりして、ずっとお前らを探しながら来たんや。南京路から淮海路、一時間以上自転車こいで、そこらじゅう探し回ってやっと見つけた」

阿宝は黙っている。

「そちらは阿宝さんやな」

阿宝が頷く。

「阿宝さんとやら、わしは年長者といえるな」

阿宝がまた頷いた。

「若い者は付き合うんやったら、決まりを守らなアカン」

阿宝は黙っているしかない。

「年長者としてひとこと言わせてもろうてもエエかな」

阿宝は黙って父親の話を聞いている。

「正直なところ、わしはこういう恋愛関係は絶対に賛成できん。なんでか。それはわしがこいつの親やからや」

阿宝はひたすら耐えた。

「雪芝は生まれて初めて外食したんや。心配でたまらん。他の事はもうごたごた言わん」

父親の話はまだ続く。

「男が何かやるには秩序を考えて、道理をわきまえてなアカン。年長者に賛成してもらわなアカン。ムチャな事したらアカン。例えばやな、こんな曹家渡みたいな所、信号がなくなりでもしたら、危のうていかん。こんな所ほっつき歩いてエエと思うてんのか。アカンやろ」

雪芝も阿宝も黙って聞いている。

「雪芝にはもう何遍も言うてきた。わしは絶対に反対や。最後に言うとく」

阿宝は黙ったままだ。

「これで最後や」

沈黙が続いたが、少し経って父親が言った。

「雪芝、今すぐわしと一緒に帰るんや。それにしてもお前の服、何やソレ」

雪芝は肩をすくめた。「もうちょっとだけ喋らせて。お父さん、先に帰っといて。すぐ帰るし」

父親は疑わしそうに見ている。「まぁエエ。わしは先に帰っとく。阿宝さん、もうこれでおしまいやぞ。身の程をわきまえて賢う生きていくんやな」

阿宝も雪芝も黙っている。

父親は自転車にまたがり、ゆっくり遠ざかっていった。

しばらくふさぎ込んでいた雪芝がぽつんと言った。

「ほんまに思いもしいひんかった」

「ほんまや」

雪芝がまた黙ってしまう。

「ほんまに思いもよらんかった。どう言うたらエエのかもわからんかった」と阿宝。

「私も」と雪芝はため息をついている。

「雪芝、やっぱりとりあえず帰って、これからの事はまた考えよう」

雪芝は返す言葉を失っていた。

二人はゆっくり停留所まで歩いた。雪芝がトロリーに乗るのを見届けた阿宝が歩き出してすぐ振り返ると、ドアにもたれた雪芝が自分の方を見ていた。

阿宝は二度と振り返ることなく、三官堂橋の方へ向かった。と、そのとき、雪芝が駆け寄り叫ぶ声を聞いたような気がした。

「阿宝、お父さんなんか全然怖いことないから。絶対阿宝に付いていく。ずっとやし。ほんまよ」

飛んで来た雪芝がしがみついてきた――。

わかっている。ドアにもたれた雪芝は身じろぎもせず、次第に遠ざかっていくこちらを見ていただけだ。あの衝動的な行動は幻覚なのだ。

阿宝はゆっくり三官堂橋を渡った。向こうの景色が無数の家屋の屋根にのみ込まれ、足元を流れる蘇州河は製紙工場のすえた臭いを漂わせている。水はどす黒い色。しかし優しく穏やかで、温もりがあった。阿宝は静かな気持ちで欄干にもたれた。

川向こうには六十二番始発の停留所があり、無人のトロリーが真っ黒な大口を開けて停まっていた。バスに呑みこまれたまま、遠くへ行こう。遥かかなたの緑楊橋まで連れて行ってもらおう。そこへ行けば夜の景色が見られる。田んぼのあぜ道、へちまの棚、ナス畑が見えるはずだ。

深夜、阿宝が曹楊新村に帰り着いた時、叔母が門の所に座ってぼんやりしていた。

阿宝は寝椅子を引っぱって来ると黙って座った。

叔母が小声で言う。「阿宝、知ってるか？　お父さん、名誉回復されたんや」

叔母の言葉に、自分の耳を疑う阿宝だった。

「魚の干物が生き返ったんや」

「うん」

「お父さんとお母さん、晩ご飯食べたらうれしそうにお友達に会いに行かはったわ。まだ帰ってきてへん」

阿宝は黙っていたが、叔母は嬉しそうに話している。

「これからは何もかもようなっていくわ」

阿宝は黙って体を伸ばし寝そべった。

ひと月ほどたったある日、阿宝は安遠路に駆けつけた。

俯いてドアを開け、食堂に入る雪芝の後についた。中に中年女が座っている。その傍にあるマホガニーのテーブルにはスイカが大皿に盛られていた。

「お母ちゃんよ」と雪芝が紹介した。

「こんにちは」と阿宝。

「阿宝さん、スイカどうぞ。ありがたいこと。ほんまにエエ人や。ほら、座って」と母親が言う。

腰掛けた阿宝はスイカを手にした。

「調子はどう？」

「まぁまぁです」

「ほんまに阿宝さんには悪い事したわ。〝好事魔多し〟って言うやろ。わかってな」

「はい」

「今、面倒な事があるのは確かなんや」

阿宝は口をつぐんだ。

「雪芝には上のきょうだいが五人いて、田舎へやられて野良仕事しててねぇ。えらい苦労してるもんやからもともと不満タラタラで。この子が阿宝さんと仲エエっていう事聞いて寝耳に水で、びっくりして、みんな揃うて反対してるんよ。しょっちゅう手紙書いてきて雪芝のこと怒るわけ。私にも怒ってたわ。阿宝さんには下心があるとか、学歴が低いとか、ろくな仕事してへんとか。この子のお父さんもともと反対やったから、最後の切り札出すしかなかったんや。阿宝さん、ほんまにごめんねぇ」

阿宝は黙っている。

「阿宝さん、これだけは信じてな。おばちゃん、ずっと雪芝の味方してきたし、こうやって会うてみてわかったわ。ほんまにエエ人や。おばちゃんもどれだけつらいか」

「おばさん、ぼくのほうこそ謝らなアカンのです」

「雪芝、どれだけ泣いてたことか」

阿宝はまた口をつぐんだ。

「約束してもらえるやろか。阿宝さん、なんとか我慢してもらえへんやろか」

阿宝は返事ができない。

「辛抱してな。気にせんといてな。おじさんとか上の子らにははっきり言うし」そう言うと母親は涙をこぼした。

「おばさん、ほんまにすみません」

雪芝は黙って俯いている。

貳《に》

秋の夕暮れ。外出先から戻った阿宝の父親は暗い顔をしてふさぎ込んでいる。

「欧陽《オウヤーン》さんに会うたんか」と母親が訊いた。

「うん」

「どうやった?」

父親はすぐには返事ができない。

「欧陽さん、体やられてたんか。頭か？」

「銅仁路の〝上海珈琲館〟に入ったとき、びっくりした。変なヤツがいたんや。あの人、棺桶から抜け出した死体みたいやった」

「何アホな事言うてんの」

「ご飯にしましょか」と叔母が口を挟む。

「土の中から掘り出された埋葬品に誘われたようなもんや」

「冗談ばっかり」と母親。

「さあ、ご飯ご飯」と叔母がとりなす。

「ちょっと喋っただけですぐわかったわ。欧陽さん、本も読まん、新聞かて読ませてもらえん、政治関係の勉強会にも出んような暮らしで二十何年も閉じこめられてて、今頃になって釈放されたんや。おかしぃなってしもうてた。街の事も全然わかってへんかった」

　母親は黙っている。

「四十年代の喋り方するんや。何か言うたら、小生が小生がってな。おまけにワシのこと、昔の呼び名で呼ぶんや。『小　昌《シアオチャーン》、小生は出てきたぞ。ただいま』って。『お元気でしたか』って聞いたら頷いてはいたけどな」

「その人、誰なん」と阿宝が話に入った。

「お父さんの昔の上司や」と母親が答える。

「欧陽さん、上海はついこないだ共産党政権になったもんやってずっと思うてた。今は五〇年やってな。おかしいやろ。いろいろ話したけど、話の中心はやっぱり諜報工作の事や」と父親は続けた。

　母親が肩を落としてかぶりを振っている。

「革の古いトランクが何個かあったんやけど、全部二十何年も鍵かけたままやった。それが今、失脚してた人の見直し政策を御上《おかみ》が出したお陰で、封印されてた紙もはずされて、元通り返してくれたんや。鍵は錆《さ》びついてたけどな。トランクに入ってた服を引っぱり出してそのまま着てるんや。ボケてるんやな。靴も昔のツートンで、古いスーツ着てた。……四三年の秋にも一回会うたことあるんやけどな。あのときのスーツは灰色の薄手のウールで、流行りの三つボタンや。みんながやってたみたいに、胸のポケットから黄ばんだハンカチのぞかせて、内ポケットに金縁の眼鏡入れてた。そういう物も二十何年かそのままになってたんや。えらい年取って老眼になったじいさんが、四十の時のダテ眼鏡かけてるんや。……トランクに入ってる物は服もズボンも帽子も長いこと湿気て皺だらけやけど、それでも引っぱり出してそのまま着てた」

「ふーっ。そうでしたか」と母親が溜息をもらす。

「コーヒーカップ持つ姿は昔のままで品があった。あのときのままの意気込みで政治情勢を喋ってたわ。大戦が終わった四五年の事とか、人民共和国になった四九年のこととか」

「政治のことを喋るのは、ヤケドせんように気ぃつけなアカンわ」と叔母。

「具体的な細かい事になったら、あの人、昔からのくせで、わしの耳元にそうっと近づいてきて蚊が鳴くような声でヒソヒソやるんや。昔、〝DDS〟っていう喫茶店まで会いに行ったことがあるんやけど、その時も小さい声やった。そやけど今はもうそんな声聞かんようになって、こっちの耳も慣れとらん。話の殆どはわしが長年申し立てしてきた事で、何百回も書いてきた事や。興味もない。あぁほんまに、気の毒な事や。変わったんはこのわしのほうかもしれん。あの人は昔のままの気性や。わしのほうはもう黙って反省文とか自白みたいなもんを書くのに慣れてしもうて、一人であれこれ考えて滅入ってるだけで、誰かに喋ることをせんようになってた。話変えて他の事も言うてたけど、複雑でまわりの細かい事になったら、こっちのほうが滅入ってしもうた。昔あの人がやってきた事はわしよりどれくらい複雑やったか、責任もどれだけあったか知れたもんやない。時代から取り残された古くさい事とか、三つどもえ、いやそれ以上に複雑な諜報活動で頭がいっぱいなんや。普通やったら気ぃ遣う事とかややこしい人の事でも平気で持ち出すし。こっちは何も感じてへんように見えてたかもしれんけど、内心びくびくもんや。……それにしてもあの人の記憶力はすごいもんやった。いろんな事がごちゃ混ぜにはなってたけどな。年取った上に、長年政治に関わってへんし勉強会にも出てへんから、完全に時代遅れのぼけたじいさんみたいやった。細かい事は今はもうおおっぴらに言うてもエエやろけど、大概の事はいつまでたってもひと言も喋ったらアカンやろ。百年経ってもな。……ワシかて事によったらはっきり覚えてる事もあるけど、全然わからん事もある。時々相手を間違えてるような事もあったけど、ひょっとしたらわしの記憶違いかもしれん。……あぁもうほんまに、会えたのはエエけど、ちょっとやそっとでは言い切れへん」

「ほんまにつらかったことでしょうねぇ」と母親が相槌を打つ。

「わしも言いはしたんや。やっぱり現実に面と向かい合うた方がよろしいよってな。今は四九年やないっていう事を覚えとかなアカンって」

──父親は言った。「もうあの頃やってたスパイみたいな連絡の仕方せんでもエエし、今は社会主義になって、みんな年取って昔みたいな諜報工作はもうやってません。もう〝店じまい〟しました。わかりますか。何もかも終わりました。もう〝閉店〟したんです。〝閉店〟ってわかりますか」

相手はまた耳元でヒソヒソ言うだけなので、父親がまた続けた。

「上海パリ劇場は今もあるでしょうかね。カフェを覚えてますか。〝ラ・ルネッサンス〟のネオン、今でも光ってるでしょうかね。〝サリバン〟っていうカフェはどうでしょう。ムッシュ王、ムッシュ李、ムッシュ劉は？　ジョブっていう舶来の灰皿はまだあるでしょうか。タバコはどうでしょう？　コーカサスの葉の刻みタバコ、〝紅錫包《こうしゃくほう》〟〝白錫包《はくしゃくほう》〟、イギリスの〝キャプスタン〟、缶入りタバコの〝ギャリック〟はまだあるでしょうかね。昔風の長い服とかノッチドラペル、ダブルのスーツは見かけますか。男も女も上品に見えるでしょう」と阿宝の父。

欧陽は黙って聞いている。

「欧陽さん、今いる此処《ここ》は銅仁路と南京西路の合わさった所で〝DDS〟とは違います。DDSっていうカフェを覚えてますか」

「霞飛路《ジョッフル通り》（淮海中路）が聖母院路《スール通り》（瑞金一路）か金神父路《ロベール神父通り》（瑞金二路）と合わさる所にあって、一階にスロットマシーンがある。二階は満席で客が喋ってても下から博打の音が聞こえてくる」と欧陽が言った。

「今、仰ったのは〝カフェ・ルネッサンス〟です。DDSは二軒あって、一軒は南京路、もう一軒は淮海路の漁陽里《ぎょようり》の辺にありましたね」

欧陽は思い出したようだ。

「〝ルネッサンス〟の向かいに白系ロシアがやってる〝ザーリア〟っていう新聞社があって、諜報工作のアジトやったん違うかな」

「亜爾培路《アルベール通り》はわかりますか。今は陝西南路っていうてます」

「そうや、その道に〝バルセロナ〟っていうカフェがあった」と欧陽が初めて微笑んだ。

「そうです。スペイン人がやってました」

「そうや。向かいが回力球場《ハイアライ》（実際はスポーツ賭博会場）で、それがまたややこしい。いろんな人が出入りするから、仕事するにも勘を頼りにして相手が何者なんかを判断するしかない」

今でも覚えてるわ。囚人服着せられたあの人がわしの入ってた房の前を通ったんやけど、しゃんとしてたわ。ほんまにエエ男やった。それが一九四二年になって、まずい事になった。二人とも南車站路《南駅前通り》にある汪兆銘のほうの刑務所に連れて行かれてな。中国側の刑務所で、もう野菜市場みたいなもんやった」

「野菜市場ってどういう意味？」と阿宝。

「人がいっぱいいてうるさいんや。エエ匂いもしてるけど、臭い。そこらじゅう虫が這いずり回ったり飛び回ったりしてる。なんともいえんけったいな臭いで、もうムチャクチャや。それに〝氏神さま〟って呼ばれる、刑務所の所長がようわしらのメシを横取りしよった。一日分のメシは薄いお粥二杯と芥子菜《からしな》の漬物がちょっとあるだけや。差し入れもない。死ぬのを待ってるだけや。二人とも骨と皮だけになってた。隣の部屋にイギリス人も捕まってて、そいつなんかセーターの目全部に虱が湧いて層になって、体じゅう埃が動き回ってるみたいやった」

叔母がお碗を叩いて合図する。「お義兄さん、もうやめて。汚なすぎるやん。ご飯どきやのに」

「どこが野菜市場なん？」と阿宝。

「捕まっててもカネ持ってたら好きなように物が買えるんや。料理が注文できるし酒も飲める。自由なんや。行商人が刑務所に入って来て、蒸籠《せいろう》で料理して商売するんや。肉マンとか大ぶりの水晶餃子とかエビ入りのスープ餃子まで売ってるんやぞ。行商の道具担いで庭まで入って来るんや。タウナギ入りの麵もあったし、『広東料理チャーシュー丼一人前ぇ』とか、大声で言うてたなぁ。ご馳走がてんこもりで何でもありや。油の入った鍋に火ぃつけて、春巻きとかスズキの磯部揚げも庭で作るんやぞ。牢屋から見えてるんや。でもカネがなかったら、生唾ゴックンするだけや。カネさえ出したらホカホカの肉まんも鉄格子から入れてもらえるのにな」

「お義兄さん、そんな事あったんですか」と叔母。

「ぶち込まれた者には中国人もいたし、ユダヤ人もアメリカ人もイギリス人もフランス人もいた。男も女もな。中国人以外はみんな日本に赤い腕章つけさせられた。決まりは全員一緒や。成り行きまかせみたいなとこもあった。地獄の沙汰も金次第って言うやろ。カネがあったら白粉《おしろい》も買えるし、女も買える」

「ちょっと！　子供の前やん。気ぃつけて！」と母親が遮る。

「ぶち込まれても囚人服着んと好きな格好してエエんや。金持ちとか上流階級のヤツらは刑務所に入ってもかっこエエし、サマになってるんやぞ。上等の細い毛糸で編んだセーターに絹のシャツ、宝石が埋め込んであるカフスボタン、ウールのベスト、ウールの靴下、ギャバジンの三つ揃いスーツにコートや。……女やったら、それはそれはエエ匂いがしてくる。そいつが向こうの方を通っただけで、こっちまで残り香が漂うてくるんや。サテンのロングスカートに薄いストッキング、ミンクの帽子にビーバーハット、あっちこっちで見せびらかしよる。チンチラのコートに刺繡入りの分厚い旗袍、白狐のマントもな」

「その人ら、刑務所に入れられて結局どうなったん？」と阿宝が訊く。

「服なんか持ってて何になる？　財布も空っぽですっからかんや。それでも毎日〝触祭《しょくさい》〟はやらなアカン」

「何のこと？」

「刑務所の冷や飯食うことや。あんな薄いお粥みたいなもん、食えたもんやない。しょうがないから服剝いでいって質屋に入れる。娑婆には古着屋があって、そこの下働きのヤツラも〝待ってました〟っちゅうツラしてやがる。エエ色のミンクのコートなんか、普通の店やったら金《きん》で二十両ぐらいで売ってるけど、それがそんな古着屋の相場なんか二束三文や。……それで何日かは腹一杯食べられたとしても、メシの度にそんな事してたら、しまいにジャリ銭もなくなってしもうて、メシの度に服脱いで質入れせんならん。真冬の師走まで質入れし続けたらもう何もない。すっからかんや。最後に残ったんはシャツとパンツだけ。スッポンポンや。朝になったらお天道様の光を呑み込んで日が暮れたら夜露を舐めて腹ふくらすルンペンと同じや。……路地の隅でみんなでくっつき合うて、震えながらタバコ吸うてるヤツラがおるやろ。あいつらと同じで、男も女も血の気のない幽霊みたいな顔して一日じゅう泣き叫んで、しまいにワラの中にもぐり込んで、声も出さん、動きもせんようになってしまう。冷たい風がビュービュー吹き込んで、しまいに凍え死にか飢え死にや。普善山荘《ふぜんさんそう》から死体運びの馬車が来て、その中に放り込まれる。パッカポッコいう蹄の音と一緒に運ばれて行く。でも誰も気にせえへん」

叔母がじりじりしてきた。「お義兄さん、もうほんまにやめて。ご飯もおちおち食べられへんわ」

「わしの場合は友達がなんとか考えてくれてな。役所に裏から手ぇ回して、わしとあの人を刑務所から出してくれて、おかげで医者にも診てもらえたんや。そうやなかったら、二人とも馬車に乗せられてあの世行きやった。汪兆銘の刑務所で、中国人の手で殺されるところやった。濡れ衣を着せられたままな」

「やめましょ。もうそこまでにしましょ。今はもう名誉回復されたんやから。済んだ事なんか目ぇつぶっといたら、これからは気持ちよう暮らせるんやから。新しい世の中になるんや。いつかはようなるんや」と母親。

父親も口をつぐみ、ようやく食事が始まった。

食後、阿宝は、父親から住所だけが書いてある紙切れを渡された。

「阿宝、いつでもエエし、仕事が終わったら復興中路までひとっ走り行ってくれへんか。会《お》うてきてもらいたい人がいるんや」

参

復興中路にある古いフランス風アパート。三階まで上がりドアをノックしていると、隣のドアから出てきた女に上から下までしげしげと見られた。

「誰に用？」

「二号室の黎《リィ》先生ですけど」

女は右を指差して大きい尻をきゅっとひねると、スリッパをパタパタいわせて行ってしまった。南北の廊下になっている。女が入り口のカーテンを開けた。南向きの部屋だ。正面は台所と洗面所。北側の部屋はドアが閉めてあるだけで、カギはかかっていない。ノックしてみた。「黎先生」

何の物音もしない。もう一度ノックして呼んだ。「黎先生」

さっきの女がカーテンを開けてじっくり見物している。

そうっとドアを開けた阿宝はゆっくり入っていった。カビ臭さに驚く。部屋の真ん中に四角いテーブルがあり、傍に白髪の老婦人が座っていた。

「黎先生」

テーブルには古い布靴、靴の中敷、お碗半分くらいの残飯、痰つぼの蓋、落とし紙、赤い発酵豆腐が瓶半分ほど、蚊取り線香、れんげ、破れ靴下、ほうろうの湯のみ、ビスケット缶、石鹸、アルミ鍋、薬瓶、かじりかけの蒸しパン、干からびたりんご、カビの生えたみかん――そこらじゅう埃だらけだ。

「黎先生」

白髪頭は微動だにしない。

近づいてよく見てみた。老婦人は目が見えていないのだ。

阿宝は声のトーンを上げる。「黎先生」

白髪頭が少し揺れた。

「聞こえますか」

「居民委員会の陳《チェン》さん？」

「ぼく、陳さんと違います。阿宝です」

「阿宝さん？」

「伝言を言付かって来ました。欧陽さん、わかりますか？　欧陽さんです」

「うーん、確かにそういう人がいました。知ってます」

「とりあえず黎先生の様子を見てくるようにって、欧陽さんから言付かったんです。欧陽さん、ついこないだ釈放されたんです」

「阿宝さんって仰いましたね」

「はい、阿宝です」

「阿宝さん、何言うてるんですか。私、夢見てるんでしょうか」

「いいえ、ほんまです。こちらへお伺いするようにって、ほんまに欧陽さんに言われたんです」

「そんなはずありません。欧陽さんはとっくに処刑されたはずです」

阿宝は口をつぐんだ。

「二十何年か前にあの人はみんなの前で死刑になったんです」

「それはデマやったんです。欧陽さんは二十年ちょっと刑務所に閉じ込められてて、こないだ釈放されたんです。ほんまです」

「はぁ……」

「昔のままでした。金縁眼鏡にパレスのスーツ、ステッキ持って、全部本物のイギリス製です。お元気そうでした」

「この世にそんな事があるんですか」

阿宝は痰壷の蓋を横へやり、お菓子の箱と果物籠をテーブルに置いた。

「死刑の時は、みんながスローガン叫んで、えらい騒ぎでした。目の前で見たんですから。デマのはずがありません」

「ほんまに釈放されたんです。釈放されたんですよ」

黎先生は言葉を失っている。

「間違いありません」

黎先生が黙ったままなので、阿宝は続けた。

「お年を召してて歩くのがご不自由なんで、とりあえずお菓子でもお持ちするように言付かりました。また日を改めて会いに来られます」

黎先生は黙ってお菓子の箱を撫でている。シミだらけの指は関節が変形して曲がっている。血色が悪く、伸びた巻爪。そんな手で果物の籠を撫でている。

「黎先生、りんご召し上がりますか」

「阿宝さんって仰いましたね」

「はい」

「お声が陳さんに似ておられます」

「ぼく阿宝です」

「阿宝さん、みかんでもどうぞ。テーブルにあります」

黎先生は手を伸ばし、カビの生えたみかんを取ると、阿宝の目の前に置いた。見えているような仕草だった。

「ありがとうございます」

「私の連れ合いは学者でした。亡くなって三十年近くになります。まさか欧陽さんが元気でおられるとは思いもしませんでした」

「ぼくにはようわかりません」

「みんなに通達が行きました。欧陽さんとあの人は解放後すぐに裏切り者、スパイって言われて、批判大会で死刑になったんです。なんで欧陽さんが生きておられて、あの人は死ななアカンかったんでしょう」

阿宝はどう返せばいいかわからない。

咳をしながら黎先生が話す。「生まれてからずっと、私はインテリと結婚したいと思うてきました。ほんまにずっと思うてたんです」

「はい」

「二人で静かに生きていくんです。私が篠笛でその人は簫。『平湖秋月《へいこしゅうげつ》』っていう曲を二人で演奏したらどんなにいいか。結婚したら、昔の詞牌を片手に甘いお酒飲んで、空見上げたら月が見えて。夜空に浮かぶ月の光はほんまに綺麗。爽やかな空気で気持ちいいやろなぁって思うてました」

「そうでしょうね」

黎先生は低い声を出した。「でも結婚相手があとあと〝裏切り者〟って言われるとは思いもしませんでした」

「はぁ……」と阿宝はみかんを見つめている。

「かっこいい人に出会うたんです。昔風の長い服にイギリス製のウールのマフラー。裾がダブルのズボンに、新しいイギリス製の革靴。そんな学者先生は、私を見たとたんニッコリしてくれました。私もニッコリ。『貴女みたいな人をずっと探してた、やっぱり縁があったんですね』って言われました。私……私はずっとニコニコしてました。そしたらね。『ほんまにエエ時に会えた』。お相手の篠笛に手拍子添えて、まさに〝三両信の涼風　七、八分《ぶ》の円月（風の便りにあなたのことを聞く　満月までもう少し。宋、莫崙「生査子」）〟、っていう気持ち。詞のことなんかを話して、画帖を見て、ちょっと飲んだらお相手は頰っぺたが赤《あこ》うなって、お皿には月餅、窓の向こうには月明かり、こんな日をどれだけ待ってたか』って言うてくれました」

阿宝は黎先生の言葉に耳を傾けた。

「結婚した日の夜、その人は刺繡したカーテンを上げて言うてくれました」


――「黎黎、国を愛するという言葉を胸の奥に刻み込みなさい。国を愛する気持ちは、大事な宝物が入ってる小箱と同じ。宝物として奥深く大切にしまっておかないといけません。いい加減にほったらかしにしてはいけません。カギを開けたら一番上にある宝物を底に入れ直しなさい。わかりましたか。上の方には他の物をかぶせておくように。ちょっとぐらい上に物がかぶさっててもよろしい。表面的なメンツなんかどうでもエエのと同じです。一番大事な物は一番下にある宝物です」

「ハイ」

翌日、夫に連れられた黎先生は欧陽と出会った。

「奥さん、心配せんでもよろしいよ。つらいうえにややこしい仕事をしてますけど、もうすぐ夜が明けます。希望は目の前にあります。すぐそこです。すぐに見えます。もうすぐ夜明けが来るんです」

本当に夜明けがきた。日本が投降したのだ。ラジオから天皇の放送が流れていた。日本租界に住んでいた人が寄ってたかって日本の旗を燃やしていた。

自分は日本人ではない、高麗の通訳とか台湾人だということを証明していたのだ。上海人の中には日本人の財産であるソファ、ベッド、ピアノ、絨毯、畳などを奪いに行く者がいた。一つ一つ引っぱり出していくのだが、日本人は黙っている。中国人はその晩、強気になっていた。何かあれば「このくそったれ！　チンピラめ！　チビ野郎！」と汚い言葉を日本人にさんざん浴びせてもいいのだ。

イギリスのアトリー首相が国全体を二日間の休みにすると発表し、アメリカも二日間の休みになった。中国は三日間祝賀行事を催し、役所は一日休み。

その日の夜、黎黎は夫と欧陽の三人で街を歩き回った。うれしくてたまらない。正真正銘、〝夜の上海〟だ。街じゅうに笛や太鼓が鳴り響いていた。今の上海の賑やかさとは全く異なるものだった。どの新聞にもトルーマンの演説が載っていた。見出しは大きい活字で一段分全体に〝我ら本日より新たなる時代へ〟。

霞飛路は歓喜の声で沸きかえり、亜爾培路辺りでは男も女も一緒になり白系ロシア人たちがアコーディオンに合わせて踊り狂っている。

収容所に四年間閉じこめられていたイギリス人もアメリカ人も釈放され、こぞって霞飛路へデモ行進をした。

アメリカ人の歌う「リリー・マルレーン（第二次対戦中ドイツの歌）」が黎黎の耳にはっきりと聞こえてきた。

〝夜霧に包まれ　窓辺にたたずむ　リリー・マルレーン　リリー・マルレーン〟。涙がとめどなく流れた。

その夜、歓喜の声を上げる三人は、洋館に忍び込んだ。鉄の大きな門がある屋敷だ。当時はそんな家がどれ程あったことか。誰も彼も出て行き、屋敷はがらんどうだ。手さぐりで入り電気をつけると、棚に洋酒が並んでいた。客間へ行き、蓄音機の扉を開けると、ドイツ語の「リリー・マルレーン」のレコードがあった。

三人で聴き、歌い、踊った。涙が溢れ出た。その夜、どれぐらい飲んだだろう。三人で輪になりグルグル回った。本当に爽やかで気持ちのいい空気だった。

黎黎が歌う。〝夜霧に包まれ　窓辺にたたずむ　リリー・マルレーン　リリー・マルレーン〟。涙が止まらない。

羽目をはずした。ハイヒールの靴を脱ぎ、絨毯の上でゴロゴロ転がった。あぁ上海！　本当に奪い返したのだ。夜が明けたら、この街にも本当に夜明けが来るのだ。

そのまま夜中まで騒いだ。〝歌吹　風となり　粉汗　雨となる（〝音楽が風に乗って聞こえる中、多くの人が行き交っている〟。袁宏道「晩游六橋待月記」）〟、まさにそんな景色だった。インテリ先生と欧陽は泥酔して人事不省。

翌日の午後、揃ってそこを出た三人にはやるべき事が数多く控えていた。

「聞いてるだけでこっちまで嬉しぃなってきます。それから？」と阿宝は顔をほころばせている。

——九月にアメリカの第七艦隊が上海に来た時は、政府から小旗を支給され、何千人もの労働者や市民が組織されて外灘へ行った。海軍の高級将官キンケイドを出迎えるためだ。歓迎のセレモニーを行ううち、いつのまにかスローガンを叫びデモ行進になっていた。やるべき事が山積みされ、いつになっても終わらない。そうこうするうち、また兵士が上海に来た。

「黎黎、もうすぐ夜明けがくる。それもちょっとやそっとの明るさやないんだよ。ほんまに明るい光なんだよ。希望に満ちた世界が目の前にあるんだ」

そう言われた黎は、また酔っ払ってしまいそうだと独りごちていた。本当に嬉しかった。〝水に酔うは宜《よろ》しく秋なるべし、月に酔うは宜しく楼《たかどの》なるべし〟（〝水に酔うには秋がよい、月に酔うには楼がよい〟。明、袁宏道『觴政』「四之宜」を使ったもの）、そんな言葉を思い浮かべていた。

この街には空き屋の洋館が数多くあった。その日の夜の上海、もしまた三人で街じゅうはしゃぎ回って祝い、歌い、踊り……そんな事ができたらどれほどよかったか。しかし状況が変わった。

朝、道路も洋館の芝生も兵士だらけになっていたのだ。欧陽は本当に忙しかった。インテリ先生も仕事に追われていた。どうしようもないくらい、様々な事が重なっていた。いつまでたっても終わらない。会議もいつになったら終わるのかわからない。

「黎黎、ちゃんとお祝いしないとダメですよ。いっぱい笑って、思いっきり酔っ払わなアカンって誰もが言うてますからね」

「はい」

黎は待ち続けた。しかしついに一大事件が起こった。〝彩雲は駐《とど》まり難《がた》く、明月は空《むな》しく圓了《えんりょう》す〟（〝美しい雲は一人寝の私の家には留まっていてはくれず、空に浮かぶ明月はただむなしく真ん丸だ〟。南宋、陳允平の詞「満江紅」の文句を使ったもの）とはこの事だ。そのとおり、何もかも変わってしまったのだ。

事態は緊迫していた。多くの人間が捕まり、手錠をかけられ麻袋に入れられて連行された。

小声で話していた黎先生が黙ってしまった。

阿宝は黙って部屋を見た。部屋の中は埃が層をなし、壁はどこもかしこもめくれ上がり、部屋中にぶら下がっていた。壁全体が、天井が、カンナくずのように丸くめくれている。それも灰色に変色している。そんな様子がはっきり見えた。夜、電気をつけて見たら寒気がしただろう。

「この部屋、ほんまに古いでしょう」

「はぁ」

「もう十何年も電気をつけてません。節約してるんです。目が見えませんから、光は見えません。赤も緑も見えません。濃い青と黒っぽいかたまりだけは見えます」

「黎先生、どういう事ですか」

「わかるんですよ。阿宝さんが何を見てるか。私の部屋でしょ。ベッドのカーテンも見てるでしょ」

阿宝は何も返せない。

「結婚するときに持って来たベッドのカーテンもベッドの縁飾りも入り口のカーテンも蘇州の刺繡入りです。ソファカバーもテーブルクロスも全部蘇州のです。でもあの事件が起こったとき、何も欲しいと思わんようになってしまいました。あの人と別れたときは、〝裙腰粉痩《くんようふんそう》、六幺《りくよう》の歌板《かばん》を按《あん》ずるを怕《おそ》る〟（〝スカートの腰が緩くなるまで痩せてしまい、おしろいののりも悪くなってしまった。こんな事で六幺の歌板が叩けるだろうか。本当に情けない。何もかも別れの悲しみのせいだ〟。宋、趙聞礼「隔浦蓮近」）という気持ちでした。私は目が見えんようになるまで代用教員として働いてました。いつも一人で月を見ていましたけど、目が悪うなってきて、ふいに思い出したんです。日本の『竹取物語』に書いてあるそうですけど、女が月を見過ぎたら悪い事が起こるらしいんです。目はだんだん見にくくなってきて、しまいに見えんようになってしまいました。夜明けがきた、夜が明けて光が差し込んできたんやって、あの人と欧陽さんが言うてるのが聞こえてきましたけど、私の目にはいつまでたっても暗闇にしか映りませんでした。全然見えへんのです。電気を点けても光は見えませんでした」

「もうやめましょう。りんご、食べませんか」

黎先生は答えない。

静寂が訪れた。めくれた天井がひらひら揺れている。刺繍入りのカーテンも穴だらけ、埃だらけだった。

「結婚してからずっと、このカーテンを使うてきました。死ぬまで使います」

阿宝は言葉を失った。

「ずっと思うてました。ちょっとでも早く死んでしまいたいって。そしたらあの人と欧陽さんに会えるし、男二人と女一人、あの世の芝生でお酒飲んで歌ってラジオ聞いて、マレーネ・ディートリヒの『リリー・マルレーン』が聴けるでしょう。人生酔っぱろうてる時が一番。……そやのに今日、阿宝さんが悪い知らせを持って来てしもうたんです。欧陽さんとあの人は片一方が生きててもう片一方が亡くなってて、付き合いもなかったんですねぇ。私が死んだら三人であっちこっち行けるはずやったんですけど。お喋りして笑うてお祝いして。それがもうできません。できひんようになってしまいました。一人足りひんのです」

阿宝は言葉を失った。

「阿宝さん、なんで世の中、こんな事ばっかりなんでしょう。〝鳳簫《ほうしょう》 誰か続けん 桃花の賦は在るも……〟（〝あの簫の笛はいったい誰が続けて吹くのだろう。桃の美しさを歌った「桃花の賦」があるというのに〟。宋、王易簡「慶宮春」）、そんな気持ちです。ほんまにどうしたらエエんでしょう」

阿宝は何も返せなかった。

黎先生は声を押し殺した。「お隣さんがずっと住宅管理所に交渉してるんですよ。私がちょっとでも早う死ぬのを待ってるんです。そしたら自分の家だけで入り口が使えて、平和に暮らせますからね。毎日文句言うんです。怒鳴るんです。私が早く地獄に落ちるようにって家族全員が待ってるんです。裏切り者の嫁なんか、ろくな死に方するもんかって」

阿宝は何も言えない。

「私は黙ってることしかできません。あの人もああいう仕事をしてましたから、絶対に口を割りませんでした。ひと言も。何も言えへんようにされてしまいました。黙ってることしかできひんのです」

「はぁ……」

窓辺で雀がピョンピョン跳ねている。なんの物音もしなかった。

黎先生の目の前にある荒れ果てた景色も、破れたカーテンもめくれた壁も、何十年も前の綺麗で明るい物に戻すには、映画のフィルムを組み合わせるしかない……その頃、この夫婦は輝いていた……肩を並べて窓辺に座り、月を見る姿は質素で上品。モノクロ映画の世界だ。二人の姿が手に取るように浮かび上がる。テーブルには月餅、桂花入りの餅菓子、緑茶が並んでいる。ほろ酔い加減の若い黎先生。夜更けには、銀の燭台に灯された蠟燭が仄暗い光を放つだけ。ベッドのカーテンの留め具が下ろされる。留め具に彫られた龍と鳳凰、そして美しい月明かりに見守られながら――。

阿宝はいとまを告げるので立ち上がろうとした。

すると黎先生が手を差し出した。

「阿宝さん、ちょっと手ぇ貸してもらえませんでしょうか」

「え?」

「陳さんがずっと言うてるんです。そのうち爪を切ってくれるって」

「そうですね。えらい伸びてますすね。巻爪になって先も丸まってますねぇ」

あの簫の笛はいったい誰が続けて吹くのだろう。桃の美しさを歌った「桃花の賦」があるというのに。

「阿宝さん、爪切っていただけませんでしょうか」

阿宝は返事に困ってしまう。

「向こうの抽斗に小さいはさみが入ってます。陳さんが置いていってくれたままになってるんです」

阿宝は黎先生の手を見た。その指は細長く、簫の笛を思わせた。伸びやかな笛の音《ね》が聞こえてきそうだ。

阿宝はためらった。「そうですねぇ……」

「どうでしょう」

「いや、僕はあんまり上手やないんです。うまいこと切れへんとあきませんから」

黎先生が黙り込んだ。

阿宝はまだためらっている。

「これから居民委員会に行って、陳さんに来てもらうように言うときます」

白髪の黎先生は手を引っ込めた。「そうですね」

あまりにも悲惨な光景に阿宝は言葉をなくしてしまった。そして帰り支度をし、黎先生に言った。

「陳さんに会いに居民委員会へ行ってきます」

「ありがとうございます」

ドアを開けた。危うくドアの前で盗み聞きしていた尻デカ女にぶつかるところだった。向こうも驚き飛び上がっている。

嗚咽する阿宝は急いで階段を下りた。

二十六章

一

早朝、阿宝が南昌路にある李李の部屋を出る時、普段、李李はまだ起きていない。道行く人もまばらだ。瑞金路の交差点まで行き、麺を食べて朝刊を読み、ぶらぶら出勤する。

ある日の昼頃、李李に電話をかけてみたが繋がらなかった。午後、もう一度かけたが、やはりダメだ。その後、客が二人来て四時まで相手をし、もう一度かけてみた。

「あぁ、阿宝。電話がほんとに多いのよ」

「夜、食事でも一緒にと思うたんやけど」

「あら、どうして?」と言いつつ、李李は顔をほころばせている。

「こっちから誘おうと思ったんや」

「信じられないわ」

「ほんまや」

「私たち、最近よく一緒にいるようになったけど、負担に思わないで。気にしないで。私は大丈夫だから」

「ほんまにそうしたいって思うてるんや」

「お為ごかしの親切は遠慮しておくわ」

「いや、ほんまに誘いたいんや」

「わかった。でもみんなで仲良くやっていけるだけで私は満足なんだけど」

「いや、本気や」

「最近、忙しすぎるのよ。夜は友達といくつも約束があるし、また今度にして」

話はそこまでになった。

夜、九時、十時と繰り返し電話をかけてみた。しかし電源が切れている。

李李がドアの横にもたれていた姿を思い出し、喪失感に襲われた。

夜中の一時、李李からの着信があった。

「ごめん。起こしちゃった?」

「今から行く」

「電話で言って」

阿宝は欠伸をしながら言った。「何言うてんねん」

「男の人が本気なのかそうでないのか、何か見抜ける方法でもある?」

「オレは本気や」

「あんまりしつこくしないで。私、最近ほんとにいろいろあるんだから」

「いろいろっていうのはオレの事か」

「アハハ。そんな風にしてどうでもいい事言い続けるわけ?」

阿宝は口をつぐんだ。

「部屋、寒すぎるわ」

「今から行く」

「そしたら、今から羊のシャブシャブでも食べに行かない？」

「よしっ」

「相談したい事もあるし」

「わかった」

二

半時間後、阿宝は雲南路のシャブシャブ店に入り、上等の紹興酒五合瓶、羊一皿、羊の肝一人前、卵餃子、ほうれん草を注文した。

李李が入って来た。青白い顔をして唇もかさかさだ。

「寒いなぁ。栄養補給したほうがよさそうやな」阿宝はメニューを指して注文した。「羊の腎臓も頼むわ」

李李が声をひそめた。「イヤだわ。最近、阿宝すごいんだから。もう怖いぐらい。これ以上栄養つけられたら、私、もうどうしようもなくなるわ。そんな物食べたらダメだって」

鍋から湯気が立ちのぼる。二人で羊肉を食べ酒を楽しんだ。

「なんとか暖まってきたみたい」と笑顔で阿宝の手をなでる。

李李の真っ白い手は氷のように冷たい。爪はスクエアオフで色は流行りの白。

「ローズゴールドの腕時計なんか、初めて見るな」

「その言い方！　純金とかレッドゴールドだったらいいけど、その言い方はやめて」と李李は気分を害している。

「真ん中にダイヤで星座が嵌め込んである。十八金の重さや。すごいやないか」

李李は袖口を引っぱり寒そうにしている。「飲みましょう」

「男にもろうたんか」

「鋭いなぁ」

「結婚するつもりか」

「ずっと付き合ってる人がいるんだけど、会う度にプレゼントくれるのよ」

「エエやないか」

「半年か、いやもう一年近いかなぁ。ずっと付き纏われてるんだけど、私は何も自分の気持ち言ってない」

「なるほど、そういう事やったんか。李李、常熟に行ったとき、ずっと惚《とぼ》けてたんやな。やっぱり好きな人がいたんやな」

李李が口をつぐむ。

「それで徐さんは方向転換して、汪さんをターゲットにするしかなかったんやな。ずっとマークしてたけど、やっとチャンスが回ってきてフリーキック。それが一発で命中……か」

李李は周りを見る。「いやらしい事、言わないで」

「エエやないか。こういう所はそんなしょうもない話が山ほどある。なんぼでも言うたらエエんや」

阿宝は辺りを見た。師走とはいえ店の中は暖かい。狭い店内には料理の香りが立ち込め、客は思い思いに楽しんでいた。

傍のテーブルではカップルが話に興じている。女は底辺の人間だろう。アートメイクの眉、上がり気味の目尻、頭全体にカーラーをつけたまま、小柄模様の綿のパジャマ、くるぶしまでの暖かそうなブーツ。男は幅広の金のネックレス、赤らんだ首筋、フケの溜まった肩、爪の長い親指。話をしながらシャッシャッと音をたてて爪の手入れをしている。床に捨てられたタバコを、点々と汚れが染み付いた革靴で踏みつけている。壁際には空になった酒の瓶が四本、床は使い捨ての箸や紙ナプキン、野菜くずだらけだ。

あたりに立ち込めた炭の匂いを嗅いでいると、誰しも遠い想い出になった大晦日のことを思い出すものだ。

「私の事、言うわ。男友達はずっといるんだけど、でもみんなお喋りするだけの仲だった。阿宝みたいな関係になることはなかったわ」

阿宝は黙って聞いている。

「結婚したいっていつかまた思うとしても、徐さんは願い下げ。これからはそういう冗談言わないで」

「わかった」

「昔の彼氏で考えたら、香港の人はどっちかっていうと欲望のかたまり、台湾の人は包容力がないし、内心では本土の人間をバカにしてる」

「シンガポール人は？」

「そうねぇ、教養がないわ。香港と上海はもう文化の砂漠になってるらしいけど。そのシンガポール人に半年も口説かれてるの」

黙っている阿宝に李李は話し続けた。

「いい家の出だって本人は言ってるし、確かに上品な感じ。はじめのうちは上海娘を紹介してくれって私に頼んできててね。結婚するつもりだったらしいの」

「上海にいる女、みんな上海女なんか」

「そんなとこ。まぁそれで、もともと北の方の人だけど秦《チン》さんを紹介したのよ。〝シンガポール〟って上品だし秦さんも上品だし。それに〝役者〟でもあるし。初めて上海に仕事で来て、真面目そうな顔して背筋ピンと伸ばして、お医者さんとかインテリみたいな〝インテリ路線〟行ってるように見えたわ」

「何路線やて？　そんなん聞いたことないわ」

「真面目そうな眼鏡かけて、質素な格好してペタンコの布靴はいて、小学校の先生みたいな格好してんの。それで船着き場の会社で仕事してたのよ。商売なんか全然わかんないような、上品で静かな物腰でね。例えばひとの電話借りて、英語の詩とか日本の俳句を電話口で言ってるの。わざとでもないんだろうけど。ほんとはどこにもない番号にかけてるだけ。でもそのおかげで事務所の男どもはメロメロ。手取り足取り丁寧に教えてやって、もうあの手この手でつきっきり。メモとってやったり電話かけてやったり、いろんな仕事を手伝ってるの」

「うまい事やるなぁ」

「確かにそういうやり方が好きな女がいるわ。でもいくら頑張ってもうまいことといかない事があって、しまいには男見たら甘えた声出すしかないの。女はいろんなタイプがいるわ。自分にしかない秘密兵器を上手に使って、上品そうに見せるだけ。表面的にはおしとやかで上品で純潔そのもの。男が一番心惹かれるのはそういうタイプみたい。どこへ行っても男が傍にいるけど、そんな男はどいつもこいつもただの色狂い。しまいに〝男を引き込んだら梯子をはずしてしまいましょう〟ってやられるわけ。恩知らずもいいとこ。目的を果たしたら影も形もなくなってしまう。取り残された男はバツの悪い思いをするだけ。こういう商売の世界でご飯食べてる普通の女がそんな事したら、揶揄《からか》ってるだけ。すえた臭いがプンプンするわ。能力は並外れてるし、八方美人、文武両道、肉食菜食何でもこい。上品に見せかけて体も使う。どんな男もイチコロ。どっちにしてもあの秦さんはインテリ風の言葉を商売の場で使うのよ。それでも一応いい事もしてくれてて、今までの何倍も稼いでくれることは間違いないの」

「この前、常熟に行ったときはそんなインテリ風吹かすとは気ぃ付かんかったなぁ」

「今はもっとすごいわよ。スーツ着るようになったから、変に取り繕う必要もなくなったし。そんな事ばっかりしてるのも大変なんだろうな。シンガポールは上海娘を恋人にしようと思って探してたのに、なんで私が秦さんを選んだかっていったらね、もともと秦さんからもお相手を探してもらいたいって頼まれてたからなのよ。……二人が会った日、秦さんはいつもみたいに〝インテリごっこ〟したんだけど、頑張りすぎてね。〝毛《マオ》さん〟の通訳みたいだったわ。ショートカットに黒縁の眼鏡、ほんとに最悪。シンガポールも私もびっくりしたんだけど、面と向かって言ったら具合悪いしねぇ。シンガポール、あとで電話してきたわ」

――「あの〝女性幹部〟に会ったら文革を思い出したよ」

「シンガポール人でも文革がわかるの？」

「アハハ。顔立ちは綺麗でも、あんな格好は本当の上海の味じゃないね」

「七十年代の女は黒縁眼鏡におかっぱ。前髪は眉、後ろは肩で揃えてたわ。白いシャツにリバーシブルの上っぱり、くすんだカーキ色のズボンにペタンコの布靴だったわ」

「今見たら、ああいうのは基本的に中性的な格好だね。どんなスタイルなのかもわからないし、顔までいかめしく見えるよ。ボクが好きなのはもっと昔風の人。もうちょっと甘ったるい感じ。それぐらい許されるだろ？」

「たまたまちょっとイメージチェンジしただけでしょう。お気に召さないなら、タンスをひっくり返して、いい服探すのくらい簡単なことよ」

秦も察していたようで、その後、旗袍選びに李李を付き合わせた。

「西洋風の生地のがオシャレね」

「昔流行ったインダンスレン・ブルーのにするわ。それにベストを合わせて、赤か白のスカーフを巻くわ」

「それはミスマッチねぇ。昔の小説の主人公に進歩的な女の人がいたでしょ。そんな林道静《リンダオジーン》（楊沫作、一九五八年発表の小説『青春の歌』の主人公）とか江《ジアーン》ねえさん（羅広斌・楊益言作、一九六一年発表の小説『紅岩』の主人公）みたいになりたいの？　そんな事したら、あのシンガポール人がびっくりするわ。あの人、かなりのブルジョアの出身だし。ドラマの撮影でもないのに、枕を並べる人がそんな進歩的な女と同じ格好してたら、江ねえさんが平和な手段でいつのまにか人を改造してたようなもんよ。人をばかにしてるみたい」

「確かにそんな格好するのは私も苦しいものがあるけど、今は苦しみを楽しみにするのが流行ってますから」

「いっそのこと、〝凹を以《も》って凸に適《かな》う〟とか〝情勢に応じて有利にことを運ぶ〟、〝対立物の統一〟つまり二つが一つに合わさるっていうのを望んでますって、ハッキリ言えばいいのに」

その日は二人でさまざまな話をし、ああでもないこうでもないと選び、秦が最後に決めたのは藍染のチーパオだった。藍染のハンドバッグと白檀の扇子と真珠のネックレスを合わせ、昔のような大きいウェーブのパーマをかけた。鏡に映してみた。しかし誰が見ても不自然で全くサマになっていなかった。

　それでも二回目に会ったときは話がはずんだ。

「秦さん、どうして上海言葉を話さないのですか」

「父は北の方から来た最上級の幹部なのよ。母のご先祖さまは上海のブルジョア。それもそんじょそこらにいるブルジョアじゃないわ。私だけは小さい頃から北の言葉に慣れてるから、上海弁を話したらどうしても半端になっちゃうんです。標準語ならちゃんと話せてるはずですわ。この街にいる幹部の子供たちって、たどたどしい標準語を喋ってるでしょう。楊浦の人は訛りがきつい上海弁、復旦《ふくたん》大学とか師範《しはん》大学（華東師範大学）の学生も訛りだらけの上海弁。私もそんな喋り方になっていいの？」

　シンガポールはニヤニヤしながら聞いている。

「今はもう香港も上海も底が知れてて面白くもなんともないわ。書いたものだってそうよ。上海人の文章はなんて低俗なんでしょう。学問の世界でも自分の利益ばっかり考えてるわ。この大上海はまともに仕事ができる所じゃないのね。もう文化の砂漠になってしまってる」

「それなら中国で文化のある所って、いったいどこなんでしょうね」

「うーん。そうねぇー。どこかしらー。やっぱりほんとの砂漠かしら」

「映画なら『アラビアのロレンス』（一九六二年）の舞台になってましたね。本土でも『匪賊《ひぞく》を追って砂漠へ』（一九五九年）がありましたね」

「ウフフ。南の若い男性と砂漠へ行ったら、本物の自由が感じられるわ。文明に毒されてない所のほうが文化水準が高いのよ」

「どういう事でしょうか。それに、もうそんな恋人がおられるんですか」

「夢にまで見た、南の人がすぐ目の前にいますわ！　サハラに住んでた台湾人作家の三毛《サンマオ》（一九四三―一九九一）みたいに砂漠で生きる人生、本当の人生を味わいたいわ」

シンガポールは黙って聞いている。

「この街はもう終わってる。三十年代みたいな、中二階のある景色にはもう戻れないのよ。残ってるのは文芸の素養があるこの私ひとり」

シンガポールはニヤニヤするだけだ。

何を思ったのか、秦が不意に小声で「情熱の砂漠」を口ずさんだ。

「〝愛されたそのあとで　私は死にたいわ　燃えつきた燃えつきた　けだるい命のこのままで〟」

シンガポールはニヤニヤしたままだった。

秦は小指をピンと撥ね上げ、白檀の扇子でサッと扇いだ。

シンガポールが時計を見た。八時半だ。「帰るわ」

「上海では、三階建ての家に住んでるようないいお家《うち》の娘は夜八時になったら絶対に帰らなくちゃ。ママが心配するから」

結局、シンガポールはずっと黙っていた。

付き添いの李李が横から秦の口調を真似して言った。

「そのままお芝居してらしたらいいわ」

痛いところをつかれた秦は顔色を変え、白檀の扇子をポトンと落としてしまった。

「確かにほんまにインテリのふりしてるな。文学的で芸術的な口調で上手に喋って、屁理屈書いた本もだいぶ読んだみたいやな」と阿宝。

李李は声を抑えて笑った。

「それからどうなったんや」

「シンガポールが見送りに行って言ってたわ。『あの女、三十年代と今風の〝三毛〟を合わせたようなヤツだな。芝居が体に染み付いてる。演劇学校の先生でもやってんのか』って。私、お腹の中で笑うしかなかったわ。秦さん、ほんとにやりすぎ」

二人の飲んだ酒はもうボトル一本を越えていた。

「李李も秦さんも、ほんまに演劇学科で授業できるな」

「芝居なんか嫌いよ」

「人生なんか芝居みたいなもんや。多かれ少なかれ、そういうとこあるやろ」

「そんなの、いやだわ」

「芝居のできる人は、中から湧き出すものがあって動きもセリフも上手にこなせたら息が長い。連続ドラマで五十回でも百回でも続けられる。中にあるものとか表面とか喋り方はその人の腕次第や。ほんまはどんな怠け者でも芝居をやらんわけにはいかんのや。使い走りとか女中になって、床の拭き掃除して痰壺運んだりな。でも癇癪持ちとか気性の荒いヤツは寿命が短い」

李李は黙って聞いている。

女将がやかんを提げて来て鍋に水を足す。

「シンガポールとは芝居したんか」

「どういう事？　意味わかんない」

「付き合うて半年になるんやから、もうやったんやろ」

「いやらしいなぁ。何か言ったらバカな事言い出すんやから。私がそんないい加減な女だったら、とっくに〝乗合バス〟みたいに乗り降り自由、誰の相手でも適当にやる女になってるわ。私がどうしてレストラン開いたかわかる？　そんな女とは違うからなのよ。もしそんな女だったら最低でも広東省の東莞まで手を広げて、中国で一番やり手の、最高に人情味のある〝そういう店〟のママになってみんながほんとに楽しめるナイトクラブにしようって、命がけで夢を実現させてただろうな」

「わかった。言い方が悪かった」

「シンガポールにも話したんだけどね。前にオランダ人が上海に来て、早く結婚したいって焦って、シンガポールと同じで、上海の女の子を紹介してくれって言ってきたから、その時は章《ジャーン》さんを紹介したのよ」

「その人、覚えてる。一緒に常熟へ行った人やろ。正真正銘の上海女や」

「シンガポールにその事言ったら、また上海娘だったから元気が出てきたみたい。あれがたぶん〝上海の伝説第一号〟の物語だって言ったら、シンガポール、目を輝かせてて、笑っちゃった。……そのオランダ人と貴都ホテルのロビーで待ち合わせしたんだけど、だいたいオランダ人は先祖が海賊らしいから、荒っぽい顔つきで身なりも適当。その日も作業服みたいな青い服をじかに着てたのよ。昔、チンピラの事言ったでしょ、〝裸にネクタイ、裸足に革靴〟って。そいつ、ネクタイ省略して、ボタン二つも開けたままで茶色い胸毛見せて、腕時計もしないで、袖口から茶色い毛むくじゃらの腕出してたのよ。……章さんは英語がわかるから、ちょっと喋っただけで、さっさと帰っちゃった。章さん、何もかも周りのせいにしてはらわた煮えくり返ってたみたい。……私も弁解はしたんだけどね。その男、お金だけはたんまり持ってたから、結婚したら章さん自身が何もかも変えられるわけだし、人を恨まなくてもいいでしょって。でも『あんな荒っぽい輩はどれだけお金持っててもお断り。ほんとに感じ悪い』って章さんが言うの。もう聞き流して他の事ばっかり話してたわ。でもそれがまさか、傍にいた家政婦の小娘に全部聞かれてたとはねぇ。章さんとこの家政婦なんだけど、その娘《こ》、あくる日うちの店を探し当てて、店まで来たのよ」

――「上海で暮らして五年になるから、もう上海の女《ひと》と全然変わらんわ」と娘。

李李は笑えてきたが、確かにその娘は整った顔立ちをしていた。皮膚のつやもよい。

「結構な事ね。その気があるなら自分で探しに行ったほうがいいわ」

「そこをなんとかお願いします。前に英語を勉強したことあります。英語の辞書持って行きます」

「いい度胸ね。すごいもんだわ」

「その人のホテルはポートマンですか。ヒルトンですか」

「そんな立派なホテルに泊まったら、世の中大騒ぎになるわ。ブラジャーつけた〝上海蟹〟が後ろにぞろぞろ並んで、日勤夜勤にかばん持ち、二交替勤務に三交代勤務、それくらいみんなが順番待ちしてるのに、自分に順番が回ってくると思ってるの？」

「そのギャージンさん、ロコに泊まってるんやろ」

「ギャージンとかロコとか、ろくな発音もできないくせに、上海人でないことが外人さんにばれないように気をつけなさい」

「ギャーコクの男はたいてい何も考えとらんからばれるわけないわ」

「アハハ、ひどい事言うわね。でもほんとに話しに行きたいんだったら教えてあげる。福建路の蘇州河沿いにある中国風のユースホステル。私の名前を言ったらいいわ」

「はい、メモしました」

「二人で会って話すんなら、自然体でしかも溌剌としてなきゃダメよ」

「アタシの格好、自然やない？　溌剌としとらん？　それやったらブラジャーせんとつっかけ履いて行こうか」

「ブラジャーしないで綺麗に見える女がどこにいるのよ。言わせてもらうわ。胸が大きくても小さくても、下着売り場に行ったら『いらっしゃいませ、どういったものをお求めでしょうか』って店員に言われるでしょ。それはどうしてだと思う？　店員って両方から周りの肉をブラジャーの中に押し込んだりギュッて押し上げたりしてくるでしょ。そういう事をするためなのよ」

「アハハ、そうそう！　試着するって言うたら、あの人ら腋の下に両手入れてきて、おっぱいの周りの肉を真ん中へ押したり上へ持ち上げたりするけど、あれ普通やないわ」

「ああいうやり方はほんとはダメなのよ。一番いいのは前かがみになることね。そしたら胸全体が前に垂れてくるでしょ。どっちにしても私が言いたいのは、そんな小さい胸でブラジャーもしないで出かけていいわけないっていう事。バカじゃないの」

「そしたらつっかけ履くのはエエかな」

「どこからそんな事聞いてきたのよ。いい娘がなんで商売女みたいな事するの」

「えーっ？」

「茂名南路のバーの入り口で見ててごらん。夜九時になったら、つっかけ履いた商売女が出て来て、ガラスのドア開けてハーイとかウッフーンって外人にばっかり声かけてるわ」

「ええっ？　そんな事、アタシにできるわけないわ」

「どうっていう事ないわ。あんたのご主人さんの章さん、普段どんなふうにしてるか覚えてる？」

「そら覚えてるけど」

「ちょうどいいわ。会いに行く日の夜にでも章さんの服一式借りるぐらいはできるでしょ」

「借りんでもエエ。勝手に選んだらエエんや。どうせ章さんにはばれんし」

「生きていくっていうのはお芝居することなのよ。テレビドラマ観たことある?」

娘は大口を開けてポカンとしている。

「その外人に会ったら章の妹ですって自己紹介するのよ。章さんが普段どんな香水つけてるか、どんな仕事してるか、どんな事話してるか、いつもどんなふうに男の人に甘えてるか、そんな事をよく思い出してみなきゃダメ」

「アハハ、章さん、彼氏に電話する時甘えた声出して、ベッドにゴロンって寝転んどるけど」

「それはいい事ね。章さん、彼氏いるのね。なのにまだ私に彼氏紹介してくれって言うてきてたんだわ」

「ひどい。あ、ばらしてしもうたみたい」

「それでもあの外人、章さんには好感持ったみたいよ」

「わかった。章の妹やって言います」

「その調子!」

「服が用意できたら、三時間だけ休みもろうて、二十一番のトロリーに乗って福建路で下ります」

「そうそう。チャンスは備えある者にのみ訪れる。パスツールっていう人が言ってたわ」

「はい」

「そのオランダ人、屋台の唐辛子味噌とか蒸しパンが好きなんだって。蒸しパンにその味噌挟むだけだから安上がりだし、夜は普通八時半にご飯食べたらもう出かけないらしいわ」

「それやったら、唐辛子味噌一人分と蒸しパン二つ、それに青島《チンタオ》ビールを二本ぐらい買うて八時半に行くわ」

「好きにしたらいいけど、他にも二十個ぐらいゴマ入り白玉の入ったスープとおぼろ豆腐と、それに崇明島の白酒の五合瓶でも買ったらいいかな。まぁ私には関係ないけど」

「冗談きついわ。アハハ」

「いい暮らしがしたいんなら、ここっていう時に勇気が出せるかどうか、命がけでできるかどうかよ。ただし商売女みたいなやり方ではダメ。どうしたらいいか、自分でよく考えなさい」

「教えてください」

「これ以上聞きたいんだったら、高級な高麗人参でも買ってくれなきゃね。もう自分の力でなんとかしなさい」

「はい、何もかもわかりました」

「おもいきって決断して、それでいて細かい事までよく考えるのよ」

娘は頷きながらぽろっと涙をこぼすだけ。黙って李李の言葉を聞いている。

「ああいう小さい旅館は相部屋で狭いから、もしいい関係になれそうで、話もはずんでいい感じになってきたら、こそこそ隠れてちゃダメ。入り口の縁石に座って、お喋りしながら何か食べてる方がいいわ。男と女が大事にしなきゃいけないのは〝お喋り〟なの。中国人同士が二人で道に座って唐辛子味噌なんかに食らいついてたら、色狂いか精神病か、流れ者か遊び人か、チンピラか指名手配の犯人か、まぁそれぐらいに思われておしまい。でも外人と二人で道に座って仲良く喋ってたら、絶対にロマンチックでかっこよく見える。外灘の景色みたいなものよ。わかる？　外国のムード、例えばパリのムードね。だから上品な女にならなきゃダメ。恥ずかしがってちゃダメ。どんな事でもこそこそしないっていう事を覚えとかないと。傍に外人がいるのは、バックがあるっていう事だから、もうメンツも体面も十分にあるのよ」

「はい」

「でもこんな事してたら最後にはどうなるかっていうと、いやな事されて体が傷つけられて、強姦されて、結局はあっさり捨てられて、二度と行き来もできないようになるくらい。こういう事は私も自信ないから自分でしっかりやっていくしかないのよ。私も保険会社やってるわけじゃないし」

「安心してください。こんなによくしてもろうたんやから、運がようても悪うてもご恩は忘れません。ちゃんとご恩返しをします。老後の面倒もみさせてもらいます」


李李はかぶりを振った。

「まぁこういう事。所詮、家政婦は家政婦よ。シンガポールもそれ聞いたら、今の阿宝と同じような顔して、ひと言も言わなかったわ。もうため息出てねぇ。こんな田舎娘、何を言ってもどうしようもないわってシンガポールに言っちゃった。それからこっそり、仏様と阿弥陀《あみだ》様にお祈りするしかなかったわ。〝ぎゃーていぎゃーていはーらーぎゃーていはらそうぎゃーてい（般若心経）〟……って。もう呆れちゃったわ」


テーブルにあった酒はもう三本近くが胃袋に収まっている。

「女将《おかみ》さぁん」と阿宝。

差し出されたやかんから鍋に水が注がれ、シューシュー音をたて始めた。

「あの女将さん、見たでしょ」と李李。

「あぁ」

「今度から〝至真園〟にご飯食べに来ても私のこと、女将さんって呼んじゃダメだから」

「アハハ」

「店に入ったとたん、あっちからもこっちからも女将さん女将さんって呼ばれて、もうほんとにいやになるわ。マスターがいて、私はその奥さんみたい。旦那がいるみたいだわ」

「ハハ」

「女将さんっていったら、この街には星の数ぐらいいるわ。さっき水入れに来たあの女の汚らしい格好見た？　どう思う？」

「あぁ」

「お尻なんか大きすぎ。ボロ靴の踵ぺしゃんこに踏んでひきずって」

「もうわかったわかった。話戻して、その家政婦、それからどうなったんや」

「まだ言わせるつもり？」

「何とかなったんやったら、言うてもエエやろ」

「あの娘はお忍びみたいにして行ったもんだから、ナシの礫《つぶて》。こっちから聞きもしないし。もともと私と章さんはそんな頻繁に連絡するわけでもないし、オランダ人は友達の友達。あの娘とは行きずりの出会いみたいなもんだから、それまでになってたわけ。そんな事話したらあのシンガポール人、それが伝説の第一号かって聞いてきたから、焦っちゃだめって言ったんだけど――」

――あっという間に八ヶ月経ったある日、ふいにその娘から電話があった。

「夜、一緒にご飯食べましょう」

「びっくりするじゃない。やっと顔出したのね。目が覚めた？」

娘はケラケラ笑うだけ。

「何が可笑しいの？　財布でも拾ったの？」

「夜、絶対に来てください。旦那さんも一緒に」

「旦那なんかいるわけないでしょ」

「そしたら章さんと一緒に来てください」

「場所は？」

「当ててください」

〝マクドナルド〟か〝桂林《けいりん》ビーフン〟だろうとたかをくっていた。

「七時半にポートマンホテル一階の〝茶園《さえん》〟っていうレストランで会いましょう。絶対ね！」

「びっくりするじゃない。あそこのビュッフェは今でもこの街ではハイクラスよ。心臓飛び出すわ。いったいどうしたの？」

「アタシとあのオランダ人、そうそう、あの胸毛もじゃもじゃ、結婚してもう半年なんです。章さんも昨日来てくれました」

「どこに？」

「アタシの部屋です。ポートマンの三十一階。章さん、えらい早めに来てくれました」

「章さんに何て言われた？」

「章さん、体調悪うて気分もようないみたいでした。三十一階に着かれた時は、約束の時間よりだいぶ早かったから、アタシ下の階にあるカールトン・スパへ行ってたんです。それで大慌てで服着てバタバタして」

李李は二の句が継げなかった。

「絶対に来てくださいね」

李李の目の前にはあのオランダ男が好きな唐辛子味噌と蒸しパンしか浮かばなかった。それでも感動した。

「絶対に来てくださいね」

「うん」

「サファイヤとダイヤのブローチが買うてあります。ほんの気持ちやから絶対に受け取ってください」

そう言うや、相手は電話の向こうで泣き出してしまった。自分までもらい泣きしそうになっていた。あの娘にも人並みの心があったのだ。

電話を切ったその手で章に連絡すると、章は沈んだ声を出した。

「そうそう、そうなんですよ。ふん、あの恥知らず。あっという間に変わってしもうて。ポートマンホテルに行ってきたけど、あの娘、喋り方も見た感じもほんまにどこの奥様かっていうくらいに変わってるんですよ。鏡台の前に置いてあるのはランコムの化粧品のセット。それにダイヤの指輪なんかはめて、堂々としたもんでしたわ。そんなん、人を怒らせるため以外の何ものでもないでしょう。あのオランダ人はほんまにエエ条件やったんですねぇ。そんな事思いもよらへんかった。事業も手広うやってて、船団組んで行くぐらいたくさんの漁船と自家用ヘリコプターも持ってて、どれだけ出費があってもびくともせえへんって言うてました」

李李は苦笑いするだけだった。

「部屋に入って、いったい誰に紹介してもろうたんか詰め寄ったんですけど、何があっても口割らへんのです。でもそれが誰やったんかが、今頃わかりました」

「人がチャンスを掴んだの見てから後悔してもダメよ」と、李李は笑顔で言った。

「全然後悔なんかしてません。もう決めてます。そういう田舎者の外人なんか絶対に好きになりません」


李李はグラスに半分残っていた酒を一気に飲み干した。

「シンガポールはその話聞いてどう言うてた？」

「すぐには何にも言わなくて、途中で嘆息したりしてたけど、後で言ってたわ。確かに伝説って言えるけど、でも上海で一番とは言い切れないだろって」

「新聞に載ってる胸くそ悪い言い方をマネしたら〝ゴージャスな転身〟っていうとこかな」

「人が目の前でそんな奇跡に出会ってるのに羨ましくないのか、欲は出ないのかってシンガポールに言われたけどね。うれしいし、ほんとによかったと思ってるって言っといたわ」

「それから？」


李李は煩わしそうだった。

「それからそれからって言われてもなぁ。もう熱出そう。阿宝、もうこれ以上言わせないで。犯人の取り調べみたいよ」

「え？ 確かに言うてたぞ。大事な事、相談したいって。酒飲んで羊料理食うて、その家政婦が結婚した事を喋ってるうちに忘れてしもうたんか」


傍のテーブルにいた底辺女とボロ靴男は酔っ払ってふらふら立ち上がると、ドアを開けた。寄り添って何やら囁いている。男が女の尻をポンと叩き、その場で別れた。

「簡単に言ったら、あのシンガポール、もう上海女が恐ろしくなったみたいで、ひと言も口に出さなくなっちゃったのよ。一週間に一回、私と会うだけになって、今度は私のこと、監視して付き纏うのよ。変でしょ。まぁそれでも上品な顔はしてるし、大陸の男よりはいろんなこだわりもあるわ。……私が座るときは後ろで椅子を支えてくれて、立つときはコート着せてくれるの。タバコ吸おうとしたらライターがさっと出てくるし、会うときは絶対に何かプレゼントしてくれる。初めて店へ花籠を届けてくれた時は私が嫌いな花だったからその場で捨てたけど、次はネックレス。三回目からは孫悟空が箍《たが》で締め付けられるみたいな呪文のおまけつき。『結婚してくれ。結婚したい。どうしても結婚したい』って。……もうこっちは頭クラクラ。『うんって言ってくれたら、すぐにでも二人で婚姻届出しに行って、シンガポールへ飛んで幸せに暮らすんだ』なんて言うのよ。よく考えさせてって言ったんだけど。ほんとに結婚するんだったら、やらきゃいけない事がイッパイあるもん。店の事、まだまだいろいろ山積みされてて、そう簡単には片付かないし、お金の取り立てと返済もあるし。そしたら『そんなことは弁護士に頼んだらなんとかなる。もう待ってられない』って。男の人にあんな勢いと力で攻められたら、普通の女は飛びついて抱きついてイチコロだろうな。私は先週ぐらいから迷い始めて気持ちが傾いてきたから、弁護士さんに相談したわ。店を譲る事とかも含めて整理したいし。このままではやっぱり落ち着かないから、真剣に考えようと思ってね。どう思う？　あのシンガポール、ほんとに私のこと好きなのかしら。ただの夢なのかしら」

「そんなチャンスはめったにないやろな。それに李李はもうエエ年やし、エエ事やと思うけど」

「ずい分いい加減な事言ってくれるじゃない。無責任だなぁ。感じ悪いわ」

「励まそうと思うたんや。人の結婚、ぶち壊すような事はせん。賛成や」

「あんまりじゃない。真面目に考えてくれてないわ」

「いや、本心や」

「私が焦って結婚しても妬かないの？　平気なの？」

「……」

「阿宝決めて。賛成？　反対？」

「そっちこそ本心なんか？」

「本心だけど」

阿宝は少し考えてから言った。

「オレの事は今は置いといたほうがエエわ。話がややこしぃなるからアカン。そうでなかったら困るわ。賛成か反対かって、どう言うたらエエかなぁ」

「どう思うか言ってくれるだけでいいのに」

「……」

「阿宝は一番の友達よ。正直に言ったら、シンガポールには確かに気持ちが傾いてるけど、問題ないか知りたいのよ。何もかもがＯＫだったら、今週にでも返事するつもりだけど」

「……」

「何とか言ってよ」

「言うたら気ぃ悪うするわ」

「いいから言って」

「悪う思うなよ」

「わかった」

「これだけ聞かせてくれ。何回も会うてきて、そいつの態度に変化あったか？」

「上品で紳士的だったけど」

「何回手ぇつないだ?」

「え?」

「何回やった?」

李李は俯いて黙っている。

「何回ホテルに行った?」

「言わない」

「オレは今、実家の人間みたいなもんや。うるさい親戚のおじさんとして細かい事を聞いとかなアカンしな」

李李は俯いている。「何回か手をつないだことはあるけど、それ以外は何もないわ」

阿宝は驚き、グラスを向こうへやると立ち上がった。「何やて?」

「飲みすぎよ。声、落として」

「それ、おかしいやろ。あっちは一回もなかったってか?」

「座って。声が大きいわ。バカ」

阿宝は座りなおした。「えらい度胸やな。一番大事なことを一回もやりもせんと、それで結婚するつもりか」

「そうだけど」

「ひどい目に遭うぞ」

俯いたままの李李。

阿宝は声をひそめた。「男が女に目ぇつけて、それも半年以上になるのに、何もせえへん、抱きもせえへん。それはその女がますます綺麗に見えてきて、最高になってる証拠や。なんでやと思う？　手に入らへんからや。そやからますます気になって、想像力もますます膨らんでいく。半年たったらそいつの目には、李李はもう最高級、最高の美人として映ってるやろな。期待値だけ一人歩きして、やたら高うなってる。それで新婚の夜、二人でベッドに入る。テクニックは女の数だけあるから、李李もいろんなやり方するやろけど、どんなやり方しても、どれだけ必死の思いでやっても、そいつの想像してた最高の姿にはかなわへんのや」

「……」

「万一、新郎さんがあくる日起きてきて、顔引きつらせて、不満そうやったらどうする？」

「……」

「期待が大きい分、失望も大きいんや。どうする？　おめおめとまた上海に出戻りして元の木阿弥《もくあみ》でエエんか？　何もかもやり直しなんやぞ」

李李が黙って阿宝をポンと叩いた。阿宝は続ける。

「相手を食うてしまいたいくらい燃えてるんやったら、結婚したらエエけどな。結婚とは何かとか、ごちゃごちゃ口で言うだけの、〝学者先生〟のお話を聞いてるうちに気持ちは高まるやろな。そやけど、そのままやる事やってみもせんと結婚したら、ひどい目に遭うだけや。話し上手より、あっちがうまいほうがエエに決まってる」

長い間考え込んでいた李李が口を開いた。「ていうことは、阿宝、満足してないの？」

「ほらほら、また来た。アホな事言うたらアカン。オレは今、李李のおじさん役なんやから。わかったか？」

「……」

「シンガポールは昔の映画に出てくる、エエ年した独身男みたいなもんや。そんなヤツ、たいてい化け物や。半年以上も愛国心丸出しの演説ぶって、口は動かすけど手は出さん、そんなもん空恐ろしいだけやないか。香港の社交界の花、それもハイクラスの奴が警告してるわ。女は年くうた独身男に会《お》うたらエエ顔してみせるけど、そういう男にはたいてい心の病気か体の欠陥があると思わなアカンってな」

「私も前は男友達のことを粗忽《そこつ》でやりにくいと思ってたけど、あのシンガポールだけは全然手も出さないし穏やかだし、安心できるのよ」

「確かに今はそうやろな。でも今穏やかな男やからって、結婚してからも銀行の入り口にある獅子みたいにじっとして、写真撮られるままの飾り物でいられると思うか？　ありえへんな」

「……」

「ペアになった大事な飾り物みたいに、いつもニコニコして見つめ合うてるようなもん、まともな男と女やと思うか？」

貳拾柒章《にじゅうなな》

壹《いち》

「親父、オレ香港に行きたいんや。ゆくゆくは貿易やりたいと思うてる」

「エエか、阿宝。資本主義には手ぇ染めたらアカン」

「やりたいんや」

「アカン」

「居民委員会でも、もう加工貿易やってるやないか。おばちゃんらみんなで包丁持って水入れた盥並べて、山芋の皮剥いて、切って、それを日本に輸出してるやないか」

「みんなでやるのはエエけど個人ではアカン」

そこにドアをノックする音がした。叔母がドアを開けると若者が入ってきた。女二人と男一人だ。男が眼鏡の奥からこっちを見ている。

「阿宝さんのお父さんですか」

「そうやけど」

「こちらが阿宝さん？」と阿宝に目をやった。

「そうや」

「雪芝の兄です。この二人は雪芝の姉です」と後ろにいる眼鏡の女を指差す。

「何の用かな」

「阿宝さんはとりあえず席をはずしていただけませんか」

「うちは何でもオープンなんや。隠し事せんでもエエ」

「では。阿宝さんと雪芝はお付き合いしてるみたいですけど、両親も五人のきょうだいもみんな反対してます」

父親が阿宝を見た。「また付き合うてるやつがおるんか」

阿宝はすぐには答えない。

「どれぐらいになるんや」

「一年半かな」

「三人お揃いで、わざわざこんな所まで来てもろうて。でもくだらん事ですな」

「おうちのかたでしたら、ちゃんと監督してくださるべきでしょう」と兄が言う。

「お兄さんはインテリのようですな。いつのご卒業ですかな」

「六七年に高校を卒業して安徽の生産隊に行ってました」

「妹さんお二人は？　双子さんでいらっしゃるようですな」

お下げの娘が答える。「はい。六八年に中学を卒業しました。まだ姉が二人いて、その二人も双子で、六八年に高校を卒業してます」

「ご両親も大変や。一番上のお兄さんがまず六七年によそへやられて、それから妹さん四人揃うて六八年に卒業か。政策通り、みなさん揃うてあっちこっちの田舎の生産隊へ働きに行かれたんですな」

「そうです」と兄が答える。

「一番下の雪芝さんは上海に残られたんですね」

「さっきくだらん事やと仰いましたけど、どういう風にくだらんのでしょう」と兄が訊いた。

「もう大学受験も前みたいにできるようになったわけやが（文革で中断、一九七七年に復活）、受験されるおつもりかな」

兄が頷く。「受験の為なら街へ戻れるっていう政策のおかげで上海に戻ってきたところです。ずっと受験勉強してますし、妹らもそのつもりです」

「今のうちに勉強しといたら、人生変えられるからな」

「それはぼく自身の事です。今お話ししてる事と関係ありますか」

「十分ある。今まで農業に勤《いそ》しんできた五人の若者が一軒の家に戻ってきたところやっていうのは、どういう意味やと思う？」

「わかりません」

「家の階級区分に関わる事でしょう。今は、革命の先端行く幹部とか軍人の家の事は置いとこう。労働者階級やったら、国に認められてとっくに一人か二人は他所に配属されたり街に戻って来たりしてたでしょう。指の先ぐらいの土地しか持ってない、農村革命をやろうとする農民もです。私の言う事、間違うてないでしょう」

兄が怒りだす。「階級がエエか悪いかは、雪芝と阿宝さんの事に何も関係ないでしょう」

「階級が悪い、つまりこの国では政治的に認められてない地主とかブルジョア出身やったら、封建的な腐りきった思想に影響されやすいもんです。親の決めた結婚をするように上の世代の者に言われますからね。歴史が災いしてます。でも大学を受験しようっていうような、新しい時代を生きるアンタさんらがなんでまたそんな封建的な考えで妹さんの恋愛に口出しするんかね」

兄が口を閉じた。

「大学の入試問題を出してみましょうかな。〝父母之命、媒酌之言〟という言葉をどう説明するか。封建的統治階級が男女の自由恋愛に口出しするやり方とはどんなものか、具体的に答えてみなさい」

兄はぽかんとしている。

「うちの阿宝とおたくの雪芝さんはちゃんとした恋愛関係にあります。何人たりとも監督できるものではありません。もちろん私もできません」

娘のほうが口を挟んだ。「はじめからそれだけ言うてくれはったらエエのに、あれこれ持って回った言い方して、どういうおつもりですか」

「階級の良し悪しとか言うておられますけど、このお宅は一体どうなってるんでしょうか。居民委員会で調べてきました。ここは反革命家庭、日本人とか国民党と結託した反動的な家です」と兄も言い返す。

「好きなように言うてなさい」

「もう名誉回復されてるんですよ。そんな事もわからへんのですか」と阿宝が割り込んだ。

兄は冷笑している。「妹に付き纏うてたのはまだ反革命階級やった頃からでしょう」

父親が吹き出した。兄は構わず続ける。

「こんなゴミゴミした所のあばら屋に住んでる人間でしょう。路地にあるような小さい加工班なんかで働く人間でしょう。もし安遠路の新しい家とか、妹の職場が気に入ったんやなかったら、妹と付き合うてましたか。フンッ、笑わせてくれる」

「もういい。どれだけ話しても無駄みたいやな。最後にひと言だけ言わせてもらおう。わし自身は資本家の出身や。でも資本家の事はこれからもずっと軽蔑し続ける。家がどこにあるとかで人の気持ちを量るようなことは絶対にせん。わかったかな」

兄は黙っている。

「帰ってしっかり受験勉強しなさい。ただ、言うとくけど、たとえ大学に受かったとしても、人間の中身は試験で計れるもんやないし、中身をエエもんにしようと思うてもそう簡単にはいかん。〝浴徳《よくとく》池《ち》〟っていう有名な風呂知ってるか。大学で勉強するのはそんな風呂で垢を落とすのとはわけが違うんや。体に染み付いた垢はほんまに汚ないから普通の石鹼では綺麗に落とせんのや」

娘二人はさっと外へ出ると、兄を引き寄せて言っている。「ちょっとはものの言い方、考えなさい。大学受けるってか。アホや。頭おかしいわ」

叔母が怒っている。「ちょっとはものの言い方、考えなさい。大学受けるってか。あてになるもんか。中身のない名前だけの大学か、でたらめだらけの大学でも受けてなさい」

三人が出て行った。父親は黙っている。

叔母が声をかけた。「阿宝」

阿宝は黙っていた。

「阿宝、つらいやろけど気にせんとき。お父ちゃんのことはもう解決したんやから。家の事ももうすぐ解決するわ。そうやろ、お義兄さん」

「皐蘭路の家は御上《おかみ》の管轄になってるからな。引っ越しするとしてもどこか他所へ行くことになるやろな」

「思南路のおじいちゃんの家、お義兄さんかて権利あるはずやろ」

「全然興味ない」

叔母が黙っているので、父親が続ける。

「阿宝が結婚するんやったら……」

「そんな事ずっと先や」と阿宝。

「現実問題でもあるやろ。恋愛は結婚のためやないか」

「おれがそこまで考えてるわけないやろ」

「家の分配はなかなか難しいけど、わしもひょっとしたらもらえるかもしれん。でもゆったりした広い家とは限らん。そやから阿宝も考えとかなアカン。その娘さんと結婚してその人の家で暮らすことになったら、どんな気持ちになるか」

阿宝は返事ができなかった。

貳《に》

阿宝から滬生に電話があった。暫く泊めてもらいたいと言うのだ。

「エエぞ。兄貴は長いこと温州に行ったままやし、雪芝連れてくるんやったら一部屋あけたってもエエぞ」

「何アホな事言うてんねん。オレ一人や」

その日の夜、阿宝が武定路にある滬生の家に着くと、部屋はすっかり片付いていた。とりわけ滬民のベッドが綺麗になっていて、枕が二つきちんと並べてある。

滬生が笑った。「『語録』に載ってるやろ。〝戦いに備え、飢饉に備え、そして人民のために〟って」

「兄ちゃん、調子エエんか?」

「温州に女ができて、半年以上帰ってきてへん」

「親父さんとおふくろさんからは連絡あるんか」

滬生はかぶりを振る。二人で南向きの窓にもたれた。

「政策が緩ぅなって、家族も会いに行けるようになるし釈放されるかもしれん。でも名誉回復はされへんやろなぁ」と滬生。

阿宝はどう返せばいいかわからない。

「聞きとうなるな。革命には犠牲になる〝物〟がつきものや。革命が起こる度に犠牲になる〝物〟がなんぼでも増えていく。そう思わんか」

「うまい事言うたもんやなぁ。犠牲になって命を落とす人もいるけど、犠牲になる〝物〟になっていく人もいる。物っていう言葉を足すだけで、意味が変わってしまう。オレの親父、犠牲になったんか、犠牲になった〝物〟なんか、ようわからん」

「人の自由は周りの人がどれだけ自由かで決められる」

「ヴィクトル・ユーゴーの小説に出てくる言葉やな。『九十三年』やったかな」

阿宝は枕元にあるボロボロの本をめくった。床には拉徳《ラァドォ》アパートから持って来た古いラジオがある。スイッチを入れると二胡の「二泉月に映ず」が聞こえてきた。

局を替えると、アメリカの連続テレビドラマをカットして編集した『アトランティスから来た男』（一九八〇年中国で放映）が聞こえてくる。

また局を替えると、琵琶の弾き語りで「蝶恋花（詞牌。ここは一九五八年、毛沢東の詞に弾き語りのメロディを合わせたもので七十年代から八十年代にかけて大流行）」が流れていた。余紅仙（一九三九－）が歌う。〝忽《たちま》ち報ず人間　曽《かつ》て虎を伏せたりと　泪飛びて頓《にわか》に盆を傾く雨と作《な》る〟。最後で声が伸ばされ、「作るぅぅぅぅぅぅぅぅ」と上がり下がりを繰り返し、いつまでもいつまでも続いている。

滬生がドアを閉めに行く。パタンという音とともに部屋は外界と遮断された。

二人は窓にもたれて南の彼方を眺めた。夜風が心地よい。目の前に広がる屋根と壁。層をなして広がる瓦は暗い褐色と黒っぽい灰色。その境目はなく、まっすぐ南に延びていく。一番奥は真っ黒な闇の中にとけこんでいた。

竿竹には半ズボンが風になびき、鳩が白い羽を並べている。遠くに見える南京西路はほの暗い灯りしか見えず、平安シアターの輪郭さえ定かでない。懐恩堂では礼拝が復活していたが灯りももれてない。光るものといえば上海展覧館だけ。ソ連風の尖った屋根を夜空に突き出し、その先端にある五角形の星を黄色く瞬かせていた。

「一週間ほど泊まってもエエかな」

「なんぼでも泊まっていけや。今日はもう遅いし、とりあえず何か食べに行こうか」

階段を下り、西康路の傍にある食堂に入った。単品メニューからおかずを少し、ビールを三本注文する。

「せっかく親が傍にいるのに、何もめてんねん。何騒いでるんや」と滬生が訊く。

「わざわざ文句言いに来るヤツがおるんや。おれは逃げるしかない」

「どういう事や」

阿宝が答える。「国が資本家の救済対策出して、差し押さえられてた物が戻されることになったやろ。うちの上の伯父さんと下の叔父さん、財産分けでもめて鴻興路のおじいちゃんの家まで騒いで行ったんや。あんまり騒ぐからおじいちゃん爆発しそうになって、オレの家まで逃げてきたんや。床に寝床敷いて寝てるわ。オレも逃げるしかない。避難民や」

滬生は返す言葉がない。

二人でやけ酒を飲む。阿宝がビールを二本追加した。そこへ思いがけず蘭蘭が入ってきた。目の前がパッと明るくなり、全身から放たれた香りが鼻先をかすめる。うっとりする阿宝。

滬生が腕時計を見た。「二時間も遅れて来てどういうつもりや」

おしゃれした蘭蘭は満面の笑み。パッチポケットが四つついた真っ赤なブレザーは腰がキュッと締まり、金の縁取りをしたくるみボタン付き。中にはくすんだサーモンピンクの丸首ニットを着ている。下は黒いトレンカ、踵に金がほどこされた真っ赤なエナメルのパンプス。

「バタバタ出たり入ったりして、なんぼ探しても影も形も見つからへん。そんな事いつまで続けるつもりや」と滬生。

「まぁもう、これぐらいでおしまいかな」と蘭蘭が笑う。

「長いこと会うてへんけど、いつのまにか若奥さんみたいになったな」と阿宝。

「阿宝ひどいわ。なんか険のある言い方するなぁ」

「まぁ座れや」と滬生。

阿宝がビールをついでやり、蘭蘭も腰掛けた。

「香港人がちょっと手ぇ出したら、女は花瓶みたいになるもんやな」と滬生。

「嫌な事言うなぁ」と蘭蘭が滬生をポンと叩く。

「日にちは？」と滬生。

「お披露目は来週。先に写真撮るけど」

「人民写真館か？」と滬生。

「静安《せいあん》公園でカラーの写真撮るんよ。香港からわざわざ富士フィルムの持って来てくれたんやから。

上海のより安いし色もエエし」

「益々わからんようになってきたわ。香港とかお披露目ってどういう事や」と阿宝。

滬生は黙っている。

蘭蘭がぐいっとビールを飲んだ。

「蘭蘭、自分で言えよ」と滬生。

「雪芝がきっと言うてるから、もう言う事ないわ」と言い、蘭蘭は腕時計を見ている。

阿宝は返事をしない。

蘭蘭が急に俯いた。「私が喜んでるみたいに思うてるかもしれんけど、恨んでるんよ」

「雪芝とは長いこと連絡してへん」と阿宝。

「それでやわ。おととい雪芝に会うたけど、何も言わへんかった」

「雪芝とはもうおしまいにするつもりや」

「えぇっ！　そんなんアカンわ」

「無責任な事、あんまり言うなよ」と滬生。

蘭蘭が滬生の手を撫でた。「そんな顔せんといて」

滬生は口を閉ざす。

阿宝がビールを二本追加した。

蘭蘭が飲み干す。何とも美しい姿。ほんのり赤みのさした頬をして腕時計を見ると立ち上がった。

「ごめん。お先に失礼。来週、お披露目するから、阿宝、雪芝と一緒に来てな。滬生も絶対来てや」

「考えとくわ」

「あぁ。来週か」と阿宝。

蘭蘭は立ったまま阿宝に微笑んだ。赤く輝くものが店を出て行く。

二人で蘭蘭の後ろ姿を見送った。

「阿宝、とっくに雪芝から聞いてると思うてた」

雪芝の名前が出るたびに、阿宝は複雑な思いに囚われる。

「オレと蘭蘭、完全に終わったんや」

阿宝は返す言葉に困った。

「拉徳アパートから引っ越してから、蘭蘭のおふくろさん、目を皿にして、香港人の婿さん紹介してもらうのにあっちこっち頼んで歩いてたわ。先月、香港の男が来たんやけど、ほんまはそいつ、香港の新界区《しんかいく》のガソリンスタンドで働いてるヤツや。それでも香港っていうだけで上海人としては鼻が高いやろ」

阿宝は滬生の次の言葉を待っている。

「蘭蘭に何回も言われたわ。オレが反対するんやったら絶対に付き合わへんけど、賛成やったらそいつと付き合うって。結婚も考えるって」

「アイツにもまだ良心があったんやな」

「良心ってどういうことや、阿宝。蘭蘭のやつ、何回もオレの部屋に来て泣いてたわ。それはそれとして、オレもわかったんや。香港は上海よりエエに決まってる。誰でも今の暮らしよりエエもの求めるのは当然や。蘭蘭のやつ、何回か会うただけで婚姻届出したんやて」

「それから?」

「それからはご覧の通りや。さっき見たやないか。出たり入ったりバタバタ結婚の準備してよる。蘭蘭のおふくろさん、オレにもお披露目に来てくれって言うんや。お笑いやろ」

阿宝がぼんやりと言った。「雪芝もそんなふうに言うてくれたらよかったのになぁ」

「家の人が反対やのに、何が言える？」

「雪芝は黙ったままで、自分の気持ち言うてくれへんかった」

「魔法瓶みたいやな。外は冷たいけど中は熱い」

阿宝は黙ってしまう。

二人は閉店まであれこれ話をし、のんびり歩いて帰った。

「小毛の事で悪い知らせがあった。小毛の嫁さん、去年亡くなったらしい」と滬生に聞かされ、衝撃を受けた阿宝はスズカケノキにもたれた。

「人生って夢見てるみたいやなぁ」と滬生。

阿宝は何も言えなくなっていた。

「小毛の事言うたら、お前いっつも元気なくなるなぁ」と滬生が続ける。

阿宝は黙ったままだ。

「何とか言うたらどうやねん」

阿宝は苦笑して言った。「オレは何も知らんかった。それが昨日、うちの叔母ちゃんがこっそり教えてくれたんや。オレ、昔しょっちゅうあの床屋に行ってたやろ。そやから、お前と小毛と、それに小珍とか大妹妹とか蘭蘭と付き合いがあった事とか、オレと雪芝の事も何もかも知ってるヤツがいたんや」

「誰や？」

「当ててみろや」

「五号室のおばちゃんか、小珍の親父さんやろ」

「それはない」

「雪芝の親父さんか？　自転車こいで上海の街半分ぐらい走り回って、最後に曹家渡でご飯食べて別れるとこで捕まったんやろ。尾行の天才やな」

阿宝はため息をついた。「そいつってなぁ、他でもない。オレの親父や」

「えぇっ？」

「あの頃、オレのしてる事、何もかも親父は知ってたんや。殆ど見られてた」

「へぇ」

「もともと諜報の仕事してたからな。尾行したり事件の事を調べたりしたらピカイチや」

滬生は聞き手にまわった。

「いっとき、親父はしょっちゅうオレを尾行してたから、オレが床屋に入ったんも見てたし、小毛とアホな事喋ってゲラゲラ笑うたり、小珍連れて路地出て行ったりした事も、それから雪芝が乗ってるトロリーに一緒に乗って行ったり来たりしてた事も、何もかも見てたんや」

「そんな親父がおってエエんか。スパイか私服刑事やないか」

「今まで何も言わんかったけど、昨日、親父が言うてるの聞きつけて、叔母ちゃんがすぐに教えてくれたんや。叔母ちゃん、困ってたわ」

滬生は返す言葉がない。

「こうなってしもうたら、ぐうの音も出えへんやろ」

滬生は黙っているしかなかった。

それからはずっと無言のまま、武定路にある滬生の家に戻った。滬生は寝てしまったが、阿宝は電気スタンドの傍で、酒を飲んだ勢いで手紙を書いた。

――雪芝、こんにちは。

今日、滬生に会って知りました。蘭蘭が香港の人と結婚するそうですね。滬生と蘭蘭のこと、そして僕たちの事をついつい思い出してしまいます。男と女というものは、最後は現実に向き合うしかなくて、そして変わっていくものです。それで普通なんです。

今、滬生と蘭蘭は別れてしまいましたが、ぼくたちの関係もおしまいにすべきだと思います。悲しんではいけない……これは自分に言い聞かせている言葉でもあります。今までの思い出、決して忘れません。ではこの辺で。

阿宝より

参

ある日の午後、阿宝が曹楊新村に入った途端、小珍が駆け寄って来た。

「阿宝、伯父さんがどこかの男の人と喧嘩してる。窓ガラス割れてしもうたわ」

阿宝が部屋に入ると、割れた窓ガラスを叔母が掃いていた。伯父は行ったり来たりしている。中山服を着て背筋を伸ばしているが、胸のボタンが二つとれていた。

叔父はもう姿を消していた。

祖父がベッドにもたれて目を閉じ、一緒に来た孃孃《おば》は俯いたまま座っている。

「阿宝か」と伯父。

阿宝は返事もしない。

「さっきはもうちょっとで命が危なかった。あの悪たれに殴り殺されるとこやった」

「窓なんか割って何してるんですか。雨降ったらどうするんですか」

「窮鼠猫《きゅうそ》をかむって言うやろ。あんな端金《はしたがね》のために……弟の分際で殴りかかってきて……窓も割りよったんや」と伯父。

窓の外では野次馬のご近所さんらが首を伸ばして見物をしている。

「あっち行って！　見せもん違うわ」と叔母。

祖父がため息をつく。「こんな歳になってえらい目に遭うもんや」

「お義兄さん、親不孝者やわ。親がまだ亡くなってもいいひんうちから、財産独り占めしようとして、きょうだいいじめみたいな事して、お金しか見えてへんのやから」と叔母。

「おい、黙ってたら口に虫わくんか。他人は口出しするんやない」と伯父が遮った。

「私かて身内やわ。言わせてもらうし」

「さっさとメシでも作ってこい」

「ふん、お金ができて、偉いお役人さまにでもなったん？　身分上がったん？　ええおべべ着て、ご飯まで注文つけてくるんやから。もうここではご飯なんか出しません。〝状元楼〟へでも食べに行ってください」

「いやいや、あんたが作ってくれる料理、わしが忘れるわけないやろ」と伯父が笑う。

「なんぼ作ってもなんにもならへんわ。食い気だけなんやから。鶏でもアヒルでも何でもかんでも独り占めして。ほんまにイヤになる」

「アホ言え」

「食べては遊んで、そんな事一生やってたらよろしいわ。食い気ばっかりで罰当たりな事ばっかりして」

「あんたさん、政策ってわかるか。御上が不動産は元に戻すっていう政策を決めたやろ。親父はもうあんな歳やから、長男のわしが受け取るのが当たり前や。これは御上が決めたんや。わしが決めたんやない」

「お兄ちゃん、それで公平やって言うつもりなん」と孃孃が反論する。

「お義兄さん、能なし犬の高吠えってご存じですか。一生お金使う事ばっかり考えて、お義父さんの顔色見て暮らしたはりますけど、ほんまの資本家はベッドにいはるこのお義父さんですわ」

伯父は何も言えない。

「お兄ちゃん、まだ思南路の家の旦那様になろうと思うてんの？　きょうだいみんな店子《たなこ》になれってか。そんなもんお笑いやわ。訴えてやるから」

「階級を分けたら、資本家は資本家のうちに入る。資本家っていう身分だけやろ。若旦那みたいな半端なもんあるもんか。そやからわしも資本家やからこそ今までさんざんな目に遭《お》うてきた。今度こそエエ思いしてやるんや。あたりまえやろ。羨ましがるんやない」

「お兄ちゃん、ようそんな事言えるな。お父さんがお金儲けするの、手伝うたことあるん？　商売したことあんの？」

伯父が立ち上がった。「もうエエ。わかった。百歩譲って、八割五分もらうっていうのやったらエエやろ？」

「そんなん、むちゃくちゃやわ。小さい兄ちゃんと、とことんやらせてもらうし」

「思南路の家、返してもろうたらわしの名義になるのは当たり前や。そしたらお前らも住んだらエエ。部屋代は払わんでエエ。それでみんな万々歳やろ」

嬢嬢が飛び上がった。「裁判するからっ。金庫のカギも思南路の家の権利証も何もかもお父さんのもんや」

「相手したろやないか！」

祖父がベッドに座りなおした。「もう喧嘩するな。それで、全部でどれぐらいあるんや」

「どれぐらいもあるもんか」

「エエから言うてみぃ」

「……」

「この親不孝者がっ」

「文革で家捜しされたやろ。あの時の相場で金塊一グラムが二元ぐらいや。計算だけして金も払わんと持って行きよったけどな。一両分の金塊っていうたら三十二・五グラム。十六進法や」

「それぐらいわしも知ってる」

「今の公定価格では金塊一両が九十五元、没収された時の金塊の重量で換算して、それだけのカネが持ち主に返されてるけどな。ふんっ！　一日経ったら金《きん》の相場は一両が百三十八元になるんや。すごいやろ」

「当たり前や。何も珍しいことない。わしも腹では計算しとる。金一両が、元の時代のはじめには銀四両に換算されてたんが、明の永楽帝《えいらくてい》のときは銀七両五銭になって、清の乾隆帝《けんりゅうてい》のときは十四両九銭二分、光緒《こうしょ》二年になったら十七両八銭七分、光緒三十三年には三十三両九銭一分に換算されてた。それからは外国の相場と一緒に上がっていった。民国三四年（一九四五年）の三月には金一両が法定紙幣二万元になった。それが一晩で三万五千元になって、貨幣価値が七割五分も下がったんや」

叔父は伯父の話に耳を傾けた。

「今どれだけになるか、具体的な数字も言わんと、まだ欲の皮突っ張った事言うんか」

伯父は口をつぐんだままだ。

「今でももうエエ暮らししとるやろ。自分があの頃どうやったか、考えてもみんか。ボロボロのチョッキ着て、チンピラみたいなもの言いして、便所掃除してたくせに。早《はよ》う言わんか。いったいどれぐらいあるんや。全部でどれだけや。わしが分けてやる」

「お父さん、ぼくがやります。……ゆっくり休んどいてください。……ほっといてもろうたらエエんですわ」

「もう一遍言うてみいっ」と祖父が目を剝《む》く。

「おれの名前が書いてあるんやから、何もかもおれがやる。思南路にはきょうだいも住んだらエエ。ただ家の契約書も権利証もおれの名前しか書かさん」

嬢嬢《おば》がテーブルを叩いた。「もう話にならへん！　裁判やっ！」

祖父は目を閉じて黙ってしまう。

「お義兄さん、もう政府は資本家に寛容な政策とったんですから、だいぶ優遇されてますわ。お金も家も返してくれたし。私の実家は大地主で富農で、ほんまにええ不動産があったんですよ。家じゅうマホガニーと本物の金と銀の家具でしたわ。でも昔から言いますやろ。〝役所勤めで稼いだカネは雀の涙、商いしたカネ孫までで、畑で儲けりゃ子々孫々〟って。田んぼとか竹やぶとか養殖用の池は、値打ちなんか何も計算に入れんと面積だけ紙切れに書いて登記させられました。でもそんな事意味あると思わはりますか？　ほんまやったら子々孫々あるはずのものがとっくに家捜しで持って行かれて、みんなに分けられて、奪い取られてるんですよ。今になって御上が償《つぐの》うてくれますか？　ちゃんとした政策とってくれるんですか？　そういう風に考えることさえ叶わへんのです。どんなつまらん物ももうありません。実家は二十何年か前に、もうどうしようもないくらいやられてしもうたんです。あのしょうもない〝運動〟のせいで。最後に残ったんは狭い部屋だけです。派出所勤めのうちの人も釈放されて帰ってきて、何日か住んでました。でも結果はどうなったと思わはります？　家具も戸も窓も屋根瓦も、食べていくために売り飛ばしてしまいました。屋敷の中は荒れ放題。夜は幽霊が出るんですよ。こういうのを没落した家って言うんですね。完全な没落です。身代も田畑も何もかもなくなりました。明日をも知れへん、落ちぶれた身です」

「いらんクチバシ入れてきやがって。今はそんな事関係ない。田舎の古臭い骨董品みたいな話、聞きとうもない」

「なんで？　ぼく、聞きたいけど」と阿宝。

「お義兄さん、人間らしい気持ちにならんとあきませんわ。そんな端金のために目の色変えて。私がご馳走運んできた時と同じですわ。〝触祭〟とかいうて何にも言わんとお箸突き出して黙ってがっついて、独り占めして食べる人いますもん」

「そうや、それ見たことあるわ」と阿宝。

「年寄りが言うてましたけど、昔、太平天国が略奪とか盗みとか人殺ししたりして、目こぼしないくらい総なめにして行きましたやろ。日本人も同じような事やりましたし、土地改革の時も」

「フンッ！　反動分子めが、いつまでも言うとれ」

「うちの母親が言うてました。あのときはもうロクな物が食べられへんようになるまで家捜しされて、ほんまに貧乏所帯になってしもうたって。でも秘密があるんです。何代か前のご先祖がとっておきの宝物を残してくれてて、庭に埋めてあったんです。お陰で二、三代が食べていけるぐらいは十分あったんですよ。最後の晩には四つめのくぐり門を入った屋敷も空っぽになってましたけど、あくる日

〝貧乏神〟がまた巻き上げに来たんです。そのとき私とお母ちゃんしかいませんでした。二人で菜種油のランプ持って庭まで手探りで行って、掘ってみました。そしたら夜中になって、カチンって当たる音がしたんです。包丁が何かの縁に当たったから、そのまま掘ってみたんです。そしたら甕《かめ》があって木の蓋はボロボロ。灯りで照らしてみて、二人ともびっくりしてしりもちつきそうになりました。ボロボロ泣けてきました」

「キンを掘り当てて命拾いしたん？」と阿宝。

叔母は口をつぐんだ。

「馬蹄銀、甕一つ分かぁ。そら感激の嵐やろなぁ」と嬢嬢。

伯父も少し考えてから言った。「重さ一両の純金で昔のお金《かね》が一つできたからな。馬の蹄みたいなお金知ってるやろ。その小さいのができるけど、金《きん》で甕いっぱいも作るわけないし、普通は銀やろな」

祖父が目を閉じたまま言う。「皇帝の家族でも親戚でもないのに、そんな金があるわけない」

「二人して、肝つぶして抜き足差し足で逃げました」

「甕の中は何やったん？」と阿宝。

「ご先祖様が残してくれたのは銀貨や。プツプツした気泡もあったしハンコも押してあって、混じりけのない、白う光った本物の銀貨でしたわ。それがねぇ。ああもう腹がたつ。望みも何もありません。魔法かけたみたいに蛇のアカマダラになってしもうてね。甕半分ぐらいいたわ。舌出してキョロキョロして、甕から出てきて、にょろにょろ這いずりまわるんですよ。二人でもう泣いて泣いて。土地の神様にも見捨てられたんやわ。二人ともとことん運が悪いんや。銀貨が蛇になってしまうぐらいの悪運や。おみくじで大凶をひいたようなもんですやろ。〝手持ちの金が銅に変わる　そうこうするうち全てをなくす〟って書いてあるおみくじひいたんや」

「それから?」と阿宝。

「夜が明けたら貧乏神どもがドタバタ入って来て、庭にあった空っぽの甕を見つけてね。それがもうとんでもないこと。誰かが夜中にこっそり財宝を盗み出したと思い込んだんです。それならっていうことで、二人で決めました。一回やられたら三回やり返すって。それがまさかねぇ。何十四もいた蛇は一晩だけ屋敷にもぐり込んでたけど、夕方には全部出て来て甕の中に入って行ったんです。とぐろ巻いた蛇が甕の半分ぐらいいました。そしたらろくでなしの田舎者が甕めがけて馬鍬を振り下ろしたんですわ。アカマダラは馬鍬の竿にびっしり巻きついて、そいつの体を這うて行ったんです。蛇も逃げようとするし、そいつも逃げようとしてねぇ」

「それから?」と阿宝。

「財産、全部失《うしの》うてお母ちゃんも亡くなって、上海に逃げて来たんです。毎日買い物して洗い物してご飯の用意して、家の用事してきました。それでしまいにあのいやらしいおまわりと結婚して離婚して、それでも文句言うたと思わはりますか。何も言いませんでした。要は文句言わんと静かに暮らさなアカンっていうことですわ。お金があるからそれを独り占めしようって思うたら、せっかく持ってた金も銀もひょっとしたらいつかアカマダラになってしまうかもしれんのです。誰でもいつかは死ぬもんですやろ。そんな業突《ごうつ》く張りな事してたら、思い残す事いっぱいになりますやろ」

「どういう意味や」と伯父。

「子供とか孫が見たとおりマネして、みんなが財産独り占めしようとします。そしたら因果応報、善には善の報いあり、です」

「しょうもない事言いやがって。……エエ加減にせんかっ。何もかも御上の政策どおりにわしがやる。

御上の言うとおりやるんや」と、伯父が氷のように冷たい顔をした。

祖父がベッドの縁を叩いた。「ほんまにもうっ。むかっ腹のたつヤツじゃ。十年二十年前やったら、絶対にこの親不孝者を一晩じゅう土下座させてやるところじゃ。文句あるならそれからにせいっ」

肆《し》

遠くから聞こえていたはしけ船の音が次第に近づき、石炭コンロの匂いが漂ってくる。莫干山路の路地裏は子供の泣き声に、甘酢煮や太刀魚炒めの匂いが混ざり合う。南側の道路から鉄の門を開け、職工たちが次々と工場へ入って行き、その都度チャイムが鳴り響く。

小毛の母親は湯のみを置き、壁にかけられた十字架を見上げた。

「領袖さまは？」

「春香の教会仲間が言うとったけど、十字架をかけといたら神様が春香を守ってくれるらしいから」

「そうやな。今は信仰の自由があるからなぁ。私かてほんまは取り換えたらエエんやけど、もう慣れたしエエわ」

小毛は黙っている。

「その友達って、離婚したんか？　旦那さん、亡くなったんか？　いくつや？」

「お母ちゃん、あのなぁ」

「そばに女の人がいてくれたら、何か温《あった》かいものでも飲みたいと思うても苦労せえへんやろ。今日来たんはな、大事な事が聞きたかったからや」

「……」

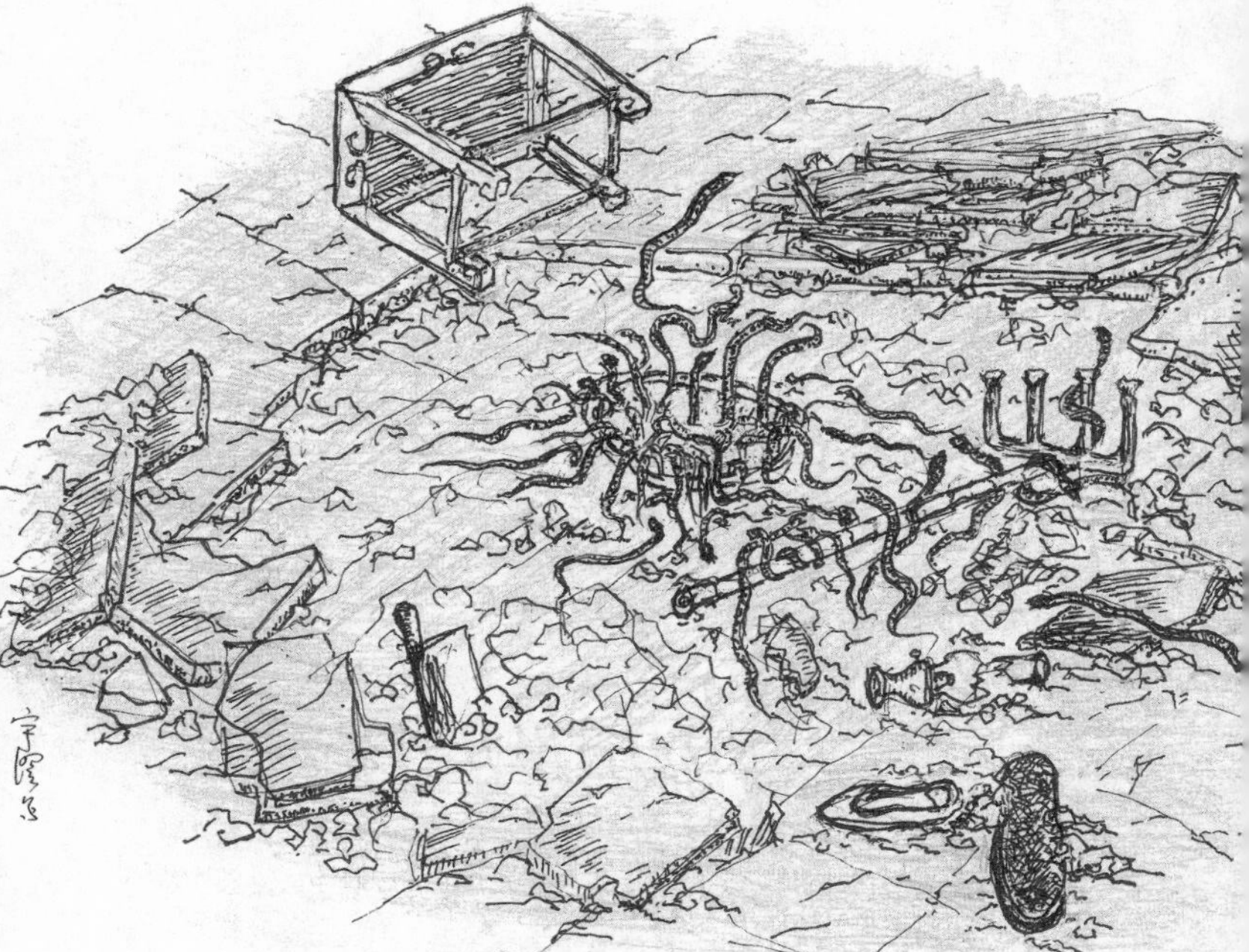

本書の出版は2013年。折しも巳年。蛇を描きつつ昔を懐かしむ。

「結婚してからあんた、家に全然帰って来てへんやろ。春香が亡くなってからかて全然会いに来てくれへん。でもこないだ聞いたわ。あんた、お母ちゃんが仕事行ってる昼間に来てるらしいやん。二階の招娣の部屋に入り浸ってるんやって？　そうなん？」

「床屋のオヤジ、嘘ばっかり言うてるんや」

「人に何言われても自分がちゃんとしてたらエエんやけど、あの女と行き来するのは気ぃつけなアカン。旦那がおまわりさんやからな。わかるか？　おまわりさんはみんなを取り締まるためにいるんや。万一何かあったら、あんたひどい目に遭うし」

「……」

「自分はあっちに戻って、この家はお兄ちゃんが結婚したら住ませたるつもりやって聞いたけど」

「はぁ？」

「あんたがそんな事考えてるんやったら、お母ちゃんかて知ってなアカンやろ」

「ほんまに。無茶苦茶ぬかしやがって！」

「お母ちゃんかてそんな事信じてへんけどな。お兄ちゃんの彼女の職場は新婚向きの部屋があるし、そこで暮らせるんや」

「ほんまにもう！」

「どっちにしても一回帰って来たほうがエエわ。まぁコソコソせんと堂々と晩ご飯だけでも食べに来るのが一番や。ご近所さん、それも女一人とだけ付き合いすんのはタブーやな。やっぱりおとなしい嫁さんをここに迎え入れて、平和に暮らしていったらどれだけエエか」

「オレがあの人の部屋へ喋りに行くのが、なんでアカンねん」

母親が口をつぐんだ。

「ほんまはあの人に女の人を紹介されたんや。オレより年上で、職場の共産党青年団の支部書記や。二階の部屋で会うてお茶飲んで喋ったけど」

「女の人を紹介してもらうのもちゃんとしなアカン。堂々と外へ出て行かなアカン。ちょっとカッコつけて、カフェの〝東海〟みたいな流行りの所でコーヒー飲むとか。ちょっと節約するんやったら、〝四如春〟みたいな食堂で、ミント入りの冷たい緑豆汁粉でも飲んでお喋りした方がなんぼかエエわ」

「あんな年増《としま》、興味ないわ。もし銀鳳とか春香みたいな女がいたらエエなぁって招娣に言うたら、それは難しいって言われた」

母親はジリジリしている。

「銀鳳とか招娣は工場で働いて路地に住んでる普通の女や。でも春香みたいな娘《こ》は、金《かね》の草鞋《わらじ》履いて探しても見つからへん」

母親が畳み掛けて言う。

「もう一回だけ聞くしな。お前、表向きは彼女を紹介してもらうとかいう事にしといて、ほんまは招娣さんと付き合いたいと思うてるんやないか。あの人をこっちに連れて来てエエ事しようと思うてるんやないやろな。そんな事、ほんまにないやろな」

小毛は机を叩いて立ち上がった。「どいつもこいつもクソッタレが。誰かいらん事してよるんや」

母親は驚いて口をつぐんだ。

「きっと招娣が勘違いしたんや。オレは冗談言うただけや。もし銀鳳とか春香みたいな娘が仕事仲間にいたら紹介してくれたらエエ、そしたらそのまま莫干山路に連れて帰ってその日のうちに結婚してもエエってな。そういう事や」

「まぁそれやったらエエわ。でも銀鳳みたいな女のどこがそんなエエん？　いっつも眉間にしわ寄せて。春香は確かに今考えてみたら、運が悪かったなぁ。ええ娘には違いなかったけど、それでももう天国に召されたんや。世の中ややこしいから、その辺の普通の女をすぐに家に連れて帰って嫁さんにできると思うたらアカン。そんな事したら行いが悪いって言われる。〝四種類の悪もん〟ってわかるやろ。その中の悪質分子っていうレッテル貼られて、面倒な事になるやろ」

小毛は椅子を蹴飛ばし、黙ってドアを開けた。

「腹たてたらアカン。お母ちゃんは本気で心配してるんやから。あぁもう、何しても苦労ばっかりや。それでも今、何があってもこれだけは言うとかなアカン。招娣との事は火遊びにならんようにくれぐれも気ぃつけるんや。わかったか」

小毛は返事もしない。

母親は十字架を見て言った。「お母ちゃん、毎日春香のためにお祈りしてるんやからな」

「もう遅いから帰れよ」

母親はさっと十字を切ると出て行った。

小毛は椅子に腰掛ける。次第に暗くなってきた。壁に掛けられた十字架がぼんやりかすんできて、春香の顔をほのかに映し出す。銀鳳も浮かび上がり、女二人が恨みがましい目で小毛を見つめている。

遠くに聞こえていた、蘇州河のはしけ船の音がだんだん近づいてくる。石炭コンロの匂いが漂ってくる。小毛は気もそぞろになり、目の前がぼんやり霞んできた。テーブルの向こうに拳法の師匠、金妹、招娣、職場の樊親方の顔が浮かび上がる。壁に見える銀鳳と春香は何も言わない。

はしけ船の音が遠のいていく。どこかの台所からあんかけ料理、魚の炒め物、塩漬け野菜と枝豆の炒め物の匂いがしてくる。向かいにある紡績工場のチャイムがまた鳴り響く。

招娣の声が聞こえてくる。「銀鳳のほうが綺麗？　うちのほうが綺麗？」

傍にいる金妹が言う。「ちょっとちょっと、結婚してる女のどこがエエんよ」

「この人、年くってるけど、エエ人なんやから。職場の共産党青年団の支部書記で、見た目は真面目やけど、夜になったらなんのなんの」と招娣。

壁の銀鳳と春香は黙ったまま。招娣が小毛に近づいた。かすかに汗の匂いがする。

「年増でも若い娘でも女に違いないやろ」

「そうや。そやけど、小毛、付き合うんやったら若い娘やな。そしたら違いがわかる」と樊。

「どうしてもわからん。なんで若い方が年取ったんよりエエんや。え？　なんでや」と拳法の師匠。

「お茶も若い葉っぱほどうまい茶がでるのはなんででしょうかな。冬に掘る筍もキュウリもヨメナもつまみ菜も赤い菱の実も柔らかい方がうまい。ひねた物は、好きでも歯がたたん。年取った蟹とか豚モモとかひねた干し筍とか、一口食べる度に噛んで引きちぎって、それで歯に挟まるから楊枝でほじくらなアカン。つまらん事やろ。何て言うても中国人は柔らかい物が好きなんや。わかるか」と樊。

小毛は黙っている。

樊がタオルで汗を拭く。「あのとき、師匠のわしとしては、相手にもメンツがあるから断れとは言いにくかった。何がなんでも結婚せえって言うたけど、はっきりわかってた。何て言うても春香は再婚やからな」

壁の銀鳳と春香が黙って聞いている。

招娣が近づいてきて声をひそめた。

「小毛が女の子紹介してくれって言うてきたんやから、とりあえずこっちが満足させてもろうてもエエやろ。あんたは二股かけてたらエエんや」

「昨日シャワーしに行ったら、三号室の尻軽女が服脱いで言うんよ。若い自分はなんで綺麗なんかって。それは錦織みたいやからで、三十か四十くらいのおばちゃんなんか、葉っぱだけは青いけど中身は古い松なんやって」と金妹。

師匠がテーブルを叩いた。「いやらしい」

壁の銀鳳と春香はずっと黙ったまま、すうっと消えていった。


小毛は昼からの勤務に出ていた時期がある。そんな時は四号室の女工らがしょっちゅう小毛を訪ねて来ていた。サンドペーパーが欲しいと言われることもあれば、ステンレスの溶接棒を四本持って来て、編み針を作ってくれとせがまれることもある。

それが後々、樊の目にとまり褒められた。「この編み針、綺麗にできてるな。女工ら、どう言うてた？」

「えらい気に入ってくれてました。申し訳ないから洗濯したり布団縫うたりしてくれるって言うんです」

「気ぃつけろよ。結婚した女はそういう事が好きやからな」

「時計の軸作りしてる菊芬《ジュイフェン》っていますでしょう。あいつなんかぼくが食堂で順番並んでるの見たら、自分の代わりに買《こ》うといてくれって言うんです。昨日はスープ餃子買わされました」

「それで一つのテーブルで食べたんか」

「そうです」

「お前は独り身になった男やから、結婚してる女は今までと違う目で見るようになるぞ」

「そんな事ないでしょう」

「あれこれ喋ってるうちに、だんだん離れんようになるんや。やっぱり若い娘見つけたほうがエエな。他の弟子にも言うてたんや。最近、組合がやり始めたらしいけど、近くに住んでる先生呼んできて社交ダンス教えてもろうてるらしい。そういうのにお前も積極的に行かなアカン。ダンス教わるっていうのは口実や。若い娘と知り合いになるんや。それもできるだけ若い娘な。わかるか」

昼食を終えた小毛は、工場の六階にあるベランダに出た。そこで樊の弟子〝メガネくん〟に会い、少し話をした。

「先ずワルツ教えたるわ。それからタンゴで、その次がジルバや。一回一時間で、一週間に二回にしよう」と〝メガネくん〟。

「わかった」

「若い娘とか若い女工も何人か習いに来てるけど、顔は普通や。まぁ一回やってみて、それから考えたらエエわ。気長にチャンス待つんや」

小毛は黙って聞いた。

「工場の女の子で誰が一番エエと思う？」

「軸作りの菊芬かな」

「エエ目してるやないか。適当に言うただけで、工場一の花、当てたやないか」

「アハハ」

「結婚してる女の中では確かにエエし、脈ないかオレも試してみたんやけど、性格がどうもなぁ」と〝メガネくん〟が声を落とした。

「まぁまぁやと思うけど」

「メシ買うのに並んでたら絶対近寄ってきて言うやろ。〝すんませんけどスープ餃子買うてもらえへんやろか〟って。それでお碗を押し付けてきて、先に席とって待ってるんやろ」

「うん」

「それが菊芬の手口や。スープ餃子買わされたり麺持って行ってやったりした男、どれだけいると思う」

〝メガネくん〟はすぐに言葉を続けた。

「あいつ、ダンスも確かに積極的やし、ギュッと抱きついてくる。でもな、誤解したらアカンぞ。手口なんや。見かけは声もかけやすそうやけど、ほんまは扱いにくいんやぞ。いっつも〝白鳩飛ばし〟や」

「どういう事や」

「例えばな、二人で気持ちよう踊ってたとするやろ。その気になって、どこかよそへ踊りに行こうって誘うやろ。〝江寧ダンスホール〟とか〝文化館〟のダンスホールとかや。そしたら口では『エエよ』って言うといて、実際は絶対行きよらへん。男のほうは一時間も二時間も待ちぼうけや。そういうのを〝白鳩飛ばす〟って言うんや。そやから菊芬を見かけても知らん顔してなアカン」

小毛は返事をしなかった。

ある昼のこと、小毛は肉入り麺、菊芬はスープ餃子を食べていた。

「ダンスの練習に行って、彼女できたやろ」

「二回行っただけやけど」

「工場の可愛い娘はみんな誰かに取られてしもうてるわ。ダンスなんか行くわけないやん」

小毛は黙っている。

「〝メガネくん〟知ってるか。一番いやなヤツやわ。いっつも私と踊るんやけど、下の方くっつけてくるんよ。私は知らん顔して相手にせえへんけど」と、菊芬が声をひそめる。

「昼飯食うてダンスに行って、それからまた仕事に出たらすぐ眠とうなるわ」

菊芬は何も返さない。

昼食後、小毛が五階の図書室で雑誌をパラパラめくっていた時のこと。屋上からステップを踏む音が聞こえてきた。

階段を上がり半分も行かないうちに、ベランダでダンスの練習をするカップルが目に入った。〝メガネくん〟と菊芬だ。みんなとのグループレッスンには出ず、ベランダで音楽もかけずに踊っている。菊芬が〝メガネくん〟にしがみついている。異様な光景だ。二周回った。重苦しい雰囲気だ。ジルバに変わった。手に手をとり、見つめ合い、黙ったまま。次はブルース。寄り添う菊芬を〝メガネくん〟が抱きしめる。頬を寄せ合い、ほとんど動きがない。

その場を離れた小毛はそのまま階段を下りた。

グループレッスンの最終日、全員参加するよう組合から働きかけがあった。小毛は仕事を終えて帰ろうとしていたが、「絶対行けよ」と樊に言われた。

小毛は返事を渋った。

「行かなアカン。さぼったらアカンぞ。せっかくのチャンス逃すのはほんまにもったいない」

樊に連れられて六階に上がると、ベランダにネオンのような電球が灯され、テーブルにはオレンジジュースが並んでいた。見渡す限り、男そして女。

樊は若い女工を連れてくると小毛の相手をさせ、一曲だけ見てそのまま帰ってしまった。

三曲目を踊っていたとき、肩にポンとあたるものがあった。菊芬の腕だ。

菊芬が微笑む。「小毛、次の曲、うちと踊って」

次の曲はワルツだ。菊芬は小毛より上手い。二人は向き合って立ち、寄り添った。柔らかく張りのある動き。体をくねらせぴったり寄り添ってくる。二人が一体となり華麗にターンする。

以前、樊が言っていたのを思い出した。「昔の朱葆《しゅほ》三《さん》路（清末商人の名を冠した道路。歓楽街。今の渓口路）にあったダンスホールも今の工場のダンスホールも中身は同じようなもんや。他の事は考えんとダンスの事だけ考えろ。女には気ぃつけなアカン」

しかし小毛は菊芬に抱きつかれると、心臓がどきどきし、ブルースになるまでそれは続いた。ゆっくりしたリズムだ。大勢の人に囲まれている。菊芬の体からいい香りがする。近づきすぎたようだ。耳まで火照らせて穏やかな声を出す菊芬。胸の高鳴りを感じていると菊芬に手をつねられた。「何考えてんの」

「人多すぎるなぁ」

「お腹すいたわ。ご馳走して。ちょっと軽めのワンタンにしようかな。やっぱり麺がエエかな。揚げ魚の載ったやつ」

小毛は黙っていた。

ターンして来る人に何度もぶつかった。菊芬は小毛の肩を引き寄せ、その手を放したかとおもうとまた指先でつまむ。

「ご馳走してくれたらエエのになぁ」

小毛は微笑んでおく。

「イヤやったら、どこかちゃんとしたダンスホールに連れて行って」

「あんたは言い出したら聞かへんからなぁ」

「うち、気まぐれやから」

「女はそれではアカン」

菊芬は吹き出し、体を反らせて下半身をぴったりくっつけてくる。小毛はその細い腰を引き寄せる
しかない。

「工場で一番綺麗なん、誰？」

「軸作りの菊芬」

「小毛もかっこエエわ」

小毛は口をつぐんだ。

「上海一のダンスホール、どこ？」

「南京西路の〝大都会〟かな」

「そうそう。天井がアヒルの卵みたいに丸うてベッドのカーテンが何百も掛かったみたいになってる所やろ。ライトがお月さんの光みたいな」

「それ、ほんまか？」

「みんなカーテンの中でうとうとしてるみたいな、ぼんやりした気持ちになるんやから。ほんまに夢見てるみたいな気持ちになって、それもエエ夢」

「〝メガネ〟と何回行ったんや」

「何言うてんの。小毛こそ彼女と行ったことあるんやろ」

小毛は答えない。

「決めた！　明日二人で行こう。いや、やっぱり来週にしようか」

少し考えて小毛が言う。「来週にしよう」

「しぶしぶみたいやなぁ」

「いや、そんな事ない。来週の月曜にしよう」

菊芬が小毛の肩をつねる。「わかった」

「〝大都会〟の入り口で会おう」

菊芬は笑顔だった。ちょうどそのとき音楽が止んだ。二人は離れ、まわりにつられて拍手した。

月曜の午後、小毛は〝大都会〟の入り口までやってきた。もう寒くなっていたが、ホールから男と女の熱気が伝わってくる。まるで花が咲き誇る、暖かい春のようだった。

こんなにたくさんの人が待ち合わせしているのか。

襟を合わせ、江寧路から向こうの南京西路を見た。半時間ほど待っていた。大通りには人が行き交う。

突然、自転車をこいで〝大都会〟の前の江寧路を通って行く男が現れた。顔見知りのような気がした。かなりのスピードを出して北へ向かっている。

驚きのあまり、すぐには反応できなかった。

寒風の中で思い出した。アイッ！　阿宝や――。

すぐに落ち着きを取り戻した。待ち人がいるので、その目はやはり道路を見ていた。走り去った阿宝をもう一度見たいと思った。しかし阿宝は目の前をかすめるように行ってしまい、影も形もなくなっていた。

小毛はあっちにもこっちにも気を取られていた。菊芬は――。

すらっと伸びた脚、色めきたった若い娘が、向かいの停留所で二十三番トロリーから次々と吐き出されて来る。

一時間あまり待っていたが菊芬は現れない。〝メガネ〟の言うとおりだ。菊芬はまた〝白鳩飛ばし〟をやらかしたのだ。

伍

ある午後のこと。これが最後、雪芝との関係はおしまいにしよう、阿宝はそう思っていた。道々ずっと考え事をしていたせいで、自転車をこぐスピードは速くなったり遅くなったり。曹楊新村から武寧路橋のまん中まで行くと、向こう側まで飛ぶように滑り下りた。気が気でない。半時間ほど前、雪芝から電話があったのだ。


――「阿宝、今から安遠路まで来て」

「まだ仕事中や」

「手紙、受け取ったわ」

「あぁ」

「もう三ヶ月になるけど、封筒見てるだけでまだ開けてへん」

「なんでや」

「会《お》うたら言うわ」

「仕事中なんやけどなぁ」

「うんって言うて」

「何やねん？」

「最後になってもエエし」

阿宝が口を開けようとした途端、電話は切れた。

阿宝は大慌てで自転車置き場から自転車を出してきた。しかし本当は躊躇っていた。手紙の最後の言葉はどういうつもりで書いたのか、もう思い出せなかった。

雪芝は毎日封筒を見ていたのだ。封も切らずに。しかしおそらくもうわかっていたはずだ。それでも最後に会おうと言うのはどういうわけなんだ。

緊張のあまり雪芝の顔が思い出せなくなっていた。自転車をこぐスピードは、速くなり、また遅くなる。

〝最後〟と言うときの雪芝の声は静かで落ち着いたものだった。何もかもわかっていたはずだ。

武寧路に着き橋を滑り降りていたとき、阿宝はふと気づいた。上も下も作業服のままなのだ。吊りズボン、腕カバー、仕事用の靴で、胸元も袖口も油のしみだらけ。

慌てはしたが、自転車はそのまま橋のたもとへと滑り下りて行く。長寿路で左折し、そこから道を変えることにした。先ず武定路に行き、滬生の部屋で服を着替えればいい。しかし武定路の交差点に着いたとき、ため息が出た。自分は滬生の部屋の鍵を持っていない。目の前が真っ暗になった。

こんな格好で行っていいのだろうか。どうしよう……そんな事を考えながら、南へとばした。西康路を通り、そのまま突っ走って南京西路へまがり、平安シアターのポスターが見える所に来た時、阿宝は目が覚める思いがした。江寧路の交差点で北上し、この服のまま雪芝に会えばいい。仕事中に抜けて来たのだし、それに二人はもう終わったのだ。服などどうでもいい。

自転車がダンスホール〝大都会〟の入り口を通ったときは、午後二時過ぎだった。色とりどりの服を身にまとい行き交う男女に混じって、男が一人立っていた。その男の前を猛スピードで駆け抜けた。ひたすら前を見ていたので、すぐには気づかなかった。道端には確かに誰かがいた。それがまさか——

―。

阿宝の目に映ったのは、普通の格好をした、普通の顔だった。

しかし、阿宝の顔は、相手――それもよく知った男の視線に突然飛び込み、不意打ちを食らわせていた。スピードは出ていたが、忘れられないものになっていた。

ほんの一瞬の事だった。目の前を通り過ぎる阿宝の姿は小毛の心に深く刻み込まれた。が、ふいに現れた懐かしい顔はつなぎとめることができなかった。阿宝が着替えるべきか迷っていた、その作業服も見えなくなり、影も形もなくなってしまった。

二人とも心が乱れていた。どちらも他に難題を抱えていたせいで、相手に声をかけることさえしなかった。しかし二人とも同じように後悔していた。

阿宝はくたくたになり、そして躊躇いながら、油にまみれた服のまま雪芝の住む路地に着いてしまった。自転車を停め裏門を開けると、廊下の向こうの部屋で灯りを背にした雪芝が振り向きこちらを見つめる。

中から滲み出た美しさがまばゆいばかり。目を見張るほどの可愛らしさ。綿入れは錦織の緞子。丁寧に畳んであったのだろう。衣装ケースから出したばかりに違いない。袖と胸にきちんと折り目が付いていた。正月用のもので、青地に金色、赤、黄、紫、緑の花柄だ。七宝焼きの景泰藍《けいたいらん》のようだ。陽光をあびて輝いていた。

阿宝がほんの少し歩み寄る。自分の胸元から潤滑油の匂いがしてきた。昔、小毛が書写していた言葉をなぜか今、思い出していた。さいはての地にいる人を思いやり、涙する女の思いだった。「〝塞《さい》客《かく》衣《ころも》は単《ひとえ》に、孀閨《そうけい》涙《なみだ》つき（南北朝、鍾嶸『詩品』序、其の一）〟」

あたりにはわずかに感じられるくらいの、ごく淡い樟脳の匂いが漂っている。雪芝がこちらへ向き直り阿宝を見つめた。

窓の所に書いたばかりの対聯《ついれん》が掛かっている。毛筆の大きな字だった。雪芝は古風な言い方を好み、客間の正面に掛けられた絵を〝中堂〟、その両側の対聯を〝堂翼〟などとよく言っていたのを思い出した。

紙には少ししわが寄っている。下の句は〝進退追遁還逍遥（進み退き追い遁〔に〕ぐるもまた逍遥）〟。濃い墨で書かれた文字には、何にも束縛されない、無欲の心境が込められていた。下から積み上げられた塔のようにも見える。どっしりした安定感のある、力強い字だ。

そういえば雪芝は以前こんな事も言っていた――〝之繞《しんにょう》〟を使って対聯を書くと、十四文字全部が同じ部首だから同じ調子で書いたらいいのか、勢いに乗って意の向くまま書けばいいのかがわからない。毛筆で書いた大きな字は掛けるのがいやだ。本当に難しい。どの字も書き始めと書き終わりがはっきりしていないといけないし、署名にも気を遣う。味わいも求められる。そうでないと帳簿の書付みたいな無味乾燥なものになってしまう……。

阿宝は近づいてみた。上の句がわからない。〝遠近迎送道通達（遠近迎送道通達〔つうたつ〕す）〟なのか、〝適通達（適〔まさ〕に通達す）〟なのか、それがどうしてもわからなかった。廊下からは上の句がよく見えないのだ。

昔の人はいざ逃げようというとき、〝走〟の一文字を手のひらに書いた。それは〝三十六計　走《に》ぐるを上計とす〟という諺から来ているらしい。漢字の部首〝之繞（原文は〝走之〟）〟は、意味や形が〝走〟に似た文字〝辵《チャク》〟と〝之〟の字を合わせたもの。それなら之繞の付く字は、全て〝わき目もふらず逃げ出す〟という意味を持つことになる。そうだ。それでいいのだ。

太陽が差し込み、雪芝は少しわきへ避《よ》けた。年頃の女性の美しい姿。上着がサファイアのような青から濃い青に変わり、束の間だけ夕焼けの色になった。それは弱まる日差しとともに薄らぎ暗くなっていく。

阿宝は歩みを止めた。「さっきは悪気なかったんや。仕事してたから」

「わかってる」

「入んの、やめとくわ」

「エエから入って」

阿宝はどうすればいいのかわからない。

「かまへんやん」

「仕事しててどうしようもなかったから、オレ……」

雪芝が笑う。「服なんか、仕事してたらそんなもんやわ。かまへんから」

「手紙、もうちょっと早めに読んどいてくれたらよかったのに」

雪芝はテーブルに置いてある、封も切っていない手紙を指して笑った。「私、中が見えるから、何書いてあるかわかるんよ」

阿宝は声も出せない。

「阿宝、入って」

そう言うと、雪芝は阿宝に近づいて来た。

「阿宝……」

また太陽が差し込んで来た。雪芝の綿入れの模様がさっきよりはっきり見えた。樟脳の匂いがさっきより強く感じられた。雪芝は三ヶ月もの間、手紙に向き合い見つめるだけで、封を切りもしなかった——そう思うだけで胸が痛んだ。

「自転車で来たん？」

「やっぱりやめとく。帰るわ」

雪芝はもう目の前にいる。そして黙って阿宝の肩を撫でた。

「うん」

「今日はトロリーの仕事が二回に分かれてるし、五時にまた行かなアカンわ」

「オレ、ちゃんと来たやろ。顔も見られたし、これでエエやろ。戻るわ」

雪芝は何か言いたそうにしている。

「もう行くわ」

「阿宝っ」

「ん？」

「これから、トロリーに乗って私に会《お》うたらどうする？」

「まず切符買う。定期持ってたら、定期ですって言う」と阿宝はせつなく言った。

「阿宝」

「ん？」

「これだけは絶対覚えといて」

「何を？」

「私が乗ってたら、切符買うたらアカンし。これからもずっと」

「喋ってたらよけい辛《つろ》うなる」と阿宝は涙にむせぶ。

後ずさりした阿宝にしがみついた雪芝が、その胸に顔をうずめた。

阿宝は優しく言った。

「放してくれるか」

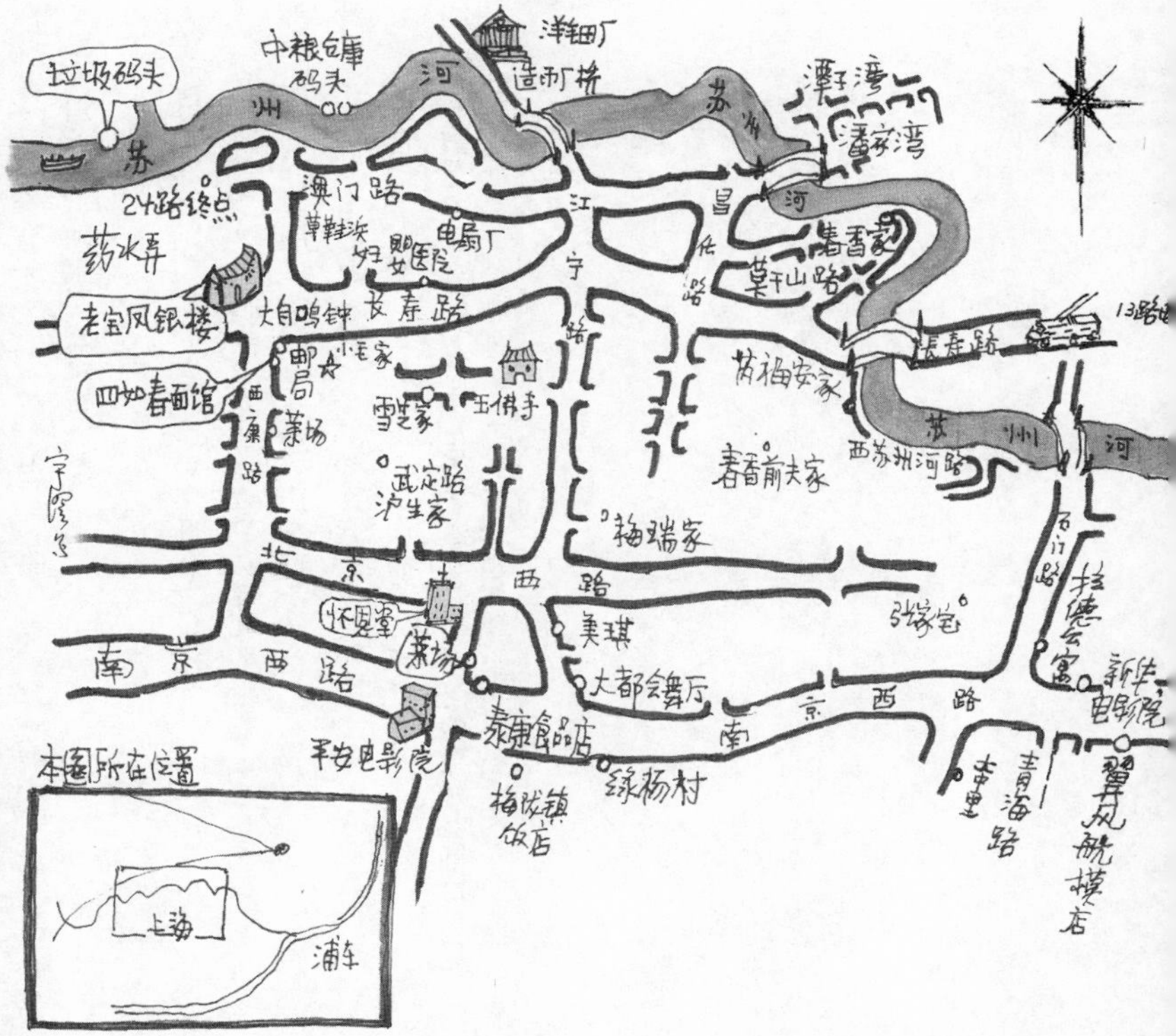

記憶の中の地図の縮小版。1980年代のダンスホール〝大都会〟がどんな様子だったかは、もう忘れてしまった。ただ、すぐ傍に本屋と花壇があったこと、伊勢丹のある南京西路の曲がり角にはよく足を運んだ古本屋があったことは覚えている。

黙ったままの雪芝に、阿宝がまた言った。

「油だらけやしな」

それでも雪芝は黙って阿宝にしがみついて離れない。

弱い日差しが、テーブルに置かれた阿宝からの手紙を照らしている。

雪芝は油だらけの作業服に体をうずめ、声をひそめた。

「阿宝、今はつらいかもしれんけど、いつかきっと……」

何もかもが絡み合って、もうどうしようもない。

阿宝はゆっくり雪芝の手を放すとまた後ずさりし、雪芝の襟元と袖口を見つめた。

二十八章

一

梅瑞が計画した大がかりな懇親会の事では、準備段階から康が一肌脱いでいた。会場になるレストラン〝至真園〟へ同行し、メニューなどを見て経営者の李李とも細かい打ち合わせをし、殆ど全ての事を決めてやったと言えるくらいだった。

康、李李、滬生、阿宝は、梅瑞から送られた招待状を受け取った。内容と日程の下の備考欄には添え書きがしてある。

——皆様方のご臨席を心よりお待ち申し上げております。またお知り合いの方々にもお声をおかけくださいますよう、お願い申し上げます。より多くの社長さま方にお出まし頂きまして、お力添えを賜りたいと存じます。なお空港への送迎ならびにホテルの滞在費などは全て当方でお引き受け申し上げます。

李李から着信があった。

「阿宝、来賓名簿見てたら、かなりの大物がたくさんいるわ。あの梅瑞さんって、どんなバックがいるのかしら」

「わからんなぁ」

「女がここまでお商売に入れ込んでたら、もう女じゃないでしょうね」

「そういう言い方は、病院通いしてる人見て、何科にかかってるか噂するようなもんや。人のプライバシーに関わる事やしな。レストランやってるんやったら、ちゃんと宴会の用意して金儲けさえしてたらエエんやないか」

「それにしてもあの女の名前、ほんとに嫌い」

「わかってる。〝梅〟はお前の嫌いなバラと同じバラ科やしな。でもバラはバラ、梅は梅や。それに中国人には雪を踏みしめながら梅の花を楽しむ習慣があるやろ。梅はエエやないか」

「えらく梅瑞のこと褒めて、妬けるわ」

「おれはあの人が、貿易会社で働いてる無口な社員やったっていう事しか覚えてへん」

「あの人、阿宝の幼馴染みで、阿宝と付き合ってたことがあるって聞いたわ。でもあんな人が阿宝の好きな女の子だったなんて信じられないわ。ありえない。あの噂はデタラメなのかも」

「今のご時勢、そんな事考えてたらアカン。自分がどういう風にやりたいか、それさえ考えてたらエエんや。それに、どんな人でもバカにしたらアカン。うっかりしてたら、そいつ大金持ちかもしれんからな」

「雪の中にひっそり咲く梅みたいなその人が立派な宴席を用意してくれるんだから、たくさんの人と知り合いになれていいご縁もできるわ。菜食主義の友達はテーブル一つ分ぐらい誘ったし、香港とか台湾、それにシンガポールの知り合いも、常熟に行ったときのあの人たちも誘ってよかったわよね。家政婦だったあの娘《こ》にも声をかけたわ」

「なんぼでも呼んだらエエやないか。多いほどエエやろ。滬生も友達たくさん呼んでるみたいやし、大勢で食べたらメシもうまいわ」

「オランダ人と結婚したあの娘、今回は行けないってアイスランドからファックス送って来たわ。ほかの人は一応来ることになってるけど」

「そらエエやないか」

二

オープニングセレモニーとしてのパーティが李李の経営する〝至真園〟で行われた。夜。ガヤガヤと賑やかになり、みんなもみくちゃになっている。

梅瑞母娘と香港の若旦那がロビーの入り口に立ち、客を出迎えている。道には横断幕が掛けられて爆竹が鳴り響き、獅子舞まで登場。銅鑼《どら》や太鼓も興を添えている。入場した客が受付を済ませると、名刺を受け取り投資関係の資料を手渡す。

主賓のテーブルが上座に用意され、各方面の貴賓が着席する。総勢四十卓近くの人数だ。

顔なじみの客は二階に用意されたテーブル席に案内された。テーブルが三つある広い個室で、来た順番に、誰が主賓ということもなく適当に座っていく。

阿宝が紙袋を提げて個室に入ると、滬生と玲子、そして玲子の店〝夜の東京〟の常連客がもう揃っていた。

康も北方の友人を誘って来ている。かなりの人数だ。

前菜がテーブルに並んでいる。

絶え間なく人が入って来るので落ち着かない。

陶陶と小琴は、玲子と同じテーブルに座った途端、いかさまDVD売りの孟と占い師の鍾が入ってくるのに気づいた。玲子が立ち上がりその二人に声をかけた。陶陶はまずいと思いその席を離れるよう慌てて小琴を引っぱり、あちこち見回して席を探しなおした。こういう時はみんなバタバタしているものだが、さいわい李李と康がそれに気づき、様々な関係を考慮して調整したおかげで全員が落ち着いた。


李李、阿宝、滬生、章、呉、秦、徐、蘇安、丁、陶陶、小琴の十一人が一つめのテーブルにいる。次のテーブルには康社長夫妻、古社長夫妻、陸社長夫妻、台湾の林夫妻、宏慶、孟、鍾、そしてまだ席についていないが、汪の十二人。

もう一つのテーブルには玲子、蘇州の副社長范、兪、菱紅、日本人、葛先生、中二階の女、麗麗、韓社長、広東人夫妻の十一人。


李李が立ちあがり、標準語で饒舌ぶりを披露した。

「ホストの梅瑞さんがまだお見えではございませんけれど、その間に少しお話しさせていただきましょうか。こちらの二つのテーブルにおられます方々は、私もよく存じ上げております。そちらのお席の皆さま、どうぞよろしくお願い申し上げます。さきほど宝社長さんからご紹介がございましたように、こちらのテーブルにおられますのは玲子さんのレストラン〝夜の東京〟のお仲間でございます。〝夜の東京〟はこの街の最先端をいく地域にございまして、お隣は蘭心グランドシアター。それに錦江ホテルもございまして、昔、〝毛さん〟もよく会議で足を運んでいたとか。それはもう最高の所でございます。ですからこちらのテーブルのお歴々も最先端ということになりますかと」

聞いていた玲子、菱紅、麗麗が笑いをこらえている。

阿宝は女たちを静かに見ていた。若い娘はカジュアルな格好をしていても含みがある。昔の人も言っている。〝的的たり風流の心眼　紅潮玉椀に照る（含みのある瞳。ほんのり赤らめた頬が酒に映えている。金朝、蔡松年の詞。詞牌は尉遅盃）〟。普通こういう食事会では美しい女性が一人現れるだけで、十分目が奪われるもの。ところが今、そんな女性が三人以上もいるうえ、中二階の女もいる。中二階は黒いビロードの旗袍を身にまとい、五十を超えてはいるがくびれたしなやかな腰つき。まるで宋美齢の生まれ変わりのようだった。そんな女性がみんなにお茶を注いでいる。そばで軽く会釈した時など、隣のテーブルにいた陸は「いいですなぁ」と賛美の声をあげたくらいだ。

カシミヤの薄手のカーディガンをはおった俞はさほど見るべきところはないが、灯りの下で美しくつやつやと輝く、透き通るような美しい肌には惹きつけるものがあった。俞は落ち着いて、テーブルにそっと手をついている。向こうのテーブルの徐が背筋を伸ばして見入っていたくらいだ。

阿宝の傍にいた滬生は、同じテーブルの章、呉《ウゥ》、北方の秦を見回した。この女三人は表情にこそ出さないが、〝夜の東京〟の女たちに嫉妬の炎をめらめら燃やしているはずだ。

もう一方の、康のテーブルにいた奥方連中四人はひそひそ話をしていた。

「聞かんわけにはいかんな。あっちの四人は？」と滬生が阿宝の耳元で囁いた。

「エエ眺めやろ。でも悪いけどみんな夫婦で来てる。いらんことしたらアカンぞ。火遊びには気ぃつけろよ」

李李の声が聞こえてきた。「みなさま、〝人さまの何とかで相撲をとる〟と申します。私もこのお集まりを機会に、皆様にご挨拶申し上げたいと存じます。まず〝夜の東京〟のみなさまへのご挨拶に、少しお酒を頂戴いたします。みなさまのことをよくご存じの宝さん、こちらへいらしてご紹介くださいますでしょうか」

阿宝が立ち上がり、李李の傍に行く。

徐もここぞとばかり立ち上がったが、傍の蘇安に押さえられた。「何されるんですか」

しかし徐は黙って阿宝の後について、李李の傍まで行き、話しはじめた。「みなさん、お静かに。私はこちらの馴染み客でして、まずこちらの方からご紹介しましょう。この店のご主人、李李さんです。流行りとかお綺麗ということを申しますなら、こちらの李さんが筆頭でしょうな。李さんとご一緒に、あまたおられます綺麗どころへのご挨拶に一杯頂戴してよろしいでしょうか」

李李が眉間に皺を寄せて作り笑いをし、ハイヒールの音をコッコッいわせて退いた。

隣のテーブルの奥方連中四人は顔をくっつけるようにしてひそひそ話をしている。はじめ李李に注目していたが、阿宝、徐、そしてみんながグラスを手にして立ち上がる姿に視線を移した。

四人と同席していた陸がふいに席を離れ、速足で李李の方に向かった。「さあさあ皆さん、〝美酒で美女にご挨拶、花は英雄に差し上げて〟と申します」

傍にいる徐は陸に合わせるしかない。「そうですなぁ」

背の高い李李がまた後ろへと下がる。

酒を手にした玲子はにこやかに陸を見ている。「こちらは？」

「私《わたくし》、婦女保護協会の者でございます。ご婦人方の幸せをお守りする天使でございます」と陸。

「どうなさいましたの、いきなりそんなこと仰って。いけませんわ」と菱紅。

陸は笑顔だが、李李は黙っている。

阿宝が一人一人紹介した。阿宝が紹介する度、李李はグラスを合わせ、傍にいる陸はそれに合わせてお辞儀をする。

玲子と菱紅を紹介すると陸が頭を下げた。中二階を紹介したときも丁寧にお辞儀をしている。徐はおいてけぼりをくらっている。

全員でグラスを合わせるとほんの少し口をつけ、マナーの限りを尽くした。

「ちょっとお待ちいただけませんでしょうか。陸さん、徐さん、もう一杯いかがでしょうか」と菱紅。

ウエイターがワインを注ぐ。

「では菱紅さん、我々二人でまず一杯」と陸が顔をほころばせる。

陸と菱紅が飲み干す。

玲子が菱紅のあとを受けて、陸と飲む。

「ワッハッハ。飲み始めたばかりで、もう宴もたけなわですな」と陸。

康は陸を引き離すしかなかった。

阿宝は徐とともに席に戻る。

李李が席につき、傍の徐を見て言った。「始まったばかりでみなさんもうご機嫌ですわね」

蘇安は黙って様子を見ていた。

横にいた丁が口を挟む。「〝夜の東京〟仲間の女性はどうもやり手のようで……」

「ちょっと見たら、大した人じゃないってわかりますわ」と秦が話に入る。

「お酒を飲むときって、殿方と上手にお付き合いされる方もいらっしゃいますから、それぞれのやり方でよろしいんじゃないでしょうか」と李李。

「歯が浮くわ。おべんちゃらばっかり。〝夜の東京〟がどこにあるっていうんよ。何が〝毛さん〟よ。何が流行なんよ。意味わからへんわ」と章。

「陸さんはウワバミみたいですね」と陶陶。

「大丈夫。どんなウワバミでも玲子ねえさんにはかないませんから」と小琴。

康と陸のテーブルでは、汪以外みんな席についていた。陸は自分の妻にえらく丁寧に頭を下げている。「奥様、お疲れさまでございます。ではご挨拶に一杯」

「もういい加減にしてよ」

同じテーブルの孟と鍾がグラス片手に立ち上がり、孟が挨拶する。「みなさま、今後ともどうぞよろしくお願い申し上げます」

「奥様がたにお仕えするのが私の仕事ですから。さあみなさんご一緒に」と陸が笑った。

「上海のおふた方は誠心誠意してくださってるっていうのに、あなた何してらしたの」と陸夫人が続ける。

「次にあっちのテーブルへ行かれるのはどなたかしら」と古夫人が夫をチラッと見て言う。

陸夫人も負けていない。「殿方はいやですわ。どうしてこんなにお下品なんでしょう。本当にお下品ねぇ」

康夫人は微笑んでいる。

「下品っていうのは……」と林夫人も黙っていない。

「私、言いすぎましたかしら。ほら、あの徐さんをご覧になって」と陸夫人が舌を鳴らす。「みなさん、ご覧になりましたでしょう。とんでもないやり手で、あんなことまで……あぁ」

傍にいた康夫人は落ち着いて話を変えた。「陸さまの奥様、宏社長さんにご挨拶されたらどうかしら」

陸夫人は気まずそうにしている。

宏慶が箸を置き笑顔を見せた。「ええっとですね……」

陸夫人が気を取り直して言った。「汪さん、どうしてまだお見えにならないんでしょう」

宏慶が腕時計を見て言う。「病院から直接来るって言うてましたけど、一回家に帰ったんかな」

「あの方、三ヶ月ちょっとでしょ。ちゃんとお休みにならないと。ここは空気もよくありませんし」

と古夫人。

陸夫人が後を続ける。「こういう所は胎教によくありませんわ。子育てって、うちみたいなつまらない同族会社に似てますわ。北の方では〝子育て〟を〝子育て〟とは言わないんですよ。子育てしてる人は〝飼育員〟、子育てしてる時は〝恐怖のひと時〟です。会社ではわけのわからない遠い親戚みんなの顔を立ててお給料もボーナスも出して、自分で子会社も作ります。勿論いい事もありますけど、そのためには苦労もいっぱい。騙される事もあります。みんなメンツとか体裁ばっかり気にして、腹の探り合いばっかり。それに、飲む、打つ、買う。男も女もみんな腹の中にイチモツ持って。苦労が絶えませんことよ。ね、子育てってうちみたいな会社に似てますでしょ」

陸が笑顔で妻に向かい、丁寧に頭を下げた。「奥方さま、愛しい愛しい奥方さま、お疲れさまでございます。どうぞお怒りをお鎮めに。さあさあお酒でもお召し上がりくださいませ」

「やめてよ」

「奥方さま、愛しい愛しい奥方さま、先ほどはあちらのテーブルでちょいと頂いただけでございます。お鎮まりを。お体に障ります。先ほどはちょっとばかり握手をいたしまして、ちょいと賑やかしに参りましただけでございます」と声をひそめる陸。

康夫人がひそかにクックッと笑っている。

「何ですって。ちょいともたっぷりもあったもんじゃないわ」と陸夫人。

宏慶が笑う。「アハハ！　そういえば古さんの〝おはこ〟を思い出しました」

「私の〝おはこ〟とは？」

「有名なお歌ですよ。私も拝聴したことがございます」と陸。

「何をご冗談を。林さんご夫妻もおられるんですから、台中関係に気をつけてくださいよ」

「もう何回もお聴きしましたわ」と林夫人。

「数えきれんくらいお歌いになってますからね」と林が笑う。

「それはそれはどんなに遠い所までも伝わっておりますわよ。レコーディングできるくらいですもの」と古夫人。

鍾までが標準語で話す。「確かに酒は人生の楽しみです。歌も一緒で人の気持ちをほぐしてくれますからね。素直に気持ちが伝えられるものは他にはありませんよ。我慢してはいけません」

「今の歌も昔の歌もＣＤでかなり揃えてますから、私は詳しいんですよ。古さんはどんな歌を？」と孟。

「大したことない流行歌です。まぁ反戦がテーマになったものと言えますかね。戦争反対の歌っていいますとね。中国人同士は戦わない……とかですよ」

夫人たちが吹き出した。

「もう一度歌っていただいた方がよさそうですね」と宏慶。

「それはもう、口を開けたら歌ってしまいますよ」と古。

林夫人はグラスと置くと耳を押さえた。

古が笑顔のまま、お国言葉で気持ちよさそうに歌った。

国民党の兵隊なんか　ろくなヤツがいねえから
わしはコーリャン畑に追いやられ
おーい　ばぁちゃんよぉ

国民党の兵隊なんか　スケベ野郎ばっかりで
わしはコーリャン畑に追いやられ
おーい　ばぁちゃんよぉ

はじめは怖かった
それから大泣き
それからそれから……

出だしは抑えるように、後には高らかに歌い上げる。すると拍手とともに女の声がした。

「いいわぁ。いい歌ねぇ」

康が頭をあげて見ると、玲子と菱紅がすぐ傍まで来ている。

夫人四人は黙っている。

「陸社長さま、そしてみなさん、こちらのテーブルにおります友人をご紹介いたします。みんな上海の者です。こちらは占い師の鍾さん。こちらがDVDマニアの孟さんです」と玲子が笑顔で標準語を使う。

「ちょっとちょっと、玲ちゃん、どうして手ぶらで？　それはよくないでしょう？」と陸が遮ると、

「もう酔っぱろうてますし」と玲子は猫なで声を出した。

「来たからには飲んでもらわないとね」と鍾。

玲子はもじもじしつつ、しなを作る。「もうあきません。代わりに菱紅に飲んでもらいます」

菱紅がグラスを差し出した。

すると陸夫人が怒りを露わにした。「せっかくいらしたんだから飲まないとね。みんなもう酔っぱらってますから、あなたにも飲んでいただかないと」

玲子はおびえている。

「あのね、私、もともとはお酒なんていただかないんですよ。でも今日は特別。いただきましょう」と陸夫人。

「ちょっと菱紅、助けてちょうだい」と玲子が慌てる。

「それはいけませんわ。一人ずつまいりましょう」と古夫人。

陸夫人は一瞬微笑みはしたが、すぐに目をむいて言った。「いえ、この一杯は絶対に飲んでいただかないといけませんわ。すいませーん、グラスお願いね」

「私のを使えばいい」と陸。

「夫婦の物はやたら人に貸しちゃだめ」と陸夫人がグラスを取り上げる。

「私、倒れてしまいますわ」と玲子。

「お注ぎしなきゃ」陸夫人はそれに構わずに言う。

玲子がしぶしぶウエイトレスからグラスを受け取った。

「どうぞ。大丈夫よ」と古夫人。

陸夫人が微笑む。「じゃあまず一杯。ほんとは皆さんご存じなんですよ。私が一番下戸《げこ》だって」

「奥さまがお飲みになるんでしたら、私も頂きますわ」と玲子。

「さすがはうちの奥方さまだ」と陸が妻にお辞儀をしている。

「いいですねぇ」と傍で孟も調子づける。

二人でグラスを合わせると、陸夫人がいっきに飲み干した。

玲子はゆっくり飲んでいたが、菱紅にもたれかかってしまう。

古夫人が小躍りした。「大丈夫。次は私ね」

「ありゃりゃ。飛んで火に入る夏の虫ですな」と古。

また酒がなみなみと注がれ、古夫人と玲子はともに飲み干した。

立て続けに二杯飲んだ玲子は足元がおぼつかなくなっている。

古夫人が康夫人の肩をつつく。「康さまの奥様、次はあなたの番ですわよ」

「これでおしまいにしていただけませんでしょうか。もうだめですわ」と玲子。

康夫人はどうにかグラス半分ほど飲んだ。

三杯目をかなりゆっくりと飲んでいた玲子はそれでもなんとか飲み干した。

林夫人が手を振る。「もう三杯になりますわよ。十分でしょう。私はもともとアレルギーだからダメですわ」

「あら、そんなことでどうするの。じゃあ私が」そう言って立ち上がった陸夫人がまた飲み干す。

玲子はちびりちびりと飲んでいたが、不意にぐらっと揺れ、そこを古が支え、そのまま古の椅子にへたり込んでしまった。

「大丈夫？」と菱紅。

玲子は菱紅にもたれかかった。

「悪いけど、椅子二つとタオルを頼む」と古がウエイトレスに言う。

みんながどうにか席に着いた。菱紅は玲子を支えていた手を離すとにっこり微笑んだ。「じゃあ今度は私の番ですわね」

そのときドーンという音とともに陸夫人が仰向けになり椅子から落ちてしまった。

康夫人、古夫人が駆け寄って起こしてやったが、本人は真っ青な顔で全く体に力が入っていない。

「奥方さま、奥さまっ」と陸。

李李がいないことに康は気付いた。

「一階の個室にはソファがございますけど、あいにく満室になっておりまして」とウエイトレス。

「冷たいタオル持って来て」と康。

「いや、温かいタオルです」と鍾。

「今までお酒なんか一滴も飲まなかったくせに、いいかっこするからよ」と古夫人。

「奥方さま、奥さま、奥さん、おいお前っ」と陸がかがみ込む。

陸夫人は目を閉じて息も絶え絶え、意識をなくし言葉も出ない。

陸が妻に近づき笑顔で言った。「おい、お前、一緒に飲もうか。ほら」

しかし夫人は身じろぎもしない。

「これぐらいで倒れるって、どんな酒飲んだんや」と孟。

「あぁら、こんなになっちゃってぇ」と、傍にいた玲子は目をむき陸夫人を見てへらへら笑うと、すぐにまた目を閉じてしまった。

陸夫人は少し頭を動かし、「あぁ」と言う声とともに酒の臭いをまき散らした。

両側から康夫人と古夫人が支えてやっている。

「まだ人に飲ませようなんて、本当にもうっ！　ホテルに戻りましょう。参りましょう」と林夫人。

隣のテーブルにいた范、日本人、麗麗が駆け寄り、玲子の様子を心配そうに見つめている。

「玲子ねえさん」と菱紅。

「目開けて」と麗麗。

「こちらのお嬢さんは？」と、陸が麗麗をしげしげと見つめて言った。

「もうお嬢さんなんかではございませんわ。麗麗です」と麗麗が笑顔を見せた。

玲子はほんの一瞬目を開けてにっこりした。

と、陸夫人が口を大きくあけ首を伸ばした。吐き気がしているようだ。

みんながおもわず脇へ避けたので、人の足を踏んでしまった者もいる。

こういう醜態を今も昔もこの街では〝お返し〟という綺麗な言い方でごまかしていた。今、康にもその意味が理解できたのだった。

ウエイトレスが大慌てでトレーを持って来た。

康はそれを受け取ると、陸夫人の口元に当ててやる。

「当店ではお加減が悪くなられたお客様のために特別なお部屋をご用意させていただいております。よろしければそちらへご案内いたしましょうか」とウエイトレス。

とんでもない混乱状態だ。

ちょうどその時ドアが開き、李李が梅瑞、若旦那、頼りがいのありそうな恰幅のいい人物を二人伴って現れた。

その場がパッと明るくなる。

ただでさえ美しい黒髪をいっそう際立つようにセットし、つまむように軽くグラスを手にした梅瑞。

イタリアのブランド、ヴェルサーチェのイブニングドレスは淡いピンク色。細身の体に見事にフィットして美しさをかもし出し、スリットが上まで入った、ワンショルダーのデザインには誰もが吸い込まれそうになっている。淡いピンクのリボンがついたシルクのハイヒール、肩へと自然に流れた薄手のピンクのスカーフ、あたりに漂う香り――。両側の貴賓同様、襟元にピンクの蘭をあしらい、にこやかに入って来た。

その時の梅瑞の驚きは想像に難くない。目の前にあるテーブルの周りでみんなが取り囲んでいるのは、酔いつぶれて服も乱れ、きわどい姿になった女二人。椅子もグラスも皿も散乱している。

梅瑞は愕然として康に目をやった。

前髪を乱した康がトレーを持ち、片膝を立ててかがんでいる。暑さのせいでネクタイを緩め、こめかみには脂汗を滲ませていた。女性の傍にいるというのに、決して幸せそうではなく、ただただうろたえるばかり。

「康さん」と梅瑞が声をかけた。

妻に肩をつつかれた康が顔を上げて驚く。

林夫人がトレーを受け取った。

康はタオルで手を拭くと、ネクタイを締めなおして近付いた。

「なんて賑やかなこと」と梅瑞。

傍にいた若旦那が、刺すようなするどい目でみんなを見回している。怖ろしい目つきだった。

「みなさん、お静かに」と康。

その声で、一同は今回の主催者が入って来たことにようやく気づいたのである。テーブルではみんな大慌てで自分のグラスを探したが、見つからない者は手ぶらでいるしかない。

李李が恨みと怒りをぶちまけた。

「何してるんですかっ」

梅瑞が言葉を続けようとしたそのとき、隣のテーブルにいた陶陶がグラスを持ってすっ飛んできた。

「梅瑞さん、梅瑞さん」

陶陶とは親しく近所付き合いをする仲。それなのに梅瑞にはその声が聞こえていないのか、わざとらしく傍にいる貴賓の方を向き、何か囁いている。若旦那は冷たい目で陶陶を睨んでいる。——そんな場面を滬生は他人事のように見ていた。

「みなさん、今日のこの盛大なパーティの主催者、梅瑞さん、そして……」と康が言いかけると、凍りついたような表情をした梅瑞が高くあげた手で合図した。

「いえ、どうぞそのままでおくつろぎになっていらしてください。すぐに戻りますので」

陶陶がすぐ傍まで来ていた。しかし梅瑞は踵を返し陶陶に背を向けると、スカーフをさっと払い、若旦那とともに貴賓を伴って出て行った。

李李は恨みがましそうにグラスを手にしたまま、その後についた。

陶陶はバツが悪そうにしている。

阿宝と滬生は椅子に腰掛け黙ったまま、全てをその瞼に焼き付けていた。

ほんのわずかな沈黙があり、康も席に戻った。

「やっぱりホテルに帰りましょう。陸さんの奥様もお連れして」と林夫人。

その時、玲子はゆっくり座りなおしていて、しっかり目を開けていた。

「さあ、飲むのよ」

陸が揉み手をして大笑いする。「いやぁ、けっこうけっこう」

「菱紅、あんたまだ全然口をつけてないわ。社長さんたちへのご挨拶として頂くのよ」と玲子。

「陸さんの奥さんがこんなになっていらっしゃるのに、私そんな事していいのかしら」

「奥様がたとご一緒にもっと頂くわ」と玲子。

「まだ酔っ払ってないって仰るの。どういうおつもり？」と古夫人が驚く。

「あら、私なんか陸さまの奥様がつぶれてしまわれた時に酔いも覚めましたわ。これくらい、ほろ酔いですから」と玲子が座りなおした。

陸はまた揉み手をして大笑いする。

古夫人が玲子を睨んでいる。「気分悪いわ。失礼します」

「どうなさいましたの」と康夫人。

「帰って休むのがいいでしょう。お体に障るのが一番いけません」と陸。

陸夫人を支えた夫人たちは、ウエイトレスに案内されて出て行った。

ずっと様子を見ていた陸は玲子を支えて、〝夜の東京〟メンバーのテーブルへ挨拶がてら近付いた。

そのテーブルもどうにか静まっている。

「康さん、うちのやつが来なくてよかったようですね」

「いやぁ、宏慶さん、とんだ事になりまして」

宏慶が耳元で囁いた。「正直に申します。汪は、本当はもう〝うちのやつ〟やないんですよ」

「何ですって」

「このところずっと不機嫌でして、結局離婚したんです」

「あぁ、そんな事があったんですか」

「ずっと疑っとったんです。あいつ、常熟から戻って急に子供ができたんですよ。私が疑ってる相手は、今、隣のテーブルにおります」

康が思わず隣のテーブルを見ると、折しも徐が阿宝と睨み合いをしているところだった。

宏慶は続ける。「常熟にいったのは李李さんが計画されたんでしたよね。あのときは心配せんでもエエような事を言うてました。一緒に行くのは女友達だけやって。調べてみたら真っ赤なうそ。男性もおられた。宝さんです。みなさんは〝阿宝〟って呼んでおられますけど。まぁ私にとっても友達のようなもんですけどね。ふんっ」

康は言葉が出ない。

「常熟では他にも色好みのお歴々を手配されてたそうですよ」

「そんな事ないでしょう」

「李李さんがどんな人物か、汪は前から言うてましたよ。昔は商売女で、あの手この手、やるに事欠かんかったようですね」と宏慶が小声で言う。

「そんな事、うかつに言うもんやないですよ」

「今はほんまにもうどうでもエエんです。もう離婚したんですから。今日来たのは昔なじみに会うためです。もう何もかもほっときますけど、ただ、子供が生まれたら見るだけは見てみたいと思うようになってきました。あいつの腹にいるのはいったい誰の子供なんか、DNA鑑定してもかまいません」

阿宝の所からはどのテーブルも見渡せた。

真ん中のテーブルからは夫人四人が姿を消し、残った男六人が寂しそうにしている。まもなく〝夜の東京〟グループから玲子と菱紅が遠慮がちに、席へ戻る陸に続いた。

一度は酔いつぶれた玲子も今はすっかり正気に戻り、笑顔を取り戻している。魅惑的な瞳はどんな衣装にも勝《まさ》るもの。話術も巧みで、陸、古、康、宏慶たちと声をあげて笑い、錘や孟とも談笑し箸を進めた。

阿宝のいるテーブルでは小琴が向こうにいる玲子をじっと見ていた。

「陶陶、一緒に来て。玲子ねえさんにご挨拶したいから」

「オレはやめとく」

「行こうさぁ」

「錘と孟には挨拶しとうない。あのテーブルにはアイツらがおるからな」

「どうもないやん」

「オレの名誉がアイツらに傷つけられたんや」

小琴はそれでも笑みを絶やさない。

「どんな名誉や？」と滬生が話に入ってきた。

「わかってるくせに」と陶陶。

「ほんまにわからん」

陶陶は口をつぐんだ。

「小琴さん、やっぱり行かんほうがエエでしょうな。ちょっと見ただけでわかりますよ。同じテーブルの陸さんは肉食系です。そんな美しいお方が挨拶なんかしに行かれたら、絶対に引きずり込まれますよ。腰をかがめて挨拶でもしようもんなら、陸さんには濡れ手に粟です。いやなヤツや」と徐が手を振る。

「あちらの陸さんは絶対に妖怪ですわ。遅かれ早かれちょっかいかけてきますわよ。ずっとこっち見てますもん」と呉。

「こちらはお美しい方がたくさんおられますからね」と丁が言うと、蘇安がフンと鼻をならした。

「気をつけたほうがいいですよ。あの方は、一回見たら絶対に覚えてますからね。もうすぐ来ますよ。むちゃな事するでしょうね」と徐。

「いいえ、どんなむちゃな事するとしても徐さんと汪さんにはかないませんから」と章が思わせぶりに言った。

徐が箸をすべらせ、摘まんでいたエビを酢入りの器に落としてしまった。

「汪さんの事なんか持ち出して、どういうおつもりですかね」と徐。

「このテーブルにいる人は殆どが常熟事件の証人です。忘れるはずがありません」と蘇安。

「人の目はカメラみたいなもんですから」と阿宝。

「瞬きはシャッター押すようなもんです。常熟に着いてからは少なめに見積もってもみんなが百回は瞬きしてますから、写真が百枚撮れてますわ」と章。

「あの時の徐さんが今日の陸さん、あの時の汪さんが今の誰かって言ったら……玲子さんでしょう」と秦。

「汪さんに何があったかは知りませんけど、玲子さんはうちのお姉さんみたいな人です。それをなんであれこれ言うんですか」と小琴。

「ちょっと言ってみただけじゃないの」と秦。

「玲子さんとは長年のお付き合いです。滬生の友達でもあります。そやのに、なんで陰でそんな風にあれこれ言うんですか」と陶陶。

「そうですよ。玲子さんはさっぱりした人です」と滬生も玲子を庇う。

「私、今頃になってわかりましたわ。あっちこっち付き合いで出かけて行ってはいろんな食事会に加わる女の人がいますでしょ。それですよ。お目当ては社長さんらと仲良うなる事。小さい会社の社長さんやったら、自分の顔が利くレストランへ連れて行く程度。相手にカラオケ代くらい払わせて一回ぼったくったらおしまい。それが財力も権力もある大物とか、貫禄もあって気前の良さそうな男やったら、しっかり自分のもんにするんですよ。そうしたら何年でも食べたい物《もん》が食べられて、欲しい物が買えますし」と章が冷たくあしらう。

「もうやめてください。聞いてるだけでも恐ろしいわ。ほら、陸さんがまたこっち見てる。もうすぐ来るわ」と言ったのは秦。

「ここにいるのはみんなまともな女です。試してもろうたら？」と蘇安。

誰もが口をつぐんだ。

その時、隣のテーブルでふいに高笑いする声がした。玲子がしなやかに近づく。

「ちょっと失礼します。陶陶、助け船を出しに来たわ」と玲子。

阿宝はニヤニヤして見ている。

「小琴、あっちのテーブルへ行きましょ。陸さんってすごいわ。もう無理。限界よ」と玲子。

しかし小琴は動こうとしなかった。

「小琴、ほら立って。何とかして。社長さんらにはもう参ったわ。小琴、向こうで私の代わりにお酒頂いてよ。田舎の話してくれてもエエから、エンジン冷まして、潤滑油さしてもらえへんやろか」

小琴が顔を赤らめる。

「玲子さん、とりあえずおかけください」と滬生。

「菱紅ちゃん連れて来てから、みなさんといただきます。とりあえず小琴ちゃんお借りしますわ」と玲子。

「オレはエエって言うてへん」と陶陶。

「ほんとにもう！　前に言うてたでしょ。助けてくれるって。顔をたててくれるって」と玲子が笑う。

立ち上がった小琴を陶陶が制止した。

「行ったらアカン。二人とも用事があるんです。ほんまはもう失礼するつもりやったんです」

「ほんまの事みたいに言うんやね」と玲子。

「いえ、ほんまに用があるんです、ねえさん。また今度お邪魔しますから」と小琴。

「また今度ってどういう事？　えらい強気やないの」と玲子が不機嫌な顔をする。

「まぁまぁ、もうエエでしょう」と滬生が立ち上がった。

「小琴、私の言う事聞かへんつもり？　私の顔をつぶすつもり？　信じられへんわ。この私がここまで言うてるのに。引っ込みつかへんやないの」

「そしたら、五分だけお付き合いさせていただきます」そう言いつつ小琴は陶陶の顔色を窺った。

陶陶は手を放さない。

「陶陶、どういうつもり？」と玲子。

陶陶は黙ったままだ。

「陶陶が小琴と知り合うたのも、こういうところやったやないの。みんながお酒飲んでわけがわからへんようになってて。忘れんといてよ。私が用意したパーティやったんよ。そやのに、えらい真面目くさって……」と玲子。

何も言わない陶陶に玲子が畳み掛けて言う。

「はじめから言うてたでしょ。いろんな事、本気にしたらアカンって」

陶陶は何も返さない。

「もういらん事は言いません。陶陶、あんたら本気やと思うてエエんやね」と玲子が声をはりあげた。

それでも陶陶は口を開かない。

「ウブな男と小娘のつもり？　結婚証明書があるんやったら出してみなさいよ。見せてくれたら、もう黙っとくわ。そんなもん持ってへんくせに」と玲子が顔色を変えた。

そこへ菱紅がやってきた。「何してんの？　楽しそう」

「そうよ。陶陶、どういうつもり？　私、奥さんの芳妹さんに今でも怒られっぱなし。ぽん引きみたいな事したって。ほんまに前世の報いやわ。男の人との関係で借りがあるから、利息付きで返してるんやわ」と玲子が声を和らげた。

陶陶は黙っている。

「ほんまなんです。芳妹さん、今でも店に来て騒ぐんやもん」と菱紅。

陶陶は何も言わない。

「芳妹に匿名の電話かけたんは私やないかって疑うてるんです。ほんまにひどいでしょう。確かに私は陶陶に小琴を紹介しました。でもありがとうの一言もありませんし、お礼ももろうてません」と玲子。

陶陶はまだ黙ったままだ。

「今、私が飲みすぎてるとしても……」と玲子はゆっくり言葉を続けた。「小琴、ついて来なさい」と玲子。

「陶陶さん……」と菱紅も口を出そうとした。

「陶陶、手ぇ放して。すぐ戻るし」と小琴。

陶陶が小琴を引き寄せ、外へ連れ出そうとした。

しかし顔を真っ赤にした玲子が小琴を放さない。

「逆らう気？　エエ加減にしなさいっ。できるもんですかっ。駆け落ちして私生児でも生むつもり？　このまま私の顔をつぶして出ていけるんやったら、どうぞ今すぐにねっ」

小琴は涙でくしゃくしゃの顔をしている。「ねえさん、みんなの手前があるからもうやめて」

「もうクソ喰らえやっ。私はもうメンツも何もいらんわ」と玲子。

葛先生は様子を見ているだけだったが、それ以外の〝夜の東京〟メンバー全員が周りをとり囲んだ。

孟もやってきた。「陶陶さん、もうそんな事やめたほうがいいですよ。ちょっと酒の付き合いするぐらい、たいした事ないでしょうし」

「このアホンダラのチンポコ野郎っ！　アホな事言いやがって。横っ面はられんように気ぃつけぇよ」と陶陶。

「陶陶さん、こんなおめでたい日なんですから、今日はこのパーティの事を考えなアカンでしょう。偉いお方もおいでですから。楽しい時にそんな怖い顔したらあきません。落ち着いてください」と鍾。

陶陶はうつむいて黙ってしまった。

「小琴さんがあっちへ行っても何も減るもんやありません。ちょっとお相伴するだけでエエんですから」と鍾。

陶陶の怒鳴り声が響いた。「このチンピラのくたばりぞこないがっ！　さっさと棺桶入っとれ。黄浦江にでも飛び込むかっ」

「何か言うたらどなりちらして……」と鍾。

陶陶が床にグラスをガシャンと投げつけた。

「何もわかってへんくせに。このブタ！　何をえらそうな事言うてんの。寝ぼけてんの？」と玲子が目をむく。

「ご飯食べる度に大騒ぎして。お酒の勢いで無茶苦茶ばっかりやって、アホやわ。ほんまに乱暴や」と中二階の女。

玲子は振り向きざま怒鳴った。「この売女。尻軽女。私の目に入らん所で死んでくれるか。洋館のお屋敷ででも死んだらエエわ」

「帰りましょう。お話になりません。ほんまに品のない所ですわ。范さん、早く。もう帰りますから」と兪が范を引っぱった。

范は口を開けたまま、必死で成り行きを見ている。全く動じる気配がない。

傍にいた陸はお国訛りで罵り合う玲子たちの言葉がよく聞き取れず、酔いもさめかけていた。「何を仰ってるんでしょうか。お酒がすぎましたか。病院で点滴でもお受けになったらどうですかな」

例の日本人もあっけにとられている。

同じテーブルにいた蘇安、章、呉、秦は何も表情に出さず、両手で自分の体を抱くようにして芝居のただ見をしているだけ。

滬生が進み出て助け船を出した。「玲子さん、とりあえず手ぇ放して。陶陶も！」

玲子と陶陶は綱引きのように両側から小琴を引っぱっており、陶陶の力が強いので小琴はじりじりと入り口へ引っぱられていた。

ちょうどその時、梅瑞が李李につきそわれてまた入ってきた。

梅瑞が飲みすぎているのは誰の目にも明らかだった。背中を丸め足元もおぼつかない。髪は乱れ、よたよたし、虚ろな目をしている。大騒ぎしたせいで散らかし放題になった部屋を見ると、ふいに肩の力を抜いた。スカーフの片端を床に引きずっているのさえ気にしていない。

驚いた李李が取りなした。

「どうされましたの？　どういう事？　みなさん、お静かに。梅社長さん、どうぞ」

ついさっきまでの微笑みが、怯えたような表情へとゆっくりゆっくり変わっていく梅瑞。次から次へと何かを考えているのに、それがなかなか表情に出せないのだ――阿宝はそう察した。

李李が梅瑞の腕を支えてその場に立ち尽くし、口を開こうとした矢先のこと。

目の前の光景をじっと見据えていた梅瑞が怯えを露わにして肩を震わせ、キュッと身を強張らせた。

「あぁもう、なんでこんな事に」

「はぁ……」と李李。

「なんでこんな事ばっかり起こるの。私が何を悪い事したっていうの。なんでやの」と梅瑞。

みんなが玲子から離れ、そして振り向いた。

「何事です。何してるんですか」と、みんなの間に割り込んで来た康。

梅瑞は床をコンと蹴り、倒れそうになる。花が咲いたように広がるドレスの裾。足をもつれさせせ怯えている。

「なんで。なんでやの。あぁもう、何かもっととんでもない事が起こるわ」

「梅瑞さん、梅瑞っ」と呼び続ける康が支えてやろうと近づくと、梅瑞は後ずさりし、金切り声を出した。

「もう知りません。もういやっ。何もかもやめます」

康は呆気にとられた。

傍にいた李李が梅瑞の腕を引っ張る。「梅瑞さん！　梅瑞さん！」

泣き出した梅瑞がしゃがみ込む。

同時に、陶陶が小琴を摑んでいた手をおもわず緩めた。

梅瑞はよろよろして、気を失いそうになっている。

「ほんまに何があったんですか。言うてください。あぁほんまにもう、ほんまになんでやの。なんでこんな事に――」

酒の匂いをぷんぷんさせ、完全に李李にもたれかかっている。ピンクのハイヒールが片方だけ脱げてひっくり返っていた。

「梅瑞！　梅瑞！」梅瑞に繰り返し声をかけていた滬生の、従業員を呼ぶ声が辺りに響いた。「すいませーんっ」

二十九章

一

春、しとしと降る霧雨の中、街灯がほの暗く点っている。莫干山路の古い路地は靄の中にぼんやり浮かび上がり、すぐ傍には同じ高さで蘇州河が流れていた。

小毛は酒をボトル半分ほど飲み、筍、白菜とせん切り肉入りの餅をつまんだ。足の先まで暖まってきたが、まだ胃の調子は良くない。

テレビから株式市場の相場が流れ、二階の薛さんが台所で湯を沸かしている。

裏口で戸を開けようとする音がした。

薛が開けてやると、男が二人台所に入ってきた。

「小毛！　小毛！」聞き覚えのある声だ。

声は一階の廊下を突き抜け、南向きの部屋に忍び込み、小毛の所まで伝わって来た。

通路、古い階段の手すり、壁際に置かれた埃だらけの乳母車、古びた寝椅子、油で汚れた蛍光灯、シンク——その向こうに動く人影と傘が、振り向いた小毛の目に入ってきた。

「メンツ、もう揃うたんか」と小毛。

「それより、小毛、お客さんや」と薛。

立ち上がると、男が二人、南の部屋に向かって来るのが目に飛び込んだ。

啞然とする小毛。

十数年前、床屋でよく見た若い頃の顔が、今、この暗い部屋で重なってくる。しかし目も髪の毛も表情ももう面影は見られない。二枚の写真のネガがゆっくり合わさるように次第に重なり、そして片方が次第にぼやけていき、もう一方が鮮明になり、ポンという音とともにふいに一つに合わさった。ほんの一瞬で目の前にいるその二人の顔になっている。

手前にいるのが滬生、向こうにいるのが阿宝だ。

「小毛」滬生の声に続き、阿宝も呼びかけた。

箸を落とした小毛の手が震えている。

「おう、来たんか」喉の奥が押し潰されたようなかすれた声だ。酒の匂いをさせ目の周りを赤くしている。

「まぁ入れや」

二人は部屋に入った。

「薛さん、コーヒーあるかな。コーヒー」

「いや、かまわんといてくれ。メシ食ってきたとこやから」と滬生。

阿宝も手を振る。

「酒でも飲もう。座れや」

薛が入って来た。

「悪いけど、酒四本買うてきてもらえへんかな。おかずも頼んでエエかな」

「ほんまに食うてきたんや」と滬生。

「まぁそう言うな。薛さん頼むわ」

「いや、食うてきたんや。ほんまに」と阿宝。

「とりあえず座れや」

二人は部屋を見ている。小毛が蛍光灯をつけると、部屋はパッと明るくなった。

薛がテーブルを片付け、お茶を淹れる。「麻雀、やめとく？」

「うん、昔の仲間が来てくれたから、二階の人らに言うといてくれるか」

薛が出て行った。

「ずっと来たいと思うてたんやけど、今頃になってやっと決心できたんや。雨が降ってきたから、しばらく外で酒飲んで、それからここを見つけたんや」と滬生。

「拉徳アパートの事、ずっと思い出してたんやけどな」と小毛。

「いつの話や。あんな所、とっくに引っ越したわ」と滬生が沈んだ声を出す。

「いつやったかな。〝大都会〟っていうダンスホールの前、阿宝が通るの見たぞ」

「〝大都会〟は何年も前になくなったわ」と滬生。

「何でも先に延ばしたらアカンのに、今まで延ばしてしもうて」と阿宝。

小毛が壁の十字架を指した。「あいつ、亡《の》うなる前に言いよったんや。なんで滬生とか阿宝と付き合いせえへんのやって」

沈黙が流れる。

小毛が涙をこぼす。「オレが悪かったんや。こんな気性やからな」

誰かの話し声がする。声の主が階段を上がる音、二階からテーブルを引きずる音と足音が聞こえてきた。

「ご近所さんらが麻雀やるんや」

「それで、お前、元気なんか」と阿宝。

「前の仕事はリストラされて、今は門衛や。株もちょっとだけやってる」

滬生の顔がほころんだ。

「聞いてもエエかな。おれの住所、どこで聞いたんや」と小毛が訊く。

「滬生は弁護士や。何とでもなるわ」と阿宝。

二階から聞こえてくる高笑いを三人は黙って聞いている。

昔馴染みと会うと、話したい事が山ほどあるような気がする。しかし長い間離れていて性格も習慣も変わっているせいか、何から話せばいいのか迷うことがある。あれこれ話しているうちに、頭が混乱してくることもある。共有しているはずの思い出も大した事ではないように思えたり、さまざまな思いで胸がいっぱいになって思考がとまったりもするものだ。

三人はとりとめもなく話をして感慨にひたり、一時間くらいの時が過ぎた。

「小毛、体に気ぃつけろよ。ほな、また会おうな」と滬生。

「体が一番やからな。具合悪うなったら病院行くんやぞ」と阿宝。

「大丈夫や」

「酒はほどほどにせえよ」と滬生。

「おう」
二、三歩歩いた阿宝が言う。「そうや、それからな……」

「わかってる。あの時はほんまにオレが悪かったんや」

「もう帰ろう。また今度な」と滬生。

「あのな、聞きたかったんや。汪さんっていう知り合いがいるんやけど、小毛、お前知ってるやろ」と阿宝。

どうしてそんな事を——？

「そんな事、今度でエエやないか」と滬生。

「ちょっと待ってくれ。汪さんの旦那の運転手に紹介されたんやろ」と阿宝。

「やっぱりもうちょっと喋ろう。座れや」と小毛。

三人はまた座りなおした。

「そんなややこしい事やない。あのときオレは、汪さんが一人者でお隣さんの姪っ子やっていう事しか知らんかった。でもお隣さんは運転手と違うぞ」と小毛。

「書記違うか？ 党の支部書記やろ。ここらの者が言うたら、〝運転手《スーチィ》〟と〝書記《スウチィ》〟は似たような音やしな」と滬生。

「お隣さんは炭屋を退職した人でな。いつやったか、その人に言われたんや。姪っ子が妊娠したんやけど、子供の戸籍作るのに面倒な事があるんやって。オレはずっと一人者で子供もおらんし、その人との事考えてくれんかって」

小毛は事情を打ち明けた。

——驚く小毛にお隣さんは続けた。

「妊婦なんやけど結婚したってくれへんか」

そんな話は聞いた事がない。新婚の夜は何をすればいいのだ。間抜け男でもやってろというのか。

「偽装結婚するんや。二人で結婚証明書もろうて、どっちも別々に自分の分を持っとく。それで子供が生まれたら子供の戸籍作る申請して、そしたらすぐに離婚して、赤い結婚証明書から緑の離婚証明書に替えて判子押してもろうたらそれでおしまいや」

「そんなん、ごちそうさまや」

「昔は結婚するとき職場の証明がなかったらアカンかったけど、今はやり易うなってるやろ。どれくらい金出したらエエか言うてくれんか」

あまりにも突然な話に、小毛は何も答えられない。

「今、株もエエ感じやろ。これで受け取ったカネをまた何万か投資に回したら毎日ちょっとずつ上がっていく。絶対エエ話や。それに人助けなんや。女の腹はだんだん大きいなってくるけど、外国みたいに腹の突き出た妊婦の写真撮るくらい、みんなが開けた考え方してるわけでもないしな。独り者の女の腹がでっかなったらかっこ悪いやろ。子供の戸籍がうまいこといかんかったら、思いあまってダンプにでも飛び込まんならんような事になるんや」

聞かされた小毛はただただ驚くばかり。

「脅かさんといてくれるか」

「なんとかしたってくれへんか。困ってる人見たらなんとかしたるのが人情やろ。それに折角のチャンス逃すの、もったいないやないか」

その日は話が進まなかったが、あくる日また懇願された小毛は引き受けてしまい、その翌日、茶房〝緑縁〟で汪に会った。

ゆったりした服を着た汪は優しそうな女だった。

「前の奥さんのお名前は?」

「そんな事聞かんでもエエやろ」とお隣さんが口を挟む。

「それもそうやわ。これがもしアメリカやったら面倒くさい事がイッパイあるらしいわ。その筋の人が家まで来て調べるんやて。旦那はどんな歯磨き使うてるか、奥さんはどんなブラジャーつけてるか、夜は何回やるかってね」

「移民の手続きと違うんやし、話がそれすぎやないか。こんな事引き受けてくれるだけでも大変なんやから」

「私、心配な事があるんやけど。結婚の手続きするとき、二人が仲良うしとかなアカンでしょう。手つないで楽しそうにニコニコしてなアカンと思うんやけど、できるやろか」

「それぐらいの事、かまわんけど」

手続きに行った日、汪は本当の夫婦のように見せかけた。人前で小毛のことを「アンタ、アンタ」と呼び、ぴったり寄り添って「なあ、アンタ、さっきお腹が張ってきたけど、緊張してるからやろか」などと言うのだ。

「おいおい、オレはニセ物の旦那や。甘えた声出すんやったら、ほんまの旦那相手に出したらどうや」と声をひそめた。

「ほんまにエエ人やなぁ。そのうち遊びに行くわ」と汪。

阿宝は黙って聞いている。

「だいたいこういう事なんや」と小毛が一息ついた。

二

十日後の夕暮れ。もう街灯がついている。引き潮だから蘇州河の水面《みなも》は莫干山路より低かった。川から吹き寄せる春風が心地よい。

約束の時間より少し早く着いた滬生と阿宝は、交差点を通り越し、すぐ傍の昌化路橋を渡るとバラック小屋のある潭子湾を一回りした。

子供の頃、滬生は小毛についてよくここへ遊びに来たものだ。あたり一面に夕闇が迫っている。今、目の前にあるのは、かの有名な潘家湾と潭子湾。張り巡らされた蜘蛛の巣のような小さい路地が密集しているが、立ち退きが予定されているらしい。ほの暗さの中、往き来する人々を目にするうち、少年時代の記憶は遠のいていった。

二人で暫く歩いた。滬生が腕時計を見る。夕刊を買った阿宝は、今はもう昔語りになった人物、顧正紅（一九〇五―一九二五）の事をふいに思い出し、往事に思いを馳せた。よくこの辺りに来ており、日本の資本家との労働争議で銃殺されたらしい――。

二人がもと来た道を戻る頃には目の前の川面《かわも》が黒光りし始めていた。蘇北から来たはしけ船が遠くに見える。楕円形の船首が夕闇迫る橋の下から覗いている。それは、この街の事なら知らない事はないのだといわんばかり、ふんぞり返るように反り上がっていた。コロコロ転がる飴玉のように、船でじゃれあっていた仔犬が二匹、ぴょんと岸へ飛び、暗闇の中へ消えて行った。

川沿いを見て歩き、アーチ型の橋の上で遥か彼方を眺めた。穏やかで心地よい春風が吹き、遠くから聞こえる汽笛に近くの汽笛が合わさる。川幅が一番広いこの辺りで川は東南に流れを変える。遥か東には駅が見え、その上空に見える滝のような天の川が手前の黒い川に流れ込んでいた。夜行船の集団がゆっくりすれちがい、一つになる。

「白萍から連絡あるか」と阿宝が切り出した。

「先週オーストラリアから手紙が来てた。永住権取れたから身分が安定して、子供もできたみたいや。お相手は中国系のフィリピン人や。手広う仕事したいんやったら手続きぐらい代わりにしてやってもエエって言うてたわ。ただし条件がある。オーストラリアに着いたらすぐに離婚手続きして別れてくれって言うんや」

「まぁ人並みの気持ちがあるほうやな」

「返事なんか出してへん。一人でメルボルンくんだりまで行って、道路脇にしゃがんで毎日車の流れでも見とけっていうんか。いかれたようなもんやろ」

二人は橋を下り南に向かった。途中、橋を上ってくるトラックに道を譲りながら、莫干山路の古い路地へと入って行く。

その日の夜は、小毛がご馳走してくれるというのだ。

――小毛から電話があった。

「春香と約束したんや。お前らとちゃんと付き合いするって。今度ご馳走するし来てくれや」

「そんなん申し訳ないわ」

「滬生、エエ娘《こ》いるんやろ。よかったら連れてこいや。みんなで賑やかにやろう」

「アハハ」

「確かにオレとは身分が違うわな。お前の周りにいる女は弁護士とか政府の偉いさんとか、それに秘書みたいなインテリばっかりやから、こんな所に連れて来るの具合悪いかな」

「アハハ、オレだけで十分や」

「こんな路地でやる飲み会なんか、みすぼらしいもんやし、気がひけるのはわかる。でも今度のはオレが段取りするんや。酒飲むのも賑やかなほうがエエやろ」


約束の日、滬生と阿宝は部屋に入った途端、自分の目を疑った。もう女が何人も揃っているのだ。部屋には丸テーブルが用意され、二階の薛が電気コンロ、鍋の具、惣菜を運んでいる。小毛は急に胃の調子が悪くなったようで、みぞおちの辺りを毛布でくるみ、まん中に座っていた。客は建国の他に、招娣や菊芬もいる。


小毛は若い娘三人を指した。「オレの仲良しや。大自鳴鐘のへんが取り壊しになる前に、床屋のオヤジさん、仕事辞めたんや。それでも店は〝美容院〟として何年かやってて、この娘らは〝美容師さん〟って言われてる。でもそんな言い方では愛想ないから、オレは中《ちゅん》ちゃん、発《はっ》ちゃん、白《はく》ちゃんって呼んでるんや。麻雀強そうな名前やろ」

「カッコ悪ぅ」と中ちゃん。

白ちゃんは違う。「アタシは気に入ってるけど。いいと思う。アタシ、色白やけん」

「三人とも義理堅いんや。何かあったらちゃんと手ぇ貸してくれるし、もう身内や。今日は昔馴染みと一緒に飲んでもらおうと思うて、わざわざ来てもろうたんや。酒飲むのに女の子がおらんかったらつまらんしな」

毛布にくるまった小毛は牛乳を飲み食パンをかじっている。

娘らが慌てて滬生と阿宝に座るよう勧めた。二人は娘らの間に座った。

「エエ感じやないか。両手に花。サマになってる。みんなお相伴の仕方がわかってるなぁ。アハハ」

と建国はご機嫌だ。

娘三人は酒を注ぎ料理を取り、最高の気づかいをしている。

建国は料理には手をつけていない。「土木工事を請け負う小さい店を経営してて、酒は白酒二本くらいいけます」

小毛が女二人を紹介した。「この人、招娣さん。前の家の二階に住んでた」

「二階は銀鳳のはずやけど」

「滬生、それは言うなって」と阿宝が釘を刺した。

「なんで男の人はみんな銀鳳さんの事覚えてるんやろ」

招娣のその言葉を小毛が遮る。

「招娣さんの前の旦那さんは警官やったんやけど、離婚して独り身になってからは彼氏が次々できて、どの男も招娣さんより若かったな。あぁ、この街の紡績工場がようけつぶされた事、思い出すわ。糸紡ぎの心棒の数で言うたら一千万個分や。工場があった頃、この招娣さんは生産部門の模範労働者で熟練工やった。それがしまいに服屋の店番したり、栄養食品を売ったり……罰当たりな事や」

招娣は穏やかに微笑んでいた。「おにいさん方お二人、お顔の色があんまりようありませんねぇ。お仕事が大変なんでしょう。栄養補給しなあきませんよ。商売はあとにしてくれるか」

「招娣さん、ちょっと待ってもらえるかな。とりあえずみんなを紹介するわ。こっちは元同僚の菊芬さん。工場ではダンスの花形やった。ステップが上手で身のこなしもしなやかで、男役も女役も何でもこい。時計工場が閉鎖されてからは街の小さなダンスホールを任されたり、結婚紹介所を開いたりしてた。今の旦那とは二回目の結婚で、旦那自身は三回目。三回目の結婚やから、言う事何でも聞いてくれる。菊芬さんがストレス解消できるように、わざわざ囲碁とか麻雀のできる集会所を作ってあげたし。これでオレも安心です」と小毛。

　菊芬が微笑んだ。上品にグラスを持ちポーズをとっている。

「うちが今の旦那と結婚したのもこの小毛さんのおかげです。小毛さんにイエス様のご加護がありますように。天国の春香さん、どうぞ安らかに」

「女っていうもんは先ず自分の旦那にちゃんとしてあげなアカンもんです。外にエエお相手ができたり浮気したりしてても、やっぱり旦那にはちゃんとしてあげるのが当たり前です。それでこそ、エエ女で賢い女です」と小毛。

　菊芬が耐えられなくなった。「もうエエわ。わかったから」

「何をいうても旦那が一番やしな。そら、女の人もたまには目移りしてもエエけど、旦那の事に影響したらアカンもんで……」と小毛。

「ちょっとちょっと、具合悪いんやからあんまり喋らんようにしてや」と菊芬が顔を赤らめる。

　薛も席につき、テーブルを囲んで賑やかな食事が始まった。

「小毛のお仲間の事はかねがね伺《うかご》うてましたけど、やっとお会いできましたね」と建国。

「そうですね。昔、蓓蒂のピアノを探そうと思うて、馬頭《マァトウ》っていうヤツに会いに、みんなで楊樹浦の高郎橋まで乗り込んで行きましたよね。軍隊気分でした。あの時は建国さんにえらいお世話になりました」と阿宝。

「いやもう、その話はやめときましょう」とほろ酔い加減の建国。

「今でも拳法はされてますか」と滬生が訊いた。

「もう長いことやってません。さぁさぁ、ここらの者は型通りの儀式が苦手なもんで。もう勝手に三杯目をいただいてます」

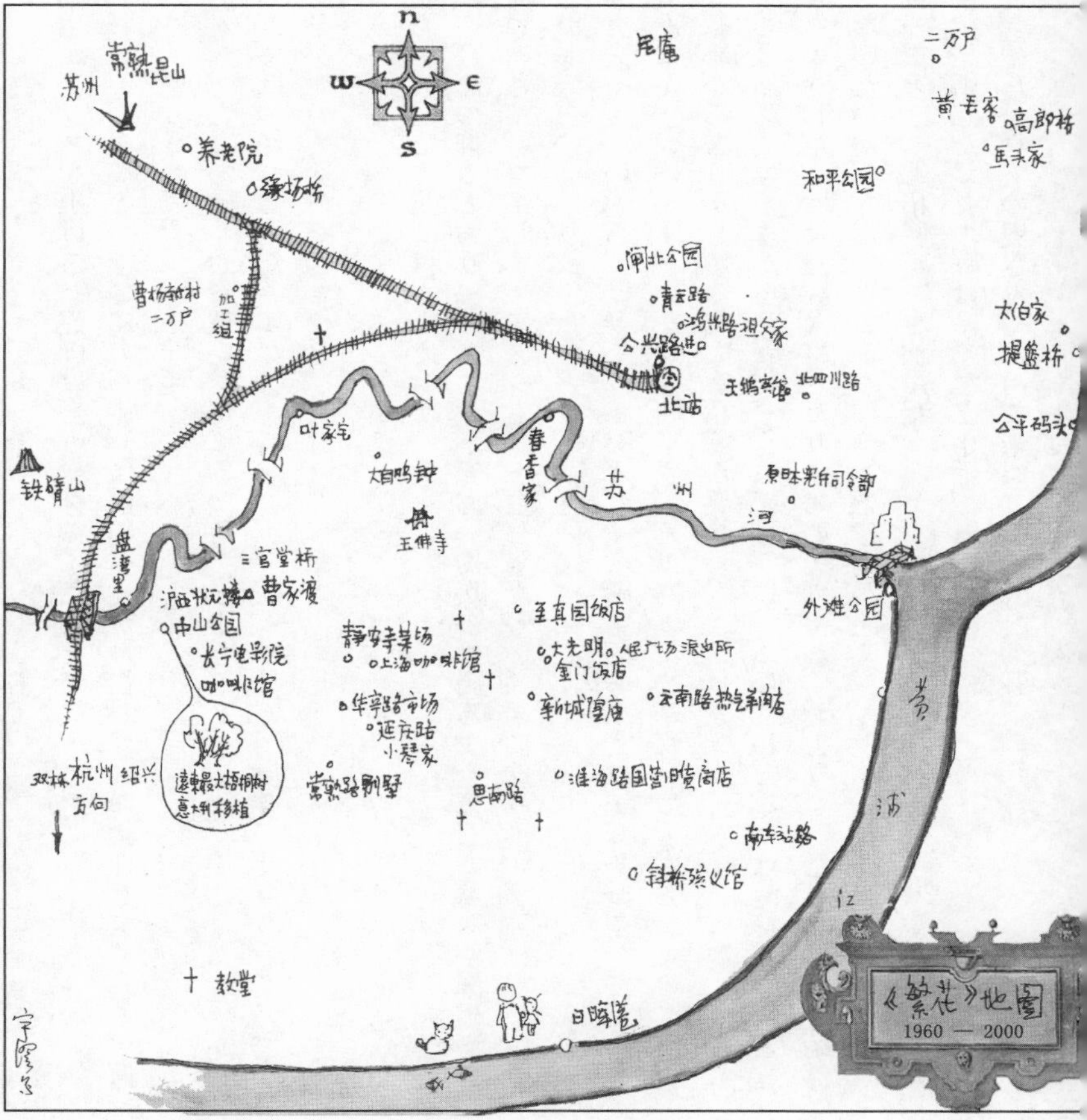

人々が物語を繰り広げた街の全貌とおよその位置。今、滬杭《ここう》鉄道はモノレールになっている。正確な縮尺ではない。

滬生がグラスを上げる。建国はもう二杯飲んだあとだ。

「おいおい、そこのお嬢さん方、オレは飲めへんから代わりにお相伴してくれよ。何をぼんやりしてるんや。気がきかんなぁ」と小毛。

「アタシ、とりあえずお料理いただこうっと」と中ちゃん。

「食うてばっかりしてたらオケツがパンツからはみ出して、腹も三段腹のデブデブになるぞ。そしたら男を探すの大変やぞ」と小毛。

「いやらしいわぁ」

「発ちゃん、とりあえず飲むか」

「にいさんの仰るとおりにします」と発ちゃんがのけぞるようにして飲み、滬生もあとに続いた。

「発ねえさんのマネして、アタシも」と白ちゃんもいっきに飲み干す。

「おいおい、ゆっくり飲んだらどうや」と阿宝。

「大丈夫や。こいつら、けっこうイケルんや。阿宝、おまえはチビチビやってたらエエわ」

「そんなん、いけんよ。アタシ、阿宝さんとガバガバやりたい」と中ちゃん。

「はじめからどうかしてるわ」と招娣が笑った。

「中ちゃん、エエ子やからお願い。うち、もうふらふらやわ。ここは博打うつ所と違うんやから、ムチャクチャしたりけったいな事したりするのアカンわ。おとなしぃしといて」と菊芬。

「こないだの女、なんで来いひんのや」と建国が訊く。

「誰のこと?」と招娣が口を挟んだ。

「偽装結婚したオレの嫁はんや」と小毛。

「そうやわ。ウソの奥さん、なんで来いひんの」と菊芬。

「あぁ、あの人か。あの人、エエ人やわ。うちの商品買うてくれたし」と招娣が言う。

「招娣さん、マルチ商法やる時の基本はまず名前をちゃんと覚えることやぞ。汪さんはもう何回も来てるし、たくさん買うてくれてるやないか。そやのにまだ名前覚えてへんのか」

「ちょっと小毛、初めてお会いしたおにいさん方の前でマルチ商法とか、そんな言い方せんでもエエやろ」

「覚えてるぞ。そういうたらこないだ汪さん、酔うてしまいたいって言うてたなぁ」と建国が話に入る。

「おめでたの体で酔っぱろうてエエと思うか。オレは、今日は気晴らしに来いって言うたつもりやった。そやけど、オレが滬生と阿宝を呼ぶって、誰かから聞いてびっくりしたみたいや。つわりがきついから来られへんって言うて来たわ。みんな昔馴染みなんやから、遠慮せんと来たらエエって言うてみたんやけどな。お腹も調子ようないらしいわ。オレのこと、ウソの旦那さんとか言いよるし、笑うてしまうわ。それにまだ言うてたわ。阿宝と滬生の前では自分の名前を出さんといてくれ、世の中複雑やから、一生のお願いってな。あいつらに会うぐらいどうもないやないかって言うても、お願いやから自分の名前は絶対に出さんといてくれの一点張りや」

薛が卵餃子の皿を並べた。

「オレは女の人には普段は何も言わん。何かあってもその理由を聞いたりせん。女の人はデリケートやから聞くだけ無駄や。昔、あの床屋が店じまいして招娣さんが二階の親父と一緒に〝美容院〟始めたやろ。あの時も何も言わんかった」

「小毛にいさん何も言わんけん、余計に悩んでる事とか言いとうなってしまうんよ」と中ちゃん。

「えらい甘えた事言うやんか」と菊芬が割り込んだ。

「オレ、今まで生きてきて、頭の下がる思いしてる男が二人おるんや。どっちも何も言わん人や。一人は領袖さま。もう一人はイエスさまや。うちのおふくろと嫁はんの春香だけでも一日にこの二人にどれだけの事を喋ってきたことか。世界中の人が自分の気持ちをどれだけ二人のお腹に入れてきたことか。それでもあの二人は何も言わんと、足元でみんなが言いたいだけ言うて泣いたり笑うたり大騒ぎしたりしても、いやな顔せんと顔色一つ変えへんかったやろ」

みんなも顔をほころばせて聞いている。

「あそこが〝美容院〟になってたとはなぁ。オレ、もう二階のオヤジさんの顔忘れてしもうたわ」と滬生が懐かしそうにした。

阿宝は黙って聞いている。

「二階のあのオヤジさんはほんまにエエ人やったと思うわ。隣の招娣さんもエエ人やけど、旦那のおまわりはいつも怖い顔して、何か弱みでも握ってるみたいな感じやった。ずっと招娣のこと疑うてたやろ。よそにエエ男がいるんやないかって。しょっちゅう喧嘩してたやないか。二階のオヤジがそれ聞いて、いつもなんやかんやなだめてたなぁ」と小毛。

阿宝はまだ何も言わない。

「古い話や。悪夢やったわ。もう言わんといて」

「それから離婚したんやったな」

「さすがは警官や。うちの人、確かに頭が切れたし」

「普段、部屋に誰かが来た時なんか、招娣が何して何言うたか、何もかも知ってた。大騒ぎになって離婚するしかなかったんやな。もう離婚したんやから、あれこれ考えんでもエエやろ」

「そうや。でもな、小毛はうちのこと放ったらかしやったやん。全然気にもしてくれへんし、家にも来てくれへんかったわ。離婚して独り身になったら、もううちの部屋に来てもエエやろ。それでも来てくれへんし、自分の実家があるのに来もせえへんかった」

阿宝は黙ったままだった。

「夜みんなであの床屋に行ったらよかったな。色々話できたし」と滬生が笑った。

「オレは何も言わんかったけど、招娣さんと二階のオヤジがあそこで仕事始めて、次々この娘ら三人が来て、〝マッサージ〟の仕事やるようになったやろ。それから路地が取り壊しになって、みんなどこかに行ってしもうた。それでもオレは口出さんかった。そしたら招娣さんにもこの三人にもそれからおふくろにも言われたわ。オレはあの実家とかご近所さんの事、知らん顔しすぎやって」

「そうそう。そやけんアタシらがここにちょくちょく来るようになって、仕事場みたいにさせてもろうてるっていうこと。それに田舎から親戚が来たときなんか、泊めてもらえるしお喋りもできるし」と発ちゃん。

「三人とも何かいうたらここに来て仕事してるやん。ここは銭湯かみんなで使う炊事場みたいなもんや。お酒のあて作ったり、貝のお尻切って下ごしらえしたり、塩漬け肉作ったり、鱧《はも》の開き作ったりしてるやろ。服洗《あろ》うて行水して体拭いて、夜になったらおしろいつけて口紅ひいて、それが終わったら駅まで客引きに行って」と菊芬。

「人の事ばっかり言うけど、自分はどうなん？」と発ちゃんが笑う。

「わかるなぁ。ほんまに生きていくのは難しい。どれだけ大変なことか」と建国。

「中に入ってみたら汪さんがベッドに寝転んで新聞読んでんの見たことあるんやけど、さすがにあの時はびっくりしたわ。部屋に期限切れの商品が何十箱も積み重ねてあるのも、部屋に男の人と女の人がいっぱいいてマルチ商法みたいなんが始まるのも見たし」と菊芬。

小毛は笑顔で聞いている。

「何を妬《や》いてんの。汪さんがここに来るのは流産防ぐためのちょっとの間だけやし、ゆっくりしてもエエやん。珍しい事でもなんでもないわ。うちの商売かて、あんなふうに人を集めるのは当たり前や。誰かてうまいこといかへんときもあるやろ。商品が積み上げてあったんかて、何ヶ月かここに置かせてもろうてるだけなんやから。小毛もエエって言うてくれてるんやし」と招娣。

「喧嘩すんなよ。菊芬も一緒や。みんなきょうだいみたいなもんやないか」と小毛がとりなす。

「菊芬さんにも何かあるんと違う？　聞きたいわ」と招娣が笑顔で言う。

「ちょっと招娣さん、うちは何もやましい事してへんのに、何言うんよ」

「菊芬は確かにダンスがうまい。そやけどもうちょっと図太うてもエエくらい、恥ずかしがりで生真面目すぎるな」

菊芬が箸を置き小毛の手の甲をポンと叩いた。「うちが何か人様に顔向けできひん事したって言うん？」

「小毛にいさん病気やのに、なんで叩いたりすんのよ」

「白ちゃん、女の人は甘えて叩いたりするもんや。昔、時計工場の花やった人に叩かれたら、思うやろな。こいつ、自分に気があるなって。それで動揺して、夜も寝られんようになってお茶飲んで起きてたりするんや」と建国。

「うちは何もやましい事なんかしてへんわ。あの日は小毛が具合悪うなったから牛乳買うてパンも用意して、友達連れて大真面目で小毛の様子見に行ったんやから。それが小毛ていうたら、ものの五分もしたら出て行ってしもうて。そんな事するって誰が思う？　うちが部屋を借りに行ったみたいやん。うちとその友達は小毛が帰って来るの待ってるしかなかったわ。退屈やからダンスでもしてようかっていうことになって。ちゃんとした社交ダンスなんやから。ステップの練習して踊ってるうちにフラフラになって、そこに小毛が帰ってきたんよ」と菊芬。

「小毛が戸開けたら、菊芬さんがヘロヘロで倒れそうになってて、男が菊芬さんの細い体を抱きしめて耳元で甘い言葉をささやいていた……いいねぇ。小毛はびっくりして、出て行くしかない……そんなもんやろ」

「建国さん、何をアホな事ばっかり言うてんの」と菊芬が舌打ちする。

「そうやろ。癖になってるみたいやな。人が部屋をあけてくれて、それも何時間も気ぃきかしてくれてるのに、まだ足りひんっていうんやから、厚かましいにもほどがあるわ」と招娣が鼻で笑う。

「アハハ。エエ加減な事ばっかり言うたらアカン。菊芬は上品な人なんやから」と小毛。

「そうね。でも女は上品な人ほどあっちがすごいんよ」

「発ちゃんの言うとおり。黙ってるけど、内心は欲の塊、それが上品な人」と白ちゃんも調子に乗る。

「これこれ、可愛い顔して言う事はエゲツナイんやから」と菊芬が笑っている。

「わかった、わかった。そこの三人、オレのツレの付き合いしてくれてるか。飲んでくれよ」

中ちゃんが笑顔になり、爪をピンクに染めた両手でグラスを挙げる。「今日は自分の調子がようないから代わりに宝さんのおもてなしをするようにって、小毛にいさんに呼ばれました。宝にいさん、何でもお申し付け下さいませ」

阿宝がミニグラスを挙げると、傍にいた白ちゃんがそれを覆った。「宝にいさん、ここはやっぱりうちの出番ですわ。何杯でも代わりに頂きますから」

阿宝が顔をほころばせた。

白ちゃんが阿宝の、発ちゃんが滬生のグラスを持った。

見ていた中ちゃんが言う。「何してんのよ。男二人が飲みもせんで、女が身内でつぶし合いしてるわ」

「中ちゃんが一番ゴチャゴチャ言うてるなぁ。まぁ飲んでからでエエやないか」と小毛。

若い娘三人は髪を揺らし、そっくり返って笑っている。

「一杯飲んだら、ノルマ果たしたことになるんかな」と建国が加わった。

「まだ何やれっていうの。男の人の膝に乗れって？」

「中ちゃん、何やて？」と建国。

すると白ちゃんが立ち上がり建国の前まで行くと、ストンとその膝に腰かけた。

「これでいいんでしょ。満足でしょ。招娣さんも菊芬さんも心の中で思うだけで、絶対できんでしょ。でもアタシは違うけんね。建国さん、ダーリンって呼んでもらいたい？」

「ワッハッハ」建国の高笑いが響いている。

小毛も吹き出した。「またアホな事して。さっさと椅子に座らんか」

「おっとっとっと。もうこれぐらいにしてくれるか。それでもまぁ極楽極楽――」

「建国さん、真面目そうなふりして」と招娣が言うと、菊芬もクスクス笑っている。

「そこまでされたんやから、建国、お前、抱いてやったらどうや」小毛のその言葉がまたみんなの笑いを誘った。

白ちゃんは建国の顔を撫でて自分の席に戻る。

「白ちゃんは自分から膝へ座りに行ったのに、建国さんは何もできんのでしょ。口ではえらそうに言うとっても、ほんまは骨なしの臆病者なんやけん」と中ちゃん。

阿宝は小毛を見ているうちに、何年も前の夜、床屋で会った時の事を思い出していた。月明かりと電気の光が古ぼけたタイル張りの床に柔らかいベールのような層になっていた──。

「あの床屋が〝美容院〟になるとは、ほんまに思いもせんかった」

「そうやなぁ、阿宝。世の中、変わるの速いしな。領袖さまも仰ってたやろ。何もかもあっというまや。一年なんか、ほんまに一瞬や。床屋も大自鳴鐘の大時計も住んでた人も何もかもほこりになって、ちりぢりばらばらや。もう何もないんや」

「〝美容院〟は一番清潔なんよ。どこからもほこりなんか入ってきとらんわ。初めて仕事に行った日、二階のオヤジに言われたわ」と発ちゃんが語り始める。


──「衛生面でお手本になれるように競争するんやぞ。毎日拭き掃除したりそこらじゅうを掃いたりしなアカンけど、そんな事できるか」

「はい」

「上海で長いこと働くつもりか。ちょっとの間だけか」

「長いとも短いとも言えんけど、しばらくやるつもりです」

「〝美容院〟やってて一番勉強になることは何やと思う?」

「広東人がよく言う〝電気スタンド〟みたいになれる事かな。ピンクの灯り点けて店に座って、外にいる男の人誘惑してたら、一見《いちげん》さんがお馴染みさんになることもあるし。まぁそんな感じ」

「違うな。一番勉強になるのは上海弁や。上海弁マスターしたら何すんのもラクなもんや」

「アハハ。あのおっさんの口から出てくる上海弁は〝あっち〟関係の事ばっかり」と言ったのは白ちゃん。

「あの人もあの頃ほんまに大変やったんよ。布団綿の店やってたけど、商売うまいことといかんようになって店じまいして、その店は誰かに貸してたわ。それで〝美容院〟やることにしたんやけど、あの人、何見ても真似すんのが上手で、一階の床屋さんが店閉めることにしたん聞きつけて、うちに相談してきたんよ。結局あの床屋を譲り受けたんやけど、仕切り作って小部屋に分けるとか、そらもう、いろんな事に頭とことん働かせてたわ」と招娣。

「アタシが初めて行った時、〝美容院〟は小さい部屋に仕切られてるだけで、商売してるようには見えんかったわ。それにまさかちょっかいかけてくるとは思いもせんやった。そやけん、言うたの。アタシはそんな尻軽女やない、背中のマッサージはするけど、そんなとこはやりませんって。そしたら黙ってたわ。店長たる者、いい加減な事ではイケンし、商売するんならみんなで力合わせて外の世界に向き合わんとイケン、内輪もめなんかして、こそこそしてたんではろくな事にならんって言うてやったわ。向こうは黙ってたけど、ちょうどそのとき招娣さんが帰ってきてくれてよかったわ」

「白ちゃんの言うとおり。そんな仕事やるような女は品がないってみんな言うけど、一番品がないのは客のほうやけん。それとあの二階のオヤジみたいなヤツ」

「中ちゃんも飲みすぎやない？　あんまり余計な事言わん方がいいわ」

「発ちゃん、肝心な事、アタシ、言うたと思う？　まだ何も言うとらんけん」

「かいつまんで言うてくれるか」と建国。

白ちゃんは一口飲み呼吸を整えた。

「なんかグチャグチャ混み入ってきてスッキリせえへんな。気になるやん」と招娣。

「何年も秘密にしてたから、招娣ねえさんも知らんやろうけど」

「どんな秘密なん」

「店の中を間仕切りして、一番奥の所に大きい洋服ダンスみたいなんを作らせたんよ。タンスの扉は反対側まで開けられて鍵もかけられるわ」

「あれは布団綿を入れとくためやろ」

「普段は自分が飲むお茶持ってフラフラしてるだけ。お客さんが帰ったら、女の子の稼いだお金受け取って、あとは黙ってるの。だいぶ前、店に東北の娘《こ》が二人来たんよ。それがすごいボインちゃんでお尻もピンとはね上がった娘じゃけん、お客さんはもうジリジリしっぱなし……」

――客が店に入ると、オヤジはその娘と客を一番奥へ連れて行き、暫くすると茶を置いたまま奥の階段下に潜りこむ。新しい娘が来て客がつく度に奥の部屋へ連れて行き、自分はその裏へ行くのだ。ある日、白ちゃんが炊事場へ湯を汲みに行くと、階段のドアがわずかに開いてた。覗いてみると、誰かがしゃがんでいる。白ちゃんはその目で見た。あのオヤジだ。

客が部屋を出ると、オヤジはそしらぬ顔でさっと出てきて、茶を飲み新聞を読んでいるふりをする。白ちゃんは奥の部屋に潜り込んでみた。見ると、簡単なマッサージ用のベッドがあり、その横は壁になっている。壁には美しい女性のグラビアが貼ってあった。女達は頭をくっつけあう形になっており、よく見ると女の黒目全部に穴があいているのだ。白ちゃんは我慢できなくなった。

「なんであんな所にこそこそ隠れて盗み見したりすんの」

オヤジは黙ってニヤニヤするだけ。

「昔から〝見るは目の毒、聞くは気の毒〟っていうけんね。なんで盗み見みたいな品のない事すんの」

オヤジは何も言う気配がない。

「新人の二人は、男に裸見られても全然気にせんみたいやけん、見たいんなら目の前で全部脱がせたらいいやろ」

そこまで言ってもオヤジが黙っているので、白ちゃんは一言叫んだ。

「恥知らず！」

しまいにオヤジはヘラヘラ笑いだした。

「へへへ、わかったわかった。わしもお国言葉で言うたろか。〝すまんのぅ、ごめんしてやぁ〟これでエエやろ」

白ちゃんは返す言葉が浮かばない。

「女なんかに男がわかるわけない。オレがスケベでいやらしい人間なんは認める。もうこれでエエやろ」


招娣だけは白ちゃんの話の途中で相槌を打っていた。

白ちゃんがそこまで話した時、夜回りをするベルの音が聞こえてきた。居民委員会の人たちが大声で呼びかけている。

「みなさぁん、戸締まりしましたかぁ。用心してくださぁい」

小毛がふいに頭を垂れた。頭はぐんぐん下がっていく。

「にいさん、どうしたん？　にいさんっ」と発ちゃん。

「胃が痛いんやわ」と薛。

「……いつものやつや」

薛が薬瓶を持って来た。

「コメツキ虫みたいな格好じゃねぇ。つらかろうねぇ」と白ちゃん。

「胃が痛かったんや。それにしてもあのオヤジ、そんな事してたとは知らんかった」

「〝二万戸〟の便所の壁にもびっしり穴が開いてたわ。なぁ、阿宝」と滬生。

阿宝は返事をしない。

薛が湯冷ましを注ぎ、薬を飲ませてやった。

「もう嫌になるわ。みんないろいろ話してるけど、その二階のオヤジさんの事ばっかりやん。そんな話、何も面白ぅないわ。他の人が聞いたら、そいつ、うちの旦那やって思うやんか。うちかて二階の住人やけど、そんな品のないいやらしいヤツはいいひんし」と薛。

「薛さん、これからは気ぃつけてくださいよ。夜に行水したり、服着替えたりするときは、壁とか天井に穴がないかをまず調べてください」と建国。

「ほんまにアホな事ばっかり言うて」と薛。

「盗み見されるのが一番イヤやわ。寒イボが出る」と菊芬。

阿宝は黙ったままだ。

白ちゃんが湯たんぽを持って来て、毛布の中に押し込んでやった。

「すんだ事は黙ってるしかないわ。今更騒いで何になる？　どっちにしてもあの家はつぶされたんや。昔の事はもう何もかもほこりになって消えてしもうたんや」と小毛が溜息をもらした。

みんな言葉が返せなかった。

「春香が亡うなる前に聖書を読んでくれたんやけどな。『何事《なにごと》にも時《とき》があり天《てん》の下《した》の出来事《できごと》にはすべて定《さだ》められた時《とき》がある。生《う》まれる時《とき》、死《し》ぬ時《とき》……破壊《はかい》する時《とき》、建《た》てる時《とき》……抱擁《ほうよう》の時《とき》、抱擁《ほうよう》を遠《とお》ざける時《とき》……黙《もく》する時《とき》、語《かた》る時《とき》……戦《たたか》いの時《とき》、平和《へいわ》の時《とき》。

（旧約聖書「コヘレトの言葉」三章）』こんな感じや」

「何の事やろ。チンプンカンプンやわ」と菊芬。

小毛は黙っている。菊芬が続ける。

「小毛、黙って我慢すんのもほどがあるわ。一番体に悪いわ。昔、工場仲間の家族が田舎へ働きに行かされた時もそうや。そんな人、ようけいたもんな。でもひどい病気になったら上海に帰って来られたやろ。あの時、同僚に頼まれて手ぇ貸してたやんか。黙ってバリウム飲んで胃のレントゲンとって、病気の証明とって、帰ってこられるようにしてあげてたやろ。しまいに放射線科の女医さんに言われてたやん。電気つけて顔見た途端『もうバレてるんや。今月あんたは黙って七回も八回もレントゲン撮ってたやろ。体が何回も放射能浴びてるっていう事や。自分の体がどうなってもエエんか』ってな」

小毛は何も言わない。

「小毛、そんなアホな事してたんか。いややわ。そんな事してたら、うちの商品なんぼ飲んでも焼け石に水やん」と招娣。

「今、思い出したんやけど、何ももの言わへん、ほんまにエエ女が一人いるわ。あっそうや、ここでそいつの事言うたら具合悪いかもしれん。薛さんが絶対に気ぃ悪うするわ」と小毛。

「二階のオヤジさんの事さえ言わへんかったら、何言うてもエエわ」と薛。

「いや、言うたら絶対怒るわ」

「そんな事ないって。ずっとニコニコしとくし、言うてもエエって」と薛。

「言うてみぃや」と建国も口を挟んだ。

小毛が話し始める。

——いつの事だっただろう。北駅の近くまで麻雀をしに行った時だった。夜中の一時にお開きになり、小毛は夜行のトロリーを待っていた。

ふと見ると、向こうから街灯沿いに歩いて来る女がいる。四十すぎ。パッと見た感じでは、悪くない家の女だった。こざっぱりした身なりをし、スーパーの袋を二つぶら下げている。トロリーに乗るようだ。

十五分くらい経った時、手持ち無沙汰になった小毛が話しかけた。

「遅出の仕事あけか？」

返事がない。

「麻雀、お開きになったんか？」

女は黙っている。

「勝負はどうやった？」

小毛は話題を変えてみた。

「今何時や？」

女はまだ黙ったままだ。

「乱れた世の中やし、悪いヤツもようけおる。こんな時間に外で不機嫌な顔してたら体にもようないやろ」

何を聞いても女は答えない。

「旦那に腹立ててんのか知らんけど、それぐらい普通や。気にせえへんかったらエエんや」

小毛は続けた。

「その辺ブラブラして気晴らしして、旦那のこと許してやったらどうや。何て言うても子供の父親なんやからな」

やはりだめだ。

「こんな夜中に出てきて、子供が目ぇ覚ましたら怖がるやろ」

ここまで言っても女は黙っている。

あまりにも手応えがないので小毛は相手にするのをやめた。するとボソッと何か言うのが聞こえた。蚊の鳴くような声だった。

「え？　何やて？」

「せんたく……」

「洗濯したいって言うたんか？」

女はまた口を閉ざしてしまう。

トロリーは全く来る気配がない。タクシーはどれもこれも空車だが、女も小毛もタクシーに乗るような身分ではない。トロリーが来る方を今か今かと見ていた。しかし道路は真っ暗。トロリーは影も形もない。

「洗濯するんやったらオレの所でやったらエエぞ。一人もんやし、洗濯機も洗い場もちゃんとあるし、便利やぞ」

女は口をつぐんだままだが、小毛は言い続けた。

「その袋、とりあえずその辺に置いてひと息ついたらどうや」

しかし女は身動き一つせず、袋をぶら下げたまま放さない。そんな女に出会って、自分だけ喋っていられたものではない。小毛もだんまりを決め込んだ。

十分ちょっと経ちトロリーが来た。小毛は前のドア、女は後ろのドアから乗り込んだ。客は全部で三、四人ぐらいしかいない。

江寧路に着いた。トロリーから下りた小毛が後ろのドアの方を振り返ると、女も袋を二つぶら下げたまま下りて来た。北へ暫く歩いてふり向くと、ずっと付いて来ているのがわかった。七、八歩ぐらい離れていただろう。少し歩いて立ち止まった。

「持ったろか」

女は黙って俯いたまま、袋を自分の背後に隠した。相手にするのを諦めた小毛は、澳門路まで行くと昌化路で曲がり、また振り返った。まだ同じ距離をあけて付いて来ている。莫干山路に着いてもまだ同じ距離をあけている。路地の入り口で振り向くと、少し距離が縮まっていた。小毛の後から女が角を曲がって路地に入ってきた時には、もう夜中の二時になっていた。

路地には街灯一つしか灯りがない。

裏口から入って電気をつけ、階段の所を通り越した。戸を開け電気をつけて振り向くと、女も付いて来ている。持っていた袋を炊事場の流しに置き、小毛の部屋に入って来た。

不思議なことに、部屋に入った途端、女は快活になり、てきぱき動き始めた。蒸し暑かったので窓を開け、扇風機をつけた。すると女はシャツもスカートも脱ぎ、ショーツとブラジャーだけになってしまい、裸足になると、嫁のような顔をして行ったり来たりし始めた。足洗い用盥、洗面器、タオルを見つけてくると、黙って湯を沸かしに行き、行水の用意をし始めた。忙しそうに行ったり来たりし、炊事場から汲んで来た水を入れ、ガスをつけて湯を沸かしている。

小毛は黙ってその姿を見ていた。冷蔵庫からコーラを出してコップに入れていると、女が半分くらい湯の入った洗面器を持って入って来た。

「とりあえずコーラでも飲んだらどうや。ほんまに暑いなぁ」

女は黙って飲むと、奥の部屋に行き、ござや枕をせっせと拭きだした。まるで〝勝手知ったる他人の家〟だ。

今度は大きい方の盥を部屋の真ん中まで引っぱって来て、湯と水を提げて来ると盥に入れた。スリッパを揃えて置き、タオルを引っ掛けて電気を消す。

「とりあえず行水して」

その蚊の鳴くような声を聞き、呆然とする小毛だった。

窓の向こうには隣家があるので、行水する時小毛はいつも電気を消す。女はそういう事も承知しているのだ。

言われるままに小毛は行水をした。

炊事場からスーパーの袋をひっくり返す音が聞こえてくる。行水が終わると、また入って来て体を拭いてくれようとした。

「自分でやるわ。自分で拭くし」

女は何も言わない。

奥の部屋に入りござに寝転んでいると、女はまたバタバタと湯を汲んで来ては盥に入れ始めた。ショーツを脱ぎブラジャーをとり、行水をしている。体を拭き、タオルを絞り、湯を捨て、スリッパでパタパタ歩く――そんな音が聞こえてきた。

暫くして部屋の戸をそうっと閉めると、小毛がいつもやるように、小さい扇風機を部屋に持って入り、ベッドに向けてスイッチオン。心地よい風だった。

ベッドに座り、それからは二人とも慣れたもの。暗闇で身を寄せ合い眠りに就いた。初めて出会ったもの同士とは思えないくらいだった。

ふと目覚めると三時を過ぎていた。炊事場で服を洗う音がする。水道の音がずっと聞こえていた。またうとうとし、時計を見ると五時前。

あのスーパーの袋の音が聞こえてきた。おそらく濡れた服を畳み、袋に入れているのだろう。女がまた部屋に入って来た。小毛が黙っていると、ベッドの縁にもたれて来た。

「服、畳んだんか」

暫くしてから女がまた蚊の鳴くような声を出した。

「帰るわ」

「ウン」

女が出て行き、裏の戸をそうっと閉める音がした。また静かになった。時計を見ると五時二分だった。

小毛が口を閉ざした。みんな次の言葉を待っている。

途中何度か咳払いをしていた薛が顔を真っ赤にしている。

「それ、いつの事なん?」

「何のつもりや」

「そんなん、堕落やなかったら何やの。腐敗や。堕落や」

「そんな言い方、ようないけん」と発ちゃん。

「フンッ。どうりで毎月水道のメーターが上がってるはずや。メーターがおかしいんか、部品がアカンようになったかやなってずっと思うてたけど、やっぱりそんな身勝手な女が入って来て、水道の水、勝手に使《つこ》うてたんやな。ほんまに悔しいわ。そんないやらしい事して、よう言えるわ。気持ち悪い」

「ホラみてみぃ。絶対怒らへんって言うたくせに、もう怒ってるやないか」

「これは怒ってるって言わへんの。ムカついてるって言うんや」

「その人、どこに行ったんやろ。どこに住んでるんやろ。なんでそんな夜中に洗濯するんやろなぁ」

と招娣。

「離婚でもしたんやろ。頭おかしいわ」と今度は菊芬。

「全然知らん男の部屋へ夜中にもぐり込んで、何も言わんでいい事だけして。ちゃっかりしとるわ」

と白ちゃん。

「誰に何聞かれても、これ以上何も言わへんからな」と小毛。

「旦那のこと許したれとか、子供の父親やとか、そういう言い方、気に入ったなぁ。小毛、エエ事言うたったやないか。まぁ、これだけ聞かせてくれ。そんな朝早うから洗濯してどこに干すんやろな」

と建国。

「何するにしても古い家のつくりがようわかってるみたいやな。古い路地に長いこと住んでたんやろ」と滬生。

「亡霊が夜中にさまようてたんや」と阿宝。

「怖いやん。やめて」と菊芬。

「スーパーの袋ぶら下げてふわふわふわふわ。よう見たら足が浮いてる。地べたに足つけんと、ふわふわぁって小毛に付いて来て、ふわふわぁって部屋に入ったんや」と阿宝が調子に乗って続ける。

「キャー！　怖い！」と発ちゃん。

「まさか蘇州河から這い出して来た〝土左衛門〟の亡霊やないやろな」と建国。

「そういうの、ようわかるわ。友達が夜中にタクシーに乗った時やけど、乗ってからよう見てみたらその運転手、女やったらしいわ」と招娣が話し始めた。

――「適当に走って。どこでもエエし」

「あの、どこまでで？」

「わからん」

運転手は顔を強張らせてハンドブレーキを引いた。

「飲み過ぎやろ。下りてもらえる？」

「夜勤は大変やろ。夜中にあっちこっち流して、何人ぐらい乗せるんや」

運転手が口をつぐんだ。

「おい」

その声に運転手は微笑んだ。「ほんまに気色悪いわ。ムズムズする」

「もうちょっとましな言い方できるやろ。まぁ百元取っとけ」

「アハハ、アホかいな」

「何がアホなんや」

運転手はニコニコしていたが、百元出してきた客の手をパシッと叩いた。「アハハ、何してんの。やめて」

その後走ったメーターで考えると、本当にその程度だったのだろう。二十キロほど走り、緑地帯のある道路脇に停めてエンジンを切った。

「あとは言わんでもわかるやろ」と招娣。

「どういう意味や」と建国。

「その友達と同じで、小毛もその晩ちょっと声かけて、お安い買い物ができたわけや。まぁ向こうも洗濯の水道代と電気代節約するために男の部屋に入ってきたんやし」と招娣。

「もうエエわ。みんなが何言うてもオレはどうでもエエ。オレは悲しかっただけなんや」

「なんでやの」と白ちゃん。

「女の人が行水のお湯入れてくれたり、スリッパ並べたり、体拭いてくれようとしたりしてくれて、胸が締め付けられたんや。もうこれ以上言えへん」

「にいさん、それ以上言わんで」

「あいつの事、思い出したんや」と小毛。

「銀鳳に決まってるわ」と招娣。

「いや、春香や」

誰も言葉がない。

「女がオレのそばにもぐり込んでくっついてきた時、オレ、春香って言うてしもうたんや。それでもそいつ、何の反応もなかった。やっぱり春香やない。電気つけて見てみたら、春香やなかった。春香は胸にホクロがあったのに、そいつの胸にはないんや」

「イエス様のご加護がありますように」と菊芬。

「もうエエわ。そんな年増《としま》、駅に行ったらなんぼでもいるわ」と招娣。

「そんな言い方あんまりやろ。ええ家の女やし、お金かて一銭も受け取ってへんやないか」と建国。

「何言うてんの。水道の水かてお金かかってるわ」と薛が反論する。

「そんなもん、たいした事ないやろ」と建国も言い返す。

「水道の水は四軒で割り勘にするんやから、そんな好きなようになんぼでも使われたら納得できひん。ほんまに腹たつわ」と薛。

「ほれみい。あの晩、オレが何聞いても何言うてもあの女、ひと言も喋らへんかったけど、今度はオレが黙っとく番やな」と小毛。

「計算してあげる。水道代、どれぐらい上がったんじゃろ。その分、アタシが立て替えるけん」と白ちゃん。

薛がフンと鼻を鳴らした。

小毛がまた口を開いた。「さっきみんなオレに聞いてきたやろ。あのとき黙ったまま何も聞かんと、なんでやりたいようにやらせたんやって。オレはもう何も聞かんでよかったし、何も言わんでよかったんや。黙っててもわかるんや。ああいう女がエエ女なんや。今のご時世、女として生きていく事ほど難しいもんはない。そう簡単な事やないんや。人の部屋に来て自分の家みたいにして用事して、洗濯機使うのもったいないって思うて。黙ってたけど、オレも内心つらかったんや。ああいう女のことはみんなも優しい目で見たってくれよな」

三十章

一

六十年代にできた官舎。その四階にある小部屋付きワンルームが陶陶と小琴の住処《すみか》だ。台所とトイレは共同。南向きの部屋にダブルベッドを置き、すぐ横がベランダ。古いといっても、小琴が以前住んでいた延慶路の掘っ立て小屋同然の部屋と比べたら随分よくなった。

小琴は今までどおり服飾の露天商をしていたが、店の番は使用人に任せ、商品チェックや客の応対をして銀行へ行く程度。出かけるのは週に数回、それも規則的ではない。芳妹に騒がれないよう分相応な暮らしをしている。普段は買い物や炊事をし、テレビをみる程度だ。

延慶路の部屋からは小さいテーブルしか持って来なかったが、その上に鏡を掛けたので、テーブルで商売の計算もできるし化粧もできる。

ある夜、ふと目覚めた陶陶は、横にいるはずの小琴の姿がないのに気付いた。電気スタンドの灯りに小琴のシルエットが浮かび上がっている。

「びっくりするやないか。何書いてんねん」

「自分が考えてる事」

「オマエはまともな女なんやから、そんな事マネしたらアカン」

小琴は笑顔で帳簿を抽斗に入れると鍵をかけ、陶陶の傍へ来た。灯りに照らされ体の線が透けて見える。

陶陶はよく見ようと目をこすった。灯りを消した小琴はもう陶陶の側へ潜り込んでいる。もつれ合い、そのまま眠りについた。

単調な暮らしだ。週末や夜は二人でその辺をぶらぶらして、食事をしたり、夜食をとったりする。日曜の朝はベッドから出られない。小琴が甘えてくるからだ。陶陶も楽しいものだから、疲れを感じることはない。

仕事は遠方の顧客やカニの養殖業者に連絡するだけでいい。

先日の〝至真園〟でのパーティは、玲子が酒の勢いで大荒れに荒れ、しまいに梅瑞も酔いつぶれ、なんとも気まずい雰囲気で終わってしまった。小琴が弱気だから玲子が横暴な態度をとるのだ、と陶陶は帰り道でさんざん責めた。

「わかった」と小琴。

「おれはわからん」と陶陶。

小琴は笑顔で応えるだけで言い返しはしなかった。

翌朝目が覚めたときもまだ笑顔を絶やさず、前夜のことは何も言わない。陶陶はひそかに感じ入っていた。

この住処に引っ越してからは、たいてい夜八時か九時になると芳妹から電話があり、罵声を浴びていた。すると、小琴は気を利かせて電話のそばを離れてくれる。冷静になるよう、気持ちよく別れよう、と言葉巧みに言い聞かせはするのだが、罵詈雑言は電話を切るまで続いた。

　そんな時はいつも小琴が寄り添って慰めてくれた。

「芳妹さん、確かに運が悪いわ。初めて結婚した男が見も知らん女と逃げてしもうたんやから。わけのわからん女と寝て、お風呂の用意して、その女のご機嫌とって、男と女の暮らしして、そんな事が毎晩頭に浮かんで、腹がたってたまらんの、ようわかるわ」

「……」

「厚かましいかもしれんけど、芳妹さんが許してくれるんやったら、あっちへ引っ越ししてお妾さんとかお側仕えの女中になってもエエわ。床に寝てお手伝いさんの仕事してもエエわ。毎晩奥様がお休みになるときのお世話したり、足洗うお湯汲んだり、痰ツボ掃除したり、どんな事でもニコニコしてやらせてもらう。毎晩蹴られて殴られても怒鳴られてもかまへん」

「気でも狂うたんか。アイツとオマエ、何の関係があるんや。オレは絶対に離婚する。もうこれ以上延ばせへん」

「急がへんし。全然急いでへんから」

「オレが急いでるんや。どいつもこいつも嫌いなんや。そうや、あの食事会にいた野次馬ども、あいつらとは今後一切付き合いせんからな。誰も彼も縁切るんや。特にあの玲子、あいつとは金輪際付き合いせんから」

「何焦ってんの。急《せ》いては事を仕損じるって言うやろ。それに、世渡り上手になるんやったら恩に報いなアカンわ。玲子さんが芳妹さんとか私を紹介してくれへんかったら、陶陶は誰と会うチャンスもなかったんやし、何でも人様のお陰やっていう事を忘れたらアカンわ」

　陶陶は黙って小琴の話を聞いている。

「滬生さんは弁護士さんで、長い付き合いやろ。困った事があったら助けてくれるわ。それをなんで縁切るとか言うんよ。友達は縁切ったらアカンし、それにものの言い方も気ぃつけなアカンわ。マフラー巻いてあげたらみんな、暖かいって思うのと一緒や。言いたい事好きなように言うたら、刃物突きつけるようなもんや。みんな逃げて行くやろ。あの広東人が言うてたんやけど」

陶陶はまだ何も言わない。

「陶陶が離婚するかどうかはどうでもエエんよ」

「小琴はええ娘《こ》やなぁ。そんな事言われたら余計に申し訳ないと思うわ」

「イヤな事があったら帳簿にでもちょっと書いといたらそれで気が済むわ。それで一生、ニコニコした怒らへん女でいられるし」

「ほんまにええ娘や。そやから好きなんや」

小琴は黙って陶陶にもたれかかった。

四月の穏やかな日。ベッドから外を見ると、南の窓の外にはベランダの手すり、その向こうにポプラの木の先が見えている。

「えらい背の高いポプラがあるんやなぁ。田舎はもっとたくさんあるけど」と小琴。

小琴が楽しそうに続ける。

「陶陶、持ち家やったらベランダをサンルーム風にすんのになぁ。雨のせいで手すりがもう錆だらけやし。家主さんに言うてペンキ塗ってもらおうか」

「来年、家買おう」

小琴が陶陶の体に白い脚を乗せた。

「そんな事、どうでもエエわ。陶陶、私の脚、綺麗？」

「うん」

「どこが？」

「アイツと離婚したら家買うて結婚しよう」

「言うたやろ。アタシ、ずっと結婚せんでもエエんよ」

「ほんまか」

「アタシの従兄、県長さんなんやけど、奥さん二人いるんよ。田舎にほんまの奥さんがいて、街にぉ妾さんを囲うてんの。ほんまの奥さんと同じ値打ち。そやから奥さんが二人。そんなんもアリやし、アタシかて何でも我慢できるわ。思いきって陶陶があっちこっち走り回ってたらエエやん」

陶陶は黙って小琴の話に耳を傾けた。

「奥さんと長いこと暮らしてきた、エエ歳した男が、急にわけわからへん小娘と暮らすんやから、やっぱり慣れへん事もあるやろな。賢い女やったら必死でその人にようしてあげるけど、どうにもならへん普通の女やったら、本性丸出しにするやろな。自分勝手で自分の思い通りにしようとして暴れたり、それでいて変に甘えたり。そういうたら、こないだ従兄が、もうクタクタやって電話で言うてたわ。奥さんが二人とも大騒ぎし始めてるらしいわ。九華山（安徽省にある、中国四大仏教名山のひとつ）にでも行って出家しようかなって。そんなんで出家したら生臭坊主やし、お寺も穏やかでなくなるわって言ぅといたけど」

「小琴、ええ娘やな」と陶陶は小琴を抱きしめた。

「うち、すぐに満足してしまうから、今陶陶が芳妹さんとこに戻って何日か泊まってきたとしても全然気にしいひんわ」

「何アホな事言うてんねん」

「何て言うても奥さんやろ。向こうには子供もいるんよ。自分の血ぃ分けた子やん」

陶陶が何も言わないので、小琴は続ける。

「うちはそんな事どうでもエエんよ」

陶陶は黙ったままだ。

小琴がもう片方の脚も陶陶の体に乗せた。「アタシの脚、綺麗？」

「うん」

「どこが？」

「綺麗やから綺麗なんや」

「蚊帳《かや》吊りたいわ。下の木、葉っぱが茂ってきてるし、もうすぐ蚊が出て来るやろ」

「蚊に脚さされるの、何て言うか知ってるか」

「上海人違うし、わからへんわ」

「顔のおできとか蚊にさされた脚ってポチポチ赤うなってるやろ。何て言うと思う？」

「わからへん」

「葛先生に聞いたんやけど、昔、雑穀屋では緑豆のこと〝緑真珠《みどりしんじゅ》〟って呼んでたらしいな。小豆は何て言うと思う？」

「わからへん」

「〝赤真珠《あかしんじゅ》〟って言うらしいわ。それはまぁエエとして、普通はそんなポチポチのこと、〝小豆〟とか〝小豆ちまき〟とか〝小豆クッキー〟って言うてるんや」

「ひどいわぁ。なんで〝小豆アイス〟って言わへんの。どっちにしてもアタシがそこまで脚刺されたら、誰も相手にしてくれへんわ」

「〝赤真珠〟がいくつあるか、数えたろか」

小琴が体をよじる。「何すんの。こそばいやんか。そうや！　昨日、羽蹴り（羽根つきを足で蹴って行うような遊び）の数え歌、教えてもろうたんよ。聞いて」

お正月には羽蹴りで
二月になったら凧揚げて
三月ナズナの種できて
四月になったら種まいて
五月の端午にチマキ
六月には蚊を叩く

「よし、ちょっと叩かせてもらおうか」と陶陶。
小琴が太ももを押さえる。「まだ続きがあるんよ」

七月綿の実鈴なりで
八月には瓜の種
九月になったら家造る
十月にはお輿《こし》入れ
十一月には栗の実
十二月はおめでたよ
（正月には羽蹴りしましょ）

陶陶は黙っていた。

「エエ歌やろ」

「小琴、結婚してくれるか」

小琴は微笑んでいる。

「ふぅっ」陶陶は溜息をついた。

「部屋に蚊帳が吊ってあるとしようか。小琴が部屋に入って蚊帳の中に男がいるの見たらどう思う？」

「陶陶が入って来て、蚊帳の中に女がいたらどう思う？」と、小琴は甘えた声を出す。

「当たり前や。飛び込んで行くわ。しまいに蚊帳がムチャクチャになって助けてぇって女が叫ぶ」

「陶陶、焦り過ぎやわ」

「オレが付き合うた女、少ないとは言えへん。でも今は、静かな夜に蚊帳の中で二人っきり、そんなんがエエと思うてる。一人はオレ、もう一人は誰やと思う」

「知らん」

「言うてみろや」

「芳妹さん！」

パシッ！

「痛っ。手加減してぇさ。潘静さん」と小琴が脚を押さえる。

またパシッ！

「玲子さん！」

「あの女、大嫌いや。見るからに蓮っ葉な感じやし」

「もうわからへん」

「いやなヤツやなぁ。自分のことやってわかってるくせに、わざわざ遠回しに言うて」

「力、強すぎるやん。見て。叩かれた所、赤うなってきた」

陶陶がまた溜息をつく。「ふぅっ。今すぐ蚊帳吊りたいなぁ。潜り込んでそのまま何日も中にいるんや。二人だけでな」

小琴は何も言わない。

「離婚せんかったら、平和でいられるわけないやろ」

小琴は黙って陶陶に抱きついた。

ベランダの向こうから木々の香りが漂ってくる。

「慌てんといて。ゆっくり……」


三十一日。普段と変わらない朝だった。

陶陶が部屋から出たとき、見送りに来た小琴は玄関でふいに陶陶に抱きついた。

「エエ娘やから」と陶陶。

「早ぅ帰って来てぇ」と小琴は甘えた声を出す。

ドアを閉め一階へ下りた。満面に笑みをたたえた小琴がいつまでも眼間《まなかい》に浮かぶ。

——陶陶はその日、滬生の事務所へ行き協議離婚の手続きをした。

友達は大事だと言った小琴の言わんとする事が漸くわかった陶陶は、芳妹と別れるなら、滬生に間に入ってもらうにこしたことはないと思い、何度も滬生に頼んでいた。しかしお互い知りすぎた仲だから、と滬生はなかなか引き受けてくれない。

何度かやりとりを繰り返すうち、とうとう渋々ながらも承知してくれた。芳妹から電話があれば我慢強く聞いてやり、穏やかに接し、誠実に、申し訳ないという気持ちを精一杯表し、そして相手にはもう後戻りさせないように——そう忠告され、約束した。

数日後、夜八時に滬生から着信があった。

「電源切るなよ。もうすぐ芳妹さんから電話があるからな」

八時二十分、芳妹から電話があった。ひどく恨みがましい声だったが、少し経つと落ち着いてきたようだ。

その後も繰り返し芳妹から電話があった。やはり恨みつらみを言いたてる。しかし回を重ねるごとに落ち着いてきたようで、最後にはやりきれない悲しみを見せはしたが、もう覚悟したようだ。

滬生の腕に感服する。

ことが起こる数日前の夜、滬生から電話があった。「芳妹、諦めたぞ。一応離婚協議書にサインするって言うたぞ」

陶陶は繰り返し感謝の気持ちを伝えた。予想通り十分後に芳妹から電話があり、具体的な条件を持ち出してきた。

そしてその電話から数日経って、また夜八時半に滬生から電話があり、気を利かせた小琴はその場を離れた。

「芳妹さん、もう協議書どおりでエエって言うたぞ。たぶんすぐに電話がかかってくるやろう」

陶陶は何度も礼を述べた。

「もう数え切れんくらい何遍も話したわ。おかげで芳妹さんも泣かんようになった」と滬生。

「オレはアイツの事がようわかってる。泣き喚かんようになったら、納得したっていう事や」

「そうみたいやな」

「滬生のおかげや」

「弁護士としての手順どおりやっただけや。知り合いとしてはこんなこと願《ねご》うてへんし、嬉しいこともない」

「何もかもオレが悪いんや。オレのせいや」

滬生は黙って電話を切った。

小琴は何も言わない。

下から聞き慣れた声が聞こえてきた。

「みなさぁん、戸締まりしましたかぁ。火のようじぃーん。泥棒にも気ぃつけてくださぁい。用心してくださぁい。気ぃつけてぇ」

誰かが自転車で通り過ぎていく。前にひっかけた電子ホーンの音が近づき、そして遠ざかって行った。

机の目覚まし時計に目をやった時、着信音が響いた。

「はい、もしもし」

「もしもし、陶陶、陶陶」芳妹の声だ。

声が遠く、聞きとりにくい。電波がよくないようだ。古井戸にでも落ちたのか、はてしない砂漠にでも迷い込んだのか——声が木霊している。砂塵《さじん》の舞うような音がする。

「オレや。オレやけど。何とか言うてくれ。オーイ」

「陶陶、サインしたわ」

自分の耳を疑った。「芳妹、何て言うた?」

「どうしようもないわ。もうどうしようもなくなった」

声が木霊して繰り返す。ザーザーいう雑音も混じっている。強くなったり弱くなったりしながら黄砂が吹きつける。黄色い砂粒に覆われたようだった。

「芳妹、こっちは聞こえてる」

そう言いつつベランダに出た。興奮していたせいか、手すりがグラッと揺れたような気がした。

少し後ずさりすると、電話の声がはっきり聞こえてきた。芳妹はすっかり冷静になっている。

「今までありがとう。あっさり別れましょう」

いつの間にか風がやみ、砂嵐が消えていた。

「サインしたから」

「うん。オレにもサインせえっていうことやな」

「一人でサインしたから、静かな気持ちでいられたわ」

陶陶は何も言えない。

「最後の手続きする以外にはもう会うこともないし」

陶陶は黙っているしかない。

手すりに置いた手が錆で赤くなった。

「滬生が言うてたわ。裸一貫で家を出た男は、たいがいろくな目に遭わへんって」

陶陶には返す言葉がない。

「これからはあんたが寒がってても暑がっててもアタシには何も関係ないわ」

「オレがどうかしてるんや。いかれてるんや。子供にも家にも申し訳ない事した」

芳妹が黙って電話を切った。陶陶はふうっと溜息をつく。胸が疼く。と同時に、胸につかえていたものがストンと落ちて気が楽になった。

手すりを叩くと錆が貼り付く。

夜風にポプラの葉がザワザワと音を立てている。ふと見ると、淡い青の、長めのキャミソールに着替えた小琴が蚊帳の中に座っていた。微動だにしない。

ベッドも蚊帳も枕にもたれる小琴の首も腕も肌も、何もかもが青い光に塗り込められていた。透き通った空気の中で温もりを感じさせる、野に咲く青い花のようだ。

安らぎを感じた。全てが青くなり、ひっそりと静まり返っていた。

その夜、二人は抱き合ったまま眠りについた。

朝五時半、小琴がふいに向き直り、記念に何か書きたいと言ってきた。

八時半、小琴と別れて家を出た。

一時間ほど経ち、滬生の事務所まであと数百メートルという所で、向こうの方に白い犬の姿が見えた。犬は腰を落として踏ん張っている。老人が新聞紙を取り出し犬の尻の下に敷いてやった。

もうここまでやったのだから……と陶陶は思いを巡らせていた。

老人が顔を上げた時、目があった。占い師の錘だ!

陶陶は黙って通り過ぎようとした。しかし錘は犬を引いて追いかけて来る。

「陶陶さん、陶陶さぁん、止まってくれ」

「何や」

「ご無沙汰してるなぁ。何しに行くんや」

「関係ないやろ。ほっといてくれ」

「陶陶さん、危ない。今日出かけるのはようない」

片手で犬を引っぱりもう一方の手には犬の糞を持つ鍾を見ていると不愉快になり、踵を返して立ち去ろうとした。

「聞いてくれるか」と鍾。

「しょうもない事言いやがって。言いたい事あるんやったら、さっさと言いやがれ」

「危ない。大変な事が起こる」

陶陶はふといやな予感がした。

「あんたさんは不幸に見舞われる。運勢がよろしゅうない。相性がとことん悪い。何遍結婚してもろくな事にならん。今は何もかもエエ調子かもしれん。じゃけど、鳥やら魚が自分の体をさらけ出すのと同じで、災難を待ち受けてるようなもんや。じきにひどい目に遭う。帰って芳妹さんに謝るしかない。洗濯板の上に土下座して、許してくれって謝るんや、それも一晩中な」

陶陶は鼻を押さえた。「臭いやないか」

小走りに立ち去った。まだ糞の臭いが鼻についている。

滬生に会って茶を飲み、少し気分がよくなった陶陶は型通りサインをした。

民政局で離婚手続きをする日程も含め、善後策をこと細かに滬生は教えてくれた。

「陶陶、えらい変わったみたいやけど、調子どうや」

「まぁな」

話はそれで終わった。

事務所を出ると陶陶はわざわざ遠回りして〝紅宝石〟へケーキを買いに行き、団地の入り口にある露店では日本のクチナシの鉢植えを買った。

部屋に入ると、小琴が一人佇んでいるのが目に入る。

「サインしたぞ」

小琴がふり向く。

靴を脱いだ。小琴が涙を浮かべている。

「どうしたんや」

ケーキを受け取った小琴は鉢植えをベランダに置くと玄関に戻った。スリッパを出し、体を起こすと陶陶にしがみつく。

「震えが止まらへん。うれしすぎて」

「わかったわかった」

「つがいの小鳥がせっかく木で寝てたのに、誰かに木を揺すられてびっくり。離れ離れになって、一羽は南へ、もう一羽は北へ。でもご縁があるのなら、あっちこっち飛び回ってるうちに、いつかきっと会えるでしょう」

「ええ娘《こ》や」

「アタシ綺麗?」

「うん」

「どこが一番綺麗?」

陶陶は伸ばした手を小琴の太ももまで滑らせた。「ここや。〝小豆アイス〟見せてくれるか」

「何すんの。こそばいやん」

陶陶が小琴の脚をパンとたたいた。小琴はクスクス笑って逃げ出した。

羽を動かしもせず輪を描いて飛び回っていたカモメはどこに描けばいいのか、
いい場所が見つからなくて結局こうなった。

陶陶が追いかける。小琴は逃げ足が速く、もう机からベッドの向こうに回り込んでいた。小琴の真っ白な脚と真っ白な蚊帳が見える。少し手を伸ばせば小琴に手が届く、そんな距離だった。しかし小琴はベランダへまっしぐら。と、突然、とんでもない大きな音がした。目の前がスローモーションになり、ばらばらに壊れた手すりがゆっくり下へ落ちて行く——。

小琴が両手を伸ばす。キャミソールの裾が舞い上がる。逆さまになった小珍の、ふっくらすべすべした太ももには蚊に刺されたピンク色の痕が一つ、そんなものまでが見えていた。淡い青の下着も見える。それからふくらはぎ、踵、足の裏のホクロ。隅にあったクチナシの鉢植えもろとも落ちて行く。真っ白な花。その蕾《つぼみ》も花びらも逆さになり、鉢の底の小さな穴まで見えた。手すりも柵も、よく手入れされた足の指もクチナシのひしゃげた蕾も、まるで羽を広げて舞う蝶のように、ポプラの木に映えながら、後先になって舞い上がり飛び散り、粉々に砕ける音を階下に響かせていた。

人々が大騒ぎし始めた。

陶陶はベランダに立ちすくむだけ。自分の名前を呼ぶ小琴の凄まじい声が耳から離れない。

「陶陶——っ」

すぐに交番から出動してきた警官は部屋の様子を見ると、陶陶を連れて一階の現場へ向かった。

小琴は一階に張り出したサンルームへ真っ逆さまに転落。スレート屋根を突き抜け、ベッドの鉄枠に叩きつけられ、すでにこと切れていた。

涙を流し、警官と路地を出た。路地は黒山の人だかり。

かつて陶陶は、同じ路地に住む男が姦通の現場を押さえた様子を滬生に話したことがあった。陶陶はなぜかその時の事を思い出していた。もう何年も前だった。目の前が真っ暗で目眩がし、意気消沈している。

そのまま交番へ行き、調書をとられた。

小琴が転落したときの経緯、二人の仲、小琴は鬱病ではなかったか……。陶陶はありのままに答えた。

何度も聞かれ、何度も調書をとられた。また部屋に入って来た張警官にもまた聞かれた。

「もう言いましたけど」と陶陶。

「協力してもらわなアカンのでな。もう一回言うてくれ」

陶陶は返事をしない。

「部屋でいったい何があったんかな。ほんまに鬼ごっこしてたんかな。喧嘩か」

「二人でふざけてたんです。片一方が追いかけてもう片一方が逃げて。しまいにベランダの手すりにぶつかったんです。まさか鉄の柵が腐ってるとは思いませんでした」

「ふざけるってどういう事かな」

「キャーキャー言うてふざけてるうちに、ボクが小琴の太ももをパンってやったんです。小琴が蚊に刺されて痒がってたから」

「軽く叩いたんか。殴ったんか。相手は痛がってたか。痒がってたんか」

「冗談でパンとやっただけです」

「何を根拠に信じたらエエんや、ただの冗談やったって。家庭内暴力でもはじめから突き落とすつもりでもなかったんか」

「調べてもろうてけっこうです」

「静かに。落ち着いて」

「ほんまに冗談やったんです。ほんまに仲よかったし、喧嘩した事もありません」

「もう一回その時の様子を話してくれるか」

「何回も言いましたし、何回も調書とられました」

「いや、決まりなんや。いつ、どこで、誰が、目的は何で、何を使うて、動機は何で、何が起こったか、捜査にはお決まりの質問が七つあるからな」

「こっちはもう聞かれた以上に、天文学的な回数答えてます」

張警官は陶陶の様子を窺っている。

「ほんまに楽しかったから」

「かいつまんで言うんやない。一秒ごとに詳しくもう一回！」

陶陶はまた繰り返すしかない。

「あんたら、楽しんでたんか喧嘩してたんか、証明できひんやろ」

「ボクの弁護士が証明できます。朝、離婚協議書にサインして帰って来て、その事言うたら、もううれしぃてたまらんようになったんです」

「いや、帰ってきたら腹がたって大ゲンカになったっていう事もあるからな。小娘にかき回されたせいで嫁さんに放り出されて離婚するしかなくなって、それでその小娘の顔見たとたん腹がたって……」

バンッ！　陶陶が机を叩いた。「もう言いません。言うても無駄です」

「静粛に！　協力しなさい。事件に責任持ちなさい」

そのとき別の警官がファックスを持って来た。

張警官はそれを見た。「仲はよかったんか」

「すごくよかったです」

「アレ、最後はいつや？」

「そんな事まで訊くんですか」

「オマエが無理やりか。向こうから喜んでか」

陶陶は大声になった。「言えません」

「まぁ思い出しとけ。また後で訊く」

その場にいた数人が出て行き、ドアは閉められた。

気が狂いそうだった。小琴がニコニコしてこちらを振り向いたときの花のような笑顔、ベランダの手すりが壊れた瞬間、小琴のふくらはぎ、光に反射するポプラの葉……そんな全てが眼間をよぎる。

刻一刻、時間は過ぎて行く。

ふいに目の前が眩しくなり、警官がなだれ込んできた。

「帰って連絡待っとけ」と張警官。

住処に戻った。部屋に入ってみると、どこもかしこもひっくり返され目も当てられない状態だった。タクシーを呼びナイトクラブで酒を飲み、フレンチカンカンを半分くらい観たところで意識が遠のき、いつのまにか横になり眠っていた。

朝、交番から電話があり、小琴の田舎の兄弟が二人で部屋に来ていると言う。大急ぎで戻り、相手をした。このままでは喧嘩になると思い、食事に行き二人がゆっくり休めるようホテルをとってやった。

午後、滬生に電話をした。

「えっ？ なんやて？ 今、蘇州にいるんや。冷静になれよ。落ち着いて、やる事やれよ」

陶陶は黙って電話を切る。

夜、小琴の兄弟とまた食事をし、部屋の鍵を渡すと自分はクラブで夜を明かした。

翌朝、部屋に戻ると、家主と一階の住人が来た。壊れた手すりと壊れたサンルームの修理にかかる費用を話し合う中で、管理会社から来た職人がカンカン叩いたり溶接をしたりして、手すりの修理をしている。

兄弟は遺品の整理をしている。貴金属をまとめ、残された商品を見にまた倉庫へ行くようだ。

陶陶は兄弟と別れ、火葬場で手続きをした。全てが落ち着くと、身も心もボロボロになりながら交番へ結果を聞きに行った。

「不慮の事故死ということで、この件の捜査は打ち切る」張警官は書類を出してそう言うと、帳簿を陶陶の前に押しやった。

「これ、小琴のです」

「中身、見たことあるか」

「商売の事ですし、個人の財産でもあります。僕が見るのはようないでしょう」

張警官はいかめしい顔をした。「持って帰って真剣に見ること。ちゃんと読めよ」

帳簿を受け取り部屋に戻った。部屋には兄弟たちが残して行ったメモがある。外灘《バンド》へ気分転換に出かけたようだ。

部屋をちらっとみただけで、捜査打ち切りの書類をテーブルに投げ出し、ドアを閉めると階下に向かった。タクシーを呼び駅へ向かう。

途中、太湖の取引先に電話をかけ、太湖の畔で何日か気晴らししたいと言うと、相手は一も二もなく承諾してくれた。

例の帳簿をめくった。小琴の昔の写真が貼ってある。垢抜けしないものだった。はじめの十数ページには商売の事や普段考えていた事がメモしてある。数ページにわたり、玲子との取引上の数字が詳しく書いてある。儲け主義一点張りの玲子をなじり、このまま取引しているとお先真っ暗だ、などと書かれていた。去年のある日のページにはこんな事が書いてあった。
『夜、田舎の事を話した。私は口からでまかせ言っただけなのに、そこにいたアホな人らが揃いも揃って感動するとはね』
ページをめくった。『陶陶さんにちょっかいかけられた。大江さんみたいなこういう人、どれくらい見てきたことか。気にしない』
三ページめくると……『陶って人、優しさっていうものが全然わかってない。でも結婚したい。なんとかして一緒に暮らしたい。私はどうせやる事もないんだから』
四十八ページ……『冷静になろう。このまま気持ちよく過ごそう。あの人から結婚を切り出すまでは何も言わない。我慢しないといけない。でもほんとはもう待ち切れない』
五十四ページ……『誰にもバレてない。私が芳妹に匿名の電話をかけたのに。芳妹なんか目じゃない。今、陶陶にも、そして誰にでも笑顔でいよう。それが一番。態度には出さない。ずっと笑顔でいよう』
さらにページをめくった。
『陶陶が今月分の家賃を払うの忘れてた。笑ってたけど、それってわざと？　ほんとにケチなんだから。大江さんから何回も電話あり。腹の中では悪い事ばっかり考えてる。憎い人。でもほんとはそういうところが好き。だけど今会うのはよくない。連絡してはいけない。もうやめよう』
『笑顔を絶やさず、このまま頑張らないと。陶陶の離婚はもうすぐなんだから。そう、もうすぐ』そんな事が書いてあるページもあった。……そこまで読んだ時、タクシーが駅に着いた。どこもかしこも人、人、人。

どうすればいいのだ。今、いったい何時なんだ。ここはいったいどこなんだ。今もし一人で見渡す限りの太湖の青い波を見たら、そのまま飛び込んでしまうのではないか——。

二

蓄音機がシャーシャーと空回りしている。使用人がケースから出したレコード針をカートリッジに取り付け、ハンドルを回して「桃李春を争う」（抗日戦争期から人民共和国成立まで上海で流行った歌）をかけた。柔らかく抑えられたトランペットの音。脆弱《ぜいじゃく》で退廃的な音楽だ。

「〝酔ってる？〟」という白光《バイグァーン》のセリフのあとに歌が続く。

「〝窓の向こうは春の空　私のこと好き？　お願い答えて〟」

滬生が立ち上がり陶陶からの電話を受けた。

中庭には木瓜《ぼけ》の花が咲き、向こうには彫刻の施された通路が見えている。石畳の小道にはジャノヒゲが両側に植えられていた。ちらっと姿を見せ太湖石の向こうに回った使用人がその小道を通り、茶と茶菓子を持って来た。オリーブの砂糖漬け、果物のように甘いスライスレンコン、干し荸薺《ビィチィ》（梨に似た食感の野菜）、サンザシの砂糖漬けが並ぶ。

電話を切った滬生が腰掛ける。

「常熟にいるのに、なんで蘇州にいるって言うたんや」と阿宝。

「知り合いに災難があってなぁ」

「誰や」

「今はちょっと言いにくい。四階か十四階から落ちたらしい。びっくりしてむちゃくちゃ言うてしもうたんや」

「大変ですねぇ」と徐。

「社長、滬生さんが蘇州にいるって仰ったのは、常熟が評判悪うなってしもうたからです」と蘇安。

「そういうたらあの時の汪さん、こういう入り口から入って来たよなぁ。いろんな花が咲いてて、ご飯食べて歌《うと》うて。そのうち感傷的になってきて、それでも酒飲んだ勢いでまた強気になって、色気づいてしもうたんやったな」と滬生が笑う。

横から丁が話に加わった。「滬生さん、えらいご無沙汰してしまいまして。どうやらこの世の中の事、詩にして残しといたほうがよさそうですな」

滬生は苦笑しているだけだ。

「纏足《てんそく》したり下着で胸を締め付けたりしてた、昔のやわな女の人しか恋心を持ったりせんもんですけどね」と丁。

「すぐにお話がそれてしまいますわね」と蘇安が言う。

「小毛によると、汪さんは今ではもう万華鏡みたいにころころ変わるらしいです。常熟に来たっていう事も絶対認めへんみたいです」と滬生。

それを受けて徐が尋ねる。「その小毛さんっていうのは汪さんと結婚したとかいう方ですね」

「そうそう。あの時あの人が酔っぱろうて言うてるの、聞きました。女の一生で何が難しいかって言うたら、エエ男を見つけることやって」と滬生が相槌をうつ。

「あの人、エエ種を探そうって決めてたみたいですね。でも難しい事です」と丁。

「また下ネタばっかり」と言ったのは蘇安。

「どれぐらいイベントに参加したか、どれぐらい種探ししたか、ご本人ももう覚えておられんそうですよ」と滬生が言う。

「恥さらしな女やわ」と蘇安。

滬生が話を続ける。「いや、それも一理あるって小毛が言うてました。キュウリとかヘチマ植えるのにもエエ種探しますから、人間の種やったらなおさらですね」

「常熟の、エエ種屋にはエエ種があるんですな」と丁が笑う。

「もうそこまで。お茶でもいただきましょう。お菓子もどうぞ」と蘇安が話を変える。

「このところ滅多に来客もありませんでした。せっかくお越し頂いたんですから、夕食でもどうぞ。一晩お供いたします」と徐。

「いや、おかまいなく。四時半には上海に戻らないといけませんので、またの機会に」と滬生が時計を見る。

「小毛さんもほんまに大変ですねぇ。汪さんの事で、その後何か知らせはないんでしょうか」と丁。

「お腹の子供に気ぃつけなアカン時期で気分がエエ時もようない時もあって、情緒不安定みたいです。しょっちゅう電話してきて小毛を呼びつけるらしいです。行ったら小毛はとりあえず恨み言を聞き流し鬱憤晴らしさせてやって、それから今度は自分が世間話とか人の噂をするそうです。そしたらご機嫌になるみたいです」と滬生。

「滬生さん、上海に戻られる時、手紙を言付かって頂けませんでしょうか。小毛さんに気持ちをお伝えしたいんですけど」

「社長、そんな事したら墓穴掘るだけですよ」

「子供が生まれて、万一それが私、徐の子供でしたら」

蘇安が口を挟む。「そうなってから考えたらいいんですわ」

「汪さんはずっと徐さんを恨んでました。一回でもいいんです。徐さんと蘇安さんが向こうへ行って慰めの言葉でもかけられたら、気ぃようすると思うんですけど」と滬生。

「そんな夢みたいなアホな事、なんで私まで……」

沈黙の時が流れた。

「幸い小毛が〝譲り受けた〟ことですし、それにあいつはええヤツですから。家に行く度、上手に相手してやるんで汪さんもご機嫌みたいです」と滬生がまた切り出す。

「興味ありますわ。何言うたらご機嫌になるんでしょう」と蘇安。

「殆どが下ネタです」と言ったのは阿宝だ。

「例えば？」と徐が訊く。

「女性がおられますから、下品な事は言えませんね」と丁。

「大体でしたら仰って頂いてけっこうです。女でも大丈夫」

「いやぁそれは……」と滬生。

阿宝が時計を見た。「また今度にしましょう。時間も時間ですから。大事な用事がありますので」

「どんな立派な女でも好奇心があります。大体の事、ちょっとだけでもどうでしょう。汚い話はいやですけど、仰ってください」

答えない滬生に蘇安がたたみかける。

「ああいう堕落した女がどれぐらい乱れた事してたか、それだけで十分です」

滬生が口を開く。「アイツのする話は二種類あります。その辺で人が噂してる事と自分が経験してきた事です。今度折を見て、小毛本人に来てもらいましょうか。その時は庭のこの舞台で、講釈師用の拍子木と扇子並べて話してもらいましょう」

「小毛さんはよっぽど弁が立つんでしょうなぁ。なんとか手紙をお渡し頂きたいのですが」と徐が頼みこむ。

「そのニセ夫婦、毎日下ネタを喋ってるうちに、ひょっとして本物の夫婦になってしまうかもしれませんな」と丁。

「それはないでしょう。相手は妊娠してるんですよ。小毛はお遊びのルールを一番よう知ってます」と滬生。

「いつか小毛さんにお越しいただいて、上海路地の物語を講談にしていただきたいもんですな」と言うのは徐。

「大体のあらすじとか要になってる大事なお考えはどういうものなんでしょうか」と蘇安。

「要になるものも考えてる事もありませんよ。ただのおふざけですよ」と滬生が答える。

「例えば？」

暫くあらぬ方を眺めていた滬生が話し始めた。

「例えば則天武后《そくてんぶこう》ですけど、宦官《かんがん》を国じゅうの男子便所へ調べに行かせましてね。〝スゴイ男〟がいたら宮殿へ連れてきて、やる事やって、あくる日には殺してた……まぁそんな話です」

「どういう意味ですか」

「毎日宮殿に男を引っぱって来て、毎日殺すんですよ。これ以上そんな事を続けてたら、国じゅうの男がみんな死んでしまうのに天の神様が気付いて、それで〝驢頭太歳《ろとうたいさい》〟っていう妖怪を下界に来させたんです」

「わかりました！」と丁が大笑いしている。

「何がおかしいんですか。そんな話、初めて聞きました」

滬生が続ける。「〝太歳〟は驢馬《ろば》の生まれ変わりで、もって生まれたスゴイ一物《いちもつ》がありましてね。大手を振って男子便所に入って行く。堂々とやってるところをこっそり調べてた宦官にわざと見せつけました。びっくりした宦官は大慌てで捕まえて宮殿に報告する。則天武后はそれを聞いて、ニンマリ。とりあえず庭に八仙卓を置いて干し柿と碁盤を並べなさい、囲碁がしたいってね。それで向き合《お》うて碁を打って、中盤になった頃、則天武后はそっくり返ってご満悦。それからは男を殺すのをやめたんです。国じゅうのみんな、暮らし向きもようなりました」

「それで終わり？」

「そうです」

「そのどこがいやらしい話なんでしょうか」

滬生がはぐらかす。「これがまぁ大体の話です。要はこういう事です」

「そんな事で喜んでるんやったら汪さんがおかしいだけです。どうっていう事ありません」

「誰もが〝聞かんわけにはいかん〟って言いとうなるでしょうね。なんでこの話が面白いんかって。それには細かい事まで言わなアカンのですよ」と滬生。

「例えば？」

「例えば則天武后が八仙卓にじっと座ってるのは、偉いさんになるテストしてるようなもんです。あの妖怪の太歳に実力があるかどうかを探ってるんです。二人は少なめにみても八十センチは離れてます。どっちも目を凝らして碁盤を見てる。でもほんまは机の下に変化がないか、そんな事にしか気持ちがいってない。結局、則天武后は大声で叫んでそっくり返って倒れたんです」

真っ赤になった蘇安が立ち上がった。「やめてやめて。わかりましたわ。それ以上言わんといてください。ほんまにいやらしいんやから。品ないわ」

丁はまだ笑っている。

「汪さんがそういう女やってはじめからわかってたら、あの日あの人が来たときにシェパードでも放し飼いにしといたのに」蘇安は踵を返すと向こうの部屋へ行ってしまった。

男四人で、茶を飲み茶菓子をつまんだ。

「今度は梅社長さん、〝至真園〟でどんな大宴会をされるおつもりでしょうね」と徐が切り出した。

「さぁどうでしょう」と阿宝。

「どうやら李李さんと梅さんの関係は普通ではなさそうですな」

「一人がパーティの主催者でもう一人がそのレストランの経営者ですから、かなり厳しいものがあるでしょうね」と言ったのは阿宝。

「李李さんの気性がますますわからんようになってきましたよ。男をとっかえひっかえして。最近アメリカ籍の中国人とえらい仲ようなったみたいですよ」と徐が言う。

「それは初耳です」と阿宝。

「先週、李李さん、取引先のアメリカ人を連れて来てここで一晩過ごしてました」

「そうなんですか」と阿宝。

「こっちも頑張っておもてなししたんですよ。お茶飲んで講談聞いたら、中庭へ行ってそいつとほっぺたくっつけたりしておられました。晩ごはんの時は酒飲んで、私が昔のレコードの事説明するのを仲よう肩組んで聞いて。ここのダンスホールは照明が綺麗なんですよ。曲がかかったらぴったりくっついて抱き合うて、ゆっくり踊って。しょうがないから残された男二人にわざわざ女の子を呼んでダンスの相手させたくらいです。あの時、蘇安が言うたんですよ。お二人は佳境に入られたってね。それでダブルベッドの部屋を特別に用意して、アイスペールでシャンペンを冷やしてペアグラス用意して、大きい蠟燭点して、何もかも用意したんです。そしたら李李さん、怒ってしまいましてね」

阿宝は黙って聞いている。

「ただの男友達やということでした。蘇安はそこまではわからんかったようですけど、お二人とも自分の部屋に戻ってお休みになったみたいです。李李さんが蘇安と夜中まで話しこむなんていう事、考えられますか」

「いいえ」とだけ言う阿宝。

「あくる日李李さん、その男友達と顔合わせるなり、やっぱりほっぺたくっつけて抱き合うてキスしてました。それから手ぇつないで仲良う庭の花壇へ行って、向き合うて朝ご飯食べてましたわ」

阿宝は時計を見たまま黙って聞いていたが、滬生が徐の話を遮った。

「もう遅いので、李李さんのことはまたの機会にしましょう。大事な事がまだ何もお話しできてません」

「滬生の言うとおり、その事を申し上げませんと」

「十四階から誰かが落ちた時の事ですか」と丁が口を挟む。

「今回常熟に来ましたのは、お話ししなアカン大事な事があるからです。それもちゃんとお会いして。滬生、頼む」

「お二人に申し上げます。青銅器の写真はプロ並みですね。友人の紹介で青銅器関係の第一人者に鑑定してもらってました。それで馬承源さんにも目を通してもらうつもりでしたけど、今までずっとその友人からの連絡がなかったんです。出版社との契約も終わってて、馬さんに書名を書いてもろぅたら印刷にかかることになってました。それでずっと待ってたんですけど、私も焦ってきまして、間に入ってくれたその友人に何回も連絡しました。そしたら一昨日やっと返事が来たんです」

沈黙のひと時が流れ、レコードのシャーシャーという音だけが聞こえてくる。

「結論から申しますと、この骨董品はコレクションとして鑑賞する値打ちはありますけど、本物ではありません。厳密に言いますと、あのうちの十何個かは清朝末期の物で、それ以外は最近作った贋作《がんさく》です」

「何ですて？」沈んだ顔で目を閉じていた丁は椅子から滑り落ちた。

「丁さんっ」と徐が駆け寄る。

思わず立ち上がった阿宝が丁を引き寄せる。

徐が気つけのツボを押してやると、丁はその手を押しやり深呼吸をした。「気ぃ失いそうでした」

使用人が二人飛んできて丁を支えた。

阿宝も声をかける。「丁さん――」

「それでもまだ楽観的に考えていいでしょう。コレクションとしての値打ちはあるんですから、ましなほうです」と滬生が言う。

丁が深呼吸し、ひと息ついたところへ使用人が薬を持って来た。辺りは静けさを取り戻す。

徐が汗を拭う。「鑑定していただくのに、考えが甘かったんですね。何かお届けしてこちらの気持ちをお伝えすべきでした」

「台湾の故宮博物院の専門家もそうですけど、国際基準では、博物館の専門家なんか見返りがないと正式な鑑定をしてくれません。今回鑑定してくれた人もそうです。金を握らせんことには、せいぜい参考までにという程度の事しか言うてくれませんのでね」と阿宝が言う。

「阿宝が言いましたとおりです。そして専門家が認めん限りは、馬さんに見てもらうわけにもいきません。これで書名の件もおじゃんになってしまいました。友人に聞いたんですけど、ちょっとお金を出して、よその土地の専門家にもう一回鑑定してもろうたらいいそうです。本の題の事ですけど、どっちにしても今はどの業界にも専門家とか第一人者なんか掃いて捨てるくらいいますから、ちょっとお金さえ出したらお安い事です」

徐も丁も黙って聞いている。

「他には、とりあえず話をストップさせるという手があります。一回諦めて、また一からやり直すことですね。その方が安心できますし、抜かりないようにできます」

阿宝は咳払いをするだけで黙っている。

「どこかよそに働きかけて国際的な考古学研究会を開催するのもいいでしょう」と滬生は続けた。

「まぁなんとかなりますよ」

「丁さん、どうですか」と徐。

「はぁ、ちょっと考えさせてください」

「丁さん、慌てんでも大丈夫ですよ。まず体が一番です」と滬生がなだめる。

「捨てる神あれば拾う神ありって言いますから。丁さんの気持ち、ようわかる。でもこという時にはゆったり構えたほうがいいでしょう」と徐も口を揃える。

丁が少し体を動かした。「とりあえず休んできます。宝さん、滬さん、失礼いたします」そう言うと使用人に支えられて立ち去った。

レコードが止まり、スズメの鳴き声だけが軒から聞こえてくる。

阿宝は申し訳なさそうな顔をしていたが、蘇安が海棠《かいどう》の向こうから出てくるのが見えた途端、ふいに空気が変わった。

赤い縁取りをしたショッキングピンクの旗袍に着替え、梅の花を刺繍した光沢ある靴、胸に赤サンゴのネックレス、腕にはサンゴと象牙のブレスレット。

三人は驚きのあまり目をみはった。

蘇安は微笑んでいる。「小毛さんのあんなお話のせいで、丁さん目眩を起こされたんですね」

「えらい色っぽい格好して、どうしたんや」と徐が上から下までじろじろ見ている。

「外国に行ってた同級生がね、嘉定《かてい》県へ里帰りして来てて、夜、パーティがあるんです。宝さんの車に乗せていただきますわ」

「通り道ですからどうぞ」と阿宝。

「そうそう。徐さんも丁さんもご一緒にどうですか。嘉定で蘇安さんと気晴らしされたらどうですか」と滬生も調子を合わせた。

「やめてください。パーティには女性がたくさんいます。社長が行ったらまた何か起こりますわ」

徐はおとなしく聞いていた。

三十一章

一

阿宝と滬生が小毛の病院へ見舞いに行くと、ベッドの傍には、二階の薛、招娣、菊芬、〝美容院〟の三姉妹など、女性の見舞い客がいつもいた。

ある日の夕暮れ。二人がエレベーターから出ると、病棟の廊下で向こうむきになって涙を拭っていた女が二人、こちらへあたふたとやって来るのが目に入った。蘭蘭と雪芝ではないか。向こうも目を見張っている。

アートメイクの眉をした蘭蘭は宝石のアクセサリーで輝いている。雪芝はふくよかで上品な面持ち。セットしたての髪、全身から漂う強い香水の匂い、ブランドの鰐革バッグに鰐革パンプス——全てが流行の先端だった。

「雪芝、この人ら誰なん？」と蘭蘭が床を鳴らして興奮している。

雪芝はニコニコしてはいるが、じっと阿宝を見つめる目には複雑な思いが込められていた。

「長いこと、会うてへんなぁ」と滬生。

「そうやなぁ。ほんまにこんな所で会うやなんて、偶然にしては出来すぎやわ」と雪芝。

蘭蘭は甘く柔らかい声を出した。「あんたら今でも二人つるんで、どこへ行ってもエエ加減な事してるんやろ。全然変わってへんやん。ほんまに腹たつわぁ」

「お互いさまやろ。お前らかて変わってへんやないか」

「アホな事言わんといて、阿宝。もう怖《こわ》ぁて、鏡なんかよう見んわ。もうそんな事言うのやめましょ。名刺でもちょうだい。ご馳走するわ。いつか晩御飯でも一緒に食べような」と蘭蘭。

滬生が名刺を差し出した。

雪芝はキラキラした目で窓の外を見ている。阿宝の行く所へそのまま付いて行きそうだった。

阿宝は何も言えなかった。

蘭蘭が時計を見る。「悪いけど、急用ができたし、また連絡するわ」

蘭蘭が雪芝を引っぱり、足早にエレベーターへと乗り込んだ。

阿宝と滬生はそこに立ちつくす。

「ほな、またな」と滬生。

女二人の香り、面持ち、色合い、輪郭がエレベーターの扉に遮られ、ただの灰色の世界になってしまった。

二人が病室に入ると、小毛は新聞を置いた。

「さっき女が二人来てたけど、ちょうど入れ違いに出て行ったわ」

「廊下で会《お》うた」と滬生。

「何年も会うてへんなぁ。今度退院したら、あいつらも呼んで、阿宝と滬生と四人にご飯食べてもらおうかな。昔の恋人同士が再会するっていう事で」

「あぁ、そのうちな。先ず病気治すことや」と滬生。

「蘭蘭に会うて、滬生どう思うた？」と小毛。

「確かに人が変わったみたいやったなぁ」と阿宝が口を挟んだ。

「あぁあ、女も年にはかなわんもんやな。オレあの時、路地出たやろ。みんなも広い世間でバラバラになって、誰も連絡してこんようになった。それから大自鳴鐘の時計台が壊されて、何もかも終わった。……十年ぐらい前やったかな。〝江寧ダンスホール〟に入ったら、『三月八日の夜は女性専用の貸切にするから、絶対に盛り上げに来てくれなアカン。もう名簿に名前書いといた』ってマネージャーに言われてな。なんでそんな事するんか聞いたら、『もう予約してくれてるからホールとしては責任がある。男をたくさん集めて、女のお客さんに気持ちよう楽しんでもらわなアカン。一人で寂しい思いしてる人がいたらアカン。そやから絶対に来い』って言うんや。しょうがないやろ。その夜は何人かと踊ったんやけど、半時間ぐらい踊ったときに、ホールの真ん中辺で蘭蘭に出会うたんや。ほんまに意外やった。蘭蘭の傍にいたんは雪芝や。その夜は三人でいろいろ喋って踊って、それからちょっとしたもん食いに行って、ほんまに楽しかった。……そのとき初めて聞かされたんや。滬生と阿宝の古傷。お前ら、あの二人とうまいことといってる時があったんやな。世間は狭いなぁ。二人ともほんまに昔の事懐かしがってたわ。若い頃は思うような結婚ができひんかったけど、今では二人とも合資企業の金持ちの奥さんにおさまって、幸せになってよる。何回も家へ会いに来てくれたし、しょっちゅう連絡くれてたんやぞ。こないだオレがみんなを呼んだとき、一番にあの二人が頭に浮かんだんやけど、ほんまに間が悪いもんでバリ島に行ってしもうてな」

「長いこと喋ってるし、ちょっと休んだらどうや」と阿宝が遮った。

滬生が白湯《さゆ》を入れ、薬を飲ませてやった。

「もうだいぶようなってきた。日に日にようなるわ。ほんまにだいぶマシや。退院したら蘭蘭が日本の温泉に連れて行ってくれるらしい」と小毛。

「大妹妹の事は聞いてるか」と滬生。

「あいつも昔蝶々になって飛び回ってたなぁ。そのまま安徽へ飛んで行って羽がとれて、分相応に暮らして大人しぃしてるみたいや。子供も二人できて、何年か前、配置換えでこっちに帰って来たんやけど、人が変わってたわ。路地の通路にテーブルとベンチ置いて、スープ餃子とか小籠包売ってよる。ブラジャーも着けんとエプロンかけてブカブカのズボン穿いて、しわもしみもできて髪の毛はボサボサ、手も荒れてガサガサや。毎日買い物して洗濯してご飯作って、それで満足してよるわ」

「蘭蘭だけが雪芝を連れまわして、蝶々みたいに飛び回ってるんやな」と滬生。

「そうや。離婚も結婚も本人は諦めて捨て身でやってるんやろけど、却《かえ》って幸せなんかもしれんな」

「人間なんか動物みたいなもんや。人にこき使われて毎日つらい事ばっかりで、そうでもせんかったらご飯にありつけへんっていうヤツがいるかとおもうたら、猫とか蝶々みたいになって一生うまいもん食うてダラダラ暮らしてあっちこっち見て歩いて、エエ思いしてるヤツもおるよな」と阿宝。

「蘭蘭の旦那は手広う商売してて、バックもしっかりしてるみたいや。隣同士になった、別荘なみにデカい家を二軒持ってて、家政婦が七人、二十四時間好きな時にご飯が食べられて、昼も夜も人が出入りしてるわ。車もいっぱい停まってるし、玄関入ってすぐの所に麻雀テーブルがある。お金はスーツケースに入れて持って歩かなアカンくらい、あり余ってるわ。旦那の会社で働かへんかってずっと言うてくれてたんやけど、オレは返事してへん。イエスさまも仰ってる。〝肥えた牛を食べて憎み合うよりは　青菜の食事で愛し合う方がよい（旧約聖書「箴言」十五章十七節）〟。人の運命なんか無理やり変えられるもんでもないしな。今オレ門衛の仕事してるし、ちょっとだけ株もやってるんや。もうそれで満足や」

「ダンスホールで会《お》うてからどうなったんや」と滬生。

「夜勤のときに蘭蘭から電話がかかってきて、パスポートの用意しとくようにって言われたんや。奥さん連中が五人でタイへ気晴らしに行くんやけど、蘭蘭と雪芝も一緒に行くし、みんなのお相手について来てくれって言うんや」

——蘭蘭から電話があった。

「五人の奥さんとダンスせえって言うんやったら、三、四時間ぐらいこの老いぼれでももつけど、オレなんか外国に行っても何にも見えてへんようなもんやろ」

「女同士で気晴らしに行くのって、気楽で自由な身になりたいっていう事やろ。そやけど、信頼できる男の人が傍にいてくれたら安心やん。いろいろ考えてみたけど、やっぱり小毛しかいいひん。他の人は誰も信頼できひん」

「小毛！　アタシ！　雪芝！　お金は旦那が後で全部精算してくれるから」と雪芝も電話越しに叫んでいる。

三十分くらい電話でねばられた挙句、行く約束をしてしまった小毛は、休みをとって付き合うことにした。それでも飛行機は初めてだ。本音をいうとやはり怖い。しかし「男なんだ！」と気合いを入れ、ご婦人たちが無事に旅することができるよう気遣った。荷物を持ってやり、面白い話もした。そんな話ならいくらでもある。婦人五人のお供をし気分よくタイに着いた。そこまではよかったのだが——。

夜になり、蘭蘭が封筒とカードを出してきた。

「これから五人で出かけるわ。女だけが行く所やし、小毛は一人で出かけといてもらえる？　女の人でも見つけて気楽にしといて」

小毛は言葉をなくした。

「ここは安全やし、何でもやり易い所やし。ポルノの取り締まりはないから、安心してもろうたらエエわ」

横から雪芝も口を挟んだ。「小毛って女の人知らんの違う？」

「そんな事ありえへん」と蘭蘭。

「いや、やっぱりヤモメやん」とまた雪芝が疑いの目で見る。

「ヤモメでもカモメでも何でもエエわ。どっちにしても長いこと〝精進料理〟しか食べてへんなんてありえへん。ダンスしてる小毛見たらわかるもん。修行僧みたいに、はじめの一ヶ月半ぐらいだけ日にち決めて〝精進料理〟でやっていくとしても、それ以上は無理やろ」と蘭蘭。

「五人だけで夜に出て行くのに、オレが傍におらんかったらほんまに心配やないか。外国なんか悪いヤツがいっぱいいよる。誘拐されんように気ぃつけなアカン」

「アホな事ばっかり言うてるわ。ほんまに誘拐されても旦那が身代金出してくれるし、いっそのこと殺されてもかまへん。旦那も次の女に乗り換えるやろうし」と蘭蘭が鼻で笑った。

五人はケラケラ笑いながら行ってしまう。

夜、小毛は一人で出かけた。蘭蘭から受け取ったカードを見せると、運転手はその住所を見て車を走らせた。

中に入ると色とりどりで眩しいほど。地味な女をリクエストして部屋に入った。向こうは恥ずかしそうではあるが思わせぶりな態度もとる。とにかく誠心誠意尽くしてくれた。

翌朝、五人はもう食事を始めていた。

「小毛、どうやった？」

「何言うてんねん。お前らこそ、昨日はうまいこといったんか。どこへ行ってたんや。どんなエェ事してきたんや」

女たちは俯いて笑うだけ。何にも言わない。

小毛は前夜の事を話した。みんな興味津々で聞いている。

「一人では足りひんみたいやから、今夜は二人か三人、とにかく多めに呼んで、皇帝になってみたら？　私がお金払いますわ」と言う者もいた。

「正直に言おうか」

「言うて言うて！」と雪芝。

「そう急かすなって。男はそういう方面ではほんま女にかなわん。皇帝になって嫁さんいっぱいになったら、普通はメンツにこだわってカッコつけて頑張りすぎる。則天武后みたいにはなれへん。女にはかなわんわ」

五人は笑い転げた。

「そやから皇帝は早死にするんやな」と言ったのは雪芝だ。

「そらそうやろ。そやから男は長生きしようと思うんやったら、五十年くらいは薬を飲まなアカンって昔の本に書いてある」

雪芝はガラステーブルに字を書いた。

「その薬の名前ってこんな字書く？」

「そうや。〝独臥《どくが》丸《がん》〟や」

「〝紙帳（紙の蚊帳）の梅花独り自ら眠る〟（明代、王錂の編集した昆曲の戯曲集『尋親記』第二十三、範受益作「消失」）って昔の人も言うてたけど、男が寝てしもうて相手にされへん女は辛いもんや」

「アホか。ちょっと言うてみただけや。そんな事できる男が何人いると思うんや」

最後に雪芝もやはり封筒を出してきた。

「今夜はなんとかしてエエ女の人見つけて、お床入りしなアカンから」と蘭蘭もけしかける。

驚く小毛。そんな物は受け取れるわけがない。しかしとうとう蘭蘭も雪芝も怒り出した。

「金は天下のまわりものって言うやろ」と雪芝。

小毛は開いた口が塞がらない。

その晩もまた五人は出かけて行った。小毛もまた同じ所へ行ってみてよくわかった。女が本当にたくさんいる。目の毒ではあるが、なかなか結構なところじゃないか。仕方なく、適当にリクエストした。

部屋に入ると、夢にまで見た景色がその目に飛び込んできた。いい匂いをさせてスタンバイしている。みんな〝年季明け〟を待ちかねているらしい。それがまさか、中国語、しかも標準語に近い北方言葉を話すのは予想外だった。

「社長さんってばぁ」

「おにいさんってばぁ」

中国、それも北方からこんな外国まで来ているのだ。

「花街で有名な中国の東莞とここ、どっちがいいかしら」

ニンマリ笑ってごまかすしかない。

翌日、また朝食をとりながら、ありのままに話した。しかし意外なことに、五人が五人とも怒り出したのだ。

「見る目がないわ」

「頭おかしいわ」

「なんでそんな中国人女をリクエストしたんよ」

「そんなん、国内旅行してるのと一緒やん。パスポート作っただけ無駄やし大損やわ」

それでも五人とも本当によくしてくれた。

上海に帰り着いてからのこと。門衛仲間に古い倉庫へ引っ張って行かれ、外国へ行って何がわかったかと聞かれた。正直にタイでの事を言うと、みんな黙りこんでしまった。

「もう帰ってエエか？」

みんなうんともすんとも言わない。

小毛が出て行こうとすると、門衛のチーフが呟いた。「小毛、お前は人並みの事ができたなぁ。そんなエエ思いできたらもう思い残す事ないやろ」

「いや、タイ行きぐらい、たいして金もかからんやろ」

「アホぬかすな。お前はどれだけかっこエエか。金の心配もいらんし、家族もおらん。そやけど、ここらの男どもは揃いも揃うて貧乏くさい顔して、子供にメシ食わせて服買《こ》うてやって、勉強もさせなアカン。家も買わなアカン、もし自分がタイへ行きたいなんちゅう事言おうもんなら、飛びかかってきた嫁はんに首しめられて一巻の終わりや」と言うと、副チーフは涙を浮かべている。

みんな黙ってしまった。

「すまん。言い方が悪かった。ほんまはすごい資本家のおかげで行けただけで、イエスさまも仰ってる。〝彼女の美しさを心に慕うな。そのまなざしのとりこになるな（旧約聖書「箴言」六章二十五節）〟ってな。こないだ外国に行ったんは、〝人間〟としてやった事やない。〝亡霊〟がやってたんや。幽霊や。きっと報いがある。このままでは地獄行きや」

みんな黙って聞いてくれたおかげで、空気も次第に和らいでいった。

「ほんまにつらいわ。考えてみたら、春香さえ死なんかったらオレにも家族がいたはずや。工場はとっくになくなってるし、こんなわずかな給料では毎日喧嘩ばっかりしてたやろなぁ。愛情もクソもあるもんか。外国なんか行けるもんか。頭もとっくに真っ白けや」

滬生も阿宝も黙って聞いていた。

隣のベッドには家族が見舞いに来ている。爺さんは硬直しかけた体で座ろうとしているが、ベッドに手が縛り付けられ、思うように動けない。

「母ちゃん……母ちゃぁん」と爺さん。

「生臭い事もそうやない事もいろいろ聞かせてくれたけど、どっちにしてもつらい事ばっかりやな」と滬生がしんみり言う。

「こないだうちのチーフが来てくれたんやけど、またタイの事持ち出してな。人並みの事ができたなぁって言うんや。タイくんだりまで行って、もう満足して思い残す事もないやろ、いつあの世に行ってもエエやろ、っていう言い方やった」

「そんなヤツの言う事なんか、ほどほどに聞いといたらエエんや。今はいらん事考えんと、ちゃんと養生しなアカン」と阿宝。

「医者にも静養するように言われてるわ」

「顔色がだいぶようなったな」と滬生。

「手術もうまいこといったし、気分もエエわ。あと何日かで退院できるんや」

「それはちょっと早すぎるやろ」と滬生。

「ベッドが足りひんみたいでなぁ。おふくろが言うてたんやけど、退院したら面倒見てくれる人がおらんから、ホスピスに連絡しといてくれたらしいわ。とりあえずそっちに移ってゆっくり静養したらエエってな」

「家に帰っても同じやないか。二階の薛さんに来てもろうたらどうや」とまた滬生が言う。

阿宝が口を挟む。「薛さん、パッと見た感じやけど、賢うて優しそうな人やないか」

「あんなぁ、笑うなよ。おふくろには何遍も言われてるんや。オレは〝二階に住んでる女〟に気ぃつけなアカン、前にも銀鳳とか招娣の事があったし、今度は薛さんやって、ずっと疑うてるみたいや」

「おばちゃん、考えすぎやないか。薛さん、もうあんな年なんやから、何もあるわけないやないか」と滬生。

「二階の女、みんながみんな問題やったら、そこらじゅうえらい事になってしまうやないか」と阿宝。

「上の階と下の階で独り者同士、男と女が鉄砲触ってるうちに火ぃ噴いて……」

「オイ、滬生、オレに限ってそんな事あるわけないやろ。薛さんはもう六十超えてるんやぞ」と小毛が声を抑えた。

「まだ五十そこそこに見えるけど」と滬生が返す。

「旦那がだいぶ前に亡《の》うなってるから、付き合《お》うた男も何人かいてな。退職幹部とエェ仲やったけどすぐに喧嘩別れして、今はもうそんな気も無くなってるわ」

「男と女はエェ仲になってもすぐ何か起こるしな」とまた滬生が言う。

「そうなんや。その男、袖の下も取らへんし、真面目にチマチマやってるように見えるし、部屋には金目の物なんか殆どないし、えらい地味な暮らししてるように見えた。そやけどほんまは、いろんな待遇面でお上からの持ち出しなんか、今でもすごいもんや。それをみんなあれこれ噂してる。それでも薛さんは気にいったみたいで、会《お》うてみてもエエって言うたんや。二回目に会うた時やったかな。えらい暑い日でな。帰って来て言うてたわ。自分は敏感肌やから我慢できひんって。それでおしまいや」

「二人で泳ぎにでも行ったんか」と滬生が訊く。

「いや、夜の公園や。薛さん、スカート穿いてちゃんとした身なりしてた。木陰に座ったんやけど、そいつ、精神的な事とか革命戦争の話するどころか、そんな事何も言わんと座って五分もしたら、薛さんの腰にまとわりついてエエお肌やなぁとか褒めちぎったんや。薛さんびっくりして飛び上がって、逃げて帰って来たんやて。もう何年も誰にも手も触れさせせんとやってきたのに、そいつ、ネチネチしたイヤラシイ手してたから、冷や汗もんやったらしい。早うから革命戦争に加わって苦労してたもんやから、今頃になって今度は頭の中、女の事ばっかりになってしもうたんやろな」

「そいつがどんな等級でどんなヤツかは知らんけど、そういう事したっていうことは、ムードもあっていろいろ考えてたんやろ」と滬生。

「腰触んのとそんな事、関係ないやろ。薛さんはすぐ緊張する人や。それからな……」

「ええ？　まだあるんか」と滬生。

小毛が声をひそめた。「それからは腰の具合がどうもおかしいらしいわ」

「講談師さんよ、なんぼでも笑わせてくれ」と今度は阿宝が言う。

「ほんまなんや。お前らの前では何も尾ひれつけへんし、ほんまにあった事しか言わへんわ。……いつやったか、昼メシ食うてたら薛さんが入って来たんや。腰の調子がようないからマッサージしてくれってな」

──「小毛、マッサージして」

「どうやったらエエかわからん」

「あんたが拳法習《なろ》うてたのは誰でも知ってるわ。路地のおじちゃんらが寝違いしたり肩が痛《いと》うてかなわんようになったら何回でも治してやってるくせに、うちの調子が悪いときはなんで知らん顔なんや。何か文句でもあんの」

「何も文句なんかないって。オレは生かじりやし、本格的なやり方やないけど」そう言い、立ち上がった。

その日は住人が出払っており二人きりだった。路地を吹き抜ける風が涼しくて心地よい。

薛が部屋に入って来た時は別段どうという事もなかった。が、カチャッという音とともに鍵がかけられた。まずい！

奥の部屋へ入っていく薛の後に続いた。部屋は狭く、あと五十センチくらいの所に、ベッドで寝そべる薛がいる。

「どこが具合悪いんや」

「腰から太ももまでがほんまにだるうて痛いんや」と、薛はシャツをめくった。

「やっぱり表《おもて》の広い部屋で椅子に座ってもらおうか。道具使うオイルマッサージか、普通のマッサージか、どっちがエエやろ？」

「表の部屋は明るいから恥ずかしいわ。やっぱりここがエエ」

確かにそうだ。ここなら暗い上、ベッドにゴザが敷いてある。静かで涼しい……。

「まぁエエか……」

もう服は胸の上までまくり上げてある。下は膝の辺りまで下ろしてある。驚いた小毛は何度も声をかけた。それでも薛は知らん顔。背中から膝までをあらわにしてうつ伏せになっている。薄暗い部屋。焦げ茶色のゴザの真ん中に真っ白な薛の体が浮かび上がった。

「変な例えやけど、ザルにレンコンとか大根とかきれいに切った蒸しパンが並んでんのを夜中に見たらどんなんか、想像してみてくれ。知らん顔しといた。目の前の真っ白な体はホクロもないし年もわからんぐらいや。飛び上がりそうになったけど、知らん顔しといた。どこが痛いか聞いたら、早うやってって言うだけや。ここか、ここはどうや、って押さえて聞きながらマッサージしたんやけど、どうしたらエエんや、こんな事してたら墓穴掘るだけやないかって焦ったわ」

「どうしたらエエんやろな」と滬生。

「わからんな」と阿宝。

「それから？」と滬生が訊いた。

小毛は辺りを見回しますます声をひそめた。

「いろいろ考えて自分に言い聞かせたんや。『オレはそんな人間やない。色々見てきたんや。落ち着け。いろんな事経験してきたやないか。まともな男や。アカン！　絶対にアカン！』ってな」

「どんどん声が小そうなっていくな。もうちょっと大きい声出してくれるか」と滬生。

小毛はひとくち白湯を飲み、辺りを見てから言った。「人間として、そこまで追い詰められたらなぁ。三日も四日もメシ食うてへん時、目の前に蒸しパンが並べられたようなもんや。ふわふわで柔らこうて真っ白。見てるだけでもエエし、触ってみてもエエし、食うてもエエ。そやけどオレは絶対に食うたらアカン。考え方を変えなアカン。戒めなアカンのや。ほんまに歯を食いしばってなアカン。

目の前に真っ白な蒸しパンがあるのに、見方を変えなアカン。なんとしても黒っぽい石灰か、石膏の像か、セメントが並んでると思わなアカンのや。もうさんざんやった。阿宝信じられるか」

「うん」

「滬生は?」

「ひどすぎるなぁ。そんな事、作り話でできるもんやないな」

「指圧したりマッサージしたりした。そしたらしまいにうめき声出すんや。そんな声出したらアカン、外に聞こえるやろって言うたんやけどな。そしたら、今はこの建物に二人きりやしカマヘン、声出さな気持ちようならへんって言うんや」

「なんちゅうヤツや。坊さんかてそんな試練には耐えられへんわ」と滬生。

「もう黙ってるしかなかった。気ぃ散らそうとして真横流れてる蘇州河の事とか、子供の頃よう遊んだタバコカードの事考えてた」

――カードに印刷してあった『水滸伝』百八人の英雄を一人一人思い出しながら小毛は押し続けた。〝呼保義《こほうぎ》〟ギュッ、〝九紋龍《くもんりゅう》〟ギュッ。仕上げのマッサージをした。背骨から太ももまで、今度は太ももから背骨へ、それを二往復という決まり通りだ。〝一に苦労を惜しまず。二に死を恐れず〟という共産党のスローガンも思い出した。

そういえば母親が言っていた。「領袖さまを思い出したら、目に光が与えられるしな(旧約聖書「詩篇」十三章四節をふまえたもの)」

春香も言っていた。「盗んだ水は甘いものやし、隠れて食べるパンは美味《おいし》いものなんよ(旧約聖書「箴言」九章十七節をふまえたもの)。つらい時は神様に『お助けください』って言うたらエエんよ」

しかし自分に何ができるというのだ。いっそ、このままとんずらしてしまおうか。いや、心の中でイエスさまの仰った事を繰り返すしかない。何が怖いねん。怖がるな――。おかげで汗びっしょりになっていた。必死だった。これでいいのだと思った時、光がさしてきた。考えが変わった。

雷鋒《レイフォーン》（自己犠牲の精神に満ちた模範的人物として文革時に祭り上げられた軍人。一九三九―一九六二）みたいに自分を犠牲にしたらエエんや。女に近寄らんようにしたらええんや。マッサージ師はほんまにつらい仕事やなぁ――。

三十分程度ではあったが、絶対に途中で手を休めることなく、指圧し、揉み、これでいいかと聞いた。薛の顔もたてねばならない。暫くするともう声は出さないようになっていた。

「終わったし、起きてもエエけど」

「……」

小毛が先に部屋を出て暫く待っていると、服を着た薛さんも出て来た。冴えない顔をして黙っている。俯いてドアを開けて出ると、バタンッという音とともに立ち去った。礼のひと言も言わずに。それから暫くは顔を合わせても全く相手にしてくれなかった。

一気に話した小毛はまたひと口白湯を飲んだ。

滬生も阿宝も黙っている。

薬を持って来た看護師が隣のベッドまで来たとき、じいさんは死体のような体を起こそうとしたが、手がベッドにくくり付けられているので叫ぶしかない。

「母ちゃん、母ちゃぁん」

「小毛がどうしても辛抱できひんのやったら、ほんまは年の差なんか問題ないからな」と滬生が言う。

「薛さんには娘が四人いて、みんなキツイ性格や。よう実家に帰ってるし、婿さんらが揃いも揃うて、オレの顔みたとたん怖い顔してウロウロしよる。もし薛さんとそんな事になってしもうたら、あの人自身の気質もようわからんし、毎日マッサージやれって言われて、甘ったるい声で叫ばれて、毎日やらなアカンようになって、そしたらオレは骨折り損のくたびれもうけや。娘夫婦全部で八人、いや、それだけやない。路地の年寄りも若い者もみんなどんな顔すると思う？　エエ事あると思うか。おふくろにどう言い訳したらエエんや。どのツラ下げて生きていったらエエんや」

二

「もしもし、滬生、今忙しい？」

「あぁ、梅さん」

「知らん仲でもないんやし、梅瑞って呼んで」

「どんなご用でしょうか」

「個人的な事で教えてもらえへん？　んー、離婚の後始末の事なんやけど、時間ない？」

「お子さんの事ですか」

「そんなとこかな」

「それならお会いしてお話ししませんとね」

「先にちょっと聞いときたいんやけど」

「今、忙しいんで、昼からそちらに伺います。通り道ですから。三十分もお話ししたらいいでしょう」

「会《お》うてからでないとアカンの？」

「そうです。お金はいりません」

「アハハ。そうやなぁ……どうしても外で話したいんやけど」

「今忙しいんです」

「うぅん……そしたら……三時でどう？」

「わかりました。場所、言うてください。行きますから」

「そうやなぁ……どうしよう……虹口《ホーンコウ》のスワンホテルでどうやろ」

少し遠いような気もしたが、よしとするしかない。

午後会ったとき、梅瑞は不機嫌だった。ブランド品を全身につけているが、暗い目をしている。

「道が混んでて」と滬生は言いわけをした。

「ごめん。ここを選んだんは、子供に会いに来たからなんよ。前の旦那がついそこの北四川路に住んでるし」

「あぁ」

「結婚して北四川路のその家に住んだんやけど、うまいこといかんようになって、新閘路《シンジャー》に戻って……」

「それは知ってます」

「それからまた新閘路の家を手放して、延安路に家を買うて。子供は旦那が引き取ったんやけど、今になって考えてみたら、私は着の身着のまま飛び出したようなもんやろ。やっぱり諦められへん」

「前の旦那さんは普通の仕事してるんでしょう。長い間、病休とってるけど、社長でもないんやから家以外にはたいした財産もないでしょう」

「その家を分けてもらいたいんよ」

「タイミングが悪いですね。それに理由もない」

「滬生ならなんとかなるやろ。考えてもらえへんやろか」

「梅瑞さんの今の状態でその必要がありますか」

「女やもん。腹たつやん」

「こないだお客さんをたくさん呼んでパーティ開かれたとき、梅瑞さんが家を買われた事、康さんが仰ってましたね。改装の進み具合とかもよく御存じでした。それならその事、康さんのお考えは」

「あの人の事は言いとうないわ」

「大事なパーティが台無しになってしまいましたね。梅瑞さん、酔いが醒めてから康さんと喧嘩されたらしいですね」

梅瑞は手を振る。「その事聞いただけで頭がくらくらしてくるわ。もうやめてもらえる？」

「あのときレストランを選ぶのも予約するのも康さんが仕切られて、それも上手に見事にこなされてましたよね。客がちょっとぐらい無茶な事やっても些細なもんです。全体的にはうまいことといってましたよ」

「もうあの食事会の事もあの人の事も話しとうないわ」

「康さんがピンハネしたんでもない限りはそこまで言わんでエエでしょう」

「うぅん。……どっちかっていうたら個人的な事やけど。あの人、前からよう自分の方に向かそうとしてきてたんよ。初めてそれがあったんは春にピクニックに行ったとき。あのとき康さんと知り会うて、二人きりで散歩して……。原っぱの方へ行った時、色々ちょっかいかけてきたんやけど、友達が来たから助かったわ。上海に戻ってからは何回も誘われてね。会いたいって言うんよ。気軽に喋ってるように見えてたかもしれんけど、ほんまはずっと私を誘惑しようとしてたんよ」

「そこまでわかってるのに、なんで付き合いすんのかな」

「あの人、上手なんよ。口がうまいから、その気になってしまう。自然な感じで聞いてくるんやけど、ただの知りたがり。家の事も母親の事も商売の事も、自分の抱えてる問題なんか何も話しとうなかったんやけど、聞かれたら答えてしまうやろ。小出しにして聞いてくんの。それでいっつもからかわれてなぶりもんにされて、結局後悔することになるわけ」

「男が女の人を好きになるのは普通の事です」

「あの男の事はもう言いとうないわ。教えてもらえへん？　旦那の財産はもう一回裁判したら取れるやろか。こっちにそんな権利ある？」

「もう決着がついてますからね。一万歩譲って考えてみるとして、相手がお情けで考え直してくれてほんの少し出してくれるくらいしか望めませんね。それにしても両方の条件を考えないといけませんね」

「お情け？　どういう事？」

「いっときでも夫婦やったわけですから、情に訴えるわけです。でも梅瑞さんの状況を考えたら、旦那さんが持ってる二、三十平米分でも分けてくれっていうのは、人に聞かれたら笑いものですよ」

「……」

「向こうこそ何か言うてきそうな気がしますね。会社の財産の事とか。それに離婚した頃の不動産取引で記録が残ってますからねぇ。女の名義で家があって、男の方は子供を引き取ってます。これ以上あれこれ言うても何の意味もありませんよ」

「もし、私の延安路の家がないとしたら？」

「さっきも言いましたとおり、まず記録が残ってますし、それに離婚したんですからムリです。梅瑞さんは商売もお上手ですし力もお持ちです。それでもこんなちっぽけな事を持ち出されるとしたら、異常としか言えません」

「どういう事？」

「一生かかっても使いきれへんくらい金持ってるお嬢さんとか奥さんが、外へ出たらスリの真似事をしたがるようなもんです。靴下とか口紅盗んで、二、三日やらへんかったらムズムズしてくる。病気みたいなもんです。理屈からいうたら、家をくれと言うてはいかんどころか、逆にあげるべきです。離婚したとはいえ、母親たる者、実の子には最低でも家一軒ぐらい残してやるべきでしょう」

「康さんもそう言うてたわ」

「やっぱり康さんに相談されたんですね」

「電話やけど。あの人はご大層な理屈だけは言うんよ。滬生と一緒やわ」

「女の人は仕事のプレッシャーが大きいときは落ち着かなあきません。有酸素運動したりホットヨガしたり」

俯いていた梅瑞がふいに涙をこぼした。

「康さん、前はずっとご機嫌でいつもニコニコしてたんよ。私が仕事辞めた時も離婚した時もずっと慰めてくれてたし。でも最近はお役人みたいにふんぞり返って冷たい態度になって、そらもうすごい豹変ぶり」

滬生は黙って聞いている。

「私みたいなエエ家の女を誘惑するのに失敗したもんやから、とぼけるようになったんよ」

「どっちにしても証拠が必要です」

「滬生、私のこと疑うてるでしょ。私と康さん、肉体関係あったんやないかって」

「僕は弁護士ですから、物事を推測したりはしません。証拠しか信じません」

「何よ、男は気楽でエエわ。何も責任持たんでエエし。滬生も一緒やわ」

「どういう意味ですかね」

「前、一緒にコーヒー飲んだり映画観に行ったりした時、ようちょっかいかけてきたやん。それから新閘路の家に来て、アホな事もようやったわ。それを全部忘れたん？」

「はぁ……今は前の旦那さんとか家の事話してるんですか。それとも僕の事でしょうか」

「私、間違うた事言うてる？」

「それやったら、なんで僕と別れたんか教えてください」

梅瑞が口をつぐんだ。

「阿宝に近付くためでしょう」

梅瑞は後ろにもたれ、拒否する仕草をした。

「もうやめて。やめましょう。あぁほんまに血も涙もない世の中。女がどんなつらい目に遭うても周りは氷みたいに冷たい世界。厳しい現実しかないわ」

「きっと更年期が早めに来ただけでしょう」

梅瑞は何も返さない。

梅瑞は突然俯いたかとおもうと泣き出し、ティッシュを取りだして涙を拭った。「ごめん」

滬生はため息をつく。「家のことは全然勝つ見込みがありません。諦めたほうがいいですね」

「最近一ヶ月が十年に感じられるわ。言うてもエエかなぁ」

滬生は返事に困っている。

「滬生、正直に言うわ。私、今もう何もかもアカンようになってしもうたんよ。西北地域の生産ラインはプロジェクト自体も若旦那があてにしてた融資も非合法やったんよ。何もかも漏れてたくさん捕まったわ。たぶん十年ちょっとは臭いご飯食べることになるわ」

「ええっ？」

梅瑞はすすり泣きをし始めた。「もう何もかもアカンの。メンツも何もないわ。丸裸になってしもうたんよ」

「えらい急な変わりようですねぇ」

「もう帰る家もないわ。そやから前の旦那の家に暫く身ぃ寄せるしかないんよ。でも子供にも姑にも毎日毎日出て行けって言われるし」

「延安路の家は？」

「ひと言では言いにくいんやけど、私が泣きたいのはその家の事なんよ。二ヶ月前で、まだ会社も順調やった頃、母親に言われて……」

——「いつまでもアンタとこじれたままやし、とりあえず上海に帰ることにしたわ。そっちの家は手放すつもりや。もうちょっと広い部屋に買い替えて老後を暮らすつもりやし」

「好きにしたらエエやん。それでエエと思う」

母親は上海に着いた途端、ひどい安値で延安路の家を売ってしまった。それまで貯めてきた貯蓄も闇ルートで日本人の手に渡っている。

母親自身は自分の父親が入院している香港の病院へ即刻飛び、悪知恵を絞りあの手この手を考えた。まず父親を退院させ、同郷会の老人ホームに移す手配をし、その後、父親の預金や不動産などの全財産、更に自分の新居も何もかも全て現金化したのである。

父親の代わりに財産管理をしてやっているようで、聞こえはいい。しかし株が上がりそうな会社に投資し資金の全てを東京に送ると、自分自身は姿を消してしまったのだ。その六日後、西北地域にある会社は倒産する。

本当は、母親が様々なことを仕組み通報したのではなかった。しかし虫の知らせがあったのだろう。事件はすでに裏で調査が始まっており、母親はそれに感づいていたのだ。会社はもう風前の灯し火、遅かれ早かれおしまいになる。そこで、外向きには何も言わず、早めに、密かに逃げ出し、あるだけの財産を巻き上げてしまった。人情も何もないやり方だった。そんな頃、梅瑞と若旦那は何も知らされず、それまでどおりあちこちで作り笑顔をして、周りとの付き合いをしていた。そんな全てを梅瑞は後で知らされたのだ。

祖父は今、老人ホームにいる。しかしもうただ生きているだけ。二日前も梅瑞に電話をかけてきた。

「どう考えても、お前のお母ちゃんはワシを恨んでばっかりいるみたいや。ワシがやり直そうと思うても、二十年別れて暮らしてたら冷たいもんや。恨みしかない感じや。おまけにお前も世の中の道理がわかっとらん。あんな若旦那みたいなんとくっついて」

「聞いてもいいかな。若旦那とはどこまで？」

「そんなプライバシー、聞いて意味ある？　言いとうないし、言わんとくわ」

滬生は口をつぐんだ。

「考えてもみて。母親が泣き喚く度に若旦那に言われたわ。『またあの女のいつもの病気が始まった。梅瑞はええ娘《こ》やから一緒に出て行こう』って。それで私も付いて行ったんやけど、私も移り気で新しい服なんか二回は手ぇ通さへんような事してたから、何もかも母親にバレてて、それで母親は誰も信じられへんようになったんやと思う。完全に音信不通になるのも当然やわ。人が死んでも知らん顔、自分の事しか考えてへん。香港の老人ホームにいるおじいちゃんは毎日泣いてるけど、おじいちゃんが泣いてくれたところで何の足しにもならへんし……。世渡りするのってなんでこんなに難しいんやろ」

「会社のほうは?」

「大物がたくさん捕まったわ。普段は人のことを上から見下ろして格好つけて威張りちらしてたくせに、捕まってからはみんな大人しくして、妥協もするようになってた。私が一番強い態度でいたくらい。大事な事は口を割らへんかった。康さんにはアホやって言われたけど、こんなひどい事が起こっても目的果たすためには今までどおりとことんやるし、それも強気でやるわ」

「大物は捕まって罪を認めて後悔してるんですね。党の組織では内輪で教育用の映画を撮って幹部をたくさん集めて勉強会してますね。映画では登場人物がみんな大泣きして、はじめからちゃんとやらんかった事を後悔してますよ」

「そう、そうなんよ。そこが一番わからへんところ。もとは威張りくさってた男があっという間に表情まで変えて囚人服着てるんやから、人が変わってる。もう誰かわからへんくらい」

「監獄のメシはまずいですしね。どこかの監獄は昔と全然変わらへんみたいですよ。もし犯人が威張り散らしたりしたら、それはもう両手を両足に縛り付けられてひどい目に遭いますからね」

「え?」

「手足縛られて三日もしたら泣き出してます。腕の訓練っていうのもあって食事の時も手錠がかけられたまま。夜は金魚の見張りです」

「どういう意味？」

「小便用の臭い便器抱えて朝までそのままにしてなアカンのです」

「こんな長いこと話してたのに、何が言いたいの」

「そういうトップは監獄に入っても待遇がいいのは当たり前です。でも入る前の決まりはここ何百年も変わってません。昔からやってたみたいにまず〝大小〟を先にやります」

梅瑞が眉に皺を寄せた。

「服脱いで裸になるんです。昔、提籃橋にある監獄でも同じようにやってました。大便も小便も済ませたら、馬桶にきつい臭いの薬をシャーッと入れて消毒してもらいます。それから傍にしゃがんで、尻をピョンと上げて丁寧に尻の穴をほじくられるんです」

「えぇ？」

「人の体のそういう所は一番隠しやすいんです。そやからどんな代物でもこっそり持ち込むことができるんです。毒薬でもかみそりでもね」

「アホな事ばっかり言うて」

「ひょっとして監獄行きになったとして、捕まったその日の夜に自殺でもされたら大変でしょう。そやからどんなに威張りくさってたご立派なトップも大金持ちも先ず尻丸出しにしてほじくられるんです。大の男がそんな事されたら自尊心もクソもあるわけないでしょう。威張りくさってたのがウソみたいで、もう泣くしかない」

「私はまだマシなほうなんやね。挙げられた時もまだ品のある対応をしてくれてたし、ちょっと調べられただけで釈放されたわ」と梅瑞が溜息をついた。

滬生までが溜息をつく。「梅瑞さんの状況はわかりました。でも現実をよう見なあきません。焦っても何もなりませんから。なんとかして貿易をやり直したほうがよろしいね。阿宝の知恵も借りたらどうでしょう」

「もう黄浦江に飛び込んでしまいたい」

「別れた旦那さんには情に訴えるしかありませんね。新しい奥さん、いるんですか」

「あんな体でいるわけないわ」

「はぁ……。暫くは子供さんとお姑さんの好きなようにさせとくしかありませんね。何言われても言いかえさんと、手ぇ出されても自分は我慢して、謙虚にやってたらそのうちようなってきます。ここは上海なんですから、いろんな奇跡が起こります」

梅瑞は怒りに震えながら立ち上がった。「何やてっ！」

ホテルのロビーには少し客がいる程度だったが、ガードマンが近づいて来た。

「声が大きいですよ」と滬生が注意する。

「あんなエエ暮らししてたのに。今までのあの暮らしは……。もうどうしたらエエの」

「声落として」

「何でやの。毎日毎日使用人みたいに買い物してご飯作っておむつ換えて、あの家のために働いて。手なんかもうボロボロで皺だらけ。死んでしまいたい」

「えぇ？　おむつまで換えなアカンのですか。そんな小さいお子さんがおられるんですね」

「あの男が半身不随で寝たきりなんよ。そうなったら下の世話もしなアカンでしょう」

滬生はまた溜息をついて考え込み、カバンから封筒を取りだした。

「何とか考えてみます。少ないですけど、とりあえず受け取ってください」

梅瑞はその封筒を手にすると、滬生に投げ返した。

「いろんな目に遭うてきたわ。お金もたくさん見てきた。でも今は悪夢を見てるとしかいいようがないわ。もう死んでしまいたい」そう言うとブラウスのボタンをはずし始めた。

「ちょっと、何するんですか」

「暑いわ。もう汗びっしょり」

「声落としてください」

「死んでしまいたい。もう生きてるのイヤ。仕事もないチンピラみたいになってしもうたわ。今は死ぬことしか考えられへん。滬生、私もう女チンピラやわ。泣く子も黙るこの街一番の女チンピラ」

エピローグ

朝十時、招かれた面々が郊外にある尼寺の門をくぐる。肌に貼りつくような、梅雨特有の蒸し暑さの中、一同は控え室に落ち着いた。

まもなく阿宝もやって来た。

寺は落ち着いた佇まい。李李が山門の前に立ち、手を振っている。その姿を見た阿宝は涙が溢れそうになった。

早朝、康から電話があり、得度式《とくどしき》に誘われたのだ。寝ぼけ眼《まなこ》をこすって聞いていた阿宝は冗談だと思った。

落ち着いた表情、ほっそりした体、肩にかかった長い髪、そして上から下までスポーツウェアを着ている李李を阿宝は黙って見ている。

李李が笑顔を見せた。「お入りください。みなさんお揃いです」

生気をなくした阿宝が言う。「なんで出家するんや」

「声が大きいわ」

「急すぎるやないか」

李李は微笑んでいる。「すみません。決まりがあって、家族にいてもらわないといけないんです。私には友達しかいません。阿宝さんが家族みたいなものです」

阿宝は言葉に詰まっている。

「それから、お客さんには五十元包んでもらわないといけないんです。それももう皆さんには言ってあります。儀式が終わったらみなさんに簡単なお食事を召し上がっていただきます」

「こんな事、電話で言われても納得できんな。このところずっと出張してたから、李李の様子なんかわかるわけないやろう」

「私がシンガポールへ行ったとか、パリとかヴェニスへ彼氏と行ったたって言ってる人がいるみたいですけど」

「徐さんが電話で言うてたけど、李李、行方不明になって一ヶ月半になるって」

李李は何も言わない。

「もっと早《はよ》ぅに言うてくれなアカンやろ。それに髪を残したまま寺で修行するとか、シスターになるとかしたら、最低でも髪の毛は残せるのに」

「両親は信心深い人です。弟もそうでした。おわかりいただけるはずです」

「出家するって、金も男も欲も断ち切る事やないか」

「俗世間が好きな人もいますけど、嫌いな者もいます」

阿宝はどう返せばいいかわからない。

李李がにっこり微笑んだ。「もうやめましょう。私、ここには前からよく来てるんです。もう弟子入りしたんです」

「せめて今日やって言うといてくれたらよかったのに」

「ふいに思いついたんです。そんな前から考えてたわけでもないんです。アメリカ人の友達と常熟から帰ってきた日、夜がとっても長く感じられてふいに息苦しくなって、夜中の十二時に阿宝さんにお電話しました。でも電源が入ってないみたいでした」

「あぁ」

「ほんまは電話が繋がったとしても無駄でした。それで康さんに電話してみたら繋がったんで、ほんの少しお話ししました。でもそんなによく知ってる方でもないので、お話しする事もなくなって。これはどうしてもやらなくちゃって思ったんです」

「どういう事？」

「出家の事です。何度も考えてみました。それで、今決めなかったらもう生きていられなくなると思ったんです。すぐ外へ出てタクシーを拾って気晴らしに行きました。あちこち走ってもらいました。虹橋空港から淀山《ディエンシャン》湖、青浦《チーンプゥ》の街、それから嘉定って。運転手さん、びっくりしてました。なんでそんな事するのかわかりませんから。気でも狂ったのかと思ってたでしょう。ずっと走り回って、明け方四時半くらいにここを通りかかったんです。ワラをも摑む思いで決めました。もう空も明るくなってました。タクシー代は倍払《はろ》って、門を叩いたら尼さんが開けてくれて、入ったとたん、何もかも平和になったんです。わかったんです。どうにか辿り着いたって」

「……」

「お寺にいる一ヶ月の間、誰にも電話する必要がありませんでした。朝四時に起きてお経を唱えて、野菜の世話をしてました。食欲も出てきてよく寝られました。それで心の準備ができたんです」

「……」

「あんまり言い訳はしたくないんですけど、こういうわけで、みなさんに伝えといてもらうように康さんにお願いしたんです。他の人……例えば汪さんとか常熟の徐さんとかはお呼びしませんでした。阿宝さんがお忙しいのもわかってました。普通の人はこういう事、嫌がりますものね。でも朝起きたらやっぱり阿宝さんのことを思い出してたんです。阿宝さんは一番の身内だから、来てもらわなきゃって気がついたんです」

若い尼が近づいて来て李李に耳打ちした。

「喜んでくださいね。住職の慈一《ツーイィ》さんの車が来ましたからお迎えに行ってきます」

門を出て行く李李を阿宝は見送った。控え室に入ると滬生、康夫妻、秦、章、呉の姿が目に入った。

「わけがわかりませんね。なんで出家して尼になるのに男の住職に来てもらわなアカンのでしょう」と康。

「女子校はなんで男が校長なんでしょね」と滬生。

「髪の毛残して修行したら、いつでも俗世間に戻って来られるし、誰かと結婚でもしたら寂しいこともなくなるのに」と秦。

「ものの言い方、考えないと。仏門のことではあんまりアホな事言うたらあきませんよ」と阿宝。

みんな口を閉ざした。

テーブルに置かれた立派な花籠に阿宝は驚いた。鮮やかな深紅のバラだ。

「これ、どういう事でしょう」

「李李さんにわざわざ買《こ》うて来るように言われて」と呉。

「間違いでしょう。李李は確かカーネーションが好きなはずです」と阿宝が反論する。

「李李さん、これ見たら喜ぶでしょうね」と康。

「僕、夢でも見てるんでしょうか」と、阿宝はまだ戸惑っている。

「そうかもしれません」と秦。

今度は章が声をひそめた。

「友達が噂してるのを聞いたんですけどね。……何年か前、どこかの庵主《あんじゅ》さんがふいに駆け落ちしたらしいんです。子供の頃から親きょうだいはなし、二十五歳まで尼寺で暮らしてきて、中年のバックパッカーと出会《でお》うたんです。それでいろんな事をお喋りして。あくる日の朝、その人にくっついて出て行ってしもうたんです。……男と女って普通は二、三ヶ月は浮ついた気持ちでいるもんですけど、寺で生きてきた女なんか俗世間でやっていけるわけがありません。たったの一ヶ月で別れてしまいました。殻がなくなった巻貝みたいなもんです。どれくらい寂しかったことでしょう。もう一回寺に帰りたいと思うたんですけど、もう山門はかたく閉ざされて、開けてくれるわけありません」

「なんという過ちを……罪深い事を……」と康。

「阿宝、昔の事言うてもエエかな」と滬生。

阿宝は返事をしない。

「言うてください」と呉。

「そんなもったいぶって」と秦も口を出す。

「小毛が言うてたんですけどね。戒律を守る尼さんのことを昔は〝汚れのない座布団〟って言うたらしいです。守らんやつは……」と滬生。

「肉蒲団（清朝、李漁の好色小説の題をそのまま使っている）！」と秦。

滬生は言葉が続かない。

「尼さんに恋人ができたら〝いい人できた〟、住職さんと結婚の約束したら〝結納いただいた〟、未婚の母になったら〝状元《じょうげん》さま（かつての中国で高級官吏登用の試験で成績最優秀の者）できちゃった（江南一帯の伝統劇。尼が懐妊しその子が状元になるという物語）〟なんて言ってるわ」と秦。

聞いていた阿宝はカッとなった。

「ちょっとちょっと、決まりがわかってますか。言い過ぎです。そんな俗っぽい事、今日は言わんように」

一同、口をつぐむ。

「あぁびっくりした。何ですか、そんなきつい事言うて」と章。

阿宝も口を閉ざした。

半時間後、李李が八十歳になる慈一住職を伴って現れた。

一同が立ち上がる。

「お越しの皆様方の事をお聞かせ頂きとうございます」

住職の言葉に続けて、李李が一人一人紹介していく。阿宝、滬生、康がどんな地位にあるかという話になった時、厳しい顔つきになった住職の口から標準語が飛び出した。

「皆様、今日のことは他言されてはなりません。少しご説明いたしましょう。李さんが出家されるのは私どもからお勧めしたことではございません。皆様ご存じのように、ご自身が願われたのでございます。もちろん、仏門に入るという事は、日々仏の道を広め、人さまの為に働き、菩薩の四つの願いを受け継いで仏道に帰依《きえ》する心を養い、仏門に入った時の初心を忘れず、その志を持ち続ける……こういう事でございます」そう言いはしたが、李李のほうを見ようとはしない。

誰もが黙って聞いていた。静謐《せいひつ》そのもの。針が落ちる音さえ聞こえただろう。

暫くして阿宝の携帯に着信があった。章も出て行き、電話をかけている。住職も袂《たもと》から携帯電話を取りだし、電話を受けた。

年配の尼僧が住職に近寄り耳打ちした。

住職が告げる。「時間が参りましたようでございます」

全員が立ち上がり、ぞろぞろと控え室を出る。本堂の敷居をまたぎ、差し込んできた厳かな光の中で立ち止まった。両側に並ぶ尼が儀式の冒頭に「香讃《こうさん》（法会で唱えられる声明）」を高らかに唱える。鉦《かね》や太鼓が鳴り響く中で、出家する本人、李李が先ず蓮華座《れんげざ》の前に献花し仏を拝む。籠いっぱいに深紅のバラ。李李は今まで世話になった人々への謝意を尽くし、南に四回、北に四回頭を下げる。すべて儀式の手順どおりに執り行われた。

住職が真ん中、李李がその後ろに控えている。仏教音楽が始まり、読経の声が梁を巡り部屋中に響き渡った。

木の盆を恭しく持った若い尼僧が現れる。盆には剃髪用のハサミが載せられていた。

おもむろに李李のほうへ向き直った住職が、跪いた李李の前に立つ。住職との問答が繰り返され、得度式が始まる。厳かな光景であった。

阿宝は他の者と入り口に立っていたので、具体的な言葉まで聞き取れたわけではない。しかし目の前の儀式が西洋映画で観たシーンにかぶさった。李李は繰り返し「誓います」と答えているような気がした。ひょっとすると本当はもっと簡潔で、それでいてもっと複雑なものだったのかもしれない。

真っ赤に咲き誇るバラに目の前を遮られていたせいで、李李の口元は見えなかった。

線香とろうそくの煙が漂う本堂に、梅雨の生ぬるい風が畑の匂いを運んで来た。鳥の鳴き声が聞こえている。

阿宝は黙ってそこに立ち、またとない経験をしている感慨に浸っていた。読経の声と鳴り物の音がうねるように響き渡る。

滬生がわきへよけた。

住職はハサミを手にして李李の髪を少し摘まむと、また何か尋ねる。

読経と鳴り物が響き渡る中、尼僧が合唱する。はっきり聞き取れる部分があった。

「金刀《こんとう》　娘《はは》の生みし髪を剃下し　塵労《じんろう》(煩悩)　不浄なる身を除却す　(剃度)」

住職は切った髪を盆に載せると、その場を後にした。

若い尼僧が二人で李李を支え、東側の席に着かせる。読経の声が驟雨《しゅうう》のように降り注ぐ。電動バリカンを手にして立つ年配の尼僧が出番を待っていた。李李は白い布を被せられ、たった五分ほどですべての煩悩が取り払われた。屏風の陰で更衣した李李は、両脇を支えられ蓮華座の前で跪いた。数多《あまた》いる尼僧たちの読経、奏でられる音楽が地を揺らさんばかりに鳴り響く。

今しがたまで後ろ姿しか見えなかった李李の横顔が、阿宝の目に入った。

仏の鎮座する蓮華座の前には深紅のバラ。李李の面影もその身から漂う香りも、もう遠い過去のものになってしまった。

儀式が幕を閉じる。

全員その場を離れたが、李李は本堂のまん中に佇んでいる。幾分ふっくらして見えた。小柄になったようにも見える。慣れない足取りでゆっくりとこちらに向かって来ると、食堂《じきどう》で御斎《おとき》をとるよう小声で勧めた。

見つめ合う二人。

「どんな事でもなんとかなる。時間はたっぷりあるんやから」

「女の方は春景色なんかもうおしまいだって思ってるのに、男の人はまだまだこれからだって仰るのね」

もうどうでもいいのだといわんばかりだった。

阿宝は何も言えない。

「宝社長さん、お元気でいらしてください」と合掌する。

阿宝は呆然としている。

背を向けた李李が一人廊下へと立ち去った。

風下にいたおかげで残り香に包まれた阿宝は、次第に遠のき薄らいでいく李李の後ろ姿を身じろぎもせず見つめていた。その姿はどんどん小さくなって鳥になり、灰色の羽を広げてゆっくりと彼方へ飛んで行ってしまった。

〝スズメは海に入るとハマグリになる（『礼記』「月令」）〟という。もし李李が白いハマグリになったら、自分はそのハマグリを握りしめ二度と手放しはしない。でも今、この手には何も残っていない。外では鳥がさえずり、生い茂る木に花が咲き乱れている。暗い廊下を行く李李の姿は次第にかすんでいき、ふわっと左に曲がるとそのまま消えてしまった。

廊下の行き止まりに輝くものが見えた。真紅の薔薇の輝きだ。

李李はもう二度と戻ってこない。

庵《いおり》ではきのこ入り麺が供されている。塩も油も使われていない。一人一碗。全員が一つの机に座っている。自分のいるのがどこなのかを忘れた呉は、調味料の瓶が見つからず何度も人を呼んでいた。

食事を終え、揃って山門を出た。ずっと待機していた康の会社の専用車に全員が乗りこみ、街へ向けて出発する。

滬生が溜息をついた。「言うてもエエかなぁ。それにしても世の中何が起こるかわからんもんやな。南無阿弥陀仏《なむあみだぶつ》……」

「全然いただけませんでした。涙が出て……」と康夫人。

康が妻をとんとん叩いて慰めている。

その場が静まりかえった。

車が少し走った時、太陽が顔を出す。

「去年、得意先のお供で浙江省《せっこうしょう》の普陀山《ふださん》へ行ったんですけどね。お寺に泊まって三日間精進料理ばっかりでした。寺を出たとき、いい匂いがしてきましてね」と滬生。

「普陀山は綺麗どころがいっぱいいますから、その香りでしょう」と呉。

「ほんまにエエ匂いで、骨身にしみました」

「香水にお線香の香りが合わさったら、ほんまにいい匂いでしょうね」と呉が返す。

「あっちこっち探し回って、なんとか見つけたんです」

「お参りしてお線香あげてきた、いいお年頃の人がいたんでしょうね」と秦が茶化す。

「それ、秦さんやったんやわ。滬生さんが困ってるの、助けに行ったんでしょ」と呉もそれに乗る。

二人に構わず滬生が話す。「山門からちょっと行った所に、ソーセージ焼いてる出店があったんです。あんまりエエ匂いやからすぐに五本買うてかぶりつきました。満足しましたけど、罪悪感もありました。精進料理が三日間続いただけで、もうこのザマです」

「そんな話聞いてたらお腹がすいてきました。車停めて何か食べませんか」と章。

「いいですよ」と康が言う。

「いえ、また今度にしませんか」と康夫人は、ためらっている。

「宝社長さん、どうしますか」と呉。

阿宝は言葉が出ない。

「宝さん、あんまりご機嫌がよくありませんね。私もつらいです。そういえば去年の秋、みんなで常熟に行った時はあんなに楽しかったのに。あれから半年ちょっとしか経ってませんのにねぇ」と秦。

阿宝は黙っている。

「みんなでよう笑うて遊んで。悲しい事もありましたけど」と章。

阿宝はなおも黙ったままだ。

「常熟、また行きたいわ。徐さんが言うてましたよね。四月になったら黄梅が熟すって。梅って〝秀《しゅう》才《さい》〟っていうんですよね。女が大好きなアレ。梅雨のときに収穫して砂糖漬けにするんですよね。咬んだら、はじめは甘いけどあとで酸っぱくなって、その酸っぱさがまたおいしいんです」と章。

「もう酸っぱい物が食べたくなったわけ？　まぁいいわ。朝から吐き気がして、胸も張ってきてるんでしょう」と秦が笑う。

章が顔を強張らせた。

「まずお庭で梅でも食べて、ついでに誰かさんみたいに、徐さんのおうちの二階でゆっくりしたらいいわ。赤ちゃんのためにね」と秦。

「宝さん、あの時みたいに〝洪常青《ホーンチャーンチーン》〟役になって、なんとか言うてくださいよ。みんなに言われっぱなし」と章。

阿宝はみんなの言葉が心の中を素通りしていくような気がしていた。

郊外の老人介護施設。辺鄙《へんぴ》なところにあり設備も十分ではないが、小毛は入所せざるを得なかった。まだ老人と言うには少し早い年齢だったが、病人なのに身辺の世話をしてくれる人がいないからだ。小毛の部屋は洗面所とテレビのある二人部屋だ。

阿宝と滬生の姿を見て小毛が起き上がった。

「下へ行こう。花壇があるしな」

「動いたらアカン。起きたらアカン」と阿宝。

小毛は服を着ると隣のベッドにいる八十過ぎの爺さんを指差した。「この人にはびっくりさせられるんや。花壇に行こう」

「シーッ」と阿宝が人差し指を口に当てる。

「もう呆けて頭の中フニャフニャやし」

滬生が爺さんを見た。

「いっつもふいに起き上がって、拍手して大笑いするんや。ほんまにびっくりするぞ」

「そうなんか」と滬生。

「人がようけいるの見たら拍手してゲラゲラ笑うんや。昨日も蘭蘭とか薛さんが来てくれたんやけど、部屋に人がいるの見たらじきに起き上がって、手ぇ叩いて大笑いするんや」

「会議に出すぎて会議病になったんやろ」と滬生。

「ほんまに部屋換えてもらいたいわ。テレビも観られへん。画面に人がたくさん映ったらまた拍手や。集会の中継とか人の多い場面になったらほんまにひどいんや。ひな壇に人がずらっと座ってんの見たら、大喜びしてさっと起き上がって拍手や。テレビの画面でもこっちでも拍手されてみぃ。もうイヤになる」

滬生が爺さんの方を見て言った。

「ほんまにおかしぃなってしもうてるんやな。幹部病棟でもないのに、こんな人どこから来たんやろ」

爺さんは何も言わない。

二人で小毛を支えて部屋を出た。三人で花壇のベンチに腰掛ける。

「お前、静かに養生しなアカンやないか」と阿宝。

「そうなんや。病気になっていろんな事がようわかったわ。あと一ヶ月ここにいたら出られる。ほんまはもうどうもないんやけどな」

滬生が咳払いをした。のどがむず痒い。阿宝は黙っている。

「昔の事考えてみたら、ひどい暮らししてたもんやと思うわ。どう考えても水洗便所ぐらいはなかったらアカンやろ。ここを出たら莫干山路の家は人に貸して、自分は独身用の社宅借りるわ。トイレがあって、風呂は湯船のある部屋や。おれもちょっとはエエ暮らししたいしな。前みたいに株でもやって、女に世話してもろうて、楽しい暮らしするんや」

「薛さんが世話してくれるんか」と阿宝。

「冗談で言うくらいはエエけど、現実はむりやな。エエ女やったらまだまだおるし」

「もうちょっとここにおって、秋になってから考えたらエエやろ」と滬生。

「家の事言うてて思い出したわ。入院する前やけど、フランス人が二人、あの路地に来てな。あっちこっち見てまわってるんや。男はジュネっていう名前で、中国名は姓が芮《ルイ》で、名前が福安《フウアン》や。女はアンヌ。中国語は男の方がうまかったわ。その二人が台所に入ってキョロキョロしてるんや。誰か人を探してるんかと思うて声かけたら、こういう所に住んでる人の暮らしが見たいんやってジュネが言うたんや。オレ、部屋に入ってもろうたんやけど、ジュネいうたらな、あっちこっち見て回って、しまいに部屋代どれくらいやって聞いてきたわ。……そのフランス人、口では上海の者の暮らしが見たいとか言うてるけど、ほんまは部屋を見てるんやってわかってたな。その日は三人でお茶飲んだりしたんやけど、ジュネはオレが喋るのずっと聞いてるだけで、最後に電話番号残して行きよった。半年後にまた上海に来るし連絡するって言うてた。七月か八月にまたお茶飲もうって約束したんや」

「えらいエエ加減な話やな」と滬生。

「フランス人の、それも若い子が上海くんだりまで来て、洋館には住まんと、シャンパンも飲まんと、フレンチカンカンも見いひん。普通やないやろ。あんな汚い所に来て、蘇州路の、下がトンネルみたいになった昔風の建物に住んで毎日河の周りをウロウロして、この辺の事、ほんまに何でもよう知ってるんや。えらいもんや。そやから部屋代は少なめでエエって言うてやったんや。ここ出て家に帰ったら、オレも環境変えるわ」

阿宝は黙っていた。

花壇の向こうはフェンスで囲われている。その向こうは廃線になった鉄道。雑草が枕木から伸び放題になっている。赤錆の染み付いたレールを野良猫がうろつくだけで、異常なまでの静けさだった。

「最近、昔の事をよう夢に見るんや。姝華に会うたり、拉徳アパートに行ったり。目が覚めたら、ついどうでもエエ事を考えてしまう。蓓蒂とか楊樹浦のチンピラの馬頭にも夢で会うた。女の人の下半身の絵描いてある本初めて見たやろ。滬生の親父さんの本棚にあったけど、アレ、すごかったなぁ。丁寧に描いてあったやろ。いろんな事を夢に見てるうちに、昔、書き写した詞も思い出したわ。〝……春病と春愁と　なんぞ年年ある　半ばは枕前の人となり　半ばは花間の酒となる（春の病気と春の愁いはどうして毎年毎年あるのだろうか。この時期の半分は病気になって、半分は花の間で酒を飲んでいる。五代、孫光憲「生査子　其四」）……〃今頃その意味がわかったわ」

しばらく沈黙が続いた。黒猫が線路を歩いている。雑草の間から今度は茶トラ猫が現れた。

「蓓蒂は今でも小さい女の子のままや。何も言わんと目だけキラキラさせてた。夢で姝華が言うてた。『線路にいた野良猫があの子を黄浦江までくわえて行ったんや。水かさが増えたら川は茶色うなって、向こう岸は造船所で、周りは誰もいる気配がのうて、風がきつうて何も聞こえへんかった』って」

「ちょっと休んだほうがエエん違うか。夢の話はそれぐらいにして」と阿宝。

「人間の脳みそって血と肉の塊らしいけど、ほんまはアルバムか無声映画やないかな。……黄浦江にある日暉港の景色と、猫と魚のしっぽが二本ずつ見えて、向こうにはドックとクレーンがあった。雲がすごいスピードで流れてて、川の上で鳥がぐるぐる回ってる。羽はじっとさせたままや。白黒映画がようなるみたいに、いつも画面に雨みたいな白い筋が流れてて、ザーザーいう雑音混じりや。それが途中でパタッと止まってしもうて、そこで目が覚める。昔の映画観てるみたいな感じや。姝華は昔のままのきれいな娘《こ》や。古い詩の本を脇に挟んで道路の方をじっと見て、ゆっくり振り返って穏やかな目でこっち見てる。質素な格好してた。映画の中では一言も喋らへんし、動きもせえへん。そこでまた目が覚めてしまう」

「蓓蒂は白いスカート、フリルのついたソックスと黒いベルト付きの革靴。黙ったままで笑いもせえへん。そばにピアノがある。路地も通路もピアノだらけ。黒いのとか、光が当たっていろんな色に見えるピアノがあっち向いたりこっち向いたりしてる。ええピアノもようないピアノもぎゅうぎゅうに詰め込んである。歩いてる人はめったにおらん。葉っぱも全然動かへん……そんな感じか」

そう言った滬生に続けて、阿宝も話す。「モノクロ映画の始めの部分。一九六六年っていう字幕が出て、娘はピアノっていう罠にはまる。あっちこっち見てからピアノの蓋を開ける。暫く弾いたら蓋をして、次のピアノを弾く。周りは物音もせえへん。昼の二時、狭い道は静まり返って人の姿もない。みすぼらしいピアノがずらずら並んでる。それでも気高い姿をしてる。……道端には昔の便器、流し台、ゴミ箱がずらっと並んでる。荷車が通って行く……」

「上海の文芸物の映画やな」と滬生。

「上海の事を映画にするんやったら、そんな小さい女の子とピアノがあったら十分や。誰かが映画を撮るんやったら、そういうシーンさえ撮ったら見応えのある映画になる。投資してもエエわ」と阿宝。

滬生は同意しない。「そんなもん、金をドブに捨てるようなもんや。最後には認められんと、映画はお陀仏や」

「アメリカ映画やけど、女の子がドイツのユダヤ人街に行くシーンがある。赤い服着て赤い帽子。でもそこらじゅう灰色。ユダヤ人は何もかも灰色やし、ナチスの親衛隊も全部灰色。そこらじゅう焼き払われて、家捜しされて、上等な本もトランクと一緒に上の階から放り投げられる。映画全体が白か黒か灰色や。そんなモノクロ映画の中で女の子だけ赤や。可愛い赤い帽子が灰色の林に入って行く……」と阿宝。

「女の子の映画撮るんやったら六、七歳がエエな。十歳超えたら大きすぎる」と滬生も言う。

「上海の重慶路とか長楽路の古い道は入りくんでて複雑や。トンネル式の建物、道の両側にはびっしり並ぶピアノ。白と黒と灰色や。女の子のスカートは白か青。なんでそういう色なんかっていうたら、あの頃は赤いスカートなんかありえへんかったからや。こういう雰囲気って今までの映画にはなかったよなぁ」と阿宝。

「田舎の人間が上海を撮るっていうたら、外灘か昔の租界しかよう撮らへん。でもあんな所はただの西洋人の天下や。上海と関係あると思うか？」と滬生。

「タゴール（インドの詩聖。一八六一―一九四一）が昔上海に来て一晩泊まった時、魯迅《ろじん》と会《お》うたよな。その時マスコミに言うてたやろ。日本から上海に来たけど、日本は清潔で人も礼儀正しかったって。記者に上海の印象聞かれたら答えてたわ。『西洋人にとっては天国、中国人にとっては地獄。みんな奴隷や』って」と阿宝が答える。

「すごい人やな。見る目がある」と滬生。

「それから、南方人も北方人も上海を撮るっていうたら、みんなナイトクラブにカンカンダンス、それにマフィアの斧頭党《ふとうとう》、人力車、名産の梨飴買《こ》うてるところ、目の見えん占い師、あとは旗袍や。……『上海グランド』っていうドラマやけど、主役の許文強《シュイウエンチアーン》はもともと香港人やからエエ加減な事ができたんや」と阿宝。

「蘇州河のへんが立ち退きになって家がつぶされた事、普通は考えられへんような勝手な筋書きにしてよるやろ。そやけど、上海にほんまにいたヤツらな、例えば、最後この街で暗殺された拳術家の馬永貞《マアヨーンジェン》（山東出身。一八四〇—一八七九）とマフィアのボスの白癩痢《バイライリィ》、あの二人を描いた映画の続きはどうなるんやって誰かて聞きとうなるやろ」と滬生。

「撮ってるうちにどんどん度胸が据わってくるんやろな。文革の武装闘争の場面でワーグナーの『ワルキューレ』なんか流してやがる。あんなもん、無理やりこじつけてるだけや」と阿宝が応じる。

「六七年やったかな。化工学院（華東化工学院）に造反組織が二つあって、どっちもが自分らの力をみんなに見せつけようとして領袖さまの像を先に作ろうとしたやろ。十一月になって〝紅旗〟のほうが先に作ったやないか。普通は領袖さまの像の前で上からの指示を受けたり、会議が開かれたりするのに、〝新化学工業〟はえらい反発して、九ヶ月も行きよらんかった。あれはエエ度胸やったよな」と滬生。

「ほんまは、文革ものでそう簡単には撮れへんのが、静かなシーンや。大騒ぎしてるシーンとは違うて、本物の静寂とか気品や。……七二年やったかな。閘北の鴻興路にあったおじいちゃんの家から北駅へ行く度に、宝山路の屋根裏部屋に住んでるおねえさん見かけたんや。階段上がってみたら、その人がちょっとかっこつけた文芸調で、しかも標準語で詩を読んでるのが聞こえてきた。〝だが、不幸にも、彷徨《ほうこう》した日々は今やもうなくなった。わたしがわたしの錯誤の幼年時代を縊死《いし》させたとき〟」

と阿宝が思い出すと、滬生が続ける。

「〝楽しみまた繁栄する、いろんな罪悪の上で、積もりつもった美徳はただ幼いひとびとのためだ〟。穆旦《ぼくたん》の詩やな。『荒野のなかで』やったかな」

「そうやそうや。毎週水曜日になったら、その人『ジェーン・エア』を暗唱してたな。西日がさしてて、床だけがギシギシ鳴ってたけど、ほんまに静かやった。バルザックの『従妹ベット』のこともあったな。ユーゴーの『九十三年』は古い版やった。あの人、殆ど暗記してて。編み物しながらゆっくり語るんや。今でも覚えてるわ。『九十三年』の〝ラ・ソードレの森〟。兵士らが警戒しながら奥へ進んで行ったら、そこらじゅうに花が咲き乱れてた。蘭とか沼地の菖蒲、野生の水仙、花が咲いたら晴れるっていう雛菊、春のクロッカス。小鳥が銃剣の上でさえずってた」と阿宝。

「パリを出発した一万二千人の義勇軍のうち、八千人が戦場の露と消えた。血のしたたる斬首刑や」と滬生。

「『従姉ベット』っていうたら、ブラジル人が応接間に入って来たやろ。顔も服とか体も、上半身が人間で下半身がヤギみたいなヤツ。見た目はとげがあって冷たい感じやけど、ほんまは優しいし、女に脅されて騙されるようなエエ人でな。青い上着着てズボンは体にフィットしてる。金ピカのくるみボタン、黒いズボンに黒い革靴、白いシャツをちょっとはだけて、一粒十万フランのダイヤの指輪してる。……ほんまに真に迫った話し方で、映画観てるみたいやったなぁ。赤いスカートの傍で文学少年が静かに聞いてる。二人か三人やな。そういう時間って、アインシュタインの見方では周りと比べてゆっくり流れてるって言うやろ。……しばらくしてあの人、上海映画技術工場の近くへ引っ越して行ったんや。天通庵《てんつうあん》路の路地や。日本人が爆破した残骸がある閘北の辺で、グニャグニャになったコンクリートの骨組みが残ってた。今はもうバラックになってるわ。あの頃、無名氏《むめいし》（一九一七―二〇〇二）が書いた小説の『北の国の物語』（一九四三年）とか『塔に生きる女』（一九四〇年代）も聞かしてもろうたなぁ。あの人、青い服着てすっぴんやった。スマートやったな」と阿宝。

「無名氏のは暗すぎるなぁ。聞いててもあんまりようなかった。本に出てくる人はみんな最後にひんやりした華山《かさん》に登って行くけど、あんなもん、死にに行くようなもんや」

「無名氏自身はまだ運がエエほうや。文革の後で外国に行ったけど、台湾で死んだって最近聞いたわ。一生に名言を一つだけ残してる。はっきり覚えてるわ。たったのこれだけや。〝私たちの時代、それは腐敗と死だった〟」

言葉を続けようとした阿宝は、小毛が両目を閉じているのに気付いた。夢の中だ。

「薬のせいやな」と滬生。

阿宝は心配そうに小毛を見守っている。

小毛は微動だにせず、口は大きく開けたまま。やせこけた体は息も絶え絶え、骸骨のようだった。

フェンスの向こうにいた野良猫が二匹とも草むらにもぐり込み、しっぽだけ覗かせている。

さわやかな風が梢を揺すっていた。

小毛が目を覚ます。「何時や？　体中が痛いなぁ。背中が痛い」

阿宝は黙っている。

小毛がこぶしを出した。

「あの頃の事、よう思い出すんや。古い本を書き写したり拳法したりしたこの手、知らん人の手ぇみたいや。こうやって見てみたら、もう自分の手ぇやないわ。オレの握りこぶしとは違う。あの頃、拳法に使うブロック投げてた力なんかどこへ行ってしもうたんやろ」

「蘇州河とか黄浦江と同じや。ずっと流れて行って戻らんのや」と阿宝。

小毛がぼんやりした意識の中で、テレサ・テンの歌う「万葉千声」（宋、欧陽脩の詞）をとぎれとぎれに口ずさんだ。

「〝別後　君の遠近を知らず……触目　凄涼……多少の悶《うれ》いぞ……漸く行き　漸く遠く……漸く書無し、魚は沈み　何処にか問わん〟」

阿宝は黙っている。

「姝華ねえちゃんの言うてたとおりや。オレの人生、武術なんかやっても無駄やった」

滬生も黙っている。

野良猫は二匹とも姿を消していた。草むらの緑、さびの出たレールの所々筆でなぞったような赤茶色、それだけが目に入った。

小毛が涙をポロッとこぼした。「結局何もできひんかった。まぁこのまま死んだらエエんかな」

三人の会話はそこまでになった。

ヘルパーが来たのだ。「ご飯ですよ。ご飯ご飯！」

滬生が小毛を起こしてやり、三人で向かいにある小さな食堂に入った。大きい丸テーブルが三つある。小毛が八十過ぎのばあさんの隣に座り、阿宝と滬生は入り口に戻った。

三つのテーブルは年寄りたちが集まってきて満席になる。

小毛と背中の丸い五十過ぎの女以外は、見渡す限り消えかけたロウソクのような八十、九十のじいさんばあさんばかり。

小毛はそんな年寄り達の相手をしている。歯の欠けたばあさんがにこにこしながら阿宝と滬生を見てうなずいた。みんな箸を片手に、配膳係が配ってくれるのを待ち兼ねている。

阿宝と滬生は表に出た。壁伝いに近づいて来た猫がしっぽをブルンとふり、揃って食堂に入って行った。

「外国の老人ホームの話やけど、死神みたいなけったいな黒猫がいるらしい。病人の枕元に座って言うんやて。この人は三時間したら亡くなりますってな。医者よりよう当たるらしいわ」と滬生。

九日の午後、滬生はタクシーの中で仕事の電話をかけていた。車が〝至真園〟の前を通りかかった時ふと見ると、店は真っ暗。工事用ネットで覆われている部分もあった。その姿はもう以前とは全く異なるものだった。〝至真園〟はやはり幕を閉じたのだ。

時計を見た。四時十五分。進賢路の〝夜の東京〟に着いた。ここも変わってしまったようだ。どこもかしこも真っ白だ。ガラスの扉は目隠しのような布で覆われ、両側には花が並んでいた。一見したところ、カフェのように見える。ドアを開け中に入ると、ホールには丸テーブルが一つ。他は二人掛け用の席になっている。

その日の朝早く、玲子から電話があり誘われていた。

「夜、お客さん呼んでるから早めに来てもらえへんやろか。積もる話もあるから」

しかし今はまだ誰も店にいない。

「すいませーん」

静かな店から答える声がした。屋根裏部屋のピンクのガラス窓がゆっくり開き、枕、腕、茶髪と黒い髪の娘が見えた。ほんのりとピンク色をした肌に目が引かれる。服は着ていないも同然だった。

「滬生さんでいらっしゃいますか？」と茶髪が標準語で言う。

「そうだよ」滬生も倣った。

「おねえちゃん、もうすぐ来るから」

「失礼だけど君は……」

「シンシアよ」

「私は加代子《かよこ》」横にいる黒い髪も答えた。

「ここ、レストランだろ？」

「そうよ。上海で一番のね」

「早すぎたみたいだから、出直そうかな」

「座ってよ。おねえちゃん、もう来るから」とシンシア。

滬生は仕方なく席に着いた。

加代子は小窓から引っ込み、ンーッと伸びをする。窓の傍にあるピンクの枕が動く。素肌があらわだ。シンシアが腕を伸ばしてタバコに火を点けた。「タバコいかが？」

滬生は手を振る。

「ちょっと吸ったら起きるから」

シンシアはうつ伏せになり枕に胸を押し付けた。寝タバコ姿のシンシアはボサボサの髪。肩紐が片方ずれている。

加代子が身を乗り出した。「滬生さん、ちょっと行ったところにある〝恐竜バー〟ご存じ？」

「どこかな。巨鹿路と茂名路が合わさる所かな」

「そうよ」

滬生はかぶりを振る。

「あそこっておもしろいのよ。カウンターで大きいオウムを飼っててね。夜中になったらぴょんぴょん飛んだり跳ねたりするのよ。アタシたち、そこに夜中の二時過ぎまでいて、それからしゃぶしゃぶ食べに行って、五時に帰ってきたの」

「五時にはなってなかったわ」

「アタシ時計見たんだから」

澄み切った声がピンクの屋根裏部屋から舞い降りてくる。まるで寝ぐらに咲いた芙蓉の花のような二人だった。

「ちょっとしたらまた来ます」と滬生が立ち上がった。

「気にしないで。おねえちゃん、もう来るから。じゃ、もう起きるわ」シンシアは滬生にそう言うと、中に向かって言う。「起きなさい。加代子ちゃん、起きなさいってば」

そのときドアの音がした。見知らぬ男が野菜を手にし、上に向かって叫んだ。「こーらぁ、ねぼすけくーん」

「うるさいわねえ」と加代子。

まもなく娘二人が下りて来た。シンシアは太腿も露わな超ミニのネグリジェにハイヒールのサンダル履き。加代子は地面を引きずるような、しわだらけのネグリジェ。シンシアが滬生にお茶を淹れてくれた。

二人とも傍若無人で行ったり来たり。そんな二人の残り香が鼻先をかすめる。レジの傍にある大きい鏡の前で髪を梳いていたかとおもうと洗面所に出入りし、衣擦れの音をさせ、階段を上がったり下りたり。バタバタと走り回り、一人はピンク、一人はグレーの服に着替えて出て来た。

ちょうどその時、玲子が戻ってきてホールの電気を点けた。

「いやー、ほんまにすんません。おかまいもなしで。あの娘《こ》ら、きっと今起きたんやわ」

「店、変わりましたね」

「綺麗でしょ」

「葛先生は？」

「この店、今は私と菱紅がやってるんですよ。葛先生は死んでもお金に目がくらむような人で、お金の事ばっかり。でももう何もかも終わってきれいさっぱり。そうやなかったら、毎日中二階のあの女に監視されてばっかり。ほんまにいやになったわ」

「今日、晩ご飯食べに来るの何人くらいですか」

「宝さんは？」と玲子。

「気乗りがせんっていうことで、それに忙しいとかで、電話も繋がりません」

「えぇ？　せっかく女友達を呼びましたのに。七時に始めます」

「朝連絡もらってから緊張してます」

「みなさん、お忙しいからなかなかお会いできませんでしょ。その友達、みんな綺麗どころなんですよ。いい娘なんだけど、いい男の人に巡り合えへんかったんです。言うといたんですよ。夜、すばらしい男性が三人お見えになるって。滬生さんと宝さんと、それから日本の商社の張さん。それ聞いて、みんな喜んでましたわ。今頃きっと髪の毛セットして、服買《こ》うて、バタバタしてますよ」

「どういう意味ですか。彼女でも紹介してくださるんですか。僕は女房もちですよ。アハハ」と滬生。

「はいはい。でもあんな白萍みたいな人、奥さんって言えます？　早いとこ、なんとかしたら？」

「聞きとうなるな。昔のみんなは？」

「殆どやめときました。後で知ったんですけど、葛さんは中二階のあの人をここで料理人として育ててから、自分の家で本格的な家庭料理を作らせようとしてたんです。そんな事ってあると思う？」と玲子が鼻で笑う。

滬生は玲子の言葉に耳を傾けた。

「上海って昔はええ衆《し》のうちは大きい台所と小さい台所がありましたでしょ。大きい台所の料理人はしょっちゅう他所のうちへ鞍替えしてました。そやから旦那さんも慣れたもんです。しょっちゅうお妾さんとかお側付きの女中に料理人の腕を盗ませて、小さい方の台所で料理させて料理人として育てるのは普通のことでした。そんな女は殆どの料理をマスターしても一生鞍替えすることがありません。葛先生は〝夜の東京〟を自分の家の〝小さい台所〟やって思うてました。自分は上海の大旦那様、この店は自分のお屋敷みたいに思うてたんですよ。あんまりでしょう。あんな女がどうしたっていうのよね。四番目のお妾さんにも女中兼お妾さんにも到底かないませんわ」

滬生は笑いながら聞いている。

「いっそのこと、葛先生にはあの女と一緒に洋館で死んでもろうたらよかった。毎日、ご飯食べるだけ。まともな事なんか何もせんと、二人っきりで寂しそうに麻雀してようが、〝マッサージ〟して楽しんでようが、私には関係ないわ」

玲子は立て続けに話す。

「陶陶は生きてる。でもお相手の、ホラ、私が妹みたいに可愛がってた小琴が亡くなって、びっくりしたでしょう。あの娘の友達の広東人に出会うた時はいろいろ思い出して、やっぱりドキッとしました。どっちにしても陰でこそこそするような事してたら、命取りになるんですよね。なんでここまでやってあげなアカンのって悔しい時もあるけど、まだしょっちゅうあのしわくちゃババァとやり合わなアカンのですよ」

「え？」

「芳妹です。あの人もう完全にしわくちゃになってしもうて顔色も悪いし。そんなこんなで、私が我慢できるわけないでしょう。そやからもう何もかも断ち切っておしまいにしたんです。何でもできるように見せかけてほんまは全然何もできひん、見掛け倒しの蘇州の范さんも、口では言わへんけどほんまは尻軽女の俞さんも、自分は大した事せんと見返りを当てにするだけ。もうみんな切ってしもうたわ。麗麗と韓さんはね、ちゃんと仕事してて、ほんまに忙しいし。上海では今ダイヤがものすごい売れ行きやから、あの人らには全然お会いできひんのです。何もかも一回御破算にして〝夜の東京〟はやり直し。男も女も友達やったらいっぱいいるから」

「菱紅の彼氏は？　日本人の」

「転勤で東京に帰ったわ。菱紅を連れて帰るつもりやったみたいやけどね。腕のある人とかエエ暮らししてる人が逆にこの街に来たがってるくらいで、今、上海がどれだけエエ街になってるかわかってるって、菱紅も言うてたわ」

「二階のあのお二人は？」

「下放されてた、私の遠縁。お料理運んでくれたり、お客さんと一緒に食事したりお酒飲んだりしてくれてるわ。加代子ちゃん、シンシアちゃん、こっちへいらっしゃい」

二人がやって来た。

「何時に起きたの」

「お昼の二時半」と加代子。

「遅すぎるわ。これからは気をつけるのよ」

「はぁい」とシンシア。

「滬生さん、あのオウム、夜の二時だっていうのにどうして飛び跳ねてるのかしら。確かに周りがうるさいけど、どうして寝ないのかしら。鳥って夜は寝るものでしょ」と加代子。

「オウムって変な鳥で、賑やかで騒がしいのが好きなんでしょう」

「ドラッグでもやってるのかって思ったわ。覚醒剤とか」

「オウムはもともと群れになって大騒ぎしたり飛び回ったりするのが好きなんですよ」

「この娘《こ》ら、オウムみたいなもんです。騒ぐのも体くねらせるのも好きですし。お客さんには可愛がられてるみたい」と玲子。

「おねえちゃん、そんな言い方しないで。晩ご飯いただいたら滬生さんにお付き合いしてもらうわ。国泰シアターに行きましょ。淮海路、行きましょ」と加代子が甘えた声を出した。

「ちょっとちょっと、とりあえずテーブルの用意しましょう。テレビでもつけて滬生さんにゆっくりお茶でも飲んでいただきましょう。いいお茶がありますから」

「アハハ。そうやな」

「宝さん、お商売うまいこといって忙しいのに、何が面白うないんやろ。なんで携帯の電源切ってるんやろ」と玲子。

滬生はかぶりを振る。

「私がもう一回電話しますわ。どうしても来なアカンようになりますし」

ある日の午後、阿宝は産婦人科の病院へ行った。汪の様子を確かめる為、どうしてもついて来てもらいたいと徐に言われたのだ。

「ちょっとややこしいですね。あの妊婦さんはあっちこっちの病院でエコー検査をしてます。はじめは一人、次に双子と言われて、それも結合双生児と言われたこともありますが、答えは一つです。昼からカラー写真で検査して専門家らが診察しますが、ひょっとしたら結合双生児かもしれません。それも体は一つで頭が二つの可能性があります。もし頭と脊柱が二つ、消化器系が一つで、それが間違いないとなると大変な事になるでしょうね」と担当の医師に言われた。

「何をぐずぐずしてるんですかっ。今すぐ諦めさせてくださいっ」

「いや、妊婦さんのお考えを聞かないといけません。予定日が近づいてますのでかなり危険です」

困り果てた徐は汪の病室へ阿宝を引っぱって行った。一人部屋だが衝立で仕切られている。

躊躇う阿宝は衝立のこちら側に控えておいた。

汪が甘えた声で言う。「憎い人。ほんまに珍しいお客さんやわ。やっと来てくれたんやね」

「調子は？　予定日は？」

「先生、何て言うてた？」

阿宝はその言葉を聞き、ふいに生臭いものを感じた。ニシキヘビなど爬虫類の臭いだ。それが次第に濃くなり、衝立の下から這うように広がってくる。おもわず口と鼻を押さえた。

汪は笑顔だ。「私ね、ほんまに今まで何もかも思うようにならへんかった。結婚もやし、子供も思うようにできひんかったし。一つだけうまいことといったんは、たぶん〝離婚〟せんでもエエっていう事。戸籍上の旦那はもうすぐ亡くなるらしいんよ。もうひとり者になったんと同じ。子供は父親が亡くなってから生まれたっていう名目ができるし」

徐は黙っている。

汪が声をひそめた。

「前から聞きたかったんやけど、あの時どんな不思議なやり方でこんな変な子仕込んだん？」

「先ず自分に聞いてみたらどうや。その大事なお腹はなんでそんな手で人を脅かすんやってな」

「あぁこのお腹、しましま模様ができてもうパンパン。はちきれそうやわ。見て」と汪は笑顔を見せた。

「何するんや」

「初めてでもないのに、どうっていう事ないでしょ。ウフフ」

ザラザラという音とともに生臭さが衝立の周りから広がってきて、ますますひどい臭いになった。蛇が体をくねらせているようだ。衝立が暗くなり、山の洞穴から湿気と熱気が運び込まれたようだった。阿宝は口と鼻を押さえ、大慌てで外に出ようとした。

「そこにいるの、誰？」と汪が訊いた。

阿宝はその場に立ちすくんだ。

「きっと蘇安さんやわ。入って。早《はよ》う入って」と汪は笑顔で上機嫌な声を出す。

阿宝は仕方なく息を殺して入った。

カーテンが閉じられているせいか、奥は暗かった。小さいライトが点され、布団は半分めくれている。お腹の部分が膨れ上がり影ができていた。小高い丘か墓のようだ。表面には青紫のつるが這っている。とぐろを巻いた蛇のうろこのようで、臭いがますますひどくなった。

汪はお腹を撫でるようにして、手にしたドイツ製のベビークリーム『ビュプヒェン』を塗っている。

「宝さん、お見舞いありがとうございます。今の世の中、上品そうな顔した人もついついエエ加減な暮らしをしてしまうもんです。傍で見てたら、あの手この手使うてるのがようわかります。宝さんは誠実な人かもしれませんけど」

阿宝は作り笑いをした。

汪が溜息をつく。「それにしてもみんな友達甲斐ないわ。息潜めて何も言わんと、どこにいるかもわからへん、そんな人もいますわ」

阿宝は黙っていたが、臭いのせいで窒息しそうだった。

汪が徐の手の甲をポンポンと叩いている。

「私、これで気が楽になったわ。うれしい。でも心配もあるわ。夜中になったらお腹の中から音が聞こえてくるんよ。歌《うと》うたり、泣いたり、騒いだり、ベロンベロンに酔っ払うまで飲んだりしてんの。今この街で一番の、パイオニアのステレオでも入ってるみたいに、ずっと鳴り響いてるんよ。ほんまにいやになるわ」

汪が少し体を動かしたので、掛け布団がずり落ち腹部が露わになった。

徐と阿宝は慌てて目をそらした。

「聞こえたでしょう。また音楽が聞こえてきたわ。木霊してる。ホラ」

徐は黙っている。

「もう様子見るしかないわ」

息をひそめて黙っていた阿宝はまた不気味な生臭さを感じた。ぐにゃぐにゃと蛇行してくる、立ち込める臭いに窒息しそうだった。めまいがしてその場に倒れそうだった。

「お腹、毎日膨らんで大きぃなってきてるわ。妊娠線は花壇みたいで、どんどん縞模様が増えてくるし、どんどんけったいな柄になってくる。ダンスホールみたいなお腹やわ。スプリングフロアがあって、サックスの音がしてて、ダンスしてる人がいて、レコードもかかってる。甘ったれて色気出した声も聞こえるわ。お腹の子はグングン大きぃなって、びっくりするくらい。それでも嬉しいことは嬉しいし。おかげで何日も寝不足」

阿宝は帰る決心をした。

徐が咳払いする。

「もう運を天に任せるしかないわ。先生に言われるとおりにする。そやけど、これでやっとまた母親になれるんよ。母親になりたい。普通の子供でも双子でも頭二つの子でも産むわ。もう怖いもんなしや。いつもニコニコして生きていく」

「電話ですので失礼」と阿宝。

「行ったらアカン」汪が引き止める。

阿宝はふりきって部屋を出た。

汪が徐を引き寄せる。「先生って毎日お腹の音聞いたり触ったりするんよ。何十回も。ちょっとぐらい見ててよ。気にかけてよ。覚えといて。女の苦しみ知るぐらいエエでしょ」

「いや、もう行くわ。私が見てるのも具合悪いやろ。それに、ようわからんから、話は先生に聞いとく」と徐もふりきった。

小毛、いまわの際《きわ》――。枕元には金妹、招娣、菊芬、薛、〝美容院〟の三人娘、蘭蘭、雪芝がいる。流行りの服を着てジャラジャラと宝石を身につけた、流行の先端をいく綺麗どころが小毛を取り囲んでいた。

阿宝が小毛の母親を支え、ゆっくり廊下を歩いて来た。途中でひと息ついた母親が十字を切る。

黒いブラウスを着た中年女性があたふたと部屋に飛び込んで来た。母親がすぐその後から入ってきたので、みんなはわきへ避けた。

女が小声で話しかける。「小毛」

反応がない。

枕元の酸素吸入器がブクブクと泡を出し続け、痩せさらばえた小毛は目だけ開けている。

「小毛」再び女が呼びかける。

小毛はその呼びかけに応えるようにそちらを見た。

「私、わかる？」

小毛がうなずく。

女はみんなをかき分けるようにして廊下の隅へ行くと、向こうむきになってすすり泣いている。

枕元にいた招娣、薛は黙ったまま。三人娘はポロポロ涙を流している。

少し向きを変えた小毛が力をふりしぼった。

「神様は……何も仰ってへん。……何もかもオレの好きにしてエエみたいや。もう……アカンのやなぁ。みんな……泣かんといてくれ。……とりあえず帰ってくれたらエエし」

「言いたい事があったら言うたらエエんやぞ」と阿宝。

「ん……春香が……言うてた。〝……ただで……受けたのだから……ただで……与えなさい（新約聖書「マタイによる福音書」十章八節）〟」と小毛が小声で言う。

「何やて？」と返したのは滬生だった。

みんなは黙っている。

「〝人の子らは……空しいもの……人の子らは……欺くもの……共に……秤にかけても……息よりも軽い（旧約聖書「詩篇」六二章十節）〟……そんな事も言うてたけど……その言葉……オレは信じひん。……オレは空しいことない」

「小毛、お茶でも飲んだら？　一口でエエし」と金妹。

「小毛、何食べたい？　言うてや」と母親が悲しい声を出す。

「何も……怖い……ことない。そやけど……もう一回だけ……みんなに……来てもろうて……飲んだり食うたり……したいなぁ。……みんなに……おもいきり……飲んで……食べて……喋って……もらいたい」

菊芬が涙をこらえて作り笑顔になった。「ちょうどエエわ。みんな揃うてる」

小毛はじっと聞いている。

そのとき、女が二人あたふたと入って来た。五十がらみだ。

みんながよけてやる。

小毛はそっちを見た。

一人が近づいて来た。「小毛、アタシ！〝江寧ダンスホール〟のお宝ちゃん」

もう一人も近づいた。「ようダンスしたやん。ほら、大きい花瓶のお宝ちゃん、覚えてるやろ」

〝大きい花瓶〟がポンと叩いてやり返した。「何アホな事言うてんの」

蘭蘭が雪芝に耳打ちしている。

小毛の声はますます小さくなっていったが、ふいに目を見開いた。「男は……楽しまな……アカン。女は……おしゃれしな……アカン」

みんな静かに聞いている。

「おしゃれしたら……綺麗に……なるやろ。……それから……旦那に……ちゃんとしたらな……アカン」

「神様のお恵みのお陰や。〝憐れみ深い人々は、幸いである（新約聖書「マタイによる福音書」五章七節）〟って言うやろ。領袖さまかて、きっとお助けくださる」と母親。

誰も何も言わない。

「何か言いたいんか。何もかもお母ちゃんに言うたらエエしな」

薛が啜り泣きをしている。

「泣くんやったら出て行ってくれるか。みんな泣かんといて」と言ったのは母親だった。

滬生を見つめる小毛。「オレが……やってた事……何もかも……オレと一緒に……無《の》うなって……しまうんかなぁ」

滬生は何も返せない。

「オレの……やってきた事……ほんまに……あったんか……会うてきた人……ほんまに……いたんやろか」

滬生が答えようとすると、小毛は目を閉じたまま続けた。「銀鳳も……春香も……」

「小毛、お母ちゃんにはわかる。天国はすぐそこにあるんや。今のうちに懺悔《ざんげ》したらエエんや」

息も絶え絶え、満面に冷や汗をかいた小毛が、一瞬ピクッと動いた。そして、ついにそのまま動かなくなってしまった。

「小毛ーっ、小毛ーっ」口々に叫んだ。

廊下では黒いブラウスの女が啜り泣きをしていたが、泣きながら足早に立ち去っていく。泣き声が次第に遠のいていった。

母親の目から涙がポトポトこぼれ落ちた。

三人娘が口々に叫んでいる。「おにいちゃん、ねぇ、何とか言ってー」

看護師と医者が入って来たので、一同は外へ出た。

滬生が溜息をつく。「そうや、いっつも手叩いてた隣のじいさんは?」

「三日前……」と蘭蘭。

滬生は返す言葉がなかった。

みんな暫く立っていたが、ゆっくり階下の花壇へ向かった。車がぴっしり停まっている。

阿宝が車のドアを開け、滬生、蘭蘭、雪芝が乗り込むと車は発進した。垣根のそばにある鉄道の草むらに茶トラ猫が姿を見せる。

蘭蘭が沈黙を破った。「あの黒いブラウスの人、何も言わへんかったけど、どこの誰やろ」

「みんなどう思う？　銀鳳違うかな」と滬生。

「ありえへんわ。銀鳳やったらよう知ってるもん」と蘭蘭。

「薛さんが言うてたわ。何年か前、夜中にネグリジェ着た女の人が小毛の部屋からそうっと出てきたかとおもうたら、路地の入り口まで走って行って車呼んで、そのまま行ってしもうた事があるんやて」と雪芝。

「そんな事あったんか」と滬生が言い、雪芝が続ける。

「薛さん、さっきあの黒いブラウスの人の傍まで行ってよう見てみたらしいけど、その時の人には似てへんかったんやて。違う人みたい」

「あいつ、早すぎたなぁ」と阿宝。

「小毛のお母さん、ずっと本人に隠してたから、大した病気やないし退院できるもんやって小毛は思うてたんよ。それが隠し続けられへんようになったんや。あと一ヶ月ってお医者さんに言われて、おばちゃん、気ぃついたんよ。莫干山路の家は借家で小毛の戸籍しか登録してへんから、亡くなったら家の管理所に取り上げられるやろ。それと、株の帳簿に十万元ぐらいの株があるんやけど、本人が亡くなったらパスワードがわからんようになって困るやろ。それで招娣さんに相談して、打ち明けるしかなかったらしいわ。甥っ子の戸籍を入れてもエエってサインさせて、株のパスワードもちゃんと書かせることにしたんやて。……小毛は笑うてたらしいけど」という蘭蘭の言葉に、誰もが口をつぐんだ。

車はひたすら走り続ける。

「いろんな事からやっと解放されたんやな」と言った滬生に蘭蘭が続ける。

「それがややこしいんやけど、サインするとなった途端、またとんでもない事が起こったんよ。戸籍に汪っていう女が増えてて、それも世帯主との関係が夫婦なんにおばちゃん気ぃ付いたんや」

「いやになるな」と阿宝。

「あれはひどかったわ。おばちゃん、その場で泣き崩れてみんなに八つ当たりや。招娣さんのことボロクソに言うて、莫干山路に飛び出して、会う人ごとにまたボロクソに怒りちらしてた」

「なんでや」と滬生。

「一番に薛さん、それから近所の人に向こうてボロクソに言うたんや。きっと誰かが罠仕掛けて小毛をはめたんやって。……汪っていう名前の、偽装結婚した相手が入院してる病院を必死で探してまた大騒ぎや。帰って来たら今度は小毛ともめてた。あんまりひどかったから、隣のベッドでいつも手叩いてたあのおじいちゃん、早う亡《の》うなってしもうたんやて」と蘭蘭。

「寝耳に水やなぁ」と阿宝。

「そうなったらもうしょうがないやん。小毛は弁護士さんに見てもらいながら、嘘の結婚したいきさつを書いてサインして、甥っ子の戸籍移してもエエって言うたんや。みんなが大騒ぎしてる間、小毛はずっと笑って黙ってた。おばちゃん、サイン入りのその紙持って施設出て、電信棒にしがみついて大泣きしてたらしいわ」と蘭蘭。

「生きていくのはほんまに難しいもんなぁ。たったそれだけのお金とあんな家のために、かわいそう」と雪芝が漏らす。

「あいつ、何も言わんと、筋金入りやなぁ。あいつのやり方、新聞に出てる『追悼文』で褒められてるのに似てるなぁ。長いこと試練に耐えてきた本物のプロレタリアートや」と滬生。

「アホな事言うの、エエ加減にせえよ」と阿宝が諫める。

滬生は口を閉ざした。

阿宝は溜息をついた。「あぁほんまに、小毛は死んでしまいたいって言うし、汪さんは産みたいって言うし、どっちにしても大変なことや」

二週間後のある夜、滬生と阿宝はジュネに教わった住所を頼りに、西蘇州河路にある路地の入り口を探し当てた。長寿路橋のすぐ傍だ。

目の前を蘇州河が流れる。川面に月が浮かび、心地よい風がそよそよと吹いていた。

ジュネの住む昔風のトンネル式住まいには窓が四つあるが、どこも灯りが点いていない。

「ジュネー、ジュネー」と滬生が呼びかけた。

向こう岸から「ハーイ」という声が返ってきた。

振り向くと街灯の下にジュネと恋人のアンヌがいる。近づいて来たフランス人カップルは二人に挨拶し、家に来るよう誘った。

堤防のそばの道路脇に腰掛けが置いてある。涼をとる住人がするのと同じように、そこには湯のみや急須が置いてあった。傍には籐の椅子が二つ、小さい腰掛けが二つ並んでいる。

腰掛けた四人は標準語で話をした。

「こちら、宝くん。小毛の友人です」と滬生が紹介する。

「滬生さんからのお電話で小毛さんが亡くなったことを知りました。本当に残念デス」とアンヌ。

「お二人が蘇州河あたりの事をシナリオにされるから気にかけておくようにと、小毛から言われてます」と滬生。

「よくお越しくださいました。以前、小毛さんとはいろいろお話ししました。お宅にもお邪魔しました。あの方こそ私たちが求めていた人物デス」とジュネ。

アンヌが続ける。「父は七十年代に中国に来たことがあります。父が言ってました。中国人の言葉はレンガの組み合わせみたいに角ばった感じの決まりがあるようデス。文法構造にあまり変化がないから、いくら注意深く聞き分けようと思っても言葉が区別しにくいデス。私たちフランス人の言葉の決まりと違って、言葉遣いの個性もアリマセン。中国には愛を語る言葉も倫理学関係の言葉もおそらくないのだろうって父は思ってました。でも私はそうは思いません。それは小毛さんと出会ったからデス。あの方は蘇州河の傍に住む、豊かな感性や個性をお持ちの方デス。本当に残念デス」

「お二人は映画を撮るおつもりだそうですね。小毛から聞きました」と阿宝。

「そう。三十年代の物語デス。蘇州河の傍にフランス系の工場があって、そこの社長が紡織工場で働く上海人女性を見初《みそ》めるという物語」とジュネ。

「紡織工場の女工さんデス」とアンヌも言う。

「僕らは助成金をもらって上海に来ています。今回が二回目デス。蘇州河の畔をどれくらい歩いたことか」とジュネ。

「車には乗らず、ずっと歩きました」とアンヌ。

「蘇州河の畔、そこにある工場の社長と女工ですね」と阿宝。

「はい」とジュネ。

「どんな工場ですか」と阿宝が訊く。

「綿花の紡織工場デス」とアンヌ。

「蘇州河の傍にはフランスの紡織工場はありませんよ。日本の〝豊田紡織工廠〟か中国の工場しかありません」と阿宝が言う。

「でも資料には〝内外綿〟っていう会社があります。〝滬江紡織工場〟のことを書いた小説もあります。私たちはフランス人ですからフランス人を描くのデス。蘇州河の傍にそういう工場があるという想定です」とアンヌ。

「昔、上海には電車とトロリーの、イギリスとフランスの会社がありました。だからいっそのこと、そのフランスの会社の社長が社員の女の子を好きになるという物語にしたらどうでしょう」と滬生。

「紡織工場は蘇州河の畔にあるからこそいいんデス。そういう会社よりおもしろい」とジュネ。

「宝くんの昔の彼女はトロリーの車掌でした。綺麗な人でね」と滬生が笑顔で言う。

「一九四九年より前はトロリーで働く女の人はいませんヨ」とアンヌ。

阿宝は黙って聞いている。

「小毛はどう言ってましたか」と滬生。

「えぇっと、どうだったかな」とジュネ。

「小毛さん、喜んでくださってました。紡織工場なら女工がたくさんいるから、個性的な人もいるはずだって」とアンヌが答える。

「フランス人の社長さんと付き合うと個性的なんですか」と阿宝。

「上海の普通の女の子が普通の服を着て、仕事が終わったら小船を漕いで蘇州河の上流に帰って行く。家はスラム街。そういうものにしたいのデス」とジュネ。

「ううん、そうですねぇ。もし蘇州河が上げ潮なら船を漕いで上流に行けますけど、引き潮だと流れに逆らうことになって、筋が通りませんね」と阿宝が指摘する。

「わかりました」とアンヌ。

「いくら小さいものでも女工が自分の船を持つことなんかありえませんしね。流れに逆らって船を漕いで家に帰ることもありえません。そんな事理屈に合いませんよ」と阿宝。

「少女、女工、船、そんなシーンが素敵だと思うのデス。工場の社長が岸辺の橋にいて、船がゆっくり離れて行く……」とジュネ。

「小毛はどう言ってましたか」と滬生が訊く。

「悲しいシーンだと仰ってました」とアンヌ。

「シナリオではこんな想定もしています。二人は綿花の満載されたはしけ船で愛をいとなむ……ゆらゆら揺れる船……まわりにこんもり積み上げられた綿花の包み……キスをして船で一夜を過ごす……」とジュネ。

「船に積まれた綿花を昔は『白虫《はくちゅう》』、上等な白い綿なら『銀菱子《ぎんりょうし》』、茶色っぽいけどモノがいいのは『金桜子《きんおうし》』って呼んでいました。こういうのを守るために、甲板で怖そうな犬を飼ってたんです。人間が船に乗ってきたら吼えまくる」と滬生が説明する。

「犬ですか」とアンヌ。

「綿花が盗まれないようにするためです」と阿宝。

「それはおもしろいですネ」とジュネ。

「そんな事を昔は歌にしていました。今でも歌えますよ。〝橋のたもとでさようなら　どうかお願い犬も鶏も飼わないで　せっかく会えたその時に　犬に咬まれて泣きっ面　お別れ惜しむその時に　鶏まで鳴いて大騒ぎ〟とまぁこんな感じです」と阿宝。

「それって、上海の伝統的な語り物でしょうか」とアンヌが笑う。

滬生が何度も説明してやるとアンヌは頷いた。「ご意見、ありがたく頂戴します。でも私たちはやはり虚構や想像といったものも必要なんデスヨ」

「女工は十六歳ぐらいかな」と阿宝。

「十七歳です。小毛さんの仰ってたお話では女工は三十六歳でしたけどね」とジュネが答える。

「アイツ、そんな話もしてたんですね」と滬生。

「ええ。あの方はいろんなお話をお持ちでした」とアンヌ。

「どんな事を言ってましたか」と滬生。

「紡織の女工さんのモデルみたいな人の事をお話ししてくださいました」とアンヌ。

「そうですか」と阿宝が頷いたので、アンヌが続ける。

「この街の普通の女工さんが、西洋のエロ雑誌を偶然見てしまったのデス。それで夫に求めました。同じようなやり方でやってって。でも夫のほうは不潔なやり方だといやがるのデス。……それから女はいつも夜遅くなると、熟睡してる夫の傍からこっそり抜け出して家をとび出てタクシーに乗って、一人者の男の家に行きます。入り口で手探りで鍵を見つけて、自分で開けて入ります。その男も熟睡していますが、女は男の胸にまたがると、男の顔に狙いを定めて……。男は目を覚ますと、約束したやり方でやります。すぐに女はイッて、満足して、それから大急ぎでパジャマを着て男の傍を離れます。道で待たせてたタクシーに飛び乗ると、夫の傍に戻って寝るんです」

「アイツ、そんな事もあったんですねぇ」と滬生。

「っていうことは、映画の中ではその女工さん、三十過ぎでないと理屈に合いませんね」と暫く考えていた阿宝が言う。

「確かに年齢については考えてみる必要があります。伏線を張ったほうがいいかもしれません。いや、年齢をもう少し上げて女工の母親ということにしてもいいデスネ」とジュネ。

「フランスではそういう映画、撮れるのでしょうか」と滬生。

「中身がおもしろかったら大丈夫デス。もう映画は木のような仕組みではなくなっています。全体の大きな筋書きが枝分かれして、そこからまた枝分かれする。フランスではその木をどんな形にしてもかまわないのデス。……例えば背の低い木。そんな木にも強い生命力があります。枝が短いながらもびっしり茂ってます。それが一つに合わさってもいいし、そこから枝分かれしてもいい。みんな理解できます。……例えばです。私とアンヌのようなフランス人が、蘇州河に来て小毛さんにお会いする。映画は、今こうしてお茶を飲んでるような所で一区切りにする。次は、遡って三十年代でまた一区切り。それからまた今に戻ってもいいのデス。みんな理解できます」とジュネ。

「昔の上海を舞台にするなら、その女工は地味な色の旗袍を着て夜中に路地を出て人力車に飛び乗る、という風に変えたらいいでしょうね」と滬生がぼんやり言う。

「おもしろそうデスね」とアンヌ。

「頭の中には生き生きとした映画が浮かんでるのに、それがシナリオになると死んでしまう、でもまた映画を撮る段階になると生き返って、そしてまたフィルムになって死んで、編集するとまた生き返って、そして公開するとまた死んでしまう……そんな事を言っていたフランス人がいます」とジュネが笑う。

「生きてるものは死んだものにかないませんからね」と滬生。

沈黙の中、アンヌが微笑んでいる。

心地よい川風を感じながら、阿宝は茶を飲んだ。

街灯の下に集まった住人が麻雀やトランプに興じ、それを楽しそうに見物する者がいる。四人は十時半頃まで話し込んでいた。阿宝と滬生は別れを告げると、黙って西蘇州路を南に向かった。海防路で右へ曲がる。

「なぁ、阿宝、蘇州河の畔にあるこの道、きっとフランスにつながってるんやな」

「フランス人は上海の事なんかわかってへんくせに、ようあんなエエ加減な映画作るって言うわ」

「フランスの大学はもう寮もトイレも男と女を分けてへんらしいぞ。聞いてみたいもんやな。フランス人ってほんまに何考えてるんやろ」

話が途切れた。

暫く歩き、滬生が切り出した。

「小毛の事思い出すなぁ。あいつにはもう二度と会えへんのやなぁ。梅艶芳《メイイエンファーン》の最後の歌、覚えてるわ。〝……風に吹かれて……笑顔でいても悲しいばかり……（香港の歌手、梅艶芳の「珍惜再会時」。また会う日に、の意）〟。今は一歩下がって、おとなしぃ暮らしていくしかないわ」

「……」

「阿宝、お前おかしいって、玲子がずっと言うてるぞ。一生何も言わんと結婚もせんと、作り笑いしてるか、冗談言うてるか。いったい何考えてるんやろってな」

「アハハ。玲子のヤツ、同じ事オレにも言うてたわ。滬生っていう男は結局離婚せんと笑うてるだけで、何か言うたら『聞かせてもらおう』って文革調やし、わけわからへんって。何考えてんのやろうってな」

滬生は笑うだけで何も言わない。阿宝が話し続ける。

「オレ、玲子に言うたことあるんや。『こんな世の中に向き合うてたら、みんな笑ってるしかないやろ。奇跡なんか起こるはずがない。男の気持ちとか何考えてるかが知りたかったら、本屋に行って小説でも読んでくれ。男の気持ちがいっぱい書いてあるから、そういうの読んだら何もかもわかる』ってな」

滬生は苦笑してごまかした。

川からそよ風が吹いて来た。阿宝の電話の着信音が鳴った。覚えのない番号だ。

女の声だった。「もしもし」

「はい、阿宝ですけど」

「ほら、私、雪芝やんか」

「あぁ」思い出が蘇った。「今ちょっと具合悪いから、後にしてくれるか。また電話するし」

低い声でそう答え、電話を切った。

心地よい夜風を感じながら黙って歩いた。

スーパーから、黄安《ホアーンアン》（台湾の歌手。一九六二—）の抑揚ある声が流れてくる。大岡裁きといわれる北宋の政治家、包拯《ほうじょう》。その人を描いた台湾のテレビドラマ『包青天《ほうせいてん》』のテーマソングだった。

愛だけでは生きられない
悲しみだってみんなあるものさ
愛して焦がれて
狂おしい日々
羽を休め
ここで眠ろう（「新鴛鴦胡蝶の夢」）

著者あとがき

「長いこと会《お》うてへんな。お茶でも飲んでいかへんか」

「いや、用事があるから」

「寄っていってくれ。ええ眺めやし、見て行けや」

このような会話で始まる物語を書き進めるうち、思い出が沸々と沸き上がるのを感じていた。

今、昔の話本（宋代以降の講釈師が使った台本）の形を借りるのは、先人が残した轍《わだち》に合わせて車輪を進めていくようなもの。古い形式でも時代の息吹は十分に伝えられるはずだし、目新しくもあるだろう。

心の奥に潜むものを描くのではなく、言葉や行動を書き連ねていると気持ちが落ち着いてくる。どのように言ったか、どのようにしたか、一つのでき事が次のでき事に繋がり、誰かの噂をしているうちに他の人の噂になっていく――それぞれの口調や行為、そして装いを描くことで、その人がどのような性格か、生活環境や背景はどのようなものかという、人物像が浮かび上がってくるのである。

例えば人が集まり食事をする時。
中国では十膳あまりの箸や酒の並ぶ丸テーブルに多くの人が向き合う。それに似て、物語では一人が描かれたすぐ後に次の人が現れ、多くの人間の動きや織りなす人間関係が重視される。西洋では細長いテーブルにつき、一人一人が独立している。物語でも中心人物が存在し、内容的には一つの事に集約される。

本当は『繁花《はんか》』も西洋の影響を免れていない。しかしそれはちょっとした味付け程度。中国と西洋ではやはり人種や気候風土、価値観が根本的に異なっている。

『繁花』の作者たる自分が興味深く感じるのは、今の小説と昔の文章の狭間には一体何があるのかということである。

まず語り部がいて、その後に文学が存在すると西洋では考えられている。中国文学に言及したものでは、講釈師方式を脱却したという見方もされている。しかし中国にも西洋にも共通した問題点があるとも言われている。それは、今の書き言葉は、変化に乏しく味わいに欠けるというもの。しかし、もし民間の語り物に残された伝統文学にその解決法を求めれば、際立つ味わいが瞬時に見つかるであろう。

ルーヴル美術館のピラミッドの設計で知られる建築家イオ・ミン・ペイの面白いエピソードがある。かつてインタビューを受けた時、上海言葉で話してもいいかと尋ねているのだ。

「上海弁の方がいいのですが。といいますのは、実は標準語があまりうまく話せないのです。上海弁の方が話しやすくてね。じゃあ、そういうことで」（『世紀』二〇一二年四月号十一頁）

この言葉の後、おそらくペイは話しやすい母語で専門分野について詳しく話したのであろう。「建築様式――さまざまな国での変遷」「米芾の山水画から受けるインスピレーション」「永久に変わらない建築とは」などなど。

北方の言葉が標準語として深く根付いた今の中国で、伝統的な形式、しかも多くの人には理解されていない上海言葉により、上海の社会を描いた『繁花』はどのような位置を占めることができるのだろうか。

『繁花』は終始一貫して上海言葉の中を散策するようになっている。当然、読者の中にはいかにも方言の世界に浸っているという感覚を味わう人もいるだろう。

こんな事を言われたことがある。

「本も新聞も『繁花』の口ぶりで読んでしまって、たまらなかったよ」

思いもよらない事であった。地位の低い講釈師になろうという気持ちで始めたはずだった。高尚な文学ではなく通俗的な文学を目指そう、読者のご機嫌を取ってもいい、そう思っていたはずだったのに。

昔、蘇州の講釈師は聴衆の反応に大変な気を遣っていたらしい。舞台で語っている時、聴衆があくびをしたり、心ここに在らずという表情をしたりするのが目に入る。すると、宿にしている船倉や旅館に戻り、菜種油の灯火の下でその夜のうちに書き直したという。それを〝改書《かいしょ》〟と言う、と父に教わったことがある。

小説を書くなら、数多いる読者のことを思い、心を込めてお仕えしなければならない——そう言っても過言ではない。私は読者に畏敬の念を抱いている。

登場人物の息づかい、言葉が持つ生命力、そういったものが読者の皆さんにお届けできれば幸いである。今となっては物語もいささか古くなってしまったかもしれない。又、方言という手段を使ってもいる。しかし今の時代に引きつけて考えられる内容でもあるし、普遍的世界に繋がる斬新なものだと思っている。

小説の中で引いた穆旦の詩を今一度書いておこう。

しずかにわたしたちはことばで
照らし得る世界のなかで抱き合っている、
しかしあのいまだ形をなさぬ暗闇は恐るべきもの、
あの可能と不可能とがわたしたちを深い迷いに入らせる、

あのわたしたちを窒息させるのは
とても心地好い　いまだ生まれないうちに死に絶えることばであり、
やつの幽霊が立ち籠め、わたしたちを遊離させ、
混乱する愛の自由とみごとさを浮遊させる。

まだまだ拙い『繁花』を世に出すため、温かい手をお貸しくださいました皆様に感謝の気持ちを申し上げます。本当にありがとうございました。

二〇一二年　秋

金宇澄

訳者あとがき

今、ようやく邦訳がお届けできます。

金宇澄《ジンユィチョン》（一九五二年―）による『繁花』（上海文芸出版社、二〇一三年三月）が出版されて、もう十年近くになります。そしてこの作品はもともと〝独上楼閣〟（ひとり楼閣に上る）というハンドルネームを使い上海語のホームページ「弄堂《ローンターン》」（路地を指す）で、読者と対話をしながら書き進めた即興の文章でした。ホームページそのものが上海語なので、作品では人称代名詞が上海語になっていたりもします。その即興の文章に加筆や改訂が行われ、さらに登場人物の名前を変えて雑誌『収穫』（上海文芸出版社、二〇一二年秋冬巻）に収録、その後単行本として出版されたものです。増刷や版を変えた出版が繰り返されるほど人気があり、最近では二〇一八年に人民文学出版社からも出版されています。版が変わるたびに面白いほどの加筆や修正があります。また『繁花』は「魯迅文学賞」「茅盾文学賞」「施耐庵文学賞」の受賞に輝き、作者自身は本書の執筆によって、「華語文学メディア大賞年度小説家賞」「二〇一三年文化中国年度人物大賞」を受賞しています。

二〇一八年から毎年、上海語による舞台劇が上演されていて、王家衛《ウォン・カーウァイ》監督による映画化やドラマ化も進んでいるところです。

金宇澄は、一九六九年に東北部の黒龍江省にある農場へ送られ、一九七六年に上海へ戻り、その後は組立工や文化宮の職員として働いています。当時の伝聞や経験が『繁花』の登場人物の姿に投影されています。

一九八八年からの三十数年間は上海文学雑誌社で『上海文学』の編集にたずさわり、編集長としても勤めていました。多作ではありませんが、『繁花』の他に単行本では『洗牌年代』（文匯出版社、二〇〇六年六月）、『回望』（広西師範大学出版社、二〇一七年一月第一版、二〇一七年六月第二次印刷）というエッセイなどを発表しています。邦訳されているものでは、『洗牌年代』に収録された「馬語」（拙訳「馬の声」、『火鍋子』第八十号、二〇一三年七月）があります。

今回は二〇一四年六月、上海文芸出版社刊の原書を底本に邦訳しましたが、作者と浦元との私信により原文に加筆や改訂が行われています。

原作は改行のない大きな段落で分けられていて、数ページにまたがる一段落もありますが、邦訳では誰かが話すたびに改行し、日本語として読みやすくしました。さらに会話に現れる回想シーンの中にまた会話が多々あるため、回想シーンは別に切り出しました。

下訳では体裁を踏襲していましたが、目の当てられるものではなかったので作者に相談したところ、改行するよう勧められました。それ以降、「日本の読者が読みやすければそれでいい」「必要のない部分は訳者の判断で削除すればいい」など、荷の重い、そしてありがたいお許しが出始めました。床屋で使う特殊な用語など、中国人は漢字を見て適当に判断するが、日本人は違うだろうから削除すればいいと作者のほうから言われたこともあります。また中国には、異なる単語が同じような音になることを楽しむ、いわゆるダジャレに似た言葉遊びのようなものがあります。これも日本語では通じないだろうから原文を変えよう、と言ってくれました。

例えば、登場人物の李李《リィリィ》はバラの花にいやな思い出があり、「梅瑞《メイルイ》という女性の名前は嫌いだ」というシーン（二十八章）。李李が嫌いな〝バラ〟の中国語は〝玫瑰《メイグイ》〟。同じ〝メイ〟という音が含まれているから嫌な思い出が蘇るのだと、中国人ならすぐにわかるのですが、邦訳で読むとバラはあくまでも〝バラ〟という音が浮かぶだけです。梅瑞という名前にルビが振ってあっても〝メイルイ〟と〝バラ〟では音の共通点を繋ぐための注釈が必要になります。しかし注釈が入ると物語の流れが遮られるため、作者は否定的。落語のオチを解説するような気がするので、私も避けたいところです。そこで原文を変えて解消することになりました。こういった言葉遊びも本当は面白いので、全てを変えたわけではありませんが。

原文と対比して読むと、誤訳や訳し漏れに見えるかもしれません。逐一明記していませんが、このような経緯で『繁花』には底本にした原文との異同があります。原文の変更についてはいつかどこかで整理したいと思っています。

流れを堰《せ》き止めないように、できるだけ注釈をつけず、会話や地の文に説明を埋め込むようにとも言われています。それでも注釈の必要な事が多くあり、割注をつけました。割注は全て訳者による訳注です。

注釈について、残念なことが一つあります。今、中国で注釈付き『繁花』が編集されているとのこと。今か今かと出版を心待ちにしているうち、数年経ってしまいました。少し覗き見をさせてもらった程度で、今回の邦訳出版には入手が間に合わなかったのですが、書店に並ぶ日を心待ちにしています。作者による注釈ではなく、第三者によるものだそうです。

物語は六十年代から七十年代、そして九十年代が交互に描かれて進みます。章や節の番号に使われた漢字によって時代がわかるようになっていて、今では滅多に見られない大字《だいじ》の数字が六十年代から七十年代に、普通の漢数字が九十年代に使われています。過去と現在が交互に現れるので、程よく気持ちの切り替えができると思いますが、流れがわからなくなった時は、二つ前の章に戻ると繋がります。

また作者自身の描いた絵や地図が、当時の息吹きや作者の温かさを伝えています。絵や地図を見ながらゆっくりページをめくるのも面白いと思います。

原作を読むなら、作品で使われている上海言葉により、街の人々や街並みを思い浮かべて楽しむ事ができるでしょう。でもなぜか、私にはその原作がどうしても関西弁風の声として聞こえてきて仕方がないのです。母語が関西弁の私には極めて近い存在なのです。邦訳はやはり関西弁で仕上げたいと思いました。

ほとんどが会話なので、上海の街が関西弁で語られています。関西出身でない方は、コテコテしたくどい表現だとお思いになるかもしれません。遠い存在だとお感じになるかもしれません。でも言葉は二の次にして、人々の涙や笑い、怒りや喜びを感じていただけたら、そしてまた、時代や地域を超えた物語として感じていただけたら、この上ない喜びです。

わからない事が多々あり、さまざまな事を多くの友人に教わってきました。繋ぎ合わせると注釈本になるくらいです。私一人ではとうていこのような翻訳はできませんでした。

つきっきりで教授くださった先生がおられます。

上海言葉、全ての時代にわたる社会背景や文化、経験された事、上海人なら当然知っている事、言葉の含みなどについては、上海ご出身、日本滞在歴が三十年近い王宜瑗《ワーンイィユエン》先生が教えてくださいました。しまいには日本語の添削をしてくださったこともあります。共著としてお名前を拝借しなければならないくらいです。

登場人物の言葉には宋代の詞をはじめとした古典文学の引用がちりばめられています。そんな時は萩原正樹先生のもとへ飛んで行き、手ほどきを受けていました。私が試みにつけたひどい訓読や現代語訳を笑いも貶《けな》しもせず、いつも丁寧にじっくりと教えてくださり、時に褒めの言葉を頂戴することもありました。頂いたお返事を前にして、そのまま古典の世界に浸ることもよくありました。先生の訓読などをそのまま拝借したりもしています。未発表で浦元との私信によるものは出典を記載していません。

書物やウェブサイトでは見つからない事も多く、先方の忙しさなどおかまいなく、尋ねてまわりました。

現代史は杉本史子先生、古代史は山崎俊鋭《やまざきしゅんえい》先生と齋藤真司《さいとうしんじ》先生、小説の文体や日本語学は安井寿枝先生、キリスト教関係は謝平《シエピーン》先生や村上志《むらかみし》保《ほ》先生、親友の律子さん、仏教関係では大平浩史先生、朝鮮族については黄明月先生、台湾社会は郭斐映先生、ドイツ語は西村千恵子先生、村田《むらた》佳隆《よしたか》先生、フランス語は和田ゆりえ先生、ロシア文学は北岡千夏先生と田中大先生、スペイン文化については寺本あけみ先生、上海言葉は鄭萍《ジョーンピーン》先生、広東言葉は桂小欄《グェイシアオラン》先生、蘇州言葉は蘇州の友人張軍《ジャーンジュイン》さん、越劇関係では中山文先生——お名前が書ききれないくらい多くの友人に支えられてきました。服飾や絵画については娘や息子からも知識やヒントを得ました。

相応しくない訳文があるとすれば、全て私の責任です。

「決して手を止めないように」と谷川毅先生はいつも励ましの言葉をくださいました。

出版の機会がなかなか訪れなかったのですが、早川書房の山口晶さんからご連絡をいただいた時は、信じられない思いでした。仕事がなかなか捗らない私ですが、いつもゆったり構えてお待ちくださいました。校正をしてくださった方にもお礼とお詫びを申し上げなければなりません。ケッタイな日本語を操《あやつ》る、我《が》の強い、嫌なヤツだとお思いになっていることでしょう。どうぞお許しください。素晴らしい文才のある方に出会えたことを本当に喜んでおります。

最後になりましたが、原作者の金宇澄さん。何か尋ねる度に「又来たか」と思われていたことでしょう。でも今、作者の思いに少し近づけたような気がしています。

私こそ、多くの友人という咲き乱れる花、文字どおりの〝繁花〟に囲まれて充実した十年近い日々を送っていたのだと振り返っています。本当にありがとうございました。

浦元里花

二〇二一年　冬

参考文献・引用文献

※作品中の引用部分に、日本語の原文や日本語訳、または口語訳が発表されているものはそのまま借用しました。ルビがないものでも必要と思われる場合は、可能な限り訳者の方に確認しルビを振りました。句読点はそのままにしてあります。以下、引用順に配列。

貳拾参章

栗山千賀子「水に魅せられた詩人」（大修館書店、『しにか』Vol.12 No.12 二〇〇一年）

松枝茂夫訳『浮生六記』（岩波書店、一九八一年十月）

共同訳聖書実行委員会訳『聖書　新共同訳』（日本聖書協会、一九八七年）

二十六章

中村元・紀野一義訳註『般若心経・金剛般若経』（岩波文庫、昭和三十五年七月）

二十八章

『全金元詞』唐圭璋編（中華書局、二〇〇〇年十月）

エピローグ

竹内昭夫『礼記　上』「月令」（明治書院　新釈漢文大系二十七、一九七一年四月）

萩原正樹「玉楼春四首（其四）」（日本詞曲学会、『風絮』別冊　龍楡生編選『唐宋名家詞選』北宋編（二）、二〇一八年三月三十一日）

訳者略歴　同志社大学・立命館大学・大阪経済大学講師，著書に『人民文学総目録』（共著、中国文芸研究会），『図説中国 20 世紀文学』（共著、白帝社）　翻訳に蕭紅「馬伯楽」（『火鍋子』no.50-71 掲載、翠書房），王安憶「路地裏の白い馬」（同誌 no.75），金宇澄「馬の声」（同誌 no.80）がある。

繁《はん》　花《か》
〔下〕

2022 年 1 月 20 日　初版印刷
2022 年 1 月 25 日　初版発行

著者　金《ジン》　宇澄《ユィチョーン》

訳者　浦元《うらもと》里《り》花《か》

発行者　早川　浩

発行所　株式会社早川書房
東京都千代田区神田多町 2 − 2
電話　03 − 3252 − 3111
振替　00160 − 3 − 47799
https://www.hayakawa-online.co.jp

印刷所　株式会社精興社
製本所　大口製本印刷株式会社

Printed and bound in Japan

ISBN978-4-15-210073-3　C0097

JASRAC 出 2110904-101

乱丁・落丁本は小社制作部宛お送り下さい。
送料小社負担にてお取りかえいたします。